贵州师范大学社会科学文库
编辑委员会

主　任　韩　卉　肖远平
副主任　赵守盈
委　员（按姓氏笔画排序）
朱健华　刘　瑾　杨　斌　肖远平　陈华森　欧阳恩良
易闻晓　赵守盈　娄贵书　徐晓光　殷红梅　唐昆雄
韩　卉　曾晓进　蔡永生　管新福　颜同林

贵州师范大学 社会科学文库

Chronological Commentary and Study of
Wang Yangming's Poems and Articles
during the Exile in Longchang

王阳明谪龙场文编年评注与研究

郝 永 ／ 著

图书在版编目(CIP)数据

王阳明谪龙场文编年评注与研究/郝永著. —厦门:厦门大学出版社,2019.6
(贵州师范大学社会科学文库)
ISBN 978-7-5615-7415-7

Ⅰ.①王…　Ⅱ.①郝…　Ⅲ.①中国文学—古典文学研究—明代　Ⅳ.①I206.48

中国版本图书馆 CIP 数据核字(2019)第 088438 号

出 版 人	郑文礼
责任编辑	章木良
美术编辑	拙　君
技术编辑	朱　楷

出版发行　

社　　址　厦门市软件园二期望海路 39 号
邮政编码　361008
总 编 办　0592-2182177　0592-2181406(传真)
营销中心　0592-2184458　0592-2181365
网　　址　http://www.xmupress.com
邮　　箱　xmup@xmupress.com
印　　刷　厦门市金凯龙印刷有限公司

开本　720 mm×1 000 mm　1/16
印张　25.75
插页　2
字数　403 千字
版次　2019 年 6 月第 1 版
印次　2019 年 6 月第 1 次印刷
定价　90.00 元

本书如有印装质量问题请直接寄承印厂调换

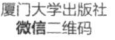
厦门大学出版社
微信二维码

厦门大学出版社
微博二维码

贵州省哲学社会科学规划课题
——阳明龙场集辑注（项目编号：15GZYB59）

自　序

　　开辟新领域固然在学术研究上具有重要价值，但在前学基础上推陈出新则是学术之常态，孔子述而不作、朱子继承二程、王阳明辨别朱子，无不皆然。也就是说，王阳明的"致良知"心学儒学，也是在前人基础上的推陈出新。本书不揣浅陋，在前学基础上研究王阳明的谪龙场文辞，书名是《王阳明谪龙场文编年评注与研究》。"谪龙场文"不独是王阳明"居夷"[如明代韩柱、徐珊校订，嘉靖三年（1524年）丘养浩叙刊《居夷集》]或"在黔"（如朱五义《王阳明在黔诗文注释》，贵州教育出版社1996年版）之"文"，还包括其在被贬谪缘起、赴谪途中、离谪赴新任时所创作之"文"；"文"也不仅是诗歌和散文，还包括辞赋、乐府等文类的文辞。"编年"，即按创作时间排序，具体到月。"评"，即对该文创作以及所表达的内容、所使用的形式进行探讨。"注"，即对该文疑难字词作音注和义注，并考文中典故出处，他和前人同用、化用之语词及句子也予注出，等等。"研究"，即在对"谪龙场文"予以编年评注基础上所展开的专题探讨。

　　关于王阳明的"致良知"心学儒学的形成，与他谪官龙场驿丞的政治事件和人生遭际具有重要关系，此即思想文化史上的"龙场悟道"或"龙场之悟"。王阳明是哲学家，也是文学家；是儒者、士子，也是有血有肉有情感的个体。他的哲学思想和他的文辞结合，体现为哲学的诗意栖居。有鉴于此，本书以王阳明贬谪龙场政治事件、政治生涯为底色，辑录（主要来自《王阳明全集》和《王阳明佚文辑考编年》）其自贬谪缘起到去谪抵庐陵令新任期间所创作的文辞208题（另附谪后文4题5篇，门人后学撰祠记2篇），编年到月成集，并作评、注释，为本书上部之内容，分五章。第一章"序曲：缘起与谪前"，起自正德元年（1506年）十一月《乞宥言官去权奸以章圣德疏》，终于该年十二月出锦衣卫大狱前所撰《咎言·并序》，计12题。第二章"赴谪：寓游浙闽赣"，起自正德二年（1507年）闰正月《答汪抑之三首》，终约正德二年（1507年）十二月《田横论》，计25题。第三章"赴谪：历游赣湘黔"，起自正德三年（1508年）正月《草萍驿次林见素韵奉寄》，终正德三年（1508年）二月《七盘》，计34题。第四章"谪居龙场"是成果的核心内容，起自正德三年（1508年）三月初《初至龙场无所止结草庵居之》，终正德四年（1509年）十月《赠刘侍御二首·并序》，计110题。第五章"余韵：去谪赴庐陵令"，起正德四年（1509年）十二月《将归与诸生别于城南蔡氏楼》，终正德五年（1510）三月《过安福》，计27题。

本书下部之内容为执"诗意栖居"观念在上部基础上展开专题研究所成10种成果。这10种成果又分为五类。第一类文献整理：新发现王阳明应贵州陆氏之请所撰《陆氏族谱序》佚文一篇；整理发现，王阳明谪龙场前后的《来雨山雪图赋》《于忠肃像赞》《题施总兵所翁龙》三篇题画诗文，历史而艺术地呈现他由溺于道仙经贬谪义愤到最后儒家价值观确立的迁转，可为探索他龙场之悟之新颖别致一途。第二类情怀与心态：从王阳明谪龙场文辞可以读出，他有一个由"忧愁幽思"的"贬谪情怀"经"居夷何陋"的"君子情怀"到"一体之仁"的"仁者情怀"的变迁，此可见于《从王阳明龙场诗文看其走向明德的仁者情怀》；心态也不唯贬谪一种，还有达观和事功，三者一体构成他逆境下的健康人格，此可见于《王阳明龙场诗文中的贬谪、达观、事功一体心态》。第三类教育与教学：龙冈书院是王阳明作为教育家的教育历程中所办的第一所书院，以儒家圣贤人格为贯穿，他通过《何陋轩记》《教条示龙场诸生》《象祠记》《重刊〈文章轨范〉序》等阐述了自己的教育思想，此可见于《龙场教育四篇：王阳明圣贤人格精神贯穿》；在以龙场民族群众"质朴"的同时，辩证地认识到进行礼法教化的必要，而这和他巡抚广西办书院、兴学校所主张推行的民族教育是一致的，此可见于《始自龙冈书院：王阳明的贵州、广西民族教育》。第四类辞赋与文风：王阳明的辞赋创作，以谪龙场为界判然两分，之前多为登高而赋的逞才学之作，其后变为遇物而鸣情感真挚的楚骚体，此为《谪龙场判分的辞赋创作：王阳明辞赋编年集注与研究》的研究内容；去谪龙场临别的《赠陈宗鲁》是王阳明浩然的"刚健"文风主张抛却早期"溺于辞章"的标志，这种文风主张被清初徐元文以"醇而肆"高度评价，对他文辞风格作整体观照，发现是"醇而肆""秀逸有致"以及"中和"的共生，此为《去谪龙场时〈赠陈宗鲁〉的文学思想与王阳明文风论》的内容。第五类哲学与经学："龙场悟道"不是澄思默坐的中夜神示，而是对儒家义理体验的结果，此为《对儒家义理的体验：阳明"龙场悟道"新论》的内容；王阳明的心学经学起于谪龙场时的《五经臆说》，之后才有《大学》学和《稽山书院尊经阁记》，此为《自〈五经臆说〉始：王阳明心学经学之建构》一文之内容。

综之，学术研究的推陈出新具有时空的无限延展性，本书上部在"谪龙场"的逻辑视域下，将王阳明贬谪缘起、赴谪、谪居、离谪文辞纳入整体关照之中作编年到月集评注，来龙去脉使"谪龙场"不再局于"居夷""在黔"而"孤立"，也实现了剥离"全集""年谱"而"独立"。下部的专论，也只是初步研究。

鉴于撰者学力有限，不当之处在所难免，诚请方家赐教。

本成果研究得到修文龙冈书院支持。

是为序。

郝　永

贵州师范大学田家炳教育书院

2018年12月

目 录

上部　谪龙场文编年评注

第一章　序曲：缘起与谪前（12题）·····························3
　　乞宥言官去权奸以章圣德疏···3
　　有室七章···4
　　不寐·并序···6
　　读《易》···7
　　岁暮···8
　　见月···9
　　天涯···10
　　屋罅月···10
　　别友狱中···11
　　赠刘秋佩···12
　　又赠刘秋佩···13
　　咎言·并序··14

第二章　赴谪：寓游浙闽赣（25题）·····························17
　　答汪抑之三首···17
　　阳明子之南也，其友湛元明歌九章以赠，崔子钟和之以五诗，于是
　　　　阳明子作八咏以答之···19
　　忆昔答乔白岩因寄储柴墟三首···22

· 1 ·

一日怀抑之也。抑之之赠既尝答以三诗，意若有歉焉，是以赋也……25
梦与抑之昆季语，湛、崔皆在焉。觉而有感，因记以诗三首……26
云龙山次乔宇韵……28
赴谪次北新关喜见诸弟……29
南屏……30
卧病静慈写怀……31
移居胜果寺二首……32
忆别……33
套数·归隐……33
于公祠享堂柱铭……37
于忠肃像赞……38
因雨和杜韵……39
游海诗二首·并序……40
告终辞……41
泛海……45
武夷次壁间韵……46
中和堂主赠诗……47
大中祥符寺……48
舍利寺……49
别三子序……49
示徐曰仁应试……51
田横论……52

第三章　赴谪：历游赣湘黔（34题）……55

草萍驿次林见素韵奉寄……55
玉山东岳庙遇旧识严星士……56
广信元夕蒋太守舟中夜话……57
夜泊石亭寺，用韵呈陈娄诸公，因寄储柴墟都宪及乔白岩太常诸友……58
过分宜望钤冈庙……59
杂诗三首……60

袁州府宜春台四绝	62
夜宿宣风馆	63
萍乡道中谒濂溪祠	64
宿萍乡武云观	65
醴陵道中风雨夜宿泗州寺次韵	65
靖兴寺	66
龙潭	66
游岳麓书事	67
长沙答周生	70
陟湘于迈,岳麓是尊。仰止先哲,因怀友生丽泽,兴感《〈伐木〉寄言》二首	71
朱张祠书怀示同游	74
次韵答赵太守王推官	74
赠龙以昭隐君	76
南游三首·并序	76
澹然子序	78
吊屈平赋·并序	79
吊易忠节公墓	82
天心湖阻泊既济书事	83
晚泊沅江	84
去妇叹五首·并序	85
罗旧驿	87
沅水驿	88
钟鼓洞	88
平溪馆次王文济韵	89
清平卫即事	90
兴隆卫书壁	90
重修月潭寺建公馆记	91
七盘	93

第四章　谪居龙场（110题）……95

初至龙场无所止结草庵居之……95
始得东洞遂改为阳明小洞天……96
始得东洞遂改为阳明小洞天三首……97
玩易窝记……99
谪居绝粮请学于农将田南山永言寄怀……101
观稼……102
答文鸣提学……103
答懋贞少参……104
采蕨……105
猗猗……106
南溟……107
溪水……108
山石……108
龙冈新构二首·并序……109
诸生来……111
诸生夜坐……112
何陋轩记……113
君子亭记……116
宾阳堂记……117
西园……118
教条示龙场诸生……119
龙场生问答……121
答毛拙庵见招书院……122
象祠记……123
与安宣慰……125
远俗亭记……126
与安宣慰（二）……127
龙冈漫兴五首……129

套数·恬退	131
龙冈谩书	133
老桧	134
却巫	135
与安宣慰（三）	135
试诸生有作	137
诸生	137
秋夜	138
答毛宪副	139
过天生桥	140
栖霞山	141
卧马冢记	142
题施总兵所翁龙	143
艾草次胡少参韵	145
凤雏次韵答胡少参	145
鹦鹉和胡韵	146
南霁云祠	147
重刊《文章轨范》序	148
《恩寿双庆诗》后序	149
明封孺人詹母越氏墓志铭	151
书庭蕉	152
送张宪长左迁滇南大参次韵	153
阳朔知县杨君墓志铭	153
游来仙洞早发道中	155
别友	156
山途二首	157
白云	158
答人问神仙	158
气候图序	160

寄徐掌教	162
蜀府伴读曹先生墓志铭	163
祭刘仁征主事	165
冬至	166
无寐二首	167
雪夜	168
论元年春王正月	169
赠黄太守澍	172
寄友用韵	173
士穷见节义论	174
春行	177
春晴	177
陆广晓发	178
木阁道中雪	179
次韵陆佥宪元日喜晴	179
白云堂	180
来仙洞	180
夜宿汪氏园	181
元夕二首	182
元夕木阁山火	183
元夕雪用苏韵二首	183
家僮作纸灯	185
晓霁用前韵书怀二首	185
次韵陆文顺佥宪	186
次韵陆佥宪病起见寄	187
太子桥	187
夜寒	188
雪中桃次韵	189
村南	189

再试诸生	190
再试诸生用唐韵	191
次韵胡少参见过	191
与胡少参小集	192
再用前韵赋鹦鹉	193
送客过二桥	193
复用杜韵一首	194
先日与诸友有郊园之约是日因送客后期小诗写怀三首	195
春日花间偶集示门生	196
答刘美之见寄次韵	196
送毛宪副致仕归桐江书院序	197
夏日游阳明小洞天喜诸生偕集偶用唐韵	198
骢马归朝诗叙	199
夏日登易氏万卷楼用唐韵	201
次韵送陆文顺佥宪	201
瘗旅文	202
寓贵诗	204
徐都宪同游南庵次韵	204
南庵次韵二首	205
观傀儡次韵	205
即席次王文济少参韵二首	206
《五经臆说》序	207
《五经臆说》十三条	208
赠刘侍御二首·并序	215

第五章 余韵：去谪赴庐陵令（27题） —— 216

将归与诸生别于城南蔡氏楼	216
诸门人送至龙里道中二首	216
赠陈宗鲁	218
与贵阳书院诸生书（三书）	219

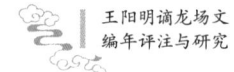

醉后歌用《燕思亭》韵	220
舟中除夕二首	221
溆浦山夜泊	222
过江门崖	223
游钟鼓洞	224
观音山	224
辰州虎溪龙兴寺闻杨名父将到，留韵壁间	225
阁中坐雨	226
霁夜	226
僧斋	227
武陵潮音阁怀元明	228
德山寺次壁间韵	228
沅江晚泊二首	229
夜泊江思湖忆元明	230
睡起写怀	230
三山晚眺	231
鹅羊山	231
满江红·题安化县石桥	232
泗洲寺	233
次韵自叹	233
再经武云观书林玉玑道士壁	234
再过濂溪祠用前韵	234
过安福	235

附一　谪后文（4题5篇） 237

与辰中诸生（二书）	237
《药王菩萨化珠保命真经》序	238
寄贵阳诸生	239
寄叶子苍	239

· 8 ·

附二　祠记（2题）..241
　　贵阳王公祠记..241
　　龙场阳明祠碑记..242

下部　诗意栖居：谪龙场文研究

《陆氏族谱序》——王阳明谪龙场所撰一篇佚文..........................245
龙场之悟探讨之一途：谪龙场前后三篇题画诗文研究....................249
从王阳明龙场诗文看其走向明德的仁者情怀............................256
王阳明龙场诗文中的贬谪、达观、事功一体心态........................273
龙场教育四篇：王阳明圣贤人格精神贯穿..............................289
始自龙冈书院：王阳明的贵州、广西民族教育..........................305
谪龙场判分的辞赋创作：王阳明辞赋编年集注与研究....................313
去谪龙场时《赠陈宗鲁》的文学思想与王阳明文风论....................352
对儒家义理的体验：王阳明"龙场悟道"新论............................371
自《五经臆说》始：王阳明心学经学之建构............................380

上部 谪龙场文编年评注

第一章　序曲：缘起与谪前 (12题)

乞宥言官去权奸以章圣德疏

正德元年（1506年）十一月

【评】1506年，朱厚照即明皇帝位，改元正德，是为正德元年。他任用宦官刘瑾执掌朝政，引起广泛不满。南京户科给事中戴铣等上书表示反对，被锦衣卫拿解京师。时王阳明为兵部主事，上此《乞宥言官去权奸以章圣德疏》。内容可由疏目知：乞是请求的意思；"宥言官"，宽恕戴铣等；"去权奸"，摒除刘瑾等权奸；"章圣德"，彰显皇帝的仁德。"宥言官""章圣德"语义还算中和，"去权奸"则必然引起当权者震怒，于是王阳明被廷杖、下锦衣卫狱、贬谪龙场驿丞，是为其"因言获罪"。该疏之上是在正德元年（1506年）十一月，随后廷杖、下锦衣卫狱、出狱赴谪是在正德二年（1507年）二月。自正德二年（1507年）二月至正德五年（1510年）三月任庐陵令，为王阳明贬谪生活时期。这期间的诗文创作，为本书研究的对象。

臣闻君仁则臣直。大舜之所以圣，以能隐恶而扬善也。臣迩者窃见陛下以南京户科给事中[1]戴铣等上言时事，特敕锦衣卫[2]差官校拿解赴京。臣不知所言之当理与否，意其间必有触冒忌讳，上干雷霆之怒者。但铣等职居谏司[3]，以言为责；其言而善，自宜嘉纳施行；如其未善，亦宜包容隐覆，以开忠谠[4]之路。乃今赫然下令，远事拘囚，在陛下之心，不过少示惩创[5]，使其后日不敢轻率妄有论列，非果有意怒绝之也。下民无知，妄生疑惧，臣切惜之！今在廷之臣，莫不以此举为非宜，然而莫敢为陛下言者，岂其无忧国爱君之心哉？惧陛下复以罪铣等者罪之，则非惟无补于国事，而徒足以增

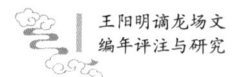

陛下之过举耳。然则自是而后，虽有上关宗社危疑不制之事，陛下孰从而闻之？陛下聪明超绝，苟念及此，宁不寒心！况今天时冻冱[6]，万一差去官校督束过严，铣等在道或致失所，遂填沟壑，使陛下有杀谏臣之名，兴群臣纷纷之议，其时陛下必将追咎左右莫有言者，则既晚矣。伏愿陛下追收前旨，使铣等仍旧供职；扩大公无我之仁，明改过不吝之勇；圣德昭布远迩，人民胥[7]悦，岂不休哉！

臣又惟：君者，元首也；臣者，耳目手足也。陛下思耳目之不可使壅塞[8]，手足之不可使痿痹[9]，必将恻然而有所不忍。臣承乏下僚，僭[10]言实罪。伏睹陛下明旨有"政事得失，许诸人直言无隐"之条，故敢昧死[11]为陛下一言。伏惟俯垂宥[12]察，不胜干冒战栗之至！

【注】[1]给事中：官名，秦汉为加官，晋以后为正官，明代给事中分吏、户、礼、兵、刑、工六科，辅助皇帝处理政务，并监察六部，纠弹官吏。[2]锦衣卫：明代搜集情报机构，前身为明太祖朱元璋设立的"拱卫司"，后改称"亲军都尉府"，统辖仪鸾司，掌管皇帝仪仗和侍卫；洪武十五年（1382年），裁撤亲军都尉府与仪鸾司，改置锦衣卫，作为皇帝侍卫的军事机构，主要职能为"掌直驾侍卫、巡查缉捕"，其首领称锦衣卫指挥使，一般由皇帝的亲信武将担任，直接向皇帝负责。[3]谏司：谏官的职位。[4]忠谠：音 zhōng dǎng，忠诚正直。[5]惩创：惩戒。[6]冻冱：音 dòng hù，冻结。[7]胥：音 xū，全、都，副词。[8]壅塞：音 yōng sè，堵塞。[9]痿痹：肢体不能动作或丧失感觉。[10]僭：音 jiàn，超越本分。[11]昧死：冒死，不避死罪。[12]宥：音 yòu，宽容、饶恕、原谅。

有室七章

正德元年（1506年）十一月

【评】《有室七章》亦为王阳明写狱中感受，创作方法上为拟《诗经》的四言之体，并能袭用、化用《诗经》之句于自己语境，达到浑然无形程度。一章写监狱的壁立高墙，犯人的生活回到原始社会没有时间概念的穴居时代。

二章写监狱的屋漏光线进入，由此引起对光阴逝去的感慨。三章写感受到的阴晴雨雪的无常。四章慨叹暗夜无光以比自己所处的时代。五章写监狱生活没有家的感觉的忧愁，即使有时狱门打开，也不是在体恤自己。六章喻言时代昏暗，又幻想深深的更鼓能带来光明。七章言日子一天天过去，惆怅自己的忧思什么时候是尽头呢？

有室如簾[1]，周之崇墉[2]。
窒如穴处，无秋天冬！
耿[3]彼屋漏，天光入之。
瞻彼日月，何嗟及之！[4]
倐晦倐明，凄其以风[5]。
倐雨倐雪，当昼而蒙。
夜何其矣[6]，靡星靡粲。
岂无白日？寤寐永叹[7]！
心之忧矣[8]，匪家匪室。
或其启矣，殒[9]予匪恤。
氤氲[10]其埃，日之光矣。
渊渊其鼓[11]，明既昌矣[12]。
朝既式矣[13]，日既夕矣[14]。
悠悠我思[15]，曷其极矣[16]！

【注】[1] 簾：音 jù，古代挂钟磬的架子上的立柱。[2] 崇墉：高墙，《诗经·大雅·皇矣》"与尔临冲，以伐崇墉"有用。[3] 耿：光明。[4] 瞻彼日月，何嗟及之："瞻彼日月"袭自《诗经·卫风·雄雉》"瞻彼日月，悠悠我思"。"何嗟及之"袭自《诗经·王风·中谷有蓷》"中谷有蓷，暵其湿矣。有女仳离，啜其泣矣。啜其泣矣，何嗟及矣"。该二句为感叹光阴流逝。[5] 凄其以风：袭自《诗经·邶风·绿衣》"絺兮绤兮，凄其以风。我思古人，实获我心"。[6] 夜何其矣：袭自《诗经·小雅·庭燎》"夜如何其？夜未央，庭燎之光。君子至止，鸾声将将"。[7] 寤寐永叹：袭自《诗经·小雅·小弁》"假寐永叹，维忧用老"。[8] 心

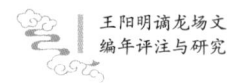

之忧矣：袭自《诗经·曹风·蜉蝣》"心之忧矣，于我归处"、《诗经·小雅·小弁》"心之忧矣，云如之何"。[9] 殒：同陨，坠落。[10] 氤氲：音 yīn yūn，烟云弥漫状。[11] 渊渊其鼓：袭自《诗经·小雅·采芑》"伐鼓渊渊，振旅阗阗"、《诗经·商颂·那》"鞉鼓渊渊，嘒嘒管声"。[12] 明既昌矣：袭自《诗经·齐风·鸡鸣》"东方明矣，朝既昌矣"。[13] 朝既式矣：袭自《诗经·齐风·鸡鸣》"鸡既鸣矣，朝既盈矣"。式，以语境解，或为"逝"之同音假借。[14] 日既夕矣：袭自《诗经·王风·君子于役》"日之夕矣，羊牛下来"。日既夕，傍晚到来，夜幕降临。[15] 悠悠我思：袭自《诗经·卫风·雄雉》"瞻彼日月，悠悠我思。道之云远，曷云能来"。[16] 曷其极矣：袭自《诗经·唐风·鸨羽》"肃肃鸨翼，集于苞棘。王事靡盬，不能蓺黍稷。父母何食？悠悠苍天，曷其有极"。

不寐·并序

正德元年（1506 年）十二月

【评】该诗作于正德元年（1506 年）十二月，已为诗序道出（见下）。该诗为五古，计十八句，王阳明《狱中诗八首》之第一首，是他狱中夜不能寐的有感而发。前四句由想象中的时空转换写到狱中之夜的恐怖与漫长，第五、六句用比喻手法描写了所经历的凶险政治事件，随后两句写"因言获罪"事给自己带来的凄凉之感。后十句写自己失望后欲归隐山林之意。

正德丙寅年十二月以上疏忤逆瑾，下锦衣狱作。
天寒岁云暮[1]，冰雪关河迥[2]。
幽室魍魉[3]生，不寐知夜永[4]。
惊风起林木，骤若波浪汹。
我心良匪石，讵[5]为戚欣动。
滔滔眼前事，逝者去相踵。
厓穷犹可陟，水深犹可泳。
焉知非日月，胡为乱予衷？

深谷自逶迤，烟霞日悠永[6]。

讵时在贤达，归哉盍耕垅！

【注】[1] 岁云暮：年将尽，此为化用杜甫、白居易句。杜甫句为"岁云暮矣多北风，潇湘洞庭白雪中"（《岁宴行》），白居易句为"秦中岁云暮，大雪满皇州"（《秦中吟歌舞》）。[2] 关河迥：关山远，此为化用周邦彦句。周邦彦句为"枫林凋晚叶，关河迥，楚客惨将归"（《风流子》）。[3] 魍魉：古代神话传说中的山川精怪。[4] 夜永：夜长、夜深，如唐戴叔伦句"美人不眠怜夜永，起舞亭亭乱花影"（《白苎词》）中"夜永"之用。[5] 讵：音 jù，"怎"，表反问语气词。[6] 悠永：久远，如南朝梁沉沈句"驾雌蜺之连卷，泛天江之悠永"（《郊居赋》）中"悠永"之用。

读《易》

正德元年（1506年）十二月

【评】该诗为五古，计十八句，是王阳明狱中读《易》悟得的书写。前四句交代背景，说监狱生活闲暇，反省之余，闭目静坐、专心一志体味《易》理。中八句写味《易》的悟得，符合自己对"因言获罪"事的梳理。最后六句写时空的无穷，表达了要超越眼前的俗务羁绊，自由快乐地终老林泉。

囚居亦何事？省愆[1]惧安饱。

瞑坐[2]玩义《易》，洗心[3]见微奥[4]。

乃知先天翁[5]，画画[6]有至教[7]。

"包蒙"戒为寇[8]，"童牿"事宜早[9]。

"蹇蹇"[10]匪为节，"虩虩"未违道[11]。

《遁》四[12]获我心，《蛊》上[13]庸自保。

俯仰天地间，触目俱浩浩。

箪瓢[14]有余乐，此意良匪矫。

幽哉阳明麓[15]，可以忘吾老。

【注】[1] 省愆：反省自己的过错。[2] 瞑坐：闭目静坐。[3] 洗心：专心一志。[4] 微奥：幽微深奥。[5] 先天翁：指伏羲。先天：先天八卦，《易·系辞上》："易有太极，是生两仪，两仪生四象，四象生八卦。"先天八卦因是伏羲氏观物取象所作，又称伏羲八卦。[6] 画画：指伏羲的阴爻、阳爻三叠画八卦。[7] 至教：深刻的教导。[8] "包蒙"戒为寇：包蒙，出自《蒙》卦九二爻辞"包蒙吉"，指九二阳爻被初六、六三、六四、六五所包蒙。其上九爻辞为："击蒙，不利为寇，利御寇。"[9] "童牿"事宜早：童牿，出于《大畜》六四爻辞："童牛之牿，元吉。"童牛，指未经驯化的小牛。牿，用来防止牛角抵人而安在牛角上的横木。该爻辞义为：给小牛犊戴上木枷，约束它，吉利。王阳明此处意思是，给小牛上规矩宜趁早。[10] 蹇蹇：出自《蹇》卦六二爻辞："王臣蹇蹇，匪躬之故。"高亨注："言王臣謇謇忠告直谏者，非其身之事，乃君国之事也。"后因以"蹇蹇匪躬"谓为君国而忠直谏诤。蹇，通"謇"。[11] 虩虩：音 xì xì，恐惧貌，出自《震》卦初九爻辞："震来虩虩，后笑言哑哑，吉。"《象》曰："震来虩虩，恐致福也。笑言哑哑，后有则也。"[12]《遁》四：《遁》卦九四爻，爻辞为："好遁，君子吉，小人否。"好，有利于。否，通"闭"，指遁道闭塞。爻辞意为形势有利于遁让之时，君子能适时隐退而获吉。[13]《蛊》上：《蛊》卦上九爻辞："不事王侯，高尚其事。"意为不再为王侯之事而操劳很高尚。[14] 箪瓢：此为用颜子"箪食瓢饮，不改其乐"之典，出自《论语·雍也》："一箪食，一瓢饮，在陋巷，人不堪其忧，回也不改其乐。"[15] 阳明麓：其于家乡所筑阳明洞所在之山麓。

岁　暮

正德元年（1506年）十二月

【评】该诗为七律，是王阳明狱中独坐的所思所感。首联、颔联实写：首联写自己狱中茫然端坐连续十天，几乎成了木头，突然惊觉已是年终岁尾不由得思念家乡；颔联写由于监狱高耸的墙檐遮挡，即使日中也见不到阳光，深夜里狡猾的老鼠还会到狱床上来。颈联、尾联为想象家乡的虚写：颈联说远处峰头的晴雪映照着自己的茅屋，还有瀑布古松下自己的阳明洞；尾联写和所养的鹤、猿在溪水洞涧边亲密悠然地在一起。

兀坐[1]经旬[2]成木石，忽惊岁暮[3]还思乡。
高檐白日不到地，深夜黠鼠[4]时登床。
峰头霁雪[5]开草阁[6]，瀑下古松闲石房[7]。
溪鹤洞猿尔无恙，春江归棹吾相将[8]。

【注】[1] 兀坐：茫然端坐。[2] 旬：十日。[3] 岁暮：年末，年终岁尾。[4] 黠鼠：狡猾的老鼠。[5] 霁雪：雪过天晴。[6] 草阁：茅草屋。[7] 石房：故乡的阳明洞。[8] 相将：相偕、相共，如汉王符《潜夫论·救边》句"相将诣阙，谐辞礼谢"中"相将"之用。

见 月

正德元年（1506年）十二月

【评】该诗为五古，计十四句，是王阳明狱中夜不能寐而睹月光的有感而发。诗化用李白《静夜思》，但其月光勾起的不是客子思乡，而是以月光喻时光，慨叹时光易逝，表明他对未来抱有希望，最后慨叹自然盈虚变化的规律。

屋罅[1]见明月，还见地上霜。
客子夜中起，旁皇[2]涕沾裳。
匪为严霜苦，悲此明月光。
月光如流水，徘徊照高堂。
胡为此幽室[3]，奄忽[4]逾飞扬？
逝者不可及，来者犹可望。
盈虚[5]有天运，叹息何能忘！

【注】[1] 罅：音 xià，缝隙、裂缝。[2] 旁皇：内心不安而徘徊不定貌。[3] 幽室：此指监狱。[4] 奄忽：忽然、突然。[5] 盈虚：盈满或虚空，指代发展变化。

天　涯

正德元年（1506年）十二月

【评】该诗为七律，是王阳明在狱中驰骋想象之作。首联、颔联是关于天涯的描写。颈联的"合远投"语，可能意味着他已臆测或得到行将贬谪龙场的消息。颈联的"思家有泪仍多病"、尾联的"且应蓑笠卧沧洲"则表达了思念家人之情和归隐林泉之意。

天涯岁暮冰霜结，永巷[1]人稀罔象[2]游。
长夜星辰瞻阁道[3]，晓天钟鼓隔云楼。
思家有泪仍多病，报主无能合远投。
留得升平双眼在，且应蓑笠[4]卧沧洲。

【注】[1] 永巷：本指宫中狭长的小巷，亦指幽禁犯错的嫔妃、宫人之所，此指一般的狭长小巷。[2] 罔象：亦作"罔像"，古代传说中的水怪，或谓木石之怪。[3] 阁道：栈道。[4] 蓑笠：蓑衣与笠帽，为渔夫、樵人、隐者装束，指代归隐。

屋罅月

正德元年（1506年）十二月

【评】该诗为五古，计十六句，是王阳明在狱中夜睹屋罅月的咏叹。诗为比体，以丈夫外出游侠而独居的幽妇自比，抒发幽苦与悲情。

幽室不知年，夜长昼苦短[1]。

但见屋罅月[2]，清光自亏满。
佳人宴清夜[3]，繁丝[4]激哀管[5]。
朱阁出浮云，高歌正凄婉。
宁知幽室妇，中夜独愁叹！
良人[6]事游侠，经岁[7]去不返。
来归在何时？年华忽将晚。
萧条念宗祀[8]，泪下长如霰[9]。

【注】[1] 夜长昼苦短：此为化用《古诗十九首·生年不满百》之"昼短苦夜长，何不秉烛游"句。[2] 屋罅月：从房子缝隙进来的月光。[3] 佳人宴清夜：此为化用陶渊明"日暮天无云，春风扇微和。佳人美清夜，达曙酣且歌"句。[4] 繁丝：犹繁弦，繁杂的弦乐声。汉蔡邕《琴赋》"于是繁弦既抶，雅韵复扬"有用。[5] 哀管：管乐器奏出的哀伤声调。[6] 良人：先时夫妻互称良人，后多用于妻子称丈夫。[7] 经岁：经过一年。[8] 宗祀：对祖宗的祭祀。[9] 泪下长如霰：此为谢朓《晚登三山还望京邑》中"佳期怅何许，泪下如流霰"之"泪下如流霰"句的化用。流霰，飞降的雪粒，常形容流泪。

别友狱中

正德元年（1506年）十二月

【评】该诗为五古，计十六句，是王阳明行将出狱时别狱友之辞。王阳明正德元年（1506年）十一月下狱，十二月出狱，可知该诗作于十二月。诗有以下内容：表达了和狱友之间的情谊；虽在狱中依然讲学不辍；教导狱友要以圣贤为榜样；即将出狱的喜悦之情，以及对道的遵信。

居常念朋旧，簿领[1]成阔绝[2]。
嗟我二三友[3]，胡然此簪盍[4]！
累累图圄[5]间，讲诵[6]未能辍。

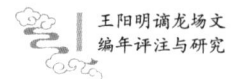

桎梏[7]敢忘罪？至道[8]良足悦。
所恨精诚眇[9]，尚口徒自蹶[10]。
天王本明圣，旋已但中热[11]。
行藏[12]未可期，明当与君别。
愿言无诡随[13]，努力从前哲！

【注】[1] 簿领：官府记事的簿册或文书。[2] 阔绝：长时间断绝音信，此指即将诀别。[3] 二三友：指狱友。[4] 簪盍：音 zān hé，此为用典，典出《易·豫》："勿疑，朋盍簪。"朱熹《易本义》谓："然又当至诚不疑，则朋类合而从之矣。"后因以"簪盍"谓朋友相聚。宋王十朋"天高气肃，秋色平分，簪盍良朋，把酒论文"（《蓬来阁赋》）、明李东阳"旧堂簪盍地，梦醒不知年"（《斋居和亨父用杜韵》之二）于"簪盍"。[5] 囹圄：监狱，同"囹圉"。[6] 讲诵：讲授诵读。[7] 桎梏：脚镣和手铐。[8] 至道：真理。[9] 眇：细小，微小。[10] 自蹶：跌倒。[11] 中热：内心激动。[12] 行藏：被任用就出仕，不被任用就退隐，出自《论语·述而》："用之则行，舍之则藏。"[13] 诡随：不顾是非而妄随人意，出自《诗经·大雅·民劳》："无纵诡随，以谨无良。"《毛传》谓："诡随，诡人之善，随人之恶者。"朱熹《诗集传》谓："诡随，不顾是非而妄随人也。"

赠刘秋佩

正德元年（1506年）十二月

【评】据束景南先生《王阳明佚文辑考编年》，该诗与下《又赠刘秋佩》见《同治重修涪州志》卷十五。刘秋佩，即刘蒧，字惟馨，号凤山、秋佩，涪州人，与王阳明同年进士及第，故诗中有"检点同年三百辈"之句。王阳明与刘秋佩因忤刘瑾均下锦衣卫狱，为狱友。王阳明《赠刘秋佩》二诗，当为出狱告别刘秋佩而作。该诗在重现历史事件的同时，赞扬了刘秋佩的忠义骨鲠，也再现了王阳明自己的忠义之气。

骨鲠英风海外知，况于青史万年垂。
紫雾四塞[1]麟惊去，红目重光[2]凤落仪。
天夺忠良谁可问，神为雷电龟难知。
莫邪[3]亘古无终秘，屈轶[4]何时到玉墀[5]？

【注】[1]紫雾四塞：此意象和下"红目重光"意象为时忠良耿直弹劾刘瑾历史风云的形象描写。[2]红目重光：见注[1]。[3]莫邪：此为用干将莫邪之典，典出刘向《列士传》："干将莫邪为晋君作剑，三年而成，剑有雌雄，天下名器也。乃以雌剑献君，留其雄者。谓其妻曰：'吾藏剑在南山之阴，北山之阳，松生石上，剑在其中矣。君若觉，杀我。尔生男以告之。'及至君觉，杀干将，妻后生男名赤鼻，具以告之。赤鼻斫南山之松不得剑，思于屋柱中得。晋君梦一人，眉广三寸，辞欲报仇，购求甚急。乃逃朱兴山中。遇客欲为之报，乃刎首。将以奉晋君。客令镬煮之头三日，三日跳不烂，君往观之，客以雄剑倚拟君，君头堕镬中，客又自刎，三头悉烂，不可分别，分葬之。名曰三王冢。"[4]屈轶：古代传说中的一种草，能指识佞人，故又名"指佞草"。关于"屈轶"的文献记载，汉王充《论衡·是应》有："屈轶，草也。安能知佞？"晋张华《博物志》卷三有："尧时有屈佚草，生于庭，佞人入朝，则屈而指之。"[5]玉墀：音 yù chí，宫殿前的石阶，借指朝廷。

又赠刘秋佩

正德元年（1506年）十二月

【评】该诗和前《赠刘秋佩》为王阳明出锦衣卫狱赠同年狱友刘秋佩之作，再次赞赏了刘的忠义。

检点同年三百辈[1]，大都碌碌在风尘。
西川若也无秋佩，谁作乾坤不劳人？

【注】[1] 同年三百辈：和王阳明在弘治十二年（1499 年）乙未科同中进士的三百许人。

咎言·并序

正德元年（1506 年）十二月

【评】《咎言·并序》为一楚体辞，是王阳明在正德元年（1506 年）底作。由序可知，该辞为狱中所述，既出而录，因出狱在十二月二十一日，故当成于十二月。辞之序中"下锦衣狱"为他在正德元年（1506 年）职兵部武选清吏司主事因言获罪事，"省愆内讼"意为该辞是王阳明的自我反思之作。王阳明的狱中生活是孤寂、凄凉、迷惑、悲伤的，但他似乎又意识到了其中的奥妙，故而旨归是遵从天命的遗世高蹈。辞中"予年将中，岁月遒兮"是对人生有限的感慨，"深谷崆峒，逝息游兮。飘然凌风，八极周兮。孰乐之同，不均忧兮"是遗世高蹈道家方法论和人生观的表达；"匪修名崇仁之求兮，出处时从天命何忧兮"则又是说自己并非不想追求儒家圣学的"仁"与"名"，但现实不允许，只好选择"乐天知命""飘然凌风"。

正德丙寅冬十一月，守仁以罪下锦衣狱。省愆内讼，时有所述。既出，而录之。

何玄夜[1]之漫漫兮，悄予怀之独结。
严霜下而增寒兮，瞰[2]明月之在隙。
风咻咻以憎木兮，鸟惊呼而未息。
魂营营[3]以惝恍[4]兮，目盲盲[5]其焉极！
懔寒飙[6]之中人兮，杳不知其所自。
夜展转而九起兮，沾予襟之如泗[7]。
胡定省[8]之弗遑兮，岂荼甘之如荠[9]？
怀前哲之耿光[10]兮，耻周容[11]以为比。
何天高之冥冥[12]兮，孰察予之衷[13]？

予匪戚于累囚兮，牿[14]匪予之为恫[15]。
沛洪波之浩浩兮，造云阪[16]之蒙蒙。
税予驾[17]其安止兮，终予去此其焉从？
孰瘿瘰[18]之在颈兮，谓累足[19]之何伤？
薰目而弗顾[20]兮，惟盲者以为常。
孔训[21]之服膺兮，恶讦以为直[22]。
辞婉娈期巷遇兮，岂予言之未力？
皇天之无私兮，鉴予情之靡他[23]！
宁保身之弗知兮，膺[24]斧锧之谓何。
蒙出位之为惩[25]兮，信愚忠者蹈巫[26]。
苟圣明之有禅[27]兮，虽九死其焉恤！

乱曰：

予年将中，岁月遒[28]兮！
深谷崆峒，逝息游兮。[29]
飘然凌风，八极周兮。[30]
孰乐之同，不均忧兮。
匪修名崇仁之求兮，出处时从天命何忧兮！

【注】[1] 玄夜：黑夜，如汉刘桢《公燕诗》"永日行游戏，欢乐犹未央。遗思在玄夜，相与复翱翔"中"玄夜"之用。[2] 皦：同皎。[3] 魂营营：心神不定，如屈原《远游》句"夜耿耿而不寐兮，魂营营而至曙"中"魂营营"之用。营营，往来不停貌。[4] 惝恍：音 chǎng huǎng，失意貌，如屈原《远游》句"步徙倚而遥思兮，怊惝恍而乖怀"中"惝恍"之用。[5] 窅：音 yǎo，会意，从穴中目，表示目深，本义为深目，眼睛眍（kōu）进去。引申义为深远貌。[6] 飚：音 biāo，同飙，暴风。[7] 泗：鼻涕。[8] 定省：子女早晨晚间向亲长问安，出自《礼记·曲礼上》："凡为人子之礼，冬温而夏清，昏定而晨省。"[9] 荼甘之如荠：此为"谁谓荼苦？其甘如荠"（《诗经·谷风》）之化用。[10] 耿光：光明，光辉，光荣。《尚书·立政》"以觐文王之耿光，以扬武王之大烈"、李白《明堂赋》"遵先轨以继作兮，扬列圣之耿光"有用。[11] 周容：迎合讨好。此处如屈原《离骚》"背绳墨以追曲兮，

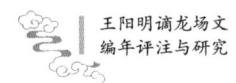

竟周容以为度"中"周容"之用。[12]冥冥：不明亮。此处如屈原《涉江》"杳以冥冥"中"冥冥"之用。[13]衷：内心。[14]牿：音gù，绑在牛角上使其不能抵人的横木，同"梏"，桎梏、束缚。[15]恫：音tōng，悲伤、伤心。[16]阪：音bǎn，山坡。[17]税予驾：解下驾车的马，停车。"税"通"挩"（tuō）、"脱"，脱去、脱掉。"税驾"一词，《史记·李斯列传》"吾未知所税驾也"有用。[18]瘿瘰：瘿，音yǐng，颈部囊状瘤。瘰，音luǒ，结核菌侵入淋巴结发生核块的病，多在颈部，俗称"老鼠疮"。[19]累足：犹重足，两足相叠不敢正立，形容小心戒惧。[20]熏目而弗顾：用火烟熏炙眼睛，专心于一事之中。典出晋王嘉《拾遗记·周灵王》："(师旷)熏目为瞽人，以绝塞众虑，专心于星算音律之中。"[21]孔训：孔子的教导。[22]恶讦以为直：厌恶攻击别人的短处以为正直。典出《论语·阳货》："子贡曰：'君子亦有恶乎？'子曰：'有恶。恶称人之恶者，恶居下流而讪上者，恶勇而无礼者，恶果敢而窒者。'曰：'赐也亦有恶乎？''恶徼以为知者，恶不孙以为勇者，恶讦以为直者。'"[23]靡他：无他。[24]膺：接受。[25]出位之为愆：出位，越位、超越本分，《易·艮》："君子以思不出其位。"愆，罪过、过失。此句王阳明说自己超越本分上书是犯了错误。[26]信愚忠者蹈亟：信，果真、的确，如李白"烟涛微茫信难求"（《梦游天姥吟留别》）中"信"之用。此句意为出于愚忠而走了极端。[27]裨：音bì，弥补、补助。[28]岁月遒：时间急迫，为宋玉《九辩》"岁忽忽而遒尽兮，恐余寿之弗将"之化用。[29]深谷崆峒，逝息游兮：崆峒，山洞、洞窟。该二句言欲游息于山谷山洞之中。[30]飘然凌风，八极周兮：该二句言欲自由行走于天地之间。

第二章　赴谪：寓游浙闽赣 (25题)

答汪抑之三首

正德二年（1507年）闰正月

【评】《答汪抑之三首》写于正德二年（1507年）春，为王阳明赴谪龙场驿丞伊始和饯别他的挚友汪抑之（汪俊，见下【注】）的唱和之作。三诗皆为古体，不受格律限制，适合自由表达思想与情感。其一是话语诗歌形式的忠实记录，使用了赋的手法、素朴的语言，再现了好友汪抑之送别他的情形，表现了他当时矛盾复杂的心情。其二使用了比兴想象、虚实结合等手法，整篇如电影镜头一样，是一个实—虚—实的顺序。其三也采取了虚实结合的写作手法，前两句是实写，问对方何时实现归隐之志；随后八句写想象中的友人的隐居生活；最后四句回到现实，说两人有意效法朱陆两先贤的聚会论学，相约聚集于秋天的讲船之上。

其一

去国心已恫，别子[1]意弥恻。
伊迩[2]怨昕夕[3]，况兹万里隔。
恋恋歧路间，执手何能默？
子有昆弟居，而我远亲侧。
回思菽水欢[4]，羡子何由得。
知子念我深，夙夜敢忘惕。
良心忠信资，蛮貊[5]非我戚[6]。

其二

北风春尚号，浮云正南驰。
风云一相失，各在天一涯。
客子怀往路，起视明星稀。
驱车赴长阪，迢迢[7]入岚霏[8]。
旅宿苍山底，雾雨昏朝弥[9]。
间关[10]不足道，嗟此白日微。
切磋[11]怀良友，愿言毋心违[12]！

其三

闻子赋茅屋，来归在何年？
索居间楚越，连峰郁参天。
缅怀岩中隐，磴道[13]穷扳缘。
江云动苍壁，山月流澄川。
朝采石上芝，暮漱松间泉。
鹅湖有前约，鹿洞多遗篇。[14]
寄子春鸿书[15]，待我秋江船。

【注】[1] 子：指汪抑之。汪抑之，即汪俊，字抑之，江西广信府弋阳县（今江西省弋阳县）人，进士出身，官至朝礼部尚书，尊崇程朱理学，与王阳明交好。[2] 伊迩：近、将近。[3] 昕夕：黎明、晚上。昕，音 xīn，日将出时。[4] 菽水欢：菽水承欢，特指侍奉父母。菽水，豆和水，指最平凡的食品，典出《礼记·檀弓下》："啜菽饮水尽其欢，斯之谓孝。"[5] 蛮貊：泛指落后部族。貊，音 mò，古书上说的一种野兽，中国古代用于称东北方的民族。[6] 戚：忧愁、悲哀。[7] 迢迢：形容遥远。[8] 岚霏：山间云雾。岚，音 lán，山间的雾气。霏，音 fēi，云气。[9] 雾雨昏朝弥：一整天都是雾雨的天气。[10] 间关：辗转，形容旅途的艰辛。《汉书·王莽传》"间关至渐台"有用。[11] 切磋：切磋相正。[12] 心违：达不成心愿。[13] 磴道：登山的石路。[14] 鹅湖有前约，鹿洞多遗篇：此处以朱（朱熹）陆（陆九渊）鹅湖友辩类比自己和汪抑之的道友关系。[15] 鸿书：对他人书信的敬称。清袁枚《奉和李雨村观察见寄原韵》"访君恨乏葛陂龙，接得鸿书笑启

封"有用。

阳明子之南也，其友湛元明歌九章以赠，崔子钟和之以五诗，于是阳明子作八咏以答之

正德二年（1507年）闰正月

【评】该组诗写于正德二年（1507年）春，为王阳明赴谪龙场驿丞伊始和挚友湛若水（字元明，号甘泉）、崔子钟（崔铣，1478—1541，又字仲凫，号后渠，又号洹野，世称后渠先生）的答和之作。该组诗之作，《湛若水年谱》曰："正德二年……正月，王阳明被贬贵州龙场驿丞，甘泉作《九章赠别》，阳明回赠《别湛甘泉》。"该组诗是五言古体，为以理化情、以志消情之作，即以深刻、宏阔的道理和艰巨、远大的志向消解赴谪的忧愁幽思之情。

其一

君莫歌九章[1]，歌以伤我心。
微言[2]破寥寂，重以《离别吟》[3]。
别离悲尚浅，言微感逾深。
瓦缶[4]易谐俗，谁辩黄钟[5]音？

其二

君[6]莫歌五诗[7]，歌之增离忧。
岂无良朋侣？洵[8]乐相遨游[9]。
譬彼桃与李，不为仓囷[10]谋。
君莫忘五诗，忘之我焉求？

其三

洙泗[11]流浸微，伊洛[12]仅如线。
后来三四公，瑕瑜未相掩。
嗟予不量力，跛鳖[13]期致远。
屡兴还屡仆，惴息[14]几不免。

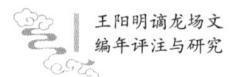

道逢同心人，秉节倡予敢。

力争毫厘间，万里或可勉。

风波忽相失，言之泪徒法[15]。

其四

此心还此理[16]，宁论己与人？

千古一嘘吸，谁为叹离群？

浩浩天地内，何物非同春！

相思辄奋励，无为俗所分。

但使心无间，万里如相亲。

不见宴游交，征逐[17]胥[18]以沦。

其五

器道[19]不可离，二之即非性。

孔圣欲无言[20]，下学从泛应。

君子勤小物[21]，蕴蓄乃成行。

我诵穷索[22]篇，于子既闻命。

如何圜中士，空谷以为静？

其六

静虚[23]非虚寂[24]，中有未发中[25]。

中有亦何有？无之即成空。

无欲[26]见真体，忘助[27]皆非功。

至哉玄化机，非子孰与穷！

其七

忆与美人[28]别，赠我青琅[29]函。

受之不敢发[30]，焚香始开缄[31]。

讽诵意弥远，期我濂洛[32]间。

道远恐莫致，庶几[33]终不惭。

其八

忆与美人别，惠我云锦裳。

锦裳不足贵，遗我冰雪肠。

寸肠亦何遗？誓言终不渝。

珍重美人意，深秋以为期。

【注】[1] 君莫歌九章：君，指湛若水；"九章"，本指屈原以"楚辞体"作的一组诗，此指湛若水所赋的九首诗歌。其一曰："天地我一体，宇宙本同家。与君心已通，别离何怨嗟。浮云去不停，游子路转赊。愿言崇明德，浩浩同无涯。"[2] 微言：简约的内涵深奥的义理。[3]《离别吟》：元代王冕有《离别吟》诗："寒风飒大野，行子行河梁。执手不忍弃，迟迟复遑遑。朋友会面难，慷慨热中肠。人生岂无家？结交在踌傍。今晨强绸缪，明各天一方。相见苦不早，离别徒悲伤。"此指王阳明自己的答咏。[4] 瓦缶：通俗乐器。[5] 黄钟：高雅乐器。[6] 君：崔子钟。[7] 五诗：崔子钟所作的五首诗。[8] 洵：副词，实在。[9] 遨游：嬉戏游玩。[10] 仓囷：盛放粮食的仓库。[11] 洙泗：洙水、泗水，春秋时在鲁国境内，因孔子在洙、泗之间聚徒讲学，后以"洙泗"代孔子或其开创的儒家学派。[12] 伊洛：伊水、洛水，在今河南洛阳，为北宋理学家程颢、程颐故里，后以"伊洛"代二程或其理学。[13] 跛蹩：音 bǒ bié，跛行。[14] 惴息：恐惧害怕得不敢喘息。[15] 泪徒泫：泪空流。泫，音 xuàn。[16] 此心还此理：化用了陆九渊"人同此心，心同此理，往古来今，概莫能外"之说。[17] 征逐：交往过从。唐代韩愈"今夫平居里巷相慕悦，酒食游戏相征逐"（《柳子厚墓志铭》）有用。[18] 胥：副词，全、都。[19] 器道：器指物的表现形式，道指物的内在本质。出自《周易·系辞上》："形而上者谓之道，形而下者谓之器。"[20] 孔圣欲无言：该句所指为孔子对形而上的道不作讨论，只讨论日用人伦的立场："子贡曰：'夫子之文章，可得而闻也；夫子之言性与天道，不可得而闻也。'"（《论语·公冶长》）[21] 君子勤小物：该句典出《国语·晋语九》："夫君子能勤小物，故无大患。"意为君子做事能不避小事、小节，故而不会有闪失、错误，进而不会有大的祸患。[22] 穷索：苦心思索。朱熹《答林择之书》："熹近只就此处见得向来所未见底意思，乃知存久自明，何待穷索之语，是真实不诳语。"[23] 静虚：恬淡平和。[24] 虚寂：虚静寂灭。[25] 未发中：出自《中庸》"喜怒哀乐未发谓之中"句。"中"不是虚无，也不是空，因为其内有喜、怒、哀、乐等情感。[26] 无欲：没有欲望。[27] 忘助：忘，玩忽；助，长，拔苗助长。意为做事情既不要玩忽不

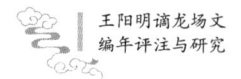

当回事,也不要有拔苗助长的心态。典出《孟子·公孙丑》:"必有事焉……心勿忘,勿助长。"[28] 美人:传统上美人既可指容貌姣好的女子、才貌出众的男子,亦可指君主或品德美好的人。该诗指湛若水,取"品德美好的人"之义。[29] 青琅:一种青色的美石。琅,音 láng,似玉的美石或青色的珊瑚。[30] 不敢发:不敢开启信函。[31] 开缄:开启书信。[32] 濂洛:濂,指周敦颐(理学前驱),号濂溪,此为以号代其人。洛,代二程(程颢、程颐),二程洛阳人。[33] 庶几:差不多,接近。

忆昔答乔白岩因寄储柴墟三首

正德二年(1507 年)闰正月

【评】该组诗为五古。王阳明论道学友除湛若水、汪抑之、崔子钟三人外,尚有乔白岩、储柴墟二位。乔白岩(1457—1524),名宇,字希大,号白岩山人,乐平(今山西昔阳)人,成化二十年(1484 年)登进士第,长王阳明十五岁。王阳明有《送宗伯乔白岩序》一文,"宗伯"者,礼部尚书的别称,乔白岩曾任南京礼部尚书,故称。储柴墟(1457—1513),名巏,字静夫,号柴墟,明直隶泰州人,成化二十年(1484 年)登进士第,亦长王阳明十五岁。王阳明赴谪龙场,当时乔、储二人因不在京,故而未能送行。王阳明于赴谪途中忆起二人,故作该诗。

其一

忆昔与君[1]约,玩《易》探玄微。
君行赴西岳[2],经年始来归。
方将事穷索[3],忽复当远辞[4]。
相去万里余[5],后会安可期?
问我长生诀,惑也吾谁欺!
盈亏[6]消息[7]间,至哉天地机[8]。
圣狂[9]天渊隔,失得分毫厘[10]。

其二

毫厘何所辩？惟在公与私[11]。
公私何所辩？天动[12]与人为[13]。
遗体[14]岂不贵？践形[15]乃无亏。
愿君崇德性[16]，问学刊支离[17]。
无为气[18]所役，毋为物[19]所疑。
恬淡[20]自无欲，精专[21]绝交驰。
博弈[22]亦何事，好之甘若饴[23]？
吟咏有性情，丧志非所宜。[24]
非君爱忠告，斯语容见嗤。
试问柴墟子，吾言亦何如？

其三

柴墟吾所爱，春阳溢鬖眉[25]。
白岩吾所爱，慎默长如愚[26]。
二君廊庙器[27]，予亦山泉姿[28]。
度量较齿德[29]，长者皆吾师。
置我五人末，庶亦忘崇卑[30]。
迢迢万里别，心事两不疑[31]。
北风送南雁，慰我长相思。

【注】[1] 君：储柴墟。[2] 西岳：华山。[3] 方将事穷索：正要践履约定，讨论《易》学，探究深奥的道理。[4] 忽复当远辞：指自己赴谪龙场。[5] 相去万里余：贵阳龙场和京师相隔遥远。[6] 盈亏：出自《易·谦》的"天道亏盈"句，谓自然之道的盈满则亏减。[7] 消息：出自《易·丰》的"日中则昃，月盈则食，天地盈虚，与时消息"句，"息"为滋长，和"消"为反义词。[8] 至哉天地机："至哉"语出《坤·彖》的"至哉坤元，万物资生，乃顺承天"句，该句与《乾·彖》的"大哉乾元，万物资始，乃统天"合而构成天地乾坤交合的机运，译文可为"伟大啊，高深啊，天地乾坤，两者的交合始生万物"。这里的"至哉天地机"是合《坤·彖》与《乾·彖》而成句义。[9] 圣狂：儒者对道的坚守而不媚流俗所表

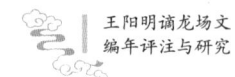

现出的"狂妄",陈寅恪先生"天赋迂儒自圣狂"有用。该句出自1929年陈先生《北大学院己巳级史学系毕业生赠言》诗。[10]失得分毫厘:出自《礼记·经解》:"《易》曰:'君子慎始,差若毫厘,谬以千里。'"[11]惟在公与私:惟,仅仅、只;公,公心;私,私心。[12]天动:此指天理的运行。[13]人为:此指人欲的运行。[14]遗体:自己的肉体,旧用法以自己的身体为父母的"遗体"。[15]践形:实践,出自《孟子·尽心上》:"形色,天性也,惟圣人然后可以践形。"后曾国藩《送刘椒云南归序》有:"使夫一身得职,而天地万物,各安其分。以位以育,以效吾之官司,所谓践形者也。"使得"践形"的实践义越发明确。[16]崇德性:尊德性。尊德性是在"心为万物之体"命题的前提下,主张道德修养只需反观自己的心体而不假外求,与其相对的是"道问学"。"道问学"在"格物致知"的本体论指导下,主张读书问学以穷理的方式向外求索。二者的分野,是理学内部"理学"和"心学"在修养方法论上的分歧,该分歧在南宋朱熹、陆九渊那里曾经公开化,二人著名的"鹅湖之辩"即聚焦于此。王阳明在此已明确他归属陆九渊的"心学"一派。[17]问学刊支离:"问学"即"道问学";刊,斫、删削;支离,分散,散乱没有条理。王阳明以为朱子"道问学"一派的向外求索头绪繁多难以把握,故而警告储柴墟要于此有所注意。[18]气:变化多端的气质,理学认为其为导致人欲的渊源因。[19]物:外在事物,理学认为其为导致人欲的诱发因。[20]恬淡:性情淡泊、不求名利,出自《老子》"恬淡为上,胜而不美"句。[21]精专:专一。[22]博弈:此处当泛指儒家圣学以外的游戏。语出《论语·阳货》:"不有博弈者乎?"朱子《论语集注》释为:"博,局戏;弈,围棋也。"[23]甘若饴:同成语"甘之如饴"。甘,甜;饴,麦芽糖。[24]吟咏有性情,丧志非所宜:沉溺于辞章而忽略圣学,有玩物丧志之嫌。[25]春阳溢鬓眉:春阳,春天的阳光,汉荀悦《申鉴·杂言上》有"喜如春阳,怒如秋霜"句,故而可以"春阳"喻"和悦"的情感。溢,本义为水流出容器,此为引申的"表现"义。鬓眉,指代面容。[26]慎默长如愚:慎默,谨慎、沉默,不轻易言谈。长,通"常"。如愚,同大智若愚之"若愚"。[27]廊庙器:堪当朝廷国家大任者。廊庙,代朝廷、国家。器,器物,引申为"才具"义。[28]山泉姿:山泉,同"林泉",指代"隐居"。"山泉姿"和"廊庙器"相对,既是王阳明的自谦才能不高之辞,亦是他隐居林泉之志的表达。[29]度量较齿德:度量,比较。齿,牙齿,指代年龄,如前交代，储柴墟和乔白岩均长王阳明十五岁。德，指道德水准。[30] 庶亦忘崇卑：庶，"庶几"的略说，或许、差不多的意思。崇卑，即尊卑。[31] 心事两不疑：互不猜疑、肝胆相照。

一日怀抑之也。抑之之赠既尝答以三诗，意若有歉焉，是以赋也

正德二年（1507年）闰正月

【评】该组诗为五古。其创作缘起，据诗题知为思念汪抑之、弥补对汪的歉意而作。该组诗为情谊缱绻的思念之情的反复咏叹，咏叹中有写景有言理，可谓做到了抒情、写景、言理于一体。抒情之句有"沉郁未能展""忧来仍不免""缅怀沧洲期""美人难自忘""惆怅为谁鼓"。写景之句有"河山郁苍苍""风吹蒹葭雪，飘荡知何处"。言理之句有"人生各有际，道谊尤所眷""迟晚不足叹，人命各有常"。实写与虚写相结合：实写之句有"一日复一日，去子日以远""中夜不能寐，起视江月光"；虚写为组诗之其三。

其一

一日复一日，去子日以远。
惠我金石言[1]，沉郁未能展。
人生各有际，道谊尤所眷。[2]
尝嗤儿女悲[3]，忧来仍不免。
缅怀沧洲期，聊以慰迟晚。

其二

迟晚不足叹，人命各有常。
相去忽万里，河山郁苍苍。
中夜不能寐，起视江月光。
中情良自抑，美人难自忘。[4]

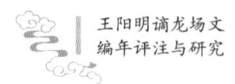

其三

美人隔江水,髣髴[5]若可睹。
风吹蒹葭雪[6],飘荡知何处?
美人有瑶瑟[7],清奏[8]含太古[9]。
高楼明月夜,惆怅为谁鼓?

【注】[1]金石言:像黄金、宝石那样珍贵的话语,比喻可贵而有价值的劝告。[2]人生各有际,道谊尤所眷:该二句可以理解为,尽管人生相逢各有其缘分际遇,但基于志同道合的友谊更值得珍惜。[3]儿女悲:指儿女情长,男女之间恋情绵绵不断,而慷慨奋发的气概消沉不足,多用来形容离愁别绪,尤其用来形容应有作为的男子行事不够果断。[4]中情良自抑,美人难自忘:该二句意为,思念的情感可以抑制,但对您却难以忘却。[5]髣髴:同仿佛。[6]蒹葭雪:苇荻花被风吹落飘飘似雪。[7]瑶瑟:玉琴。[8]清奏:独奏。[9]太古:最古老幽远的时代。

梦与抑之昆季语,湛、崔皆在焉。觉而有感,因记以诗三首

正德二年(1507年)闰正月

【评】该组诗为五古,是王阳明记梦之作,所梦为自己与汪抑之兄弟、湛甘泉、崔子钟等五人相与论道。其一写先是和汪抑之兄弟在一起,而后湛甘泉和崔子钟相继而至,五人酒席宴上论道的情景,以及醒觉是梦的嗟咨叹息。其二写梦中论道的内容,先由形而下的具体至形而上的超越,再由形而上至形而下万物生化不息的推演;末二句"何当衡庐间,相携玩义《易》"是相与隐居推衍《易》理志愿与约定的表达。其三结合自己月夜梦觉的孤独,抒发了约定不能实现的忧郁与遗憾之情。该组诗的审美价值:现实中不能实现的情况下,梦中再现友情更显友情之厚;梦中论道更见道契之深。

其一

梦与故人语,语我以相思。

才为旬日别,宛若三秋[1]期。

令弟坐我侧,屈指如有为。

须臾湛君[2]至,崔子[3]行相随。

肴醑[4]旋罗列,语笑如平时。

纵言及微奥,会意忘其辞[5]。

觉来复何有?起坐空嗟咨!

其二

起坐忆所梦,默溯犹历历。

初谈自有形[6],继论入无极[7]。

无极生往来[8],往来万化[9]出。

万化无停机,往来何时息[10]!

来者胡为信[11]?往者胡为屈?

微[12]哉屈信间,子午[13]当其屈。

非子尽精微,此理谁与测?

何当衡庐[14]间,相携玩义《易》[15]。

其三

衡庐曾有约,相携尚无时。

去事多翻覆[16],来踪岂前知?

斜月满虚牖[17],树影何参差。

林风正萧瑟,惊鹊无宁枝。

邈[18]彼二三子,悬[19]焉劳我思。

【注】[1] 三秋:代三年。[2] 湛君:湛甘泉。[3] 崔子:崔子钟。[4] 肴醑:音 yáo xǔ,佳肴美酒。[5] 会意忘其辞:得意忘言。[6] 有形:形而下的具体。[7] 无极:形而上的超越。[8] 往来:可具指阴阳二气。[9] 万化:阴阳二气化生的万物。[10] 万化无停机,往来何时息:此言万事万物的运行变化永不停息。[11] 胡为信:胡为,何为、为什么。信,申。[12] 微:细微、隐微,不易察觉。[13] 子午:指

南北，古人以"子"为正北，以"午"为正南，唐苏颋"揆阴阳之中，居子午之直，丛依观阁，层立殿堂"（《唐长安西明寺塔碑》）有用。[14] 衡庐：衡门小屋，言简陋，多指隐者之居，典出"衡门之下，可以栖迟"（《诗经·陈风·衡门》）。[15] 义《易》：《易》理。[16] 翻覆：反复无常。[17] 牖：窗户。[18] 邈：邈远。[19] 怒：音 nì，忧郁、失意貌。

云龙山次乔宇韵

正德二年（1507年）三月

【评】该诗为七律。云龙山，在当时铜山县城南，今徐州市铜山区。该诗由束景南先生自《民国铜山县志》卷七十三、《古今图书集成·山川典》卷九十四《云龙山部》辑出，入《王阳明佚文辑考编年》。束先生考证说，徐州为王阳明仕宦往返京师、南都、绍兴所必经之地，故其在徐州多有诗咏，如弘治十七年（1504年）七月赴山东主考乡试所作《黄楼夜涛赋》。王阳明该诗之作在三月，则必是正德二年（1507年）由京师赴谪经徐州作。乔宇即乔白岩。王阳明离京赴谪是在正德二年（1507年）闰正月，此时别乔宇；经徐州在三月，见乔宇诗有感而次韵。诗首联、颔联写三月徐州大地的景物；颈联、尾联怀古以寄托自己的寂寞、凄凉心情。

几度舟人指石冈，东西长是客途[1]忙。
百年风物初经眼，三月杨花[2]正向阳。
芒砀汉云[3]春寂寞，黄楼楚调[4]晚凄凉。
惟余放鹤亭[5]前草，还与游人藉醉觞[6]。

【注】[1] 客途：自己作为谪客的赴谪之路。[2] 杨花：柳絮。[3] 芒砀汉云：指汉高祖芒砀山斩蛇起义事。《史记·高祖本纪》载曰："高祖被酒，夜径泽中，令一人行前。行前者还报曰：'前有大蛇当径，愿还。'高祖醉，曰：'壮士行，何畏！'乃前，拔剑击斩蛇。蛇遂分为两，径开。行数里，醉，因卧。后人来至

蛇所，有一老妪夜哭。人问何哭，妪曰：'人杀吾子，故哭之。'人曰：'妪子何为见杀？'妪曰：'吾子，白帝子也，化为蛇，当道，今为赤帝子斩之，故哭。'人乃以妪为不诚，欲告之，妪因忽不见。"芒砀山在今河南省永城市境内。[4]黄楼楚调：黄楼即徐州黄楼，苏轼修，王阳明曾有《黄楼夜涛赋》。楚调，即汉高祖刘邦《大风歌》。[5]放鹤亭：在云龙山上。[6]醉觥：欢饮。觥，古代酒器。

赴谪次北新关喜见诸弟

正德二年（1507）三月（？）

【评】该诗是七律。内容为自己赴谪止宿杭州北新关时，意外见到赶来的诸弟之事。诗的情感基调上虽用一"喜"字，但这意料之外的"惊喜"过后是骨肉分离的"悲"，一喜一悲，喜突转悲，两相落差的结果无疑是加倍的离别悲情。这一悲情在"扁舟风雨"的情形下，实又增添"孤凉"意味。诵读该诗，眼前自然浮现一幅"扁舟风雨""执手相看泪眼"的"寒江图"。好在王阳明是有宽阔胸怀的豁达之人，他没有使悲凉的气氛成为当时情景的全部，而是用"多病心便吏事闲""携汝耕樵应有日"来宽慰诸弟结束全诗。束景南先生《王阳明年谱长编》以该诗为正德二年（1507年）三月作，但详味之，则或为去杭赴谪之作？今姑两存之。

扁舟风雨泊江关[1]，兄弟相看梦寐间。
已分天涯成死别，宁知意外得生还！
投荒[2]自识君恩远，多病心便吏事闲。
携汝耕樵[3]应有日，好移茅屋傍云山[4]。

【注】[1]江关：此指杭州北新关。[2]投荒：贬谪、流放至荒远之地，此指王阳明自己的贬至贵州龙场。[3]耕樵：耕田、打柴，指代务农，进一步指无官一身轻的闲适生活。[4]云山：指代归隐。

南 屏

正德二年（1507年）三月

【评】该诗为七律，以"开""来""回""台"为韵，属"上平十灰"韵。诗首句不入韵，首联、尾联不对仗，颔联、颈联对仗工整。律诗和古体比起来，更适合表达理性的内容，创造幽远的意境。该诗没有强烈的情感抒发，全诗呈现着冷静含蓄的格调，内容上则事、景、理、情兼具。事，为诗人病居杭州南屏山静慈寺，在病情有所好转的情况下，于暮春三月漫步山路、溪水之间事。景则为诗人漫步时的即目之景，包括溪风、花竹、湖山、层楼、古殿等静景，还有青林迥、碧嶂回、急雨云晴、幽禽双飞等动景，动景、静景有机结合，给人如在风景画中之感。理是诗人由故地重来而物是人非感悟到的时光催人老的自然之理。情则是通过幽禽双飞含蓄表达的知音不在的孤寂之感。时光催人老与孤寂之感的交织，又隐约透露诗人将届不惑之年而功业之志不得伸展的郁闷与怅惘。

溪风漠漠[1]南屏[2]路，春服初成[3]病眼开[4]。
花竹日新僧已老，湖山如旧我重来。[5]
层楼雨急青林迥，古殿云晴碧嶂回。[6]
独有幽禽[7]解相信[8]，双飞时下读书台。

【注】[1]溪风漠漠：溪风，沿着溪水的风；漠漠，细密而无声状。宋末元初文人戴表元（1244—1310）的《白岩山》诗有"漠漠溪风吹路尘"句，此处的"溪风漠漠"当从戴诗化用而来。[2]南屏：指南屏山，在杭州西湖南岸，山中有静慈寺，王阳明彼时栖居寺中养病。[3]春服初成：此为《论语》"暮春者，春服既成"之袭用，"初成"与"既成"同义，间接交代了该诗创作时间为农历三月的暮春时节。[4]病眼开：形象地指病情好转。[5]花竹日新僧已老，湖山如旧我重来：此颔联对仗工整，意境清新，写的是南屏山静慈寺故地重来的感慨。王阳明感慨的是尽管湖山如旧、花竹日新，但是旧识的僧友却较前老衰。[6]层楼雨急青林迥，古殿云晴碧嶂回：此颈联以互文的手法写了"急雨云晴"的即目之景。层楼、古

殿是近处所见，青林迥、碧嶂回则为远望之景。[7] 幽禽：鸣声优雅的禽鸟。[8] 解相信：相互理解对方。

卧病静慈写怀

正德二年（1507年）四月

【评】该诗为七律，以"知""迟""漪""思"为韵，属"上平四支"韵。诗首句不入韵，首联、尾联不对仗，颔联、颈联对仗工整。该诗是叙述体，以平缓语气叙述自己数月来卧病静慈寺的生活境况和心理状态。他的生活境况完全符合隐居生活的"闲适"要求，这可由"雨晴阶下泉声急，夜静松间月色迟"得证。但是，闲适的隐居生活并不符合他的理想，由末句的"燕云系远思"知，此时的王明阳虽远在江湖却心在庙堂。处江湖之远则忧其君，这是中国传统知识分子基因性的家国情怀。这一情怀在诗中通过对比、反衬方式实现：一是闲适生活境况与远在江湖心系庙堂的对比、反衬；二是以吴山越峤的青山不老，而人的生命却是有限对比，反衬自己的焦虑心情。此外，王阳明的焦虑心情从该诗对"泉声急"的有意描绘和"月色迟"的低声抱怨中也可看出。

卧病空山[1]春复夏[2]，山中幽事[3]最能知。
雨晴阶下泉声急，夜静松间月色迟。
把卷[4]有时眠白石，解缨[5]随意濯清漪。
吴山越峤[6]俱堪[7]老，正奈[8]燕云[9]系远思。

【注】[1] 空山：此指静慈寺所在的南屏山，因少有人至，故曰空山。[2] 春复夏：由春到夏。[3] 幽事：结合下文，当指自己的清幽生活。[4] 卷：书卷。[5] 缨：帽带子，指代头发。[6] 吴山越峤：吴山，山名，位于杭州西湖东南；越峤，山名，指越王城山，在杭州萧山。[7] 堪：承受，用法如"人不堪其忧"（《论语·雍也》）之"堪"。[8] 正奈：副词，怎奈。[9] 燕云：宋代有燕云十六州之说，

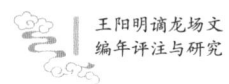

泛指北京周围包括天津、河北北部、山西北部地区。此处王阳明典用之,以指当时的明都北京。

移居胜果寺二首

正德二年(1507年)六月

【评】该二诗为七律,和《南屏》《卧病静慈写怀》共同艺术地写照了王阳明正德二年(1507年)春夏的生活和情怀,但所反映的信息又有不同。《南屏》《卧病静慈写怀》写的是他于南屏山静慈寺的卧病生活和情怀;《移居胜果寺二首》则写的是他移居凤凰山胜果寺的卧病生活和情怀。基本的生活环境还是山水林泉,基本的生活方式还是读书养病,但情怀取向却有细微的差别:因为《南屏》中对"幽禽解相信"的艳羡和《卧病静慈写怀》中"燕云系远思"的表白,说明他依然有强烈的功业之心;而《移居胜果寺二首》其一的"洗心兼得远尘埃""时倚层霞望钓台",以及其二尾联"便欲携书从此老,不教猿鹤更移文",则可理解为冷静下来后,他有意于远离尘俗、林泉耕读的情怀取向。

其一

江上[1]但知山色好,峰回始见寺门开。
半空虚阁有云住,六月深松无暑来。
病肺正思移枕簟[2],洗心兼得远尘埃[3]。
富春[4]咫尺烟涛外,时倚层霞望钓台。

其二

病余岩阁坐朝曛[5],异景相新得未闻。
日脚[6]倒明千顷雾,雨声高度万峰云。
越山阵水当吴峤,江月随潮上海门。
便欲携书从此老,不教猿鹤更移文。

【注】[1] 江上：钱塘江上。[2] 簟：音 diàn，竹席。[3] 尘埃：指代喧嚣的世俗生活。[4] 富春：富春江。[5] 曛：落日的余光、暮、傍晚。[6] 日脚：太阳穿过云隙射下来的光线。

忆　别

正德二年（1507年）六月（？）

【评】该诗《王阳明全集》卷十九记作于正德二年（1507年）六月。但是，详味之发现，该诗义脉相连于《赴谪次北新关喜见诸弟》。若果《赴谪次北新关喜见诸弟》为离开杭州赴谪之作，则该诗可能作于抵达龙场之后的正德三年（1508年）或正德四年（1509年）。杭州北新关别诸弟后，王阳明还对此时时念叨，诗中有情景的回忆、感情的深化、谆谆的教导，最后两句则是带领大家过闲适生活的重申。

忆别江干[1]风雪阴，艰难岁月两侵寻。
重看骨肉情何限，况复斯文约旧深。
贤圣可期先立志，尘凡未脱漫[2]言心。
移家便住烟霞[3]壑，绿水青山长对吟。

【注】[1] 江干：今杭州市有江干区。[2] 漫：莫、不要。[3] 烟霞：代归隐生活。

套数·归隐

正德二年（1507年）六月

【评】该套数为正德二年（1507年）作于杭州。戏曲或散曲（小令除外）中用多种曲调（如该套数的【南宫仙入双调步步高】【沉醉东风】【忒忒令】

等）互相连贯、有首有尾，成为一套的名"套数"，亦称"套曲"。该套数由束景南先生自《全明散曲（一）》《群音类选》《南宫词纪》等文献中辑出，入《王阳明佚文辑考编年》。曲中"风掀浪又高，覆辙番舟""平白地生出祸苗，逆天理那循公道""只恐怕狡兔死、走狗烹，做了韩信的下梢""尔曹，难与我共朝，真和假那分白皂"自比因言获罪。王阳明病卧杭州胜果寺、静慈寺的诗作证明，他此时有归隐之意而不愿赴谪。该套数行文用赋体，在出仕和归隐的对比中，表达了对官场浮沉倾轧的厌烦和对归隐自由自在生活的向往。

【南宫仙入双调步步高】宦海茫茫京城渺，碌碌何时了。风掀浪又高，覆辙番舟，是非颠倒。算来平步上青霄，不如早泛江东棹。

【沉醉东风】乱纷纷鸦鸣鹊噪，恶狠狠豺狼当道，冗费竭民膏，怎忍见人离散，举疾首蹙额相告。簪笏满朝，干戈载道，等闲间把山河动摇。

【忒忒令】平白地生出祸苗，逆天理那循公道。因此上把功名委弃如蒿草。本待要竭忠尽孝，只恐怕狡兔死、走狗烹，做了韩信[1]的下梢。

【好姐姐】尔曹，难与我共朝，真和假那分白皂，他把孽冤自造，到头终有报。设圈套，饶君总使机关巧，天网恢恢不可逃。

【喜庆子】算留侯[2]其实见高，把一生名节自保。随着赤松子[3]学道也，免得赴云阳市曹[4]。

【双蝴蝶】待学，陶彭泽懒折腰[5]；待学，载西施范蠡逃[6]；待学，张孟谈辞朝[7]；待学，七里滩子陵垂钓[8]；待学，陆龟蒙笔床茶灶[9]；待学，东陵侯[10]把名利抛。

【园林好】脱下了团花战袍，解下了龙泉宝刀，卸下了朝簪乌帽。布袍上系麻绦，把渔鼓简儿[11]敲。

【川拨棹】深山坳，悄没个闲人来聒噪，跨青溪独木为桥。小小的茅庵盖着，种青松与碧桃，采山花与药苗。

【锦衣香】府库充，何足道；禄位高，何足较。从今耳畔清闲，不闻宣召。芦花被暖度良宵。三竿日上，睡觉伸腰。对邻翁野老，饮三杯浊酒村醪，醉了还歌笑。齁齁睡倒，不图富贵，只求安饱。

【浆水令】赏春时花藤小轿，纳凉时红莲短棹。稻登场鸡豚蟹螯。雪霜寒纯棉布袍。四时值景恣欢笑，也强如羽扇番营，玉佩趋朝。溪堪钓，山可樵，人间自有蓬莱岛。何须用，何须用楼船彩轿。山林下，山林下尽可逍遥。

【尾声】从来得失知多少，总上心来转一遭。把门儿闭了，只许诗人带月敲。

【注】[1] 韩信：汉开国功臣，后为当权者吕雉、萧何诱杀，夷三族。[2] 留侯：汉开国功臣张良的封爵，他不留恋官位，功成身退，传说随赤松子游。[3] 赤松子：又名赤诵子，中国早期神话中人物，后被道教引为列仙之一。《淮南子·齐俗训》谓："今夫王乔、赤诵子，吹呕呼吸，吐故纳新，遗形去智，抱素反真，以游玄眇，上通云天。"高诱注曰："赤诵子，上谷人也。病厉入山，寻引轻举。"《列仙传》谓："赤松子者，神农时雨师也，服水玉以教神农，能入火自烧。往往至昆仑山上，常止西王母石室中，随风雨上下。炎帝少女追之，亦得仙俱去。至高辛时复为雨师，今之雨师本是焉。"[4] 云阳市曹：云阳，今重庆市有云阳县，又有丰都县，疑或为避丰都讳，以云阳代之。丰都，酆都城，民间信仰以之为阴曹地府。市曹，指市内商业集中之处，古代常于此处决人犯。[5] 陶彭泽懒折腰：此指陶渊明不为五斗米折腰的骨气。《晋书·陶潜传》于此谓："吾不能为五斗米折腰，拳拳事乡里小人邪。"[6] 载西施范蠡逃：此指范蠡因西施助越王勾践灭吴后功成身退得以保全事。《吴越春秋》谓："越王阴谋范蠡，议欲去微幸。二十四年九月丁未，范蠡辞于王，曰：'臣闻主忧臣劳，主辱臣死，义一也。今臣事大王，前则无灭未萌之端，后则无救已倾之祸。虽然，臣终欲成君霸国，故不辞一死一生。臣窃自惟乃使于吴王之惭辱。蠡所以不死者，诚恐谗于太宰嚭，成伍子胥之事，故不敢前死，且须臾而生。夫耻辱之心，不可以大，流汗之愧，不可以忍。幸赖宗庙之神灵，大王之威德，以败为成，斯汤武克夏商而成王业者。定功雪耻，臣所以当席日久。臣请从斯辞矣。'越王恻然泣下沾衣。言曰：'国之士大夫是子，国之人民是子，使孤寄身讬号以俟命矣。今子云去，欲将逝矣，是天之弃越而丧孤也，亦无所恃者矣。孤窃有言，公位乎，分国共之，去乎，妻子受戮。'范蠡曰：'臣闻君子俟时，计不数谋，死不被疑，内不自欺。臣既逝矣，妻子何法乎？王其勉之，臣从此辞。'乃乘扁舟，出三江，入五湖，人莫知其所适。"[7] 张孟谈辞朝：典出《战国策·赵策一·张孟谈既固赵

宗》:"张孟谈既固赵宗,广封疆,发五百,乃称简之涂以告襄子曰:'昔者,前国地君之御有之曰:"五百之所以致天下者,约两主势能制臣,无令臣能制主。故贵为列侯者,不令在相位,自将军以上,不为近大夫。今臣之名显而身尊,权重而众服,臣愿捐功名、去权势以离众。"'襄子恨然曰:'何哉?吾闻辅主者名显,功大者身尊,任国者权重,信忠在己而众服焉。此先圣之所以集国家、安社稷乎!子何为然?'张孟谈对曰:'君主所言,成功之美也。臣之所谓,持国之道也。臣观成事,闻往古,天下之美同,臣主之权均之能美,未之有也。前事之不忘,后事之师。君若弗图,则臣力不足。'怆然有决色。襄子去之。卧三日,使人谓之曰:'晋阳之政,臣下不使者何如?'对曰:'死僇。'张孟谈曰:'左司马见使于国家,安社稷,不避其死,以成其忠,君其行之。'君曰:'子从事。'乃许之。张孟谈便厚以便名,纳地释事以去权尊,而耕于负亲之丘。故曰,贤人之行,明主之政也。耕三年,韩、魏、齐、燕负亲以谋赵。襄子往见张孟谈而告之曰:'昔者知氏之地,赵氏分则多十城,复来,而今诸侯孰谋我,为之奈何?'张孟谈曰:'君其负剑而御臣以之国,舍臣于庙,授吏大夫,臣试计之。'君曰:'诺。'张孟谈乃行,其妻之楚,长子之韩,次子之魏,少子之齐。四国疑而谋败。"[8] 七里滩子陵垂钓:典出《后汉书·严光传》:"严光字子陵,一名遵,会稽余姚人也。少有高名,与光武同游学。及光武即位,乃变名姓,隐身不见。帝思其贤,乃令以物色访之。后齐国上言:'有一男子,披羊裘钓泽中。'帝疑其光,乃备安车玄纁,遣使聘之。三反(返)而后至。舍于北军,给床褥,太官朝夕进膳。司徒侯霸与光素旧,遣使奉书。使人因谓光曰:'公闻先生至,区区欲即诣造,迫于典司,是以不获。愿因日暮,自屈语言。'光不答,乃投札与之,口授曰:'君房足下:位至鼎足,甚善。怀仁辅义天下悦,阿谀顺旨要领绝。'霸得书,封奏之。帝笑曰:'狂奴故态也。'车驾即日幸其馆。光卧不起,帝即其卧所,抚光腹曰:'咄咄,子陵,不可相助为理邪?'光又眠不应,良久,乃张目熟视,曰:'昔唐尧著德,巢父洗耳。士故有志,何至相迫乎!'帝:'子陵,我竟不能下汝邪?'于是升舆叹息而去。复引光入,论道旧故,相对累日。帝从容问光曰:'朕何如昔时?'对曰:'陛下差增于往。'因共偃卧,光以足加帝腹上。明日,太史奏客星犯御坐甚急。帝笑曰:'朕故人严子陵共卧耳。'除为谏议大夫,不屈,乃耕于富春山,后人名其钓处为严陵濑焉。建武十七年,复特征,不至。

年八十，终于家。帝伤惜之，诏下郡县赐钱百万、谷千斛。"严光钓台在今浙江省桐庐县富春山麓，是富春江上的主要风景区。[9] 陆龟蒙笔床茶灶：陆龟蒙，唐朝诗人，松江甫里（今江苏吴县东南甪直镇）人，出身官宦世家，过着隐居生活，后人因此称他为"甫里先生"。[10] 东陵侯：秦东陵侯邵平。秦亡后，邵平沦为平民。他有谋略，曾献计萧何，助其转危为安。他不事名利，靠种瓜谋生。[11] 渔鼓简儿：渔鼓道情的伴奏乐器。渔鼓，又称道筒，当时民间曲艺伴奏的乐器。简儿，简板，也叫剑板，竹制打击乐器，由两根约六十五厘米长的竹片组成，用左手夹击发声。演奏时唱者怀抱渔鼓，左手持剑板，右手拍打渔鼓筒底，以伴奏"道情"。

于公祠享堂柱铭

正德二年（1507年）六月

【评】于公祠即于谦祠，在杭州三台山下。享堂指祭堂，供牌位或神像。享堂柱铭，祭堂柱子上的铭文。束景南先生《王阳明佚文辑考编年》谓柱铭见丁丙辑《于公祠墓录》（刻入《武林掌故》）卷四。并考定说，盖王阳明在赴谪龙场驿丞前隐居钱塘静慈、胜果寺，距三台山于谦祠甚近，自必往凭吊也；并谓，时王阳明因抗疏下狱被谪，处境与于谦同，其作柱铭，盖有感而发也。该铭以伍子胥、岳飞况于谦，又以自况。

千古痛钱塘，并楚国孤臣[1]，白马江边，怒卷千堆雪浪；两朝冤少保，同岳家父子[2]，夕阳亭里，心伤两地风波。

【注】[1] 楚国孤臣：伍子胥，为吴王夫差听信谗言赐杀，抛尸白马江（钱塘江）中。[2] 岳家父子：岳飞、岳云。

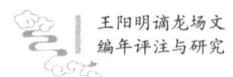

于忠肃像赞

正德二年（1507年）六月

【评】于忠肃指于谦，忠肃为于谦谥号，弘治二年（1489年）谥肃愍，万历中改谥忠肃。像赞，为人物画像或人的相貌所作的赞辞，一般配置在各姓氏宗谱的先公遗像后面，撰写像赞者，大都是当代或后世的名人、学者，字里行间充满敬仰之情。文天祥曾在《刘氏族谱》图谱和像赞中写道："世以谱传，而不能以像传。能并以传者，必先人勋业灿于当时，道德鸣于斯世，乃能留其像。凡仪容虽盛而不久者，以无谱故也。"强调"必先人勋业灿于当时，道德鸣于斯世"，才能在宗谱中留其像、立其传，传千百世而不朽。该《于忠肃像赞》是王阳明为于谦画像所作的赞辞。束景南先生《王阳明佚文辑考编年》谓该文见孙高亮《于少保萃忠传》首（《古本小说集成》，天启刻本），并考定该文撰写于正德二年（1507年）王阳明隐居钱塘时。王阳明该文以整饬之笔，阐述了于谦的功勋史，崇仰之情溢于言表。按：于谦由"肃愍"改谥"忠肃"为万历间事，故该文题目当为"于肃愍公像赞"，且文中亦用"肃愍"："追谥肃愍，而庙食百世，表忠贞也。"

尝考于公之释褐[1]也，初授御史，而汉庶人服罪，伸大义也；及抚江右[2]，而平反民冤狱，释无辜也；再抚山西，而拯救水旱两灾，恤民生也；后抚河南，而令百弊剔剧[3]，清时政也；英宗北狩[4]，而力言不可，保圣躬也；众劾王振，而扶掖[5]廷喧，肃朝仪也；募义三营，而民夫附集，御不虞[6]也；群议南迁，而恸哭止之，重国本也；移民法粟，而六军坚守，防外撼也；击虏凯旋，而力辞晋秩[7]，惧盈满也；奉迎上皇，而大位安定，正君统也；戡平[8]群盗，而成功不居，身殉国也；力逊辞第，而庐室萧然，励清节也；被诬受戮，而天心震怒，昭公道也；追谥肃愍，而庙食百世，表忠贞也。呜呼！公有姬旦[9]、诸葛武侯之经济勋劳，而踵伍子胥、岳武穆杀身亡家之祸，神人之所共愤也，卒至两地专祠，四忠并列，子孙庙袭，天悯人钦，冥冥中所以报公者，岂其微哉！

阳明王守仁题。

【注】[1] 释褐：脱去平民衣服，喻始任官职，后指进士及第授官，宋高承《事物纪原·旗旒采章·释褐》："太平兴国二年正月十二日，赐新及第进士诸科吕蒙正以下绿袍靴笏，非常例也。御前释褐，盖自是始。"[2] 江右：江西。[3] 劚：音 mó，切削。[4] 狩：帝王视察诸侯所守地方。[5] 扶掖：扶持，提携。[6] 不虞：不测。[7] 晋秩：官职或等级晋升。[8] 戡平：约束平定。[9] 姬旦：周公，姬姓，名旦。

因雨和杜韵

正德二年（1507）七月

【评】该诗为七律，《王阳明全集》卷十九次《南屏》之前，详味诗意显然不妥，尤与"客途最觉秋先到，荒径惟怜菊尚存"句不合。据"秋先到"推测，本书认该诗或作于正德二年（1507 年）七月。诗为王阳明黄昏疏雨中晚堂独坐的和韵杜甫之作，所和杜诗为《白帝》。《白帝》原诗为："白帝城中云出门，白帝城下雨翻盆。高江急峡雷霆斗，翠木苍藤日月昏。戎马不如归马逸，千家今有百家存。哀哀寡妇诛求尽，恸哭秋原何处村。"该诗不愧杜诗"诗史"之称，为白帝城所见凄惨景象的实录。王阳明该诗首联、颔联、颈联寓忧愁的谪客之情于写实景之中；尾联虚写想象中的故园耕钓、短蓑长笛，表达对田园生活的向往之意。

晚堂疏雨[1]暗柴门，忽入残荷[2]泻石盆。
万里沧江生白发，几人灯火坐黄昏？
客途最觉秋先到，荒径惟怜菊尚存。
却忆故园[3]耕钓处，短蓑长笛下江村。

【注】[1] 疏雨：不大不小一下就是几天的秋雨。[2] 残荷：入秋之荷。[3] 故园：故乡。

游海诗二首·并序

正德二年(1507年)八月

【评】该二诗连同《告终辞》由束景南先生自杨仪《高坡异纂》卷下(明范钦辑《烟霞小说十三种》第六帙)辑出,入《王阳明佚文辑考编年》。该二诗创作缘起,其序颇详,说自己为锦衣卫二校追杀,幸有沈玉、殷计二人相助,得写此二诗一辞托二人为家信,然后投海。该二诗为慷慨赴死前的真情书写,充溢着忠贞、孝亲、豪迈之气。

予,余姚王守仁也。以罪南谪,道钱塘以病且暑,寓居江头之胜果寺。一日,有二校排闼而入,直抵予卧室,挟予而行。有二人出自某山蒙茸中,其来甚速,若将尾予者。既及,执二校,二校即挺二刃厉声曰:"今日之事,非彼即我,势不两生。吾奉吾人主命,行万余里,至谪所不获,乃今得见于此,尚可少贷以不毕吾事耶?"二人谓曰:"王公今之大贤令,死刃下不亦难乎!"二校曰:"诺。"即出绳丈余,令予自缢。二人又请曰:"以缢与刃,其惨一也。令自溺江死,何如?"二校曰:"是则可耳。"将予锁江头空室中。予从窗谓二人曰:"予今夕固决死,为我报家人知之。"二人曰:"使公无手笔,恐无所取信。"予告无以作书。二人则从窗隙与我纸笔。予为诗二首、告终辞一章授之,以为家信。

其一

学道无闻岁月虚,天乎至此欲何如。
生曾许国惭无补,死不忘亲恨有余。
自信孤忠悬日月,岂论遗骨葬江鱼。
百年臣子悲何极,日夜潮声泣子胥[1]。

其二

甘将世道一身担,显被天刑[2]万死甘。
满腹文章方有用,百年臣子独无惭。
涓流禆海[3]今真见,片雪填沟旧齿谈。

昔代衣冠谁上品，状元门第[4]好奇男。

（二人，一姓沈，一姓殷，俱佳江头，必报吾家，必报吾家）

【注】[1] 子胥：春秋人物，和屈原一起成为忠义被害的文化符号。[2] 天刑：此指朝廷的刑罚。[3] 涓流裨海：涓涓细流有补于大海，言自己的投海自尽。[4] 状元门第好奇男：王阳明自指，因其父王华为前朝明宪宗成化十七年（1481年）辛丑科进士第一，故称。

告终辞

正德二年（1507年）八月

【评】此《告终辞》当作于正德二年（1507年）八月，虽名为"辞"，但实为拟骚之作，是由形式到内容的全面拟骚，表现在体量上已达一百三十八句，非少则十数句多则三五十句的小辞可比。《离骚》错落有致的句子结构也为该辞所继承，如"皇天茫茫降殃之无凭兮，眚莫知其所自。予诚何绝于幽明兮，羌无门而生诉"等。"告终"者慷慨赴死，故该辞即使在志向上也拟骚模屈。屈原、王阳明在赴死致因上并无二致，均是得罪党人而不愿与其同流合污。王阳明说他慷慨赴死是受到伍君（伍子胥）和屈子的感召，但在对权奸、馋贼的斥责上，该辞则有甚于屈骚："臣诚有憾于君兮，痛谗贼之谀便。构其辞以相说兮，变黑白而燠寒……死而有知兮，逝将诉于帝庭。"再据束景南先生考，王阳明游海非真有其事，实为其所自造伪托以"掩人耳目"，故而《游海诗卷》是其自造之作，《告终辞》亦应为其自造伪托（《王阳明佚文辑考编年》，第253页）。今考诸史籍，阳明游海是假已为其所自道破，据湛甘泉《阳明先生墓志铭》："人或告曰：'阳明公至浙，沉于江矣，至福建始起矣。登鼓山之诗曰："海上曾为沧水使，山中又拜武夷君。"有征矣。'甘泉子闻之笑曰：'此佯狂避世也。'……及后数年，会于滁，乃吐实。"（《王阳明全集》，第1402页）由此可见，阳明游海是假，其《游海诗卷》为自造之作是真，且当作于正德二年（1507年）。这样一来，该《告终辞》诸阳明全集皆不载，亦可得合理解释，即其门生钱德洪等编订时为尊者讳，将此不合于温柔敦厚之旨的痛骂权奸之文，连同自托之辞的《游海诗卷》一并删削了。

皇天茫茫降殃之无凭兮，宵莫知其所自。
予诚何绝于幽明兮，羌无门而生诉。
臣得罪于君兮，无所逃于天地。
固党人之为此兮，予将致命而遂志。
委身而事主兮，夫焉吾之可有？
狗[1]声色以求容兮，非前修之所守。
吾岂不知直道之殒躯兮，庶予心之不忘。
定予志讵朝夕兮，孰颠沛而有忘。
上穹林[2]之杳杳兮，下深谷之冥冥。
白刃奚其相向兮，盼予视若飘风。
内精神以渊静[3]兮，神气泊而冲容。
固神明之有志兮，起壮士于蒙茸[4]。
奋前持以相格兮，曰孰为事刃于贞忠。
景冉冉以将夕兮，下释予之颒宫。
曰受命以相及兮，非故于子之为攻。
不自尽以免予兮，夕予将浮水于江。
呜呼噫嘻！
予诚愧于明哲保身兮，岂效匹夫而自经[5]。
终不免于鸱夷[6]兮，固将溯江涛而上征[7]。
已矣乎！
畴昔[8]之夕予梦坐于两楹兮，忽二伻[9]来予觏[10]。
曰予伍君[11]三闾[12]之仆兮，跽[13]陈辞而加璧。
启缄书[14]若有睹兮，恍神交于千载。
曰世浊而不可居兮，子奚不来游于溟海[15]。
郁予怀之恍怆[16]兮，怀故都之拳拳。
将夷险惟命之从兮，孰君亲而忍捐？

呜呼噫嘻！

命苟至于斯，亦予心之所安也。

固昼夜以为常矣，予非死之为难也。

沮隐壁之岑岑兮，猿猱若受予长条。

虺结蟠于圮垣兮，山鬼吊于岩嗷。

云冥冥而昼晦兮，长风怒而江号。

颓阳[17]条其西匿兮，行将赴于江涛。

呜呼噫嘻！

一死其何之兮，念层闱之重伤也。

予死之奄然[18]兮，伤吾亲之长也。

羌吾君之明圣兮，亦臣死之宜然。

臣诚有憾于君兮，痛谗贼[19]之谋便。

构其辞以相说兮，变黑白而燠[20]寒。

假游之窃辟兮，君言察彼之为残。

死而有知兮，逝将诉于帝庭。

去谗而远佞兮，何幽之不赞于明。

昔高宗之在殷兮，赉[21]良弼以中兴。

申甫生而屏翰[22]兮，致周宣于康成。

帝何以投谗于有北[23]兮，焉能启君之衷。

扬列祖之鸿庥[24]兮，永配天于无穷。

臣死且不朽兮，随江流而朝宗。

呜呼噫嘻！

大化屈伸兮，升降飞扬。

感神气之风霆兮，溘予将反乎帝乡。

骖玉虬之蜿蜒兮，凤凰翼而翱翔。

从灵均与伍胥兮，彭咸御而相将。

经申徒之故宅兮，历重华之陟方。

降大壑之茫茫兮，登裂缺而诉予。

怀故都之无时兮，振长风而远去。

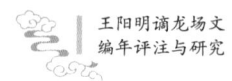

已矣乎！

上为列星兮，下为江河。

山岳兴云兮，雨泽滂沱。

风霆流形兮，品物咸和。

固正气之所存兮，岂邪秽[25]而同科。

将予骑箕尾[26]而从傅说[27]兮，凌日月之巍峨。

启帝阙[28]而簸清风兮，扫六合之烦苛[29]。

辞曰：

予童颛知周知兮，姿狂愚以冥行。

悔中道而改辙兮，亦侁侁其焉明。

忽正途之有觉兮，策予马而遥征。

搜荆棘其独往兮，忘予力之不任。

天之丧斯文兮，不畀予于有闻。

矢此心之无谖[30]兮，毙予将求于孔之门。

呜呼！已矣乎，复奚言！

予耳兮予目，予手兮予足。

澄予心兮，肃雍[31]以穆。

反乎大化兮，游清虚之寥廓。

【注】[1] 狥：音 xùn，同"徇"，顺从、曲从。[2] 穹林：幽深的树林，朱熹"穹林擢遥景，回涧汤秋氛"（《寄题咸清精舍清晖堂》）中有用。[3] 渊静：性情沉静恬淡。[4] 蒙茸：蓬松、杂乱貌。[5] 自经：上吊自杀。[6] 鸱夷：音 chī yí，革囊，出自《战国策·燕策二》："昔者伍子胥说听乎阖闾，故吴王远迹至于郢。夫差弗是也，赐之鸱夷而浮之江。"另，《史记·伍子胥列传》："吴王闻之大怒，乃取子胥尸盛以鸱夷革，浮之江中。"裴骃《史记·集解》引应劭曰："取马革为鸱夷。鸱夷，榼（按：音 kē，古代盛酒的器具，泛指盒一类的器物）形。"可见，鸱夷是吴王夫差赐死伍子胥的道具，因而被用来指代伍子胥。[7] 上征：上升，《离骚》"驷玉虬以乘鹥兮，溘埃风余上征"中有用。[8] 畴昔：往日。[9] 伻：音 bēng，使者。[10] 觌：音 dí，见、相见。[11] 伍君：伍子胥。[12] 三闾：屈原，因屈原

曾官楚国三闾大夫。[13] 跽：音 jì，长跪、挺直上身两膝着地貌。[14] 缄书：书信。[15] 溟海：大海。[16] 恍怆：失意怅惘貌。[17] 颓阳：夕阳。[18] 奄然：忽然。[19] 逸贼：刘瑾。[20] 燠：音 yù，热。[21] 赉：音 lài，给予。[22] 屏翰：喻国家重臣，出自《诗经·大雅·板》："价人维藩，大师维垣。大邦维屏，大宗维翰。"[23] 有北：北方寒冷荒凉地区。"有"为词头，无实义。出自《诗经·小雅·巷伯》："取彼谮人，投畀豺虎。豺虎不食，投畀有北。"朱熹《诗集传》解谓："北方寒凉不毛之地也。"[24] 鸿庥：犹鸿荫，尊长的庇荫保护。庥，音 xiū，庇荫、保护。[25] 邪秽：邪恶污秽。[26] 骑箕尾：喻游仙，典出《庄子·大宗师》："夫道……傅说得之，以相武丁，奄有天下，乘东维，骑箕尾，而比于列星。"[27] 傅说：音 fù yuè，为商王武丁相。[28] 帝阙：皇城之门。[29] 烦苛：繁杂。[30] 矢此心之无谖：决心永远牢记。此用"永矢弗谖"之典，典出《诗经·卫风·考槃》："独寐寤言，永矢弗谖。"[31] 肃雍：庄严雍容、整齐和谐，出自《诗经·周颂·清庙》："于穆清庙，肃雝显相。"

泛 海

正德二年（1507年）八月

【评】该诗为七绝，是王阳明赴武夷山游历后决定赴谪龙场表达心志所写。由病卧杭州的忧郁到该诗的豁达与豪迈，中间的过渡在《托异人言诗》，诗为："二十年前曾见君，今来消息我先闻。君将性命轻毫发，谁把纲常重昆仑？寰海已知夸令德，皇天终不丧斯文。武夷山下经行处，好把椒浆荐夕曛。"据明王世贞《弇山堂别集》卷二十，沈周《客坐新闻》(《明史》卷九十八载，沈周有《客坐新闻》二十二卷，现已佚）认为该诗为王阳明假托异人所作的己作。据钱德洪《王阳明年谱》，该"异人"指阳明逃到福建的一山寺中所遇到的、二十年前在南昌铁柱宫相识的方士。该"异人"当时和王阳明曾有二十年后海上相见的约定，这次相见算是践约。整首诗的内容，是以"异人"的口气开导、启示王阳明。该诗题名为笔者所加，为七律。诗的前两句出自钱德洪《王阳明年谱》，认为该诗为"异人"作；后六句，出自沈周《客坐新闻》中，认为是王阳明作。笔者将八句合为一诗后，发现前两句和后六句是语义贯通、首句入韵且对仗工整的七言律诗。语义上，该诗表达的是珍惜生命、以道自任进而经纶天下的壮志与情怀。笔者认为，该诗如果是王阳明假托于"异人"的己作，则表明他经过苦闷与沉沦之后，终于下定了以道济世的决心；如果确为"异人"的点化之文，则也是他心理状态转折的表现。因为此时他意志的抉择，可由题于山寺壁的《泛海》来确证。《泛海》诗表明，此时的王阳明已坦然于人生的艰难险阻，超越了人生的生死浮沉，达到此心光明的豪迈境界。

险夷[1]原不滞胸中，何异浮云过太空！
夜静海涛三万里，月明飞锡[2]下天风。

【注】[1]险夷：崎岖与平坦，指生活的顺与逆。[2]飞锡：佛教语，僧人等执锡杖飞空。《文选·孙绰》句"王乔控鹤以冲天，应真飞锡以蹑虚"有用，李周翰注谓："应真，得真道之人，执锡杖而行于虚空，故云飞也。"

武夷次壁间韵

正德二年（1507年）八月

【评】或者是由于"异人"的指点，抑或是自己痛苦后的抉择，王阳明心地坦然地选择了积极用世的人生道路。由于积极用世是中国传统儒家价值观，故而来到福建的他，前往武夷山朝圣便成为逻辑中的应有。该诗即为他朝圣武夷山朱文公祠（武夷精舍）时，次壁间韵的表达心迹之作。诗中洋溢着的是喜悦急迫之情，这从"肩舆飞度万峰云""精舍千年始及门"可知。肩舆的"飞"实际上是作者心情的"飞"，三百余年的精舍也因而被描绘成"千年"。再者，这种心情也为神使、仙灵的助阵所侧面烘托。王阳明经痛苦思想斗争后的回归圣学，落到自己的切实行动上，首先当然是告慰高堂父母，其次就是赴龙场驿丞任的圣命。据钱德洪《王阳明年谱》，当时王阳明父亲王华正在南京吏部尚书任上，王阳明离开武夷山后，是取道鄱阳湖赴南京省亲的。自南京回到杭州，已经是正德二年（1507年）十二月。做了必要的安排之后，他踏上了赴任龙场驿丞的路途。

肩舆[1]飞度万峰云，回首沧波月下闻。
海上真为沧水使[2]，山中又遇武夷君[3]。
溪流九曲[4]初谙路，精舍[5]千年始及门。
归去高堂[6]慰垂白，细探[7]更拟在春分。

【注】[1]肩舆：轿子的一种，载人山行的交通工具。[2]沧水使：又作苍水使，典出《吴越春秋》卷六《越王无余外传》："禹乃东巡，登衡岳……仰天而啸，因梦见赤绣衣男子，自称玄夷苍水使者，闻帝使文命于斯，故来候之。"苍水使的使命是迎候大禹，故而苍水使的文化符号意是迎候客人的使者。[3]武夷君：主管武夷山的神仙，汉代始祀。朱熹《武夷棹歌》（又名《九曲棹歌》）中的"武夷山上有仙灵"的"仙灵"当指武夷君。[4]溪流九曲：朱熹《武夷棹歌》所咏赞的九曲溪。九曲溪一曲转过所见的大王峰，是武夷君宴请乡人的地方；第五曲转过后的山高云深的隐屏峰，是当年朱熹修筑武夷精舍聚徒讲学之处。[5]精舍：武夷精舍，由朱熹建于淳熙十年（1183年），用于聚集讲学，并在此成就了他的理学思想体系。武夷山也因而被誉为"道南理窟"，成为儒学的圣山。[6]高堂：家庭中父母居住的堂屋，指代父母。[7]细探：精细推算。

中和堂主赠诗

正德二年（1507年）八月

【评】该诗为七律。据束景南先生《王阳明佚文辑考编年》考，诗见《高坡异纂》卷下、《存余唐诗话》，认为该诗为王阳明借"中和堂主"（阳明虚构道人）之口所自作诗。该诗和笔者前《泛海》所辨《托异人言诗》文相仿佛，应为后人传抄过程中修改变化形成不同版本的一诗。

十五年前曾识荆,此来消息最先闻。
君将性命轻毫发,谁把纲常重一分?
寰海已知夸令德,皇天终不丧斯文[1]。
武夷山[2]下经行处,好对青尊醉夕醺。

【注】[1] 斯文:礼乐教化、典章制度,典出《论语·子罕》"天之将丧斯文也,后死者不得与于斯文也"。[2] 武夷山:在今福建省武夷山市,为三教名山。因朱熹曾长期在此研究传播儒学而为儒学圣地,常作为理学(儒学)的代称。

大中祥符寺

正德二年(1507年)九月

【评】该诗由束景南先生自《嘉靖西安县志》卷四十四、《民国卫县志》卷四辑出,入《王阳明佚文辑考编年》,并谓为《游海诗卷》中之篇。大中祥符寺在衢州西安县。该诗为王阳明游大中祥符寺记事写怀之作。其所写之怀,由"山水于吾成痼疾,险夷过眼真蜉蝣"见,已同于《泛海》的"险夷原不滞胸中,恰似浮云过太空"的超越与豪迈。另,他的好游与好友亦于该诗看出。

漂泊新从海上至,偶经江寺[1]聊一游。
老僧见客频问姓,行子[2]避人还掉头。
山水于吾成痼疾,险夷过眼真蜉蝣[3]。
为报同年张郡伯[4],烟江此去理渔舟。

【注】[1] 江寺:指大中祥符寺。[2] 行子:王阳明自谓。[3] 蜉蝣:亦作"蜉蝤",虫名,幼虫生活在水中,成虫褐绿色,有四翅,生存期极短,《诗经·曹风·蜉蝣》:"蜉蝣之羽,衣裳楚楚。"《毛传》:"蜉蝣,渠略也,朝生夕死。"喻微小、不足挂齿。[4] 同年张郡伯:时衢州知府张维新,弘治十二年(1499年)进士,为王阳明同年。

舍利寺

正德二年（1507年）九月

【评】该诗由束景南先生自《万历龙游县志》卷二、《民国龙游县志》卷三十三辑出，入《王阳明佚文辑考编年》，并谓为《游海诗卷》中之篇。据《民国龙游县志》卷三十四："舍利寺，在县东三十里。"

经行舍利寺，登眺几徘徊。
峡转滩声急，雨晴江雾开。
颠危知往事[1]，飘泊长诗才[2]。
一段沧州兴[3]，沙鸥莫浪猜。

【注】[1] 颠危知往事：指因言获罪与游海经历危难。[2] 飘泊长诗才：指游海至武夷山随处题咏锻炼了诗歌创作能力，提升了诗歌创作水平。[3] 一段沧州兴：指王阳明视游海、游武夷山为一段沧州隐遁经历。

别三子序

正德二年（1507年）十二月

【评】该文为王阳明别徐爱、范希颜、朱守忠三位门人的序文。三人为王阳明赴谪龙场暂留钱塘期间所收的弟子。缘起为三人同举乡试，王阳明为此别序。该文谈论了两个方面的内容：一是为当下传统儒家人格教育被忽略情况下，人们汲汲于科举考试的功名利禄而担忧，欲有所补救而又感到力所不及；二是表达了即将与三人离别的矛盾心理。三人举乡试，有好的前途，有利于振兴儒学，这是喜；离愁别绪则是忧。矛盾心理还表现为归隐倾向的流露，为此时他处于人生低潮期，"致良知"之学尚未产生，意志不够坚定的表现。

　　自程、朱诸大儒没而师友之道遂亡。《六经》分裂于训诂，支离芜蔓于辞章业举之习，圣学几于息矣。有志之士思起而兴之，然卒徘徊咨嗟，逡巡而不振；因弛然自废者，亦志之弗立，弗讲于师友之道也。夫一人为之，二人从而翼之，已而翼之者益众焉，虽有难为之事，其弗成者鲜矣。一人为之，二人从而危之，已而危之者益众焉，虽有易成之功，其克济[1]者亦鲜矣。故凡有志之士，必求助于师友。无师友之助者，志之弗立弗求者也。自予始知学，即求师于天下，而莫予诲也；求友于天下，而与予者寡矣；又求同志之士，二三子之外，邈乎其寥寥也。殆予之志有未立邪？盖自近年而又得蔡希颜、朱守忠于山阴之白洋，得徐曰仁于余姚之马堰。曰仁，予妹婿也。希颜之深潜，守忠之明敏，曰仁之温恭，皆予所不逮[2]。三子者，徒以一日之长视予以先辈，予亦居之而弗辞。非能有加也，姑欲假三子者而为之证，遂忘其非有也。而三子者，亦姑欲假予而存师友之饩羊[3]，不谓其不可也。当是之时，其相与也，亦渺乎难哉！予有归隐之图，方将与三子就云霞，依泉石，追濂、洛之遗风，求孔、颜[4]之真趣；洒然而乐，超然而游，忽焉而忘吾之老也。

　　今年三子者为有司[5]所选，一举而尽之。何予得之之难，而有司者袭取之之易也！予未暇以得举为三子喜，而先以失助为予憾；三子亦无喜于其得举，而方且憾于其去予也。漆雕开[6]有言："吾斯之未能信"，斯三子之心欤？曾点志于咏歌浴沂，而夫子喟然与之，[7]斯予与三子之冥然而契，不言而得之者欤？三子行矣，遂使举进士，任职就列，吾知其能也，然而非所欲也。使遂不进而归，咏歌优游有日，吾知其乐也，然而未可必也。天将降大任于是人，必先违其所乐而投之于其所不欲，所以衡心拂虑而增其所不能。是玉之成也，其在兹行欤！三子则焉往而非学矣，而予终寡于同志之助也！三子行矣。"深潜刚克，高明柔克"[8]，非箕子[9]之言乎？温恭亦沉潜也，三子识之，焉往而非学矣。苟三子之学成，虽不吾迹[10]，其为同志之助也，不多乎哉！

　　增城湛原明[11]宦于京师，吾之同道友也，三子往见焉，犹吾见也已。

【注】[1] 克济：能成功。[2] 不逮：没有。逮，达到。[3] 饩羊：音 xì yáng，古代用为祭品的羊，《论语·八佾》："子贡欲去告朔之饩羊。子曰：'赐也，尔爱其羊，我爱其礼。'"朱熹《论语集注》："月朔，则以特羊告庙，请而行之。饩，

生牲也。"比喻徒具之形式。[4] 孔、颜：孔子、颜渊。[5] 有司：掌管科考的职能部门。[6] 漆雕开：孔子弟子。其人《论语·公冶长》有载："子使漆雕开仕，对曰：'吾斯之未能信也。'子说。"[7] 曾点志于咏歌浴沂，而夫子喟然与之：此用曾点之典，典出《论语·先进》："'点，尔何如？'鼓瑟希，铿尔，舍瑟而作，对曰：'异乎三子者之撰。'子曰：'何伤乎？亦各言其志也！'曰：'莫春者，春服既成，冠者五六人，童子六七人，浴乎沂，风乎舞雩，咏而归。'夫子喟然叹曰：'吾与点也。'"[8] 深潜刚克，高明柔克：出自《尚书·洪范》："一曰正直，二曰刚克，三曰柔克。平康正直，强弗友刚克，燮友柔克。沉潜刚克，高明柔克。"《洪范》旧传为箕子向周武王陈述的"天地之大法"。[9] 箕子：名胥余，殷商末期人，是文丁的儿子、帝乙的弟弟、纣王的叔父，官太师，封于箕，在商周政权交替与历史大动荡的时代中，其因道之不得行，志之不得遂，"违衰殷之运，走之朝鲜"，建立朝鲜，其流风遗韵至今犹存。箕子与微子、比干在殷商末年齐名，并称"殷末三仁"："微子去之，箕子为之奴，比干谏而死，殷有三仁焉。"（《论语·微子》）[10] 虽不吾迩："虽不迩吾"的倒置，为文言语法否定句主谓倒置。[11] 湛原明：当为元明，即湛甘泉。

示徐曰仁应试

正德二年（1507年）十二月

【评】该文为正德二年（1507年）王阳明写给即将进入考场的徐爱的教导之辞、叮嘱之语，细致入微的殷殷之情令人感动。

君子穷达[1]，一听于天，但既业举子，便须入场，亦人事宜尔。若期在必得，以自窘辱[2]，则大惑矣。入场之日，切勿以得失横在胸中，令人气馁[3]志分，非徒无益，而又害之。场中作文，先须大开心目，见得题意大概了了，即放胆下笔；纵昧出处，词气亦条畅。今人入场，有志气局促不舒展者，是得失之念为之病也。夫心无二用，一念在得，一念在失，一念在文字，是三用矣，所事宁有成耶？只此便是执事不敬，便是人事有未尽处，虽或幸成，

君子有所不贵也。将进场十日前,便须练习调养。盖寻常不曾起早得惯,忽然当之,其日必精神恍惚,作文岂有佳思?须每日鸡初鸣即起,盥栉整衣端坐,抖数精神,勿使昏惰。日日习之,临期不自觉辛苦矣。今之调养者,多是厚食浓味,剧酣谑浪,或竟日偃卧。如此,是挠气昏神,长傲而召疾也,岂摄养精神之谓哉!务须绝饮食,薄滋味,则气自清;寡思虑,屏[4]嗜欲,则精自明;定心气,少眠睡,则神自澄[5]。君子未有不如此而能致力于学问者,兹特以科场一事而言之耳。每日或倦甚思休,少偃即起,勿使昏睡;既晚即睡,勿使久坐。进场前两日,即不得翻阅书史,杂乱心目;每日止可看文字一篇以自娱。若心劳气耗,莫如勿看,务在怡神适趣。忽充然滚滚,若有所得,勿便气轻意满,益加含蓄酝酿,若江河之浸,泓衍泛滥,骤然决之,一泻千里矣。每日闲坐时,众方嚣然,我独渊默[6];中心融融,自有真乐,盖出乎尘垢[7]之外而与造物者[8]游。非吾子概尝闻之,宜未足以与此也。

【注】[1] 穷达:困窘与通达。[2] 自窘辱:自取窘迫、失去自尊。[3] 气馁:精神涣散。[4] 屏:摒弃。[5] 神自澄:精神自然饱满。[6] 渊默:沉静。[7] 尘垢:引申为世俗义。[8] 造物者:万事万物的主宰,即道。

田横论

约正德二年(1507年)十二月

【评】该文为王阳明的一篇史论,对秦汉时期历史人物田横展开专论。田横(?—前202),秦末群雄之一,反秦自立,据齐为王。汉高祖刘邦统一天下,田横不肯称臣,率五百门客逃往海岛。刘邦派人招抚,田横被迫乘船赴洛,于距洛三十里之首阳山自杀,海岛五百部属亦全部自杀。该文由束景南先生自《新刊晦轩林先生类纂古今名家史纲疑辩》(万历刻本)卷三、郑贤《古今人物论》卷八等辑出,入《王阳明佚文辑考编年》,并认为是王阳明贬谪龙场表明心迹的有感而发。王阳明说田横"知死之为义,而不权衡乎义,勇有余而智不足""横之死则勇,而智则浅""徒知慕义,而不知义之轻重",

而自己的赴谪将"于横乎有取",乃是勇且智之行。束先生以此谓该文约作于正德二年(1507年)谪龙场前后。

知死之为义,而不权衡乎义,勇有余而智不足者也。天下未尝有不可处之事,吾心未尝有不可权之理。死生利害撄于吾前,吾惟权之于义,则从违可否自有一定之则,生亦不为害仁,死亦不为伤勇。古人沈晦[1]以免祸,杀身以成仁,其顾瞻筹度[2]之顷,见之亦审矣,而后为之;不然,奚苟焉于义曰之便,而取公论不韪[3]之讥乎?吾观田横之不肯事汉,致五百人之皆死,固尝悯其事之可矜[4],亦尝惜其身之有未善也。天下之利害,莫大于死生,驱之生则乐而前,驱之死则怖而后,此人之情也。世有不重其死而轻其生者,岂其情之独异于人乎?此其中必有大过人者。田横之士皆死义,其何能为人之所不肯为,而一时之烈丈夫之多哉!虽然,横之死则勇,而智则浅矣。吾为横计,虽不死可也。死于汉争衡之日可也,为夷齐[5]王烛之死可也,而横也盍亦权衡于心乎?不死于可为之时,而死于不可为之时;不死于不得已之地,而死于得已之地。方郦生[6]之说下齐也,在有志者必不听,横既是其言而从之,其心已甘为汉屈矣。及历下之败,乃心归彭越[7],越之德孰与汉王?横以势不能为,尚含耻而归之,又岂有雄于汉之心乎?既无雄于汉之心,即挈郡于关中,称汉于汉阙,汉必有以遇之,横于此可以不死,横必以死为安。当汉与齐之结乎盟,则二国为兄弟也,而汉又袭之,是负信义于天下矣!齐之力既无如之,何独不可执信义之词,与之较曲直乎?其曲在汉,其直在齐,横于是而命一介之士,达咫尺之书,以申其盟,以彰汉之罪于天下,以正仗义敢死之秋,横于斯可以死也。及项羽既屠,横虑有腐肉之惨,乃率其徒属居海岛。是时汉虽招之,而我固拒之,汉亦未必有加兵之举,横于是可以得已也,奈何一闻其召,即不远千里而来,是其来也意不在王,而在于侯;不在于侯,则在于脱斧钺之危[8]耳。不然,将何为哉?使横而信有不臣之节,则终身而已矣,何觊觎于王侯之业而不为夷齐之逃;使横而信有轻生之心,则守正以俟死而已矣,何寒心于白刃之锋而不为王烛之勇;使横而信以汉王之心必不我免,当汉使之临,即自处以不韪可也,又何乘传至洛阳而后决哉!是时不可死,而横则死之,时可以死,而横则不死;事不可已,而横则已之,事可以已,而横则不已,智者故如是乎?吾知横之死,不在于今,而已兆于历下之败矣。大抵事不可近虑,以近虑虑之,未有不覆其事者。当齐与汉决峙,严于自卫,犹惧失之,夫何郦生之言之后,即肆为酣畅之乐,而撤其纪律之备,此正以近虑虑之者。然则韩信之袭破,乃横之所以自取,而非郦生之罪矣,何至怒烹之邪?不知郦生可宥而汉不可忘,使以怒郦生者怒汉,则汉将慑于齐而未敢动,未可知也。抑是时横之谋固疏矣,五百人岂将不在邪?何无一人之虑及于此也。一人之言,五百人皆是之,则横亦未必无事心也;五百人不言,而横又甘受其挫。此横之事一去,而五百人所以不免也。在五百人则失于不言,在横则失于不智矣。故田横之不肯事汉,孰若直拒于郦生之言余?诣首洛阳,孰若守身于海岛之外?与其五百人皆杀,而无补于齐,又何如郦生之一烹,而又功于汉乎!然则其死也,皆失于前而困于后,徒知慕义,而不知义之轻重也,吾于横何惜哉!虽然,一人不屈,而五百人相率以蹈之,横盖深有以感之也,吾于横乎有取。

【注】[1] 沈晦:亦作"沉晦",隐而不露,《朱子语类》卷二十九"邦无道能沉晦以免患"有用。[2] 顾瞻筹度:深度考虑、权衡。[3] 不韪:不是、过错,《左传·隐公十一年》"不度德,不量力,不亲亲,不征辞,不察有罪:犯五不韪以伐人,其丧师也,不亦宜乎"有用。[4] 矜:怜悯。[5] 夷齐:伯夷、叔齐。《史记·伯夷列传》载:"伯夷、叔齐,孤竹君之二子也。父欲立叔齐,及父卒,叔齐让伯夷。伯夷曰:'父命也。'遂逃去,叔齐亦不肯立而逃之。"[6] 郦生:郦食其(?—前203),陈留人,秦汉间历史人物。[7] 彭越:别号彭仲(?—前196),昌邑(今山东菏泽市巨野县)人,西汉开国功臣、诸侯王。秦末聚兵起义,初在魏地起兵,后归刘邦,拜魏相国、建成侯,与韩信、英布并称汉初三大名将。西汉建立后封为梁王,后被告发谋反,被刘邦以"反形已具"罪名诛三族,枭首示众。[8] 斧钺之危:杀身之祸。

第三章　赴谪：历游赣湘黔（34题）

草萍驿次林见素韵奉寄

正德三年（1508年）正月

【评】草萍驿，明代驿站名，在今浙江省衢州市常山县县城西四十里。林见素即林俊（1452—1527），字待用，见素为其号，莆田人，曾在草萍驿有诗，王阳明该诗则为次其韵之作。诗为七律，以当、航、忙、苍、堂为韵，押下平"阳"韵。颔联、颈联对仗工整，音韵和谐。诗的内容在于情状的描写和情怀的书写，两者相互交织、相得益彰。首联是瘦弱的身体能承受风雪山行，以及对江花照野航的欢喜情状描写与情怀书写的交织。颔联是宦途懒散和忙于诗景的交织。颈联是乡心春草远和客鬓晚更苍的交织。尾联则表达的是山林生活迟早到来而未必就在当下的自我安慰。全诗给人平淡自然、意境幽远之美感。

山行风雪瘦能当[1]，会[2]喜江花照野航[3]。
本与宦途[4]成懒散，颇因诗景受闲忙。
乡心草色春同远，客鬓松梢[5]晚更苍。
料得烟霞终有分，未须连夜梦溪堂[6]。

【注】[1]山行风雪瘦能当：尽管自己身体瘦弱，不过尚且能承受风雪山行的艰难。[2]会：恰巧碰上。[3]野航：农家小船，元王祯《农书》卷十七谓野航"田家小渡舟也。或谓之舴艋，谓形如蚱蜢，因以名之"，此处用如"秋水才深四五尺，野航恰受两三人"（杜甫《南邻》）。[4]宦途：仕途。[5]客鬓松梢：此处是比

喻，将自己客途的鬓发比作苍松。[6] 溪堂：临溪的堂舍，此处用如"枕簟溪堂冷欲秋，断云依水晚来收"（辛弃疾《鹧鸪天·鹅湖归病起作》），指代隐居自适的生活状态。

玉山东岳庙遇旧识严星士

正德三年（1508年）正月

【评】玉山，今江西上饶市玉山县，临浙江衢州常山县。东岳庙，即今上饶东岳庙，宋建炎元年（1127年）修建。严星士，一位姓严的术士，为王阳明旧识。该诗为七律，是王阳明过浙江衢州常山到上饶玉山东岳庙巧遇旧识严星士时所写。诗分两部分：首联、颔联为第一部分，为回忆上次的分别；颈联、尾联为第二部分，是当下情况的书写。上次的分别写的是严星士送别自己时的依依惜别，采用了"箫管隔秋云""肩舆妨多事"等侧面衬托的方法。当下情况的书写有两个内容：一是和严星士共度元宵的期待；二是表明自己已经坚定了赴谪的决心，无需星士再为自己的行藏占卜。

忆昨东归[1]亭下路，数峰箫管[2]隔秋云[3]。
肩舆欲到妨多事，鼓枻[4]重来会有云。
春夜绝怜灯节[5]近，溪声最好月中闻。
行藏[6]无用君平卜，请看沙边鸥鹭群。

【注】[1] 东归：指王阳明八月游武夷山和严星士分别后的东归。[2] 箫管：排箫和大管，泛指管乐器，又指代乐器、音乐。[3] 隔秋云：隔断遏止天空的秋云，此为用"响遏行云"之典。"响遏行云"典出《列子》卷五《汤问》："薛谭学讴于秦青，未穷青之技，自谓尽之，遂辞归。秦青弗止，饯于郊衢，抚节悲歌，声振林木，响遏行云。薛谭乃谢求反，终身不敢言归。"[4] 鼓枻：鼓枻义为划桨，指代泛舟，此处用如"渔父莞尔而笑，鼓枻而去"（屈原《渔父》）。枻，音 yì，船桨。[5] 灯节：元宵节。[6] 行藏：指出处行止，典出《论语·述而》："用之则行，

舍之则藏。"意为被任用就出仕,不被任用就退隐。

广信元夕蒋太守舟中夜话

正德三年（1508年）正月

【评】"广信",即广信府,治所在今江西上饶市信州区。"元夕",元宵节之夜。"蒋太守",太守是知府的别称,此处蒋太守指当时的广信府知府。该诗娓娓道来,语调平和,为王阳明正德三年（1508年）至广信时和时任广信知府蒋太守舟中共度元宵佳节的即时之作。首联以写景引起全诗,所写之景为舟中所见所闻。所见者为元宵夜的灯火楼台,所闻者为通过星桥度越碧空的歌乐。颔联、颈联明志：此时的他已不再有尘世之外的想法,也不在意旅途的孤独寂寞,而是踏实地践履现实生活,去远方（贵州龙场）寻求淳朴的古风。尾联意味深长地谈论和蒋太守的友谊,表达了分别之后书信往来的意向。元宵之夜当地知府的相陪相聚,一方面说明王阳明和蒋太守的友谊深厚;另一方面也可说明此时的他虽作为赴谪的"罪臣",在人们的心目中却并非鄙视或引火烧身的对象。

楼台灯火水西东,箫鼓[1]星桥渡碧空。
何处忽谈尘世外？百年惟此月明中。
客途孤寂浑常事,远地相求见古风。
别后新诗如不惜,衡南[2]今亦有飞鸿[3]。

【注】[1]箫鼓：指代音乐。[2]衡南：南岳衡山之南,又曰衡阳。[3]飞鸿：指代书信,义出"鸿雁传书"之说。"鸿雁传书"典出《汉书》苏武事："汉求武等,匈奴诡言武死。后汉使复至匈奴,常惠请其守者与俱,得夜见汉使,具自陈道。教使者谓单于,言天子射上林中,得雁,足有系帛书,言武等在某泽中。"

夜泊石亭寺，用韵呈陈娄诸公，因寄储柴墟都宪及乔白岩太常诸友

正德三年（1508年）正月

【评】"石亭寺"，时南昌一寺庙，阳明赴谪龙场，正德三年（1508年）元宵后至南昌泊宿之所。王阳明弘治元年（1488年）十七岁时在南昌完婚，曾到过石亭寺，二十年后正德三年（1508年）赴谪龙场驿丞经过南昌再泊宿该寺。该二诗即为泊宿该寺的有感而作，作之以呈示陈娄诸公，并寄挚友储罐储柴墟、乔宇乔白岩。陈娄诸公当指陈石斋、娄谅等，是王阳明前辈学人。陈石斋即陈献章（1428—1500），字公甫，石斋为其号，又号碧玉老人、玉台居士、江门渔父、南海樵夫、黄云老人等，因曾在白沙村居住，人称白沙先生，世称陈白沙，和娄谅等同为吴与弼创"崇仁学派"中人，亦为吴门人。娄谅（1422—1491），字克贞，别号一斋，江西广信上饶人，为王阳明蒙师。该二诗，其一表达的是物是人非的怀恋，其二表达的则是挚友不在的孤独以及自己淡泊沧浪的心志。

其一

廿年不到石亭寺[1]，惟有西山只旧青。
白拂[2]挂墙僧已去，红阑[3]照水客重经。
沙村远树凝春望[4]，江雨孤篷入夜听。
何处故人还笑语？东风啼鸟[5]梦初醒。

其二

怅望[6]沙头成久坐，江洲[7]春树何青青。
烟霞故国[8]虚梦想，风雨客途真惯经！
白璧屡投终自信，朱弦一绝好谁听？[9]
扁舟心事沧浪旧，从与渔人笑独醒。[10]

【注】[1] 廿年不到石亭寺：意为二十年前曾到石亭寺，即曾到南昌。二十年前，王阳明在南昌迎娶其妻诸氏。据载，在此期间王阳明曾有诸多学术活动，如

他曾经拜访当时的大学者娄谅。[2] 白拂：白色的拂麈。[3] 红阑：长满了花草的栏杆。[4] 凝春望：凝聚着春天的希望。[5] 东风啼鸟：化用唐杜牧"日暮东风怨啼鸟"(《金谷园》)句。[6] 怅望：惆怅地想望。[7] 江洲：江上的沙洲。[8] 烟霞故国：化用唐代诗人冷朝阳"古国烟霞外"(《送唐六赴举》)句。[9] 白璧屡投终自信，朱弦一绝好谁听：化用宋人刘流谦"朱弦无复人三叹，白璧空惭我屡投"(《遣兴》)句。[10] 扁舟心事沧浪旧，从与渔人笑独醒：典用屈原《渔父》。《渔父》文曰："屈原既放，游于江潭，行吟泽畔，颜色憔悴，形容枯槁。渔父见而问之曰：'子非三闾大夫与？何故至于斯？'屈原曰：'举世皆浊我独清，众人皆醉我独醒，是以见放。'渔父曰：'圣人不凝滞于物，而能与世推移。世人皆浊，何不淈其泥而扬其波？众人皆醉，何不哺其糟而歠其醨？何故深思高举，自令放为？'屈原曰：'吾闻之，新沐者必弹冠，新浴者必振衣；安能以身之察察，受物之汶汶者乎？宁赴湘流，葬于江鱼之腹中。安能以皓皓之白，而蒙世俗之尘埃乎？'渔父莞尔而笑，鼓枻而去，乃歌曰：'沧浪之水清兮，可以濯吾缨；沧浪之水浊兮，可以濯吾足。'遂去，不复与言。"

过分宜望钤冈庙

正德三年（1508年）二月

【评】"分宜"，即分宜县，取"分得宜春地"义以为名，时属袁州府，今属新余市，西临宜春市。钤冈庙，址在和分宜古县城隔河相望的钤冈岭上。钤冈岭海拔252米，是分宜古县城的天然屏障。该诗为阳明遇目即事的有感而发。事写民间俗信及其仪式，以及王阳明对该俗信的看法。民间信仰钤冈岭上的大树和钤冈庙中的神灵，并用烧柴升烟的仪式祭祀神灵，祈求其捍卫保护此方百姓。作为一儒者，王阳明是不信鬼神存在的，因先圣孔子已立不语怪力乱神之训。但对于这一民间俗信，他尚能以平常心看待，曰"世事浑如此"，并认为以之充实诗作的内容，尚且颇有新意。

共传峰顶树，古庙有灵神。

楚俗多尊鬼，巫言解惑[1]人。

望禋存旧典[2]，捍御[3]及斯民。

世事浑如此，题诗感慨新！

【注】[1]解惑：解，使他人明白；惑，故意使他人不明白。此处解、惑连用，偏指惑义。[2]望禋存旧典：禋，音 yīn，烧柴升烟以为祭祀。旧典：古代的典籍。该句化用了唐人李夐"禋祠彰旧典"（《恒岳晨望有怀》）句。[3]捍御：捍卫。

杂诗三首
正德三年（1508年）二月

【评】该诗意象奇诡多变。有言临险者，如"危栈""猛虎""倒崖""绝壑""荆榛""雨雪"。有言清和者，如"青山""流水""琴瑟""经书"。有言玄理者，如"无闷""警惕""真宰""乾乾""太虚""古《易》""寒根""息灰""玄思""青冥""晦息"。乍看杂乱，其实三诗分工明确，有其秩序：其一起临险并超越，经其二的清和中有感于光阴易逝，到其三仰观俯察、深思冥想悟得古《易》的万物辩证之理后，归于与自然一体的心灵宁静。

其一

危栈断我前，猛虎尾我后。

倒崖落我左，绝壑临我右。

我足复荆榛，雨雪更纷骤。

邈然思古人，无闷[1]聊自有。

无闷虽足珍，警惕[2]忘尔守。

君观真宰[3]意，匪薄亦良厚。

其二

青山清我目，流水静我耳。
琴瑟在我御，经书满我几。
措足践坦道，悦心有妙理。
顽冥非所惩，贤达何靡靡！
乾乾[4]怀往训，敢忘惜分晷[5]？
悠哉天地内，不知老将至。

其三

羊肠亦坦道[6]，太虚[7]何阴晴？
灯窗玩古《易》，欣然获我情。[8]
起舞还再拜，圣训垂明明。
拜舞讵逾节？顿忘乐所形。[9]
敛衽[10]复端坐，玄思窥沉溟[11]。
寒根[12]固生意，息灰[13]抱阳精。
冲漠[14]际无极，列宿罗青冥[15]。
夜深向晦息[16]，始闻风雨声。

【注】[1] 无闷：此谓超越逆境、险境的乐观，如颜子的"箪食瓢饮不改其乐"。[2] 警惕：指临深履薄的心态。[3] 真宰：宇宙万物的主宰、本体，后在王阳明那里是"良知"。[4] 乾乾：敬慎貌。[5] 晷：音 guǐ，日影、光阴，指代时间。[6] 羊肠亦坦道：此谓掌握了辩证之理后对具象的超越。[7] 太虚：宇宙、太空。[8] 灯窗玩古《易》，欣然获我情：该二句谓己意和《易》理契合的喜悦。[9] 顿忘乐所形：此言得意忘形。[10] 衽：衣襟。[11] 沉溟：佛教语，犹幽冥，宋陆游《安隐寺修钟楼疏》"浮翠流丹，倘复还于巨丽；撞昏击晓，实大警于沉冥"有用。[12] 寒根：冬天的树根。[13] 息灰：无火星的灰烬。[14] 冲漠：虚寂恬静。[15] 列宿罗青冥：众星罗布青苍幽远的天空。列宿，众星；青冥，青苍幽远，指青天。[16] 晦息：内心安静下来。

袁州府宜春台四绝

正德三年（1508年）二月

【评】袁州府，府治在今江西省宜春市袁州区。宜春台，即今宜春公园，汉武帝元光六年（前129年）宜春侯刘成建。王阳明的时代，台顶有韩文公（韩愈）祠。该四诗为他袁州府宜春台的登临口占，含写景（事）、抒情、议论、咏怀于其中。其一的前两句是写登临的即目之景，后两句则是通过怀古而抒情，所怀之古为唐代韩愈及滕王李元婴的袁州旧事，抒情则着一"笑"字和一"羡"字。其二是通过议论表达了自己对宜春台的喜爱之情。其三是通过写事表达自己曾点气象的情怀。其四是通过议论写怀，感慨修庙的大量公帑花费，但自己在无能为力情况下，只好超然物外。

其一

宜春台上还春望，山水南来眼未尝。
却笑韩公亦多事[1]，更从南浦[2]羡滕王[3]。

其二

台名何事只宜春？山色无时不可人。
不用烟花[4]费妆点，尽教刊落[5]尽嶙峋。

其三

持修江藻[6]拜祠[7]前，正是春风欲暮天。
童冠尽多归咏兴[8]，城南兼说有温泉。

其四

古庙[9]香灯几许年？增修还费大官钱。
至今楚地多风雨，犹道山神驾铁船[10]。

【注】[1]却笑韩公亦多事：笑韩愈为袁州刺史时逢大旱于宜春台仰山神庙求雨事。此事载于韩愈所写三篇祭文及《谢雨文》中。[2]南浦：地名，在南昌市西南。王勃《滕王阁诗》"画栋朝飞南浦云"有用。[3]滕王：王爵的封号，此专指唐朝滕王李元婴。李元婴曾任洪州都督，王勃所写《滕王阁序》中的滕王阁为其

所建。[4] 烟花：雾霭中的花。[5] 刊落：删除。[6] 持修江藻：江藻，或为人名，疑为韩文公祠主持，当时负责接待阳明拜谒该祠。[7] 祠：时宜春台上的韩文公（愈）祠。[8] 童冠尽多归咏兴：此为浓缩化用《论语·先进》曾点答孔子问，曾点之答为："暮春者，春服既成，冠者五六人，童子六七人，浴乎沂，风乎舞雩，咏而归。"[9] 古庙：此指宜春台上的祠庙，如韩文公（愈）祠等。[10] 驾铁船：超然于尘俗，出自《传灯录》卷二十："有僧问潭州文珠法师：'仁王登位，万姓沾恩，和尚出世如何？'师曰：'万里长沙驾铁船。'"

夜宿宣风馆

正德三年（1508年）二月

【评】"宣风馆"，即宣风驿馆，在今江西省萍乡市芦溪县宣风镇。该诗为七律，是王阳明宿江西萍乡宣风驿馆作，题材为羁旅情愁。诗首联、颔联写景，颈联、尾联写情。首联写的是自己赶路的情状，有崎岖山路上的古车辙、马过水浑的沙溪；颔联所写为傍晚时分即目之景，包括投林的归鸟、路上的行人、远村的炊烟。颈联、尾联所写为羁旅的孤独与愁绪，分别由"孤"字和"愁"字道出。在写作手法的运用上，首联、颔联是赋体；颈联是比体，以浮云的白比头发的白，以林间月的孤比自己的孤；"越南冀北俱千里"则动用了想象机制，或许是他想起远方的友人，而更增添了羁旅的愁绪吧。

山石崎岖古辙痕，沙溪马渡水犹浑。
夕阳归鸟投深麓[1]，烟火行人望远村。
天际浮云生白发，林间孤月坐黄昏。
越南冀北[2]俱千里，正恐春愁入夜魂。

【注】[1] 麓：生长在山脚的林木，引申指山脚。[2] 越南冀北：越南，百越之南，泛指遥远的南方；冀北，冀州之北，泛指遥远的北方。此处越南冀北之用，或为王阳明思念友人之情的表达。

萍乡道中谒濂溪祠

正德三年（1508年）二月

【评】濂溪，本为今湖南省永州市道县一水名，亦为北宋大儒周敦颐号。周敦颐（1017—1073），字茂叔，道县人，理学奠基人。濂溪祠，纪念祭祀周敦颐的祠庙，王阳明拜谒的此濂溪祠亦在萍乡，今芦溪县境内。该诗为七律，主要使用的是以议论为诗的写作手法。首联是对濂溪祠中周敦颐木质塑像的评价，认为尽管有所失真，但衣巾尚能表现濂溪凛然的风采。颔联是对周敦颐的评价，赞赏了其不以官小而不为，只以教化为旨归的高风亮节。颈联赞赏了周敦颐教化甚至及于山水自然物的功绩，并认为光风霁月是濂溪形象的传神写照。该诗虽是以议论为诗，却不是空洞的说教，而是议论中充溢着情感与形象：全诗洋溢着王阳明对周敦颐的崇敬之情，读者眼前仿佛出现了他恭敬地在濂溪祠中祭拜周敦颐的画面。

木偶[1]相沿恐未真，清辉[2]亦复凛衣巾。
簿书[3]曾屑乘田吏[4]，俎豆[5]犹存畏垒民[6]。
碧水苍山俱过化[7]，光风霁月[8]自传神。
千年私淑[9]心丧后，下拜春祠[10]荐渚蘋。

【注】[1]木偶：此指濂溪祠内周敦颐木质塑像。[2]清辉：清澈明亮的光辉，多指月光。此为比喻用法，指周敦颐高尚品格展现出的感召风采。[3]簿书：官方文书，公文。[4]乘田吏：掌管畜牧的小吏，孔子曾履此职。有关于此，《孟子·万章下》谓："（孔子）尝为乘田矣，曰牛羊茁壮长而已矣。"赵岐注："乘田，苑囿之吏也，主六畜之刍牧者也。"[5]俎豆：俎、豆均为古代祭祀的用品，指代祭祀。[6]畏垒民：乡野之人。畏垒，本为山名，借指乡野。[7]碧水苍山俱过化：即使山水等自然物亦均为周敦颐所教化。[8]光风霁月：光风，雨后初晴时的风；霁月，雨雪停止晴空的月亮。光风霁月形容的是雨过天晴时万物明净的景象，亦喻开阔的胸襟和心地。这个比喻最早出自黄庭坚《濂溪诗序》对周敦颐形象的评价："舂陵周茂叔，人品甚高，胸怀洒落如光风霁月。"[9]私淑：未得身受

其教而敬仰其人。[10] 春祠：春天的祭祀，古代宗庙的四时祭之一，王阳明此次过濂溪祠祭祀濂溪恰逢春天，故借用"春祠"入诗。

宿萍乡武云观

正德三年（1508年）二月

【评】武云观，萍乡的一座道观，王阳明赴谪曾夜宿于此。该诗亦为七律，首联、颔联为旅途景物的描写；颈联、尾联是王阳明思乡情愫的表现。其思乡情愫可由诗中"漫忆东归"，以及由其时所见明月联想到家乡鉴湖的明月看出。

晓行山径树高低，雨后春泥没马蹄。
翠色绝云[1]开远嶂，寒声隔竹隐晴溪。
已闻南去艰舟楫，漫忆东归沮杖藜。
夜宿仙家见明月，清光还似鉴湖[2]西。

【注】[1] 翠色绝云：翠绿的山色耸入云端。[2] 鉴湖：在浙江省绍兴市南，原名镜湖，相传黄帝铸镜于此而得名。此处王阳明以之代家乡。

醴陵道中风雨夜宿泗州寺次韵

正德三年（1508年）二月

【评】正德三年（1508年）早春，王阳明赴谪离开江西萍乡，进入湖南境内。过醴陵，作该诗，叙写旅途的艰辛、孤寂以及羁旅情愫。

风雨偏从险道尝，深泥没马陷车箱。
虚传鸟路通巴蜀[1]，岂必羊肠在太行！
远渡渐看连暝色，晚霞会喜见朝阳。

水南昏黑投僧寺[2]，还理义编[3]坐夜长。

【注】[1] 虚传鸟路通巴蜀：此为言湖南通巴蜀道路艰险，仅飞鸟可过。[2] 僧寺：此指泗州寺。[3] 义编：载有义理的书卷。

靖兴寺

正德三年（1508年）二月

【评】该诗为五律，由束景南先生自《乾隆长沙府志》卷四十七辑出，入《王阳明佚文辑考编年》。靖兴寺在醴陵县靖兴山。正德三年（1508年）春王阳明赴谪龙场经醴陵，和前《醴陵道中风雨夜宿泗州寺次韵》为同时作。该诗内容为记事、言理。言理在颈联、尾联，体现自然孕化、社会兴废的辩证之理。

隔水不见寺，但闻清磬[1]来。
已指峰头路，始瞻云外台。
洞天藏日月，潭窟隐风雷。
欲询兴废迹，荒碣满蒿莱。

【注】[1] 清磬：磬的清音。

龙　潭

正德三年（1508年）二月

【评】该诗为七绝，由束景南先生自《乾隆长沙府志》卷四十九、《雍正湖广通志》卷八十辑出，入《王阳明佚文辑考编年》。该龙潭为醴陵靖兴山下龙潭，前《靖兴寺》诗的"潭窟隐风雷"即指该潭。

老树千年惟鹤住,深潭百尺有龙蟠[1]。
僧居却在云深处,别作人间境界看。

【注】[1]蟠:屈曲,环绕,盘伏。

游岳麓书事
正德三年(1508年)二月

【评】关于王阳明这次游览岳麓,清代赵宁《新修岳麓书院志》谓:"正德间忤阉瑾,谪贵阳。道经长沙,泛湘沅,吊屈贾,寓岳麓,为朋徒斤斤讲良知之学。是时,朱张遗迹久湮,赖公过化,有志之士复多兴起焉。"该诗为王阳明正德三年(1508年)早春过长沙游岳麓所作,为一叙事诗,以时间的先后叙述了游岳麓山的过程,是一融写景、怀古、抒情与议论于叙事之中的佳篇。叙事有情节的变化,王阳明游岳麓的初衷是仅携周生的低调出行,尽管长沙知府赵维藩等当地官员之前已多次正式约请,但中午时分赵知府也访迹而至,表明阳明虽为谪客,但仍为所重的事实。写景则为一天之中游览岳麓的盛景。怀古所写为道林寺、赫曦台等的变迁。抒情有对朱熹、张栻先贤等的崇敬之情。议论如末二句"齿角盈亏分则然,行李虽淹吾不恶",表达的是顺应自然的生活态度。

醴陵西来涉湘水,信宿[1]江城[2]沮风雨。
不独病齿[3]畏风湿,泥潦[4]侵途绝行旅。
人言岳麓最形胜,隔水溟蒙隐云雾。
赵侯需晴邀我游,故人徐陈各传语[5]。
周生好事屡来速,森森雨脚何由住!
晓来阴翳[6]稍披拂,便携周生涉江去。
戒令休遣府中[7]知,徒尔劳人更妨务。
橘洲[8]僧寺浮江流,鸣钟[9]出延立沙际。

停桡[10]一至答其情,三洲连绵亦佳处。
行云散漫浮日色,是时峰峦益开霁[11]。
乱流荡桨济倏忽,系楫江边老檀树。
岸行里许入麓口,周生道予勤指顾。
柳溪梅堤[12]存仿佛,道林林壑[13]独如故。
赤沙[14]想像虚田中,西屿[15]倾颓今冢墓。
道乡[16]荒趾留突兀,赫曦[17]远望石如鼓。
殿堂释菜礼从宜,下拜朱张息游地。[18]
凿石开山面势改,双峰辟阙见江渚。
闻是吴君[19]所规画,此举良是反遭忌。
九仞谁亏一篑功,叹息遗基独延伫!
浮屠观阁[20]摩青霄,盘据名区遍寰宇。
其徒素为儒所摈,以此方之反多愧。
爱礼思存告朔羊[21],况此实作匪文具。
人云赵侯意颇深,隐忍调停旋修举。
昨来风雨破栋脊,方遣圬人[22]补残敝。
予闻此语心稍慰,野人[23]蔬蕨亦罗置。
欣然一酌才举杯,津夫[24]走报郡侯[25]至。
此行隐迹何由闻?遣骑候访自吾寓。
潜来鄙意正为此,仓卒行庖益劳费。
整冠出迓见两盖,乃知王君[26]亦同御。
肴羞层叠丝竹繁,避席兴辞恳莫拒。
多仪劣薄非所承,乐阕觞周日将暮。
黄堂[27]吏散君请先,病夫[28]沾醉须少憩。
入舟暝色渐微茫,却喜顺流还易渡。
严城[29]灯火人已稀,小巷曲折忘归路。
仙宫酣倦成熟寐,晓闻檐声复如注。
昨游偶遂实天假[30],信知行乐皆有数。
涉躐差偿夙好心,尚有名山敢多慕!

齿角[31]盈亏分则然，行李虽淹吾不恶。

【注】[1]信宿：连住两夜。[2]江城：此指长沙，因湘江流经，故称。[3]病齿：牙齿生病。[4]潦：音lǎo，雨水大，路上的雨水。[5]赵侯需晴邀我游，故人徐陈各传语：赵侯，时长沙知府赵维藩；陈，陈文鸣（凤梧），时任湖广提学；徐，指徐成之。[6]阴翳：阴霾，阴云。[7]府中：此指长沙府。[8]橘洲：湘江中的橘子洲。[9]鸣钟：敲钟。[10]桡：桨，楫。[11]开霁：阴天放晴。[12]柳溪梅堤：皆为岳麓景点。[13]道林林壑：道林，即道林寺，址岳麓山东麓，约建于六朝。语见杜甫"玉泉之南麓山殊，道林林壑争盘纡"（《岳麓山道林二寺行》）句。[14]赤沙：赤沙湖，亦见杜甫"寺门高开洞庭野，殿脚插入赤沙湖"（《岳麓山道林二寺行》）句。[15]西屿：岳麓山的景点。[16]道乡：道乡台，岳麓景点。[17]赫曦：赫曦台，岳麓景点。"赫曦"为朱熹命名，台为张栻而建。有关于此，朱熹《云谷山记》有载："余名岳麓山顶曰赫曦。"[18]殿堂释菜礼从宜，下拜朱张息游地：释菜，亦作"释采"，古时入学祭祀先圣先师的典礼。有关于此，《礼记·月令》有"仲春之月上丁，命乐正习舞，释菜"文，郑玄注为"将舞，必释菜于先师以礼之"。朱张，朱熹、张栻。此两句表明王阳明已师事朱、张，继承儒学。[19]吴君：指当时规划毁寺扩院的长沙府参议吴世忠。[20]浮屠观阁：此指岳麓山上的佛教建筑。[21]爱礼思存告朔羊：此句为用"爱礼存羊"之典，比喻为维护根本而保留有关仪节。典出《论语·八佾》："子贡欲去告朔之饩羊，子曰：'赐也，尔爱其羊，我爱其礼。'"[22]圬人：涂抹墙壁的泥瓦工人。圬，音wū，泥瓦工用的抹子。[23]野人：当地土著。[24]津夫：湘江渡口的摆渡者。[25]郡侯：前文赵侯，时长沙知府赵维藩。[26]王君：王推官，王阳明有《次韵答赵太守王推官》诗。[27]黄堂：古代太守衙中的正堂。《后汉书·郭丹传》有："敕以丹事编署黄堂，以为后法。"李贤注曰："黄堂，太守之厅事。"后为太守的代称："太守曰黄堂。"（宋代黄朝英《靖康缃素杂记》卷上）[28]病夫：王阳明自称。如上交代，因有牙病，故谓。[29]严城：戒备森严的城市，此指长沙城。[30]天假：上天授予。"公之挺生，实惟天假"（北周庾信《周上柱国齐王宪神道碑铭》）有用。[31]齿角：此指用如象牙、鹿角等制成的量器。

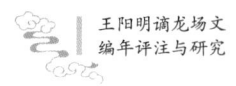

长沙答周生

正德三年（1508年）二月

【评】该诗三十六句，为五古叙事诗，所叙为长沙过化一周姓后生之事，周生名周金。诗采用铺陈手法，先写自己病中周金虔诚地前来请教，次赞扬周金的志向和素质，鼓励他要以孔子、曾子、颜子等圣贤为榜样立志做圣贤，最后教以专心一志的自然山水圣贤遗迹涵养之法。

旅倦憩江观，病齿废谈诵。
之子[1]特相求，礼殚意弥重。
自言绝学余，有志莫与共。
手持一编书，披历见肝衷。
近希小范[2]踪，远为贾生[3]恸。
兵符[4]及射艺[5]，方技[6]靡不综。
我方惩创后，见之色亦动。
子诚仁者心[7]，所言亦屡中[8]。
愿子且求志[9]，蕴蓄[10]事涵泳[11]。
孔圣固惶惶，与点乐归咏。[12]
回[13]也王佐才[14]，闭户避邻哄[15]。
知子信美才，大构中梁栋。
未当匠石[16]求，滋植务培壅。
愧子勤绻意，何以相规讽？
养心在寡欲，操存舍即纵[17]。
岳麓何森森，遗址自南宋。
江山足游息，贤迹尚堪踵[18]。
何当谢病来，士气多沉勇。

【注】[1]之子：犹言这个人，此指周金，为当时长沙府生员。《诗经·周南·汉广》"之子于归，言秣其马"、唐代邱为"兴尽方下山，何必待之子"（《寻

西山隐者不遇》）有用。[2] 小范：范仲淹。范仲淹被西夏人称为"小范老子"，此见朱熹《三朝名臣言行录》："仲淹领延安，养兵畜锐，夏人闻之，相戒曰：'今小范老子腹中自有兵甲……'戎人呼知州为老子。"[3] 贾生：西汉贾谊。贾谊为西汉文帝时政论家、文学家，少有才名，世称贾生。[4] 兵符：传达命令或调兵遣将所用的凭证，此指代军事。[5] 射艺：射箭技艺，此指代武艺。[6] 方技：古代指医、卜、星、相之术。[7] 仁者心：儒家的仁爱之心。[8] 所言亦屡中：周金所谈论的观点符合儒家的义理。[9] 志：儒学的志向。[10] 蕴蓄：积累。[11] 涵泳：沉下心来深深体味。[12] 孔圣固惶惶，与点乐归咏：孔子固然栖栖遑遑地周游列国推行自己的主张，但"与点乐归咏"却是他的更高理想和志向。[13] 回：颜回（前521—前481），尊称颜子，字子渊，孔子最得意的弟子，极富学问。关于颜回，《论语·雍也》谓："一箪食，一瓢饮，在陋巷，人不堪其忧，回也不改其乐。"不幸早死。[14] 王佐才：辅佐君主、帝王定国安邦的才能。"王佐"为"佐王"的倒装，辅佐君主、帝王。[15] 闭户避邻哄：尽管颜回有王佐之才，但却能避开邻里的喧嚣而专心于学。[16] 匠石：名为石的巧匠，泛指技艺高超之人。典出《庄子·徐无鬼》："郢人垩慢其鼻端，若蝇翼，使匠石斫之。匠石运斤成风，听而斫之，尽垩而鼻不伤，郢人立不失容。"[17] 操存舍即纵：操存，操持心志精神专一，儒家为学方法论，语出《孟子·告子上》："操则存，舍则亡，出入无时，莫知其乡，惟心之谓与！"[18] 江山足游息，贤迹尚堪踵：此二句点明游息江山、踵武贤迹的涵养之法。

陟湘于迈，岳麓是尊。仰止先哲，因怀友生丽泽，兴感《〈伐木〉寄言》二首

正德三年（1508年）二月

【评】岳麓，即岳麓山，上有岳麓书院，岳麓书院是儒学圣地。先哲，朱熹、张栻。丽泽，谓两个沼泽相连，《易·兑》："丽泽兑，君子以朋友讲习。"王弼注谓"丽犹连也"，朱熹《周易本义》谓"两泽相丽，互相滋益，朋友讲习，其象如此"，后比喻朋友互相切磋，疑此或为王阳明友人之名，或为其

假托。《伐木》为《诗经·小雅》之篇，歌咏友情之诗。王阳明该二诗虚实结合、历史与现实结合、自然与人文结合、叙事与抒情言理结合，内涵相当丰富又扣紧友情，友情的归宿则是道友，道友的标杆是朱熹、张栻，朱熹、张栻又和岳麓山关联起来。而他自己的二三道友为谁？湛甘泉、汪抑之、崔子钟欤？

其一

客行长沙[1]道，山川郁绸缪。
西探指岳麓[2]，凌晨渡湘流[3]。
逾冈复陟巘，吊古还寻幽。
林壑有余采，昔贤[4]此藏修。
我来实仰止[5]，匪伊事盘游。
衡云闲晓望，洞野浮春洲。
怀我二三友，《伐木》[6]增离忧。
何当此来聚？道谊日相求。

其二

林间憩白石，好风亦时来。
春阳熙百物，欣然得予怀。
缅思两夫子[7]，此地得徘徊。
当年靡童冠[8]，旷代[9]登堂阶。
高情讵今昔，物色遗吾侪。
顾谓二三子[10]，取瑟为我谐。
我弹尔为歌，尔舞我与偕。
吾道有至乐，富贵真浮埃！
若时乘大化[11]，勿愧点与回[12]。
陟冈采松柏，将以遗所思。
勿采松柏枝，两贤[13]昔所依。
缘峰践台石，将以望所期。
勿践台上石，两贤昔所跻。

两贤去邈矣，我友何相违？
吾斯未能信，役役空尔疲。
胡不此簪盍，丽泽相邀嬉？
渴饮松下泉，饥餐石上芝。
偃仰绝余念，迁客[14]难久稽。
洞庭春浪阔，浮云隔九疑。
江洲满芳草，目极令人悲。
已矣从此去，奚必兹山为！
恋系乃从欲[15]，安土惟随时[16]。
晚闻[17]冀有得，此外吾何知！

【注】[1] 长沙：时长沙府，亦可指当时长沙府治所长沙城。[2] 岳麓：岳麓山，在当时长沙城西。[3] 湘流：湘江，亦称湘水。[4] 昔贤：当指朱熹、张栻等。[5] 仰止：仰慕，向往。止，语助词。语出《诗经·小雅·车辖》："高山仰止，景行行止。"[6]《伐木》：此用《诗经·小雅》的《伐木》之篇，该诗有"伐木丁丁，鸟鸣嘤嘤……嘤其鸣矣，求其友声"句，后以"伐木"表达深厚友情。结合下文的"何当此来聚？道谊日相求"，王阳明在此当为思念湛若水、汪抑之等。[7] 两夫子：朱熹、张栻。[8] 靡童冠：当时朱张会讲岳麓书院在青年人中形成的风靡情状。靡，风靡；童，童子、少年；冠，冠者，青年男子。童冠指青少年，典出《论语·先进》："莫春者，春服既成，冠者五六人，童子六七人，浴乎沂，风乎舞雩，咏而归。"[9] 旷代：空前、绝代，谢灵运《伤己赋》"丁旷代之渥惠，遭谬眷于君子"句有用。[10] 二三子：第二人称代词，犹言诸位、你们，"孤违蹇叔，以辱二三子，孤之罪也"（《左传·僖公三十三年》）有用。[11] 大化：天地万物的自然更化，陶渊明"纵浪大化中"（《形影神》）有用。[12] 点与回：曾点与颜回。[13] 两贤：朱熹、张栻。[14] 迁客：遭贬斥放逐之人，此为王阳明自谓。[15] 恋系乃从欲：欲，此为理学术语，与理对。王阳明此处将留恋此地山水看作应当格除的人欲。[16] 安土惟随时：安土，安乐的地方。王阳明此句要表达的是：所处安乐与否根本在于人心，也即随心的调适随地皆可为安土。[17] 晚闻：晚闻道，此为"朝闻道，夕死可矣"（《论语·里仁第四》）的活用。

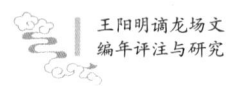

朱张祠书怀示同游

正德三年（1508年）二月

【评】该诗由束景南先生自《石鼓志》卷五辑出，入《王阳明佚文辑考编年》。诗前十六句和《陟湘于迈，岳麓是尊。仰止先哲，因怀友生丽泽，兴感〈伐木〉寄言》二首其一同，后四句为其所无。疑该诗为原貌，前诗为钱德洪编《王文成公全书·文录》时删去后四句而成。或为"朱张二月留。学在濂洛系"等句，与王阳明"致良知"之学谓朱子向心外求理为非，有抵牾之处而删，也未可知。

客行长沙道，山川郁绸缪[1]。
西探指岳麓，凌晨渡湘流。
逾冈复陟巘，吊古还寻幽。
林壑有余采，昔贤此藏修。
我来实仰止，匪伊事盘游。
衡云闲晓望，洞野浮春洲。
怀我二三友，《伐木》增离忧。
何当此来聚？道谊日相求。
灵杰三湘会，朱张[2]二月留。
学在濂洛系，文共汉江流。

【注】[1]绸缪：紧密缠缚。[2]朱张：朱熹、张栻。

次韵答赵太守王推官

正德三年（1508年）二月

【评】赵太守，时长沙知府赵维藩。王推官，时长沙府王姓推官，推官为明朝各府的佐贰官,掌理刑名、赞计典。该诗为王阳明与赵维藩、王推官的唱和之作,叙写了虔诚拜谒岳麓及当时的自然背景,对南宋时期斯文的兴盛赞赏及当下荒废的担忧,表彰了赵维藩等人重振斯文。还在描述晚宴的和乐后,表达自己要努力进取之意。

诘朝事虔谒[1],玄居宿斋沐[2]。
积霖喜新霁[3],风日散清燠。
兰桡[4]渡芳渚[5],半涉见水陆。
溪山俨新宇,雷雨荒大麓。
皇皇弦诵[6]区,斯文昔炳郁[7]。
兴废尚屯疑[8],使我怀悱懊[9]。
近闻牧守[10]贤,经营亟乘屋。
方舟为予来,飞盖[11]遥肃肃。
花絮媚晚筵,韶景[12]正柔淑。
浴沂谅同情,及兹授春服。
令德倡高词,混珠愧鱼目。
努力崇修名,迂疏[13]自岩谷。

【注】[1]虔谒:虔诚拜谒岳麓。[2]斋沐:斋戒沐浴。[3]新霁:新晴。[4]兰桡:小舟的美称。[5]芳渚:长满芳草的水中小块陆地。[6]弦诵:弦歌、诵读。[7]炳郁:兴盛貌。[8]屯疑:或为存疑。[9]悱懊:抑郁,忧虑,遗憾。[10]牧守:古官名,州牧、太守,此指长沙知府赵维藩。[11]飞盖:高高的车篷,此借指车。晋陆机《挽歌诗》"素骖伫輀轩,玄驷骛飞盖"有用。[12]韶景:春景,南朝梁元帝《纂要》谓"春曰青阳……景曰媚景、和景、韶景"。[13]迂疏:犹言迂远疏阔,唐权德舆《自杨子归丹阳初遂闲居聊呈惠公》诗"塞浅逢机少,迂疏应物难"有用。

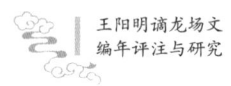

赠龙以昭隐君

正德三年（1508年）二月

【评】该诗由束景南先生自赵宁《乾隆长沙府志》卷四十六辑出，入《王阳明佚文辑考编年》。龙以昭，即龙时熙，字以昭，号颐真，攸县人。《乾隆长沙府志》卷二十八谓龙时熙："刚正不屈。少寓金陵，有少妇暮行失钗，夫疑赠人，适时熙拾而还之，夫疑以释。湛甘泉、王阳明皆高其行。"该诗赞扬龙时熙的高风亮节。

长沙有翁号颐真，乡人共称避世士。
自言龙逄[1]之后嗣，早岁工文颇求仕。
中年忽慕伯夷[2]风，脱弃功名如敝屣[3]。
似翁含章良可贞，或从王事应有子。

【注】[1] 龙逄：亦作"龙逢"，即关龙逄，夏之贤人，因谏而被桀所杀，后用为忠臣之代称。有关于此，《庄子·胠箧》："昔者龙逄斩、比干剖。"汉刘向《九叹·怨思》："若龙逄之沉首兮，王子比干之逢醢。"[2] 伯夷：商末孤竹君长子。《孟子·公孙丑上》载伯夷谓："非其君不事，非其民不使；治则进，乱则退，伯夷也。"[3] 敝屣：亦作"敝蹝""敝屩"，破烂的鞋子，喻无价值之物。《孟子·尽心上》"舜视弃天下犹弃敝蹝也"有用。

南游三首·并序

正德三年（1508年）二月

【评】该组诗为五古，是王阳明重申和湛甘泉游衡山、罗浮山之约定而作，由其序可知。该组诗有以下内容：交代湛甘泉失约且无音信的史实；联想到衡山、洞庭湖、罗浮山等湖南、广东的景色；表达了无湛甘泉音信的内心不宁；以及由洞庭波的东去不还想到的时光流逝，而引出的应及时努力的紧迫。

元明与予有衡岳、罗浮之期，赋《南游》，申约也。

其一

南游何迢迢[1]，苍山亦南驰。
如何衡阳雁[2]，不见燕台书[3]？
莫歌沣浦曲[4]，莫吊湘君祠[5]。
苍梧[6]烟雨绝，从谁问九疑[7]？

其二

九疑不可问，罗浮[8]如可攀。
遥拜罗浮云，莫以双琼环[9]。
渺渺洞庭波，东逝何时还？
生人不努力，草木同衰残！

其三

洞庭何渺茫，衡岳[10]何崔嵬。
风飘回雁雪，美人[11]归未归？
我有紫瑜珮[12]，留挂芙蓉台[13]。
下有蛟龙峡[14]，往往兴云雷。

【注】[1]迢迢：也作迢递，遥远貌。[2]衡阳雁：汉张衡"上春侯来，季秋就温。南翔衡阳，北栖雁门"（《西京赋》），古代北雁南飞，至此歇翅栖息，比喻音信不通。之所以大雁选择飞到衡阳避寒，是因为衡阳北部有衡山挡住了冬季从北方刮来的强大冷空气。[3]燕台书：招纳贤士的文书。燕台，战国时期燕昭王所筑招纳贤才的高台。[4]沣浦曲：或指南宋范成大的《沣浦》诗。该诗为："苇岸齐齐似碧城，江船罨岸逆风行。绿蘋白芷俱憔悴，惟有蒌蒿满意生。"[5]湘君祠：或指北宋杨时的《湘君祠》诗。该诗为："鸟鼠荒庭暮，秋花覆短墙。苍梧云不断，湘水意何长。泽岸兼葭绿，篱根草树黄。萧萧竹间泪，千古一悲伤。"[6]苍梧：今广西壮族自治区梧州市。[7]九疑：山名，亦作"九嶷"，在湖南宁远县南。[8]罗浮：山名，即罗浮山，在今广东博罗县。[9]双琼环：一对玉环。[10]衡

岳：衡山。[11] 美人：指湛甘泉。[12] 瑜珮：玉佩。[13] 芙蓉台：当在南岳衡山。[14] 蛟龙峡：当在南岳衡山。

澹然子序

正德三年（1508年）二月

澹然子四易其号：其始曰凝秀，次曰完斋，又次曰友葵，最后为澹然子。阳明子南迁，遇于潇湘之上，而语之故，且属诗焉，诗而叙之。其言曰："人，天地之心而五行之秀也。凝则形而生，散则游而变。道之不凝，虽生犹变。反身而诚，而道凝矣。故首之以'凝秀'。道凝于己，是为率性。率性而人道全，斯之谓'完'，故次之以'完斋'。完斋者，尽己之性也。尽己之性，而后能尽人之性，尽万物之性，至于草木，至矣。葵，草木之微者也，故次之以'友葵'。友葵，同于物也。内尽于己，而外同乎物，则一矣。一则吻然而天游，混然而神化，同归而殊途，一致而百虑，天下何思何虑矣。故次之以'澹然子'终焉。"或曰："阳明子之言伦矣，而非澹然子之意也。澹然之意玄矣，而非阳明子之言也。"阳明子闻之曰："其然，岂其然乎？"书之以质于澹然子。澹然子，世所谓滇南赵先生者也。诗曰：

两端妙阖辟，五连无留停。巍然覆载内，真精谅斯凝。鸡犬一驰放，散失随飘零。惺惺日收敛，致曲乃明诚。

明诚为无忝，无忝斯全归。深渊春冰薄，千钧一丝微。肤发尚如此，天命焉可违？参乎吾与尔，免矣幸无亏。

人物各有禀，理同气乃殊。曰殊非有二，一本分澄淤。志气塞天地，万物皆吾躯。炯炯倾阳性，葵也吾友于。

孰葵孰为予，友之尚为二。大化岂容心，絷我亦何意。悠哉澹然子，乘化自来去。澹然匪冥然，勿忘还勿助。

吊屈平赋·并序

正德三年（1508年）二月

【评】该赋为王阳明正德三年（1508年）赴谪贵州龙场驿丞过沅、湘，有感于屈原事的凭吊之作。本书认为，凭吊屈子是其一，以屈子自况是其二，二者融为一体，成此《吊屈平赋》。屈子当国家危难、奸邪当道之秋，"信而见疑，忠而被谤"（《史记》本传），"忧愁幽思而作《离骚》"（同上），报国无门之际以怀沙赴水的悲壮方式明志。屈子的行为向为忠直死节之士所激赏，亦为遭际相似之文士所咏叹。该赋为模拟屈原《离骚》的骚体赋，而最早的拟骚赋为汉贾谊的《吊屈原赋》。司马迁评贾谊《吊屈原赋》道："乃以贾生为长沙王太傅。贾生既辞往行，闻长沙卑湿，自以寿不得长，又以谪去，意不自得，及渡湘水，为赋以吊屈原。"（同上）刘勰《文心雕龙·哀吊》云："贾谊浮湘，发愤吊屈，体同而事核，辞清而理哀，盖首出之作也。"其比司马迁的发展在于文体的明辨，说出了贾赋的"体同而事核"拟骚体式性，亦点明了骚体赋"辞清而理哀"的审美特貌，并以之为该体的"首出之作"。苏轼《贾谊论》则着眼于观文知人："观其过湘，为赋以吊屈原，纡郁愤闷，趯然有远举之志。其后卒以自伤哭泣，至于死绝，是亦不善处穷者也。夫谋之一不见用，安知终不复用也？不知默默以待其变，而自残至此。呜呼！贾生志大而量小，才有余而识不足也。"从赋作蕴蓄的情志，以及贾谊的生命历程，评论贾谊是一"不善处穷者"、不懂官场辩证的升降之理者，甚至是"志大而量小，才有余而识不足"者。详细审读王阳明该赋，可得出其深得司马迁等人，尤其刘勰、苏轼评贾赋之髓旨。创作缘起上，贾赋与阳明赋同为过湘水有感于共同遭际的自喻之作。"体同而事核"上，贾谊之赋为史上拟骚赋的首作，而阳明则不唯拟骚，又且拟贾。"辞清而理哀"上，可由其末二句的"累不见兮涕泗，世愈隘兮孰知我忧"看出。

正德丙寅，某以罪谪贵阳。取道沅、湘，感屈原之事，为文而吊之。其词曰：

山黯惨兮江夜波，风飕飕兮木落森柯[1]。

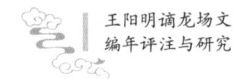

泛中流兮焉泊？湛椒醑[2]兮吊湘累[3]。

云冥冥兮月星蔽晦，冰崚嶒兮霰又下。

累之宫[4]兮安在？怅无见兮愁予。

高岸兮嵚崎[5]，纷纠错[6]兮樛枝。

下深渊兮不恻[7]，穴㴆洞[8]兮蛟螭[9]。

山岑兮无极，空谷谽谺[10]兮迥[11]寥寂。

猿啾啾[12]兮吟雨，熊罴嗥兮虎交迹。

念累之穷兮焉托处？四山无人兮骇狐鼠。

魑魅[13]游兮群跳啸，瞰[14]出入兮为累奸究[15]。

嫉累正直兮反诋为殃[16]，昵比上官兮子兰为臧[17]。

幽丛薄兮畴[18]侣，怀故都兮增伤。

望九疑[19]兮参差，就重华[20]兮陈辞。

沮积雪兮涧道[21]绝，洞庭渺邈[22]兮天路迷。

要彭咸[23]兮江潭，召申屠[24]兮使骖。

娥鼓瑟兮冯夷[25]舞，聊遂游兮湘之浦。

乘回波兮泊兰渚[26]，睎[27]故都兮独延伫[28]。

君不还兮郢[29]为墟，心壹郁兮欲谁语！

郢为墟兮函崤[30]亦焚，谗鬼逌[31]戮兮快不酬冤。

历千载兮耿忠愊[32]，君可复兮排帝阍[33]。

望遁迹兮渭阳[34]，箕[35]雁囚兮其伴以狂。

艰贞兮晦明[36]，怀若人兮将予退藏[37]。

宗国沦兮摧腑肝，忠愤激兮中道[38]难。

勉低回[39]兮不忍，溘[40]自沉兮心所安。

雄之谀兮谗喙[41]，众狂稚[42]兮谓累扬己。

为魑为魅兮为谗媵妾[43]，累视若鼠兮倭颜有沘[44]。

累忽举兮云中。龙旂晻霭[45]兮飘风；

横四海兮倏忽，驷玉虬[46]兮上冲；

降望兮大壑[47]，山川萧条兮济[48]寥廓。

逝远去兮无穷，怀故都兮蜷局[49]。

乱曰：
日西夕兮沅湘流，楚山嵯峨兮无冬秋。
累不见兮涕泗，世愈隘兮孰知我忧！

【注】[1] 森柯：或为落叶遍地景象。[2] 椒醑：音 jiāo xǔ，以椒浸制的芳烈之酒。[3] 湘累：指屈原。湘，湘江。累，不以罪死曰累。屈原因忠愤而不以罪投湘水而死，故名湘累。《汉书·扬雄传》有"钦吊楚之湘累"文。《史记·屈原贾生列传》载屈原被放逐后怀石自沉汨罗而死。汨罗，江名，湘水支流。[4] 累之宫：屈原当时的住所。[5] 嵌崎：音 qīn qí，险峻。[6] 纠错：纠缠交错，汉贾谊《鵩鸟赋》之"云蒸雨降兮，纠错相纷"有用。[7] 恻：悲痛。[8] 颔洞：迷蒙无间、弥漫无际状，杜甫《自京赴奉先县咏怀五百字》之"忧端齐终南，颔洞不可掇"有用。[9] 蛟螭：蛟龙，汉扬雄《羽猎赋》之"探岩排碕，薄索蛟螭"有用。[10] 谽谺：音 hān xiā，山谷空旷貌，唐卢照邻《五悲·悲昔游》之"当谽谺之洞壑，临决咽之奔泉"有用。[11] 逈：僻远。[12] 啾啾：音 jiū jiū，鸟如夜莺发出的鸣叫声，此指猿声。[13] 魈魅：音 xiāo mèi，犹魈鬼。[14] 瞰：俯视。[15] 奸宄：违法作乱事，《尚·舜典》之"蛮夷猾夏，寇贼奸宄"有用。[16] 殃：祸害。[17] 臧：善。[18] 俦：同俦。[19] 九疑：九嶷山。九嶷山又名苍梧山，址今湖南省南部永州市宁远县境，属南岭山脉之萌渚岭，南接罗浮山，北连衡岳。《史记·五帝本纪》载："舜南巡崩于苍梧之野，葬于江南九嶷。"[20] 重华：舜的美称。有关于此，《尚书·舜典》有："曰若稽古帝舜，曰重华，协于帝。"屈原《涉江》有："驾青虬兮骖白螭，吾与重华游兮瑶之圃。"另说，舜目重瞳，故名。[21] 涧道：山谷中路。[22] 邈：远。[23] 彭咸：出自屈原《离骚》《思美人》《悲回风》《抽思》中，先秦其他典籍不见，王逸《楚辞章句》谓："彭咸，殷贤大夫，谏其君不听，自投水而死。"[24] 申屠：申屠狄，殷时人，恨道之不行，发愤负石自沉于河。[25] 冯夷：传说中的黄河之神，即河伯。《庄子·大宗师》载："冯夷得之，以游大川。"成玄英注疏谓："姓冯名夷，弘农华阴潼乡堤首里人也。服八石，得山仙。大川，黄河也。天帝锡冯夷为河伯，故游处盟津大川之中也。"[26] 兰渚：长满兰草的水中小洲。[27] 睠：同眷。[28] 延伫：久立、久留，《离骚》之"悔相道之不察兮，延伫乎吾将反"有用。[29] 郢：时楚国都城，址今湖北省江陵

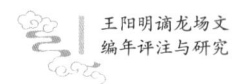

县附近。[30] 函崤：函谷关与崤山。[31] 逋：音 bū，逃亡。[32] 悃：音 bì，至诚。[33] 阍：音 hūn，宫门。[34] 渭阳：渭水之阳。[35] 箕：殷末周初箕子。[36] 晦明：自夜至明，屈原《楚辞·九章·抽思》之"望孟夏之短夜兮，何晦明之若岁"有用。[37] 退藏：隐退。[38] 中道：中正之道。[39] 低回：徘徊、流连，《楚辞·九章·抽思》之"低佪夷犹，宿北姑兮"有用。[40] 溘：突然地。[41] 喙：音 huì，鸟兽的嘴，此指逸言。[42] 狂稚：疏狂幼稚。[43] 媵妾：陪嫁的女子。[44] 颡有泚：音 sǎng yǒu cǐ，惭愧、惶恐，出自《孟子·滕文公上》："其颡有泚，睨而不视。"赵岐注："颡，额也。泚，汗出泚泚然也。见其亲为兽虫所食，形体毁败，中心惭，故汗泚泚然出于额。"[45] 晻蔼：音 ǎn ǎi，阴暗，出自《离骚》"扬云霓之晻蔼兮，鸣玉鸾之啾啾"。[46] 玉虬：亦作"玉虯"，传说中的虬龙，《离骚》"驷玉虬以乘鹥兮，溘埃风余上征"有用。[47] 大壑：大海，《庄子·天地》之"大壑之为物也，注焉而不满，酌焉而不竭"有用。[48] 渀：音 bèn，入水貌，汉马融《广成颂》之"逆猎湍濑，渀薄汾桡"有用。[49] 蜷局：蜷曲或弯曲不伸的样子，《离骚》之"仆夫悲余马怀兮，蜷局顾而不行"有用。

吊易忠节公墓

正德三年（1508年）二月

【评】该诗由束景南先生自《湘阴易氏族谱》卷首之二辑出，入《王阳明佚文辑考编年》。易忠节，即易先（1365—1427），字太初，湖南湘阴人，以国子监生授谅山知府，越南后黎朝开国君主黎利率兵攻占谅山后，易先自缢身亡，明宣宗得知此事大为感慨，赐广西布政司右参政，谥"忠节"。易忠节墓在湘阴栗桥。该诗极言易先大节，盖为己之因言获罪自况、自励。

金石心肝熊豹姿，煌煌大节系人思。
长风撼树声悲壮，仿佛当年骂贼时。

天心湖阻泊既济书事

正德三年（1508年）二月

【评】该诗亦为叙事诗，记王阳明正德三年（1508年）春经长沙天心湖赴谪时遇险，最终渡过难关事。叙事之中容纳着写景、抒情与说理。叙事表现为过程的叙写：先是顺水顺风，"瞬息百余里"；未承想"日暮入沅江"时舟船却不幸撞在石头上，"抵石舟果圮"，同时遭遇月黑风高、雷电交加甚至水蟒、鳄鱼的威胁；最后侥幸渡过难关，夜入渔村，晚炊食宿。在叙事过程中，王阳明有近乎恐怖的遇险时的景色描写："月黑波涛惊，蛟鼍互睥睨……甚雨迅雷电，作势殊未已。溟溟云雾中，四望渺涯涘。"当丁夫面对困难气馁的时候，他自然地插入要与之同甘共苦的情感表达："篙桨不得施，丁夫尽嗟噫。淋漓念同胞，吾宁忍暴使？馈粥且倾橐，苦甘吾与尔。"叙事结束后，他借教导丁夫总结这次阻泊既济的道理说："济险在需时，微幸岂常理？尔辈勿轻生，偶然非可恃！"意为在碰到困难时不要气馁，不要把希望寄托在偶然的侥幸上，要有信心想办法渡过难关。

挂席[1]下长沙，瞬息百余里。
舟人共扬眉，予独忧其驶[2]。
日暮入沅江，抵石舟果圮[3]。
补敝诘朝发，冲风遂龃龉[4]。
暝泊后江湖，萧条旁罾[5]垒。
月黑波涛惊，蛟鼍[6]互睥睨。
翼午风益厉，狼狈收断汜[7]。
天心数里间，三日但遥指。
甚雨迅雷电，作势殊未已。
溟溟云雾中，四望渺涯涘。
篙桨不得施，丁夫尽嗟噫。
淋漓念同胞，吾宁忍暴使？
馈[8]粥且倾橐[9]，苦甘吾与尔。

众意在必济，粮绝亦均死。
凭陵向高浪，吾亦讵容止。
虎怒安可撄[10]？志同稍足倚。
且令并岸行，试涉湖滨沚[11]。
收舵幸无事，风雨亦浸弛。
逡巡缘汜湄[12]，迤逦就风势。
新涨翼回湍，倏忽逝如矢。
夜入武阳江，渔村稳堪舣[13]。
籴市谋晚炊，且为众人喜。
江醪信漓浊[14]，聊复荡胸滓[15]。
济险在需时，徼幸[16]岂常理？
尔辈勿轻生，偶然非可恃！

【注】[1]挂席：挂帆，随风张幔曰帆，或以席为之，故谓帆席。《文选》有谢灵运诗"扬帆采石华，挂席拾海月"（《游赤石进帆海》），李善注曰："扬帆、挂席，其义一也。"[2]驶：迅疾。[3]圮：音 pǐ，毁。[4]龃龉：音 jǔ yǔ，本指牙齿上下对不上，比喻事物抵触、不协调。[5]罾：音 zēng，用木棍和竹竿做支架的渔网。[6]蛟鼍：当指鳄鱼。鼍，音 tuó，爬行动物，吻短，体长二米多，背部、尾部均有麟甲。穴居江河岸边，皮可以蒙鼓。亦称"扬子鳄""鼍龙""猪婆龙"。[7]汜：音 sì，不流通的水沟，穷渎。[8]饘：音 zhān，稠粥。[9]橐：音 tuó，口袋。[10]撄：音 yīng，接触、触犯。[11]沚：水中的小块陆地。[12]湄：音 méi，水与草交接的地方："水草交为湄。"（《说文》）[13]舣：音 yǐ，停船靠岸。[14]漓浊：酒不浓、不清澈。[15]胸滓：胸中的郁积、淤积。[16]徼幸：音 jiǎo xìng，同侥幸。

晚泊沅江

正德三年（1508年）二月

【评】该诗由束景南先生自《桃花源志略》卷八辑出，入《王阳明佚文辑考编年》。该诗为王阳明游桃源洞的有感而发。

古洞[1]何年隐七仙，仙踪欲叩竟茫然。
惟余洞口桃花树，笑倚东风自岁年。

【注】[1]古洞：桃源洞。

去妇叹五首·并序
正德三年（1508年）二月

【评】王阳明入夷地后抵达龙场之前作该组诗。其序说楚地有个人，因为被新欢离间而驱逐了前妻。前妻无处安身，被迫到山中独住。该妇人对其丈夫依然眷恋，终究没有再嫁。王阳明闻此故事，深为之悲伤，于是写了该组诗。本文认为，此序所述去妇故事或为实有，但观其内容，又可理解为自况之作。去妇故事应为其感同身受后创作该组诗的缘起。

楚人有间于新娶而去其妇者。其妇无所归，去之山间独居，怀绻不忘，终无他适。予闻其事而悲之，为作《去妇叹》。

其一
委身奉箕帚[1]，中道[2]成弃捐。
苍蝇间白璧，君心亦何愆！
独嗟贫家女，素质难为妍。
命薄良自唁，敢忘君子[3]贤？
春华不再艳，颓魄[4]无重圆。
新欢[5]莫终恃，令仪[6]慎周还。

其二
依违[6]出门去，欲行复迟迟。
邻妪尽出别，强语含辛悲。

陋质容有缪，放逐理则宜。
姑老[7]籍相慰，缺乏多所资。
妾[8]行长已矣，会面当无时！

其三

妾命如草芥[9]，君身比琅玕[10]。
奈何以妾故，废食怀愤冤？
无为伤姑意，燕尔[11]且为欢。
中厨[12]存宿旨[13]，为姑备朝餐。
畜育[14]意千绪，仓卒徒悲酸。
伊迩[15]望门屏，盍从新人言。
夫意已如此，妾还当谁颜！

其四

去矣勿复道，已去还踌躅[16]。
鸡鸣尚闻响，犬恋犹相随。
感此摧肝肺，泪下不可挥。
冈回行渐远，日落群鸟飞。
群鸟各有托，孤妾去何之？

其五

空谷多凄风，树木何潇森！
浣衣涧冰合，采苓山雪深。
离居寄岩穴，忧思托鸣琴。
朝弹《别鹤操》[17]，暮弹孤鸿吟[18]。
弹苦思弥切，巑岏[19]隔云岑。
君聪甚明哲，何因闻此音？

【注】[1] 箕帚：以箕帚扫除，操持家内杂务，指代妻妾。[2] 中道：半路、半道、中途。[3] 君子：此为妻子对丈夫的称呼，《诗经·召南·草虫》之"未见君子，忧心忡忡"有用。[4] 颓魄：残月，"颓魄不再圆，倾羲无两旦"（谢惠连《秋怀》诗）有用。[5] 新欢：新的情人或恋人，此指去妇故夫的新婚妻子，"故娇隔

分别，新欢起旧情"（南陈后主陈叔宝《同管记陆琛七夕五韵诗》）有用。[6] 令仪：美好的仪容。[6] 依违：迟疑，"余思旧邦，心依违兮"（汉代刘向《九叹·离世》）有用。[7] 姑老：此为去妇对故夫父母的称呼，犹言翁姑、舅姑。[8] 妾：此为去妇谦称。[9] 草芥：干枯的小草、枯草的一段，喻物之不足珍、无价值。[10] 琅玕：音 láng gān，似玉的美石，张衡"美人赠我金琅玕，何以报之双玉盘"（《四愁诗》）有用；另说为神话传说中其实似珠的仙树，"服常树，其上有三头人，伺琅玕树"（《山海经》）。[11] 燕尔：原为弃妇诉说原夫再娶与新欢作乐，语出"燕尔新婚，如兄如弟"（《诗经·邶风·谷风》），后反其意，用作庆贺新婚之辞，此处为用其原意。[12] 中厨：内厨房，《玉台新咏》之"谈笑未及竟，左顾敕中厨"（古乐府·陇西行）有用。[13] 宿旨：晚上准备好的美食，以为翌日早餐之备。旨，美食。[14] 畜育：此处指代妇女的家庭责任。畜，畜养家禽家畜；育，生养教育孩子。[15] 伊迩：近、不远，出自《诗经·邶风·谷风》之"不远伊迩，薄送我畿"句。[16] 踌躅：犹豫不决。[17]《别鹤操》：乐府琴曲名，指夫妻分离，抒发别情。典出晋崔豹《古今注》卷中："《别鹤操》，商陵牧子所作也。娶妻五年而无子，父兄将为之改娶。妻闻之，中夜起，倚户而悲啸。牧子闻之，怆然而悲，乃歌曰：'将乖比翼隔天端，山川悠远路漫漫，揽衣不寝食忘餐！'后人因为乐章焉。"[18] 孤鸿吟：当为以孤鸿自况写孤寂之情的琴曲。[19] 巑岏：音 cuán wán，山高而尖之状。

罗旧驿

正德三年（1508 年）二月

【评】罗旧驿，在今天湖南省芷江县罗旧镇。该诗为王阳明到此见闻感受的书写，见闻的是春天的美景，感受的思乡的情愫。

客行日日万峰头，山水南来亦胜游。
市谷鸟[1]啼村雨暗，刺桐花[2]暝石溪幽。
蛮烟[3]喜过青杨瘴，乡思愁经芳杜洲。

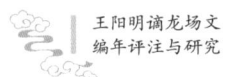

身在夜郎[4]家万里，五云天[5]北是神州。

【注】[1] 市谷鸟：当为布谷鸟，市、布形近而误。[2] 刺桐花：一种落叶乔木，花红色。[3] 蛮烟：南方少数民族地区山林中的瘴气，宋张咏"村连古洞蛮烟合，地落秋畬楚俗懂"（《舟次辰阳》诗）有用。[4] 夜郎：地名，所在地说法有多种，由罗旧驿在今天湖南省芷江县罗旧镇可知，此处已为夜郎之地。[5] 五云天：可直译为五色云的天空，该句为言离家遥远。

沅水驿

正德三年（1508年）二月

【评】沅水驿，址今湖南怀化市辰溪县西。该诗亦为写眼前景而思家之作。

辰阳[1]南望接沅州[2]，碧树林中古驿楼[3]。
远客日怜风土异，空山惟见瘴云浮。
耶溪[4]有信从谁问，楚水无情只自流。
却幸此身如野鹤，人间随地可淹留。

【注】[1] 辰阳：辰溪（辰水）之阳，址当在今辰溪县西，辰溪入沅水。[2] 沅州：时沅州隶辰州府，辖黔阳、麻阳二县。[3] 驿楼：沅水驿站的楼房。[4] 耶溪：若耶溪，传为西施浣纱处，在会稽县南二十五里。

钟鼓洞

正德三年（1508年）二月

【评】据《湖广通志》卷十二："钟鼓洞在县南，龟山石壁峭立，入数十步，二石悬焉，扣之作钟鼓声。"此钟鼓洞当在今辰溪县南钟鼓山下。

见说水南[1]多异迹，岩头时有鼓钟声。
空遗石壁千年在，未信金砂九转成[2]。
远地星辰瞻北极[3]，春山明月坐更深。
年来夷险还忘却，始信羊肠路亦平。

【注】[1]水南：辰溪之南。[2]金砂九转成：此为用"九转丹成"之典，为道家以丹砂和汞之间的炼转之法，典出晋葛洪《抱朴子·金丹》："其一转至九转，迟速各有日数多少，以此知之耳。其转数少，其药力不足，故服之用日多得仙迟也；其转数多药力成，故服之用日少而提仙速也。"[3]远地星辰瞻北极：该句中所藏之北极星，当喻远在北方京师的君主。

平溪馆次王文济韵

正德三年（1508年）二月

【评】该诗为七律，是王阳明于平溪驿馆的次韵之作。平溪，今黔东玉屏的舞阳河，古名雄溪，穿玉屏县城而过。今玉屏县明代时称平溪卫，为因水得名。平溪卫治所在今平溪镇，亦为今玉屏县城所在地。平溪馆即平溪卫的驿馆。王文济（王铠，号守拙，忻州人），王阳明好友，时为贵州布政司参议。

山城[1]寥落闭黄昏，灯火人家隔水村。
清世独便吾职易[2]，穷途还赖此心存。
蛮烟瘴雾丞相往，翠壁丹崖好共论。
眇亩[3]投闲终有日，小臣[4]何以答君[5]恩？

【注】[1]山城：此指平溪卫城。[2]职易：职务的变化，此指王阳明由兵部

主事贬为龙场驿丞。[3] 畎亩：指田地。畎，田地中间的沟；亩，田垄。[4] 小臣：职卑的臣子，此为王阳明自称。[5] 君：正德皇帝朱厚照。

清平卫即事

正德三年（1508年）二月

【评】该诗为王阳明于清平卫即目土苗仇杀事件之作。时清平卫为今贵州省黔东南凯里市。

积雨山途喜乍晴，暖云浮动水花明。
故园日与青春[1]远，敝缊[2]凉思白苧[3]轻。
烟际卉衣[4]窥绝栈［时土苗方仇杀］，峰头戍角[5]隐孤城。
华夷[6]节制严冠履，漫说殊方[7]列省卿。

【注】[1] 青春：指春天，春天草木茂盛呈青葱色，故称。[2] 敝缊：敝，破旧；缊，乱麻、乱棉絮。[3] 白苧：白色的苎麻。[4] 卉衣：卉服、草服。卉，草的总称。"卉衣"语出《后汉书·南蛮西南夷传赞》："百蛮蠢居，仞彼方徼。镂体卉衣，凭深阻峭。"李贤注曰："卉衣，草服也。"[5] 戍角：驻军的号角声。[6] 华夷：古时指汉族与少数民族。[7] 殊方：远方、异域。东汉班固《西都赋》之"逾昆仑，越巨海，殊方异类，至于三万里"有用。

兴隆卫书壁

正德三年（1508年）二月

【评】兴隆卫，今贵州省黄平县，属黔东南苗族侗族自治州。该诗为王阳明书于兴隆卫墙壁之作，前六句为写傍晚时分所见之景，后二句写反复题写家书，却无条件寄出的现实情状，其中"屡题""屡掷"二词传神，给人如在目前之感。

山城[1]高下见楼台，野戍[2]参差暮角[3]摧。
贵竹路从峰顶入，夜郎人自日边来。
莺花[4]夹道惊春老，雉堞[5]连云向晚开。
尺素[6]屡题还屡掷，衡南那有雁飞回[7]？

【注】[1]山城：此指兴隆卫城。[2]野戍：野外驻防之处，"野戍孤烟起，春山百鸟啼"（庾信《至老子庙应诏》）有用。[3]暮角：日暮的号角声，"岳阳城头暮角绝，荡漾已过君山东"（唐刘禹锡《洞庭秋月行》）。[4]莺花：莺啼花开，泛指春日景色，杜甫《陪李梓州等四使君登惠义寺》诗"莺花随世界，楼阁倚山巅"有用。[5]雉堞：古代城墙的外侧，泛指城墙。堞，音dié，城上如齿状的矮墙。[6]尺素：中国古代早期曾为书写材料，如用于书写函件，因为古书函长约一尺，故名尺素。素，没有染色的丝绸。相同用法者尚有尺牍、尺翰、尺简、尺纸、尺书，等等。[7]衡南那有雁飞回：该句为融用"衡南雁回"和"鸿雁传书"之典。衡南雁回典见《南游三首·并序》注[2]。鸿雁传书典出西汉苏武故事："昭帝即位。数年，匈奴与汉和亲。汉求武等，匈奴诡言武死。后汉使复至匈奴，常惠请其守者与俱，得夜见汉使，具自陈道。教使者谓单于，言天子射上林中，得雁，足有系帛书，言武等在某泽中。"（《汉书》本传）

重修月潭寺建公馆记

正德三年（1508年）二月

【评】月潭寺在今贵州黄平县和施秉县之间，黄平县东十二里飞云崖下。明正统八年（1443年）德彬（伏虎和尚广能）游方至此，始谋建寺；兴隆卫（今黄平）指挥使常智倡众捐资，首建正室，中塑佛像；正德二年（1507年）贵州按察副使朱文瑞建月潭公馆，次年正观和尚重修月潭寺。恰好王阳明游览至此，正观便请王阳明为月潭寺、月潭公馆作记文。王阳明欣然接受邀请，

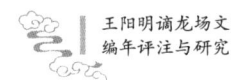

从环境之优美、风光之奇丽、寺庙和公馆在教化一方上的积极意义等层面，撰写该记文。景以文名，读该文之后，会油然而生前往游观之兴致，可见该文之妙。

兴隆[1]之南有岩曰月潭，壁立千仞，檐垂数百尺。其上颁洞[2]玲珑，浮者若云霞，亘者若虹霓；谽若楼殿门阙，悬若鼓钟编磬；幨幢[3]缨络，若抟风[4]之鹏，翻[5]集翔鹄，螭虺[6]之纠蟠，猱猊[7]之骇攫[8]；谲奇变幻，不可具状。而其下澄潭邃谷，不测之洞，环秘回伏；乔林秀木，垂荫蔽亏；鸣瀑清溪，停洄引映。天下之山，萃于云、贵；连亘万里，际天无极。行旅之往来，日攀缘下上于穷崖绝壑之间，虽雅有泉石之癖者，一入云、贵之途，莫不困踣[9]烦厌，非复夙好[10]。而惟至于兹岩之下，则又皆洒然开豁，心洗目醒；虽庸侪俗侣[11]，素不知有山水之游者，亦皆徘徊顾盼，相与延恋而不忍去。则兹岩之胜，盖不言可知矣。

岩界兴隆、偏桥[12]之间各数十里，行者至是，皆惫顿饥悴，宜有休息之所。而岩麓故有寺，附岩之戍卒官吏与凡苗夷犵狫[13]之种连属而居者，岁时令节皆于是焉釐祝[14]。寺渐芜废，行礼无所。宪副滇南朱君文端[15]按部至是，乐兹岩之胜，悯行旅之艰，而从士民之请也，乃捐资庀[16]材，新其寺于岩之右，以为釐祝之所。曰："吾闻为民者，顺其心而趋之善。今苗夷之人，知有尊君亲上之礼，而憾于弗伸也，吾从而利道之，不亦可乎！"则又因寺之故材与址，架楼三楹，以为部使者休食之馆。曰："吾闻为政者，因势之所便而成之，故事适而民逸。今旅无所舍，而使者之出，师行百里，饥不得食，劳不得息。吾图其可久而两利之，不亦可乎！"使游僧正观任其劳，指挥逖远度其工；千户某某相其役。远近之施舍勤助者欣然而集，不两月而工告毕。自是饥者有所炊，劳者有所休，游观者有所舍，釐祝者有所瞻依，以为竭虔效诚之地；而兹岩之奇，若增而益胜也。

正观将记其事于石，适予过而请焉。予惟君子之政，不必专于法，要在宜于人；君子之教，不必泥于古，要在入于善。是举也，盖得之矣。况当法网严密之时，众方喘息忧危，动虞牵触，而乃能从容于山水泉石之好，行其心之所不愧者，而无求免于俗焉。斯其非见外之轻而中有定者，能若是乎？

是诚不可以不志也矣!

寺始于戍卒周斋公,成于游僧德彬;增治于指挥刘瑄、常智、李胜及其属王威、韩俭之徒;至是凡三缉。而公馆之建,则自今日始。

【注】[1] 兴隆:时兴隆卫,今贵州黄平县。[2] 澒洞:音 hòng dòng,虚空混沌貌。[3] 幨幢:帷幔。[4] 抟风:旋风,出自《庄子·逍遥游》:"抟扶摇而上者九万里。"[5] 翻:飞。[6] 螭虺:龙蛇。[7] 狻:狻猊(音 suān ní),中国古代神话传说中龙生九子之一。[8] 攫:抓取。[9] 困踣:音 kùn bó,困顿潦倒。[10] 夙好:原来的爱好。[11] 庸俦俗侣:庸俗之辈。[12] 偏桥:今贵州省施秉县,元代、明代称"偏桥"。[13] 犵狫:音 gē mù,今作"仡佬",中国西南地区少数民族。[14] 釐祝:祈求福佑、祝福,《史记·孝文本纪》"今吾闻祠官祝釐,皆归福朕躬,不为百姓,朕甚愧之"有用。釐,音 xī,福、吉祥。[15] 宪副滇南朱君文端:时贵州按察副使朱文瑞,滇南人。[16] 庀:音 pǐ,备。

七　盘

正德三年(1508年)二月

【评】七盘,时平越卫七盘坡。平越卫为今贵州省福泉市,属黔南布依族苗族自治州。王阳明有感于其地环境的奇绝与风物土俗,流露了居夷行教化与尽孝高堂难以两全的矛盾心情。

鸟道萦纡[1]下七盘,古藤苍木峡声寒。
境多奇绝非吾土[2],时可淹留[3]是谪官。
犹记边烽传羽檄[4],近闻苗俗[5]化衣冠。
投簪[6]实有居夷志,垂白[7]难承菽水欢。

【注】[1] 萦纡:音 yíng yū,盘旋环绕,东汉班固"步甬道以萦纡"(《西都赋》)有用。[2] 吾土:自己的故乡,王粲"虽信美而非吾土兮,曾何足以少留"

(《登楼赋》)有用。[3] 淹留：羁留、逗留，屈原"时缤纷其变易兮，又何可以淹留"(《楚辞·离骚》)有用。[4] 羽檄：中国古代插鸟羽以示紧急的军事文书，典出《汉书·高帝纪》："以羽檄征天下兵。"[5] 苗俗：当地苗族风俗。[6] 投簪：字面意为丢下固冠用的簪子，后则以之喻弃官，南朝孔稚珪《北山移文》"昔闻投簪逸海岸"有用。[7] 垂白：白发下垂，谓年老，《汉书·杜业传》"诚哀老姊垂白，随无状子出关"有用，颜师古注："垂白者，言白发下垂也。"

第四章　谪居龙场（110题）

初至龙场无所止结草庵居之

正德三年（1508年）三月

【评】该诗记于正德三年（1508年）春（三月上旬）抵龙场无所止，而自结草庵以居事。全诗内容依次为对草庵及其周围景色的描写，对土著以及和土著相处的描写，最后是躬行教化意向的表达。

草庵不及肩，旅倦体方适。
开棘自成篱，土阶漫无级。
迎风亦萧疏，漏雨易补缉。
灵濑响朝湍[1]，深林凝暮色。
群僚[2]环聚讯，语庞意颇质。
鹿豕且同游[3]，兹类犹人属。
污樽映瓦豆，尽醉不知夕。
缅怀黄唐化[4]，略称茅茨迹。

【注】[1]灵濑响朝湍：早晨听到沙石上迅疾的流水的声音。濑，音 lài，沙石上流过的水："水流沙上也"（《说文》）；灵濑，沙上流动迅疾的水；湍，急流，和灵互文。[2]僚：中国古族名，分布在今两广、湖南、云贵川等地区，亦泛指南方各少数民族。[3]鹿豕且同游：此为用古圣舜居深山与鹿豕同游之典以自慰、自励，典出《孟子·尽心上》："舜之居深山之中，与木石居，与鹿豕游。"[4]黄唐化：黄帝、唐尧等为代表的古圣有教无类的教化情怀与实践。

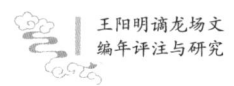

始得东洞遂改为阳明小洞天

正德三年（1508年）三月

【评】束景南先生《王阳明佚文辑考编年》认为该诗应为王阳明手定。王阳明于正德三年（1508年）春抵龙场后发现东峰的"东洞"，遂改其名为"阳明小洞天"，并作该诗。该诗为景、情、志交融的五言古体佳篇。钱德洪删定《王文成公全书》未录，吴光等先生编《王阳明全集》亦未录，而是存于《居夷集》卷二中。《居夷集》，嘉靖三年（1524年）丘养浩叙刊，韩柱、徐珊校订。《居夷集》现存三本，北京图书馆、上海图书馆各一，第三本是上海工美拍卖有限公司2013年春季拍卖会本。

群峭[1]会龙场，戟雉[2]四环集。
迹觏[3]有遗观，远览颇未给。
寻溪涉深林，陟巘[4]下层隰[5]。
东峰丛石秀，独往凌日夕。
崖穹洞萝偃，苔骨经路涩。
月照石门开，风飘客衣入。
仰窥嵌窦玄，俯聆暗泉急。
惬意恋清夜，会景忘旅邑。
熠熠[6]岩鹘[7]翻，凄凄草虫泣。
点咏[8]怀沂朋，孔叹[9]阻陈楫。
踌躇且归休，毋使霜露及。

【注】[1]群峭：龙场周围高而陡的群山。峭，形容山高而陡。[2]戟雉：因雉尾如戟，故谓。戟，一种合戈、矛为一体的古兵器；雉，俗称"野鸡"，尾长，羽毛鲜艳。[3]觏：音gòu，遇见、看见，《诗经·召南·草虫》"亦既觏止"有用。[4]巘：音yǎn，大山上的小山。[5]隰：音xí，低湿的地方。[6]熠熠：光亮、闪烁、鲜明状。[7]鹘：音hú，鸷鸟名，隼。[8]点咏：此为用"曾点气象"之典，典出《论语·先进》："（子曰）：'点，尔何如？'鼓瑟希，铿尔，舍瑟而作，对

曰：'异乎三子者之撰。'子曰：'何伤乎？亦各言其志也！'曰：'莫春者，春服既成，冠者五六人，童子六七人，浴乎沂，风乎舞雩，咏而归。'夫子喟然叹曰：'吾与点也。"[9] 孔叹：此为用"孔叹逝川"之典，典出《论语·子罕》："子在川上，曰：'逝者如斯夫，不舍昼夜。'"

始得东洞遂改为阳明小洞天三首

正德三年（1508年）三月

【评】该诗在《王阳明全集》卷十九中用此题名，在《居夷集》中名为移《居阳明小洞天》。该三诗描写了移居东洞的颇具生活情趣化的情景，表达了以苦为乐、居夷何陋的君子情怀。

其一

古洞闷[1]荒僻，虚设疑相待。
披莱[2]历风磴[3]，移居快幽垲[4]。
营炊就岩窦，放榻依石垒。
穹窒[5]旋薰塞，夷坎[6]仍扫洒。
卷帙[7]漫堆列，樽壶[8]动光彩。
夷居信何陋[9]，恬淡意方在。
岂不桑梓怀[10]？素位聊无悔[11]。

其二

僮仆自相语，洞居颇不恶。
人力免结构，天巧谢雕凿。
清泉傍厨落，翠雾[12]还成幕。
我辈日嬉偃，主人自愉乐。
虽无榮戟[13]荣，且远尘嚣聒。
但恐霜雪凝，云深衣絮薄。

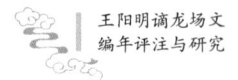

其三

我闻莞尔笑,周虑愧尔言。

上古处巢窟,抔饮皆污樽。[14]

迵极阳内伏,石穴多冬暄。[15]

豹隐文始泽,龙蛰身乃存。[16]

岂无数尽榱[17],轻裘[18]吾不温。

邈矣箪瓢子[19],此心期与论。

【注】[1]闷:音 bì,古同"闭",本义为关门,引申义为隐秘、幽静。此用其引申义。[2]莱:本义为藜,草名,此指代荒草。[3]风磴:山岩上的石级,因岩高多风故名。杜甫诗句"窈窕入风磴,长萝纷卷舒"(《谒文公上方》)有用。[4]幽垲:幽静而高爽。垲,音 kǎi,地势高而干燥,《左传·昭公三年》有"爽垲"之说:"请更诸爽垲者。"[5]穹窒:此谓鼠穴,《诗经·豳风·东山》"洒扫穹窒"有用。[6]夷坎:平凹的地面。夷,平的地面;坎,低凹的地面。[7]卷帙:指代书籍,可舒卷者曰卷,编次者曰帙。帙,音 zhì。[8]樽壶:樽、壶,盛酒或者茶水的两种器具,此指代酒器。[9]夷居信何陋:此为用《论语·子罕》的君子居夷何陋之有之典,典文曰:"子欲居九夷。或曰:'陋,如之何?'子曰:'君子居之,何陋之有?'"[10]桑梓怀:"怀桑梓"的倒装,即思念父母、故乡,因桑梓在中国传统文化中是父母、故乡的代称。有关于此,《诗经·小雅·小弁》有:"维桑与梓,必恭敬止;靡瞻匪父,靡依匪母。"朱熹《诗集传》注谓:"桑、梓二木,古者五亩之宅,树之墙下,以遗子孙,给蚕食、具器用者也……桑梓父母所植。"[11]素位聊无悔:此用"素位而行"之典,意为安于所处之位而行事。典出《礼记·中庸》:"君子素其位而行,不愿乎其外。"孔颖达疏曰:"素,乡也。乡其所居之位而行其所行之事,不愿行在位外之事。"[12]翠雾:苍郁的雾气,元代倪瓒《题画》之"雨后池塘竹色新,钩帘翠雾湿衣巾"有用。[13]綮戟:音 qǐ jǐ,有缯衣或油漆的木戟,古代官吏所用的仪仗,出行时作为前导,后亦列于门庭,代表地位和荣耀。[14]上古处巢窟,抔饮皆污樽:此二句写上古巢居、礼之始成的简陋情况,"抔饮皆污樽"为用"污尊而抔饮"之典,典出《礼记·礼运》:"夫礼之初,始诸饮食,其燔黍捭豚,污尊而抔饮。"郑玄注曰:"污尊,凿地为尊

也。抔饮,手掬之也。"[15] 冱极阳内伏,石穴多冬暄:此二句为王阳明在向童仆说明洞穴之内相对于洞穴之外的冬暖夏凉的物理。冱,音 hù,寒冷。[16] 豹隐文始泽,龙蛰身乃存:此二句王阳明是以豹隐文泽、龙蛰身存的道理开导鼓励童仆。"豹隐文始泽"典出《烈女传》:"南山有玄豹,雾雨七日而不下食者,何也?欲以泽其毛而成文章也。""龙蛰身乃存"典出《周易·系辞下》:"尺蠖之屈,以求信也;龙蛇之蛰,以存身也。精义入神,以致用也;利用安身,以崇德也。"[17] 数尽榱:此为用"榱题数尺"之典,表达了蔑视富贵、以道自任的气概。"榱题数尺"本义为房子的椽子露出很长,引申指代广厦,进而指代富贵,典出《孟子·尽心下》:"说大人,则藐之,勿视其巍巍然。堂高数仞,榱题数尺,我得志,弗为也……在彼者,皆我所不为也;在我者,皆古之制也。吾何畏彼哉?"榱,音 cuī,椽子。[18] 轻裘:此为用肥马轻裘之典,典出《论语·雍也》:"赤之适齐也,乘肥马,衣轻裘。"[19] 箪瓢子:指安贫乐道的颜回。

玩易窝记

正德三年(1508年)三月

【评】该文是王阳明为其龙场居所"玩易窝"所撰记文。"玩易窝"是山脚下的一个山洞。该文没有像一般记文那样叙写"玩易窝"的地处以及修造,而是写"玩易"的过程及悟得的易理。其写"玩易"过程:初始茫然,"始其未得也,仰而思焉,俯而疑焉,函六合,入无微,茫乎其无所指,孑乎其若株";继而有所得而未及根本,"其或得之也,沛兮其若决,了兮其若彻,菹淤出焉,精华入焉。若有相者而莫知其所以然";进而有所得,原来"易理"是超越险夷得失,"视险若夷,而不知其夷之为厄"。悟得的易理是本体与作用之别,本体是卦象和卦辞,作用是卦变和卦占,该体用兼万事万物,以本体之作用的行动便会随物赋形动静无迹。而其所悟得的"视险若夷,而不知其夷之为厄""古之君子所以甘囚奴忘拘幽"者,又是在以之自励。

阳明子之居夷也,穴山麓之窝而读《易》其间。始其未得也,仰而思焉,俯而疑焉，函六合[1]，入无微[2]，茫乎其无所指，子乎其若株。[3] 其或得之也，沛兮其若决[4]，了兮其若彻[5]，菹淤[6]出焉，精华入焉。若有相者而莫知其所以然[7]。其得而玩之也，优然其休焉，充然其喜焉，油然其春生焉。精粗一[8]，外内翕[9]，视险若夷，而不知其夷之为厄也。[10] 于是阳明子抚几[11]而叹曰：" 嗟乎[12]！此古之君子所以甘囚奴忘拘幽[13]，而不知其老之将至也夫！吾知所以终吾身矣。"名其窝曰"玩易"，而为之说曰：

夫《易》，三才[14]之道备焉。古之君子，居则观其象而玩其辞[15]，动则观其变而玩其占[16]。观象玩辞，三才之体立矣[17]；观变玩占，三才之用行矣[18]。体立，故存而神[19]；用行，故动而化[20]。神，故知周万物而无方[21]；化，故范围天地而无迹[22]。无方，则象辞甚焉；无迹，则变占生焉。是故君子洗心而退藏于密[23]，斋戒以神明其德[24]也。盖昔者夫子尝韦编三绝[25]焉。呜呼！假我数十年以学《易》，其亦可以无大过已夫！

【注】[1] 六合：指上下和四方。[2] 无微：无所不到的细微之处。[3] 茫乎其无所指，子乎其若株：像根木头一样傻乎乎的，无所收获。[4] 沛兮其若决：比喻（有所悟得）像大河决口一样的状态。[5] 了兮其若彻：清晰明了就像彻底贯通一般。[6] 菹淤：音 zū yū，沼泽淤泥。[7] 若有相者而莫知其所以然：似乎于表象上有所得但不知根本。[8] 精粗一：精、粗统一起来。[9] 外内翕：内、外融合起来。翕，音 xī，合、聚。[10] 视险若夷，而不知其夷之为厄也：等险夷，无所谓险夷。[11] 几：小或矮的桌子。[12] 嗟乎：表感叹，同"唉"。[13] 君子所以甘囚奴忘拘幽：指周文王拘禁期间尚且演化周易，或为泛指。[14] 三才：指天、地、人，《周易·说卦》："是以立天之道曰阴与阳；立地之道曰柔与刚；立人之道曰善与恶；兼三才而两之，故《易》六画而成卦。"[15] 观其象而玩其辞：观察《易》之卦象而玩味卦辞。[16] 观其变而玩其占：观察其卦象、卦辞的变化规则，玩味其占卜之法。[17] 观象玩辞，三才之体立矣：观卦象玩卦辞，悟得万物的根本。[18] 观变玩占，三才之用行矣：观《易》变玩其占，悟得万物的表现。[19] 体立，故存而神：因掌握了事物的根本，故而能出奇地沉着。[20] 用行，故动而化：因以事物规律行动，故而出神入化、游刃有余。[21] 神，故知周万物而无方：因为掌握了根本，所以能做到应事接物不死板、不教条。[22] 化，故范围天地而无迹：

能随物赋形，所以很难发现其应事接物的固定轨迹。[23] 洗心而退藏于密：（不动时）沉着冷静不动声色以等待时机。[24] 斋戒以神明其德：意同注 [23]。[25] 韦编三绝：编连竹简的皮绳断了多次，比喻读书勤奋，出《史记·孔子世家》："孔子晚而喜《易》……读《易》，韦编三绝。"韦，经去毛加工制成的柔皮；编，用熟牛皮绳把竹简编联起来；三，概数，表示多次；绝，断。

谪居绝粮请学于农将田南山永言寄怀

正德三年（1508年）三月

【评】该诗作于抵龙场后不久。时遇绝粮事，王阳明以孔子在陈绝粮自慰、自励，并师从土著火耕，自田南山。又抒发了逸者情怀，收成不独用来解决温饱，还用来宴饮；以及仁者情怀，自给之余，遗之鸟雀。

谪居屡在陈[1]，从者有愠[2]见。
山荒聊可田，钱镈[3]还易办。
夷俗多火耕[4]，仿习亦颇便。
及兹春未深，数亩犹足佃[5]。
岂徒实口腹？且以理荒宴[6]。
遗穗及鸟雀，贫寡发余羡[7]。
出耒在明晨，山寒易霜霰。

【注】[1] 在陈：此为用孔子"在陈绝粮"之典以自励，典出《论语·卫灵公》："在陈绝粮，从者病，莫能兴。子路愠见曰：'君子亦有穷乎？'子曰：'君子固穷，小人穷斯滥矣。'"[2] 愠：音 yùn，《说文》释曰恨。[3] 钱镈：音 qián bó，钱、镈分别为两种农具，此指代农具。[4] 火耕：人类的一种古老而原始的烧掉森林获得农田的农业生产技术，意同刀耕火种。[5] 佃：本义为耕种土地，引申为租种田地，此用其本义。[6] 荒宴：沉溺宴饮，南朝宋颜延之《五君咏·刘参军》之"韬精日沉饮，谁知非荒宴"有用。此处抛弃该词"沉溺"的贬义，用为逸怀的抒

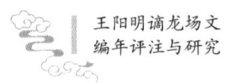

发。[7] 余羡：盈余，《晋书·齐王攸传》之"计今地有余羡，而不农者众，加附业之人复有虚假，通天下谋之"有用。

观　稼

正德三年（1508）三月

【评】该诗王阳明题曰《观稼》，但其所写内容并非稼穑情状的再现，而是稼穑、农圃学理的心得。前八句是写具体的农圃之理，包括下田、高田分别适宜种植何种作物，种植蔬菜和芋薯类分别适宜用何类土质，天气的寒、暑对农圃的不良影响，以及除草耕耘的规则，等等。后四句则将农圃、稼穑提升到形而上的人的参赞物理化机的高度，提出了勿轻鄙稼穑的观点。

下田既宜稌[1]，高田亦宜稷[2]。
种蔬[3]须土疏，种蓣[4]须土湿。
寒多不实秀[5]，暑多有螟螣[6]。
去草不厌频，耘禾[7]不厌密。
物理既可玩，化机还默识。
即是参赞[8]功，毋为轻稼穑！

【注】[1] 稌：音 tú，稻子。[2] 稷：粟，一说高粱。[3] 蔬：蔬菜。[4] 蓣：芋薯类。[5] 实秀：庄稼结实开花。实，结实；秀，开花。[6] 螟螣：音 míng tè，分别为两种食禾苗的害虫，出自《诗经·小雅·大田》："去其螟螣，及其蟊贼，无害我田稚。"《毛传》释谓："食心曰螟，食叶曰螣，食根曰蟊，食节曰贼。" [7] 耘禾：除草的同时给禾苗培土。[8] 参赞：指人对天地自然变化的参与和调节。

答文鸣提学

正德三年（1508年）三月

【评】该文由束景南先生自《新刊阳明先生文录续编》卷一《书类》辑出，入《王阳明佚文辑考编年》，钱明先生《王阳明散佚诗文续补考》有考。文鸣提学即陈凤梧，字文鸣，号静斋，江西泰和人，弘治九年（1496年）进士，历任湖广提学佥事等职，官至右都御史。束先生考证，该文作于初到龙场时，由文中"秋深得遂归图"可见王阳明于其贬谪过于乐观。该文具有重要史学价值，也可见王阳明和陈文鸣等基于儒学之道的友谊。

书来，非独见故旧之情，又以见文鸣近来有意为己之学，窃深喜望。与文鸣别久，论议不入吾耳者三年矣。所以知有意于为己者，三年之间，文鸣于他朋旧书札之问甚简，而仆独三至焉。今又遣人走数百里邀候于途，凡四至矣。所以于四至之书，而知其有为己之心者，盖亦有喻。人有出见其邻之人病，恻焉，煦煦讯其所苦，遵之求医，诏之以药饵者，入门而忽焉忘之，无他，痛不切于己也。己疾病则呻吟喘息，不能旦夕，求名医，问良药，有能已者，不远秦楚而延之。无他，诚病疾痛切，身欲须臾忘，未能也。是必文鸣有切身之痛，将求医药之未得，谓仆盖同患而方求医与药者，故复时时念之，兹非其焉己乎？兼来书辞，其意见趋向，亦自与往年不类。是殆克治滋养，既有所得矣。惜乎隔远，无因面见讲究，遂请益耳。夫学而为人，虽日讲于仁义道德，亦为外化物，于身心无与也。苟知为己矣，寝食笑言，焉往而非学？譬如木之植根，水之浚源，其畅茂疏达，当日异而月不同。曾子所谓"诚意"，子思所谓"致中和"，孟子所谓"求放心"，皆此矣。此仆之为文鸣喜而不寐，非为文鸣喜，为吾道喜也。愿亦勉之，使吾侪得有所矜式[1]，幸甚，幸甚！病齿兼虚下，留长沙八日。大风雨绝往来，间稍霁，则独与周生金者渡橘洲，登岳麓。尝有三诗奉怀文鸣与成之、懋贞，录上请正。又有一长诗，稿留周生处，今已记忆不全，兼亦无益之谈，不足呈也。南去侪类益寡，丽泽之思，愁如调饥[2]，便间无吝教言。秋深得遂归图，岳麓、五峰之间，倘能一会，甚善。公且豫存之意，果尔，当先时奉告也。

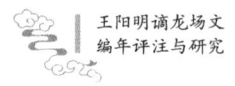

【注】[1] 矜式：敬重、取法，犹示范、楷模。[2] 惄如调饥：早上没吃东西时的饥饿状态，形容渴慕的心情。出自《诗经·周南·汝坟》："未见君子，惄如调饥。"《毛传》："调，朝也。"郑玄《笺》："未见君子之时，如朝饥之思食。"

答懋贞少参

正德三年（1508年）三月

【评】该文由束景南先生自《新刊阳明先生文录续编》卷一《书类》辑出，入《王阳明佚文辑考编年》，钱明先生《王阳明散佚诗文续补考》有考。束先生考曰："此书向来以为是致林希元，乃误。按林希元正德十二年方中进士出仕，且其一生也未尝任过'少参'（参议），乃是一崇朱学者，与阳明向无往来，此'懋贞少参'断非林希元可知。"束先生认为，"懋贞少参"乃是吴世忠，字懋贞，尝任湖广参议，《国朝献征录》卷六十三有传。前《答文鸣提学》有"尝有三诗奉怀文鸣与成之、懋贞"，该"懋贞"就是吴世忠。由该文的"别后，怀企益深……成之、文鸣如相见，亦乞为致此意也"知，文撰写于抵达龙场不久。

别后，怀企益深。朋友之内，安得如执事者数人，日夕相与磨礲[1]砥砺，以成吾德乎？困处中，忽承笺教，洒然如濯春风，独惟与进，虽初学之士，便当以此为的，生则何敢当此？悚愧中，闻叹近来学术之陋，谓前辈三四公能为伊洛本源之学，然不自花实而专务守其根，不自派别而专务守其源，如和尚专念数珠而欲成佛，恐无其理；又自谓慕古人体用之学，恐终为外物所牵，使两途之皆不到，足以知执事执之致力于学问思辨，重内轻外，惟日不足，而不堕于空虚渺茫之地无疑矣。生则于此少有所未尽者，非欲有所助[2]，将以求益耳。夫君子之学，先立乎其大者，而小者不能夺。故子思之论修德凝道，必曰尊德性而道问学。而朱子论之，以为非存心无以致知，而存心者又不可以不致知。执事所谓不自花实派别而专务守其根源，不知彼所守者，果有得于根源否尔，如诚得其根源，则花实派别将自此而出，但不宜块然守此，而不复有事于学问思辨耳。君子之学，有立而后进者，有进而至于立者，二者亦有等级之殊。盖立而后进者，卓立后有所进，所谓三十而立，吾见其进者；进而至于立者，可与适道，而至于可与立者也，盖不能无差等矣。夫子谓子贡曰："赐也，汝以予为多学而识之者与？"又曰："盖有不知而作之者，我无是也。""多闻，择其善者而从之，多见而识之，知之次也。"执事之言，殆有惩于世之为禅学者而设，夫亦差有未平与？若夫两途之说，则未知执事所指者安在？道一而已矣，宁有两耶？有两之心，是心之不一也，是殆本源之未立与？恐为外物所牵，亦以是耳。程子曰："苟以外物为外牵，已而从之，是以己性为有内外也。"又曰："自私，则不能以有为为应迹；用智，则不能以明觉为自然。今以恶外物之心而求照无物之地，是反镜而索照也。"又曰："君子之学，莫若扩然而大公，物来而顺应。"由是言之，心迹之不可判而两之也，明矣。执事挺特沉毅，岂生昧劣所敢望于万一？然乃云尔者，深慕执事乐取诸人之盛心，而自忘其无足取。且公事有暇，无吝一一教示。成之、文鸣如相见，亦乞为致此意也。

【注】[1] 磨砻：亦作"磨礲""磨䃺"，切磋。[2] 勖：音 xù，勉励。

采　蕨

正德三年（1508年）三月

【评】贵阳蕨菜可食始农历二月间。该诗是五古，为王阳明为解决温饱，亲采蕨菜以充饥的自传之作。前两句写采蕨的地点与情状，后八句则写强烈的思乡思亲情感。

采蕨西山[1]下，扳援[2]陟崔嵬。
游子望乡国，泪下心如摧。
浮云塞长空，颓阳[3]不可回。
南归[4]断舟楫，北望[5]多风埃。

已矣供子职，勿更贻亲哀。[6]

【注】[1] 西山：今修文县城西门坡。[2] 扳援：攀援。[3] 颓阳：落日，六朝谢瞻"颓阳照通津，夕阳暖平陆"（《王抚军庾西阳集别作》）有用。[4] 南归：南归故里。王阳明故里浙江绍兴余姚在国之东南，故谓。[5] 北望：北望京师，说明王阳明尚有强烈的报国情怀。[6] 已矣供子职，勿更贻亲哀：该二句提醒自己不要多想了，好好履行自己龙场驿丞的职责吧，以免再给二老双亲增加新的担忧与哀伤，为一个清醒理性的王阳明对一个为情感所控制的王阳明所说的话。子，第二人称代词，犹言"你"。亲，指父母亲。

猗 猗

正德三年（1508年）三月

【评】该诗为五古，是王阳明用松、竹的岁寒友关系来怀念友人之作。其所怀念之友，当为汪抑之、湛甘泉等。谓松、竹本期永相伴随而不分离，未曾想却中遭变故两相分离，末用岁寒友、天涯比邻义作结。

猗猗[1]涧边竹，青青岩畔松。
直干历冰雪，密叶留清风。
自期永相托，云壑无违踪。
如何两分植，憔悴叹西东。
人事多翻覆，有如道上蓬。
惟应岁寒[2]意，随处还当同。

【注】[1] 猗猗：音 yī yī，美盛貌，此为状竹，《诗经·卫风·淇奥》"瞻彼淇奥，绿竹猗猗"有用。[2] 岁寒：一年中的寒冷季节，深冬。此处为用松、竹为岁寒友义。

南　溟

正德三年（1508年）三月

【评】该诗亦为五古，实为《猗猗》的姊妹之篇，表达对友人汪抑之或湛甘泉等的深沉思念。所不同者，在于变松、竹之喻为南溟瑞鸟和东海灵禽。瑞鸟、灵禽皆为德仪美好之鸟，王阳明此处用以喻自己和友人。但从《猗猗》结篇的"惟应岁寒意，随处还当同"和《南溟》结篇的"何时共栖息？永托云泉深"来看，后者思念的强烈程度是远大于前者的。

南溟[1]有瑞鸟[2]，东海有灵禽[3]。
飞游集上苑[4]，结侣珍树林。
愿言饰羽仪[5]，共舞《箫韶》[6]音。
风云忽中变，一失难相寻。
瑞鸟既遭縻，灵禽投荒岑[7]。
天衢雨雪积，江汉虞罗[8]侵。
哀哀鸣索侣，病翼飞未任。
群鸟亦千百，谁当会其心？
南岳有竹实，丹溜[9]青松阴。
何时共栖息？永托云泉深。

【注】[1] 南溟：南边的大海，典故名。典出《庄子·逍遥游》："南溟者，天池也。"[2] 瑞鸟：吉祥之鸟，如鸾、凤等。《禽经》："鸾，瑞鸟，一曰鸡趣。"[3] 灵禽：珍禽，神鸟，《乐府诗集·燕射歌辞三》之"振鹭涵天泽，灵禽下乐悬"有用。[4] 上苑：皇家园林。南朝梁徐君倩《落日看还》之"妖姬竞早春，上苑逐名辰"有用。[5] 饰羽仪：喻才德俱佳者，《北史·文苑传序》之"潘陆张左，擅侈丽之才，饰羽仪于凤穴"有用。[6]《箫韶》：舜时乐名，又曰《韶》或《九韶》，其音美妙祥和。典出《尚书·益稷》："《箫韶》九成，凤皇来仪。"[7] 岑：小而高的山。[8] 虞罗：山泽之虞人所张设的网罗。唐代陈子昂《感遇诗》之"岂不在遐远，虞罗忽见寻。多材信为累，叹息此珍禽"有用。[9] 丹溜：道教所说的仙水，

晋代郭璞《游仙诗》之"陵阳挹丹溜，容成挥玉杯"有用。

溪　水

正德三年（1508年）三月

【评】该诗为王阳明的即景写怀之作。他在闲适地弄溪水濯其缨时，忽见溪水映照的白发而生年华逝去道终何成的感慨与惆怅。

溪石何落落[1]，溪水何泠泠。
坐石弄溪水，欣然濯我缨[2]。
溪水清见底，照我白发生。
年华若流水，一去无回停。
悠悠百年内，吾道终何成！

【注】[1] 落落：形容石的粗劣。《后汉书·冯衍传下》："冯子以为夫人之德，不碌碌如玉，落落如石。"李贤注曰："玉貌碌碌，为人所贵。石形落落，为人所贱。"南朝梁刘勰《文心雕龙·总术》："落落之玉，或乱乎石；碌碌之石，时似乎玉。"[2] 濯我缨：此为《楚辞·渔父》"沧浪之水清兮，可以濯吾缨"的直用。

山　石

正德三年（1508年）三月

【评】该诗用比兴之体，表达了游子思归无期的悲伤与无奈。无奈之下，唯有效法"商山四皓"过隐居日子。

山石犹有理，山木犹有枝。
人生非木石，别久宁无思？

愁来步前庭，仰视行云驰。
行云随长风，飘飘去何之？
行云有时定，游子无还期。
高梁始归燕，题鴂[1]已先悲。
有生岂不苦，逝者长若斯！
已矣复何事？商山行采芝[2]。

【注】[1] 题鴂：鹈鴂（tí jué）、杜鹃、布谷鸟。[2] 商山行采芝：商山，位于今陕西省商洛市丹凤县，此句为用"商山四皓"典事。"商山四皓"指秦末隐士东园公、夏黄公、绮里季、甪（lù）里四人，因避秦乱世而隐居商山，采芝充饥，四人年皆八十多岁，须眉皓白，故称"商山四皓"。

龙冈新构二首·并序

正德三年（1508年）四月

【评】如序所言，该二诗为王阳明因事而作，皆为先叙后议的结构。其一叙的是对新构的打理，议的是对新构不独专享而是与众同有的观点。其二所叙亦为对新构的打理，所议者是交代自己对素缺农圃学的补课，还发表了不轻鄙农圃、道存农圃的观点。

诸夷以予穴居颇阴湿，请构小庐。欣然趋事，不月而成。诸生闻之，亦皆来集，请名龙冈书院，其轩曰"何陋"。

其一

谪居聊假息[1]，荒秽[2]亦须治。
凿巘薙[3]林条，小构自成趣。
开窗入远峰，架扉出深树。
墟寨[4]俯逶迤，竹木互蒙翳[5]。

畦蔬稍溉锄，花药颇杂莳[6]。
宴适[7]岂专予，来者得同憩。
轮奂[8]非致美，毋令易倾敝。

其二

营茅乘田隙，洽旬始苟完[9]。
初心待风雨，落成还美观。
锄荒既开径，拓樊[10]亦理园。
低檐避松偃，疏土行竹根。
勿剪墙下棘[11]，束列因可藩。
莫撷林间萝[12]，蒙笼覆云轩。
素缺农圃[13]学，因兹得深论。
毋为轻鄙事[14]，吾道固斯存。

【注】[1] 假息：暂时休息。[2] 荒秽：荒芜，《孔丛子·巡守》"入其疆，土地荒秽，遗老失贤"、晋代陶潜《归园田居》其三"晨兴理荒秽，带月荷锄归"有用。[3] 薙：音 tì，除去野草等。[4] 墟寨：村寨。[5] 翳：音 yì，原指用羽毛做的华盖，此处用如动词，遮盖。[6] 莳：音 shì，栽种。[7] 宴适：安适。[8] 轮奂：形容屋宇高大众多，此为用美轮美奂之典，典出《礼记·檀弓》："晋献文子成室，晋大夫发焉。张老曰：'美哉轮焉，美哉奂焉。歌于斯，哭于斯，聚国族于斯。'"东汉郑玄注曰："轮，轮囷，言高大；奂，言众多。"[9] 苟完：大致完备，典出《论语·子路》："子谓卫公子荆：善居室。始有，曰'苟合矣'。少有，曰'苟完矣'。富有，曰'苟美矣'。"[10] 樊：本义为篱笆，此处用本义，《诗经·小雅·青蝇》"营营青蝇，止于樊"有用。[11] 棘：酸枣树，茎上多刺，泛指有刺的苗木。[12] 萝：通常指某些能爬蔓的植物，如女萝，茑萝、藤萝等。[13] 农圃：农田花圃，指代农活。[14] 轻鄙事：值得轻视鄙视之事。

诸生来

正德三年（1508年）四月

【评】该诗以诸生来集为创作契机，内容上首先回顾了自己因言获罪的前情往事，随后写到当下虽谪居龙场但却眷恋夷人的淳朴，思亲却不得不独自排遣，以及和诸生宴饮、讲习、行游的情状。最后写到的是自己淡泊、旷达的胸次和自得的生活，并表达了自得乃高践的观点。自得是明代儒学形上化的方法论，在陈白沙、湛甘泉、王阳明自己这里都得到重视，此处是他较早关于自得的言说。

简滞[1]动罹咎，废幽[2]得幸免。
夷居[3]虽异俗[4]，野朴[5]意所眷。
思亲独疚心[6]，疾忧庸自遣。
门生颇群集，樽斝[7]亦时展。
讲习性所乐，记问复怀腼[8]。
林行或沿涧，洞游还陟巘。
月榭[9]坐鸣琴，云窗卧披卷。
澹泊[10]生道真，旷达匪荒宴。
岂必鹿门[11]栖，自得[12]乃高践[13]。

【注】[1] 简滞：头脑简单且不通世故，此谓自己上书得罪刘瑾事。[2] 幽：幽禁，此指其下锦衣卫狱事。[3] 夷居：此指其龙场谪居。[4] 异俗：生活习俗不同。[5] 野朴：无文但却质朴、淳朴。[6] 疚心：负疚，忧心，晋代潘岳之"彼四戚之疚心兮，遭一涂之难忍"（《秋兴赋》）有用。[7] 樽斝：酒器，指代饮酒。斝，音 jiǎ，古代青铜制的酒器，圆口三足。[8] 怀腼：怀想。[9] 月榭：赏月的台榭。南朝梁沈约《郊居赋》之"风台累翼，月榭重栭"有用。[10] 澹泊：清静寡欲，不踪名利的心态，《汉书·叙传上》之"清虚澹泊，归之自然"有用。[11] 鹿门：鹿门山的简称，在湖北省襄阳市，东汉庞德公偕妻子登鹿门山，采药不返，故后因用指隐士所居之地。[12] 自得：自己得意或舒适，《史记·管晏列传》："其夫为

相御，拥大盖，策驷马，意气扬扬，甚自得也。"又和其自得之学有关。自得之学反对不求甚解的死记硬背、知行分离的空谈，力倡以主体的体验来获得认知，《孟子》《中庸》及北宋大儒程颢皆有所论，到明代大儒陈白沙才明确把自得视为学问及涵养宗旨，其弟子湛若水更指出心学即自得之学，认为自得之学是儒家正学。王阳明《别湛甘泉序》曾说："晚得于甘泉湛子，而后吾之志益坚，毅然若不可遏。则予之资于甘泉多矣。甘泉之学，务求自得者也。"[13] 高践：高蹈，指隐居。

诸生夜坐

正德三年（1508年）四月

【评】该诗题曰《诸生夜坐》，实则写了夜坐前情后事的全过程。傍晚时分诸生前来，之后宴饮，继而溪上弄月，临近天亮仍兴致不减地陟林间丘。还写到第二天有当地村翁的招饮，偕同游览幽洞。诗的最后表达了自己讲习真乐的感受和对曾点气象的理想追求。最后要交代一下，这次和王阳明夜坐的诸生并非贫寒之辈而是富贵之流，这从诗中的语词"鸣驺""羞""绛蜡""清樽""鸣琴""壶矢""觥筹"等可看出，表明抵龙场半年后的他，生活状态已从初始的窘迫转向了宽裕与文雅。

谪居澹虚寂，眇然[1]怀同游。
日入山气夕，孤亭[2]俯平畴。
草际[3]见数骑，取径如相求。
渐近识颜面，隔树停鸣驺[4]。
投辔雁鹜进[5]，携榼各有羞[6]。
分席夜堂坐，绛蜡清樽[7]浮。
鸣琴复散帙，壶矢交觥筹[8]。
夜弄溪上月，晓陟林间丘。
村翁或招饮，洞客偕探幽[9]。

讲习有真乐，谈笑无俗流。
缅怀风沂[10]兴，千载相为谋。

【注】[1]眇然：高远、幽远、遥远状。南朝梁江淹"眇然万里游，矫掌望烟客"(《杂体诗·效郭璞》)有用。[2]孤亭：此当指东峰何陋轩(龙冈书院)前的"君子亭"。[3]草际：草的边远，此处意为远处。[4]鸣驺：古代随从显贵出行并传呼喝道的骑卒，有时指代显贵，南朝齐孔稚珪"及其鸣驺入谷，鹤书起陇，形驰魄散，志变神动"(《北山移文》)有用。[5]雁鹜进：像大雁和鸭子一样排行行进。[6]羞：同馐。[7]绛蜡清樽：绛蜡，红色蜡烛；清樽，指清酒，樽为酒器。[8]壶矢交觥筹：壶、矢，投壶的两种要件。投壶是中国古代上层宴饮时的游戏，流行二千多年，游戏的基本规则是箭投入壶中者胜，起源于古代礼仪。觥、筹，酒杯和酒筹。酒筹为计算饮酒数量的器具。该句为阳明写其和诸生夜宴的热闹情状。[9]洞客偕探幽："偕客探幽洞"的倒装。[10]风沂：化用"浴乎沂，风乎舞雩"(《论语·先进》)，意在表明对曾点气象的理想追求。从上述诗文可见，这是他诗文中的反复申说。

何陋轩记

正德三年（1508年）四月

【评】正德三年（1508年）春王阳明抵龙场，无居所而结草庵以居，后迁被他命名为"阳明小洞天"的东洞，又阴且湿。善良、质朴的龙场土著见此，以栈道木为他修建了新居，该新居被他命名为"何陋轩"，又被门人称为"龙冈书院"，《何陋轩记》即为此的记载。"何陋"者，用孔子居夷行教化之义。文中表达了他对龙场之民的深厚情感，以及躬行教化的志向。不以龙场之民"愚昧""原始"为"陋"，而是以为"质朴"，认为正是施行教化的好底质。在辩证的思维之下，该文写得秀逸有致，颇具审美意味，有很高的美学价值。

昔孔子欲居九夷，人以为陋。孔子曰："君子居之，何陋之有？"[1]守仁

以罪谪龙场。龙场，古夷蔡[2]之外，于今为要绥[3]，而习类[4]尚因其故。人皆以予自上国[5]往，将陋其地，弗能居也。而予处之旬月[6]，安而乐之，求其所谓甚陋者而莫得。独其结题[7]鸟言，山栖[8]羝服[9]，无轩裳宫室之观、文仪揖让[10]之缛，然此犹淳庞[11]质素[12]之遗焉。盖古之时，法制未备，则有然矣，不得以为陋也。夫爱憎面背[13]，乱白黜丹[14]，浚奸穷黠[15]，外良而中螫[16]，诸夏[17]盖不免焉。若是而彬郁[18]其容，宋甫鲁掖[19]，折旋矩镬[20]，将无为陋乎？夷之人乃不能此。其好言恶詈[21]，直情率遂[22]，则有矣。世徒以其言辞物采之眇[23]而陋之，吾不谓然也。始予至，无室以止，居于丛棘[24]之间，则郁也。迁于东峰，就石穴而居之，又阴以湿。龙场之民，老稚[25]日来视，予喜不予陋，益予比。予尝圃于丛棘之右，民谓予之乐之也，相与伐木阁之材，就其地为轩以居予。予因而翳[26]之以桧竹，莳之以卉药；列堂阶，辨室奥[27]；琴编图史，讲诵游适[28]之道略俱。学士之来游者，亦稍稍而集于是。人之及吾轩者，若观于通都[29]焉，而予亦忘予之居夷也。因名之曰"何陋"，以信孔子之言。

嗟夫！诸夏之盛，其典章礼乐，历圣修而传之，夷不能有也，则谓之陋固宜。于后蔑道德而专法令，搜抉钩絷之术穷，而狡匿谲诈无所不至，浑朴尽矣。夷之民方若未琢之璞，未绳之木，虽粗砺顽梗，而椎斧尚有施也，安可以陋之？斯孔子所谓欲居也欤？虽然，典章文物则亦胡可以无讲！今夷之俗，崇巫而事鬼，渎礼而任情，不中不节，卒未免于陋之名，则亦不讲于是耳。然此无损于其质也。诚有君子而居焉，其化之也盖易。而予非其人也，记之以俟来者。

【注】[1] 君子居之，何陋之有：语出《论语·子罕》：子欲居九夷。或曰："陋，如之何？"子曰："君子居之，何陋之有？"指孔子不以偏远民族地区为陋，要到那里躬行教化。[2] 古夷蔡：蔡即今河南上蔡，在孔子时代，上蔡以外的区域即为夷地。[3] 要绥：古代王畿外围，以五百里为一区划，由近及远分为甸服、侯服、绥服（一曰宾服）、要服、荒服，合称五服。服，服事天子之意。关于五服，《尚书·益稷》谓："弼成五服，至于五千。"孔颖达疏："五服，侯、甸、绥、要、荒服也。服，五百里。四方相距为方五千里。"此处以龙场为要服、绥

服，言其为边远地区。[4] 习类：风俗习惯。[5] 上国：京师。[6] 旬月：有三义，一个月、十个月、十天至一个月。一个月，《汉书·匈奴传下》："黄门郎扬雄上书谏曰：'……近不过旬月之役，远不离二时之劳。'"汉王充《论衡·讲瑞》："莫荚朱草，亦生在地……旬月枯折，故谓之瑞。"唐李肇《唐国史补》卷上："上大说，自此驾至长安，不复东矣。旬月，耀卿、九龄俱罢，而牛仙客进焉。"十个月，《汉书·车千秋传》："数月，（千秋）遂代刘屈氂为丞相……特以一言寤意，旬月取宰相封侯，世未尝有也。"明王志坚《表异录·岁时》："'（车千秋）旬月取宰相'则又谓十阅月也。"十天至一个月，指较短的时日，《后汉书·杨赐传》："旬月之间，并各拔擢。"《三国志·魏志·凉茂传》："旬月之间，襁负而至者千余家。"《魏书·恩倖传·赵脩》："世宗亲政，旬月之间，频有转授。"[7] 结题：将头发盘在额头上。题，额头。[8] 山栖：住在深山之中。[9] 羝服：穿着兽皮做的衣服。羝，音 dī，公羊。[10] 揖让：指代礼仪。[11] 淳庞：犹淳厚。[12] 质素：淳朴之质。[13] 爱憎面背：情感不直接表现，犹言狡诈，当面一套、背后一套。[14] 乱白黝丹：颠倒黑白，混淆是非。[15] 浚奸穷黠：极尽奸猾之能事。浚，音 jùn，深；黠，音 xiá，聪明而狡猾。[16] 外良而中螫：表面善良内心阴毒，犹言笑面虎。螫，音 shì，毒虫或毒蛇咬刺，引为狠毒。[17] 诸夏：中原华夏的所谓"文明人"。[18] 彬郁：美盛貌。[19] 宋甫鲁掖：指儒生所穿的宽大衣袖的衣服和所戴的黑色礼帽，二者标志礼仪。典出《礼记·儒行》："丘少居鲁，衣逢掖之衣；长居宋，冠章甫之冠。"孙希旦《集解》解"章甫"："章甫，殷玄冠之名，宋人冠之。"《庄子·逍遥游》有："宋人资章甫而适诸越，越人断发文身，无所用之。"孙希旦《集解》解"逢掖"："逢掖之衣，即深衣也。深衣之袂，其当掖者二尺二寸，至袪而渐杀，故曰逢掖之衣。"[20] 矩镬：法度与刑罚。镬，音 huò，古代的大锅，鼎镬常作为烹人的刑具。[21] 好言恶詈：好的说出来，不好的就怒骂，谓性情直爽。詈，音 lì，骂、责骂。[22] 率遂：率直、率真。[23] 言辞物采之眇：不善表达、不事雕琢。眇，音 miǎo，本义指指一只眼瞎，引为细小、微小。[24] 丛棘：荆棘丛。西汉息夫躬《绝命辞》"丛棘栈栈，曷可栖兮"有用。[25] 老稚：老幼。[26] 翳：遮蔽、掩盖，《广雅》：翳，障也。[27] 室奥：此泛指室内。奥，本义指室内西南角，"西南隅谓之隩，尊长之处也"（《尔雅》）。[28] 游适：游乐。[29] 通都：大都市。

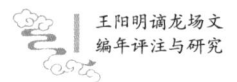

君子亭记

正德三年（1508年）四月

【评】《君子亭记》是王阳明为"何陋轩"前"君子亭"所写的记文，是《何陋轩记》的续编，或谓姊妹篇。两篇义脉相连，先言"何陋"，又云"君子"，已透露他要继承孔子"居夷何陋"遗志，在此龙场夷地躬行教化。但他又不承认，非得说"君子亭"之命名为用竹子比德君子，反复"辩解"却欲盖弥彰，使文章在委曲婉转中体现着欲吐还休之含蓄美。

阳明子既为何陋轩，复因轩之前营，驾楹为亭，环植以竹，而名之曰"君子"。曰："竹有君子之道四焉：中虚而静，通而有间，有君子之德；外节而直，贯四时而柯叶无所改，有君子之操；应蛰而出，遇伏而隐，雨雪晦明无所不宜，有君子之时；清风时至，玉声珊然，中采齐而协肆夏，揖逊俯仰，若洙、泗[1]群贤之交集，风止籁静，挺然特立，不挠不屈，若虞廷群后[2]，端冕正笏而列于堂陛[3]之侧，有君子之容。竹有是四者，而以'君子'名，不愧于其名；吾亭有竹焉，而因以竹名名，不愧于吾亭。"门人曰："夫子盖自道也。吾见夫子之居是亭也，持敬以直内，静虚而若愚，非君子之德乎？遇屯而不慑，处困而能亨，非君子之操乎？昔也行于朝，今也行于夷，顺应物而能当，虽守方而弗拘，非君子之时乎？其交翼翼[4]，其处雍雍[5]，意适而匪懈[6]，气和而能恭，非君子之容乎？夫子盖谦以自名也，而假[7]之竹。虽然，亦有所不容隐也。夫子之名其轩曰'何陋'，则固以自居矣。"阳明子曰："嘻！小子之言过矣，而又弗及。夫是四者何有于我哉？抑学而未能，则可云尔耳。昔者夫子不云乎？'汝为君子儒，无为小人儒'[8]，吾之名亭也，则以竹也。人而嫌以君子自名也，将为小人之归矣，而可乎？小子识之！"

【注】[1]洙、泗：洙水和泗水的并称，孔子教弟子于泗、洙之间，因以指其设教之所。[2]虞廷群后：虞舜朝廷的众臣。舜为上古圣明君主，虞为其国号，虞廷为舜的朝廷，后为圣朝的代称。群后，众臣。[3]堂陛：宫内、朝廷。[4]其交翼翼：此言王阳明胜友如云。翼翼，众多貌。[5]其处雍雍：此言王阳明宠辱不

惊，能保持和乐状态。雍雍，和乐貌。[6] 意适而匪懈：心态闲暇而不懈怠。[7] 假：借。[8] 汝为君子儒，无为小人儒："君子儒"者，超越功利追求道德人格的儒者；"小人儒"者，汲汲于功利的儒者。出自《论语·雍也》："子谓子夏曰：'女为君子儒，无为小人儒。'"

宾阳堂记

正德三年（1508年）四月

【评】该文是王阳明为其龙冈书院中名"宾阳堂"的东向之堂所撰的记文。"宾阳"取自《尚书·尧典》的"寅宾出日"，意为恭敬地迎接太阳出来。王阳明将日的喻义落实为君子，宾阳堂也因之成为迎接君子之所。又，宾阳堂为龙冈书院组成部分，即其躬行教化以培养儒家圣贤、君子人格之所在，从而，这篇难解的《宾阳堂记》的奥秘被揭开，实为与《何陋轩记》《君子亭记》内容贯通的鼎足之篇，为其躬行教化之志的表达。

传之堂东向[1]曰"宾阳"，取《尧典》"寅宾出日"[2]之义，志向[3]也，宾日，义之职而传冒[4]焉，传职宾宾[5]，义以宾宾之寅而宾日，传以宾日之寅而宾宾也，[6]不曰日乃阳之属，为日、为元、为善、为吉、为亨治，其于人也为君子，其义广矣备矣。[7]"内君子而外小人"，为泰。[8] 曰："宾自外而内之传，将以宾君子而内之[9]也。传以宾君子，而容有小人焉，则如之何？"曰："吾知以君子而宾之耳。吾以君子而宾之也，宾其甘为小人乎哉？"为《宾日之歌》，日出而歌之，宾至而歌之。歌曰：

日出东方，再拜稽首，人曰予狂。匪日之寅，吾其怠荒。东方日出，稽首再拜，人曰予愈。匪日之爱，吾其荒怠。其翳其曀[10]，其日惟霁；其昀[11]其雾，其日惟雨。勿怵[12]其昀，俟焉以雾；勿谓终翳，或时其曀。曀其光矣，其光熙熙[13]。与尔偕作，与尔偕宜。俟其雾矣，或时以熙；或时以熙，孰知我悲！

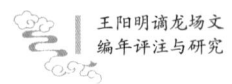

【注】[1] 传之堂东向：盖为龙冈书院东堂。[2] 寅宾出日：恭敬导引太阳出来，出自《尚书·尧典》："（尧）分命羲仲，宅嵎夷曰旸谷，寅宾出日。"孔安国传："寅，敬。宾，导。"孔颖达疏："令此羲仲恭敬导引将出之日。"《尚书考灵曜》卷二："春夏民欲早作，故令民日出而作，是谓寅宾出日。"[3] 志向：此谓"宾阳堂"之命名，为记其为东向。[4] 羲之职而传冒：羲仲的职责是传播春天的消息。羲仲，传说中的上古人物，羲和一族，据《史记·五帝本纪》《尚书·尧典》载，他是尧的大臣，尧命他居住在郁夷旸谷观察日出，日中观察朱雀七宿，来确定春分，以方便春天的播种。传冒，犹言传播。[5] 宾宾：犹频频。[6] 羲以宾宾之寅而宾日，传以宾日之寅而宾宾也：此言羲仲以勤勉的态度恭敬地迎接春天的到来，并以迎接春天的恭敬态度勤勉地传播春天的消息。[7] "不曰日乃阳之属……其义广矣备矣"句：此言太阳的比德义，比喻光明正大，君子人格是其喻义之一。[8] "内君子而外小人"，为泰：此言《周易·泰卦》的喻义。《泰卦》是《周易》六十四卦之第十一卦，卦辞："小往大来，吉，亨。"《象传》："天地交，泰；后以财成天地之道，辅相天地之宜，以左右民。"本书认为，"内"解释动词"纳"义、"外"解释为"摒弃"义更合理，全句为接纳君子摒弃小人。[9] 宾君子而内之：恭敬地导引君子并接纳之。[10] 暳：音 huì，明亮。[11] 昫：同"煦"，温暖。[12] 忭：音 biàn，喜欢、高兴。

西 园

正德三年（1508年）四月

【评】该诗为阳明所写田园诗，用田家语写成。其田家生活的内容，田园景色的描写，闲适的田园情趣，平淡朴素的风格，自然隽永的意境，已持平渊明《饮酒》诗。

方园不盈亩，蔬卉颇成列。
分溪免瓮灌，补篱防豕蹢[1]。
羌草稍焚薙，清雨夜来歇。

濯濯[2]新叶敷[3]，荧荧夜花发[4]。
放锄息重阴[5]，旧书漫披阅。
倦枕竹下石，醒望松间月。
起来步闲谣，晚酌檐下设。
尽醉即草铺，忘与邻翁别。

【注】[1]蹢：音dí，蹄子，诗中指践踏。[2]濯濯：清新、明净貌。唐韩愈"春阳潜沮洳，濯濯吐深秀"（《南山》）有用。[3]敷：铺，铺开。[4]发：花开放，"野芳发而幽香（宋欧阳修《醉翁亭记》）有用。[5]重阴：浓阴，王粲《七哀诗》之二"山冈有余暎，岩阿增重阴"有用。

教条示龙场诸生

正德三年（1508年）四月

【评】该文为王阳明就立志、勤学、改过、责善"四事"的提出与论证。这既是龙冈书院的学规，被他称为"四事"，又为其教育思想的纲领。引言部分的意思是这么多人追随我，恐怕我也不能给大家提供什么帮助，暂且以"四事"和大家共勉吧！要求门人"慎听，毋忽"，并对之展开了精辟、形象的论述。

诸生相从于此，甚盛。恐无能为助也，以四事相规，聊以答诸生之意：一曰立志；二曰勤学；三曰改过；四曰责善。其慎听，毋忽！

立志

志不立，天下无可成之事，虽百工技艺，未有不本于志者。今学者旷废隳惰[1]，玩岁愒时[2]，而百无所成，皆由于志之未立耳。故立志而圣，则圣矣；立志而贤，则贤矣。志不立，如无舵之舟，无衔之马，漂荡奔逸，终亦何所底乎？昔人有言，使为善而父母怒之，兄弟怨之，宗族乡党贱恶之，如此而不为善可也；为善则父母爱之，兄弟悦之，宗族乡党敬信之，何苦而不

为善为君子？使为恶而父母爱之，兄弟悦之，宗族乡党敬信之，如此而为恶可也；为恶则父母怒之，兄弟怨之，宗族乡党贱恶之，何苦而必为恶为小人？诸生念此，亦可以知所立志矣。

勤学

已立志为君子，自当从事于学。凡学之不勤，必其志之尚未笃也。从吾游者，不以聪慧警捷为高，而以勤确[3]谦抑为上。诸生试观侪辈之中，苟有虚而为盈，无而为有，讳己之不能，忌人之有善，自矜自是，大言欺人者，使其人资禀虽甚超迈，侪辈之中，有弗疾恶之者乎？有弗鄙贱之者乎？彼固将以欺人，人果遂为所欺，有弗窃笑之者乎？苟有谦默自持，无能自处，笃志力行，勤学好问，称人之善，而咎己之失，从人之长，而明己之短，忠信乐易，表里一致者，使其人资禀虽甚鲁钝，侪辈之中，有弗称慕之者乎？彼固以无能自处，而不求上人，人果遂以彼为无能，有弗敬尚之者乎？诸生观此，亦可以知所从事于学矣。

改过

夫过者，自大贤所不免，然不害其卒为大贤者，为其能改也。故不贵于无过，而贵于能改过。诸生自思平日亦有缺于廉耻忠信之行者乎？亦有薄于孝友之道，陷于狡诈偷刻之习者乎？诸生殆不至于此。不幸或有之，皆其不知而误蹈，素无师友之讲习规饬也。诸生试内省，万一有近于是者，固亦不可以不痛自悔咎。然亦不当以此自歉，遂馁于改过从善之心。但能一旦脱然洗涤旧染，虽昔为寇盗，今日不害为君子矣。若曰吾昔已如此，今虽改过而从善，将人不信我，且无赎于前过，反怀羞涩凝沮[4]，而甘心于污浊终焉，则吾亦绝望尔矣。

责善

责善，朋友之道，然须忠告而善道之。悉其忠爱，致其婉曲，使彼闻之而可从，绎之而可改，有所感而无所怒，乃为善耳。若先暴白其过恶，痛毁极诋，使无所容，彼将发其愧耻愤恨之心，虽欲降以相从，而势有所不能，是激之而使为恶矣。故凡讦人之短，攻发人之阴私，以沽直者，皆不可以言责善。虽然，我以是而施于人不可也。人以是而加诸我，凡攻我之失者，皆我师也，安可以不乐受而心感之乎？某于道未有所得，其学卤莽耳。谬为诸生相从于此,每终夜以思,恶且未免,况于过乎?人谓事师无犯无隐,而遂谓师无可谏,非也。谏师之道,直不至于犯,而婉不至于隐耳。使吾而是也,因得以明其是;吾而非也,因得以去其非:盖教学相长也。诸生责善,当自吾始。

【注】[1] 隳惰:懈怠。隳,通"惰"。[2] 愒时:荒废时日。愒,音 kài,荒废。[3] 勤确:勤奋认真。[4] 凝沮:迟疑。

龙场生问答

正德三年(1508年)四月

【评】该文是王阳明答龙场门人的一次教学活动的记载,或为自设问答之作。其阐述的观点有:其一,尽管孔子也做过乘田委吏的小官而且尽职尽责干得不错,但做官或为糊口或为行道,如果这两个目的都不能达到,如自己现在的龙场驿丞,那么宁可离去而不做;其二,尽管有君、父为纲的准则,但如果君、父之命不正确,也不必必须执行;其三,用兰蕙比贤才,说兰蕙等香草是用来使堂舍屋宇高雅的,如果用来覆盖墙垣则是对兰蕙的戕害。这些观点在当时具有一定革命性,可以说开启了晚明、明清易代之际启蒙思想。

龙场生问于阳明子曰:"夫子之言于朝侣[1]也,爱不忘乎君也。今者谴于是,而汲汲于求去,殆有所渝乎?"阳明子曰:"吾今则有间矣。今吾又病,是以欲去也。"龙场生曰:"夫子之以病也,则吾既闻命矣。敢问其所以有间,何谓也?昔为其贵而今为其贱,昔处于内而今处于外欤?夫乘田委吏[2],孔子尝为之矣。"阳明子曰:"非是之谓也。君子之仕也以行道。不以道而仕者,窃也。今吾不得为行道矣。虽古之有禄仕,未尝旷其职也。曰牛羊茁壮,会计当也,今吾不无愧焉。夫禄仕,为贫也,而吾有先世之田,力耕足以供朝夕,子且以吾为道乎?以吾为贫乎?"龙场生曰:"夫子之来也,谴也,非仕也。子于父母,惟命之从;臣之于君,同也。不曰事之如一,而可以拂之,无乃为不恭乎？"阳明子曰："吾之来也，谴也，非仕也；吾之谴也，乃仕也，非役也。役者以力，仕者以道；力可屈也，道不可屈也。吾万里而至，以承谴也，然犹有职守焉。不得其职而去，非以谴也。君犹父母，事之如一，固也。不曰就养有方乎？惟命之从而不以道，是妾妇之顺，非所以为恭也。"龙场生曰："圣人不敢忘天下，贤者而皆去，君谁与为国矣！"曰："贤者则忘天下乎？夫出溺于波涛者，没人之能也；陆者冒焉，而胥溺矣。吾惧于胥溺也。"龙场生曰："吾闻贤者之有益于人也，惟所用，无择于小大焉。若是亦有所不利欤？"曰："贤者之用于世也，行其义而已。义无不宜，无不利也。不得其宜，虽有广业，君子不谓之利也。且吾闻之，人各有能有不能，惟圣人而后无不能也。吾犹未得为贤也，而子责我以圣人之事，固非其拟矣。"曰："夫子不屑于用也。夫子而苟屑于用，兰蕙[3]荣于堂阶，而芬馨被于几席。萑苇[4]之刈，可以覆垣[5]；草木之微，则亦有然者，而况贤者乎？"阳明子曰："兰蕙荣于堂阶也，而后于芬馨被于几席；萑苇也，而后刈可以覆垣。今子将刈兰蕙而责之以覆垣之用，子为爱之耶？抑为害之耶？"

【注】[1] 朝侣：朝廷上的同僚。[2] 乘田委吏：孔子曾做过的小官，后泛指小官。乘田，官名，春秋时鲁国设置，掌管畜牧的小吏；委吏，古代管理粮仓的小官。[3] 兰蕙：兰、蕙，皆香草，多连用以喻贤者。[4] 萑苇：两种芦类植物，见《诗经·豳风·七月》："七月流火，八月萑苇。"朱熹《诗集传》："萑苇，即蒹葭也。"该文以之和"兰蕙"对执，喻俗人。[5] 覆垣：覆盖墙垣以御雨。

答毛拙庵见招书院

正德三年（1508年）四月

【评】该诗为答毛拙庵见招书院之作，为七律。毛拙庵，王阳明同乡，时贵州副都御史毛科之号。副都御史有都督地方教化之责，又称宪副，故王阳明又称其为毛宪副。因前王阳明办龙冈书院事，曾与拙庵有龃龉，故此次拙庵相请主持贵阳书院，王阳明委婉辞谢。

野夫[1]病卧成疏懒，书卷长抛旧学荒。
岂有威仪堪法象[2]？实惭文檄过称扬[3]。
移居[4]正拟投医肆[5]，虚席仍烦避讲堂。
范我定应无所获，空令多士笑王良。[6]

【注】[1] 野夫：粗俗之人，王阳明自称。[2] 岂有威仪堪法象：法象，效法。该句为用典，表达了王阳明的自谦，典出《汉书·礼乐志》："今幸有前圣遗制之威仪，诚可法象而补备之。"[3] 文檄过称扬：文檄，指拙庵致王阳明请其主贵阳书院的信函；过称扬，言过其实的赞扬。[4] 移居：此指王阳明自阳明小洞天移居何陋轩。[5] 医肆：医药铺子。[6] 范我定应无所获，空令多士笑王良：如果设定范围让我讲授必然因无所收获而令您失望，白白地使众生员嘲笑我如王良。此处"范我""无所获""王良"为用典，典出《孟子·滕文公下》："昔者赵简子使王良与嬖奚乘，终日而不获一禽。嬖奚反命曰：'天下之贱工也。'或以告王良。良曰：'请复之。'强而后可，一朝而获十禽。嬖奚反命曰：'天下之良工也。'简子曰：'我使掌与女乘。'谓王良。良不可，曰：'吾为之范我驰驱，终日不获一；为之诡遇，一朝而获十。《诗》云："不失其驰，舍矢如破。"我不贯小人乘，请辞。'御者且羞与射者比。比而得禽兽，虽若丘陵，弗为也。如枉道而从彼，何也？且子过矣：枉己者，未有能直人者也。"该王良之典在"获禽"的结果上有"终日而不获一禽"和"一朝而获十禽"之判然不同，其致因：前者在于"范我驰驱"，即用规则约束王良；后者在于"诡遇（按：违背礼法，驱车横射禽兽）"。

象祠记

正德三年（1508年）四月

【评】该文是王阳明应时贵州宣慰使安贵荣所请，为灵博山之象祠撰写的记文。象是反面形象，作为舜之弟，曾和其母一起多次谋害舜。王阳明从"爱屋及乌"和"过而能改，善莫大焉"视角，论证了该处苗族群众祭祀象的合理性，并提出了"天下无不可化之人"的教育理念。该理念在儒家教育思想史上具有革命意义，因为孔子尽管主张"有教无类"，但同时认为"上智与下愚不移"，后董仲舒、韩愈的"性三品"，张载、朱熹的"天地之性"和"气质之性"，都是主张人性生而有别的。而王阳明的"天下无不可化之人"观点的立论根据则是孟子的性善论，或许还有佛家"人人皆有真如佛性"的影响，他后来在建构"良知"哲学体系时，将此表述为凡人良知和圣人同，故而有"满街都是圣人"的说法。

灵博之山[1]有象祠焉，其下诸苗夷之居者，咸神而事之。宣慰安君因诸苗夷之请，新其祠屋，而请记于予。予曰："毁之乎？其新之也？"曰："新之。""新之也，何居乎？"曰："斯祠之肇也，盖莫知其原。然吾诸蛮夷之居是者，自吾父吾祖溯曾高而上，皆尊奉而礼祀焉，举之而不敢废也。"予曰："胡然乎？有庳[2]之祠，唐之人盖尝毁之。象之道，以为子则不孝，以为弟则傲。斥于唐而犹存于今，毁于有庳而犹盛于兹土也，胡然乎？我知之矣，君子之爱若人也，推及于其屋之乌，而况于圣人之弟乎哉？然则祀者为舜，非为象也。意象之死，其在干羽既格[3]之后乎？不然，古之骜桀[4]者岂少哉？而象之祠独延于世，吾于是益有以见舜德之至，入人之深，而流泽之远且久也。象之不仁，盖其始焉尔，又乌知其终不见化于舜也？《书》不云乎，'克谐以孝，烝烝乂，又不格奸，瞽瞍亦允若'[5]，则已化而为慈父。象犹不弟，不可以为谐。进治于善，则不至于恶；不抵于奸，则必入于善。信乎，象盖已化于舜矣！孟子曰：'天子使吏治其国，象不得以有为也。'[6]斯盖舜爱象之深而虑之详，所以扶持辅导之者之周也。不然，周公之圣，而管、蔡[7]不免焉。斯可以见象之既化于舜，故能任贤使能而安于其位，泽加于其民，既死而人怀之也。诸侯之卿，命于天子，盖周官之制。其殆仿于舜之封象欤？吾于是益有以信人性之善，天下无不可化之人也。然则唐人之毁之也，据象之始也；今之诸夷之奉之也，承象之终也。斯义也，吾将以表于世，使知人之不善，虽若象焉，犹可以改；而君子之修德，及其至也，虽若象之不仁，而犹可以化之也。"

【注】[1] 灵博之山：麟角山，即贵州黔西县素朴镇的九龙山。[2] 有庳：古地

名,在今湖南道县北,接零陵县界,相传舜封象于此,古有象祠,唐元和中道州刺史薛伯高毁之。庳,音 bì,一作"鼻",有庳又名鼻墟、鼻亭。[3] 干羽既格:意为修文德礼乐而苗民归附,典出《尚书·大禹谟》:"帝曰:'咨,禹!惟时有苗弗率,汝徂征。'禹乃会群后,誓于师曰:'济济有众,咸听朕命。蠢兹有苗,昏迷不恭,侮慢自贤,反道败德,君子在野,小人在位,民弃不保,天降之咎,肆予以尔众士,奉辞伐罪。尔尚一乃心力,其克有勋。'三旬,苗民逆命。益赞于禹曰:'惟德动天,无远弗届。满招损,谦受益,时乃天道。帝初于历山,往于田,日号泣于旻天,于父母,负罪引慝。祗载见瞽瞍,夔夔斋栗,瞽亦允若。至诚感神,矧兹有苗。'禹拜昌言曰:'俞!'班师振旅。帝乃诞敷文德,舞干羽于两阶,七旬,有苗格。"[4] 鸷桀:凶暴倔强。[5]"克谐以孝……瞽瞍亦允若"句:舜能够用孝使全家和睦安定,淳厚善良,不至于作奸犯科。格奸,至于奸恶;瞽瞍,指舜的父亲;允若,顺从。[6] 天子使吏治其国,象不得以有为也:出自《孟子·万章上》:"象不得有为于其国,天子使吏治其国而纳其贡税焉,故谓之放。"朱熹《集注》谓:"孟子言象虽封为有庳之君,然不得治其国,天子使吏代之治,而纳其所收之贡税于象,有似于放。"[7] 管、蔡:管叔鲜、蔡叔度者,周文王子而武王弟也,周公姬旦的两个兄弟,武王薨成王立周公摄政,管、蔡为馋人离间反周公,被平定。

与安宣慰

正德三年(1508年)四月

【评】该文是王阳明谪龙场十个月后给时贵州宣慰使安贵荣写的一封信。宣慰使是明代民族自治地方所任用的由少数民族领袖担任的官职,可以世袭,和三司共同承担地方治理事务。该信的撰写缘起是安宣慰派人给王阳明送来吃穿用度的基本生活用品和金银马匹。王阳明认为,基本的生活用品可以收下,而金银马匹是用来结交朝中高官的,自己承受不起,故而辞却。该书信写得情肯理正,亦表现了王阳明为人处世中分寸的把握。

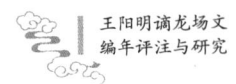

某得罪朝廷而来，惟窜伏阴崖幽谷之中以御魍魉，则其所宜。故虽夙闻[1]使君之高谊，经旬月[2]而不敢见，若甚简亢[3]者。然省愆内讼，痛自削责，不敢比数于冠裳[4]，则亦逐臣之礼也。使君不以为过，使廪人[5]馈粟，庖人[6]馈肉，园人[7]代薪水[8]之劳，亦宁不贵使君之义而谅其为情乎！自惟罪人何可以辱守土之大夫[9]，惧不敢当，辄以礼辞。使君[10]复不以为罪，昨者又重之以金帛，副之以鞍马，礼益隆，情益至，某益用震悚[11]。是重使君之辱而甚逐臣之罪也，愈有所不敢当矣！使者坚不可却[12]，求其说[13]而不得。无已其周之乎？周之亦可受也。敬受米二石，柴炭鸡鹅悉受如来数。[14]其诸金帛鞍马，使君所以交于卿士大夫者，施之逐臣，殊骇观听，敢固以辞。伏惟[15]使君处人以礼，恕物以情，不至再辱，则可矣。

【注】[1]夙闻：早就听说。[2]旬月：十个月。[3]简亢：高傲、清高。亢，音 kàng，骄纵、傲慢。[4]冠裳：地位高的官宦。[5]廪人：管理粮仓的官吏。[6]庖人：职掌供膳官吏。[7]园人：管理园林的官吏。[8]薪水：此指柴、水，用本义。[9]守土之大夫：指安宣慰。[10]使君：对安宣慰的敬称。[11]震悚：震惊、恐惧。悚，音 sǒng，害怕、恐惧。[12]却：推辞。[13]说：此指给出一个理由。[14]敬受米二石，柴炭鸡鹅悉受如来数：米、柴、鸡、鹅等基本生活用品照单全收。[15]伏惟：陈述时的表敬之辞，伏在地上想。

远俗亭记

正德三年（1508年）五月

【注】该文是王阳明应毛宪副之请，为其所修下班休息的名为"远俗亭"的亭子所作的记文。论述了远俗和从俗的辩证关系，以远离本职工作的自命清高的远俗为真俗，主张真正的远俗就在认真地履行本职工作的所谓"俗务"中。

宪副毛公应奎，名其退食[1]之所曰"远俗"。阳明子为之记曰：

俗习[2]与古道[3]为消长。尘嚣混浊[4]之既远，则必高明清旷[5]之是宅矣，此"远俗"之所由名也。然公以提学为职，又兼理夫狱讼[6]军赋，则彼举业辞章，俗儒之学也；簿书期会[7]，俗吏之务也；二者皆公不免焉。舍所事而曰"吾以远俗"，俗未远而旷官[8]之责近矣。君子之行也，不远于微近纤曲，而盛德存焉，广业著焉。是故诵其诗，读其书，求古圣贤之心，以蓄其德而达诸用，则不远于举业辞章，而可以得古人之学，是远俗也已。公以处之，明以决之，宽以居之，恕以行之，则不远于簿书期会，而可以得古人之政，是远俗也已。苟其心之凡鄙猥琐[9]，而待闲散疏放[10]之是托，以为"远俗"，其如远俗何哉！昔人有言："事之无害于义者，从俗可也。"君子岂轻于绝俗哉？然必曰无害于义，则其从之也，为不苟矣。是故苟同于俗以为通者，固非君子之行；必远于俗以求异者，尤非君子之心。

【注】[1]退食：语出《诗经·召南·羔羊》："退食自公，委蛇委蛇。"郑玄笺："退食，谓减膳也。自，从也；从于公，谓正直顺于事也。"朱熹《诗集传》："退食，退朝而食于家也。自公，从公门而出也。"后因以指官吏节俭奉公，退朝就食于家。[2]俗习：世俗。[3]古道：古君子之道。[4]混浊：混乱污浊。[5]清旷：清朗开阔，出自《后汉书·仲长统传》："欲卜居清旷，以乐其志。"[6]狱讼：讼事，讼案。[7]簿书期会：簿书，官署中的文书簿册；期会，谓在规定的期限内实施政令。出自《汉书·贾谊传》："而大臣特以簿书不报，期会之间，以为大故。"[8]旷官：空居官位，指不称职。[9]猥琐：鄙陋卑劣，庸俗卑下。[10]闲散疏放：懒散。

与安宣慰（二）

正德三年（1508年）五月

【评】王阳明与安宣慰第二书写作的缘起是当时地方民族头领叛乱，安宣慰平叛立功，朝廷封赏以贵州布政司参政，安嫌弃封赏太轻，提出更高要求，并以裁撤龙场驿相要挟，以之请教于王阳明。王阳明复信晓之以理、明之以义，说安宣慰的职责是守卫一方平安，宣慰之职之所以能长期传承，根本在

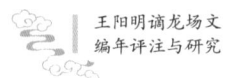

于能安于职守，现在却因功向朝廷提出更高要求要做流官，殊不知一旦离开贵州，命运就不掌握在自己手中了。关于以裁撤龙场驿相要挟，王阳明说，朝廷可以暂时满足其要求，但是一旦反过手来，也可以撤了宣慰司。言外更深的道理是：自治地方只有和中央保持一致才是生存之道。

减驿事[1]非罪人所敢与闻，承使君厚爱，因使者至，闲问及之，不谓其遂达诸左右也。悚息悚息！然已承见询[2]，则又不可默。

凡朝廷制度，定自祖宗；后世守之，不可以擅改，在朝廷且谓之变乱，况诸侯乎！纵朝廷不见罪[3]，有司者将执法以绳之，使君必且无益，纵幸免于一时，或五六年，或八九年，虽远至二三十年矣，当事者犹得持典章[4]而议其后。若是则使君何利焉？使君之行先，自汉、唐以来千几百年，土地人民未之或改，所以长久若此者，以能世守天子礼法，竭忠尽力，不敢分寸有所违。是故天子亦不得逾礼法，无故而加诸忠良之臣。不然，使君之土地人民富且盛矣，朝廷悉取而郡县之[5]，其谁以为不可？夫驿，可减也，亦可增也；驿可改也，宣慰司亦可革[6]也。由此言之，殆[7]甚有害，使君其未之思耶？

所云奏功升职事[8]，意亦如此。夫划除[9]寇盗以抚绥[10]平良，亦守土之常职，今缕举以要赏，则朝廷平日之恩宠禄位，顾将欲以何为？使君为参政[11]，亦已非设官之旧，今又干进不已，是无抵极也。众必不堪。夫宣慰守土之官，故得以世有其土地人民；若参政，则流官[12]矣，东西南北，惟天子所使。朝廷下方尺之檄[13]，委使君以一职，或闽或蜀，其敢弗行[14]乎？则方命之诛不旋踵[15]而至，捧檄从事，千百年之土地人民非复使君有矣。由此言之，虽今日之参政，使君将恐辞去之不速，其又可再乎！凡此以利害言，揆[16]之于义，反之于心，使君必自有不安者。夫拂心违义[17]而行，众所不与，鬼神所不嘉[18]也。承问及，不敢不以正对，幸亮察[19]！

【注】[1]减驿事：指安宣慰提出的裁撤龙场驿事的要挟。[2]见询：向我咨询。[3]见罪：怪罪于你。[4]典章：法律。[5]朝廷悉取而郡县之：废除宣慰司的自治体制，纳入郡县制的中央统一管理体系。[6]宣慰司亦可革：宣慰司朝廷也可

以废除。[7] 殆：大概、几乎。[8] 奏功升职事：指安宣慰提出的比参政更高的职位。[9] 划除：铲除。划，音 chǎn，同"铲"。[10] 抚绥：安抚。绥，音 suí，从糸（mì）从妥，"糸"与丝织品、绳索有关，本义为借以登车的绳索。[11] 参政：明代布政使的副职，相当于现在的副省长。[12] 流官：相对于土官而言，土官是朝廷封赐的可以世袭的土著官员；流官有一定任期，期满调任。[13] 方尺之檄：一纸文书。[14] 其敢弗行：你敢不执行。[15] 旋踵：转脚跟，比喻时间极短。[16] 揆：音 kuí，揣测。[17] 拂心违义：违背良知和道义。[18] 嘉：赞赏。[19] 亮察：明察。

龙冈漫兴五首

正德三年（1508年）六月

【评】该组诗五首，由诗文"春山卉服时相问""芳春已共烟花尽，孟夏俄惊草木长"知，当作于春夏之交。束景南先生《王阳明年谱长编》谓该五首诗作于三月至六月间，非作在一时。该组诗为随兴之作，写景且有叙事，但主要是写怀。所写之怀又隐逸、用世杂糅，是他当时矛盾心绪的真实反映。

其一

投荒[1]万里入炎州[2]，却喜官卑得自由。
心在夷居何有陋？身虽吏隐[3]未忘忧。
春山卉服[4]时相问，雪寨蓝舆[5]每独游。
拟把犁锄从许子[6]，谩将弦诵[7]止言游。

其二

旅况萧条寄草堂，虚檐落日自生凉。
芳春已共烟花尽，孟夏俄惊草木长[8]。
绝壁千寻凌杳霭，深崖六月宿冰霜。
人间不有宣尼叟[9]，谁信申枨[10]未是刚？

其三

路僻官卑病益闲，空林惟听鸟间关[11]。
地无医药凭书卷，身处蛮夷亦故山。
用世谩怀伊尹[12]耻，思家独切老莱斑[13]。
梦魂兼喜无余事，只在耶溪舜水湾[14]。

其四

卧龙[15]一去忘消息，千古龙冈漫有名。
草屋何人方管乐[16]，桑间无耳听咸英[17]。
江沙漠漠遗云鸟，草木萧萧动甲兵。
好共鹿门庞处士[18]，相期采药入青冥。

其五

归与吾道在沧浪[19]，颜氏何曾击析忙[20]？
枉尺[21]已非贤者事，斫轮[22]徒有古人方。
白云晚忆归岩洞[23]，苍藓春应遍石床。
寄语峰头双白鹤，野夫终不久龙场。

【注】[1] 投荒：贬谪、流放到荒远之地。[2] 炎州：语出《楚辞·远游》："嘉南州之炎德兮，丽桂树之冬荣。"后以"炎州"泛指南方广大地区。[3] 吏隐：谓虽居官位却犹如隐者的不以利禄萦心，唐代宋之问"宦游非吏隐，心事好幽偏"（《蓝田山庄》）有用。[4] 卉服：指代边远地区少数民族或岛居之人。《书·禹贡》有："岛夷卉服。"[5] 蓝舆：竹轿，宋代司马光"蓝舆但恨无人举，坐想纷纷醉落晖"（《王安之以诗二绝见招依韵和呈》之一）有用。[6] 许子：指许由，传为尧时隐者，尧欲传位于他，他却以尧以名位侮辱他，于颍水洗其耳。[7] 弦诵：古授《诗》、学《诗》，配弦乐而歌者为弦歌，无乐而朗读者为诵，合称"弦诵"。《礼记·文王世子》："春诵、夏弦。"后即用以泛指授业、诵读之事。[8] 孟夏俄惊草木长：孟夏，初夏，一般指农历四月。此句为陶渊明"孟夏草木长"（《读山海经·孟夏草木长》）之化用。[9] 宣尼叟：指孔子，因孔子字仲尼，后世又有文宣王之封号，故称。[10] 申枨：鲁国人，孔子弟子，七十二贤之一。枨，音 chéng，关于申枨的记载有："子曰：'吾未见刚者。'或对曰：'申枨。'子曰：'枨也欲，

焉得刚？'"（《论语·公冶长》）[11] 间关：拟声词，鸟叫声，白居易"间关莺语花底滑"（《琵琶行》）有用。[12] 伊尹：商朝初期大臣，政治家。[13] 老莱斑：此为用"老莱子斑衣"之典，典曰："老莱子孝养二亲，行年七十，作婴儿自娱，着五采斓斑衣裳，取浆上堂跌仆，因卧地为小儿啼，或弄雏鸟于亲侧。"（《后汉书》注引《列女传》）表达的是王阳明事亲堂前的心愿。[14] 耶溪舜水湾：耶溪，即王阳明故里绍兴若耶溪；舜水湾，亦当在绍兴。[15] 卧龙：指诸葛孔明。[16] 管乐：指代演奏乐曲。[17] 咸英：尧乐《咸池》与帝喾乐《六英》的并称，南朝梁刘勰有"自《咸》《英》以降，亦无得而论矣"（《文心雕龙·乐府》）之说，后泛指古乐。[18] 鹿门庞处士：鹿门，湖北省襄阳市之鹿门山；庞处士，东汉末年的庞德公，偕妻子入鹿门山采药不返。[19] 沧浪：典出《孟子·离娄上》："有孺子歌曰：'沧浪之水清兮，可以濯我缨；沧浪之水浊兮，可以濯我足。'"[20] 颜氏何曾击柝忙：颜氏，颜渊；击柝，此为用"抱关击柝"之典："为贫者，辞尊居卑，辞富居贫。辞尊居卑，辞富居贫，恶乎宜乎？抱关击柝。"（《孟子·万章下》）杨倞注："抱关，门卒也；击柝，击木所以警夜者。"指代守门巡夜者，为职位卑微之谓。[21] 枉尺：此为用"枉尺直寻"之典，寓"小失而大得"义："枉尺而直寻，宜若可为也。"（《孟子·滕文公下》）[22] 斫轮：此为用"轮扁斫轮"之典，喻经验丰富、功力娴熟："桓公读书于堂上，轮扁斫轮于堂下，释椎凿而上……曰：'臣也以臣之事观之。斫轮，徐则甘而不固，疾则苦而不入，不徐不疾，得之于手而应于心，口不能言，有数存乎其间。臣不能以喻臣之子，臣之子亦不能受之于臣，是以行年七十而老斫轮。'"（《庄子·天道》）[23] 岩洞：阳明小洞天。

套数·恬退

正德三年（1508年）六月

【评】该套数由束景南先生自《全明散曲》（三）和《群音类选》《南宫词纪》等文献中辑出，入《王阳明佚文辑考编年》。钱德洪《王阳明年谱》曾谓王阳明在龙场时"从者皆病。躬自析薪取水，作糜饲之。又恐其怀抑郁，则与歌诗；又不悦，复调乐曲，杂以诙笑"，可知他不仅精通越曲，而且善作套曲，此套数即其谪居龙场之作。曲拟"野人"口气，隐去贬谪背景，写山人野老恬退之情、隐居之趣，活画出一竹篱茅舍"阳明山人"之形象。该"恬退"套曲和前"归隐"套曲义脉相通，文风类似，谓出一人之手，当也有理。

【南仙吕甘州歌】归来未晚，两扇门儿，虽设常关。无萦无绊，直睡到晓日三竿。情知广寒无桂攀[1]，不如向绿野前学种兰。从人笑，贫似丹，黄金难买此身闲，村庄学，一味懒。清风明月不须钱。

【前强】携筇[2]傍水边，叹人生翻覆，一似波澜。不贪不爱，只守着暗中流年。齑[3]盐岁月一日两餐。茅舍疏篱三四间。田园少，心地宽，从来不会皱眉端。居颜巷[4]，人到罕，闭门终日枕书眠。

【解三酲犯】把黄粮懒炊香饭，恁教他恣游邯郸，假饶位至三公显，怎如我野人闲。朝思暮想人情一似掌样翻，试听得狂士接舆[5]歌未阑，连云栈，乱石滩，烟波名利大家难，收冯铗[6]筑傅版[7]，尽教三箭定天山[8]。

【前强】叹浮生总成虚幻，又何须苦自煎熬。今朝快乐今朝宴，明日事且休管。无心老翁一任蓬松两鬓斑。直吃到绿酒床头磁瓮干。妻随唱，子戏斑[9]，弟酬兄劝共团圞[10]。兴和废，长共短，梅花窗外冷相看。

【尾声】叹目前机关汉[11]，色声香味任他瞒，长笑一声天地宽。

【注】[1]广寒无桂攀：广寒，广寒宫，又谓蟾宫、月宫，此为用"蟾宫折桂"之典，意为攀折月宫桂花，喻科考得中。"蟾宫折桂"，《晋书·郤诜传》谓："武帝于东堂会送，问诜曰：'卿自以为如何？'诜对曰：'臣举贤良对策，为天下第一，犹桂林之一枝，昆山之片玉。'"[2]筇：音qióng，古谓竹的一种，可做手杖。[3]齑：音jī，捣碎的姜、蒜、韭菜等，引为细、碎。[4]颜巷：喻不以物质生活的简陋贫乏而忧郁，而是保持乐观心态。"颜巷"典出《论语·雍也》："贤哉，回也！一箪食，一瓢饮，居陋巷，人不堪其忧，回也不改其乐。"[5]接舆：古佯狂避世之隐者，曾歌讽孔子。有关于此，《论语·微子》谓："孔子适楚，楚狂接舆游其门曰：'凤兮凤兮，何德之衰？往者不可谏，来者犹可追！已而！已而！今之从政者殆而！'"[6]冯铗：冯谖弹铗。冯谖（xuān），战国齐人，是薛国国君孟尝君门下的食客之一。铗，音jiá，剑。"冯谖弹铗"，谓冯谖通过"弹铗"方式

引起孟尝君注意，向孟尝君要待遇，然后为孟尝君营就"三窟"作为等价交换，典出《战国策·齐策》："齐人冯谖家贫，托食孟尝君。因自言无能，孟尝君便笑予收留。左右以君贱之也，食以草具。居有顷，倚柱弹其剑。歌曰：'长铗归来乎，食无鱼！'左右以告，孟尝君曰：'食之，比门下之客。'居有顷，复弹其铗，歌曰：'长铗归来乎，出无车！'左右皆笑之。以告，孟尝君曰：'为之驾，比门下之车客。'于是乘其车，揭其剑，过其友曰：'孟尝君客我。'后有顷，复弹其剑铗，歌曰：'长铗归来乎，无以为家！'左右皆恶之，以为贪而不知足。孟尝君问：'冯公有亲乎？'对曰：'有老母。'孟尝君使人给其食用，无使乏，于是冯谖不复歌。"[7] 筑傅版：此为用傅说典故。傅说，商王武丁时人，原为版筑之匠人，后被举荐而为宰相，《孟子·告子下》有"傅说举于版筑之间"的记载。[8] 三箭定天山：薛仁贵三箭定天山，谓大将武艺高强，声威服人。典出《新唐书·薛仁贵传》："诏副郑仁泰为铁勒道行军总管……时九姓众十余万，令骁骑数十来挑战，仁贵发三矢、辄杀三人，于是虏气慑，皆降……军中歌曰：'将军三箭定天山，壮士长歌入汉关。'"王阳明此处为用"三箭定天山"建立功勋之义。[9] 子戏斑：此亦用"老莱子斑衣"之典。[10] 团圞：团聚。圞，音 luán，团聚，团圆。[11] 机关汉：为达目的用尽心机之人。

龙冈漫书

正德三年（1508年）六月

【评】该诗由束景南先生自《新刊阳明先生文录续编》卷三《诗类》（明嘉靖十四年王杏序刊本）辑出，入《王阳明佚文辑考编年》。王阳明该诗写到了自己贬谪的孤寂生活、思乡之情、归隐之意，以及道行在子路、冉有之下，不敢比于颜渊、闵子骞的自谦。

子规[1]昼啼蛮日荒，柴扉寂寂春茫茫。
北山之薇应笑汝，汝胡局促淹他方。
彩凤葳蕤临紫苍[2]，予亦鼓棹还沧浪。

只今已在由求[3]下，颜闵[4]高风安可望。

【注】[1] 子规：杜鹃鸟，又叫杜宇、催归，总是朝着北方鸣叫，六七月鸣叫声更甚，昼夜不止，发出的声音极其哀切。[2] 彩凤葳蕤临紫苍：该句之"彩凤"，由下"葳蕤"的草木茂盛义看，或为一植物名；而"紫苍"亦或为一植物名。[3] 由求：由，子路；求，冉有。二人均为孔子弟子，亦列七十二贤靠前，但道行在颜渊、曾子、闵子骞诸人之下。[4] 颜闵：颜渊、闵子骞，二人于孔门弟子中道行靠前。

老 桧

正德三年（1508年）六月

【评】该诗写老桧树，为托物寓志、以桧自况之作。老桧"斜生古驿傍"的"托根非所"实是写自己的贬谪驿丞；老桧的"直干不挠""风雪凛然""刮摩聊尔见文章"实亦为写自己的节操；老桧的"移植山林""偃蹇从渠拂汉苍"则是写自己施展才华以用世的愿望。

老桧[1]斜生古驿傍，客来系马解衣裳。
托根非所还怜汝，直干不挠终异常。
风雪凛然存节概，刮摩聊尔见文章[2]。
何当移植山林下，偃蹇[3]从渠拂汉苍[4]。

【注】[1] 桧：圆柏、刺柏，常绿乔木。[2] 刮摩聊尔见文章：刮摩，刮削摩擦；文章，此指老桧的纹理。该句意在写老桧树即使刮削摩擦也仅伤及纹理的坚实质地。[3] 偃蹇：高耸，屈原"望瑶台之偃蹇兮，见有娀之佚女"（《离骚》）有用。[4] 汉苍：河汉、苍穹，指天空。

却 巫

正德三年（1508年）六月

【评】该诗记录了自己生病拒绝神巫的一则生活事件。一方面反映了当地事神巫的土俗；另一方面也反映了自己作为儒者不信怪力乱神的理性精神。

卧病空山无药石，相传土俗事神巫。
吾行久矣将焉祷？众议纷然反见迂。
积习片言容未解，舆情三月或应孚[1]。
也知伯有[2]能为厉，自笑孙侨[3]非丈夫。

【注】[1]孚：信。[2]伯有：春秋时郑国大夫良霄的字，死后化为厉鬼，事见《左传·昭公七年》。[3]孙侨：在人见伯有皆惊惧奔走时，敢于抚其背并与其对话者。

与安宣慰（三）

正德三年（1508年）七月

【评】王阳明与安宣慰第二书使安贵荣暂时平静下来，但心结并未完全解开。在新的一起叛乱事件中，安宣慰拖延战机报复朝廷，并放言自己实力雄厚，谁奈其何！王阳明于是撰第三书。该书中，王阳明严厉警告说：你安宣慰若敢对抗朝廷，朝廷一声令下，你就会瞬间土崩瓦解。安宣慰被王阳明说服，迅速出兵平定叛乱。该文情肯理正、言语犀利，相副古文最高境界的"醇而肆"之风。

阿贾、阿札[1]等畔宋氏[2]，为地方患，传者谓使君使之。此虽或出于妒妇之口，然阿贾等自言使君尝锡之以甄刀[3]，遗之以弓弩。虽无其心，不幸乃有其迹矣。始三堂两司得是说，即欲闻之于朝；既而以使君平日忠实之故，未必有是，且信且疑，姑令使君讨贼；苟遂出军剿扑，则传闻皆妄，何可以滥及忠良；其或坐观逗留，徐议可否，亦未为晚；故且隐忍[4]其议，所以待使君者甚厚。既而文移[5]三至，使君始出；众论纷纷，疑者将信。喧腾之际，适会左右来献阿麻之首，偏师出解洪边[6]之围，群公又复徐徐。今又三月余矣。使君称疾归卧，诸军以次潜回，其间分屯寨堡者，不闻擒斩以宣国威，惟增剽掠[7]以重民怨，众情愈益不平。而使君之民罔所知识，方扬言于人，谓："宋氏之难当使宋氏自平，安氏何与而反为之役？我安氏连地千里，拥众四十八万，深坑绝垞，飞鸟不能越，猿猱不能攀。纵遂高坐，不为宋氏出一卒，人亦卒如我何！"斯言已稍稍传播，不知三堂两司已尝闻之否？使君诚久卧不出，安氏之祸必自斯言始矣。使君与宋氏同守土，而使君为之长。地方变乱，皆守土者之罪，使君能独委之宋氏乎？夫连地千里，孰与中土之一大郡？拥众四十八万，孰与中土之一都司？深坑绝垞[8]，安氏有之，然如安氏者，环四面而居以百数也。今播州[9]有杨爱，恺黎[10]有杨友，酉杨[11]、保靖[12]有彭世麒等诸人，斯言苟闻于朝，朝廷下片纸于杨爱诸人，使各自为战，共分安氏之所有，盖朝令而夕无安氏矣。深坑绝垞，何所用其险？使君可无寒心乎！且安氏之职，四十八支更迭而为，今使君独传者三世，而群支莫敢争，以朝廷之命也，苟有可乘之衅，孰不欲起而代之乎？然则扬此言于外，以速[13]安氏之祸者，殆渔人之计[14]，萧墙之忧[15]，未可测也。使君宜速出军，平定反侧，破众谗之口，息多端之议，弭[16]方兴之变，绝难测之祸，补既往之愆[17]，要将来之福。某非为人作说客者，使君幸熟思之！

【注】[1] 阿贾、阿札：当时叛乱的两个民族头目。[2] 宋氏：和安宣慰共担守土之责的土司，受安节制。[3] 氊刀：毡刀，兽皮鞘宝刀。氊，音zhān。[4] 隐忍：强力克制忍耐，不动声色。[5] 文移：公文。[6] 洪边：在今贵州省贵阳市北。[7] 剽掠：抢劫掠夺。剽，音piāo。[8] 绝垞：险固的寨子。垞，音tún，寨子。[9] 播州：今贵州省遵义市。[10] 恺黎：今凯里。[11] 酉杨：今酉阳县，属重庆市。[12] 保靖：今保靖县，属湖南省湘西土家族苗族自治州。[13] 速：招致。[14] 渔人之计：指以饵钓鱼。[15] 萧墙之忧：指内乱之忧。萧墙，古代宫室内作为屏障的矮墙，出自《论语·季氏》："吾恐季孙之忧，不在颛臾，而在萧墙之内

也。"[16] 弭:平息。[17] 愆:罪过,过失。

试诸生有作

正德三年(1508年)七月

【评】该诗为王阳明龙场教学考试门人之作,由"碧山秋月动新情"知,诗当创作于正德三年(1508年)秋。诗再现了他龙场教学的情况。情感表达上有三种,一是和门人的深厚师友真情,此可由"胶漆常存底用盟""碧山秋月动新情"知;二是投荒万里的悲情,此可由"沧海浮云悲绝域"知;三为对时局的忧虑,此可由"忧时谩作中宵坐"知。诗为七律,历史价值、美学意义兼具。

醉后相看眼倍明,绝怜诗骨逼人清。
菁莪[1]见辱真惭我,胶漆[2]常存底用盟。
沧海浮云悲绝域[3],碧山秋月动新情。
忧时谩作中宵坐,共听萧萧落木声。

【注】[1] 菁莪:《诗经·小雅·菁菁者莪·序》:"菁菁者莪,乐育材也,君子能长育人材,则天下喜乐之矣。"后因以"菁莪"指育材。[2] 胶漆:胶与漆,比喻情意投合,亲密无间。[3] 绝域:此指远离京师的龙场之地。

诸 生

正德三年(1508年)七月

【评】该诗为王阳明秋日之作。内容所写为对紧来急去的门人的依依惜别的深情,同时也是他教化情怀的表现。行文不事雕琢,不用典故,娓娓道来,情真意切,正所谓秀才拉家常之语。

人生多离别,佳会难再遇。
如何百里来,三宿便辞去?
有琴不肯弹,有酒不肯御。
远陟见深情,宁予有弗顾?
洞云还自栖,溪月谁同步?
不念南寺[1]时,寒江[2]雪将暮?
不记西园[3]日,桃花夹川路?
相去倏几月,秋风落高树。
富贵犹尘沙,浮名亦飞絮。
嗟我二三子,吾道有真趣。
胡[4]不携书来,茆[5]堂好同住!

【注】[1] 南寺:疑指时贵阳南庵,址在今南明河侧临甲秀楼的翠微园。[2] 寒江:疑指今贵阳南明河。[3] 西园:应为王阳明所开辟的种植蔬菜、花卉的园圃。[4] 胡:表疑问的语气词,同"何"。[5] 茆:同茅。

秋 夜

正德三年(1508年)七月

【评】该诗为王阳明秋夜见闻感受的书写。后四句写离人怀归,欲驾云鸿而不得的无奈。

树暝[1]栖翼喧,萤飞夜堂静。
遥穹[2]出晴月,低檐入峰影。
宵然坐幽独,怵尔抱深警。
年徂[3]道无闻,心违迹未屏[4]。
萧瑟中林秋,云凝松桂冷。
山泉岂无适?离人怀故境。

安得驾云鸿,高飞越南景!

【注】[1] 瞑:昏暗。[2] 遥穹:遥远的天空。[3] 徂:音 cú,过去、逝去。[4] 心违迹未屏:心违,心愿没有达到,杜甫"秋山眼冷魂未归,仙赏心违泪交堕"(《忆昔行》)有用。迹未屏,结合"年徂道无闻"句,其意应为未有完全摒除尘迹,即心中仍有牵挂。

答毛宪副

正德三年(1508年)七月

【评】该文是王阳明给毛宪副的复信。毛宪副即毛科,号拙庵,时贵州按察副使,分管教育工作,宪副是按察副使的美称。该文的撰写缘起是王阳明正德三年(1508年)夏秋开始在龙冈书院进行教学活动,或因未向当局报备,时思州知府派人骚扰,来人被义愤的龙场土著暴打。思州知府告到省里,毛宪副写信以祸福利害劝王阳明给思州知府道歉、谢罪。王阳明复此信,委婉地、有礼有节地回绝了毛宪副。该文是一篇文风不卑不亢、以柔克刚的好文章。

昨承遣人喻以祸福利害,且令勉赴太府[1]请谢[2],此非道谊深情,决不至此,感激之至,言无所容!但差人至龙场陵侮,此自差人挟势擅威,非太府使之也。龙场诸夷与之争斗,此自诸夷愤愠不平,亦非某使之也。然则太府固未尝辱某,某亦未尝傲太府,何所得罪而遽请谢乎?跪拜之礼,亦小官常分,不足以为辱,然亦不当无故而行之。不当行而行,与当行而不行,其为取辱一也。废逐小臣[3],所守待死者,忠信礼义而已,又弃此而不守,祸莫大焉!凡祸福利害之说,某亦尝讲之。君子以忠信为利,礼义为福。苟忠信礼义之不存,虽禄之万钟[4],爵以侯王之贵,君子犹谓之祸与害;如其忠信礼义之所在,虽剖心碎首,君子利而行之,自以为福也,况于流离窜逐[5]之微乎?某之居此,盖瘴疠蛊毒[6]之与处,魑魅魍魉[7]之与游,日有三死焉;然而居之泰然,未尝以动其中者,诚知生死之有命,不以一朝之患而忘其终身之忧也。太府苟欲加害，而在我诚有以取之，则不可谓无憾[8]；使吾无有以取之而横罹[9]焉，则亦瘴疠而已尔，蛊毒而已尔，魑魅魍魉而已尔，吾岂以是而动吾心哉！执事[10]之喻，虽有所不敢承，然因是而益知所以自励[11]，不敢苟有所隳堕[12]，则某也受教多矣，敢不顿首以谢！

【注】[1] 太府：对知府的敬称，此指思州知府。[2] 请谢：谢罪、道歉。[3] 废逐小臣：王阳明自谦其贬谪身份。[4] 万钟：指优厚的俸禄。钟，古量名，《孟子·告子上》之"万钟则不辨礼义而受之，万钟于我何加焉"有用。[5] 流离窜逐：自谦贬谪。[6] 瘴疠蛊毒：瘴疠亦作"瘴厉"，感受瘴气而生的疾病，亦泛指恶性疟疾等病。瘴气是原始森林里动植物腐烂后生成的毒气。蛊毒是以神秘方式配制的巫化了的毒物。[7] 魑魅魍魉：古代传说中的鬼怪，当为人的幻觉产生的形象。[8] 憾：失望。[9] 罹：音lí，遭遇不幸。[10] 执事：对对方的敬称，《左传·僖公二十六年》"寡君闻君亲举玉趾，将辱于敝邑，使下臣犒执事"有用，杜预注："言执事，不敢斥尊。"[11] 自励：自我勉励、自我鞭策。[12] 隳堕：音huī duò，废弃、败落。

过天生桥

正德三年（1508年）七月

【评】该诗为王阳明过天生桥所作。天生桥在今贵州修文县西北二十里之场坝乡。该诗融自然的奇特造化——天生桥、奇妙动人的民间传说（仙人造桥、牛女鹊桥、秦鞭赶海）于一体，表达了为天生奇桥却藏于万山之中无所作为的叹惋，其实也是以天生桥自况。

水光如练落长松，云际天桥隐白虹。
辽鹤不来华表烂[1]，仙人一去石桥空[2]。
徒闻鹊驾横秋夕[3]，谩说秦鞭到海东[4]。
移放长江还济险，可怜虚却万山中。

【注】[1] 辽鹤不来华表烂：该句用"鹤归华表"之典："丁令威，本辽东人，学道于灵虚山，后化鹤归辽，集城门华表柱。时有少年举弓欲射之，鹤乃飞，徘徊空中而言曰：'有鸟有鸟丁令威，去家千年今始归。城郭如故人民非，何不学仙冢累累！'遂高上冲天。"（《搜神后记》卷一）杜甫诗亦曾用此典："伐竹为桥结构同，褰裳不涉往来通。天寒白鹤归华表，日落青龙见水中。顾我老非题柱客，知君才是济川功。合观却笑千年事，驱石何时到海东。"（《陪李七司马皂江上观造竹桥》）该诗末句"驱石何时到海东"，亦为王阳明《过天生桥》诗"漫说秦鞭到海东"句所化用。[2] 仙人一去石桥空：该句为用仙人造天生桥传说。[3] 鹊驾横秋夕：此为用牛郎织女七夕鹊桥会的民间故事。[4] 秦鞭到海东：此为用秦始皇神鞭赶石到东海的民间故事。

栖霞山

正德三年（1508年）七月

【评】该诗为五律，所写栖霞山是贵阳市云岩区的东山，而不是修文县阳明洞所在的亦名栖霞山的龙冈山。因为诗的首句中的"南明水"，是指贵阳的南明河，南明河所环抱的"栖霞山"只能是贵阳的栖霞山而非修文的栖霞山。另外，《贵阳府志·山水附记》所载的"栖霞山，去城三里，横锁南明河中"和王阳明该诗的诗文吻合，又证其所写"栖霞山"为贵阳栖霞山。该诗原载日本东亚同文书院油印本《新修支那省别全志·贵阳名胜古迹部分》，余怀彦主编《王阳明与贵州文化》（贵州教育出版社1996年版）著录。该诗由束景南先生辑入《王阳明佚文辑考编年》。从诗的内容看，王阳明为东山的美景、禅意所陶醉，暂时排遣了内心的郁闷和家国之思。

宛宛[1]南明水，回旋[2]抱此山[3]。
解鞍[4]夷曲磴[5]，策杖[6]列禅关[7]。
薄雾侵衣湿，孤云[8]入座闲。
少留[9]心已寂[10]，不信在乌蛮。

【注】[1] 宛宛：弯曲、蜿蜒貌。[2] 回旋：回环旋绕。[3] 此山：栖霞山，即今东山。[4] 解鞍：解下马鞍，表示下马停驻。[5] 曲磴：弯曲的石级山路。[6] 策杖：拄杖，也称杖策。[7] 禅关：禅门，此当指当时东山寺的寺门。[8] 孤云：喻贫寒或客居的人，此为王阳明自指。[9] 少留：短时间停留。[10] 寂：此指心静。

卧马冢记

正德三年（1508年）七月

【评】该文是王阳明为时贵州按察使王质父亲埋葬于卧马冢所写的记文。先以骈句铺陈描写了卧马冢周围的风景，后述卧马冢选墓址的传奇性，意为其归葬之所是风水宝地。如果该文仅此而已，则今天看来，王阳明着实是一凡俗之人，不再是不语怪力乱神专注社会实践的理性儒家思想家。但是，其结论却是用为人子者葬亲出于孝思、心安是福来解释传统中国极其重视的卜葬，其"仁人孝子，则天无弗比，无弗佑，匪自外得"则是基于心学的表述。本书认为，该文所表达的卜葬思想直到今天仍有积极意义。

卧马冢在宣府城[1]西北十余里。有山隆然，来自苍茫；若涌若滴[2]，若奔若伏；布为层裯[3]，拥为覆釜[4]；漫衍陂迤[5]，环抱涵洄；中凝外完，内缺门若，合流泓洄，高岸屏塞，限以重河，敷为广野；桑乾燕尾，远泛近把。今都宪[6]怀来[7]王公质[8]葬厥考[9]大卿[10]于是。方公之卜兆[11]也，祷于大卿，然后出从事，屡如未迪[12]；末乃来兹，顾瞻徘徊，必契神得，将归而加诸卜；爰视公马眷然踞卧，嚏嗅盘旋，缱绻嘶秣，若故以启公之意者。公曰："呜呼！其弗归卜，先公则既命于此矣。"就其地窆[13]焉。厥土五色，厥石四周；融润煦淑[14]，面势环拱。既葬，弗震弗崩，安靖妥谧。植树蓊蔚[15]，庶草芬茂；禽鸟哺集，风气凝毓[16]；产祥萃休[17]，祉福骈降。乡人谓公孝感所致，相与名其封曰"卧马"，以志[18]厥祥，从而歌之；士大夫之闻者，又从而和之。

正德戊辰，守仁谪贵阳，见公于巡抚台下，出，闻是于公之乡人。客有在坐者曰："公其休服于无疆哉！昔在士行[19]，牛眠[20]协兆，峻陟三公。公兹实类于是。"守仁曰："此非公意也。公其慎厥终，惟安亲是图，以庶几无憾焉耳已，岂以徼福[21]于躬，利其嗣人也哉？虽然，仁人孝子，则天无弗比，无弗佑，匪自外得也。亲安而诚信竭，心斯安矣。心安则气和，和气致祥，其多受祉福以流衍于无尽，固理也哉！"他日见于公，以乡人之言问焉。公曰："信。"以守仁之言正焉，公曰："呜呼！是吾之心也。子知之，其遂志之，以训于我子孙，毋替[22]我先公之德！"

【注】[1] 宣府城：贵州宣慰府之所在，今贵州大方县。[2] 潝：音 xù，湍急。[3] 裀：音 yīn，古同"茵"，垫子、褥子。[4] 覆釜：倒扣着的锅。[5] 陂迤：宛转的山坡。[6] 都宪：明都察院、都御史的别称。[7] 怀来：时怀来县，今河北怀来县。[8] 王公质：王质，公为敬称。[9] 厥考：其父。[10] 大卿：对中央各寺正职的俗称，此或为对王质父亲的敬称。[11] 卜兆：指占卜以确定墓地。兆，墓地。[12] 迪：开启。[13] 窆：音 biǎn，下葬。[14] 煦淑：温暖。[15] 蓊蔚：草木茂盛貌。[16] 凝毓：凝聚、孕育。毓，音 yù，本义为稚苗嫩草遍地而起，引申义为生养草木，孕育。[17] 萃休：丰富而美好。[18] 志：记。[19] 士行：犹言士林。[20] 牛眠：典出《晋书·周光传》："陶侃微时，丁艰，将葬，家中忽失牛而不知所在。遇一老夫，谓曰：'前冈见一牛眠山污中，其地若葬，位极人臣矣。'"后以之指下葬的风水宝地。[21] 徼福：祈福。徼，音 yāo，求取，汉王符《潜夫论》之"乃义士且以徼其名，贪夫且以求其赏尔"有用。[22] 替：废弃。

题施总兵所翁龙

正德三年（1508年）七月

【评】该诗为王阳明题时施总兵所藏陈所翁苍龙图之作。施总兵，当时贵州总兵施瓒，为明英宗封怀柔伯施聚长孙施鉴之子（见李永强、刘风亮《新获明代怀柔伯施聚、施鉴墓志》，《文物春秋》2008年第1期），袭怀柔伯。所翁指陈所翁，名容，字公储，号所翁，南宋人，善画墨龙抒发远大抱负，现广东博物馆存其《墨龙图》。该诗为王阳明少见的七古，洋洋洒洒、酣畅淋漓，运用大胆想象夸饰，尽情展开描写苍龙与黑雷紫电结合的壮美，再结以忧国忧民的博大情怀。二者融为一体，形成了该诗"醇而肆"的风格。

君不见所翁所画龙[1]，虽画两目不点瞳。
曾闻弟子误落笔，即时雷雨飞腾空。
运精入神夺元化[2]，浅夫[3]未识徒惊诧。
操舵移山律回阳[4]，世间不独所翁画。
高堂四壁生风云，黑雷紫电日昼昏。
山崩谷陷屋瓦震，雨声如泻长平军[5]。
头角峥嵘岁千丈，倏忽神灵露乾象[6]。
小臣正抱乌号[7]思，一堕胡髯不可上。
视久眩定[8]凝心神，生绡[9]漠漠开嶙峋。
乃知所翁遗笔迹，当年为写苍龙真。
只今旱剧枯原野，万国苍生望沾洒[10]。
凭谁拈笔点双睛，一作甘霖遍天下！

【注】[1] 所翁所画龙：施总兵所藏南宋陈所翁所画苍龙图。[2] 元化：天地自然造化。[3] 浅夫：浅薄之人。[4] 回阳：衰微的阳气复苏。[5] 长平军：此为用战国秦、赵之间长平之战之典，该战的惨烈程度，唐杜佑评曰："长平之战，血流漂卤。"（《通典》）[6] 乾象：天象。[7] 乌号：良弓名，典出《淮南子·原道训》："射者扞乌号之弓，弯棊卫之箭。"高诱注："乌号，桑柘，其材坚劲，乌峙其上，及其将飞，枝必桡下，劲能复巢，乌随之，乌不敢飞，号呼其上。伐其枝以为弓，因曰乌号之弓也。一说黄帝铸鼎于荆山鼎湖，得道而仙，乘龙而上，其臣援弓射龙，欲下黄帝，不能也。乌，于也；号，呼也。于是抱弓而号。因名其弓为乌号之弓也。"后以"乌号"指良弓。[8] 眩定：镇定下来。[9] 生绡：未漂煮过的丝织品，古时多用以作画，因亦之指画卷。[10] 沾洒：水珠洒落沾物濡湿，此谓龙行雨降以解剧旱惠及苍生。

艾草次胡少参韵

正德三年（1508年）七月

【评】该诗为次韵胡少参的比体之作。胡少参为王阳明好友，时任贵州布政使司参议。二人的友谊体现在诗歌交流上，此首之外，尚有《凤雏次韵答胡少参》《鹦鹉和胡韵》《与胡少参小集》等。谓为比体者见诸其诗：艾草比当权者如时君；草泛比恶人；兰为才德俱佳者，可解为王阳明自比；棘则比当道为害的恶人，可解为时宦官刘瑾之流。因而，该诗主旨是以含蓄委婉言己贬谪之事，抒贬谪之情。

艾草莫艾兰，兰有芬芳姿。
况生幽谷底，不碍君稻畦。
艾之亦何益？徒令香气衰。
荆棘生满道，出刺伤人肌。
持刀忌触手，睨[1]视不敢挥。
艾草须艾棘，勿为棘所欺。

【注】[1] 睨：斜着眼睛看。

凤雏次韵答胡少参

正德三年（1508年）七月

【评】该诗亦为次韵胡少参的比体之作，意同上篇（《艾草次胡少参韵》）。不同的是上篇以兰自比，而该诗的喻体则是凤雏。

凤雏[1]生高崖，风雨摧其翼。
养疴[2]深林中，百鸟惊辟易[3]。
虞人[4]视为妖，举网争弹弋[5]。

此本王者瑞[6]，惜哉谁能识！
吾方哀其穷，胡忍复相巫[7]？
鸱枭[8]据丛林，驱鸟恣搏食。
嗟尔独何心？枭凤如白黑。

【注】[1] 凤雏：雏凤、幼凤。凤为瑞鸟，雄者曰凤，雌者曰凰。[2] 疴：音kē，重病。[3] 辟易：退避，避开。该义项司马迁较早使用："是时，赤泉侯为骑将；追项王，项王瞋目而叱之，赤泉侯人马俱惊，辟易数里。"张守节正义曰："言人马俱惊，开张易旧处，乃至数里。"（《史记·项羽本纪》）[4] 虞人：古者掌管山泽苑囿田猎的职官，此似指以罗网、弹弓、弋捕鸟的猎者。[5] 弋：用来射鸟的系有绳子的箭。[6] 瑞：征兆，"禹亲把天之瑞令，以征有苗（《墨子·非攻下》）有用。[7] 巫：急切，迫切。[8] 鸱枭：音 chī xiāo，猫头鹰，在古诗文中被视为恶鸟，如"天下幽险，恐失世英。螭龙为蝘蜓，鸱枭为凤凰"（《荀子·赋》）中即以其与凤凰相对，王阳明此处亦如是。

鹦鹉和胡韵

正德三年（1508年）七月

【评】该诗亦为次韵胡少参的比体之作，意同上两篇（《艾草次胡少参韵》《凤雏次韵答胡少参》）。不同的是上两篇分别以兰、凤雏自比，该诗则以鹦鹉为喻体。

鹦鹉生陇西，群飞恣[1]鸣游。
何意虞罗[2]及？充贡来中州。
金绦縻华屋，云泉谢林丘。
能言实阶[3]祸，吞声亦何求！
主人有隐寇[4]，窃发闻其谋。
感君惠养德，一语思所酬。

惧君不见察，杀身反为尤[5]。

【注】[1] 恣：随意。[2] 虞罗：猎鸟人的罗网。[3] 阶：由来。[4] 隐寇：暗藏的敌人。[5] 尤：过失、罪过，"废为残贼，莫知其尤"（《诗经·小雅·四月》）有用。

南霁云祠

正德三年（1508年）七月

【评】南霁云祠又称忠烈祠、忠烈庙，俗称黑神庙，址今贵阳市区中华路，为祭祀唐代安史之乱时保卫睢阳城（今河南商丘市睢阳区）战死的将军南霁云而建。祠始建于元代，明正德元年（1506年）重建。南霁云史迹见唐韩愈作《张中丞传后叙》。该诗为王阳明游南霁云祠的怀古之作，于议论中表达了对南霁云的景仰之情。"风雨长廊嘶铁马，松杉阴雾卷灵旗"二句关于南霁云祠景色的描写则对情感的抒发起到恰如其分的衬托作用。

死矣中丞[1]莫谩疑，孤城援绝久知危。
贺兰[2]未灭空遗恨，南八[3]如生定有为。
风雨长廊嘶铁马[4]，松杉阴雾卷灵旗[5]。
英魂千载知何处？岁岁边人赛旅祠[6]。

【注】[1] 中丞：张巡，安史之乱时守睢阳城的主帅，辅将有许远、南霁云等。[2] 贺兰：贺兰进明，安史之乱时为临淮节度使，睢阳被围，张巡派人向其求救，他却嫉妒张而拒绝发兵，是睢阳失守的主要导致者。[3] 南八：南霁云，因行八，故名。《张中丞传后叙》记其事迹曰："城陷，贼以刃胁降巡，巡不屈，即牵去，将斩之。又降霁云，云未应，巡呼云曰：'南八，男儿死耳，不可为不义屈！'云笑曰：'欲将以有为也。公有言，云敢不死？'即不屈。"[4] 铁马：檐铃，此指悬挂于南霁云祠房檐下的铃儿，元王实甫"莫不是铁马儿檐前骤风"（《西厢记》第

二本第四折）有用。[5] 灵旗：此指悬挂于南霁云祠中的灵幡。[6] 赛旅祠：此指在南霁云祠举行的祭祀活动。

重刊《文章轨范》序

正德三年（1508 年）八月

【评】该文是王阳明应贵州巡按御史王济（字汝楫）之请，为其邀请郭绅等出资并主持刊刻的《文章轨范》所作序文。《文章轨范》为宋代谢枋得编选的一部应付科举考试的散文集。在该文中，王阳明在强调圣贤人格教育根本性的同时，发表了他的科举考试和圣贤人格教育可以统一的主张，克服了人们或强调科举考试，或强调人格教育的偏执倾向。其后，该序文和《文章轨范》一起流传，由此可见其所产生的影响，以及人们对他观点的认可。

宋谢枋得[1]氏取古文之有资于场屋[2]者，自汉迄宋，凡六十有九篇，标揭其篇章句字之法，名之曰《文章轨范》。盖古文之奥不止于是，是独为举业者设耳。世之学者傅习已久，而贵阳之士独未之多见。侍御王君汝楫于按历之暇，手录其所记忆，求善本而校是之；谋诸方伯郭公辈，相与捐俸廪[3]之资，锓之梓[4]，将以嘉惠贵阳之士。曰："枋得为宋忠臣，固以举业进者，是吾微有训焉。"属守仁叙一言于简首。

夫自百家之言兴，而后有《六经》；自举业之习起，而后有所谓古文。古文之去《六经》远矣；由古文而举业，又加远焉。士君子有志圣贤之学，而专求之于举业，何啻千里！然中世以是取士，士虽有圣贤之学，尧舜其君之志，不以是进，终不大行于天下。盖士之始相见也必以贽，故举业者，士君子求见于君之羔雉耳。羔雉之弗饰，是谓无礼；无礼，无所庸于交际矣。故夫求工于举业而不事于古，作弗可工也；弗工于举业而求于幸进，是伪饰羔雉[5]以罔其君也。虽然，羔雉饰矣，而无恭敬之实焉，其如羔雉何哉！是故饰羔雉者，非以求媚于主，致吾诚焉耳；工举业者，非以要利于君，致吾诚焉耳。世徒见夫由科第而进者，类多徇私媒利，无事君之实，而遂归咎于举业。不知方其业举之时,惟欲钓声利,弋身家之腴,以苟一旦之得,而初未尝有其诚也。邹孟氏曰:"恭敬者,币之未将者也。"[6]伊川曰:"自洒扫应对,可以至圣人。"夫知恭敬之实在于饰羔雉之前,则知尧舜其君之心,不在于习举业之后矣;知洒扫应对之可以进于圣人,则知举业之可以达于伊、傅、周、召[7]矣。吾惧贵阳之士谓二公之为是举,徒以资其希宠禄之筌蹄[8]也,则二公之志荒矣,于是乎言。

【注】[1]谢枋得(1226—1289):字君直,号叠山,别号依斋,信州弋阳(今江西省上饶市弋阳县)人,南宋末年爱国诗人,抗元被俘,不屈殉国,作品收录在《叠山集》,编选《文章轨范》。[2]场屋:科举考试的地方,又称科场。[3]俸廪:俸金与禄米,泛指俸禄。[4]锓之梓:音qǐn zhī zǐ,刻板印刷,因书板多用梓木,故称。锓,雕刻书板。[5]羔雉:此为见面礼之意,典出《周礼·大宗伯》:"卿执羔,大夫执雁,士执雉,庶人执鹜,工商执鸡。"[6]恭敬者,币之未将者也:出自《孟子·尽心上》,意思是心诚比礼品更重要。[7]伊、傅、周、召:伊尹、傅说、周公、召公,均为古代贤相。[8]筌蹄:筌为捕鱼的工具,蹄为捕兔的工具,典出《庄子·外物》:"筌者所以在鱼,得鱼而忘筌;蹄者所以在兔,得兔而忘蹄。"意为工具虽不可少,但毕竟只是手段,而领会精神实质才是认识的根本。

《恩寿双庆诗》后序

正德三年(1508年)八月

【评】正德三年(1508年),时贵州巡按御史王济结集其父母受皇封及寿诞的庆和诗为《恩寿双庆诗》,请王阳明作序。鉴于该集已有靳太史为之序,故王阳明该序为后序。通过该文,王阳明阐述了他关于"孝亲"的辩证思想,认为捧觞戏彩以为寿、柔滑旨甘以为养、候起居奔走扶携以为劳固然是孝,但更高层次地提出了"孝莫大乎养志"的观点。谓名垂简册以显父母、泽被生民以张父母、比迹夔皋以明父母之教是更大的孝。可见,王阳明是以为国

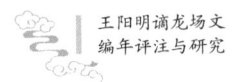

建功、彪炳史册为"孝亲"的更高境界。

正德丙寅,丹徒[1]沙隐王公寿七十,配孺人严[2]六十有九。其年[3],天子以厥子[4]侍御君贵,封公监察御史,配为孺人。在朝之彦,咸为歌诗侈上之德,以祝公寿,美侍御君之贤。又明年,侍御君奉命巡按贵阳,以王事之靡盬[5],将厥父母之弗遑也,载是册[6]以俱。每陟屺岵[7],望飞云,徘徊瞻恋,喟然而兴叹,默然而长思,则取是册而披之、而微讽之、而长歌咏叹之,以舒其怀见其志。虽身在万里,固若称觞膝下,闻《诗》《礼》而趋于庭也。大夫士之有事于贵阳者,自都宪[8]王公而下,复相与歌而和之,联为巨帙,属守仁叙于其后。

夫孝子之于亲,固有不必捧觞戏彩以为寿,不必柔滑旨甘以为养,不必候起居奔走扶携以为劳者。非子之心谓不必如是也,子之心愿如是,而亲以为不必如是,必如彼而后吾之心始乐也。子必为是不为彼以拂其情,而曰:"吾以为孝,其得为养志乎?孝莫大乎养志。"亲之愿于其子者曰:"弘乃德,远乃犹。嘻嘻旦夕,孰与名垂简册,以显我于无尽?饮食口体,孰与泽被生民,以张我之能施?服劳奔走,孰与比迹夔、皋[9],以明我之能教?"非必亲之愿于其子者咸若是也,亲以是愿其子,而子弗能焉,弗可得而愿也。子能之,而亲弗以愿其子焉,弗可得而能也。以是愿其子者,贤父母也;以是承于其父母者,贤子也;二者恒百不一遇焉,其庸可冀乎?侍御君之在朝,则忠爱达于上;其巡按于兹也,则德威敷于下。凡其宣布恩惠,摩赤子,起其疾而乳哺之者,孰非公与孺人之慈!凡其慑大奸使不得肆,祛大弊使不复作,爬梳调服,抚诸夷而纳之夏[10],以免天子一方之顾虑者,孰非侍御君之孝!而凡若此者,亦孰非侍御君之所以寿于公与孺人之寿哉!公孺人之贤,靳太史[11]之《序》详矣。其所以修其身,教其家,诚可谓有是父有是子。是诗之作,不为虚与谀,故为序之云尔。

【注】[1]丹徒:时镇江府丹徒县,今镇江市丹徒区。[2]配孺人严:王公夫人严氏。孺人,古代称大夫的妻子,唐代称王的妾,宋代用为通直郎等官员的母亲或妻子的封号,明清则为七品官的母亲或妻子的封号,亦通用为妇人的尊称。

[3] 其年：过了一年，犹言第二年。其，音 jī，通"朞"，周年。[4] 厥子：其子，此指王公子王济（汝楫）侍御。厥，音 jué，同"其"，代词。[5] 盬：音 gǔ，停止。[6] 是册：指《恩寿双庆诗》。[7] 屺岵：音 qǐ hù，出自《诗经·魏风·陟岵》："陟彼岵兮，瞻望父兮……陟彼屺兮，瞻望母兮。"《毛诗序》谓为"行役者思念父母"之作，后因以"屺岵"指代父母。[8] 都宪：此指王质。[9] 夔、皋：夔是尧、舜时乐官；皋即皋陶，舜任命为掌管刑法的"理官"，以正直闻名。[10] 抚诸夷而纳之夏：在民族工作上，为维护国家统一、民族团结做出政绩。[11] 靳太史：靳贵，字充道，号戒庵，丹徒人，为王济同乡，故请其作序，时为翰林侍讲。

明封孺人詹母越氏墓志铭

正德三年（1508年）八月

【评】束景南先生《王阳明佚文辑考编年》说，该铭文首书真迹（长111.1厘米，宽26.6厘米）藏浙江省博物馆，计文渊《吉光片羽弥足珍》著录。詹恩，字荩臣，王阳明称詹荩臣为"年友"，知詹恩为弘治十二年（1499年）王阳明同科进士，这为《嘉靖贵州通志》卷六"弘治乙卯科，詹恩，贵州卫人，中乙未进士，任大理寺寺副"所证。该墓志铭是王阳明为詹恩母亲所撰，"孺人"为詹母的封号，越为其姓。

予年友詹荩臣既卒之明年，予以言事谪贵阳，哭荩臣之墓有宿草矣。登其堂，母夫人之殡在，重以为荩臣。见荩臣之弟惠及其子云章，则如见荩臣焉。惠将举葬事，因以乞铭于予。予不及为荩臣铭，铭其母之墓又何辞乎？按状，孺人姓越氏，高祖为元平章。曾祖镇江路总管，入国初来居贵阳。父存仁翁，生孺人，爱之，必为得佳婿。时荩臣之祖止庵，亦方为荩臣之父封大理评事公求配，皆未有当意者。一日，止庵携评事过存仁饮，见孺人焉，两父遂相心许之，故孺人归于评事。评事好奇，有文事，累立军功，倜傥善游，尝自滇南入蜀，逾湘，历吴、楚、齐、鲁、燕、赵之区，动逾年岁。孺人闺处，厘内外之务，延师教子，家政斩然[1]。评事公出则资马仆从，入

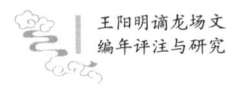

则供具饮食，以交四方之贤，若不有其家者。孺人早夜承之，无怠容。恩亦随进士，历官大理寺正，公孺人卒，受恩封焉。呜呼！孺人相夫为闻人[2]，训其子以显于时，可谓贤也已。丙寅，恩先卒，惠方为邑庠生。女一，适举人张宇。孙三：云表、云章、云行。云章以评事公军功，百户优给，人谓孺人之泽未艾[3]也。墓从评事公，兆于城西原[4]。铭曰：母也惟慈，妻也惟顺。呜呼孺人，顺慈以训。生也惟从，死也惟同，城西之祔[5]，归于其宫[6]。

【注】[1]斩然：整肃、整齐，有条不紊貌。[2]闻人：有名望的人，《荀子·宥坐》："夫少正卯，鲁之闻人也。"杨倞注："闻人，谓有名为人所闻知者也。"[3]未艾：未尽、未止。《诗经·小雅·庭燎》："夜如何其，夜未艾。"[4]城西原：贵阳城西的平地上。[5]祔：音 fù，合葬义，此指詹母越氏和其丈夫合葬。[6]宫：墓的美称。

书庭蕉

正德三年（1508年）八月

【评】该诗为正德三年（1508年）夏，王阳明在雨声与月色共夜背景下的咏叹庭蕉之作。雨打芭蕉、梧桐本为写愁情之题，如"梧桐更兼细雨，到黄昏，点点滴滴，这次第，怎一个愁字了得"（宋李清照《声声慢》），又如"一声梧叶一声秋，一点芭蕉一点愁"（元徐再思《水仙子·夜雨》）。该诗虽亦写愁绪，但更有思绪的烦乱与人生飘忽、恍若梦境的体悟，此由诗中尾联所用"郑人藏鹿"可知。

檐前蕉叶绿成林，长夏全无暑气侵。
但得雨声连夜静，不妨月色半床阴。
新诗旧叶题将满，老茎[1]疏梧根共深。
莫笑郑人谈讼鹿[2]，至今醒梦两难寻。

【注】[1] 芰：水生植物，菱角。[2] 谈讼鹿：谈笑郑人藏鹿之事，寓人生飘忽、恍若梦境，典出《列子·周穆王》："郑人有薪于野者，遇骇鹿，御而击之，毙之，恐人见之也，遽而藏之隍中，覆之以蕉，不胜其喜，俄而遗其所藏之处，遂以为梦焉。"

送张宪长左迁滇南大参次韵

正德三年（1508年）八月

【评】该诗为王阳明送别因得罪刘瑾自贵州按察使任贬云南右参政任的张贯的次韵之作。张宪长即张贯，宪长为古代对御史府长官的称呼。张贯，生卒年不详，时保定府蠡县人，成化十一年（1475年）进士，授河南知县，后任陕西按察司佥事、贵州按察使、云南右参政。该诗虽为送别之题，但内容主要不在于写离别的悲伤，而是重在对友人的慰藉，此可由"柏台藩省官非左""交游若问居夷事，为说山泉颇自堪"等句意知。

世味知公最饱谙，百年清德亦何惭！
柏台[1]藩省[2]官非左，江汉滇池道益南。
绝域烟花怜我远，今宵风月好谁谈？
交游若问居夷事，为说山泉颇自堪。

【注】[1] 柏台：指代御史台、御史府。[2] 藩省：边疆的屏藩之省。

阳朔知县杨君墓志铭

正德三年（1508年）八月

【评】该文是王阳明应反复请求，为阳朔知县杨敞（字尚文，贵阳人）所撰的墓志铭，述录了杨尚文的家谱，表彰了他的功绩。

阳明子谪居贵阳，有齐衰[1]而杖者，因乡进士郑銮氏而来请曰："阳朔[2]令杨尚文卒，其孤侄卿来谓銮曰：'先伯父死无嗣子，所知我。后人又不竞，非得当世名贤勖一言于墓，将先德其泯废无日。子辱于伯父久，亦宜所甚悯，其若之何？'敢遂以卿奉其先人之遗币，再拜阶下以请。"

阳明子曰："嘻！予摈人[3]，惧僇辱之弗遑，奚取以铭人之墓为其改图诸？"

卿伏阶下，泣弗兴。郑为之请益固。则登其状与币于席，而揖使归曰："吾徐思之。"

明日，卿来伏阶下泣。又明日复来，曰："不得命，无以即丧次。"馆下之士多为之请，且言尚文之为人曰："尚文敦信狷直，其居乡不苟与[4]，所交必名士巨人，视侪辈之弗臧者若浼[5]焉。尝召其友饮，狂士有因其友愿纳欢者，与偕往。尚文拒弗受曰：'吾为某，不为若。'其峻绝如是。"

阳明子曰："其然，斯亦难得矣。今之人，惟同污逐垢，弗自振立，故风俗靡靡至此。若斯人，又易得耶？"

因取其状视之，多若馆下士之言焉，乃许为之志：

维杨氏之先，居扬之泰州，祖廉，为监察御史，擢参议贵阳，卒遂家焉。考祥，终昭化县尹。生三子：伯敦；仲敫，即尚文；季敬，宰荆门之建阳驿。

尚文始从同郡都宪徐公授《易》。寻举乡荐，中进士乙榜，三为司训庐江、溧阳、平乐，总试事于蜀。末用大臣荐，擢尹桂林阳朔县。

瑶顽，弗即工者累年，尚文谕以威德，皆相率来受约束，供赋税。流移闻之，归复业者以千数。部使者以闻，将加擢用[6]，而尚文死矣。得年仅五十有五。又无嗣。天于善人何哉！

然尚文所历，三庠[7]之士思其教，阳朔之民怀其惠，乡之后进高其行，其与身没而名踣[8]。又为人所秽鄙[9]者，虽有子若孙何如哉！

娶同郡阮氏瑞，新昌主簿君女。尚文虽无子，有卿存焉，犹子也。

铭曰：狮山[10]之麓，有封[11]若斧。左冈右砠[12]，栩栩[13]其树。爰有周行[14]，于封之下。乡人过者，来视其处，曰："呜乎！斯杨尹之墓耶？"

【注】[1]齐衰：音 zī cuī，亦作"齐缞"，列丧服二等，次于斩衰，其服以

粗疏的麻布制成，衣裳分制，边缘部分缝缉整齐，有别于斩衰的毛边，故名。丧服的具体服制及穿着时间视与死者关系亲疏而定，依次为斩衰、齐衰、大功、小功、缌（sī）麻五个等级，称五服。[2] 阳朔：时广西布政司桂林府阳朔县，今广西壮族自治区桂林市阳朔县。[3] 摈人：被排除、抛弃之人。摈，音 bìn，排除、抛弃。[4] 苟与：犹言苟且。[5] 浼：音 měi，污染。[6] 擢用：提拔任用。擢，音 zhuó，提拔、提升。[7] 庠：音 xiáng，学校。[8] 踣：音 bó，跌倒。[9] 秽鄙：污损。[10] 狮山：址阳朔县。[11] 封：坟墓。[12] 岨：音 jū，上面有土的石山；另说为上面有石的土山。[13] 栩栩：生动貌。[14] 周行：大路，《诗经·小雅·大东》："佻佻公子，行彼周行。"朱熹《诗集传》："周行，大路也。"

游来仙洞早发道中

正德三年（1508年）九月

【评】来仙洞位于贵阳城东栖霞山上，为时名胜。明弘治时举人易弦有《游来仙洞》诗赞："携酒来仙洞里游，洞云客与久相留。朱颜醉依春长在，不信人间有白头。"王阳明于来仙洞有二诗，此为其一（其二见后），作于正德三年（1508年）秋，表达了他克服谪居苦闷的心理，以豁达、行乐的心态面对现实后，满怀兴奋早发往游贵阳来仙洞的景、情、意。景为早发道中所见之景，情为探幽的兴奋之情，意则为行乐人间不图富贵的价值观。

霜风清木叶，秋意生萧疏。
冲星策晓骑，幽事[1]将有徂[2]。
股虫[3]乱飞掷，道狭草露濡[4]。
倾暑物晨发，征夫[5]已先途。
渐米[6]石间溜，炊火岩中庐。
烟峰上初日，林鸟相嘤呼。
意欣物情适[7]，战胜癯色腴[8]。
行乐信宇宙，富贵非吾图！

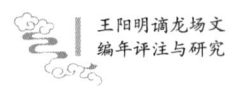

【注】[1] 幽事：幽景、胜景，"丛篁低地碧，高柳半天青。稠叠多幽事，喧呼阅使星"（杜甫《秦州杂诗》之九）有用。[2] 徂：往。[3] 股虫：当为以股跳跃的飞虫的总称，具如蟋蟀、蚂蚱等。股，大腿。[4] 濡：音 rú，沾湿、润泽。[5] 征夫：此泛指行人，"问征夫以前路"（陶渊明《归去来兮辞》）有用。[6] 渐米：典出《仪礼·士丧礼》："祝渐米于堂，南面用盆。"郑玄注："渐，汰也。"汰，音 tài，古同"汰"，淘洗。[7] 意欣物情适：该句为"意欣适物情"的倒装，是说自己的好心情也感染了景物，符合今天的审美主客关系理论。[8] 战胜癯色腴：指一种思想克服另一种思想，典出《韩非子·喻老》："子夏见曾子，曾子曰：'何肥也？'对曰：'战胜故肥也。'曾子曰：'何谓也？'子夏曰：'吾入见先王之义，则荣之，出见富贵之乐，又荣之。两者战于胸中，未知胜负，故癯。今先王之义胜，故肥。'"

别　友

正德三年（1508年）九月

【评】该诗与前诗（《游来仙洞早发道中》）义脉相连，当为游来仙洞后的别友之作，但道别的友人为谁不详。诗文可见，王阳明道别友人在凌晨时，内容写到了对"明哲士"的贵重，提出秉持道义的田园生活是"令德"而非苟全的观点。

幽寻意方结，奈此世累牵。
凌晨驱马别，持杯且为传。
相求苦非远，山路多风烟。
所贵明哲士，秉道非苟全。
去矣崇令德[1]，吾亦行归田[2]。

【注】[1] 令德：美好的品德。[2] 归田：指隐居的田园生活。

山途二首

正德三年（1508年）九月

【评】该诗为王阳明傍晚行走山途触景而有所感悟之作。所触之景为变动不居的自然现象，即诗所谓"上山见日下山阴，阴欲开时日欲沉""南北驱驰任板舆，谪乡何地是安居"等，所感之悟大概是和变动不居的自然现象对应的世事无常吧。其二尾联以司马相如故实设问，有功名利禄、是非成败甚至万事万物终归于空之义。

其一

上山见日下山阴，阴欲开时日欲沉[1]。
晚景无多伤远道，朝阳莫更沮云岑。
人归暝市[2]分渔火，客舍空林依暮禽。
世事验来还自领，古人先已得吾心。

其二

南北驱驰任板舆[3]，谪乡何地是安居？
家家细雨残灯后，处处荒原野烧余。
江树欲迷游子望，朔云[4]长断故人书。
茂陵[5]多病终萧散[6]，何事相如赋子虚？

【注】[1] 沉：此处指太阳落山。[2] 暝市：晚市。[3] 板舆：古代人抬的代步工具，指代舟车。[4] 朔云：此处指北方的云，唐代宋璟"德风边草偃，胜气朔云平"（《奉和圣制送张说巡边》）有用。[5] 茂陵：此处指代司马相如，因其晚年曾退居茂陵。茂陵是汉武帝刘彻的陵墓，位于今陕西省咸阳兴平市。[6] 萧散：萧条、凄凉。

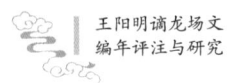

白 云

正德四年（1508年）九月

【评】该诗为取句中字词为题的无题诗，是一情景交融的佳作。首联、颔联写客途有意无意遇目的鸢飞鱼跃式自然风景，表达的是轻松自然的心情；颈联、尾联话锋一转，展现的却又是因为"他日从龙""讬踪"用事而对轻松自然的愧对的矛盾心情，这种心情对应的是"断鹜残鸦飞欲尽"之景。

白云冉冉出晴峰，客路无心处处逢。
已逐肩舆[1]度青壁，还随孤鹤下苍松。
此身愧尔长多系，他日从龙谩讬踪。
断鹜残鸦飞欲尽，故山回首意重重。

【注】[1] 肩舆：轿子，起初只是作为山行的工具，后来走平路也以之为代步工具。

答人问神仙

正德三年（1508年）九月

【评】该文为王阳明谪龙场期间答人问神仙之作。他早年确曾笃信神仙之道，并筑阳明洞室以行导引之术，但在龙场时已悟道仙之非而归于儒学，以儒家圣贤精神长存为长生不老的神仙。执此以衡道仙，则道仙为虚妄。执此以衡佛禅，则佛禅在主张精神永恒上和儒家圣贤之道接近；但是务要指出，佛禅主张出世，与儒家主张入世的社会生活的应事接物、修齐治平根本不同。该文借谈论神仙，既阐明了他的神仙观，也展示了他的儒家思想倾向。

询及神仙有无，兼请其事，三至而不答，非不欲答也，无可答耳。昨令弟来，必欲得之。仆[1]诚生八岁而即好其说，今已余三十年矣，齿渐摇动，发已有一二茎变化成白，目光仅盈尺[2]，声闻函丈[3]之外，又常经月卧病不出，药量骤进，此殆其效也。而相知者犹妄谓之能得其道，足下又妄听之而以见询。不得已，姑为足下妄言之。

古有至人[4]，淳德凝道，和于阴阳，调于四时[5]，去世离俗，积精全神；游行天地之间，视听八远[6]之外，若广成子[7]之千五百岁而不衰，李伯阳[8]历商、周之代，西度函谷[9]，亦尝有之。若是而谓之曰无，疑于欺子矣。然则呼吸动静，与道为体，精骨完久，禀于受气之始，此殆天之所成，非人力可强也。若后世拔宅[10]飞升，点化投夺[11]之类，谲怪[12]奇骇，是乃秘术曲技，尹文子[13]所谓"幻"，释氏谓之"外道"者也。若是而谓之曰有，亦疑于欺子矣，夫有无之间，非言语可况。存久而明，养深而自得之；未至而强喻，信亦未必能及也。盖吾儒亦自有神仙之道，颜子三十二而卒，至今未亡也。足下能信之乎？后世上阳子[14]之流，盖方外技术之士[15]，未可以为道。若达磨[16]、慧能[17]之徒，则庶几[18]近之矣，然而未易言也。足下欲闻其说，须退处山林三十年，全耳目，一心志，胸中洒洒[19]不挂一尘，而后可以言此；今去仙道尚远也。妄言[20]不罪。

【注】[1] 仆：犹言"我"，第一人称谦称代词。[2] 盈尺：满一尺、达到一尺。[3] 函丈：亦作"函杖"，原指讲学者与听讲者坐席之间相距一丈，后用以指讲学的坐席。出自《礼记·曲礼上》："若非饮食之客，则布席，席间函丈。"郑玄注："谓讲问之客也。函，犹容也，讲问宜相对容丈，足以指画也。"[4] 至人：道家指超凡脱俗、达到无我境界的人。[5] 四时：四季。[6] 八远：八方。[7] 广成子：黄帝时人，古之仙人，居崆峒山石室，（黄帝）闻而造焉，传说活了一千二百岁。关于广成子，《庄子·在宥》云："（黄帝）闻广成子在空同之上，故往见之。"[8] 李伯阳：老子，姓李名耳，字聃，一字（或曰谥）伯阳，春秋陈国苦县厉乡曲仁里人。[9] 西度函谷：传说老子曾经西度函谷关。[10] 拔宅：修道的人全家同升仙界。关于拔宅，《太平广记》卷十四引《十二真君传·许真君》有："真君以东晋孝武帝太康二年八月一日，于洪州西山，举家四十二口，拔宅上升而去。"[11] 投夺：投胎夺生。[12] 谲怪：荒诞不稽的言论。[13] 尹文子：尹文（约前360—前280），战国时期齐国人，著名的哲学家，"宋尹"学派始祖，与宋钘（xíng）齐

名，属稷下道家学派，有《尹文子》一书。[14] 上阳子：名陈致虚（1290—?），字观吾，江右庐陵（今江西吉安）人，元代著名内丹家。[15] 方外技术之士：方士。[16] 达磨：菩提达摩，禅宗创始人达摩祖师，北魏时曾在洛阳、嵩山等地传授禅教。[17] 慧能：被尊为禅宗六祖的曹溪惠能大师，得到五祖弘忍传授衣钵，继承了东山法脉并建立了南宗，弘扬"直指人心，见性成佛"的顿教法门。[18] 庶几：差不多，推测语气副词。[19] 胸中洒洒：胸中了无挂碍貌。[20] 妄言：胡说、随便说说。

气候图序

正德三年（1508 年）九月

【评】该文是王阳明应时贵州总兵施瓒之请，为其命画工所画的《七十二候图》所撰的序言。气候，指一年的二十四节气与七十二候（五日为一候，三候为一气，六气为一时，四时为一岁），以理学前驱北宋邵雍的"元会运世"说开篇。邵雍"元会运世"认为：宇宙之时间一元接一元，一元等于十二会，等于三百六十运，等于四千三百二十世，等于一万两千九百六十年。王阳明以天人相副、天人感应为哲学基础展开论述，主张人类应该顺应自然的规律，施政要遵循以人为本的原则。一旦违背了原则，则等于违背了自然的规则，要受到警诫和惩罚。该文将自然和人事统一起来，是儒家以人为本道德原则和天人合一哲学的反映。

天地一元之运为十二万九千六百年，分而为十二会；会分而为三十运；运分而为十二世；世分而为三十年；年分而为十二月；月分而为二气；气分而为三候；候分为五日；日分为十二时；积四千三百二十时三百六十日而为七十二候。会者，元之候也；世者，运之候也；月者，岁之候也；候者，月之候也。天地之运，日月之明，寒暑之代谢，气化人物之生息终始，尽于此矣。月，证于月者也；[1] 气，证于气者也；[2] 候，证于物者也。[3] 若孟春[4]之月，其气为立春，为雨水；其候为东风解冻，为蛰虫始振，为鱼负冰，獭祭鱼[5]之类；《月令》[6]诸书可考也。气候之运行，虽出于天时，而实有关于人事。是以古之君臣，必谨修其政令，以奉若夫天道；致察乎气运，以警惕夫人为。故至治之世，天无疾风盲雨之愆，而地无昆虫草木之孽。[7]孔子之作《春秋》也，大雨、震电、大雨雪则书，大水则书，无冰则书，无麦苗则书，多麋[8]则书，蜮蜚雨[9]、螽蝝[10]生则书，六鹢退飞[11]则书，陨霜不杀草、李梅实[12]则书，春无水[13]则书，鹳鹆来巢[14]则书。凡以见气候之愆变[15]失常，而世道之兴衰治乱，人事之污隆[16]得失，皆于是乎有证焉；所以示世之君臣者恐惧修省之道也。

大总兵怀柔伯施公命绘工为《七十二候图》，遣使以币走龙场，属守仁叙一言于其间。守仁谓使者曰："此公临政之本也，善端之发也，戒心之萌也。"使者曰："何以知之？"守仁曰："人之情必有所不敢忽也，而后著于其念；必有所不敢忘也，而后存于其心。著于其念，存于其心，而后见之于颜色言论，志之于弓矢几杖盘盂剑席，绘之于图画，而日省之其心。是故思驰骋者，爱观夫射猎游田之物；甘逸乐者，喜亲夫博局燕饮[17]之具。公之见于图绘者，不于彼而于此，吾是以知其为善端之发也；吾是以知其为戒心之萌也。其殆警惕夫人为而谨修其政令也欤！其殆致察乎气运，而奉若夫天道也欤！夫警惕者，万善之本，而众美之基也。公克念于是，其可以为贤乎！由是因人事以达于天道，因一月之候以观夫世运会元[18]，以探万物之幽賾[19]，而穷天地之始终，皆于是乎始。吾是以喜闻而乐道之，为之叙而不辞也。"

【注】[1]月，证于月者也：前"月"字是作为一年十二个月的观念之月，后"月"字是自然界的月亮这一具体实物。此为言观念之月和作为具体实物之月亮的互证。[2]气，证于气者也：与上同，此为言观念的节气变化与自然之气的变化互证。[3]候，证于物者也：与上同，此为言候和物象互证。[4]孟春：春季的首月。[5]獭祭鱼：亦省作"獭祭"，谓獭常捕鱼陈列水边，如同陈列供品祭祀。獭，音tǎ，水獭，状如小狗，水居食鱼。[6]《月令》：《礼记·月令》，分"孟春之月""仲春之月""季春之月""孟夏之月""仲夏之月""季夏之月""年中祭祀""孟秋之月""仲秋之月""季秋之月""孟冬之月""仲冬之月""季冬之月"十三篇，是上古一种文章体裁，按照一年十二个月的时令，记述政府的祭

祀礼仪、职务、法令、禁令，并把它们纳入五行相生哲学系统中。[7]"故至治之世……而地无昆虫草木之孽"句：此处为王阳明将天道和人事对应起来，是传统的天人相副哲学观念。[8] 多麋：麋鹿繁多。麋，音 mí，鹿属，从鹿，米声。[9] 蜮蜚雨：蜮和蜚如同下雨一样而来。蜮，音 yù，一种食禾苗的害虫；蜚，音 fěi，一种有害的小飞虫。[10] 螽螈：螽，音 zhōng，昆虫，身体绿色或褐色，善跳跃，对农作物有害；螈，音 yuán，蝗虫的幼虫。[11] 六鹢退飞：典出《公羊传·僖公十六年》："陨石于宋五。是月，六鹢退飞，过宋都。曷为先言陨而后言石？陨石记闻，闻其磌然，视之则石，察之则五……曷为先言六而后言鹢？六鹢退飞，记见也，视之则六，察之则鹢，徐而察之则退飞。"意思是说有五颗陨石落到宋国，这个月有六只水鸟被风吹得倒退着飞过宋国国都，为不祥之兆。鹢，音 yì，一种似鹭的水鸟。[12] 陨霜不杀、草李梅实：此谓降霜本来要杀害草、李、梅等植物；但是却出现了降霜没有伤害草，李、梅依然结实的反常现象，史书是要记载的。典出《公羊传·僖公三十三年》："陨霜不杀草，李梅实。"何休注谓"早陨霜而不杀万物，至当陨霜之时，根生之物复荣不死，斯阳假与阴威；阴威列索，故阳自陨霜而反不能杀也"，徐彦疏谓"阴威列索，解云正谓阴威列见而散万物矣"。[13] 春无水：整个春天无雨。[14] 鸜鹆来巢：鸜鹆，音 qú yù，亦作"鸲鹆"，鸟名，俗称八哥。典出《春秋·昭公二十五年》："有鸜鹆来巢。"据《左传·昭公二十五年》载，鲁昭公即位前，有童谣称，如果鸜鹆到鲁国来搭窝，那么鲁君将被赶走死在国外，昭公二十五年（前 517 年），果真有"鸜鹆来巢"，结果鲁昭公被季平子赶走，死于晋国。后以"鸜鹆来巢"谓不祥之兆。[15] 愆变：上天怪罪人类的不正常变化。[16] 污隆：世道的盛衰或政治的兴替。[17] 亲夫博局燕饮：嗜赌嗜酒。[18] 世运会元：见【评】，此指代宇宙自然的规律。[19] 幽赜：幽深精微的道理。赜，音 zé，深奥。

寄徐掌教

正德三年（1508 年）九月

【评】该诗为王阳明寄友人徐掌教之作。"掌教"为明清对府、县教官及书院主讲的称呼。从诗文看,徐掌教与王阳明早年主试山东时已相识。诗中王阳明以东汉徐稚自比,而以陈蕃比对方。有对早年友谊的回忆,以及对当下友谊的叙写。

徐稚今安在?空梁榻久悬。[1]
北门倾盖日,东鲁校文年。[2]
岁月成超忽,风云易变迁。
新诗劳寄我,不愧鸟鸣篇[3]。

【注】[1] 徐稚今安在?空梁榻久悬:此为用徐稚、陈蕃之典,典出《后汉书·徐稚传》:"徐稚字孺子,豫章南昌人也……屡辟公府,不起。时陈蕃为太守,以礼请署功曹,稚不免之,既谒而退。蕃在郡不接宾客,惟稚雅来特设一榻,去则县之。"[2] 北门倾盖日,东鲁校文年:该二句当言王阳明主试山东时和徐掌教交友甚欢事。倾盖,路遇而相交甚欢,典出《史记·鲁仲连邹阳列传》:"谚曰:'白头如新,倾盖如故。'何则?知与不知也。"司马贞索隐引《志林》曰:"倾盖者,道行相遇,轸车对语,两盖相切,小敧之,故曰倾。"[3] 鸟鸣篇:此当指《诗经·小雅·伐木》的咏叹友情之篇,诗文有"伐木丁丁,鸟鸣嘤嘤,出自幽谷,迁于乔木。嘤其鸣矣,求其友声"之句。

蜀府伴读曹先生墓志铭

正德三年(1508 年)十月

【注】该文是王阳明为蜀府伴读曹霖所撰的墓志铭,由束景南先生自《新刊阳明先生文录续编》卷二《墓志》辑出,入《王阳明佚文辑考编年》。曹霖,据《嘉靖贵州通志》卷六:"成化乙酉科:曹霖,前卫人,蜀府伴读。"以曹霖为成化元年(1465 年)进士,而成化元年并无会试,当为成化二年(1466 年)之误,其为蜀王府伴读时间,据《明史》卷一百一十七"蜀献王椿,太子第十一子"、献王子"昭王宾瀚嗣,正德三年薨",当在弘治七年(1494 年)前后。

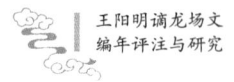

弘治十八年三月己亥，蜀府伴读曹先生卒。又三年，始克葬[1]，是为正德戊辰之冬，缓家难也。将葬，其子轩[2]谋所以志其墓者。于时余姚王守仁以言事谪贵阳，轩曰："是可以托我先人于不朽矣。"以其妹婿越榛状来请。贵阳之士从守仁游者询焉，皆曰信，乃为志之。先生始以明《诗经》举于乡，入试进士，中乙榜，选教夔之建始[3]。建始之学名存实废，先生至，为立学宫，设规条，启新涤秽，口授身率，士始去诞谚[4]，循帖知学，科第勃兴，化为名庠。改教成都华阳，化之如建始。部使者以良有司荐，将试之州郡，先生闻曰："是非吾所能也。"会以满考[5]，至部恳求补，遂以为蜀惠王伴读。先生入则经史，开谕德义；出则咨否可备替献，王甚尊宠敬信之，欲加之秩，请于朝，固辞不可，乃止。及嗣王立，复加之，辞益至。王使私焉，曰："闻府之进秩者，皆先容而获，今日以义举，而使者以贿成之，辱上甚矣，其敢不承于先王？"王叹曰："纯士，勿强之。"先生以知遇之恩，无弗尽悱曲[6]。有阴嫉之者，居之久，乃以老求去。王曰："君忘先王耶？"先生再拜谢曰："臣死不朽，殿下之及此言，将顾诶明命[7]，正厥事，臣孰敢非正之供，奚事悫臣？不然，臣死且无日，况能左右是图？"不得已，许之。家居五年，寿七十有一。卒之五月，以藩府旧劳，进阶登仕郎。先生之先为吴人也，永乐间，曾大父迪功郎炯始来自苏之长洲，戍贵阳，家焉。炯生伏乙，伏乙生二子：荣、昌。昌娶秦氏，生先生及弟。两子方龀而相继以殁，掬于大父之侧室王，伯荣是庇。王卒，先生去官丧焉。伯荣既老，先生奉以之官，不欲留养，不许，乃大备羞寄[8]慎终之具而后行。谓其子曰："吾闻绞衿袭冒死而后制，然吾四方之役也，可异乎？"亦为之具。呜呼！若先生乃可以为子谅笃行之士，今亡矣。配孺人刘氏，子五人：轻，干蛊；轼，先卒；辙，旌义民；轩，庠生；轺，业举。女五人，适知县尤善辈，皆名家。孙男子六人。先生之世德，于是乎证。先生讳霖，字时望，号懿庵。墓在贵阳城东祖茔之次。铭曰：于维斯人，此士之方。彼藩之良，渊塞[9]孔[10]将。不宁维藩，可以相邻。靡曰其下，厥闻既起；靡曰其逝，其仪孔迹。我行其野，我践其里。其奇若稚[11]，其昆[12]若嗣[13]。于维斯人，不愧铭只[14]。

【注】[1]克葬：葬。[2]轩：曹霖之子曹轩。[3]夔之建始：时夔州府建始县，

今湖北省恩施土家族苗族自治州建始县。[4] 诞谚：怪诞之论。[5] 满考：考核期满。[6] 忺曲：奸邪不正。忺，音 xiān，奸邪。[7] 顾諟明命：出自《尚书·太甲上》："先王顾諟天之明命，以承上下神祇。"孔安国传："顾谓常目在之，諟，是也。言敬奉天命，承顺天地。"孔颖达疏："《说文》云：顾，还视也。諟与是，古今之字异，故变文为是也。言先王每有所行，必还回视是天之明命。"后以"顾諟"指敬奉、禀顺天命。[8] 耇：音 gǒu，高寿。[9] 渊塞：深远诚实。[10] 孔：很，副词。[11] 稚：幼小。[12] 昆：子孙、后代。[13] 嗣：接续、继承。[14] 只：句末语气词，表终结或感叹。

祭刘仁征主事

正德三年（1508 年）十一月

【评】该文是王阳明为刘仁征主事撰写的祭文，具有审美价值，情真意切、催人泪下。该文表达了王阳明自己的生死观，说人固有一死，死的形式多种多样，但"朝问道夕死可矣"，圣贤、君子虽然肉体死亡，但精神将永存。其死亡最有价值，正其所谓"君子之独存者，乃弥久而益辉"。

维正德三年岁次戊辰十一月十八日，友生王某谨以清酌庶羞[1]，致奠于亡友刘君。

呜呼！仁者必寿，吾敢谓斯言之予欺乎？作善而降殃，吾窃于君而有疑乎？蹠、蹻[2]之得志，在往昔而既有，夷、平之馁以称也，亦宁独无于今之时乎？人谓君之死，瘴疠为之。

噫嘻！彼封豕长蛇[3]，膏人之髓，肉人之肌者，何啻[4]千百，曾不彼厄，而惟君是罹！斯言也，吾初不以为是。人又谓瘴疠盖不正之气，其与人相遭于幽昧遭难[5]之区也，在忺邪为同类，而君子为非宜。则斯言也，吾又安得而尽非之乎？

於乎！死也者，人之所不免。名也者，人之所不可期。虽修短枯荣，变态万状，而终必归于一尽。君子亦曰："朝闻道，夕死可矣。"[6] 视若夜旦。

其生也，奚以喜？其死也，奚以悲乎？其视不义之物，若将浼己，又肯从而奔趋之乎？而彼认为己有，恋而弗能舍，因以沉酗于其间者，近不出三四年，或八九年，远及一二十年，固已化为尘埃，荡为沙泥矣。而君子之独存者，乃弥久而益辉。

呜呼！彼龟鹤之长年，蜉蝣亦何自而知之乎？属有足疾，弗能走哭，寄奠一觞，有泪盈掬。复何言哉！复何言哉！呜呼尚飨。

【注】[1] 清酌庶羞：清酒，多种美味。[2] 蹠、蹻：盗跖与庄蹻，古代传说中的两个大盗。庄蹻，战国时期反楚起事领袖和楚国将军，楚庄王之苗裔。他生平中有两件大事：一是反楚起事，二是入滇。关于庄蹻，司马迁《史记》："楚之先岂有天禄哉？在周为文王师，封楚。及周之衰，地称五千里。秦灭诸侯，唯楚苗裔尚有滇王。" [3] 封豕长蛇：大猪、大蛇，指代猛兽毒蛇环绕的恶劣生存环境。封，大；豕，猪；长蛇，大蛇。[4] 何啻：亦作"何翅"，何止、岂止。啻，音chì，不止、不只。[5] 邅难：难行不进。邅，音zhān，艰险。[6] 朝闻道，夕死可矣：出自《论语·里仁》。

冬 至

正德三年（1508年）十一月

【评】该诗为王阳明正德三年（1508年）冬至作。冬至为一年中最寒冷时期的开始，同时蕴蓄着暖春的信息，故而也被理解为被严冬折磨的人们看到希望的开始，而这正是谪居两载的王阳明的心理同构。同样是音信全断情况下的思乡，这时的王阳明内心深处却萌动着希望，此可由"客床无寐听潜雷""天地未尝生意息""早看消息报窗梅"知。

客床无寐听潜雷[1]，珍重初阳[2]夜半回。
天地未尝生意息，冰霜不耐粪毛催。
春添衰衮线谁能补？岁晚心丹自动灰。

料得重闱[3]强健在，早看消息报窗梅。

【注】[1] 潜雷：潜在的而不是现实的雷声，此指作者心中希望的雷声，因为其代表生机勃勃的春天的到来。[2] 初阳：传统指冬至至立春以前的一段时间，因"冬至一阳始生"的说法使然，"往昔初阳岁，谢家来贵门"（《孔雀东南飞》）有用。[3] 重闱：指父母或祖父母。

无寐二首

正德三年（1508年）十二月

【评】该二诗为月夜无寐的怀人之作。结合看，其所怀者当为居穷崖高巅的隐者。之所以怀而不往见，是因积雪崖冰，路绝难攀。其一的月夜山中景象描写，"寒风振乔林，叶落闻窗响。起窥庭月光，山空游罔象"，读来有恐怖的美感。

其一

烟灯暧[1]无寐，忧思坐长往[2]。
寒风振乔林，叶落闻窗响。
起窥庭月光，山空游罔象[3]。
怀人阻积雪，崖冰几千丈。

其二

穷崖[4]多杂树，上与青冥[5]连。
穿云下飞瀑，谁能识其源？
但闻清猿啸，时见皓鹤翻。
中有避世士，冥寂[6]栖其巅。
繄[7]予亦同调，路绝难攀缘。

【注】[1] 暧：昏暗不明。[2] 往：往来。[3] 罔象：又称罔像、魍象，传说中

的一种水怪，或谓木石之怪。《国语·鲁语下》："水之怪曰龙、罔象。"此处指木石之怪，张衡"残夔魖与罔像，殪野仲而歼游光"（《文选·东京赋》）中有用。[4] 穷崖：高山。[5] 青冥：指天空的青苍幽远，"据青冥而摅虹兮，遂倏忽而扪天"（《楚辞·九章·悲回风》）有用。[6] 冥寂：静默。[7] 緊：助词，惟。

雪　夜

正德三年（1508年）十二月

【评】该诗所提到的新开的茅屋，当是草庵居、洞穴居和庐舍居（何陋轩）以外的新居，并可由该诗知茅屋的枫树林的周遭环境。诗写王阳明雪夜独处的复杂感受，提到了病齿与多难落魄的自慰、思乡的情愫。该诗艺术地再现了雪夜情景与遭际的榫合。后四句将前人诗句意、"雪夜访戴"的典故化用于无形，亦见王阳明艺术功力。按：该诗或作于正德三年（1508年）冬。

天涯久客岁侵寻，茅屋新开枫树林。
渐惯省言[1]因病齿，屡经多难解安心[2]。
犹怜[3]未系苍生望，且得闲为白石吟[4]。
乘兴最堪风雪夜，小舟何日返山阴？[5]

【注】[1] 省言：少说话。[2] 解安心：解决了心的安顿问题。[3] 怜：庆幸、窃喜。[4] 白石吟："白石"，当为夜雪如石之喻，"明时尚阻青云步，半夜犹追白石吟"（唐陆龟蒙《寒夜同袭美访北禅院寂上人》）有用。[5] 乘兴最堪风雪夜，小舟何日返山阴：该二句巧用"雪夜访戴"之典，但因榫合王阳明的时情时景，加以他的高超技巧，已化用于无行迹矣。"雪夜访戴"之典曰："王子猷居山阴，夜大雪，眠觉，开室命酌酒。四望皎然，因起彷徨，咏左思《招隐诗》。忽忆戴安道。时戴在剡，即便夜乘小船就之。经宿方至，造门不前而返。人问其故，王曰：'吾本乘兴而行，兴尽而返，何必见戴！'"（南朝宋刘义庆《世说新语·任诞》）

论元年春王正月

正德三年（1508年）十二月

【评】该文王阳明以自己的"致良知"学精神为立论前提，从批判时下朱子学出发，对"元年春王正月"展开阐述。"元年春王正月"是《春秋·隐公元年》第一句，《公羊传》于其之解释为："元年者何？君之始年也。春者何？岁之始也。王者孰谓？谓文王也。曷为先言王而后言正月？王正月也。何言乎王正月？大一统也。"王阳明撰写该文的目的，就是要通过孔子编《春秋》的"元年春王正月"的事实，驳斥孔子欲"行夏之时"而叛周之论。也就是说，他认为，在春秋战国时代尽管不同地区使用不同的历法，但孔子、孟子还是坚持周历的。因为历法在法典中具有一定的根本性意义，故而孔子、孟子坚持周历，其根本在于维护周礼，维护业已礼崩乐坏的周朝，维护国家的大一统。当然，该文也反映了王阳明自己的儒家本质及其维护国家大一统的政治主张。

圣人之言明白简实，而学者每求之于艰深隐奥，是以为论愈详而其意益晦。《春秋》书"元年春王正月"，盖仲尼作经始笔也。以予观之，亦何有于可疑？而世儒之为说者，或以为周虽建子而不改月[1]，或以为周改月而不改时[2]；其最为有据而为世所宗者，则以夫子尝欲行夏之时[3]，此以夏时冠周月，盖见诸行事之实也。纷纷之论，至不可胜举，遂使圣人明易简实之训，反为千古不决之疑。嗟夫！圣人亦人耳，岂独其言之有远于人情乎哉？而儒者以为是圣人之言，而必求之于不可窥测[4]之地，则已过矣。夫圣人之示人无隐，若日月之垂象于天，非有变怪恍惚[5]，有目者之所睹；而及其至也，巧历有所不能计，精于理者有弗能尽知也，如是而已矣。若世儒之论，是后世任情用智，拂理乱常者之为，而谓圣人为之耶？夫子尝曰："吾从周。"[6]又曰："非天子不议礼，不制度，生乎今之世，反古之道，灾及其身者也。"[7]仲尼有圣德无其位，而改周之正朔，是议礼制度自己出矣，其得为"从周"乎？圣人一言，世为天下法，而身自违之，其何以训天下？夫子患天下之夷狄横，诸侯强背，不复知有天王也，于是乎作《春秋》以诛僭乱[8]，

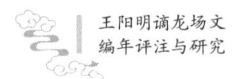

尊周室，正一王[9]之大法而已。乃首改周之正朔[10]，其何以服乱臣贼子之心？《春秋》之法，变旧章者必诛，若宣公之税亩[11]；篡王制者必诛，若郑庄之归祊[12]，无王命者必诛，若莒人之入向[13]；是三者之有罪，固犹未至于变易天王正朔之甚也。使鲁宣、郑庄之徒举是以诘夫子，则将何辞以对？是攘[14]邻之鸡而恶其为盗，责人之不弟而自殴其兄也。岂《春秋》忠恕，先自治而后治人之意乎？今必泥于"行夏之时"之一言，而曲为之说[15]，以为是固见诸行事之验；又引《孟子》"《春秋》，天子之事""罪我者其惟《春秋》"之言而证之。夫谓"《春秋》为天子之事"者，谓其时天王之法不行于天下，而夫子作是以明之耳。其赏人之功，罚人之罪，诛人之恶，与人之善，盖亦据事直书，而褒贬自见；若士师之断狱，辞具而狱成。然夫子犹自嫌于侵史之职，明天子之权，而谓天下后世且将以是而罪我，固未尝取无罪之人而论断之，曰"吾以明法于天下"，取时王[16]之制而更易之，曰"吾以垂训于后人"，法未及明，训未及垂，而已自陷于杀人，比于乱逆之党矣。此在中世之士，稍知忌惮者所不为，而谓圣人而为此，亦见其阴党于乱逆，诬圣言而助之攻也已！

或曰："子言之则然耳。为是说者，以《伊训》之书'元祀十有二月'，而证周之不改月；以《史记》之称'元年冬十月'，而证周之不改时；是亦未为无据也。子之谓周之改月与时也，独何据乎？"曰："吾据《春秋》之文也。夫商而改月，则《伊训》必不书曰'元祀十有二月'；秦而改时，则《史记》必不书曰'元年冬十月'；周不改月与时也，则《春秋》亦必不书曰'春王正月'。《春秋》而书曰'春王正月'，则其改月与时，已何疑焉！况《礼记》称'正月七月日至'，而《前汉·律历》至武王伐纣之岁，周正月辛卯朔，合辰在斗前一度；戊午，师度孟津；明日己未冬至；考之《太誓》'十有三年春'、《武成》'一月壬辰'之说，皆足以相为发明，证周之改月与时。而予意直据夫子《春秋》之笔，有不必更援是以为之证者。今舍夫子明白无疑之直笔，而必欲傍引曲据，证之于穿凿可疑之地而后已，是惑之甚也。"曰"如子之言，则冬可以为春乎？"曰："何为而不可？阳生于子而极于巳午，阴生于午而极于亥子。阳生而春，始尽于寅，而犹夏之春也；阴生而秋，始尽于申，而犹夏之秋也。自一阳之复，以极于六阳之乾，而为春夏；自一阴之姤[17]，以极于六阴之坤，而为秋冬。此文王之所演，而周公之所系，武王、周公，其论之审矣。若夫仲尼夏时之论，则以其关于人事者，比之建子为尤切，而非谓其为不可也。启之征有扈，曰'怠弃三正'，则三正之用，在夏而已然，非始于周而后有矣。"曰："夏时冠周月，此安定之论，而程子亦尝云尔。曾谓程子之贤而不及是也，何哉？"曰："非谓其知之不及也。程子盖泥于《论语》'行夏之时'之言，求其说而不得，从而为之辞，盖推求圣言之过耳。夫《论语》者，夫子议道之书；而《春秋》者，鲁国纪事之史。议道自夫子，则不可以不尽；纪事在鲁国，则不可以不实；'道并行而不相悖'者也。且周虽建子，而不改时与月，则固夏时矣，而夫子又何以行夏之时云乎？程子之云，盖亦推求圣言之过耳，庸何伤？夫子尝曰：'君子不以人废言'[18]，使程子而犹在也，其殆不废予言矣！"

【注】[1] 周虽建子而不改月：周代虽以夏历十一月为岁首，但没有将十一月改称为一月（正月）。[2] 周改月而不改时：周代虽然将岁首的十一月改称一月（正月），但是没有改变夏历春夏秋冬四季的按月分配。[3] 夫子尝欲行夏之时：出自《论语·颜渊》："颜渊问为邦。子曰：行夏之时，乘殷之辂，服周之冕，乐则韶舞，放郑声，远佞人。郑声淫，佞人殆。" [4] 窥测：窥探揣测。[5] 变怪恍惚：令人眼花缭乱，不知所云。[6] 吾从周：语出《论语·八佾》："子曰：周监于二代，郁郁乎文哉，吾从周。" [7] "非天子不议礼……灾及其身者也"句：建立礼仪制度是朝廷的职责，如果轻易变革古制会招致灾祸。出自《中庸》第二十八章。[8] 僭乱：超越本分而作乱。[9] 正一王：统一于周王。[10] 正朔：指代历法，具指一年第一天。正即正月，为一年的第一月；朔即初一，为一月的第一天。[11] 宣公之税亩：初税亩是鲁国在宣公十五年（前594年）实行的按亩征税的田赋制度，是承认土地私有合法化的开始。[12] 郑庄之归祊：该句意为郑庄公出于战略需求，派使臣向鲁隐公商议用祊地交换许地事，出自《春秋·隐公八年》之"三月，郑伯使宛来归祊"文。三月，鲁隐公八年（前715年）三月。郑伯，郑庄公（前757—前701），姬姓，郑氏，名寤生，郑武公之子，春秋初期著名的政治家。宛，人名，郑庄公派往鲁国的使臣。祊，音 bēng，本义指宗庙之门，亦指庙门内设祭之处，此处指春秋郑国祭祀泰山时的汤沐之邑，祊邑，在山东省费县东

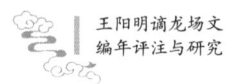

南,址今山东费县境内。[13] 莒人之入向:《春秋·隐公二年》曰:"夏五月,莒人入向。"《左传》解释道:"莒子娶于向,向姜不安莒而归。夏,莒人入向,以姜氏还。"[14] 攘:音 rǎng,偷窃。[15] 曲为之说:不惜歪曲事实义理为之辩护。[16] 时王:正在位的君主。[17] 姤:《周易·姤卦》。第四十四卦,主卦是巽卦,卦象是风;客卦是乾卦,卦象是天。卦辞:"女壮,勿用取女。"《象传》曰:"天下有风,姤。后以施命诰四方。"[18] 君子不以人废言:《论语·卫灵公》:"子曰:'君子不以言举人,不以人废言。'"

赠黄太守澍

正德三年(1508年)十二月

【评】该诗作于岁末。黄太守澍,即黄澍,字文泽,福建侯官人,赴任云南姚安知府过贵州来访相聚于王阳明。诗中写到正在孤病中而故友突然来访的惊喜,对友人政材的表彰;以及自己作为谪客的"理残书"的生活状态、淡然的生活态度,还有思亲怀归的情绪。

岁宴[1]乡思[2]切,客久[3]亲旧疏。
卧疴[4]闭空院,忽来故人车。
入门辨眉宇,喜定还惊吁。
远行亦安适,符竹膺新除[5]。
荒郡[6]号难理,况兹征索余[7]!
君才素通敏,窘剧宜有纡[8]。
蛮乡虽瘴毒,逐客[9]犹安居。
经济非复事,时还理残书。
山泉足游憩,鹿麋能友予。
澹然穹壤[10]内,容膝皆吾庐。
惟营垂白念,旦夕怀归图。
君行勉三事[11],吾计终五湖。

【注】[1] 岁宴：年终岁尾、岁末，唐白居易《观刈麦》"吏禄三百石，岁晏有余粮"有用。[2] 乡思：念家的情思。[3] 客久：此指作为谪客的久居。[4] 卧疴：卧病。[5] 符竹膺新除：意在称说黄澍能够承担新授知府的职责。"符竹"典出《汉书·文帝纪》："（二年）九月，初与郡守为……竹使符。"颜师古注引应劭曰："竹使符皆以竹箭五枚，长五寸，镌刻篆书，第一至第五。"后因以"符竹"指郡守职权。膺，承担；新除，新任命官职；除，授官，任命官职。[6] 荒郡：贫穷未开发的落后郡县。[7] 征索余：征收、索取盈余。[8] 窘剧宜有纡：尽管非常困难，您也应该有纾解的办法。[9] 逐客：犹言谪客。[10] 穹壤：指天地。[11] 君行勉三事：三事指黄澍所勉励王阳明的三件事，内容不详，大致应为劝勉他不要颓废、沉沦，以待时变而东山再起，等等。

寄友用韵

正德三年（1508年）十二月

【评】该诗为怀友寄友之作，描写了深夜独坐，知音不在丝竹徒设的孤寂之情，以及路途遥远、通书艰难的感伤。所怀寄之友为谁，诗中没有交代，从其中深沉的感情看来，或为湛元明、汪抑之等。

怀人坐沉夜[1]，帷灯暧幽光[2]。
耿耿[3]积烦绪。忽忽如有忘。
玄景[4]逝不处，朱炎[5]化微凉。
相彼谷中葛，重阴殒衰黄。
感此游客子，经年未还乡。[6]
伊人[7]不在目，丝竹[8]徒满堂。
天深雁书杳，梦短关塞长。
情好矢[9]无斁，愿言觊[10]终偿。
惠我金石编，徽音激宫商。
驰辉[11]不可即，式尔[12]增予伤！

馨香袭肝膂,聊用心中藏。

【注】[1] 沉夜:深夜。[2] 帷灯暖幽光:此为室内灯光忽明忽暗的描写,亦是王阳明此时心情烦闷、恍惚不定的同构。[3] 耿耿:挂怀、烦躁不安貌,"夜耿耿而不寐兮,魂茕茕而至曙"(《楚辞·远游》)有用。[4] 玄景:黑影、夜影。[5] 朱炎:本指太阳、烈日,何晏《景福殿赋》之"开建阳则朱炎艳,启金光则清风臻"有用,此处当指灯火发出的红光。[6] 感此游客子,经年未还乡:该二句为阳明离杭赴谪满一年的感慨。[7] 伊人:指所怀之友。[8] 丝竹:指代乐器。[9] 矢:通"誓"。[10] 觊:音 jì,希望得到不应该或难得到的东西,义近"奢望"。[11] 驰辉:亦作"驰晖",时光、光阴,谢朓"驰晖不可接,何况隔两乡"(《暂使下都夜发新林至京邑赠西府同僚》)有用。[12] 式尔:继续、反复这样,典出《尚书·周书·康诰》:"人有小罪,非眚,乃惟终自作不典;式尔,有厥罪小,乃不可不杀。"

士穷见节义论

正德三年(1508 年)十二月

【评】该文由束景南先生自明代钱普《批选六大家论·阳明先生论》(中国人民大学图书馆藏古籍珍本丛刊)辑出,入《王阳明佚文辑考编年》。束先生谓《批选六大家论》中选王阳明论四篇,分别是《为君惟在修养》(取自《山东乡试录》)、《田横义士论》(即《田横论》)、《四皓羽翼太子论》(即《四皓论》)、《士穷见节义论》,可见王阳明此四论在明代的流行,成为举业"范本",王阳明也因之成为明代六大高手之一。束先生说,王阳明作此四论皆针对现实有感而发,充满忧患感与沧桑感,又非一般无病呻吟之八股文可比;观此论论士穷而节义现,以为穷困激正气是王阳明自况,可知此论约作于正德三年(1508 年)贬谪龙场处穷困时,用以自陈心迹。

论曰:君子之正气[1],其亦不幸而有所激也。夫君子以正气自持,而顾肯以表表[2]自见哉？吾以表表自见，而天下已有不可救之患。是故君子之不得已也，其亦不幸而适遭其穷，则必不忍泯然自晦，而正气之所激，盖有抑之必伸，炼制必刚，守之愈坚，作之愈高，而始有所谓全大节，仗大义，落落奇伟，以高出品汇俦伍[3]之上矣。此岂依形而立，恃势而行，待生而存，随死而亡者耶？且夫正气流行磅礴，是犹在天为星辰，在地为河岳，而在人则为功业、为节义，何者？盖处顺而达，则正气舒，而为功业；处逆而穷，则正气激，而为节为义。是理之常者，无足怪也。今夫长江万里，汪洋汗漫，浩然而东也，卒遇逆折之冲，而后有撼空摧山之势，震动而不可御，岂非激之使然也？是知董狐之笔[4]，晋激之也；苏武之节，匈奴激之也；东都缙绅含冤就戮，而接踵继至，党锢[5]之祸激之也。一激之间，而节义之名增广于天下，是岂君子得已而故不已也？孟子曰："我善养吾浩然之气。"故弱者养之，以至于刚；慊[6]者养之，以至于充也。不幸适遭其穷，而当吾道之厄，则前之不可伸也，后之不可追也，左之不可援也，右之不可顾也。抑之则生，扬之则死，呼吸之间，而死生存亡系矣，其时亦岌岌[7]矣。君子于此，将依阿[8]以为同也，将沉晦[9]以为愚也，畴昔[10]所养，何为而乃为此也。是故君子之不得已也。是故窜身可也，碎首可也，溅血可也，可生可死，可存可亡，而此气不可夺也。于是有凌节[11]顿挫，而吐露天下之日，则虽晋楚之富，王公之贵，仪、秦[12]之辩，贲、育[13]之勇，皆失其所恃，而吾之气节著矣。是故有随波而逝者也，而后有中流之砥柱；有随风而靡者也，而后有疾风之劲草；是故有触之必碎，犯之必焦者也，而后有烈火之真金。奴颜婢膝，其名为佞，是故有长揖不拜以为高；依阿迁就，其名为懦，是故有彻推印绶[14]以为洁。王步斯艰，国脉如线，于是有拜表泣行，而不知其为激者矣；[15]举目中原，萧条风景，于是有击楫自誓，而不知其为愤者矣；[16]叩首房廷，恬不知怪，于是有孤臣抗贼，而不忍一朝之忿者矣；挈国授人，甘心面缚，于是有鼎镬如饴，不忍一朝之患者矣。宁为周顽民[17]，不为商叛国；宁为晋处士，不为莽大夫；[18]宁为宋孤臣，不为元宰相；[19]宁全节而死，不失节而生；宁向义而亡，不背义而存。是以正气所激。峥嵘磊落[20]，上与日月争光，下与山岳同崎。视彼小人，平时迂阔宏达[21]，矫拂奇危[22]，而临事之际，俯首丧气，甘与草木同朽腐者，其于为人贤不肖何如也？孔子曰："岁寒然后知松柏之后凋也。"而君子之节义，亦至穷而后见矣。呜呼！君子岂不欲和其声，以鸣国家之盛，无节名，无义誉，而使天下阴受其福哉？君子而以节义自见，不惟君子不幸，而亦斯世不幸也。虽然，节义一倡，士习随正，所以维持人心，纲纪斯道者，又岂浅浅哉！故叩马一谏[23]，凛凛乎万世君子之义；而党锢诸贤，亦能扶汉鼎于将亡之秋，操、懿[24]温、裕，虽包藏祸心，睥睨[25]垂涎，不忍遽发；而当时慕义之徒，亦往往声其罪而攻之，至是而知君子之行，有以风乎百世，而天下之人卒赖是以自立。呜呼！时世至此，其亦不幸而以节义自见，抑亦幸而以节义自持也。谨论。

【注】[1] 正气：出于正义而表现的气概，充塞天地之间的至大至刚之气，孟子所谓的浩然之气。[2] 表表：卓异、特出，韩愈《祭柳子厚文》："子之自著，表表愈伟。"[3] 品汇传伍：万物同类。[4] 董狐之笔：指敢于秉笔直书、尊重史实、不阿权贵的正直史家。董狐是春秋时晋国的史官，直笔指根据事实如实记载，《左传·宣公二年》载：赵穿杀晋灵公，身为正卿的赵盾没有管，董狐认为赵盾应负责任，便在史策上记载说"赵盾弑其君"，后孔子称赞说："董狐，古之良史也，书法不隐。"[5] 党锢：东汉桓、灵二帝统治时期官僚士大夫因反对宦官专权而遭禁锢的政治事件。"锢"就是终身不得做官，党锢的政争自延熹九年（166年）一直延续到中平元年（184年）。[6] 慊：音qiàn，不满、怨恨。[7] 岌岌：危险状。[8] 依阿：曲从附顺。[9] 沉晦：隐而不露。[10] 畴昔：往昔、日前、以前。[11] 凌节：超越职权范围。[12] 仪、秦：苏秦、张仪，战国著名辩士。[13] 贲、育：战国时勇士孟贲和夏育，《汉书·司马相如传下》："臣闻物有同类而殊能者，故力称乌获，捷言庆忌，勇期贲育。"颜师古注："孟贲，古之勇士也，水行不避蛟龙，陆行不避豺狼，发怒吐气，声响动天。夏育，亦猛士也。"[14] 印绶：印信和系印信的丝带。[15] "王步斯艰……而不知其为激者矣"句：指诸葛亮写《出师表》。[16] "举目中原……而不知其为愤者矣"句：此为言祖逖北伐，《晋书·祖逖传》："中流击楫而誓曰：'祖逖不能清中原而复济者，有如大江。'"[17] 周顽民：不愿归顺周朝的商代遗民。[18] 宁为晋处士，不为莽大夫："晋处士"指陶潜；"莽大夫"指扬雄，扬雄做了王莽新朝的大夫。[19] 宁为宋孤臣，不为元宰相：指文天祥。[20] 峥嵘磊落：艰难而仍光明磊落。[21] 迂阔宏达：言高而广博。

迂阔，言语不切合实际，《汉书·王吉传》："上以其言迂阔，不甚宠异也。"宏达，广博精通。[22] 矫拂奇危：好发惊世骇俗之论。矫拂，拂逆、违背。[23] 叩马一谏：伯夷、叔齐扣马谏阻周武王伐商纣。[24] 操、懿：曹操、司马懿。[25] 睥睨：音 pì nì，窥视。

春 行

正德四年（1509年）正月（初一日）

【评】该诗为王阳明正德四年（1509年）面对满眼初春的景色之作。首联、颔联写春景，颈联、尾联写感怀。颈联写物色变迁、人生易老的感慨，尾联写道为所用后归钓东海的理想与怀抱。

冬尽西归满山雪，春初复来花满山。
白鸥[1]乱浴清溪上，黄鸟[2]双飞绿树间。
物色变迁随转眼，人生岂得长朱颜[3]。
好将吾道从吾党，归把渔竿东海湾。

【注】[1] 白鸥：鸥鸟的一种，中等体型，嘴绿黄色，白尾。[2] 黄鸟：黄莺。[3] 朱颜：红润的颜容，指代人的年轻时代，李煜"雕栏玉砌应犹在，只是朱颜改"（《虞美人》）有用。

春 晴

正德四年（1509年）正月

【评】该诗为王阳明正德四年（1509年）春作，为七律。诗首联、颔联写景，所写春晴的景色是由春风、残雪、游丝、花枝、青碧、白鸟等动态构成。颈联、尾联写情，由山中怀旧侣、洞口梦烟萝、尘土终须换、湖边长芰荷构成的情思显得有些散乱，但又符合春思多多的特点。景与情的异质同构，示现的是清新明净而又朦胧"凌乱"的春晴（情）美。

林下春晴风渐和，高岩残雪已无多。
游丝[1]冉冉花枝静，青璧[2]迢迢白鸟过。
忽向山中怀旧侣，几从洞口梦烟萝[3]。
客衣尘土终须换[4]，好与湖边长芰荷[5]。

【注】[1]游丝：春天空中游挂的蛛丝。[2]青璧：雪水流过的青石板路。[3]烟萝：草树茂密、烟聚萝缠谓之"烟萝"，唐李端"更说谢公南座好，烟萝到地几重阴"（《寄庐山真上人》）有用。[4]客衣尘土终须换：该句仍是王阳明谪客情怀的表达，表达了希望早日结束贬谪的心愿。[5]芰荷：菱与荷。

陆广晓发

正德四年（1509年）正月

【评】该诗为王阳明正德四年（1509年）春早晨出发游六广河大峡谷，极赞遇目的写景之作。陆广，六广河上的六广河码头（今名阳明码头），在今贵州省修文县陆广镇；六广河是乌江的上游，流经今贵州修文县、息烽县等。

初日瞳瞳[1]似晓霞，雨痕新霁[2]渡头沙。
溪深几曲云藏峡，树老千年雪作花。
白鸟去边回驿路，青崖缺处见人家。
遍行奇胜才经此，江上无劳羡九华[3]。

【注】[1]瞳瞳：日初出渐明亮貌。[2]霁：雨后初晴。[3]九华：九华山。

木阁道中雪

正德四年（1509年）正月

【评】木阁即栈道，该诗是王阳明正德四年（1509年）春傍晚行走在栈道上的遇目写思之作。前六句所写为孤寂凄凉、生活窘困的境况。但在此境况之下，他挂怀的却是和诸生夜分讲习的情景。

瘦马支离[1]缘绝壁，连峰窅窕[2]入层云。
山村树暝惊鸦阵，涧道雪深逢鹿群。
冻合衡茅[3]炊火断，望迷孤戍暮笳[4]闻。
正思讲习诸贤在，绛蜡清醅[5]坐夜分。

【注】[1]支离：瘦弱。[2]窅窕：音 yǎo tiǎo，幽深、阴暗貌，宋秦观"参差水石瘦，窅窕房栊深"（《同子瞻端午日游诸寺赋得深字》）有用。[3]衡茅：衡门茅屋。衡门，横木为门，指简陋的屋舍，也指隐士的居处，典出《诗经·陈风·衡门》："衡门之下，可以栖迟。"[4]暮笳：傍晚的笳声。笳，音 jiā，古代北方民族吹奏乐器，似笛。[5]清醅：此指清酒。醅，音 pēi，没滤过的酒。

次韵陆金宪元日喜晴

正德四年（1509年）正月

【评】该诗为王阳明次韵元日喜晴之作，以描写为主，在描写中表达了内心的不平和愁情。陆金宪，即陆文顺。元日，一般指农历正月初一日，而此处，从各本排列的次序看，当为元宵节的翌日，即正月十六日。

城里夕阳城外雪，相将十里异阴晴。
也知造物曾何意？底是人心苦未平！
柏府[1]楼台衔倒景[2]，茅茨松竹泻寒声。

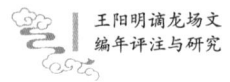

布衾莫谩愁僵卧，积素[3]还多达曙明。

【注】[1] 柏府：御史府，因其内多植松柏，故称；又称柏台；因柏树上多乌鸦鸟窝，故亦称乌台。[2] 衔倒景：此为连倒影之义。衔，形象的说法；景，影的本字。[3] 积素：积雪，因雪色白，故称。谢惠连"积素未亏，白日朝鲜"（《雪赋》）有用。

白云堂

正德四年（1509年）正月

【评】白云堂当为一佛舍，又称白云庵，址今贵阳东山脚下。结合诗中"春还庭竹发新丛"，以及"迁客从来甘寂寞"的态度表达看，该诗当作于正德四年（1509年）春。该诗前六句写白云堂情景，末二句写不得不安于迁谪生活的无奈。

白云僧舍[1]市[2]桥东，别院回廊小径通。
岁古檐松存独干，春还庭竹发新丛。
晴窗暗映群峰雪，清梵[3]长飘高阁风。
迁客从来甘寂寞，青鞋[4]时过月明中。

【注】[1] 白云僧舍：白云堂。[2] 市：贵阳。[3] 清梵：佛教僧尼诵经的声音，南朝梁王僧孺《初夜文》之"清梵含吐，一唱三叹"有用。[4] 青鞋：草鞋，杜甫《发刘郎浦》之"白头厌伴渔人宿，黄帽青鞋归去来"有用。

来仙洞

正德四年（1509年）正月

【评】来仙洞在贵阳东山，王阳明正德三年（1508年）秋曾游，可见其前作《游来仙洞早发道中》。该诗前六句写来仙洞周遭景象；末二句以轻描淡写的笔触，借家乡锁于阳明洞中的爱鹤笑自己的久不还乡，表达了的思乡之情。

古洞[1]春寒[2]客到稀，绿苔荒径草霏霏。
书悬绝壁留僧偈，花发层萝绣佛衣。
壶榼远从童冠集，杖藜随处宦情[3]微。
石门遥锁阳明鹤，应笑山人久不归。

【注】[1]古洞：此指来仙洞。[2]春寒：此处交代王阳明游来仙洞的时间为正德四年（1509年）春。[3]宦情：做官的志趣、意愿。

夜宿汪氏园

正德四年（1509年）

【评】从内容看，该诗当为王阳明被时汪姓大户延至庄园夜宿不归的有感而发。首联写景，颔联用东汉徐孺下陈蕃之榻、荀彧留香典义，表达了自己惭对汪氏延请的美意。颈联写景，尾联则表达了对自己谪居龙场的成就与影响的自信。

小阁藏身一斗方，夜深虚白[1]自生光。
梁间来下徐生榻[2]，座上惭无荀令香[3]。
驿树雨声翻屋瓦，龙池月色浸书床。
他年贵竹传异事，应说阳明旧草堂。

【注】[1]虚白：心中纯净，典出《庄子·人间世》"虚室生白，吉祥止止"句。[2]徐生榻：此为用汉徐稚、陈蕃典故，写汪氏对自己的盛意延请。徐孺、陈蕃典事见《后汉书·陈蕃传》，王勃《滕王阁序》"徐孺下陈蕃之榻"用此典。

[3] 荀令香：荀令为东汉曹操高级谋臣荀彧，因曾为尚书令，故名。荀令香亦为典故，是说荀彧注重仪表风度翩翩并好熏香，席坐后三日不散，人以"荀令香"赞美之。

元夕二首

正德四年（1509年）正月

【评】该二诗为王阳明正德四年（1509年）元宵节作，表达了他身在蛮荒而思念故土、故都之情。其一写思念故土，用了联想的方法，联想到故园家庭团聚却独缺自己一人，高堂父母对自己的思念。其二写思念故都，用了回忆的方法，回忆了前年居京华时元宵节的繁华。联想到的故土的家人的团聚、回忆到的京华的繁华，和当下蛮荒的元宵形成对比，增强了诗作的感染力。

其一

故园今夕是元宵，独向蛮村坐寂寥。
赖有遗经堪作伴，喜无车马过相邀。
春还草阁梅先动，月满虚庭雪未消。
堂上花灯诸弟集，重闱[1]应念一身遥。

其二

去年[2]今日卧燕台[3]，铜鼓中宵隐地雷。
月傍苑楼灯彩淡，风传阁道马蹄回。
炎荒万里频回首，羌笛三更谩自哀。
尚忆先朝多乐事，孝皇[4]曾为两宫[5]开。

【注】[1] 重闱：此为对父母的称呼，宋岳珂"尊重闱而濡浃于庆施"（《桯史·周益公降官》）有用。[2] 去年：当为前年。[3] 燕台：燕昭王求士所筑之台，即幽州台，指代京师。[4] 孝皇：明孝宗朱佑樘、弘治皇帝。[5] 两宫：帝、后所居之宫，此当泛指后宫。

元夕木阁山火

正德四年（1509年）正月

【评】该诗为王阳明面对正德四年（1509年）元夕的一场山火奇观的有感而发。首先描写了山火的景象，随后联想到京城内苑的人为灯火的渺小，随后写对此天开奇观的难以忘怀，最后表达的是对松柏、玉石等美好事物的仁爱之情。

荒村灯夕偶逢晴，野烧峰头处处明。
内苑[1]但知鳌[2]作岭，九门[3]空说火为城。
天应为我开奇观，地有兹山不世情。
却恐炎威[4]被松柏，休教玉石遂同赪[5]！

【注】[1]内苑：皇宫内苑。[2]鳌：音 áo，传说中的大龟或大鳖，此指鳌状的灯。[3]九门：时京师内城九门，指代京师内城。九门分别是朝阳门、崇文门、正阳门、宣武门、阜成门、德胜门、安定门、东直门和西直门。[4]炎威：指山火的威力。[5]赪：音 chēng，赤、红色。

元夕雪用苏韵二首

正德四年（1509年）正月

【评】该二诗为王阳明正德四年（1509年）元夕雪夜用苏韵的七律。苏韵即苏轼《雪后书北台壁二首》所用之韵。《雪后书北台壁二首》：其一为"黄昏犹作雨纤纤，夜静无风势转严。但觉衾裯如泼水，不知庭院已堆盐。五更晓色来书幌，半夜寒声落画檐。试扫北台看马耳，未随埋没有双尖"；其二为"城头初日始翻鸦，陌上晴泥已没车。冻合玉楼寒粟起，光摇银海眼生花。遗蝗入地应千尺，宿麦连云有几家。老病自嗟诗力退，空吟冰柱忆刘叉"。苏轼该二诗为熙宁七年（1074年）十一月赴密州知州遇雪的逞才之作。之所以说是逞才之作,是因要求咏雪禁用玉、月、梨、梅、练、絮、白、舞、鹅、鹤、银等字,其一韵押"十四盐",其二韵押"六麻韵",并用"尖""叉"等险字。后人(苏辙、王安石等)在咏雪的七律中依样用上"尖""叉"的韵脚,形成了别具一格的"尖叉体"。王阳明此作亦为"尖叉体",内容写元夕雪夜的物景和自己的生活境况,落脚在于写情志,即自己的思乡之情和归隐之志。其二的"阴极阳回知不远,兰芽行见发春尖"形象地表明王阳明对情志的实现是充满希望的。

其一

林间暮雪定归鸦,山外铃声报使车。
玉盏春光传柏叶[1],夜堂银烛乱檐花[2]。
萧条音信愁边雁,迢递关河[3]梦里家。
何日扁舟还旧隐,一蓑江上把鱼叉。

其二

寒威入夜益廉纤[4],酒瓮炉床亦戒严[5]。
久客渐怜衣有结[6],蛮居长叹食无盐。
饥豺正尔群当路,冻雀从渠[7]自宿檐。
阴极阳回知不远,兰芽行见发春尖。

【注】[1] 柏叶:此指柏叶酒,古俗元旦饮用,可却寒,有益长寿,唐杜甫"樽前柏叶休随酒,胜里金花巧耐寒"(《人日》诗之二)有用。[2] 檐花:邻近檐下所开的花,此处指檐下飞动的雪花。[3] 关河:关山河川,喻万水千山、路途遥远。[4] 廉纤:细小、细微,多以喻细雨,唐韩愈"廉纤晚雨不能晴,池岸草间蚯蚓鸣"(《晚雨》)有用。[5] 酒瓮炉床亦戒严:尽管有酒瓮、炉床,仍当警惕严寒的侵袭。戒严,警惕。[6] 结:衣服上的补丁。[7] 渠:首领,犹"渠帅"之"渠"。

家僮作纸灯

正德四年（1509年）正月

【评】该诗前四句写事，后四句写意。事为尽管寥落荒村元宵节的灯事只能是赊（奢）望，但家僮自做纸灯以度节日，且制作的纸灯在王阳明眼里颇具艺术情趣、朦胧美感。意为做纸灯不单纯是为了应付节日，而是为了愉悦心情、珍惜年华。末二句批评了京国王侯一盏灯的造价抵得上普通十家人的家产的豪奢。

寥落荒村灯事赊[1]，蛮奴试巧剪春纱。
花枝绰约含轻雾，月色玲珑映绮霞。
取办不徒酬令节，赏心兼是惜年华。
如何[2]京国王侯第，一盏中人产十家！

【注】[1]赊：赊（奢）望、过高的愿望。[2]如何：何如、怎比。

晓霁用前韵书怀二首

正德四年（1509年）正月

【评】前韵即前《元夕雪用苏韵二首》之韵，为元夕翌晨雪晴所作。其一写庙堂之念和乡关之思，其二写自己谪居生活的病余与清绝。二诗均运用了实写与虚写结合的手法，其二"连歧尽说还宜麦，煮海何曾见作盐"句的联想有时空的跨越感。

其一

双阙钟声起万鸦，禁城月色满朝车。
竟谁诗咏东曹[1]桧？正忆梅开西寺[2]花。
此日天涯伤逐客，何年江上却还家？

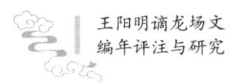

曾无一字堪驱使，谩有虚名拟八叉[3]。

其二

涧草岩花欲斗纤，溪风林雪故争严。
连歧尽说还宜麦，煮海何曾见作盐。[4]
路断暂怜无过客，病余兼喜曝晴檐。
谪居亦自多清绝，门外群峰玉笋尖。

【注】[1] 东曹：此指朝廷官署。[2] 西寺：和"东曹"一样，亦为朝廷官署。[3] 八叉：温八叉，唐代诗人温庭筠，因其多才，凡八叉手而八韵成，故名。[4] 连歧尽说还宜麦，煮海何曾见作盐：该二句写雪之大，却没有直写雪如何大，而是运用联想手法，超越雪而写了和雪相关的东西：前一句写覆盖了纵横相连的路径的大雪，在人们眼中是对种植小麦有利的大雪；后一句比雪为盐，但却不是煮海所得之盐。

次韵陆文顺佥宪

正德四年（1509年）正月

【评】由诗文"春王正月十七日"知，该诗作于正德四年（1509年）正月，为王阳明次韵陆文顺佥宪之作。诗以当日傍晚电闪雷鸣的异常气象状况，兴起忧国忧民情怀的表达。说尽管史书如《尚书·金縢》和《春秋》中分别记载秋天、冬天有此雷雨气象，但那是由历法不同造成的。因为正月雷雨的反常现象会带来系列效应，比如农业会受损害；又在天人相副逻辑指导下，联想到社会政治。

春王正月十七日[1]，薄暮甚雨雷电风。
卷我茅堂岂足念，伤兹岁事难为功。
金縢秋日亦已异，鲁史冬月将无同。
老臣正忧元气[2]泄，中夜起坐心忡忡。

【注】[1] 春王正月十七日：正德四年（1509年）正月十七日。[2] 元气：宇宙万物存在的基本规定性能量。

次韵陆佥宪病起见寄

正德四年（1509年）正月

【评】该诗为王阳明病起次韵陆文顺见寄之作。诗写自己龙场生活的困窘，以及友人的安慰之情。用典颇多，如陶渊明、司马相如、孔子击磬、删书事。

一赋归来[1]不愿余，文园[2]多病滞相如。
篱边竹笋青应满，洞口桃花红自舒。
荷蒉有心还击磬[3]，周公无梦欲删书[4]。
云间宪伯[5]能相慰，尺素长题问谪居。

【注】[1] 一赋归来：指陶渊明的《归去来兮辞》。[2] 文园：孝文园，汉文帝的陵园，因司马相如曾任文园令，遂指司马相如。[3] 荷蒉有心还击磬：典出《论语·宪问》，其曰："子击磬于卫，有荷蒉而过孔子之门者，曰：'有心哉，击磬乎！'"[4] 周公无梦欲删书：典出《论语·述而》，其曰："子曰：甚矣，吾衰也，久矣吾不复梦见周公矣。"据司马迁《史记》，孔子曾删《诗经》。[5] 宪伯：陆文顺，因其时任佥都御史，故称。

太子桥

正德四年（1509年）二年

【评】该诗为正德四年（1509年）春王阳明游贵阳太子桥作。太子桥，即今太慈桥。该诗描写了太子桥的清新、清秀春景，其意可能是以建文帝的落魄自况。

乍寒乍暖早春天，随意寻芳[1]到水边。
树里茅亭藏小景，竹间石溜[2]引清泉。
汀花[3]照日犹含雨，岸柳垂阴渐满川。
欲把桥名寻野老[4]，凄凉空说建文年[5]。

【注】[1]芳：由下文知可有两指，一为自然之道，二为建文帝旧事。[2]石溜：亦作"石霤"，岩石间的水流。[3]汀花：水边平地上的小花。[4]欲把桥名寻野老：据说明建文帝四年（1402年），燕王朱棣举兵攻打南京，破城后，建文帝化装成和尚逃往贵州深山老林躲藏。那时小车河两岸山民生活不便，想架桥沟通东西，苦于经费困难一直不能实现。一过路和尚见此情况，自愿出钱帮助。待桥竣工之日，和尚突然不知去向，最后探知其乃倒台落魄的朱允炆，为纪念他的功德，遂以"太子"为桥名。为掩蔽建文帝行踪，故意将其讹传为"太慈桥"，沿袭至今。[5]建文年：建文帝四年的传说。

夜　寒

正德四年（1509年）二月

【评】该诗为七律，为王阳明写其寒夜难眠坐至更尽时的思乡情感。颔联写家书断绝、归梦难圆，颈联写的是对故乡生活的回忆，回忆起的内容是春天时仙侣同游、船钓严滩。

檐际重阴覆夜寒，石炉松火坐更残[1]。
穷荒正讶乡书绝，险路仍愁归梦难。
仙侣[2]春风怀越峤，钓船明月负严滩[3]。
未因谪宦伤憔悴，客鬓还羞镜里看。

【注】[1] 更残：更将尽时，指夜将尽天将明。[2] 仙侣：人品高尚、心神契合的朋友，杜甫"佳人拾翠春相问，仙侣同舟晚更移"（《秋兴》诗之八）有用。[3] 严滩：严陵濑，在浙江桐庐县南，相传为东汉严光隐居垂钓处。

雪中桃次韵

正德四年（1509年）二月

【评】该诗为王阳明赏雪中桃花时的次韵之作。诗在写雪中桃花的挺立精神的同时，联想到同样刚劲的雪中幽竹和寒梅。写雪中桃花、幽竹和寒梅的不屈精神，实际上是以之自况，说自己谪居蛮荒并非真正甘于冷淡，骨子里仍有着顽强的期待。

雪里桃花强自春，萧疏终觉损精神。
却惭幽竹节逾劲，始信寒梅骨自真。
遭际本非甘冷淡，飘零须信委风尘[1]。
从来此事还希阔[2]，莫怪临轩赏更新。

【注】[1] 委风尘：委身于风尘中。[2] 从来此事还希阔：此事指桃花于雪中开放之事；希阔，稀少、罕见。

村　南

正德四年（1509年）二月

【评】该诗为王阳明正德四年（1509年）春意渐浓时信步村南之作。首、颔、颈联写景，移步换景、娓娓道来，可谓一幅春浓田园图，可当诗中有画之谓。尾联转为写意，写自己偶逢江客传乡信，归去后在枫树林的草堂之中梦到了故里的石龛，亦为信步中自然得来。全诗看来平淡，但可领略王阳明深沉的思乡情感，正所谓平淡之中也动人也。

花事纷纷春欲酣，杖藜[1]随步过村南。
田翁开野教新犊，溪女分流浴种蚕。
稚犬吠人依密槿，闲凫[2]照影立晴潭。
偶逢江客传乡信，归卧枫堂梦石龛[3]。

【注】[1]杖藜：一年生大型草本植物，因茎可做手杖用，故古诗文中多有以之代"手杖"者，如"杖藜扶我过桥东"（南宋诗僧志南《绝句》）。[2]凫：音fú，水鸟，俗名野鸭。[3]石龛：供奉神像或神位的石头阁子。

再试诸生

正德四年（1509年）二月

【评】由诗文"春回马帐惭桃李，花满田家忆紫荆"知，该诗当作于正德四年（1509年）春，为再试诸生作。首联是情景的描写，说草堂的宴饮已经到了夜寒更深之时，此时的蜡烛已经燃尽，只留下点点蜡泪。颔联为王阳明独特心理体验，说谪居此地最令他欣慰的是今晚这样的诗文之会，客居他乡会为困境中的一点亨通感到欢喜。颈联为王阳明感想的书写，说春天到来了为让诸生在这里听他讲课感到惭愧，花开时节更思念自己家乡的兄弟。尾联说世上的事只值得付之一笑，若干年后再看今天的诗作又有多大价值呢？

草堂深酌坐寒更，蜡炬烟消落降英。
旅况最怜文作会，客心聊喜困还亨。
春回马帐[1]惭桃李[2]，花满田家忆紫荆[3]。
世事浮云堪一笑，百年持此竟何成？

【注】[1]马帐：此为用东汉大儒马融设帐授徒之典，典出《后汉书》卷六十

上《马融列传上》:"融才高博洽,为世通儒,教养诸生,常有千数。……常坐高堂,施绛纱帐,前授生徒,后列女乐,弟子以次相传,鲜有入其室者。"[2] 桃李:喻栽培的后辈和所教的门生,典出《韩诗外传》卷七:"夫春树桃李,夏得阴其下,秋得食其实。"[3] 花满田家忆紫荆:该句为用"田家紫荆"之典,典出南朝梁吴均《续齐谐记》:"京兆田真兄弟三人,共议分财,生赀皆平均,唯堂前一株紫荆树,共议欲破三片。明日就截之,其树即枯死,状如火然。真往见之,大惊,谓诸弟曰:'树本同株,闻将分析,所以憔悴,是人不如木也。'因悲不自胜,不复解树,树应声荣茂。兄弟相感,更合财宝,遂为孝门。"

再试诸生用唐韵

正德四年(1509年)二月

【评】该诗为再试诸生之作。由诗文"天涯犹未隔年回"的"隔年"知,诗作于正德四年(1509年),主要表达了思乡之情,此可由"人独远""雁飞来""阳明旧诗石"等知。

天涯犹未隔年回,何处严光有钓台[1]?
樽酒可怜人独远,封书空有雁飞来。
渐惊雪色头颅改,莫漫风情笑口开。
遥想阳明旧诗石,春来应自长莓苔。

【注】[1] 严光有钓台:此为用"严光钓台"之典。典见《套数·归隐》注[8]。

次韵胡少参见过

正德四年(1509年)三月

【评】该诗为王阳明于胡少参(胡洪,余姚人)来见的次韵之作,胡少参为时贵州布政使司参事。诗写自己和胡少参的同乡友情，以及自己对故乡的思念之情。

旋管小酌典春裘，佳客真惭竟日[1]留。
长怪岭云迷楚望，忽闻吴语[2]破乡愁。
镜湖自昔堪归老，杞国何人独抱忧[3]！
莫讶临花倍惆怅，赏心原不在枝头。

【注】[1] 竟日：一日、一天。[2] 吴语：吴地的口音。吴地，今江浙一带。[3] 杞国何人独抱忧：此为用"杞人忧天"之典，典初《列子·天瑞》："杞国有人，忧天地崩坠，身亡所寄，废寝食者。"

与胡少参小集
正德四年（1509年）三月

【评】该诗描写了与胡姓少参小聚之作，在写情景中表达了归隐之意。

细雨初晴蠛蠓[1]飞，小亭花竹晚凉微。
后期客到停杯久，远道春来得信稀。
翰墨多凭消旅况，道心无赖入禅机[2]。
何时喜遂风泉[3]赏，甘作山中一白衣？

【注】[1] 蠛蠓：音 miè měng，飞虫的一种。[2] 禅机：禅法机要。[3] 风泉：指代归隐。

再用前韵赋鹦鹉

正德四年（1509年）三月

【评】该诗为再用前《与胡少参小集》韵的赋鹦鹉之作，和前《鹦鹉和胡韵》一样，以鹦鹉自况。因王阳明两赋鹦鹉和东汉末年祢衡《鹦鹉赋》取旨相同，故下全引祢赋以注。

低垂犹忆陇西飞，金锁长羁念力微。
只为能言离土远，可怜折翼叹群稀。
春林羞比黄鹂巧，晴渚思忘白鸟机。
千古正平名正赋[1]，风尘谁与惜毛衣？

【注】[1] 千古正平名正赋：正平，祢衡字，东汉末年文学家、赋家，曾撰《鹦鹉赋》。祢衡《鹦鹉赋》为托物言志之作，赋中描写具有"奇姿""殊智"的鹦鹉，却不幸被"闭以雕笼，剪其翅羽"，失去自由；赋中"顺笼槛以俯仰，窥户牖以踟蹰""顾六翮之残毁，虽奋迅其焉如"的不自由生活，显然是以鹦鹉自况，抒写才智之士生于乱世的愤懑心情，反映作者对东汉末年政治黑暗的强烈不满。此赋寓意深刻，状物惟肖，感慨深沉，融咏物、抒情、刺世为一体。

送客过二桥

正德四年（1509年）三月

【评】该诗为王阳明送客过二桥之作。从诗文看，客或为他的门人。二桥，址今贵阳市云岩区。首联写送客情景；颔联写感想，幸而有送客，才使自己得睹二桥的美景；颈联写自己与二桥环境想象中的结合，谓其小洞和清泉恰适合自己修身养性；尾联则为是非成败转头空的感悟。

下马溪边偶共行,好山当面正如屏。

不缘送客何因到,还喜门人伴独醒[1]。

小洞巧容危膝坐[2],清泉不厌洗心听。

经过转眼俱陈迹,多少高崖漫勒铭[3]。

【注】[1] 独醒:独自清醒,喻不同流俗。出自《楚辞·渔父》:"屈原曰:'举世皆浊我独清,众人皆醉我独醒,是以见放!'"[2] 危膝坐:危坐、跪坐,即正身而跪,表严肃恭敬。[3] 勒铭:镌文于金石。

复用杜韵一首

正德四年(1509年)三月

【评】该诗为承上《送客过二桥》而作,诗义相同,用杜甫《江村》之韵。杜甫《江村》云:"清江一曲抱村流,长夏江村事事幽。自去自来堂上燕,相亲相近水中鸥。老妻画纸为棋局,稚子敲针作钓钩。多病所须唯药物,微躯此外更何求。"王阳明该诗自然、恬淡的诗境和诗义也与杜甫《江村》同。

濯缨[1]何处有清流,三月寻幽始得幽。

送客正逢催驿骑,笑人且复任沙鸥。

崖傍石偃门双启,洞口萝垂箔[2]半钩。

淡我平生无一好,独于泉石[3]尚多求。

【注】[1] 濯缨:洗濯冠缨,比喻超脱世俗,操守高洁。[2] 箔:用苇子、秫秸等做成的帘子。[3] 泉石:指代隐居生活。

先日与诸友有郊园之约是日因送客后期小诗写怀三首

正德四年（1509年）三月

【评】该诗为王阳明适送客之后，践前日与诸友郊园之约的写怀之作。郊园，贵阳郊外的园林，类今郊区农家乐。该诗以颇具豪放之笔触，写出王阳明对这次聚会的期待。如"归醉先拼日暮时""便与诸公须痛饮，日斜潦倒更题诗"等句，是他在贵阳真实生活的反映。

其一

郊园隔宿有幽期，送客三桥[1]故故迟。
樽酒定应须我久，诸君[2]且莫向人疑。
同游更忆春前日，归醉先拼日暮时。
却笑相望才咫尺，无因走马送新诗。

其二

自欲探幽肯后期，若为尘事[3]故能迟。
缓归已受山童促，久坐翻令溪鸟疑。
竹里清醅[4]应几酌，水边相候定多时。
临风无限停云思，回首空歌《伐木》诗。

其三

三桥客散赴前期，纵辔还嫌马足迟。
好鸟花间先报语，浮云山顶尚堪疑。
曾传江阁邀宾句，颇似篱边送酒时。
便与诸公须痛饮，日斜潦倒[5]更题诗。

【注】[1]三桥：贵阳三桥，址今贵阳市云岩区。[2]诸君：本次约定聚会的各位好朋友。[3]尘事：俗务。[4]醅：没滤过的酒。[5]潦倒：此指饮酒醉倒。

春日花间偶集示门生

正德四年（1509年）三月

【评】该诗起《论语》曾点气象典，后又写研几悟道及雨中细草、清新小桃的意象，还有"坐起咏歌俱实学"的观点，证明王阳明龙场所悟之道是具有实践特质的儒学。

闲来聊与二三子，单夹初成行暮春。[1]
改课讲题非我事，研几[2]悟道是何人？
阶前细草雨还碧，檐下小桃晴更新。
坐起咏歌俱实学，毫厘须遣认教真。

【注】[1] 闲来聊与二三子，单夹初成行暮春：该二句用《论语·先进》"暮春者，春服既成……吾与点也"典。[2] 研几：哲学上的穷究精微之理，亦作"研机"，出自《周易·系辞上》："夫易，圣人之所以极深而研几也。"

答刘美之见寄次韵

正德四年（1509年）三月

【评】该诗为王阳明次韵友人刘美之（刘瑜，字美之，号省斋，山东文登人，时铜仁知府）之作，为七律。诗写到了对刘美之怀疑自己贫困的谪居生活的回应，进而叙述了自己的谪居生活、思乡的情感和消极归隐的思想。

休疑迁客迹全贫，犹有沙鸥日见亲。
勋业已辞沧海梦，烟花多负故园春。
百年长恐终无补，万里宁期尚得身。
念我不劳伤鬓雪，知君亦欲拂衣尘[1]。

【注】[1] 拂衣尘：代归隐。

送毛宪副致仕归桐江书院序

正德四年（1509年）四月

【评】该文是王阳明为送毛宪副致仕归桐江书院所撰的序文。在记载了三段人们对毛宪副的致意后，王阳明赞赏"虽然，君子之道，用之则行，舍之则藏。用之而不行者，往而不返者也；舍之而不藏者，溺而不止者"的说法，赞赏为"尽于道矣，不可以有加"，以"用之则行，舍之则藏"为士人处世准则。今天看来，将自己人生价值的实现寄托在他人的身上是一种消极的人生态度，但在当时的时代环境下，这也是人们无奈的明智。

正德己巳[1]夏四月，贵州按察司副使[2]毛公承上之命，得致其仕而归。先是，公尝卜桐江书院于子陵钓台之侧者几年矣，至是将归老焉，谓其志之始获遂也，甚喜。而同僚之良惜[3]公之去，乃相与咨嗟[4]不忍，集而饯之南门之外。酒既行，有起而言于公者，曰："君子之道，出与处而已。其出也有所为，其处也有所乐。公始以名进士从政南部，理繁治剧，顾然已有公辅[5]之望。及为方面于云、贵之间者十余年，内厘其军民，外抚诸戎蛮夷，政务举而德咸著。虽或以是召嫉取谤，而名称亦用是益显建立，暴[6]于天下。斯不谓之有为乎？今兹之归，脱屣声利，垂竿读书，乐泉石之清幽，就烟霞而屏迹；宠辱无所与，而世累[7]无所加。斯不谓之有所乐乎？公于出处之际，其亦无憾焉耳已！"公起拜谢。复有言者曰："虽然，公之出而仕也，太夫人[8]老矣，先大夫忠襄公又遗未尽之志，欲仕则违其母，欲养则违其父，不得已权二者之轻重，出而自奋于功业。人徒见公之忧劳为国而忘其家，不知凡以成忠襄公之志，而未尝一日不在于太夫人之养也。今而归，告成于忠襄之庙，拜太夫人于膝下，旦夕承欢，伸色养[9]之孝，公之愿遂矣。而其劳国勤民，拳拳不舍之念，又何能释然而忘之！则公虽欲一日遂归休之乐，盖亦有所未能也。"公复起拜谢。又有言者曰："虽然，君子之道，用之则行，舍之则藏。

用之而不行者，往而不返者也；舍之而不藏者，溺而不止者也。公之用也，既有以行之；其舍之也，有弗能藏者乎？吾未见夫有其用而无其体者也。"公又起拜，遂行。

阳明山人闻其言而论之曰："始之言，道其事也，而未及于其心；次之言者，得公之心矣，而未尽于道；终之言者，尽于道矣，不可以有加矣。斯公之所允蹈[10]者乎！"诸大夫皆曰："然。子盍[11]书之以赠从者？"

【注】[1] 正德己巳：正德四年（1509年）。[2] 按察司副使：官名，提刑按察使司的副长官。按察司主管一省的刑名、诉讼事务，同时也是中央监察机关——都察院在地方的分支机构，对地方官员行使监察权。[3] 良惜：确实惋惜。[4] 咨嗟：赞叹、叹息。[5] 公辅：古代三公、四辅，均为天子之佐，借指宰相一类的大臣。[6] 暴：公开。[7] 世累：世俗拖累。[8] 太夫人：汉制，列侯之母称太夫人，后来凡官僚、豪绅的母亲不论在世与否，均称太夫人。[9] 色养：人子和颜悦色奉养父母或承顺父母，《论语·为政》："子游问孝。子曰：'今之孝者，是谓能养。'……子夏问孝。子曰：'色难。'"朱熹《集注》："色难，谓事亲之际，惟色为难也。"[10] 允蹈：恪守、遵循。[11] 盍：音 hé，何不，表反问或疑问。

夏日游阳明小洞天喜诸生偕集偶用唐韵

正德四年（1509年）四月

【评】这首诗的题目即表示王阳明对教学工作的热爱，以及和门人深厚的感情：正德四年（1509年）游阳明小洞天，门人都来了，他难掩喜悦，随即用唐韵赋七律一首，用"山中宰相"、孔子"在陈绝粮"表达此时情志。噫！尾联"他年故国怀诸友，魂梦还须到水头"，为他行将告别龙场谪居之暗示？

古洞[1]闲来日日游，山中宰相[2]胜封侯。

绝粮每自嗟尼父，愠见还时有仲由。[3]

云里高崖微入暑,石间寒溜已含秋。

他年故国怀诸友,魂梦还须到水头。

【注】[1] 古洞:阳明小洞天。[2] 山中宰相:南朝梁时陶弘景隐居茅山屡聘不出,梁武帝常向他请教国家大事,故人称"山中宰相"。《南史·陶弘景传》谓:"国家每有吉凶征讨大事,无不前以咨询。月中常有数信,时人谓为山中宰相。"后喻隐居的高贤。[3] 绝粮每自嗟尼父,愠见还时有仲由:该二句为用孔子"在陈绝粮"之典,典谓:"在陈绝粮,从者病,莫能兴。子路愠见曰:'君子亦有穷乎?'子曰:"'君子固穷,小人穷斯滥矣。'"

骢马归朝诗叙

正德四年(1509年)五月

【评】该文是王阳明为贵州巡按御史王济任满归朝时,人们为王济所写诗集所撰的叙文。束景南先生《王阳明佚文辑考编年》谓真迹(长189厘米,宽26厘米)今藏广东省博物馆,计文渊《吉光片羽弥足珍》著录。骢(cōng)马,亦作"驄马",青白色相杂的马,指御史所乘之马或借指御史,典见《东观汉记》:"行行且行,避御史骢马。"谓桓典拜侍御史,常乘骢马,京师畏惮,避之唯恐不及。该文没有直书王济巡按贵阳的功绩,而是从侧面,以贵阳各阶层民众对其依依不舍的挽留,用衬托手法进行了褒赞。

正德戊辰正月,古润[1]王公汝楫以监察御史奉命来按贵阳,明年五月及代,当归朝于京师。在部之民暨屯戍之士,下逮诸种苗夷闻之,咸奔走相谓曰:"呜呼!公之未来也,吾农而弗得耕,商而弗得市,戍役无期而弗能有吾家,刊剥无艺而弗能保吾父母妻子,吾死且无日矣!自公之至,而吾始复吾业,得吾家,安吾父母妻子之养。盖为生未几耳,而公又将舍我而去,吾其复归于死乎!"乃相与奔告于其长吏,曰:"为我请于朝,留公以庇我。"其长吏曰:"呜呼!其独尔乎哉!公之未来也,吾舍吾职而征敛以奉上,禄之不

得食,而称贷以足之;自公之至,而吾始复为吾官,事事而食禄;今又舍我而去,吾将有请焉而限于职,留焉而势所不得行也。吾与尔且奈何哉!"则又相率而议于学校之士,曰:"斯其公论之所自出,而可以言请也;斯其无官守之嫌,而可以情留之也。"学校之士曰:"呜呼!其独尔乎哉!吾束吾简编,而不获窥者两年矣;自公之至,而吾始得以诵吾诗,读吾书。当公之未至,吾父老苦于追求,吾稚弱疲于奔役,吾日奔走救疗于其间而不暇,而奚暇及吾业?吾身之弗能免,而况能庇吾家乎?况能望其作兴振励,开导而训诲如公今日之为乎?今公之去,吾惟无以致吾力而庸吾情,有如可得以请而留也,亦何靳而弗为乎?"其长者顾少者而言曰:"呜呼!理之无可屈,而卒以不伸者,局于时也;情之不可已,而终以不行者,泥于势也。夫留公以庇吾一省者,情之极也,而于理亦安所不得中?然而度之时势之间,则公之不可以为我留者三,我之不可以留公者五,吾今不欲尽言之,吾党之处此亦不可无审也。"众皆默然良久,乃皆曰:"然则奈何乎?不可以吾人之故而累公矣;其得遂以公之故而已吾情乎?吾情不能伸矣,其独不得以声之诗歌而少舒乎?"其长者曰:"是亦无所益于公,而徒尔呶呶为也。虽然,必无已焉。宣吾之情而因以直夫理,扬今之美盛而遂以讽于将来,则是举也,殆亦庶乎其可哉。"乃相与求贤士大夫之在贵阳者诗歌之,而演之为卷,卷成而来请于阳明居士,曰:"斯盖德之光也,情之所由彰也,理之所以不亡也。吾士人之愿,诸大夫之所憾也,先生一言而叙之。"居士曰:"吾以言得罪于此,言又何为乎?"学校之士为之请不置,因次叙其语于卷而归之。卷之端题曰"骢马归朝"者,盖留之不得,而遂以送之也。

正德己巳五月既望,阳明居士王守仁书。

【注】[1] 古润:或为时镇江府丹徒县里名,今丹徒县梦溪园、中山东路、解放路和正东路之间有古润清真寺。

夏日登易氏万卷楼用唐韵

正德四年（1509年）六月

【评】该诗为王阳明赴贵阳送陆健迁福建副使，登贵阳易氏万卷楼用唐韵之作。易氏万卷楼，明代贵阳人易贵建的藏书楼，现已不存。该诗表达了喜忧参半的矛盾心情，喜表现在"久客已忘非故土，此身兼喜是闲官"句，忧则表现为"高楼六月自生寒""极目海天家万里，风尘关塞欲归难"的故土之思。

高楼六月自生寒，沓嶂回峰拥碧阑。
久客已忘非故土，此身兼喜是闲官[1]。
幽花傍晚烟初暝[2]，深树新晴雨未干。
极目海天家万里，风尘关塞欲归难。

【注】[1] 闲官：指任龙场驿丞无事可做的清闲。[2] 暝：黄昏。

次韵送陆文顺佥宪

正德四年（1509年）七月

【评】该诗为王阳明送别陆健的次韵之作。首联、颔联写和陆文顺的依依惜别，颈联、尾联写自己对京师的眷恋与无奈。

贵阳东望楚山平，无奈天涯又送行。
杯酒豫期[1] 倾盖[2] 日，封书烦慰倚门情[3]。
心驰魏阙[4] 星辰迥，路绕乡山草木荣。
京国交游零落尽，空将秋月寄猿声。

【注】[1] 豫期：预期。[2] 倾盖：指代知音的忘情交谈。[3] 倚门情：指代父

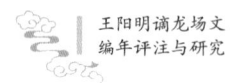

母倚门殷切望归之情。唐张说"天从扇枕愿，人遂倚门情"（《岳州别姚司马绍之制许归侍》诗）有用，典出《战国策·齐策六》："女朝出而晚来，则吾倚门而望，女暮出而不还，则吾倚闾而望。"[4] 魏阙：宫门上巍然高出的观楼，典出《庄子·让王》："身在江海之上，心居乎魏阙之下。"

瘗旅文

正德四年（1509年）八月

【评】该文撰写于正德四年（1509年）八月初三日，写得哀痛悲伤、情真意切、感人至深、催人泪下，是历来为人称赏赞叹的名篇。就文中内容来说，王阳明悲痛的心情首先从数度出现的"呜呼伤哉"可见，又可见于"以只鸡饭三盂，嗟吁涕洟而告之"，还可见于文章最后的长歌当哭的为死者而悲歌。但是，我们不禁要问，该文中王阳明哀悼的对象既非其亲亦非其友，而是和他无亲无故甚至萍水相逢都不是的三个旅途中死亡的路人，他何以有如此沉痛哀伤的情感？本书认为，该文之所以如此成功，其情感来源直接的是感同身受、同病相怜于自己和三位死者共同的远离故土的人生遭际，但深层次的却是"以天地万物为一体"的良知情怀。

维正德四年秋月三日，有吏目[1]云自京来者，不知其名氏；携一子一仆，将之任，过龙场，投宿土苗家。予从篱落间望见之，阴雨昏黑，欲就问讯北来事，不果。明早遣人觇[2]之，已行矣。薄午[3]有人自蜈蚣坡[4]来，云一老人死坡下，傍两人哭之哀。予曰："此必吏目死矣。伤哉！"薄暮[5]复有人来，云："城下死者二人，傍一人坐叹。"询其状，则其子又死矣。明日复有人来，云："见坡下积尸三焉。"则其仆又死矣。呜呼伤哉！念其暴骨无主，将二童子持畚锸[6]，往瘗[7]之，二童子有难色然。予曰："嘻！吾与尔犹彼也。"二童悯然涕下，请往；就其傍山麓为三坎埋之，又以只鸡饭三盂，嗟吁涕洟[8]而告之。曰：

呜呼伤哉！繄何人？繄何人？吾龙场驿丞余姚王守仁也。吾与尔皆中土之产，吾不知尔郡邑，尔乌为乎来为兹山之鬼乎？古者重去其乡，游宦[9]不逾千里。吾以窜逐而来此，宜也；尔亦何辜乎？闻尔官，吏目耳，俸不能五斗，尔率妻子躬耕，可有也，乌为乎以五斗而易尔七尺之躯？又不足，而益以尔子与仆乎？呜呼伤哉！尔诚恋兹五斗而来，则宜欣然就道，乌为乎吾昨望见尔容戚然，盖不任其忧者？夫冲冒雾露，扳援崖壁，行万峰之顶，饥渴劳顿，筋骨疲惫，而又瘴厉侵其外，忧郁攻其中，其能以无死乎？吾固知尔之必死，然不谓若是其速，又不谓尔子尔仆亦遽尔奄忽也。皆尔自取，谓之何哉！吾念尔三骨之无依而来瘗尔，乃使吾有无穷之怆也，呜呼痛哉！纵不尔瘗，幽崖之狐成群，阴壑之虺如车轮，亦必能葬尔于腹，不致久暴露尔。尔既已无知，然吾何能为心乎？自吾去父母乡国而来此，二年矣，历瘴毒而苟能自全，以吾未尝一日之戚戚也。今悲伤若此，是吾为尔者重而自为者轻也。吾不宜复为尔悲矣。吾为尔歌，尔听之。歌曰：

连峰际天兮，飞鸟不通；游子怀乡兮，莫知西东。莫知西东兮，维天则同。异域殊方兮，环海之中；达观随寓兮，奚必予宫？魂兮魂兮，无悲以恫！

又歌以慰之，曰：

与尔皆乡土之离兮，蛮之人言语不相知兮。性命不可期，吾苟死于兹兮，率尔子仆来从予兮。吾与尔遨以嬉兮，骖紫彪[10]而乘文螭[11]兮，登望故乡而嘘唏兮。吾苟获生归兮，尔子尔仆尚尔随兮，无以无侣悲兮。道傍之冢累累兮，多中土之流离兮，相与呼啸而徘徊兮。餐风饮露，无尔饥兮；朝友麋鹿，暮猿与栖兮。尔安尔居兮，无为厉于兹墟兮！

【注】[1]吏目：古官名，元于儒学提举司及各州设吏目为参佐官；明之翰林院、太常寺、太医院、留守、安抚、招讨、市舶、盐课诸司及都指挥司、各长官司、各千户所、各州均有设置，掌文书，或佐理刑狱及官署事务。[2]觇：音chān，偷偷察看。[3]薄午：接近中午。[4]蜈蚣坡：在贵阳市修文县谷堡乡哨上村。[5]薄暮：接近傍晚。[6]畚锸：音běn chā，亦作"畚臿""畚插"，挖土、盛土的器具。畚，盛土器；锸，起土器。[7]瘗：音yì，埋葬。[8]涕洟：音tì yí，眼泪和鼻涕。[9]游宦：远离家乡在官府任职。[10]彪：小老虎。[11]螭：音chī，古代传说中一种没有角的龙。

寓贵诗

正德四年(1509年)九月

【评】该诗由束景南先生自《嘉靖贵州通志》卷三辑出,仅有两句佚文,入《王阳明佚文辑考编年》。《嘉靖贵州通志》撰于嘉靖三十四年(1555年),所引资料乃实地所得,该诗或有诗刻在龙场驿,约作于席书聘其主贵阳书院时,盖是王阳明实有所见所感之作。

村村兴社学[1],处处有书声。

【注】[1] 社学:元、明、清三代的地方小学。

徐都宪同游南庵次韵

正德四年(1509年)九月

【评】该诗为王阳明陪徐都宪(徐文华,嘉定人,字用光,时贵州巡按御史)游南庵的次韵之作。诗以写南庵长春无夏、明净宜人的景色为主,亦发表了感叹岁月、及时行乐的即时人生态度。

岩寺藏春长不夏,江花映日艳于桃。
山阴[1]入户川光[2]暮,林影浮空暑气高。
树老岂能知岁月,溪清真可鉴秋毫[3]。
但逢佳景须行乐,莫遣风霜著鬓毛。

【注】[1] 山阴:山的阴影。[2] 川光:平地的阳光。[3] 秋毫:秋天鸟兽的毫毛,形容极细小的事物,此处用本义。

南庵次韵二首

正德四年（1509年）九月

【评】该二诗为王阳明游南庵的次韵之作，体为七律。南庵，即今翠微园，在贵阳南明河南岸，和甲秀楼紧邻。诗在写即目之景的同时，抒发了自己的谪客情怀。谪客蕴蓄在"渐觉形骸逃物外，未妨游乐在天涯""年年岁晚长为客，闲杀西湖旧钓矶"等句中。

其一

隔水樵渔亦几家？缘冈石路入溪斜。

松林晚映千峰雨，枫叶秋连万树霞。

渐觉形骸逃物外[1]，未妨游乐在天涯。

频来不用劳僧榻，已僭[2]汀鸥一席沙。

其二

斜日江波动客[3]衣，水南深竹见岩扉[4]。

渔人收网舟初集，野老忘机[5]坐未归。

渐觉云间栖翼乱，愁看天北暮云飞。

年年岁晚长为客，闲杀西湖旧钓矶[6]。

【注】[1]渐觉形骸逃物外：该句写陶醉于眼前美景时的忘怀尘世之感。[2]僭：超越。[3]客：当为王阳明自指。[4]岩扉：岩洞的门，唐孟浩然"岩扉松径长寂寥，惟有幽人自来去"（《夜归鹿门歌》）有用。[5]机：此指俗务。[6]矶：水边突出的岩石或石滩，孟浩然"钓矶平可坐，苔磴滑难步"（《经七里滩》）有用。

观傀儡次韵

正德四年（1509年）九月

【评】该诗为王阳明观傀儡戏的次韵之作，也是彼时感慨的书写，富于哲理意味,即对人生如戏的感受,表达了"樽前学楚狂"的即时心境。这种心境和人生如戏观点,根本来源于他所遭遇贬谪的不公平对待。

处处相逢是戏场,何须傀儡[1]夜登堂?
繁华过眼三更促,名利牵人一线长。
稚子[2]自应争诧说[3],矮人[4]亦复浪悲伤。
本来面目还谁识?且向樽前学楚狂[5]。

【注】[1]傀儡:傀儡戏,一种用木偶表演的故事戏。[2]稚子:此指看戏的小孩子。[3]争诧说:争相就傀儡戏带来的惊异表达观点。[4]矮人:此指傀儡戏表演者。[5]楚狂:春秋末期楚国狂人接舆,典出《论语·微子》,其曰:"楚狂接舆歌而过孔子,曰:'凤兮凤兮!何德之衰?往者不可谏,来者犹可追。已而,已而!今之从政者殆而!'孔子下,欲与之言。趋而辟之,不得与之言。"

即席次王文济少参韵二首

正德四年(1509年)九月

【评】该二诗为王阳明的即席次韵之作,表达了宴会当中对谪居的感慨:其一感慨了自己身心的变化,以及和对方的友情;其二则是感慨当前处境,为国靖难规划的落空。

其一
摇落[1]休教感客途,南来秋兴未全孤。
肝肠已自成金石,齿发从渠变柳蒲[2]。
倾倒酒怀金谷罚[3],逼真词格辋川图[4]。
谪乡莫道贫消骨,犹有新诗了旧逋[5]。

其二
此身未拟泣穷途[6],随处翻飞野鹤孤。

霜冷几枝存晚菊，溪春两度见新蒲。
荆西寇盗纡筹策[7]，湘北流移入画图。
莫怪当筵倍凄切，诛求满地促官逋[8]。

【注】[1] 摇落：草木凋零、飘落，为"悲哉，秋之为气也，萧瑟兮草木摇落而衰"（宋玉《九辩》）之袭用。[2] 柳蒲：柳树和蒲草，两种易于凋零的植物。[3] 金谷罚：酒令名，李白"如诗不成，罚以金谷酒数"（《春夜桃李园宴诸从弟序》）有用，典源为晋代石崇《金谷园诗序》："余以元康六年，从太仆卿出为使，持节监青、徐诸军事征虏将军。有别庐在河南县界，金谷涧中……遂各赋诗，以叙中怀，或不能者，罚酒三斗。"金谷园，为石崇极其奢华的私家园林，在今河南洛阳西北。[4] 辋川图：唐代王维所作名画，为其辋川别业的诗意书写。辋川，址今陕西省蓝田县辋川镇。[5] 旧逋：过去的拖欠。逋，拖欠。[6] 泣穷途：身处困境而悲伤。[7] 纡筹策：规划计划受阻而没有实现。纡，打结、捆住；筹策，计划、规划。[8] 官逋：拖欠的官府租税。

《五经臆说》序
正德四年（1509年）十月

【评】该文是王阳明为其撰写的《五经臆说》所作的序文。序文开篇以筌与鱼、醪与糟粕，即手段与目的关系类比五经和其精神的关系，说手段是达到目的的手段，达到目的后手段可以抛弃，但没达到目的之前还是要重视手段，很好地利用手段。也即五经是达到把握五经精神的手段，没有把握其精神之前，还是要将精力放在文本上；一旦把握了精神，则不要被文字牵绊。此处，王阳明所谓的五经精神，就是他的"致良知"心学。

得鱼而忘筌，醪[1]尽而糟粕弃之。鱼醪之未得，而曰是筌与糟粕也，鱼与醪终不可得矣。五经[2]，圣人之学具焉。然自其已闻者而言之，其于道也，亦筌与糟粕耳。窃尝怪夫世之儒者求鱼于筌，而谓糟粕之为醪也。夫谓糟粕

之为醪,犹近也,糟粕之中而醪存。求鱼于筌,则筌与鱼远矣。

龙场居南夷万山中,书卷不可携,日坐石穴,默记旧所读书而录之。意有所得,辄为之训释。期有七月[3]而五经之旨略遍,名之曰臆说。盖不必尽合于先贤,聊写其胸臆之见,而因以娱情养性焉耳。则吾之为是,固又忘鱼而钓,寄兴于曲蘖[4],而非诚旨之味者矣。呜呼!观吾之说而不得其心,以为是亦筌与糟粕也,从而求鱼与醪焉,则失之矣。

夫说凡四十六卷,经各十,而礼之说尚多缺,仅六卷云。

【注】[1]醪:音láo,醇酒。[2]五经:《易经》《尚书》《诗经》《礼经》《春秋》等儒家传统经典。[3]期有七月:过了七个月。[4]曲蘖:酿酒前发酵的粮食。曲,酒母;蘖,音niè,酿酒的曲。

《五经臆说》十三条

正德四年(1509年)十月

【评】贬谪龙场期间,王阳明曾撰《五经臆说》四十六卷,后他担心后学因《五经臆说》文字局限、牵绊而影响了对"致良知"精神的理解而将之焚毁。幸而有钱德洪在整理遗物时发现了《五经臆说》的残稿十三条,使后人得以略见一二。该《〈五经臆说〉十三条》虽为王阳明焚《五经臆说》的残稿,但就内容看,又像是有意留存之文,因为从中不仅可以读出他心学之悟的表达,还可见此时他的生活、心态、心志寄托。关于心学之悟的表达,他在《春秋》"隐公元年春正月"条的解释中有:"天下之元在于王;一国之元在于君;君之元在于心。元也者,在天为生物之仁,而在人则为心。"同条的解释中对新君"维新"的阐发,可理解为他对新君正德皇帝朱厚照"维新"的期待与提醒,是他的心志寄托。而"郑伯克段于鄢"条的解释则可理解为他期许正德皇帝铲除权奸心志的寄托,此可从"辨似是之非,以正人心,而险谲无所容其奸"知。王阳明谪官龙场的心态,最著者当然是贬谪心态。贬谪心态的写照,在此《〈五经臆说〉十三条》的《易》之《恒》《遁》《晋》三卦的解释中。其中关于《诗经》解释的《时迈》《执竞》《思文》《臣工》《有瞽》五篇全出自《周颂》，内容为对周代后稷、周文王、周武王等文治武功的称赞，可理解为对正德皇帝以他们为榜样治理天下的心志寄托。

钱德洪序：

师居龙场，学得所悟，证诸《五经》，觉先儒训释未尽，乃随所记忆，为之疏解。阅十有九月，《五经》略遍，命曰《臆说》。既后自觉学益精，工夫益简易，故不复出以示人。洪尝乘间以请。师笑曰："付秦火久矣。"洪请问。师曰："只致良知，虽千经万典，异端曲学，如执权衡，天下轻重莫逃焉，更不必支分句析，以知解接人也。"后执师丧，偶于废稿中得此数条。洪窃录而读之，乃叹曰："吾师之学，于一处融彻，终日言之不离是矣。即此以例全经，可知也。"

正文：

元年春王正月〇人君即位之一年，必书"元年"。元者，始也，无始则无以为终。故书元年者，正始也。大哉乾元[1]，天之始也。至哉坤元[2]，地之始也。成位乎其中，则有人元焉。故天下之元在于王；一国之元在于君；君之元在于心。元也者，在天为生物之仁，而在人则为心。心生而有者也，曷为为君而始乎？曰："心生而有者也。未为君，而其用止于一身；既为君，而其用关于一国。故元年者，人君为国之始也。当是时也，群臣百姓，悉意明目以观维新之始。则人君者，尤当洗心涤虑以为维新之始。故元年者，人君正心之始也。"曰："前此可无正乎？"曰："正也，有未尽焉，此又其一始也。改元年者，人君改过迁善，修身立德之始也，端本澄源，三纲五常之始也；立政治民，休戚安危之始也。呜呼！其可以不慎乎？"

"元年"者，鲁隐公之元年。"春"者，天之春。"王"，周王也。王次春，示王者之上承天道也。"正月"者，周王之正月。周人以建子为天统，则夏正之十一月也。夫子以天下之诸侯不复知有周也，于是乎作《春秋》以尊王室，故书"王正月"，以大一统也。书"王正月"以大一统，不以王年，而以鲁年者，《春秋》鲁史，而书"王正月"，斯所以为大一统也。隐公未尝即位也，何以有元年乎？曰："隐公即位矣。不即位，何以有元年？夫子削之不书，欲使后人之求其实也。"曰:"隐公即位矣,而不书,何也?"曰:"隐公以桓之幼而摄焉,其以摄告,故不即位也。然而天下知隐公让国之善,而争夺觊觎[3]者知所愧矣。"曰:"以摄告,则宜以摄书,而不书何也?"曰:"隐公,兄也,桓公,弟也,庶均以长,隐公君也,奚摄焉?然而天下知嫡庶长幼之分,而乱常失序者知所定也。"曰:"隐公君也,非摄也,则宜即位矣,而不即位焉,何也?"曰:"诸侯之立国也,承之先君,而命之天子,隐无所承命也。然而天下知父子君臣之伦,而无父无君者知所惧矣。一不书即位,而隐公让国之善见焉,嫡庶长幼之分明焉,父子君臣之伦正焉,善恶兼著,而是非不相掩。呜呼!此所以为化工之妙也欤!"

郑伯克段于鄢○书"郑伯"[4],原杀段[5]者惟郑伯也。段以弟篡兄,以臣伐君,王法之所必诛,国人之所共讨也。而专罪郑伯!盖授之大邑,而不为之所,纵使失道,以至于败者,伯之心也。段之恶既已暴著于天下,《春秋》无所庸诛矣。书"克",原伯之心素视段为寇敌,至是而始克之也。段居于京,而书于鄢,见郑伯之既伐诸京,而复伐诸鄢,必杀之而后已也。郑伯之于叔段,始焉授之大邑,而听其收鄢,若爱弟之过而过于厚也。既其畔也,王法所不赦,郑伯虽欲已焉,若不容已矣。天下之人皆以为段之恶在所必诛,而郑伯讨之宜也。是其迹之近似,亦何以异于周公之诛管、蔡。故《春秋》特诛其意而书曰:"郑伯克段于鄢",辨似是之非,以正人心,而险谲[6]无所容其奸矣。

天地感而万物化生,实理流行也。圣人感人心而天下和平,至诚[7]发见也。皆所谓"贞"也。观天地交感之理,圣人感人心之道,不过于一贞,而万物生,天下和平焉,则天地万物之情可见矣。

《恒》[8],所以亨而无咎,而必利于贞者,非《恒》之外复有所谓贞也,久于其道而已。贞即常久之道也。天地之道,亦惟常久而不已耳,天地之道,无不贞也。"利有攸往"者,常之道,非滞而不通,止而不动之谓也。是乃始而终,终而复始,循环无端,周流而不已者也。使其滞而不通,止而不动,是乃泥常之名,而不知常之实者也,岂能常久而不已乎?故"利有攸往"者,示人以常道之用也。以常道而行,何所往而不利!无所往而不利,乃所以为常久不已之道也。天地之道,一常久不已而已。日月之所以能昼而夜,夜而复昼,而照临不穷者,一天道之常久而不已也。四时之所以能春而冬,冬而复春,而生运不穷者,一天道之常久不已也。圣人之所以能成而化,化而复成,而妙用不穷者,一天道之常久不已也。夫天地、日月、四时,圣人之所以能常久而不已者,亦贞而已耳。观夫天地、日月、四时,圣人之所以能常久而不已者,不外乎一贞,则天地万物之情,其亦不外乎一贞也,亦可见矣。《恒》之为卦,上《震》为雷,下《巽》为风,雷动风行,簸扬奋厉,翕张而交作,若天下之至变也。而所以为风为雷者,则有一定而不可易之理,是乃天下之至恒也。君子体夫雷风为《恒》之象,则虽酬酢万变,妙用无方,而其所立,必有卓然而不可易之体,是乃体常尽变。非天地之至恒,其孰能与于此?

《遁》[9],阴渐长而阳退遁也。《彖》言得此卦者,能遁而退避则亨。当此之时,苟有所为,但利小贞而不可大贞也。夫子释之以为《遁》之所以为亨者,以其时阴渐长,阳渐消,故能自全其道而退遁,则身虽退而道亨,是道以遁而亨也。虽当阳消之时,然四阳尚盛,而九五居尊得位;虽当阴长之时,然二阴尚微,而六二处下应五。盖君子犹在于位,而其朋尚盛,小人新进,势犹不敌,尚知顺应于君子,而未敢肆其恶,故几微。君子虽已知其可遁之时,然势尚可为,则又未忍决然舍去,而必于遁,且欲与时消息,尽力匡扶,以行其道。则虽当遁之时,而亦有可亨之道也。虽有可亨之道,然终从阴长之时,小人之朋日渐以盛。苟一裁之以正,则小人将无所容,而大肆其恶,是将以救敝而反速之乱矣。故君子又当委曲周旋,修败补罅,积小防微,以阴扶正道,使不至于速乱。程子所谓"致力于未极之间,强此之衰,艰彼之进,图其暂安"者,是乃小利贞之谓矣。夫当遁之时,道在于遁,则遁其身以亨其道。道犹可亨,则亨其遁以行于时。非时中之圣与时消息者,不能与于此也。故曰:"《遁》之时义大矣哉!"

"明出地上,《晋》[10],君子以自昭明德。"日之体本无不明也,故谓之大明。有时而不明者,入于地,则不明矣。心之德本无不明也,故谓之明德。有时而不明者,蔽于私也。去其私,无不明矣。日之出地,日自出也,天无与焉。君子之明明德,自明之也,人无所与焉。自昭也者,自去其私欲之蔽而已。初阴居下,当进之始,上与四应,有晋如之象。然四意方自求进,不

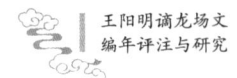

暇与初为援，故又有见摧之象。当此之时，苟能以正自守，则可以获吉。盖当进身之始，德业未著，忠诚未显，上之人岂能遽相孚信。使其以上之未信，而遂汲汲于求知，则将有失身枉道之耻，怀愤用智之非，而悔咎之来必矣。故当宽裕雍容，安处于正，则德久而自孚，诚积而自感，又何咎之有乎？盖初虽晋如，而终不失其吉者，以能独行其正也。虽不见信于上，然以宽裕自处，则可以无咎者，以其始进在下，而未尝受命当职任也。使其已当职任，不信于上，而优裕废弛，将不免于旷官之责，其能以无咎乎？

《时迈》[11]十五句，武王初克商，巡守诸侯，朝会祭告之乐歌。言我不敢自逸，而以时巡行诸侯之邦。我勤民如此，天以我为子乎？今以我巡行之事占之，是天之实有以右序夫我有周矣。何者？我之巡行诸侯，所以兴废举坠，削有罪，黜不职者，亦聊以警动震发其委靡颓惰者耳。而四方诸侯莫不警惧修者，敦薄立懦，而兴起夫维新之政，至于怀柔百神，而河之深广，岳之崇高，莫不感格焉。则信乎天之以我为王，而于以君临夫天下矣。于是我其宣明昭布我有周之典章，于以式序在位之诸侯；我其戢敛[12]夫干戈弓矢，以偃夫武功；我其旁求懿德[13]之士，陈布于中国，以敷夫文德。则亦信乎可以为王，而能保有上天右序我有周之命矣。

《执竞》[14]十四句，言武王持其自强不息之心，其功烈之盛，天下既莫得而强之矣。成、康[15]继之，其德亦若是其显，而复为上帝之所皇焉。夫继武王之后，盖难乎其为德也，然自成、康之相继为君，而其德愈益彰明，则于武王无竞之烈为有光，而成、康诚可谓善继矣。今我以三王之功德，作之于乐，以祈感格，而果能降福之多且大若此，我其可不反身修德，而思有以成之乎？我能反身修德，而威仪之反，则可享神之福，既醉既饱，而三王之所福我者，益将反复而无穷矣。此盖祭武王、成王、康王之诗也。

《思文》[16]八句，言思文后稷，其德真可以配上天矣。盖凡使我蒸民[17]之得以粒食者，莫非尔后稷[18]之德之所建也。斯固后稷之德矣，然来牟之种，非天不生，则是来牟之贻我者，实由上帝以此命之后稷，而使之遍养夫天下，是以天下之民皆有所养，而得以复其常道，则后稷之德，固亦莫非上天之德也。此盖郊祀[19]后稷以配天之诗，故颂后稷之德而卒归之于天云。

《臣工》[20]十五句，戒农官之诗。言嗟尔司农之臣工，当各敬尔在公之

· 212 ·

事。今王以治农之成法赐汝,汝宜来咨来度,而敬承毋怠[21]也。因并呼农官之属而总诏之曰:"嗟尔保介[22],当兹暮春之月,牟麦在田,而百谷未播,盖农工之暇也,汝亦何所为乎?"因问:"汝所治之新田,其牟麦亦如何哉?"夫牟麦[23]之茂盛,皆上帝之明赐也。牟麦渐熟,则行将受上帝之明赐矣。上帝有是明赐,尔苟惰农自安,是不克灵承而泯上帝之赐矣。尔尚永力尔田,以昭明上帝之赐,务底于丰年有成可也。然则尔亦乌可谓兹农工之尚远,而遂一无所事乎?汝当命尔众农,乘兹闲暇,预修播种之事,以具乃田器。奄忽之间,又将艾麦而与东作矣。"暮春",周正建寅之月,夏之正月也。

《有瞽》[24]十三句,言"有瞽有瞽,在周之廷",而乐工就列矣。"设业设虞,崇牙树羽,应田县鼓,鞉磬柷圉",而乐器具陈矣。乐器既以备陈,于是众乐乃奏,而箫管之属亦皆备举矣。由是乐声之喤喤[25],其整密丽肃者,莫非至敬之所寓,而雍容畅达者,莫非至和之所宣,其肃雍[26]和鸣如此,是以幽有以感乎神,而先祖是听,明有以感乎人,而我客来观厥成者。盖武王功成作乐,使非继述之孝,真无愧于文考,固无以致先祖之格,而非其盛德之至,伐纣救民之举,真有以顺乎天,应乎人,而于汤有光焉!其亦何以能使亡国者之子孙永观厥成,而略无忌嫉之心乎?此盖始作乐而合于祖庙之诗。

【注】[1] 乾元:出自《周易·乾卦》之《彖》:"大哉乾元,万物资始,乃统天。"孔颖达疏谓:"乾是卦名,元是乾德之首。"朱熹《周易本义》谓:"乾元,天德之大始。"后以"乾元"形容天子之大德。[2] 坤元:与"乾元"对,指大地资生万物之德。《周易·坤卦》之《彖》:"至哉坤元,万物资生,乃顺承天。"孔颖达疏:"至哉坤元者,叹美坤德。"[3] 觊觎:非分的希望或企图。[4] 郑伯:郑庄公。[5] 段:共叔段,庄公之弟。[6] 险谲:阴险诡诈。[7] 至诚:至诚无息、至诚无妄,儒家的最高境界。出自《中庸》:"唯天下至诚,为能经纶天下之大经,立天下之大本,知天地之化育。"[8]《恒》:《周易·卦》。《周易》第三十二卦,卦辞:"亨,无咎,利贞。利有攸往。"《象传》谓:"雷风,恒。君子以立不易方。"意为:上卦为震,震为雷,下卦为巽,巽为风,风雷荡涤,宇宙常新,这是恒卦的卦象。君子观此卦象,从而立于正道,坚守不易。[9]《遁》:《周易·遁卦》。《周易》第三十三卦,卦辞:"遁。亨。小利贞。"《象传》谓:"天下有山,遁。

·213·

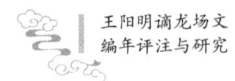

君子以远小人，不恶而严。"意为：上卦为乾，乾为天，下卦为艮，艮为山，天下有山，天高山远，是遁卦的卦象，君子观此卦象，从而不用以恶报恶的方法对付小人，而是采取严厉的态度，挂冠悬笏，自甘退隐，远离小人。[10]《晋》：《周易·晋卦》。《周易》第三十五卦，卦辞："康侯用锡马蕃庶，昼日三接。"《象传》谓："明出地上，晋。君子以自昭明德。"意为：上卦为离，离为日，下卦为坤，坤为地，太阳照大地，万物沐光辉，是晋卦的卦象，君子观此卦象，从而光大自身的光明之德。[11]《时迈》：《诗经·周颂·时迈》："时迈其邦，昊天其子之，实右序有周。薄言震之，莫不震叠。怀柔百神，及河乔岳。允王维后，明昭有周，式序在位。载戢干戈，载櫜弓矢。我求懿德，肆于时夏，允王保之。"[12]戢敛：音jí liǎn，收敛。[13]懿德：美德。[14]《执竞》：《诗经·周颂·执竞》："执竞武王，无竞维烈。不显成康，上帝是皇。自彼成康，奄有四方，斤斤其明。钟鼓喤喤，磬筦将将。降福穰穰，降福简简。威仪反反，既醉既饱，福禄来反。"[15]成、康：周成王、周康王。[16]《思文》：《诗经·周颂·思文》："思文后稷，克配彼天。立我烝民，莫匪尔极。贻我来牟，帝命率育。无此疆尔界。陈常于时夏。"[17]蒸民：众民、百姓。[18]后稷：周之先祖。[19]郊祀：古代于郊外祭祀天地，南郊祭天，北郊祭地。[20]《臣工》：《诗经·周颂·臣工》："嗟嗟臣工，敬尔在公。王釐尔成，来咨来茹。嗟嗟保介，维莫之春，亦又何求？如何新畲？于皇来牟，将受厥明。明昭上帝，迄用康年。命我众人：庤乃钱镈，奄观铚艾。"[21]毋怠：不要怠慢。[22]保介：古时立于车右披甲执兵担任侍卫的勇士。《诗经·周颂·臣工》："嗟嗟保介，维莫之春，亦又何求，如何新畲。"郑玄笺："保介，车右也……介，甲也。车右勇力之士，被甲执兵也。"[23]牟麦：牟，通"䜌"；麦，稞麦。[24]《有瞽》：《诗经·周颂·有瞽》："有瞽有瞽，在周之庭。设业设虡，崇牙树羽。应田县鼓，鞉磬柷圉。既备乃奏，箫管备举。喤喤厥声，肃雍和鸣，先祖是听。我客戾止，永观厥成。"[25]喤喤：音huáng huáng，形容钟鼓声大而和谐。[26]肃雍：庄严雍容、整齐和谐。

赠刘侍御二首·并序

正德四年（1509年）十月

【评】该诗为王阳明在其友人刘侍御处于困境时的次韵赠予之作，背景其序已言明。诗的内容在于勉励友人，同时亦自我勉励。刘侍御，即刘寓生。

蹇[1]以反身，困[2]以遂志。今日患难，正阁下受用处也。知之，则处此当自别。病笔不能多及，然其余亦无足言者。聊次韵。某顿首刘侍御大人契长。

其一
相送溪桥未隔年，相逢又过小春天。
忧时敢负君臣义？念别羞为儿女怜。

其二
道自升沉宁有定，心存气节不无偏。
知君已得虚舟[3]意，随处风波只宴然。

【注】[1] 蹇：艰阻、不顺利。亦为《易》六十四卦之一的《蹇》卦，其《象》曰："蹇，难也，险在前也。见险而能止。知矣哉。"[2] 困：困窘。亦为《易》六十四卦之一的《困》卦，其《象》曰："困，刚掩也。"王弼释曰："处困而屈其志者，小人也。君子固穷，道可忘乎？君子以致命遂志。"[3] 虚舟：意为归隐，唐高适"片云对渔父，独鸟随虚舟"（《同薛司直诸公秋霁曲江俯见南山作》）有用。

第五章　余韵：去谪赴庐陵令（27题）

将归与诸生别于城南蔡氏楼

正德四年（1509年）十二月

【评】该诗为王阳明离别前与诸门人别于贵阳城南蔡氏楼所作。首联、颔联写在蔡氏楼所遇目的贵阳城南傍晚远近高低的景色。颈联写离别的愁情。尾联写临别的叮咛。就门人教育来说，此可见王阳明以真情换真情，在谪居龙场不足两年的时间里，撒播了良知的种子。

天际层楼树杪[1]开，夕阳下见鸟飞回。
城隅[2]碧水光连座，槛外青山翠作堆。
颇恨眼前离别近，惟余他日梦魂来。
新诗好记同游处，长扫溪南旧钓台。

【注】[1]杪：树枝的细梢。[2]城隅：城角，多指城根偏僻空旷处。

诸门人送至龙里道中二首

正德四年（1509年）十二月

【评】依依惜别又不忍分别，诸门人送王阳明至于龙里驿。该诗将低沉的景色和别离的愁情融为一体，为应异质同构的格式塔之论；又写到归心和别意的两相矛盾。依依惜别的深情表现为"花烛夜堂还共语，桂枝秋殿听跻攀""莫辞秉烛通宵坐,明日相思隔陇烟"。还有临别的叮咛,"相思不用勤书札,别后吾言在订顽",又说"樽酒无因同岁晚,缄书有雁寄春前"。

其一

蹊路高低入乱山[1],诸贤相送愧间关[2]。
溪云压帽兼愁重,峰雪吹衣着鬓斑。
花烛夜堂还共语,桂枝秋殿听跻攀[3][跻攀之说甚陋,聊取其对偶耳]。
相思不用勤书札,别后吾言在订顽[4]。

其二

雪满山城入暮天,归心别意两茫然。
及门真愧从陈[5]日,微服还思过宋年[6]。
樽酒无因同岁晚,缄书有雁寄春前。
莫辞秉烛通宵坐,明日相思隔陇[7]烟。

【注】[1] 乱山:此以山乱喻心情之乱,即归心与别意的矛盾。[2] 间关:辗转、曲折。[3] 跻攀:亦作"跻扳",犹攀登,唐杜甫《白水县崔少府十九翁高斋三十韵》:"清晨陪跻攀,傲睨俯峭壁。"活用为探讨学问。此"跻攀"之用不甚恰当,王阳明自己已指出:"跻攀之说甚陋,聊取其对偶耳。"见诗后"原诗句中夹注"。[4] 订顽:订正愚顽,典出宋张载于学堂双牖的题字,左书"砭愚",右书"订顽",后程颐将订顽改称《西铭》并评曰:"订顽之言,极纯无杂,秦汉以来学者所未到。"(《二程遗书》卷二上)。《西铭》曰:"乾称父,坤称母;予兹藐焉,乃混然中处。故天地之塞,吾其体;天地之帅,吾其性。民,吾同胞;物,吾与也。大君者,吾父母宗子;其大臣,宗子之家相也。尊高年,所以长其长;慈孤弱,所以幼其幼;圣,其合德;贤,其秀也。凡天下疲癃、残疾、惸独、鳏寡,皆吾兄弟之颠连而无告者也。于时保之,子之翼也;乐且不忧,纯乎孝者也。违曰悖德,害仁曰贼,济恶者不才,其践形,惟肖者也。知化则善述其事,穷神则善继其志。不愧屋漏为无忝,存心养性为匪懈。恶旨酒,崇伯子之顾养;育英才,颍封人之锡类。不弛劳而厎豫,舜其功也;无所逃而待烹,申生其恭也。体其受而归全者,参乎!勇于从而顺令者,伯奇也。富贵福泽,将厚吾之生也;贫

贱忧戚，庸玉汝于成也。存，吾顺事；没，吾宁也。"[5] 从陈：此以孔子"在陈绝粮"之典为喻。[6] 微服还思过宋年：此为用"孔子过宋"之典，典出《论语·述而》："子曰：'天生德于予，桓魋其如予何？'"宋司马桓魋欲杀孔子之事当发生在鲁哀公三年（前 492 年），《史记·宋世家》载："（宋）景公二十五年，孔子过宋，宋司马桓魋恶之，欲杀孔子，孔子微服去。"[7] 陇：泛指山。

赠陈宗鲁

正德四年（1509 年）十二月

【评】该诗为王阳明临别答门人陈宗鲁（陈文学）的论文之作，可视为他的文学创作主张。首先他主张德本文末，此由末四句可知，这还是宋以来理学家甚至是孔子以来儒家的文学主张，孔子说"行有余力，则以学文"（《论语·学而》）。其次，他主张文无古今，此由"人言古今异，此语皆虚传"可知，这是基于为文在继承表达一以贯之的儒家圣贤精神上一致性的理论。再次，主张言之有物承载儒家圣贤精神的古文，反对空洞无物的应制时文。最后，在文风上，反对无病呻吟的羸弱文风，主张浩然正气的刚健文风。

学文须学古[1]，脱俗去陈言[2]。
譬若千丈木，勿为藤蔓缠。
又如昆仑派[3]，一泻成大川。
人言古今异，此语皆虚传。
吾苟得其意，今古何异焉？
子才良可进，望汝师圣贤。
学文乃余事，聊云子所偏。

【注】[1] 古：古文，言之有物的汉唐散文，对应的是空洞无物的应制之时文（八股文）。[2] 去陈言：典出唐韩愈《答李翊书》："惟陈言之务去。"务必除去陈旧的言辞，在韩愈这里是六朝以降浮华放荡的文风，王阳明此处当指时下刻板而

无生气的八股文风。[3] 昆仑派：此为言文势要像昆仑山派生的众流一样奔腾，形成强烈的艺术感染力。

与贵阳书院诸生书（三书）

正德四年（1509年）十二月

【评】该文由束景南先生自裴景福《壮陶阁书画录》卷十《明王阳明倪鸿宝手札合卷》、潘正炜《听飒楼续刻书画记》卷下、《岳雪楼书画录》卷四《明王文成倪文正尺牍真迹卷》等辑出，入《王阳明佚文辑考编年》。吴光等先生编《王阳明全集》的《镇远旅邸书札》为该文之部分。其开篇三句即可催人泪下："别时不胜凄惘，梦寐中尚在西麓，醒来却在数百里外也。"王阳明感谢了三位远劳送别自己的弟子高鸣凤、何廷远、陈寿宁，又特意问到了自己临行时患病的范希夷，提及出城时偶遇的二三个门人，随后对日常琐事做了细致安排。该文中王阳明所列贵阳门人有二十五人之多，足见其和贵阳门人情谊之重。

书一

祥儿[1]在宅打搅，早晚可戒告，使勿胡行为好。写去事可令一一为之。诸友至此，多简慢，见时皆可致意。徐老先生处，可特为一行拜意。朱克相兄弟，亦为一问，致勉励之怀。余谅能心照，不一一耳。守仁拜，惟善秋元[2]贤契。

书二

别时不胜凄惘，梦寐中尚在西麓，醒来却在数百里外也。相见未期，努力进修，以俟后会。即日已抵镇远，须臾放舟行矣。相去益远，言之惨然。书院中诸友不能一一书谢。守仁顿首，张时裕、何子佩、越文实、邹近仁、范希夷、郝升之、汪源铭、李惟善、陈良臣、汤伯元、陈宗鲁、叶子苍、易辅之、詹良臣、王世臣、袁邦彦、李良臣列位秋元贤友，不能尽列，幸意谅之！高鸣凤、何迁远、陈寿宁劳远饯，别为致谢，千万千万！

更俟后便相见，望出此问致千万意。

书三

行时闻范希夷有恙，不及一问，诸友皆不及相别。出城时，遇二三人于道傍，亦匆匆不暇详细，皆可为致情也。所买锡，可令王祥打大碗四个，每个重二斤，须要厚实大朴些方可，其余以为蔬楪[3]。粗瓷碗买十余，水银摆锡箸买一二把。观上内房门，亦须为之寄去盐四斤半，用为酱料。朱氏昆季亦为道意。阎真士甚怜，其客方卧病，今遣马去迎他，可勉强来此调理。梨木板可收拾，勿令散失，区区欲刊一小书故也，千万千万！近仁、良臣、文实、伯元诸友均此见意，不尽列字也。惟善贤友秋元，汪原铭合枳术丸乃可，千万千万！仁白。

【注】[1] 祥儿：文中王祥。[2] 秋元：参加秋闱考试的生员。秋闱，指乡试，每三年的秋季在各省省城举行一次考试，因在秋天举行，故名"秋试""秋闱"，考中的称"举人"，取得参加会试的资格。会试叫"春闱""春试""礼部试"，考中者称"贡士"，取得参加殿试的资格。[3] 楪：音 dié，放食物的小盘。

醉后歌用《燕思亭》韵

正德四年（1509年）十二月

【评】该诗为排律，是王阳明醉后次韵之作，是酒后真情的流露。《燕思亭》，宋马存作。马存《燕思亭》于《宋艺圃集》卷十二著录："李白骑鲸飞上天，江南风月闲多年。纵有高亭与美酒，何人一斗诗百篇。主人定是金龟老，未到亭中名已好。紫蟹肥时晚稻香，黄鸡啄处秋风早。我忆金銮殿上人，醉著宫锦乌角巾。巨灵摩山洪河竭，长鲸吸海万壑贫。如倾元气入胸腹，须臾百媚生阳春。读书不必破万卷，笔下自有鬼与神。我曹本是狂吟客，寄语溪山莫相忆。他年须使襄阳儿，再唱铜鞮满街陌。"其所抒真情有：其一，思亲怀友，"思亲谩想斑衣舞，寄友空歌《伐木》篇"；其二，有所作为，"敛翼樊笼恨已迟，奋翻云霄苦不早"；其三，归隐情怀，"缅怀冥寂岩中人……绰约真如藐姑神";其四,思念寄言贵阳门人要超越世俗、志存高远,"封书远寄贵阳客……莫学杨花满阡陌"。

万峰攒簇高连天,贵阳久客经徂年[1]。
思亲谩想斑衣舞,寄友空歌《伐木》篇。
短鬓萧疏夜中老,急管哀丝为谁好。
敛翼樊笼恨已迟,奋翮云霄苦不早。
缅怀冥寂岩中人,萝衣蕰[2]佩芙蓉巾。
黄精紫芝[3]满山谷,采石不愁仓菌贫。
清溪常伴明月夜,小洞自报梅花春。
高闲岂说商山皓[4],绰约真如藐姑神[5]。
封书远寄贵阳客,胡不来归浪相忆?
记取青松涧底枝,莫学杨花满阡陌。

【注】[1] 徂年:流年、光阴,《后汉书·马援传赞》:"徂年已流,壮情方勇。" [2] 蕰:音 qú,本义当为一草本植物。[3] 黄精紫芝:黄精为草本植物名,可入药;紫芝,即灵芝。[4] 商山皓:指商山四皓。[5] 藐姑神:出自《庄子·逍遥游》:"藐姑射之山,有神人居焉,肌肤若冰雪,淖(绰)约若处子。不食五谷,吸风饮露。乘云气,御六龙,而游乎四海之外。其神凝,是物不疵疠而年谷熟。"

舟中除夕二首
正德五年(1510年)正月

【评】该二诗为正德五年(1510年)除夕,王阳明离黔赴庐陵令时舟中所作,诗写其时的见闻与感受。所见者,有荆楚大地与九州雷同的"处处送神悬楮马,家家迎岁换桃符"的民俗。所感者,有世多歧路、多风波,白发已生却不能尽孝于父母;有对龙场木石居的留恋,以及亲交音讯的断绝;还有夜半樵歌对自己规划新春的提醒。

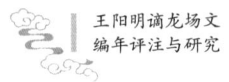

其一

扁舟除夕尚穷途[1]，荆楚还怜[2]俗未殊。
处处送神悬楮马[3]，家家迎岁换桃符[4]。
江醪[5]信薄聊相慰，世路多歧谩自吁。
白发频年伤远别，彩衣[6]何日是庭趋[7]？

其二

远客天涯又岁除，孤航随处亦吾庐。
也知世上风波满[8]，还恋山中木石居[9]。
事业无心从齿发[10]，亲交多难绝音书。
江湖未就新春计，夜半樵歌忽起予。

【注】[1] 穷途：赶路。[2] 怜：爱、高兴、喜欢。[3] 楮马：纸马，传统祭祀物品。楮，音 chǔ，落叶乔木，树皮是制造桑皮纸的原料。[4] 桃符：挂在大门上的两块画着神茶、郁垒二神寓意辟邪的桃木板，后为春联替代。[5] 江醪：江米酒。[6] 彩衣：此为用"老莱斑衣"之典。[7] 庭趋：承受父亲的教诲，典出《论语·季氏》："（孔子）尝独立，鲤趋而过庭，曰：'学诗乎？'对曰：'未也。''不学诗，无以言。'鲤退而学诗。他日，又独立，鲤趋而过庭。曰：'学礼乎？'对曰：'未也。''不学礼，无以立。'鲤退而学礼。"[8] 风波满：指代世事艰辛。[9] 木石居：典出《孟子·告子下》："舜之居深山之中，与木石居，与鹿豕游，其所以异于深山之野人者几希。"此指龙场何陋轩之居。[10] 齿发：牙齿和头发，指代年龄。

溆浦山夜泊

正德五年（1510年）正月

【评】该诗为五律，王阳明于溆浦山夜泊时作。溆浦山在溆浦县，时属辰州府，今属湖南怀化市，有溆水。该诗以写景为主，景中含情。景为泊溆浦山的遇目之景，情为过新年却不能与家人团聚的愁情。

溆浦山边泊，云间见驿楼[1]。
滩声[2]回远树，崖影落中流。
柳放[3]新年绿，人归隔岁舟。
客途时极目，天北暮阴愁。

【注】[1]驿楼：驿站的楼房。[2]滩声：水激滩石发出的声音。南朝梁萧绎"滩声下溅石，猿鸣上逐风"（《巫山高》）有用。[3]柳放：柳花开放。

过江门崖

正德五年（1510年）正月

【评】江门崖当在今湖南怀化市境内，该诗为王阳明过该崖所作。诗作时适逢春晴之日，王阳明联系自己结束谪居生活，联想到和家人即将的团聚，流露出喜悦的心情。但同时他又对此地的山水和人文有所留恋，说以后会回忆起江门崖这个地方。

三年谪宦[1]沮蛮氛[2]，天放扁舟下楚云。
归信应先春雁到，闲心期与白鸥群。
晴溪[3]欲转新年色，苍壁多遗古篆文[4]。
此地从来山水胜，它时回首忆江门。

【注】[1]三年谪宦：指王阳明贬谪龙场驿丞谪居的三年。[2]蛮氛：粗野、凶悍、不通情理之气。[3]晴溪：晴日的溪水。[4]苍壁多遗古篆文：该句写江门崖的古篆文石刻。

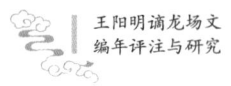

游钟鼓洞

正德五年（1510年）正月

【评】该诗为五律，刻在辰溪县沅水畔山崖下钟鼓洞内石壁上。《辰溪县志》称王阳明正德五年（1510年）升任庐陵县知县，由龙场赴任经辰溪，夜游钟鼓洞，作该诗刻于洞壁上，束景南先生考证后辑入《王阳明佚文辑考编年》。束先生以诗尾联的"今须参雅乐，同奏泰阶平"和王阳明复被起用的用世心情吻合，定为其真迹。

奇石临江渚，轻敲度远声。
钟鼓名世闻，音韵自天成。
风送歌传谷，舟回漏转更。
今须参雅乐[1]，同奏泰阶[2]平。

【注】[1]雅乐：典雅纯正的音乐，是一种古代的传统宫廷音乐，指帝王朝贺、祭祀天地等大典所用的音乐。[2]泰阶：古星座名，即三台，上台、中台、下台共六星，两两并排，斜上如阶梯，故名。后借指朝廷。

观音山

正德五年（1510年）正月

【评】该诗由束景南先生自《雍正湖广通志》卷十二辑出，入《王阳明佚文辑考编年》。观音山在辰溪县南，与龟山钟鼓洞临近。束先生考定该诗和《游钟鼓洞》同作于正德五年（1510年）去龙场驿丞任赴庐陵令任，过辰溪游观音山之作。该诗巧妙地喻佛理于对观音山的吟咏之中，其末句"一轮明月照青螺"为巧妙地融"青螺"四义于诗意中，又为双关，一则以观音山似青螺，二则言心本的明净如月才是万物的真谛、本体，也即他后来标举的心之本体的"良知"。

烟鬟雾髻动青波，野老传闻似普陀[1]。
那识其中真色相[2]，一轮明月照青螺[3]。

【注】[1] 普陀：普陀山，地处浙江省杭州湾东南海中，为观音菩萨道场，佛教圣地。[2] 真色相：佛教语，即真相、真谛。[3] 青螺：有四义，其一，螺的一种，壳形椭圆，表面稍暗，杂有斑纹，可食，大者其壳可制酒器；其二，指法螺，佛教称讲经说法为吹法螺；其三，喻青山；其四，古代的一种发型。其一为本义，其他为比喻义。王阳明该诗兼四义而用之，可谓妙哉！

辰州虎溪龙兴寺闻杨名父将到，留韵壁间

正德五年（1510年）正月

【评】时辰州虎溪龙兴寺，址今怀化市沅陵县城西郊虎溪山上。王阳明离谪赴庐陵令曾经在此逗留，并与当地学人有所交往。该诗即为他听说杨名父（杨子器，时湖广布政司参议）将来送别、讲会的留韵壁间之作。诗为七律，首、颔、颈联写春天的好景，尾联表达好景不能同赏、留诗以寄友情之意。

杖藜[1]一过虎溪头[2]，何处僧房是惠休[3]？
云起峰头沉阁影，林疏地底见江流。
烟花[4]日暖犹含雨，鸥鹭春闲欲满洲。
好景同来不同赏，诗篇还为故人留。

【注】[1] 杖藜：一种植物，其茎秆可做手杖。[2] 虎溪头：虎溪的源头，联系下文，龙兴寺应在虎溪的源头不远处。[3] 惠休：南朝宋诗僧汤惠休。[4] 烟花：绮丽的春景，李白"烟花三月下扬州"（《送孟浩然之广陵》)有用。

阁中坐雨

正德五年（1510年）二月

【评】该诗为王阳明即时情意的书写。首联、颔联写雨夜不能寐起而独坐情景；颈联、尾联写求道意志衰落、思乡之意，以及耻笑自己漂泊之身还思救援苦难的"荒唐"。

台下春云及寺门，懒夫睡起正开轩。
烟芜涨野平堤绿，江雨随风入夜喧。
道意[1]萧疏惭岁月，归心迢递[2]忆乡园。
年来身迹如漂梗[3]，自笑迂痴欲手援[4]。

【注】[1] 道意：求道的意志。[2] 迢递：遥远貌，亦作迢遰、迢递、迢递。[3] 漂梗：犹言浮萍，随水漂流的桃梗，引申为漂泊者，语出《战国策·齐策三》："（苏秦）谓孟尝君曰：'今者臣来，过于淄上，有土偶人与桃梗相与语。桃梗谓土偶人曰："子，西岸之土也，挺子以为人，至岁八月，降雨下，淄水至，则汝残矣。"土偶曰："不然。吾西岸之土也，土则复西岸耳。今子，东国之桃梗也，刻削子以为人，降雨下，淄水至，流子而去，则子漂漂者将何如耳。"'"[4] 手援：授手援溺。授手，给人以手，即伸手；溺，落水人，伸出手去救援落水的人，比喻救援苦难的人，语出《孟子·离娄上》："天下溺，援之以道；嫂溺，授之以手。"

霁夜

正德五年（1510年）二月

【评】该诗写雨夜坐僧堂的闻见感受。首联颔联写景，颔联又用通感艺术手法创造了"清夜"的意境。颈联写对道的感悟，感悟到静是动的本体，并通过一"惊"字表达对自己"群动"的悔悟。尾联用孔子问津于长沮、桀溺之典，表达了自己归隐田园的意向。

雨霁[1]僧堂钟磬清，春溪月色特分明。
沙边宿鹭寒无影，洞口流云夜有声。
静后始知群动妄，闲来还觉道心惊。
问津久已惭沮溺，归向东皋学耦耕。[2]

【注】[1]雨霁：雨过天晴。[2]问津久已惭沮溺，归向东皋学耦耕：该尾联为用典，典出《论语·微子》："长沮、桀溺耦而耕，孔子过之，使子路问津焉。"孔子问津代表功利追求，长沮、桀溺耦耕代表归隐田园。

僧　斋

正德五年（1510年）二月

【评】前诗说要效法长沮、桀溺耦耕而归隐田园，该诗又说要"心存出处间"，可见人在无聊时的情绪多变，即使大贤亦不能免。

尽日僧斋不厌闲[1]，独余春睡得相关。
檐前水涨遂无地，江外云晴忽有山。
远客趁墟[2]招渡急，舟人晒网得鱼还。
也知世事终无补，亦复心存出处间。

【注】[1]不厌闲：意为很清闲。[2]趁墟：赶集，亦作"趁虚""趂虚"，唐柳宗元《柳州峒氓》诗："青箬裹盐归峒客，绿荷包饭趁虚人。"

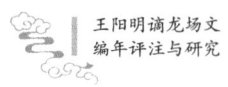

武陵潮音阁怀元明

正德五年（1510年）二月

【评】武陵，时常德府，今湖南常德市。潮音阁，在今常德市。该诗为七律，王阳明去龙场过常德登潮音阁怀湛甘泉之作，元明为甘泉字。诗在首联、颔联写景后，于颈联、尾联书写了思念知音好友的惆怅。

高阁凭虚台十寻[1]，卷帘疏雨动微吟。
江天云鸟自来去，楚泽风烟无古今。
山色渐疑衡岳近，花源[2]欲问武陵深。
新春尚沮东归楫，落日谁堪话此心？

【注】[1]寻：古代的长度单位，一寻等于八尺。[2]花源：桃花源，此为用陶渊明《桃花源记》之典。

德山寺次壁间韵

正德五年（1510年）二月

【评】该诗和前二诗的归隐、出处间的情怀又不同，在颔联借助春申君和善卷的铺垫后，颈联说归隐之志是偏狭；尾联反问，山麓的老僧归隐这么多年了，整天枯坐何时才能悟得真理、真谛？

乘兴看山薄暮来，山僧迎客寺门开。
雨昏碧草春申墓[1]，云卷青峰善卷[2]台。
性爱烟霞终是僻，诗留名姓不须猜。
岩根老衲成灰色，枯坐何年解结胎？

【注】[1]春申墓：战国四君子楚国春申君之墓，在今常德市民主街。[2]善

卷：相传为尧舜时隐士，归隐枉山（今湖南常德德山），《庄子·让王》于此有载："舜以天下让善卷，善卷曰：'余立于宇宙之中，冬日衣皮毛，夏日衣葛絺；春耕种，形足以劳动；秋收敛，身足以休食；日出而作，日入而息，逍遥于天地之间而心意自得。吾何以天下为哉！悲夫，子之不知余也！'遂不受。于是去而入深山，莫知其处。"

沅江晚泊二首
正德五年（1510年）二月

【评】该二诗为七律，为王阳明晚泊沅江所写。该二诗和两年前赴谪龙场过沅江对比，反复写物是人非由繁华走向败落的世事变迁，尾联写到归隐；同时也历史地记载了当时的社会状况。

其一
去时烟雨沅江暮，此日沅江暮雨归。
水漫远沙村市改，泊依旧店主人非。
草深廨宇[1]无官住，花落僧房有鸟啼。
处处春光萧索[2]甚，正思荆棘掩岩扉[3]。

其二
春来客思独萧骚[4]，处处东田没野蒿。
雷雨满江喧日夜，扁舟经月住风涛。
流民失业乘时横，原兽争群薄暮[5]号。
却忆鹿门栖隐地，杖藜壶榼[6]饷东皋。

【注】廨宇：官舍，语出《南史·蔡凝传》："及将之郡，更令左右修中书廨宇。"[2]萧索：衰败，冷落。[3]岩扉：岩洞的门。[4]萧骚：景色冷落。[5]薄暮：傍晚。[6]壶榼：音 hú kē，盛酒或茶水的容器。

夜泊江思湖忆元明

正德五年（1510年）二月

【评】江思湖，当为常德连沅江一湖名。王阳明夜泊该湖，在此清凉孤寂的背景下，又思念湛甘泉了。

扁舟泊近渔家晚，茅屋深环柳港清。
雷雨骤开江雾散，星河[1]不动暮川[2]平。
梦回客枕人千里，月上春堤夜四更。
欲寄愁心无过雁，披衣坐听野鸡鸣。

【注】[1]星河：星空。[2]暮川：晚上的川流。

睡起写怀

正德五年（1510年）二月

【评】该诗为王阳明春睡醒觉的写怀之作。首联写江上物态的自然与自由；颔联、颈联写自己静悟天机的生生与超越具象；尾联写自己对自然自由生活的向往。全诗为道契自然的审美取向。

江日熙熙[1]春睡醒，江云飞尽楚山青。
闲观物态皆生意，静悟天机入窅冥[2]。
道在险夷随地乐，心忘鱼鸟自流形。
未须更觅羲唐[3]事，一曲沧浪击壤[4]听。

【注】[1]熙熙：和暖貌。[2]窅冥：幽远之处。[3]羲唐：伏羲、唐尧。[4]沧浪击壤：沧浪，出自《孟子·离娄上》："有孺子歌曰：'沧浪之水清兮，可以濯我缨；沧浪之水浊兮，可以濯我足。'"后遂以"沧浪"指此歌。该孺子之歌后为

屈原《渔父》引，后以歌此"沧浪"之渔父为隐者符号。击壤，即《击壤歌》："日出而作，日入而息。凿井而饮，耕田而食。帝力于我何有哉！"为轻松自然生活的咏叹，清代沈德潜以此《击壤歌》为我民族诗歌的开篇："帝尧以前，近于荒渺。虽有《皇娥》《白帝》二歌，系王嘉伪撰，其事近诬，故以《击壤歌》为始。"该诗以此"沧浪""击壤"作尾联结诗，以表达自己对自由的向往。

三山晚眺

正德五年（1510年）三月

【评】该诗为王阳明离开常德将到长沙的望长沙之作，全诗为哀愁的情感基调。一改前几诗对隐居自由生活的向往，寄托了自己的社会责任，此可由末句的"上苑封书未易通"知。

南望长沙杳霭[2]中，鹅羊[2]只在暮云东。
天高双橹哀明月，江阔千帆舞逆风。
花暗渐惊春事晚，水流应与客愁穷。
北飞亦有衡阳雁，上苑[3]封书未易通。

【注】[1]杳霭：云雾飘缈貌。[2]鹅羊：鹅羊山，又名东华山、石宝山，道家所谓七十二福地之一，位于今长沙市开福区境内，此代长沙。[3]上苑：皇家园林，指代朝廷。

鹅羊山

正德五年（1510年）三月

【评】该诗写鹅羊山，提及鹅羊山美丽的传说，自己三年两次经过，以及当时鹅羊山的夜景，尾联又写到归隐。

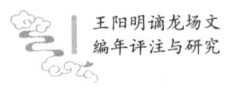

福地[1]相传楚水阿，三年春色两经过。
羊亡但有初平石，书罢惟笼道士鹅。
礼斗[2]坛空松影静，步虚台迥月明多。
岩房一宿犹缘薄，遥忆开云住薜萝[3]。

【注】[1] 福地：指鹅羊山。[2] 礼斗：道教谓礼拜北斗星君。[3] 薜萝：薜荔和女萝，两者皆野生植物，常攀缘于山野林木或屋壁之上，借指隐者或高士的住所。《楚辞·九歌·山鬼》："若有人兮山之阿，被薜荔兮带女萝。"王逸注："女萝，兔丝也。言山鬼仿佛若人，见于山之阿，被薜荔之衣，以兔丝为带也。"

满江红·题安化县石桥

正德五年（1510年）三月

【评】该词由束景南先生自《古今图书集成》卷一二五六《长沙部·艺文》辑出，入《王阳明佚文辑考编年》。安化县（时属长沙府，今属湖南省益阳市）石桥在县北五十里擢秀乡。束先生考证，词作在春三月桃花浪张之时，则应是正德五年（1510年）王阳明升庐陵令途经安化时作（王阳明正德三年赴龙场经长沙是在二月）。该词可见王阳明当时轻快兴奋的心情。

雨溪之间，桃花浪漫空涨绿。临望踌躇搔首[1]，舟维[2]古木。立极三山鳌竞峙，盘涡[3]三丈龙新浴。问垂虹壮观似渠[4]无，嗟神速。

潺潺溜，清如玉；团团夜，光堪掬。对嫦娥[5]弄影，举杯相属。休笑主人痴事了，几多行客云生足[6]，料他年何以慰相思，云间屋。

【注】[1] 临望踌躇搔首：该句束景南先生谓"疑夺一字"。[2] 维：系。[3] 盘涡：水旋流形成的深涡。[4] 渠：代词，他。[5] 嫦娥：传说是月中仙子，此代月亮。[6] 行客云生足：谓步履轻盈。

泗洲寺

正德五年（1510年）三月

【评】该诗所写为醴陵县泗洲寺，王阳明赴谪去谪两次经过该寺。诗写再次经过的缘分，"老僧熟认直呼姓，笑我清癯只似前"的逼真描写，给人如在目前之感。尾联则写因国事在身，与泗洲寺以至于佛教的缘浅。

渌水[1]西头泗洲寺[2]，经过转眼又三年。
老僧熟认直呼姓，笑我清癯[3]只似前。
每有客来看宿处，诗留佛壁作灯传[4]。
开轩扫榻还相慰，惭愧维摩[5]世外缘。

【注】[1]渌水：发源于湘赣边界的浏阳河，是醴陵最大的河流。[2]泗洲寺：此为醴陵泗洲寺，据《醴陵县志》载："泗洲寺，在城西，一名崇林寺，唐建。明洪武间重修。"[3]清癯：清瘦。癯，音 qú。[4]灯传：佛家指传法。佛法犹如明灯，能破除迷暗，故称。[5]维摩：维摩诘的省称，为早期佛教著名居士、在家菩萨。

次韵自叹

正德五年（1510年）三月

【评】该诗由束景南先生自《康熙云梦县志》卷十二辑出，入《王阳明佚文辑考编年》。考以王阳明正德五年（1510年）去龙场赴庐陵任过醴陵泗洲寺的题壁之作，和《泗洲寺》同时，并以《泗洲寺》的"老僧熟认直呼姓"句和该诗的"孤寺逢僧话旧扉"互证。其所次之韵为《康熙云梦县志》卷十二该诗前录黄巩《正德己巳春国泗洲寺》，详《王阳明佚文辑考编年》。

孤寺[1]逢僧话旧扉，无端日暖更风微。

汤沸釜中鱼翻沫，网罗石下雀频飞。
芝兰却喜栖凡草，桃李那看伴野薇。
观我未持天下帚，不能为过扫公非。

【注】[1] 孤寺：醴陵泗洲寺。

再经武云观书林玉玑道士壁
正德五年（1510年）三月

【评】武云观，见《宿萍乡武云观》之【评】。林玉玑，武云观道士。该诗为王阳明去龙场赴庐陵任再过萍乡武云观的题壁之作。首、颔、颈联写武云观的恬淡自然景色，尾联写到思念家乡。

碧山道士曾相约，归路还来宿武云。
月满仙台依鹤侣，书留苍壁看鹅群。
春岩多雨林芳淡，暗水穿花石溜分。
奔走连年家尚远，空余魂梦到柴门[1]。

【注】[1] 柴门：陋室，指代隐居。关于"柴门"代隐居，《晋书·儒林传论》："若仲宁之清贞守道，抗志柴门；行齐之居室屡空，栖心陋巷……斯并通儒之高尚者也。"元张可久《山坡羊·雪夜》："扁舟乘兴，读书相映，不如高卧柴门静。"

再过濂溪祠用前韵
正德五年（1510年）三月

【评】赴谪途中，王阳明曾有《萍乡道中谒濂溪祠》，去谪途中再过，有此《再过濂溪祠用前韵》。该诗已现他"致良知"学遥承周敦颐理学精神和反对朱子学之支离。

曾向图书识面真，半生长自愧儒巾。
斯文[1]久已无先觉，圣世今应有逸民[2]。
一自支离乖学术[3]，竟将雕刻[4]费精神。
瞻依多少高山意，水漫莲池长绿蘋[5]。

【注】[1]斯文：指儒学。"斯文"出自《论语·子罕》："天之将丧斯文也，后死者不得与于斯文也。"[2]逸民：指遁世隐居的人。"逸民"出自《论语·微子》："逸民：伯夷、叔齐、虞仲、夷逸、朱张、柳下惠、少连。"何晏《论语集解》："逸民者，节行超逸也。"[3]支离乖学术：指朱子学。王阳明认为，朱子学对经典的章解句释破坏了圣贤精神的整体性，已远离圣贤本旨，故谓。[4]雕刻：此指不从根本上把握周敦颐的精神（如光风霁月的胸中洒落），而是将精力放在精雕细琢周敦颐的雕像上，是舍本逐末。[5]水漫莲池长绿蘋：喻周敦颐理学精神的被覆盖。莲池，周敦颐有《爱莲说》，以此喻周敦颐的理学精神。

过安福

正德五年（1510年）三月

【评】该诗为五律，由束景南先生自《同治安福县志》卷二十八辑出，入《王阳明佚文辑考编年》。安福，时江西布政司吉安府安福县，今江西省吉安市安福县。束先生以该诗义和王阳明赴庐陵任过安福吻合，故定为正德五年（1510年）作。该诗首联写终遂离开贬所的心愿；颔联写贬谪受辱，未能很好履行正道直行初心；颈联说先前的违背初心已无可挽回，但尚可向经典中寻找出路；尾联写任庐陵令要效法陶渊明的风清气正，以之为自己千载的知音。该诗之后，王阳明于正德五年（1510年）三月十八日到任庐陵令："正德五年三月十八日，本职方才到任。"（《庐陵县公移》）

归兴长时切,淹留直到今。
含羞还屈膝,直道愧初心。
世事应无补,遗经尚可寻。
清风彭泽令[1],千载是知音。

【注】[1] 彭泽令:指陶渊明。

附一　谪后文（4题5篇）

与辰中诸生（二书）

正德五年（1510年）正月

【评】王阳明该《与辰中诸生》开篇即说，他谪贵州龙场驿丞两年，没有遇到能够相与谈论学问的人，归途之中碰到诸位，真是幸运。接着说正当高兴之时，又要马上分别，内心很是不快。最后，他再次强调了科举考试和良知之道的人格修养之间的辩证关系，不担心科举考试耽误了事功，而担心其抢夺了良知之道修养的心志，明白了这一点而善理之，便会两相无碍。此正所谓日用即道啊！冀元亨、蒋信等深深折服于阳明之学，随王阳明去江西，月余方返。后王阳明巡抚南、赣，冀元亨追随。

书一

谪居两年，无可与语者。归途乃幸得诸友，悔昔在贵阳举知行合一之教，纷纷异同，罔知所入。兹来乃与诸生静坐僧寺，使自悟性体，顾恍恍若有可即者。[1]何幸何幸！方以为喜，又遽尔[2]别去，极怏怏也。绝学之余，求道者少；一齐众楚，最易摇夺。自非豪杰，鲜有卓然不变者。诸友宜相砥砺夹持，务期有成。近世士夫亦有稍知求道者，皆因实德未成而先揭标榜，以来世俗之谤，是以往往骧堕无立，反为斯道之梗。诸友宜以是为鉴，刊落声华，务于切己处着实用力。

书二

前在寺中所云静坐事，非欲坐禅入定。盖因吾辈平日为事物纷拏，未知为己，欲以此补小学收放心一段工夫耳。明道云："才学便须知有着力处，既学便须知有着力处。"诸友宜于此处着力,方有进步,异时始有得力处也。"学要鞭辟近里着己""君子之道暗然而日章""为名与为利,虽清浊不同,在其利心则一""谦受益""不求异于人,而求同于理",此数语宜书之壁间,常目在之。举业不患妨功,惟患夺志。只如前日所约,循循为之,亦自两无相碍。所谓知得洒扫应对,便是精义入神也。

【注】[1]"归途乃幸得诸友……顾恍恍若有可即者"句:《王阳明全集》卷四所载《与辰中诸生》无,由钱德洪《王阳明年谱》"正德五年"下引文补入。[2] 遽尔:突然,促然。遽,音 jù,急、仓促。

《药王菩萨化珠保命真经》序

正德五年(1510年)

【评】该文是王阳明为《药王菩萨化珠保命真经》所撰序文,内容有两部分:一是述龙场期间观此佛经,并按此经治愈"鲁瘟"之疾事;二是交代序之撰写情况。束景南先生自《佛说化珠保命真经》(《卍续藏经》第八十七册)辑出,入《王阳明佚文辑考编年》,且考以正德五年(1510年)离开龙场赴庐陵任,三月到任,七个月后,即十月离开庐陵,升南京四川清吏司主事,这才有机会归越省亲。该序便撰写于归越省亲期间,该年十二月中,该序也随佛经流传,不久传入日本,收入《卍续藏经》,中国大陆反而失传不知该序。束先生还说,该序为王阳明好佛老终结之标志。

予谪居贵阳,多病寡欢。日坐小轩,检方书及释典,始得是经阅之。其妙义奥旨,大与虚无之谈异,始予平生所未经见。按方书,诸病之生,可以审证而治,惟瘄痘之疴,不见经传,上古未有,间有附会之说,终非的证,治无明验。此经所言,甚详悉可信。且痘之发也,必焚香,洁净,戒酒,忌诸恶秽,其机盖与神通云。细察游僧所言,即药王菩萨现世度厄,其曰"吾自乐此"者,药也;曰"急扶我骸"者,急救婴孩也。乃谋之父老,因其废庙而寺之，名其悬篋之石曰"佛篋峰"。寺成二年而大兴，疾病祷者立应。予既名还携归，重刻此本而家藏之，并为之序。

正德庚午阳明王守仁识。

寄贵阳诸生
正德七年（1512年）

【评】该书信为王阳明离开贵阳两年后写给贵阳门人的。针对贵阳门人的"抱怨"，他要求门人以真情为贵，专心圣贤人格修养，不要"执着"于书信的有无。

诸友书来，间有疑吾久不寄一字者。吾岂遂忘诸友哉？顾吾心方有去留之扰，又部中亦多事，率难遇便；遇便适复不暇，事固有相左者，是以阔焉许时。且得吾同年秦公为之宗主，诸友既得所依归，凡吾所欲为诸友劝励者，岂能有出于秦公之教哉？吾是可以无忧于诸友矣，诸友勉之！吾所以念诸友者，不在书札之有无，诸友诚相勉于善，则凡昼之所诵，夜之所思，孰非吾书札乎？不然，虽日致一书，徒取憧憧往来，何能有分寸之益于诸友也？为仁由己，而由人乎哉？诸友勉之！因便拾楮，不一。

寄叶子苍
正德十年（1515年）

【评】该文是王阳明离开贵阳五年后写给贵阳门人叶子苍的书信。表彰叶子苍虽仅为县学一教授，但能不以位卑而专心职守，并"得遂迎养之乐"以孝亲。

消息久不闻。徐曰仁来，得子苍书，始知掌教新化，得遂迎养之乐，殊慰，殊慰。古之为贫而仕者正如此，子苍安得以位卑为小就乎！苟以其平日所学熏陶接引，使一方人士得有所观感，诚可以不愧其职。今之为大官者何

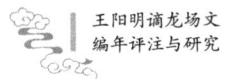

限，能免窃禄之讥者几人哉？子苍勉之，毋以世俗之见为怀也。寻复得邹监生乡人寄来书，又知子苍尝以区区之故，特访宁兆兴，足纫相念之厚。兆兴近亦不知何似，彼中朋友亦有可相砥砺者否？区区年来颇多病，方有归图。人远，匆匆略布闲阔，余俟后便再悉也。

附二 祠记（2题）

贵阳王公祠记

王 杏

嘉靖三十年（1551年）

【评】该文为时巡按贵州监察御史、王阳明门人王杏为贵阳嘉靖十三年（1534年）五月所建王公祠撰写的记文。王杏有睹于王阳明在贵阳的影响："闻里巷歌声，蔼蔼如越音；又见士民岁时走龙场致奠，亦有遥拜而祀于家者；始知师教入人之深若此。"（《王阳明年谱》）应黔中门人汤冔（音 xú）、叶梧、陈文学等动议建阳明祠以供群众纪念之请之作。贵阳王公祠是全国范围内建立起来的较早的阳明祠，该祠记以身心上做、"爱礼存羊"精神阐述了王阳明的"致良知"学。

诸君之请立祠，欲追崇先生也。立祠足以追崇先生乎？构堂以为宅，设位以为依，陈俎豆以为享，祀似矣。追崇之实，会是足以尽之乎？未也。夫尊其人，在行其道，想像于其外，不若佩教于其身。先生之道之教，诸君所亲承者也。德音凿凿，闻者饫矣；光范丕丕，炙者切矣；精蕴渊渊，领者深矣。诸君何必他求哉？以闻之昔日者而倾耳听之，有不以道，则曰：'非先生之法言也，吾何敢言？'以见之昔日者而凝目视之，有不以道，则曰'非先生之德行也，吾何敢行？'以领之昔日者而潜心会之，有不以道，则曰：'非先生之精思也，吾何敢思？'言先生之言，而德音以接也；行先生之行，而光范以睹也；思先生之思，而精蕴以传也，其为追崇也何尚焉！

龙场阳明祠碑记

罗洪先

嘉靖三十年（1551年）

【评】该文是罗洪先为嘉靖三十年（1551年）巡按贵州监察御史赵锦（王阳明门人）所建龙场阳明祠撰写的碑记。王阳明谪官贵州龙场驿丞时，曾建龙冈书院以为讲学之用。赵锦与巡抚都御史张鹗翼、廉使张尧年、参政万虞恺、提学副使谢东山等共举祠祀，罗洪先撰祠碑记。该碑记以"郁积薄发"理解王阳明龙场的"良知"之悟，并指出人们在"致良知"认识上的两个错误倾向。

予尝考龙场之事，于先生之学有大辨焉。夫所谓良知云者，本之孩童。于龙场三年，而后得之。固有不易者，则何以哉？今夫发育之功，天地之所固有也。然天地不常有其功，一气之敛，闭而成冬，风露之撼薄，霜霰之严凝，陨积摧败，生意萧然，其可谓寂莫而枯槁矣。郁极而轧，雷霆奋焉。百蛰启，群草茁，氤氲动荡于宇宙之间者，则向之风霰为之也。是故藏不深则化不速，蓄不固则致不远，屈伸剥复之际，天地且不违，而况于人乎？先生以豪杰之才，振迅雄伟，脱屣于故常，于是一变而为文章，再变而为气节。当其倡言于逆瑾蛊政之时，挞之朝而不悔，其忧思恳款，意气激烈，议论铿訇，真足以凌驾一时而托名后世，岂不快哉！及其摈斥流离，而于万里绝域，荒烟深菁，狸鼯豺虎之区，形影孑立，朝夕惴惴，既无一可骋者；而且疾病之与居，瘴疠之与亲，情迫于中，忘之有不能，势限于外，去之有不可，辗转烦瞀，以需动忍之益，盖吾之一身已非吾有，而又何有于吾身之外。至于是，而后如大梦之醒，强者柔，浮者实，凡平日所挟以自快者，不惟不可以常恃，而实足以增吾之机械，盗吾之聪明。其块然而生，块然而死，与吾独存而未始加损者，则固有之良知也。然则先生之学，出之而愈张，晦之而愈光。鼓舞天下之人至于今日不怠者，非雷霆之震，前日之龙场，其风霰也哉？嗟乎！今之言良知者，莫不曰固有固有。问其致知之功，任其固有焉耳，亦尝于枯槁寂寞而求之乎？所谓盗聪明、增机械者，亦尝有辨于中否乎？生于忧患，死于安乐，岂有待于人乎？

下部 诗意栖居：谪龙场文研究

《陆氏族谱序》——王阳明谪龙场所撰一篇佚文

王阳明全集之编,明隆庆有谢廷杰刊《王文成公全书》行于世。至1992年,吴光、钱明、董平等先生遍搜古今中外王阳明已面世之作成《王阳明全集》[①],遂为时最全本。但因王阳明之作散佚严重,其后,钱明等先生不辞辛苦,艰难抉寻,又不断有王阳明佚文被考辨出来。关于王阳明佚文辑考,用力最勤者当为束景南先生,他以明隆庆谢廷杰刊本为据,历三十年,查古籍数万种,成六十六万余字《王阳明佚文辑考编年》[②]。至此,专门的王阳明文集之编,已历史性地具有明隆庆本《王文成公全书》、1992年上古本《王阳明全集》和2015年上古本《王阳明佚文辑考编年》三种。

但是,因王阳明之作散佚严重,三种专门文本并未能将其作尽收。今由贵州省社科院王路平、谢敏老师处获信息,于《贵定县志》得"王阳明为贵定县陆氏族谱撰写的序言"佚文一篇,是为其《陆氏族谱序》[③]。现将该序列下,以备之后新编王阳明文集取用:

  盖闻木有本,水有源。自古朔先人之典,支而繁,派而远。于今叹后世之文,故论人则考勋猷,而追踪必原籍贯。

  汝陆氏寅公,原系江西陆德迁第十二世孙,琼之子也。因我大明国,初开云贵,太祖调同傅有德及莫、方、李各总兵,统辖征黔。至宾化,收服胜保郎;及云山,斩拒命之孟迎,遂建首功。蒙奖赏,授行军总管。永乐初,曾署会城参府之职。后与宋三纲、莫天宿结盟,遂无意回籍,卜居响水。其子孙不忘祖德宗功,往往为国家效力奔走。二世海,破阔水。三世仲仁,平马湖、建昌。四世潮凤,陷松盘、渭州。五世文昌,克香炉山。六世万民,定凯阳山。七世正州,征倒马坡。八世明珠,平挞罕州;明宁,灭海口屯;明随,围丰宁司。九世显春,捣潘老寨;显

---

① 吴光、钱明、董平等编:《王阳明全集》,上海:上海古籍出版社,1992年。
② 束景南:《王阳明佚文辑考编年》,上海:上海古籍出版社,2015年。
③ 贵州省贵定县地方志编纂委员会:《贵定县志》,贵阳:贵州人民出版社,1995年,第954页。

正，安瓮城司；显荣，剿播州。十世世龙，讨凯里；世莺，塌大方；世松，困安龙。嗟嗟，十世从军，岂非三载考绩，应予重勋。夫何有名而未有实？得御而不得官？非有功之罪，实掩功之罪也。

愚主讲文明，幸属师弟。倘不因龙场一谪，当必上告天子，下鸣方伯，使汝家与且兰三宋一庭，共登铁卷铜章之谱。

时维大明正德四年夏五月谷旦，文明书院讲学使者王守仁序于何陋轩。

寅公之九世孙奉师命重修。

（注：《陆氏族谱》保存在县档案馆）

王阳明《陆氏族谱序》标点为《贵定县志》编纂委员会编写时所加。该序追踪贵州陆氏一世祖陆寅为江西陆氏始祖陆德迁第十二世孙陆琼之子。陆寅奉明太祖之命征黔，建立军功后居黔，并历数陆寅以下十世军功。鉴于陆氏"十世从军"之"重勋"应予显扬，王阳明命其门人陆寅九世孙陆显贵修此《陆氏族谱》并欣然为之作序。该序作于正德四年（1509年）年五月，时王阳明贬谪龙场驿丞，受聘讲学于贵阳文明书院。"序于何陋轩"之"何陋轩"又名"龙冈书院"，为王阳明龙场居所，又为讲学之地，址今贵州省修文县栖霞山（又名龙冈山）。该文历数陆氏"十世军功"，语言简洁省净，结篇之"倘不因龙场一谪，当必上告天子，下鸣方伯，使汝家与且兰三宋一庭，共登铁卷铜章之谱"，内容醇正、情感充沛，具有强烈艺术感染力，符合王阳明"醇而肆"文风。"醇而肆"者，清初徐元文评王阳明文风之谓也，谓此文风为"刚健中正"之德外发而成，谓王阳明以此文风可俾唐宋八大家、与宋濂相颉颃、超越李梦阳、并峙李东阳，给予有明以来最高的评价。[1]

《贵定县志》于该序后又附"王阳明为贵定云雾陆氏族谱写序考记"。现将"考记"节录如下：

云雾上新寨陆柯任家族谱中，有明朝"心学集大成者"王阳明于明代正德四年（公元1514年）5月所撰写的序言。王阳明为什么要为陆氏

---

[1] 徐元文：《王阳明先生全集序》，吴光、钱明、董平等编：《王阳明全集》卷四十一《序》，上海：上海古籍出版社，1992年，第1619～1620页。

家谱作序？陆家究竟与他有什么瓜葛？据陆家《陆氏支谱》记载，营上陆氏家族是宋代"心学"开山鼻祖陆九渊（陆九渊，江西金溪人。江西陆姓始祖为唐宰相陆希声孙陆德迁。陆九渊为陆德迁六世孙）的后裔。……陆德迁十二世孙寅公随同傅有德、莫天宿、李化龙等各总兵，统兵征黔，取得显赫战功，后卜居贵州，云雾陆氏家族为寅公后裔。……（正德三四年间，贬谪贵州龙场驿丞的王阳明）在龙场创办龙岗书院，设帐讲学，传播儒家传统文化……作为陆氏寅公的八世孙陆宁家族，当时已是富甲平伐的殷实之家，慕王阳明之名，将次子陆显贵送往书院学习，一是要继承陆氏书香门第的传统；二是想弘扬心学这一陆氏家学的菁华。王阳明见陆九渊的后代前来学习，想到"三陆子之学"可继续传之后世，陆王学派亦后继有人，其喜悦之情溢于言表，不仅厚爱有加，且命陆显贵修纂陆氏族谱并不吝笔墨为之写序。①

该考记所谓"云雾上新寨陆柯任家族谱"者，为王阳明撰《陆氏族谱序》之所出。"云雾"为贵定县乡镇名，即云雾乡；"上新寨"为云雾乡一村寨；"陆柯任"为藏《陆氏族谱》之今陆氏后人。其后"明代正德四年（公元1514年）"之"公元1514年"者误，当为"公元1509年"。再后为考贵州贵定县陆氏家传、王阳明贬谪龙场设帐讲学，以及陆家送陆寅九世孙陆显贵从学于王阳明事。而其王阳明出于和陆九渊心学情感命陆显贵修《陆氏族谱》云云，则与《陆氏族谱序》王阳明自道命陆显贵修《陆氏族谱》动机不符，特此辨明。

但也有可能王阳明此命门人陆显贵编《陆氏族谱》并欣然为之序，表面上，如其所言，是为显扬陆寅以来"十世军功"；但实际上，或如上考记所云，是为其"陆王心学"之"私情"。之所以如此说，是因在贬谪龙场之时，王阳明已成心学之悟。据《王阳明年谱》，当时贵州提学副使席书向王阳明"问朱陆同异之辨"，王阳明"不语朱陆之学，而告之以其所悟"。②在此朱子学一统天下之时，王阳明似不便直接表达他倾向于陆九渊心学。但在十二年后巡抚南、赣，平定宁藩朱宸濠之乱，正德十六年（1521年）时机成熟时，王阳明

---

① 贵州省贵定县地方志编纂委员会：《贵定县志》，贵阳：贵州人民出版社，1995年，第955页。
② 钱德洪：《年谱一》，吴光、钱明、董平等编：《王阳明全集》卷三十三，上海：上海古籍出版社，1992年，第1229页。

"揭致良知之教"后便毅然决然地标举陆九渊心学而"录象山子孙":"以象山得孔、孟正传,其学术久抑而未彰,文庙尚缺配享之典,子孙未沾褒崇之泽,牌行抚州府金溪县官吏,将陆氏嫡派子孙,仿各处圣贤子孙事例,免其差役;有俊秀子弟,具名提学道送学肄业。"①

  本文认为,如果正德十六年(1521年)的"录象山子孙"是大张旗鼓地表彰陆九渊心学,那么十二年前贬谪龙场驿丞的命贵州陆氏后人编《陆氏族谱》并亲为作序,则或为"暗地里"表彰陆九渊心学,是十二年后正式表彰的"预演"。

---

① 钱德洪:《年谱二》,吴光、钱明、董平等编:《王阳明全集》卷三十四,上海:上海古籍出版社,1992年,第1279页。

龙场之悟探讨之一途：谪龙场前后三篇题画诗文研究

王阳明是理学家，还是一位文学艺术家。作为文学艺术家，他有三篇题画诗文尚未引起学界关注，分别是《来雨山雪图赋》《于忠肃像赞》《题施总兵所翁龙》。众所周知，在王阳明成为理学家上，贬谪龙场驿丞具有重要意义。

对王阳明来说，贬谪龙场的意义具有辩证的两面性，也就是说，既有消极意义，也有积极意义。消极意义是人生仕途不顺意；积极意义，使他有时间反思自己的学术，实现对真理的历史性认识。王阳明的这一对真理的历史性认识，即一般所谓的"龙场悟道"，实质是其价值观的确定。这一确定的价值观，是抛弃道佛虚空后所认定的儒家良知精神的家国情怀，此在哲学上称王阳明心学或者"致良知"学。那么在此之前，据湛甘泉《阳明先生墓志铭》，他的价值观有"初溺于任侠之习；再溺于骑射之习；三溺于辞章之习；四溺于神仙之习；五溺于佛氏之习"的游移不定，而至于"正德丙寅，始归正于圣贤之学"之说。[①]"正德丙寅"即正德元年（1506年），"圣贤之学"指儒学，"始归正于圣贤之学"谓才归正于儒学，不代表确定、坚定儒家价值观。实际上，自正德元年（1506年）底开始的"因言获罪"及随之而来的三年贬谪生活，才使王阳明由"始"而"定"，最终确立了儒家价值观，以及学术史上意义重大的"致良知"学精神。

哲学的思辨性给人难以把握之感，文学艺术的形象性却能使人在审美体验中心会意蕴。王阳明的这三篇题画诗文，恰因先后作于贬谪之前、赴谪途中和离谪之时，历史而艺术地再现了他"致良知"学精神的形成。

---

① 湛若水：《阳明先生墓志铭》，吴光、钱明、董平等编：《王阳明全集》卷三十八，上海：上海古籍出版社，1992年，第1401页。

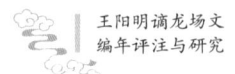

一、来雨山雪图赋[①]

弘治十三年，1500 年

昔年大雪会稽山，我时放迹游其间。岩岫皆失色，崖壑俱改颜。历高林兮入深峦，银幢宝纛森围圆。长矛利戟白齿齿，骇心栗胆如穿虎豹之重关。涧溪埋没不可辨，长松之杪，修竹之下，时闻寒溜声潺潺。沓嶂连天，凝华积铅，嵯峨崭削，浩荡无颠。粼岣眩耀势欲倒，溪回路转，忽然当之，却立仰视不敢前。嵌窦飞瀑，忽然中泻。冰磴峻嶒，上通天罅。枯藤古葛倚岩嵷而高挂，如瘦蛟老螭之蟠纠，蜕皮换骨而将化。举手攀援足未定，鳞甲纷纷而乱下。侧足登龙虬，倾耳俯听寒籁之飕飕。陆风踸踔，直际缥缈。恍惚最高之上头，乃是仙都玉京。中有上帝遂游之三十六瑶宫，傍有玉妃舞婆娑十二层之琼楼。下隔人世知几许，真境倒照见毛发，凡骨高寒难久留。划然长啸，天花坠空。素屏缟障坐不厌，琪林珠树窥玲珑。白鹿来饮涧，骑之下千峰。寡猿怨鹤时一叫，仿佛深谷之底呼其侣，苍茫之外争行麾阵排天风。鉴湖万顷寒濛濛，双袖拂开湖上云，照我须眉忽然皓白成衰翁。手掬湖水洗双眼，回看群山万朵玉芙蓉。草围蒲帐青莎蓬，浩歌夜宿湖水东。梦魂清彻不得寐，乾坤俯仰真在冰壶中。幽朔阴岩地，岁暮常多雪。独无湖山之胜，使我每每对雪长郁结。朝回策马入秋台，高堂大壁寒崔嵬。恍然昔日之湖山，双目惊喜三载又一开。谁能缩地法此景，何来石田画师。我非尔，胸中胡为亦有此？来君神骨清莫比，此景奇绝酷相似。石田此景非尔不能摸，来君来君非尔不可当此图。我尝亲游此景得其趣，为君题诗，非我其谁乎？

来雨山，从行文"来君"称呼看，当为人名，为画《山雪图》画师的名字。[②]《山雪图》，由行文"石田画师""石田此景非尔不能摸"，或为石田画来雨山摹。石田，时画家沈周号。沈周（1427—1509），字启南，号石田、白石翁、玉田生、有竹居主人等，明朝画家，吴门画派的创始人，"明四家"之一，长洲（今江

---

① 王阳明：《来雨山雪图赋》，吴光、钱明、董平等编：《王阳明全集》卷二十九，上海：上海古籍出版社，1992 年，第 1063～1064 页。

② 据束景南先生考，"来雨山"当为"来两山"之误。"来两山"即"来天球"，字伯韶，号两山，浙江萧山人。详见束景南：《王阳明年谱长编》，上海：上海古籍出版社，2017 年，第 201～202 页。

苏苏州）人。他不应科举而专事诗文、书画，是明代中期文人画"吴派"的开创者，与文徵明、唐寅、仇英并称"明四家"，传世作品有《庐山高图》《秋林话旧图》《沧州趣图》等。

　　该诗创作时间和背景历来不明。本文认为，该诗当作于京师，时为弘治十三年（1500年），王阳明任刑部云南清吏司主事，此可由诗文"朝回策马入秋台"知。这里"秋台"代指刑部，刑部古称秋官；由诗文"恍然昔日之湖山，双目惊喜三载又一开"的"三载"亦可知。王阳明弘治六年（1493年）春会试下第返乡浙江余姚，在故里住四年后，于弘治十年（1497年）来寓京师；弘治十二年（1499年）进士出身观政工部，弘治十三年（1500年）授刑部主事，诗文因而有"秋台"之说。王阳明睹此图应是在京师任职刑部时。这一段时期，正是王阳明价值观犹疑、心志未定、思维活跃的时期。据《王阳明年谱》，他弘治十年（1497年）二十六岁寓居京师时，"学兵法……念武举之设，仅得骑射搏击之士，而不能收韬略统驭之才。于是留情武事，凡兵家秘书，莫不精究。每遇宾宴，尝聚果核列阵势为戏"；弘治十一年（1498年）二十七岁寓居京师时"谈养生……自念辞章艺能不足以通至道，求师友于天下又不数遇，心持惶惑。一日读晦翁上宋光宗疏，有曰：'居敬持志，为读书之本，循序致精，为读书之法。'乃悔前日探讨虽博，而未尝循序以致精，宜无所得；又循其序，思得渐渍洽浃，然物理吾心终若判而为二也……沉郁既久，旧疾复作，益委圣贤有分。偶闻道士谈养生，遂有遗世入山之意"①。弘治十二年（1499年）王阳明二十八岁登进士第，"观政工部"时"疏陈边务"，《王阳明年谱》详谓其"未第时尝梦威宁伯遗以弓剑。是秋钦差督造威宁伯王越坟，驭役夫以什伍法，休食以时，暇即驱演'八阵图'。事竣，威宁家以金帛谢，不受；乃出威宁所佩宝剑为赠，适与梦符，遂受之"；又云"时有星变，朝廷下诏求言，及闻达虏猖獗"，王阳明"复命上边务八事，言极剀切"。② 可见，此时的王阳明既学兵法又学养生，既慕圣贤又疑朱子，既有遗世入山之

---

① 钱德洪：《年谱一》，吴光、钱明、董平等编：《王阳明全集》卷三十三，上海：上海古籍出版社，1992年，第1224页。

② 钱德洪：《年谱一》，吴光、钱明、董平等编：《王阳明全集》卷三十三，上海：上海古籍出版社，1992年，第1224～1225页。

意又有建功立业之志，可谓复杂多变、心神不定。这就是他弘治十三年（1500年）任刑部清吏司时撰写此《来雨山雪图赋》的心态背景。

王阳明《来雨山雪图赋》以赋名篇，但考诸行文，却发现非赋之体，而是拟李白《梦游天姥吟留别》的神游、游仙之作。该诗想象大胆而奇特，忽而细致入微的溪流，忽而上入瑶宫琼楼的仙班，随情致之所致而娴熟驾驭文辞，可谓意到笔随，尽显王阳明横溢的才华，堪与李太白《梦游天姥吟留别》相伯仲。黄绾的《阳明先生行状》谓王阳明"己未（1499年）登进士，观政工部。与太原乔宇，广信汪俊，河南李梦阳、何景明，姑苏顾璘、徐祯卿，山东边贡诸公以才名驰骋，学古诗文"①，惜这一时期王阳明和这些文人"以才名驰骋"之作多未为其门人所编《王文成公全书·文录》所收，故而其创作情况向来不明。《来雨山雪图赋》尽管收录，却被放置于"赋"体之中。

综上所述，本文关于王阳明《来雨山雪图赋》研究的结论有：一、该诗所赋之《来雨山雪图》，为来雨画师摹沈周《来雨山雪图》之作；二、该诗非赋体，而是一首类于李白《梦游天姥吟留别》的神游、游仙之作；三、该诗创作于弘治十三年（1500年），是王阳明"溺于辞章之习"的"才名驰骋，学古诗文"之作；四、该诗的"才名驰骋"与"游仙"性，是其归于圣学前"心神未定"的表现。

二、于忠肃像赞②

正德二年，1507年

尝考于公之释褐也，初授御史，而汉庶人服罪，伸大义也；及抚江右，而平反民冤狱，释无辜也；再抚山西，而拯救水旱两灾，恤民生也；后抚河南，而令百弊别蠲，清时政也；英宗北狩，而力言不可，保圣躬也；众劾王振，而扶掖廷喧，肃朝仪也；募义三营，而民夫附集，御不虞也；群议南迁，而恸哭止之，重国本也；移民法粟，而六军坚守，防外撼也；击虏凯旋，而力辞晋秩，惧盈满也；奉迎上皇，而大位安定，

---

① 黄绾：《阳明先生行状》，吴光、钱明、董平等编：《王阳明全集》卷三十八，上海：上海古籍出版社，1992年，第140页。

② 束景南：《王阳明佚文辑考编年》（增订版），上海：上海古籍出版社，2015年，第246页。

正君统也；戡平群盗，而成功不居，身殉国也；力逊辞第，而庐室箫然，励清节也；被诬受戮，而天心震怒，昭公道也；追谥肃愍，而庙食百世，表忠贞也。呜呼！公有姬旦、诸葛武侯之经济勋劳，而踵伍子胥、岳武穆杀身亡家之祸，神人之所共愤也，卒至两地专祠，四忠并列，子孙庙袭，天悯人钦，冥冥中所以报公者，岂其微哉！

  阳明王守仁题。

于忠肃指于谦，忠肃为其谥号。于谦弘治二年（1489年）谥肃愍，万历中改谥忠肃。像赞，为人物画像或人的相貌所作的赞辞，一般配置在各姓氏宗谱的先公遗像后面，撰写像赞者，大都是当代或后世的名人、学者，字里行间充满敬仰之情。关于像赞，文天祥《题方氏历代像跋》谓："世以谱传，而不能以像传。能并以传者，必先人勋业灿于当时，道德鸣于斯世，乃能留其像与。"① 强调了"必先人勋业灿于当时，道德鸣于斯世"，才能在宗谱中留其像，传千百世而不朽。

  《于忠肃像赞》是王阳明为于谦画像所作的赞辞。束景南先生《王阳明佚文辑考编年》谓赞见孙高亮《于少保萃忠传》首（《古本小说集成》，天启刻本），并考定该文撰写于正德二年（1507年）王阳明隐居钱塘时。② 该文以整饬之笔，阐述了于谦的功勋史，崇仰之情溢于言表。其中的不平之气和义愤之情，当为彼时自己忠贞被贬心态的流露，此亦可由他同时撰写的《于公祠享堂柱铭》知。《于公祠享堂柱铭》是王阳明为杭州三台山下于谦祠堂堂柱撰写的铭文，铭文为："千古痛钱塘，并楚国孤臣，白马江边，怒卷千堆雪浪；两朝冤少保，同岳家父子，夕阳亭里，心伤两地风波。"该铭文以伍子胥、岳飞况于谦，又以自况。束景南先生《王阳明佚文辑考编年》谓柱铭见丁丙辑《于公祠墓录》（刻入《武林掌故》）卷四。③

  按：于谦由"肃愍"改谥"忠肃"为万历间事，故该文题目当为"于肃愍像赞"，且文中亦用"肃愍"："追谥肃愍，而庙食百世，表忠贞也。"

---

① 官桂铨：《文天祥佚文》，《学术研究》1988年第6期。
② 束景南：《王阳明佚文辑考编年》（增订版），上海：上海古籍出版社，2015年，第247页。
③ 束景南：《王阳明佚文辑考编年》（增订版），上海：上海古籍出版社，2015年，第244页。

三、题施总兵所翁龙①

正德四年,1509年

君不见所翁所画龙,虽画两目不点瞳。曾闻弟子误落笔,即时雷雨飞腾空。运精入神夺元化,浅夫未识徒惊诧。操舵移山律回阳,世间不独所翁画。高堂四壁生风云,黑雷紫电日昼昏。山崩谷陷屋瓦震,雨声如泻长平军。头角峥嵘岁千丈,倏忽神灵露乾象。小臣正抱乌号思,一堕胡髯不可上。视久眩定凝心神,生绡漠漠开鳞峋。乃知所翁遗笔迹,当年为写苍龙真。只今旱剧枯原野,万国苍生望霶洒。凭谁拈笔点双睛,一作甘霖遍天下!

该诗为王阳明题时施总兵所藏陈所翁《苍龙图》之作。施总兵,时贵州总兵施瓉。施瓉为明英宗封怀柔伯施聚长孙施鉴之子②,袭怀柔伯。另,王阳明和施瓉的交往不止于为其所藏《苍龙图》题此诗,还为其遣人所绘气候图作序,是为其《气候图序》:"大总兵怀柔伯施公命绘工为《七十二候图》,遣使以币走龙场,属守仁叙一言于其间。"③所翁指陈所翁,名容,字公储,号所翁,南宋人,善画墨龙,抒发远大抱负,现广东博物馆存其《墨龙图》。该诗为王阳明少见的七古,洋洋洒洒、酣畅淋漓,运用大胆想象夸饰尽情展开描写苍龙与黑雷紫电结合的壮美:"高堂四壁生风云,黑雷紫电日昼昏。山崩谷陷屋瓦震,雨声如泻长平军。头角峥嵘岁千丈,倏忽神灵露乾象。小臣正抱乌号思,一堕胡髯不可上。"结以忧国忧民博大情怀:"只今旱剧枯原野,万国苍生望霶洒。凭谁拈笔点双睛,一作甘霖遍天下!"龙与雷电结合的壮美和博大情怀融为一体,形成了该诗"醇而肆"的风格。

就该文来看,所谓内容醇正之"醇",指其"只今旱剧枯原野,万国苍生望霶洒"的忧国忧民博大情怀,已不同于贬谪龙场驿丞之前创作《来雨山雪图》时"才名驰骋"的迷茫于游仙的类李太白《梦游天姥吟留别》,也不同于

---

① 王阳明:《题施总兵所翁龙》,吴光、钱明、董平等编:《王阳明全集》卷二十九,上海:上海古籍出版社,1992年,第1073页。

② 李永强、刘风亮:《新获明代怀柔伯施聚、施鉴墓志》,《文物春秋》2008年第1期。

③ 王阳明:《气候图序》,吴光、钱明、董平等编:《王阳明全集》卷二十二,上海:上海古籍出版社,1992年,第871页。

贬谪途中撰写《于忠肃像赞》时的借于谦、伍子胥、岳飞不平遭际以抒发自己义愤之心态，而是经过在磨难中深沉思索后以天下为己任、兼济天下之"一体之仁"的儒者情怀。"一体之仁"者，"仁者以天地万物为一体"[①]之谓也，此正王阳明"龙场悟道"所得之"致良知"精神。

总之，以上三篇题画诗文，历史而艺术地再现了王阳明由沉溺于道仙、驰骋于文辞，经过贬谪的义愤与反思，最终实现以忧国忧民为念的"一体之仁"之"致良知"精神，也即儒家圣学价值观确立的迁转。本文的研究，从新的视角和途径，新颖别致地探索了他的龙场之悟。

再者，该三篇题画诗文以高超的艺术技巧写出了三幅画的真精神。其所及之三画，《来雨山雪图》为明代文人画"吴派"开创者沈周所作，《苍龙图》为史上画龙名公南宋陈所翁所绘，《于忠肃像》之绘制者亦当非俗流，但随时光推移，该三幅名画现皆已亡佚。本文认为，赖王阳明此三诗文，经今高明之心摹手绘，或可使名画复为世睹？果真变现，无疑会为中国绘画艺术史增添浓重一笔。

---

① 程颢、程颐：《二程遗书》，上海：上海古籍出版社，2000年，第65页。

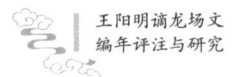

从王阳明龙场诗文看其走向明德的仁者情怀

引 言

王阳明《大学问》以"根于天命之性,而自然灵昭不昧"的"一体之仁"为"明德"。"一体之仁"者,即《孟子》所谓的"仁者以天地万物为一体"。"以天地万物为一体"者,王阳明解释为"视天下犹一家,中国犹一人焉",[1]并具体阐发曰:

> 见孺子之入井,而必有怵惕恻隐之心焉,是其仁之与孺子而为一体也;孺子犹同类者也,见鸟兽之哀鸣觳觫,而必有不忍之心焉,是其仁之与鸟兽而为一体也;鸟兽犹有知觉者也,见草木之摧折而必有悯恤之心焉,是其仁之与草木而为一体也;草木犹有生意者也,见瓦石之毁坏而必有顾惜之心焉,是其仁之与瓦石而为一体也。[2]

不难发现,在王阳明这里,"仁者"的以"天地万物为一体",其实是一种博大的胸怀,也可以说是一种博爱的情怀。说是博大胸怀,因为其仁不仅可以及于同为人类的孺子,还可及于非人类的动物、植物,甚至无生命的瓦砾。说是博爱情怀,因为其于以上对象不幸遭际的"怵惕恻隐之心""必有不忍之心""悯恤之心""顾惜之心",无疑均是感同身受的同情之心。结合上文,由于"一体之仁"为"明德",故而"明德"当是"仁者"的内在属性。有鉴于此,本文的"走向明德的仁者情怀"命题是合于阳明学说的逻辑的,并且也符合阳明贬谪龙场驿丞经历,这可由他在这一人生经历中所留下的诗文所证明。

明正德二年(1507年),王阳明年三十六,因以兵部主事(正六品)身份,上书反对宦官刘瑾擅政,被贬谪贵州龙场驿丞(无官品)。赴谪途中历时一年,

---

[1] 王阳明:《大学问》,吴光、钱明、董平等编:《王阳明全集》卷二十六,上海:上海古籍出版社,1992年,第968页。

[2] 王阳明:《大学问》,吴光、钱明、董平等编:《王阳明全集》卷二十六,上海:上海古籍出版社,1992年,第968页。

于正德三年（1508年）春到任，正德五年（1510年）春到任庐陵令。这三年之中，于生活经历上，用他自己的话说是"谪贵州三年，百难备尝"①，"横逆之加，无月无有"②，可谓历尽艰辛。但正如"天将降大任于斯人"（《孟子·告子下》）之论所示，可以说正是有贬谪的艰辛人生经历，才有了朱子之后阳明理学大师的成就，即一般所谓的"龙场悟道"。但本论题却不是讨论他怎样"悟道"，所悟何"道"，而是以研究他贬谪龙场期间所创作的诗文的方式，通过观照他伴随时空转换的心路历程，从"走向明德的仁者情怀"高度与角度来研究他的情感与怀抱。所谓"走向"者，意为王阳明的"明德的仁者情怀"的形成有一个发展历程。

一、赴谪途中"忧愁幽思"的"谪客"情怀

贬谪指古代官吏因过失或犯罪而被降职或流放到生活环境恶劣的边远地区以示惩罚，被贬谪者也因而被称为"谪客"。贬谪对于官吏来说，身心的打击无疑是巨大的，尤其是当自己出于正义而被贬更是这样，如屈原就在感情极端痛苦的情况下怀沙赴水结束了生命，他的《离骚》也被司马迁称为"忧愁幽思"③之作，而"忧愁幽思"也成了"谪客"情怀的标志符号。史上对"忧愁幽思"的"谪客"情怀进行咏叹者中韩愈是较著的一个，他的《左迁至蓝关示侄孙湘》诗曰：

> 一封朝奏九重天，夕贬潮阳路八千。欲为圣明除弊事，肯将衰朽惜残年。云横秦岭家何在，雪拥蓝关马不前。知汝远来应有意，好收吾骨瘴江边。④

这首诗反映了韩愈因仗义执言而被贬谪后的忧愁愤懑、前途迷茫心情，从诗中最后两句可知，他甚至已经做了死亡的准备。人同此心心同此理，屈原、韩愈作为"谪客"的内心情感世界，王阳明也是有的，尤其是赴谪途中

---

① 钱德洪：《年谱一》，吴光、钱明、董平等编：《王阳明全集》卷三十三，上海：上海古籍出版社，1992年，第154页。

② 钱德洪：《年谱一》，吴光、钱明、董平等编：《王阳明全集》卷三十三，上海：上海古籍出版社，1992年，第159页。

③ 司马迁：《史记》，北京：中华书局，1959年，第2482页。

④ 韩愈著，钱仲联集释：《韩昌黎诗系年集释》，上海：上海古籍出版社，1984年，第1079页。

的一年更是这样。如在离杭赴黔前,他和诸弟道别时所赋之诗所蕴蓄的情感,已可和韩诗相提并论:"扁舟风雨泊江关,兄弟相看梦寐间。已分天涯成死别,宁知意外得生还。"①全面反映王阳明赴谪途中"忧愁幽思"的"谪客"情怀的,则是他所作的《吊屈平赋》及五十余首诗篇。

(一)"忧愁幽思"的"谪客"情怀:以《吊屈平赋》为代表

王阳明和屈原的共同遭际,把两者的心情联系起来。屈原的忧愁愤懑,当然也是王阳明的忧愁愤懑。王阳明凭吊屈原,其实也是自吊,是以屈原自况,这从他的《吊屈平赋》可见。他赴谪途经屈原曾流放的沅、湘之地有感而发,于是有《吊屈平赋》之作。

  山黯惨兮江夜波,风飕飕兮木落森柯。泛中流兮焉泊?湛椒醑兮吊湘累。云冥冥兮月星蔽晦,冰崚嶒兮霰又下。累之宫兮安在?怅无见兮愁予。高岸兮嵚崎,纷纠错兮樛枝。下深渊兮不恻,穴颀洞兮蛟螭。山岑兮无极,空谷谽谺兮迥寥寂。猿啾啾兮吟雨,熊黑嘷兮虎交迹。念累之穷兮焉托处?四山无人兮骇狐鼠。魍魅游兮群跳啸,瞰出入兮为累奸宄。嫉累正直兮反诋为娭,昵比上官兮子兰为臧。幽丛薄兮畴侣,怀故都兮增伤。望九疑兮参差,就重华兮陈辞。沮积雪兮涧道绝,洞庭渺邈兮天路迷。要彭咸兮江潭,召申屠兮使骖。娥鼓瑟兮冯夷舞,聊遨游兮湘之浦。乘回波兮泊兰渚,睠故都兮独延伫。君不还兮郢为墟,心壹郁兮欲谁语!郢为墟兮函崤亦楚,谗鬼逋戮兮快不酬冤。历千载兮耿忠愊,君可复兮排帝闼。望遁迹兮渭阳,箕雁囚兮其伴以狂。艰贞兮晦明,怀若人兮将予退藏。宗国沦兮摧腑肝,忠愤激兮中道难。勉低回兮不忍,溘自沉兮心所安。雄之谀兮谗喙,众狂稚兮谓累扬己。为魑为魅兮为谗媵妄,累视若鼠兮佞颡有泚。累忽举兮云中。龙旂晻霭兮飘风。横四海兮倏忽,驷玉虬兮上冲。降望兮大壑,山川萧条兮浠寥廓。逝远去兮无穷,怀故都兮蜷局。②

---

① 王阳明:《赴谪次北新关喜见诸弟》,吴光、钱明、董平等编:《王阳明全集》卷十九,上海:上海古籍出版社,1992年,第683页。

② 王阳明:《吊屈平赋》,吴光、钱明、董平等编:《王阳明全集》卷十九,上海:上海古籍出版社,1992年,第659~660页。

该赋为骚体赋,通过凭吊屈原以自况,抒发了忧愤情怀。赋文描写的屈原遭遇流放期间生活环境的凄凉恶劣,如"山黯惨兮江夜波,风飕飕兮木落森柯""云冥冥兮月星蔽晦,冰崚嶒兮霰又下""猿啾啾兮吟雨,熊罴嗥兮虎交迹""沮积雪兮涧道绝,洞庭渺邈兮天路迷""降望兮大壑,山川萧条兮济寥廓"等,其实是在写自己将要或者在赴谪途中已经经历的生活环境;赋文写屈原的以忠贞获罪、遭遇流放、报国无门,其实是类比自己同样的遭际,如"嫉累正直兮反诋为殃,昵比上官兮子兰为臧"等;写屈原忧愁幽思、心态矛盾其实也是写自己,如"幽丛薄兮畴侣,怀故都兮增伤",又如"君不还兮郢为墟,心壹郁兮欲谁语",再如"望遁迹兮渭阳,箕羅囚兮其侔以狂",还如"宗国沦兮摧腑肝,忠愤激兮中道难",最后"勉低回兮不忍,溘自沉兮心所安"的无可奈何、内心痛苦到极端的终极选择,等等。阳明"乱曰"结篇以显志凝情曰:"日西夕兮沉湘流,楚山嵯峨兮无冬秋。累不见兮涕泗,世愈隘兮孰知我忧!"前两句写景,写的是傍晚的沉湘、嵯峨的楚山,以其存在时间上的无限性,类比遭遇贬谪的无限忧愁心境。

本文认为,作为"谪客"情怀的典型内涵,为王阳明涕泗的"世愈隘兮孰知我忧"的无限忧愁中,既包含对忠贞获罪、贬谪流放的前情的愤恨,同时也有对即将面临的恶劣生活环境的恐惧,以及对未知前途的茫然。《吊屈原赋》是王阳明即将入黔时所作,所以他此时的"谪客"情怀是贯穿赴谪一年的心境。

(二)赴谪诗中的"谪客"情怀

王阳明赴谪龙场,汪抑之、湛若水、崔子钟三好友为其送行。既然是送行,则难免宽慰与勉励。但王阳明并没有因此而释怀,他的答和之诗证明着他的忧愁愤懑、恐惧迷茫。王阳明有《答汪抑之三首》,其一的"去国心已恫,别子意弥恻"中的"恫"即恐惧,"恻"则是悲痛。这是《答汪抑之三首》的感情基调,同时又是王阳明赴谪龙场感情的主基调,况且这一主基调和前文《吊屈平赋》可构成相互印证关系。对好友的思念之情侧面烘托的也是忧思愤懑,此外还有孤独寂寞。

友人的送别及慰藉,往往是"谪客"情怀的重要抒发方式,如王昌龄贬谪龙标尉,人们耳熟能详的李白所寄那首《闻王昌龄左迁龙标遥有此寄》的千古绝唱"杨花落尽子规啼,闻道龙标过五溪。我寄愁心与明月,随风直到夜郎西"即是。王阳明也一样,他的"谪客"情怀也表现在和友人的离情别绪中,最著者是和汪、湛、崔三好友的反复咏叹、相互酬答。限于篇幅,兹寻章摘句以示:

> 伊途怨昕夕,况兹万里隔。①
>
> 风云一相失,各在天一涯。②
>
> 君莫歌九章,歌以伤我心。③
>
> 君莫歌五诗,歌之增离忧。④
>
> 风波忽相失,言之泪徒泫。⑤

"怨昕夕""伤我心""增离忧""泪徒泫"等语言单位,无疑是王阳明和三好友"风云一相失,各在天一涯"的离愁别绪的直白表达,让人读来有肝肠寸断之感。

离别送别令人伤感,离别后的思念则更加深沉厚重。伴随离别时间的拉长,思念的愁情也更加沉郁:"一日复一日,去子日以远……沉郁未能展。"⑥夜不能寐而不得见,只好抑制深沉的思念:"中夜不能寐,起视江月光。中情良自抑,美人难自忘。"中夜江月迁变为高楼栖居,思念的惆怅依然如故:"高楼明月夜,惆怅为谁鼓?"⑦对友人的思念还幻化为阳明梦中的景事:"梦与

---

① 王阳明:《答汪抑之三首》其一,吴光、钱明、董平等编:《王阳明全集》卷十九,上海:上海古籍出版社,1992年,第676页。

② 王阳明:《答汪抑之三首》其二,吴光、钱明、董平等编:《王阳明全集》卷十九,上海:上海古籍出版社,1992年,第677页。

③ 王阳明:《阳明子之南也,其友湛元明歌九章以赠,崔子钟和之以五诗,于是阳明子作八咏以答之》其一,吴光、钱明、董平等编:《王阳明全集》卷十九,上海:上海古籍出版社,1992年,第677页。

④ 王阳明:《阳明子之南也,其友湛元明歌九章以赠,崔子钟和之以五诗,于是阳明子作八咏以答之》其二,吴光、钱明、董平等编:《王阳明全集》卷十九,上海:上海古籍出版社,1992年,第677页。

⑤ 王阳明:《阳明子之南也,其友湛元明歌九章以赠,崔子钟和之以五诗,于是阳明子作八咏以答之》其三,吴光、钱明、董平等编:《王阳明全集》卷十九,上海:上海古籍出版社,1992年,第678页。

⑥ 王阳明:《一日怀抑之也。抑之之赠既尝答以三诗,意若有歉焉,是以赋也》其一,吴光、钱明、董平等编:《王阳明全集》卷十九,上海:上海古籍出版社,1992年,第681页。

⑦ 王阳明:《一日怀抑之也。抑之之赠既尝答以三诗,意若有歉焉,是以赋也》其三,吴光、钱明、董平等编:《王阳明全集》卷十九,上海:上海古籍出版社,1992年,第681页。

故人语，语我以相思。才为旬日别，宛若三秋期……觉来复何有？起坐空嗟咨！"梦中友情浓郁、其乐融融，梦醒后却是独自一人，逢此境况，阳明不能不有"邈彼二三子，恝焉劳我思"①的似怨实忧之句。《伐木》为《诗经》的写友情之作，王阳明登于岳麓，触景生情，于是"怀我二三友，伐木增离忧"②被吟咏出来。

王阳明赴谪途中的"谪客"情怀，还为他独处、病中以及生命面临威胁时的危情时刻的歌诗所表现。"吴山越峤俱堪老，正奈燕云系远思"③表现了他赴谪病中依然心在庙堂。"山石崎岖古辙痕，沙溪马渡水犹浑。夕阳归鸟投深麓，烟火行人望远村。天际浮云生白发，林间孤月坐黄昏。越南冀北俱千里，正恐春愁入夜魂"④是他夜孤宿旅万般愁情的写照。"洞庭春浪阔，浮云隔九疑。江洲满芳草，目极令人悲"⑤抒发的是他登高的悲情。"危栈断我前，猛虎尾我后。倒崖落我左，绝壑临我右。我足复荆榛，雨雪更纷骤"⑥再现了赴谪的凶险，而下面的描述则表明他的生命已经受到威胁："日暮入沅江，抵石舟果圮。补敝诘朝发，冲风遂龃龉。暝泊后江湖，萧条旁罍垒。月黑波涛惊，蛟鼍互睥睨。翼午风益厉，狼狈收断汜。天心数里间，三日但遥指。甚雨迅雷电，作势殊未已。溟溟云雾中，四望渺涯涘。篙桨不得施，丁夫尽嗟噫。"⑦

综上可见，"忧愁幽思"的"谪客"情怀是王阳明赴谪途中的真实，这当然也是他作为"谪客"必然的宿命。但是，既成事实已不可挽回，效法屈原

---

① 王阳明：《梦与抑之昆季语，湛崔皆在焉，觉而有感，因记以诗三首》其三，吴光、钱明、董平等编：《王阳明全集》卷十九，上海：上海古籍出版社，1992年，第682页。

② 王阳明：《陟湘于迈，岳麓是尊。仰止先哲，因怀友生丽泽，兴感伐木寄言二首》其一，吴光、钱明、董平等编：《王阳明全集》卷十九，上海：上海古籍出版社，1992年，第689页。

③ 王阳明：《卧病静慈写怀》，吴光、钱明、董平等编：《王阳明全集》卷十九，上海：上海古籍出版社，1992年，第683页。

④ 王阳明：《夜宿宣风馆》，吴光、钱明、董平等编：《王阳明全集》卷十九，上海：上海古籍出版社，1992年，第687页。

⑤ 王阳明：《陟湘于迈，岳麓是尊。仰止先哲，因怀友生丽泽，兴感伐木寄言二首》其二，吴光、钱明、董平等编：《王阳明全集》卷十九，上海：上海古籍出版社，1992年，第689页。

⑥ 王阳明：《杂诗三首》其一，吴光、钱明、董平等编：《王阳明全集》卷十九，上海：上海古籍出版社，1992年，第686页。

⑦ 王阳明：《天心湖阻泊既济书事》，吴光、钱明、董平等编：《王阳明全集》卷十九，上海：上海古籍出版社，1992年，第691页。

既非所愿又不明智。明智的方法是接受现实进而超越现实,既超越现实生活的艰辛而着眼于精神生活,又要超越"谪客"共通的忧思愤懑、恐惧迷茫、眷恋友情,还有孤独寂寞,而走向心态的平和以及应事接物的泰然。有关于此,中国思想体系、人生态度的道家佛家之中有所存有。但就王阳明来说,尽管曾经出入佛、老,但他根本上是一儒者,这表现在他谪抵龙场后不久,"何陋之有"的君子情怀的形成。

二、"何陋之有"的君子情怀

正德三年(1508年)春,王阳明谪抵龙场,他的诗文显示,经过近一年时间的尝试超越,也由于经过数千里的空间转移,"忧愁幽思"的"谪客"情怀已渐渐淡去。王阳明从小就有成圣的梦想,龙场三年谪居则给他提供了实现梦想的契机。因为这三年他摆脱了世俗的政争,专心于圣学的深沉哲思,践履着走向明德的仁者情怀的蝶变。如上所述,蝶变的第一步是他"何陋之有"的君子情怀及其形成过程,标志则是他谪抵龙场十个月后写成的《何陋轩记》一文。

(一)"何陋之有"的君子情怀:以《何陋轩记》为代表

"何陋之有"典出《论语·子罕》:"子欲居九夷。或曰:'陋,如之何?'子曰:'君子居之,何陋之有?'"这里孔子以君子自居,意在表明自己要以道德超越物质生活的困窘,以学识给夷人带来知识和文明。故而可以说,孔子"何陋之有"的君子情怀是一种不畏艰难而化行天下的仁者情怀。

> 昔孔子欲居九夷,人以为陋。孔子曰:"君子居之,何陋之有?"守仁以罪谪龙场。龙场,古夷蔡之外,于今为要绥,而习类尚因其故。人皆以予自上国往,将陋其地,弗能居也。而予处之旬月,安而乐之,求其所谓甚陋者而莫得。独其结题鸟言,山栖羝服,无轩裳宫室之观,文仪揖让之缛,然此犹淳庞质素之遗焉。盖古之时,法制未备,则有然矣,不得以为陋也。夫爱憎面背,乱白黝丹,浚奸穷黠,外良而中蝥,诸夏盖不免焉。若是而彬郁其容,宋甫鲁掖,折旋矩蠖,将无为陋乎?夷之人乃不能此。其好言恶詈,直情率遂,则有矣。世徒以其言辞物采之眇而陋之,吾不谓然也。始予至,无室以止,居于丛棘之间,则郁也。迁于东峰,就石

穴而居之，又阴以湿。龙场之民，老稚日来视，予喜不予陋，益予比。予尝圃于丛棘之右，民谓予之乐之也，相与伐木阁之材，就其地为轩以居予。予因而翳之以桧竹，莳之以卉药；列堂阶，辨室奥；琴编图史，讲诵游适之道略俱。学士之来游者，亦稍稍而集于是。人之及吾轩者，若观于通都焉，而予亦忘予之居夷也。因名之曰"何陋"，以信孔子之言。

嗟夫！诸夏之盛，其典章礼乐，历圣修而传之，夷不能有也，则谓之陋固宜。于后蔑道德而专法令，搜抉钩繫之术穷，而狡匿谲诈无所不至，浑朴尽矣。夷之民方若未琢之璞，未绳之木，虽粗砺顽梗，而椎斧尚有施也，安可以陋之？斯孔子所谓欲居也欤？虽然，典章文物则亦胡可以无讲！今夷之俗，崇巫而事鬼，渎礼而任情，不中不节，卒未免于陋之名，则亦不讲于是耳。然此无损于其质也。诚有君子而居焉，其化之也盖易。而予非其人也，记之以俟来者。①

王阳明谪居的龙场，确然地符合夷的标准。他秉持先师"何陋之有"的理念与情怀，践履完成了孔子没有践履的理想，这首先为其《何陋轩记》之文所证。

《何陋轩记》全文可分四部分。第一部分引题入文：以孔子"君子居夷，何陋之有"导入；随后交代自己贬谪的龙场，依然传承着夷人的生活习俗。第二部分交代自己抵达龙场十个月来，秉持先圣教诲，以安乐的态度居夷，以及自己对夷人的认识：夷人外在装束服饰的原始其实是质朴，他们的"好言恶詈，直情率遂"其实是直爽，他们没有文明人"爱憎面背，乱白黝丹，浚奸穷黠，外良而中蝥"的狡诈。有鉴于此，阳明反对世俗以夷人"言辞物采之眇"而以其为"陋"的观点。第三部分交代自己居处的变迁，先是"无室以止，居于丛棘之间"的草庵居，随后是发现阳明小洞天的洞穴居，最后，质朴的夷人因为石洞阴湿，于是动员人力，"伐木阁之材"，用不到一月的时间，在石洞上方为他修建了一座固定的居处之所。被夷人的质朴所感动，王阳明于是信服先师之言，将这座居处之所命名为"何陋轩"。王阳明践履先师志向，精心经营、布置了"何陋轩"，将之改造成"讲诵游适"的场所，是为

---

① 王阳明：《何陋轩记》，吴光、钱明、董平等编：《王阳明全集》卷二十三，上海：上海古籍出版社，1992年，第890～891页。

"龙冈书院"。第四部分照应开头,明确提出了夷人是"未琢之璞,未绳之木",若"有君子而居焉,其化之也盖易"的观点。这无疑是王阳明要践履先师遗志,以君子自居的夫子自道,又由"予亦忘予之居夷"的表达,以及在"何陋轩"前"因轩之前营,驾楹为亭,环植以竹,而名之曰'君子'"①的修建"君子亭"以自况、自励所证明。

如上交代,《何陋轩记》是王阳明谪抵龙场十个月后所写。该文是以他居处的变迁历程为线索,连缀着他对夷人认识的过程,以及他的情怀变迁过程。文中所叙述的"何陋之有"的君子情怀的形成过程,他这十个月来的诗作可为注释。

(二)"何陋之有"君子情怀形成过程的诗作注释

王阳明的诗作佐证着:伴随居处和对夷人认识的演变,他的情怀也经历了从草庵居的"郁",到洞穴居的"乐",最后到庐舍居的"何陋之有"的君子情怀的过程。

关于王阳明草庵居的"郁"情,有《初至龙场无所止结草庵居之》之诗为证。诗文详下:

草庵不及肩,旅倦体方适。开棘自成篱,土阶漫无级。迎风亦萧疏,漏雨易补缉。灵濑响朝湍,深林凝暮色。群僚环聚讯,语庞意颇质。鹿豕且同游,兹类犹人属。污樽映瓦豆,尽醉不知夕。缅怀黄唐化,略称茅茨迹。②

该诗十六句,前八句写物景,后八句写人情。写物是写草庵的简陋:"草庵不及肩……开棘自成篱,土阶漫无级。迎风亦萧疏,漏雨易补缉。"低矮的茅屋、自做的篱笆、无级的土阶,在风中越发萧然,在春季多雨的贵州地区,茅屋漏雨是最令人恼火的。这种生活条件下,忧郁是难免的。但作为儒者的王阳明,又不止于忧郁而能超越忧郁,以乐观的心态对待草庵居的艰辛生活,因为他的心中有"孔颜乐处"的圣训,这从"旅倦体方适""漏雨易补缉"两句,以及"灵濑响朝湍,深林凝暮色"美景描写可以看出。该诗后八句,王阳明

---

① 王阳明:《君子记》,吴光、钱明、董平等编:《王阳明全集》卷二十三,上海:上海古籍出版社,1992年,第891页。

② 王阳明:《始得东洞遂改为阳明小洞天三首》,吴光、钱明、董平等编:《王阳明全集》卷十九,上海:上海古籍出版社,1992年,第694~695页。

写了他视质朴夷人为同类,与之亲密无间地饮酒交流,结句的"缅怀黄唐化,略称茅茨迹",则是他敦行教化想法的早期流露。

草庵居的"郁"情是真,看来诗篇中的以苦为乐只是人为的超越意识,这一判断不久便为他发现东洞,随即改为"阳明小洞天",迁而居之所证,是为他的洞穴居。"穴居"是生活原始、艰难困窘的标志,而王阳明却以穴居代替草庵居为乔迁,此足可见草庵居更加简陋。故而,和草庵居的"郁"情不同,据《何陋轩记》,王阳明洞穴居的情感取向却是乐居。这种乐居情感取向更详尽的描写,见其《始得东洞遂改为阳明小洞天三首》。

其一

古洞阒荒僻,虚设疑相待。披莱历风磴,移居快幽垲。营炊就岩窦,放榻依石垒。穹室旋薰塞,夷坎仍洒扫。卷帙漫堆列,樽壶动光彩。夷居信何陋,恬淡意方在。岂不桑梓怀?素位聊无悔。

其二

僮仆自相语,洞居颇不恶。人力免结构,天巧谢雕凿。清泉傍厨落,翠雾还成幕。我辈日嬉偃,主人自愉乐。虽无荣戟荣,且远尘嚣聒。但恐霜雪凝,云深衣絮薄。

其三

我闻莞尔笑,周虑愧尔言。上古处巢窟,抔饮皆污樽。冱极阳内伏,石穴多冬暄。豹隐文始泽,龙蛰身乃存。岂无数尺椽,轻裘吾不温。邈矣箪瓢子,此心期与论。①

该组诗的其一先写了自己以快乐的心情,以家的标准布置洞穴的细节,最后以"夷居信何陋,恬淡意方在。岂不桑梓怀?素位聊无悔"表达情怀,自谓洞穴居并不简陋,因为自己抱持着恬淡的情怀,又说自己并非没有建功立业的志向,只不过位卑没有平台。其二通过僮仆之口写出了阳明洞穴居的愉乐心情,最后四句仆人说:"虽无荣戟荣,且远尘嚣聒。但恐霜雪凝,云深衣絮薄。"既表达了虽无高官显爵却远离尘世喧嚣的自得之情,又表达了穴居

---

① 王阳明:《始得东洞遂改为阳明小洞天三首》,吴光、钱明、董平等编:《王阳明全集》卷十九,上海:上海古籍出版社,1992年,第695页。

"霜雪凝，云深衣絮薄"的担忧，读来如见其人，如闻其声，颇具生活情趣。其三的"邈矣箪瓢子，此心期与论"，则是王阳明用了"孔颜乐处"的信念安慰僮仆，同时也是自我安慰与自我鼓励。

如上所述，《何陋轩记》是王阳明有感于夷人的质朴为他修轩，从而使他告别洞穴居而走向定居所写，表达了"何陋之有"的君子情怀。此情此景，尚有其诗作《龙冈新构二首》为证。有关于此，《龙冈新构二首》序曰："诸夷以予穴居颇阴湿，请构小庐。欣然趋事，不月而成。诸生闻之，亦皆来集，请名'龙冈书院'，其轩曰'何陋'。"①《龙冈新构二首》详下：

其一

谪居聊假息，荒秽亦须治。凿巇薙林条，小构自成趣。开窗入远峰，架扉出深树。墟寒俯逶迤，竹木互蒙翳。畦蔬稍溉锄，花药颇杂莳。宴适岂专予，来者得同憩。轮奂非致美，毋令易倾敝。

其二

营茅乘田隙，洽旬始苟完。初心待风雨，落成还美观。锄荒既开径，拓樊亦理园。低檐避松偃，疏土行竹根。勿剪墙下棘，束列因可藩。莫撷林间萝，蒙笼覆云轩。素缺农圃学，因兹得深论。毋为轻鄙事，吾道固斯存。②

第一首十四句，描写的是王阳明对凝聚了夷人深情厚谊的"何陋轩"的打理及其周遭美丽的景观，而"宴适岂专予，来者得同憩"则表达了自己不独专有而与夷人同乐的思想。第二首十六句，前十二句写自己对"何陋轩"的精心经营，后四句是被夷人质朴所感动后的深刻的自我批判。批判的是自己曾经对稼穑的鄙视，认识到稼穑中蕴含着吾儒圣学的道理。

有了此认识之后，王阳明躬行教化，切实开展了"何陋之有"君子情怀的践履。王阳明教化的践履，在龙冈新构建成之前已经进行了，因其有曰：

---

① 王阳明：《龙冈新构二首》序，吴光、钱明、董平等编：《王阳明全集》卷十九，上海：上海古籍出版社，1992年，第697页。

② 王阳明：《龙冈新构二首》，吴光、钱明、董平等编：《王阳明全集》卷十九，上海：上海古籍出版社，1992年，第697页。

"诸生闻之,亦皆来集,请名龙冈书院。"但与此前不同的是,"何陋轩"的建成,使他躬行教化的场所更加固定,信念更加坚定。也可以说,伴随教学条件大大改善,他的教学从思想到行动均进入了一个新的境界。但是,不难发现,王阳明"何陋之有"的君子情怀践履所作用的教化对象还仅止于一般意义上的人类,而只有将无私的关爱及于遭遇不幸的人类,以至于人类之外的动植万品,即"以万物为一体",他的走向明德的仁者情怀才算最终完成。

三、"以万物为一体"的仁者情怀

如前所述,"以万物为一体"的仁者情怀,是表现为同类、动植甚至瓦砾遭遇不幸时感同身受的同情之心。"以万物为一体"的仁者情怀逻辑上是高于"何陋之有"的君子情怀,因为后者仅及于人类。这一仁者情怀在写于《何陋轩记》成后十个月的《瘗旅文》中,得到淋漓尽致的体现、明白无误的昭显。故而又可以说,《瘗旅文》是王阳明"以万物为一体"的仁者情怀形成的标志。而"形成的标志"云者,意为他之前也有这一情怀,如入黔之初所作的《去妇叹五首》就有蕴蓄。

(一)《瘗旅文》《去妇叹五首》:仁者情怀及于遭遇不幸的同类的体现

《瘗旅文》写于正德四年(1509年)秋天的某月初三日,该时间是阳明谪抵龙场第二年,大约在《何陋轩记》成十个月后。该文详下:

> 维正德四年秋月三日,有吏目云自京来者,不知其名氏;携一子一仆,将之任,过龙场,投宿土苗家。予从篱落间望见之,阴雨昏黑,欲就问讯北来事,不果。明早遣人觇之,已行矣。薄午有人自蜈蚣坡来,云一老人死坡下,傍两人哭之哀。予曰:"此必吏目死矣。伤哉!"薄暮复有人来,云:"城下死者二人,傍一人坐叹。"询其状,则其子又死矣。明日复有人来,云:"见坡下积尸三焉。"则其仆又死矣。呜呼伤哉!念其暴骨无主,将二童子持畚锸,往瘗之,二童子有难色然。予曰:"嘻!吾与尔犹彼也。"二童悯然涕下,请往;就其傍山麓为三坎埋之,又以只鸡饭三盂,嗟吁涕洟而告之。曰:呜呼伤哉!系何人?系何人?吾龙场驿丞余姚王守仁也。吾与尔皆中土之产,吾不知尔郡邑,尔乌为乎来为兹山之鬼乎?古者重去其乡,游宦不逾千里。吾以窜逐而来此,宜也;尔亦何辜

乎？闻尔官，吏目耳，俸不能五斗，尔率妻子躬耕，可有也，乌为乎以五斗而易尔七尺之躯？又不足，而益以尔子与仆乎？呜呼伤哉！尔诚恋兹五斗而来，则宜欣然就道，乌为乎吾昨望见尔容蹙然，盖不任其忧者？夫冲冒雾露，扳援崖壁，行万峰之顶，饥渴劳顿，筋骨疲惫，而又瘴厉侵其外，忧郁攻其中，其能以无死乎？吾固知尔之必死，然不谓若是其速，又不谓尔子尔仆亦遽尔奄忽也。皆尔自取，谓之何哉！吾念尔三骨之无依而来瘗尔，乃使吾有无穷之怆也。呜呼痛哉！纵不尔瘗，幽崖之狐成群，阴壑之虺如车轮，亦必能葬尔于腹，不致久暴露尔。尔既已无知，然吾何能为心乎？自吾去父母乡国而来此，二年矣，历瘴毒而苟能自全，以吾未尝一日之戚戚也。念悲伤若此，是吾为尔者重而自为者轻也。吾不宜复为尔悲矣。吾为尔歌，尔听之。歌曰：连峰际天兮，飞鸟不通；游子怀乡兮，莫知西东。莫知西东兮，维天则同。异域殊方兮，环海之中；达观随寓兮，奚必予宫？魂兮魂兮，无悲以恫！①

该文为一篇哀悼文，写得哀痛悲伤、情真意切、感人至深、催人泪下，是历来被人称赏赞叹的名篇。就文中内容来说，王阳明悲痛的心情，首先从数度出现的"呜呼伤哉"可见，又可见于"以只鸡饭三盂，嗟吁涕洟而告之"，还可见于文章最后的长歌当哭的为死者而悲歌。但是，我们不禁要问，该文中王阳明哀悼的对象，既非其亲亦非其友，而是和他无亲无故，甚至萍水相逢都不是的三个旅途中死亡的路人，他何以有如此沉痛哀伤的情感？笔者认为，该文之所以如此成功，其情感来源，直接的是感同身受、同病相怜于自己和三位死者共同的远离故土的人生遭际，但深层次的却是"以天地万物为一体"的仁者情怀。

除《瘗旅文》外，体现阳明对遭遇不幸的同类同情之心的，尚有其诗作《去妇叹五首》。该组诗是王阳明入黔之初所作，创作的缘起，其序曰："楚人有间于新娶而去其妇者。其妇无所归，去之山间独居，怀绻不忘，终无他适。

---

① 王阳明：《瘗旅文》，吴光、钱明、董平等编：《王阳明全集》卷二十五，上海：上海古籍出版社，1992年，第 951～953 页。

予闻其事而悲之，为作《去妇叹》。"①王阳明深为一位因为丈夫有了新欢而遭抛弃的妇女，对薄情狠心的丈夫尚有眷恋之情、终无他适而躲进深山独居而感到悲伤，于是创作了这组诗，表达他的同情。

《去妇叹五首》以时空迁转为线索，以去妇的口吻，再现了她被弃离开当时及以后的情景和心情。其一，去妇悲叹自己遭弃捐的原因，她没有抱怨丈夫的狠心与无良，而是自责自己家贫貌陋，遗憾和丈夫没有重归于好的可能，最后告诫丈夫要注意，新欢未必长久："委身奉箕帚，中道成弃捐。苍蝇间白璧，君心亦何愆！独嗟贫家女，素质难为妍。命薄良自喟，敢忘君子贤？春华不再艳，颓魄无重圆。新欢莫终恃，令仪慎周还。"其二则叙述了即将离别时依依不舍、悲痛心酸的心情，并借"邻姬"的送别和"姑老"的相慰做烘托：

依违出门去，欲行复迟迟。邻姬尽出别，强语含辛悲。陋质容有缪，放逐理则宜。姑老籍相慰，缺乏多所资。妾行长已矣，会面当无时！

其三则是弃妇对丈夫的临别交代，其中所交代的不要使姑婆悲伤、怎样为姑婆准备早餐，尤见弃妇的善良品德："无为伤姑意……中厨存宿旨，为姑备朝餐。"其四写弃妇的终于别去，复杂的心情和所历的境况融为一体，构筑了一副肝肠寸断、去无所托的离别图：

去矣勿复道，已去还踌躇。鸡鸣尚闻响，犬恋犹相随。感此摧肝肺，泪下不可挥。冈回行渐远，日落群鸟飞。群鸟各有托，孤妾去何之？

其五写了弃妇山间生活的凄苦与悲凉：

空谷多凄风，树木何潇森！浣衣涧冰合，采苓山雪深。离居寄岩穴，忧思托鸣琴。朝弹别鹤操，暮弹孤鸿吟。弹苦思弥切，巑岏隔云岑。君聪甚明哲，何因闻此音？②

当然，阳明的《去妇叹五首》可以理解为同病相怜的自况，但先在的情感则应是出于仁者的同情，即本文所论的及于遭遇不幸的同类的悲悯同情之心。这和《瘗旅文》的逻辑理路是相同的。

---

① 王阳明：《去妇叹五首》序，吴光、钱明、董平等编：《王阳明全集》卷十九，上海：上海古籍出版社，1992年，第692页。

② 王阳明：《去妇叹五首》其五，吴光、钱明、董平等编：《王阳明全集》卷十九，上海：上海古籍出版社，1992年，第692页。

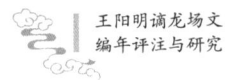

（二）仁者情怀及于植物

最能体现王阳明及于植物的仁者情怀的诗篇是《采薪二首》其二，其诗有句：

> 倚担青崖际，历斧崖下石。持斧起环顾，长松百余尺。徘徊不忍挥，俯略涧边棘。①

该诗叙述了王阳明采薪的经历：将担子倚放在青岩边，在崖下的石头上将斧子磨锋利；然后拿起斧子环顾百尺长松；面对百尺长松他迟疑徘徊不肯下手，只好俯身浏览山涧边的棘条。形象再现了他不忍对百尺长松下手，及于长松的仁者情怀。

此外，还有《猗猗》《艾草次胡少参韵》等。《猗猗》将同情及于"涧边竹"，同情它不得如愿于和"岩畔松"的相托："猗猗涧边竹，青青岩畔松。直干历冰雪，密叶留清风。自期永相托，云壑无违踪。如何两分植，憔悴叹西东。"② 《艾草次胡少参韵》则体现了他及于兰草的同情，规劝艾（刈）草人要注意保护美好的兰草，不要连同普通的草一起艾（刈）掉："艾草莫艾兰，兰有芬芳姿。况生幽谷底，不碍君稻畦。艾之亦何益？徒令香气衰。"③

（三）仁者情怀及于动物

体现王阳明同情遭遇不幸的动物的诗作，有《南溟》《凤雏次韵答胡少参》《鹦鹉和胡韵》《再用前韵赋鹦鹉》等篇。《南溟》对因为风云中变而相互失散的南溟瑞鸟和东海灵禽表达了哀痛的同情：

> 南溟有瑞鸟，东海有灵禽。飞游集上苑，结侣珍树林。顾言饰羽仪，共舞箫韶音。风云忽中变，一失难相寻。瑞鸟既遭縻，灵禽投荒岑。天衢雨雪积，江汉虞罗侵。哀哀鸣索侣，病翼飞未任。群鸟亦千百，谁当会其心？④

---

① 王阳明：《采薪二首》其二，吴光、钱明、董平等编：《王阳明全集》卷十九，上海：上海古籍出版社，1992年，第702页。

② 王阳明：《猗猗》，吴光、钱明、董平等编：《王阳明全集》卷十九，上海：上海古籍出版社，1992年，第696页。

③ 王阳明：《艾草次胡少参韵》，吴光、钱明、董平等编：《王阳明全集》卷十九，上海：上海古籍出版社，1992年，第699页。

④ 王阳明：《南溟》，吴光、钱明、董平等编：《王阳明全集》卷十九，上海：上海古籍出版社，1992年，第696页。

《凤雏次韵答胡少参》同情的是雏凤：

> 凤雏生高崖，风雨摧其翼。养疴深林中，百鸟惊辟易。虞人视为妖，举网争弹弋。此本王者瑞，惜哉谁能识！吾方哀其穷，胡忍复相亟？鸱枭据丛林，驱鸟恣搏食。嗟尔独何心？枭凤如白黑。①

该诗哀叹地同情了美好的雏凤多重的不幸遭际：一是"风雨摧其翼"的恶劣的自然环境的摧折，二是虞人不以其为美而视之为妖的对它的网罗与戕害，三是同类之中鸱枭恶鸟的残酷加害。《鹦鹉和胡韵》《再用前韵赋鹦鹉》则同情了因为"能言"而罹祸的鹦鹉：

> 鹦鹉生陇西，群飞恣鸣游。何意虞罗及？充贡来中州。金绦縻华屋，云泉谢林丘。能言实阶祸，吞声亦何求！主人有隐寇，窃发闻其谋。感君惠养德，一语思所酬。惧君不见察，杀身反为尤。②

> 低垂犹忆陇西飞，金锁长羁念力微。只为能言离土远，可怜折翼叹群稀。春林羞比黄鹂巧，晴渚思忘白鸟机。千古正平名正赋，风尘谁与惜毛衣？③

不难理解，该二诗表面上所写的是对因向主人进忠言而反遭祸患的鹦鹉的同情，本质的却是在以鹦鹉自况。但毋庸置疑，如果没有对鹦鹉的同情，两首鹦鹉诗同样写不出来，这也说明本文以该二诗体现了王阳明及于鹦鹉的仁者情怀的观点是成立的。

结　语

王阳明幼希成圣而终成圣，为孔子、朱子后中国乃至东亚又一儒宗。但儒家的圣人并非像佛家的佛祖一样是无情的本质规定，有情但又不是私情，而是廓然大公之情。这一廓然大公之情，即王阳明《大学问》论证的"以天地万物为一体"，及于遭遇不幸的同类、动植甚至无生命的瓦砾的明德的仁者

---

① 王阳明：《凤雏次韵答胡少参》，吴光、钱明、董平等编：《王阳明全集》卷十九，上海：上海古籍出版社，1992年，第700页。

② 王阳明：《鹦鹉和胡韵》，吴光、钱明、董平等编：《王阳明全集》卷十九，上海：上海古籍出版社，1992年，第700页。

③ 王阳明：《再用前韵赋鹦鹉》，吴光、钱明、董平等编：《王阳明全集》卷二十九，上海：上海古籍出版社，1992年，第1070页。

情怀。其仁者情怀是在龙场三年谪居时建立的，过程又经历赴谪途中的"谪客"情怀及其尝试超越、谪居龙场前期"何陋之有"的君子情怀，到谪居龙场后期"以万物为一体"的仁者情怀等三个阶段。这个过程存在于他的龙场诗文中，是为他"走向明德的仁者情怀"。

这三大阶段之间并非是彼此孤立泾渭分明关系，而是某种情怀主导下的相互渗透你中有我关系，如：在赴谪途中所作《天心湖阻泊既济书事》中，他视丁夫为同胞、愿与之共甘苦就是"以万物为一体"情怀的体现；作于谪居龙场时期的二首咏叹鹦鹉因忠贞能言反而罹祸之诗，又恰恰反映了对自己相同遭际不能释怀的"忧愁幽思"的"谪客"情怀；再者，赴谪途中尝试超越的儒家义理的涵泳，尤其对"曾点气象"和"孔颜乐处"的涵泳，和他谪居龙场的"何陋之有"的君子情怀形成，既是逻辑的又是历史的顺承关系。

王阳明"走向明德的仁者情怀"的形成过程符合他"知行合一""致良知"的哲学理路。如他"何陋之有"的君子情怀和躬行教化之间就是"知行合一"关系，"与万物为一体"的仁者情怀和瘗葬旅途中亡故的三个路人之间也是"知行合一"关系。关于"明德的仁者情怀"和"致良知"之间，其实王阳明及于万物的仁者情怀的践履实质上就是"致良知"。之所以这样说是因为在王阳明那里，"明德"就是"良知"："良知即明德"。[①] 这样一来，"明德""仁者情怀"和"良知"便可等同，同时"以万物为一体"的"明德的仁者情怀"也就是"致良知"——"致吾心之良知于事事物物"[②]。

最后，阳明不惑之年建立的"明德的仁者情怀"，由于通于"知行合一"和"致良知"，故又可视为本质是他"兼三不朽"人生践履与成就的价值观。

说明：该文原收录于《阳明学与东亚文化》，贵阳：贵州人民出版社，2017年。

---

① 邵廷采：《明儒王子阳明先生传》，吴光、钱明、董平等编：《王阳明全集》卷四十，上海：上海古籍出版社，1992年，第1559页。

② 王阳明：《答顾东桥书》，吴光、钱明、董平等编：《王阳明全集》卷二，上海：上海古籍出版社，1992年，第45页。

王阳明龙场诗文中的贬谪、达观、事功一体心态

明正德二年（1507年），时兵部主事王阳明因上书反对宦官刘瑾擅政，被贬谪贵州龙场驿丞。时龙场为蛮荒之地，自然、生活环境极其艰难："龙场在贵州西北万山丛棘中，蛇虺魍魉，虫毒瘴疠，与居夷人鴃舌难语。"① 王阳明谪途历一年，于正德三年（1508年）春抵龙场，正德五年（1510年）春离黔赴庐陵知县任。这三年，用王阳明自己的话说是"谪贵州三年，百难备尝"②，"横逆之加，无月无有"③，可谓历尽艰辛。

近不惑之年的王阳明自京华谪来此土，其心态是复杂的。审读王阳明在黔期间夫子自道的诗、文创作，发现其心态并非仅止于贬谪一种，此外尚有达观、事功等。

一、贬谪心态

或许因为一年时间赴谪的消解，或许范于儒家温柔敦厚传统诗教观，或许囿于当时政治气氛，王阳明在黔诗文中所寓托的贬谪心态绝少直抒胸臆的表达，多为怨而不怒的借外物以自况。其外物，有动物、植物甚至无生命之物的"天生桥"，还有和他遭际相似的去妇。

（一）以去妇自况

《去妇叹五首》，王阳明入黔之初作。该组诗是对去妇的同情，但毋庸置疑他是在以去妇自况，是委婉类比之法的同病相怜自况。其具体的类比序列是：以去妇比自己，以夫妻类比君臣，去妇夫比时君朱厚照，去妇夫新欢比刘瑾，送别去妇的"邻妪""姑老"比出京时送别自己的友人湛甘泉、汪抑之、

---

① 钱德洪：《年谱一》，吴光、钱明、董平等编：《王阳明全集》卷三十三，上海：上海古籍出版社，1992年，第1228页。

② 王阳明：《与王纯甫》，吴光、钱明、董平等编：《王阳明全集》卷四，上海：上海古籍出版社，1992年，第154页。

③ 王阳明：《寄希渊》其四，吴光、钱明、董平等编：《王阳明全集》卷四，上海：上海古籍出版社，1992年，第159页。

崔子钟等。去妇山间悲苦孤寂的生活是自己生活环境的写照,"群鸟各有托,孤妾去何之"是写自己的前景迷茫,"君聪甚明哲,何因闻此音"是写自己对时君朱厚照回心转意的期待。

该组诗主文而谲谏,发乎情止乎礼,寄幽怨、委屈、忠贞于隐忍,有哀情而不过于悲伤。其曲笔所写的贬谪心态,不难读出。

(二)以灵禽、凤雏、鹦鹉自况

除以去妇自况外,王阳明为寄托其忧愁幽思的贬谪心态,还广于外物求相似性,将喻体聚集在动物中的禽鸟上,如东海灵禽、凤雏、鹦鹉等。东海灵禽的喻体在其《南溟》诗中,凤雏喻体在其《凤雏次韵答胡少参》诗中,鹦鹉之喻则在其《鹦鹉和胡韵》《再用前韵赋鹦鹉》二诗中。

《南溟》诗:"南溟有瑞鸟,东海有灵禽。"其中南溟瑞鸟或指湛甘泉,因甘泉为王阳明居京时的道中挚友,广东增城人,可应南溟瑞鸟之喻;东海灵禽则指自己,因其为浙江籍,可应东海灵禽之喻。其下"飞游集上苑……共舞箫韶音"写自己和甘泉京师的相遇、相处,以及相知的友情。其下"风云忽中变……灵禽投荒岑"写弹劾刘瑾而遭迫害,自己被贬谪,和湛甘泉天各一方。末二句"群鸟亦千百,谁当会其心"是对友人不在、知己难逢的感叹。该诗是以比的手法写友谊的丧失,丧失原因则在于自己因言获罪的政治事件。

禽鸟之中,阳明还以凤雏自况,写自己的不公平遭际,寄托贬谪心态。凤雏即幼凤,传统文化中多以之比俊杰,如《晋书·陆云传》比陆云为凤雏:"(陆云)幼时,吴尚书广陵闵鸿见而奇之,曰:'此儿若非龙驹,当是凤雏。'"①《凤雏次韵答胡少参》诗"凤雏生高崖,风雨摧其翼"是比上书劾刘瑾事件对自己的打击,其下"虞人视为妖,举网争弹弋。此本王者瑞,惜哉谁能识"写自己的忠贞和才能不但未被认识,反倒被曲解为妖孽横加戕害。其下"鸱枭据丛林,驱鸟恣搏食"是说刘瑾奸宦把持朝堂肆意残害忠良。末二句"嗟尔独何心?枭凤如白黑"是在猜测时君朱厚照,疑问其究竟是什么意思,因为忠良和奸诈本来是白黑分明容易辨别的。

王阳明寄托自己的贬谪心态以自况的禽鸟,最恰切的还是鹦鹉。因为在其诗作中,鹦鹉的能言贾祸是其因言获罪最好的对应。王阳明在黔期间,曾

---

① 房玄龄等:《晋书》,北京:中华书局,1974年,第1481页。

写过二首鹦鹉诗：《鹦鹉和胡韵》《再用前韵赋鹦鹉》。《鹦鹉和胡韵》在"能言实阶祸，吞声亦何求"之后直叙因言获罪："主人有隐寇，窃发闻其谋"写发觉了刘瑾的阴谋，并以其为国家隐藏很深的敌人；其下"感君惠养德，一语思所酬"是揭发刘瑾的阴谋来报效国家，但"惧君不见察，杀身反为尤"，未曾想自己的一番苦心不但未被时君朱厚照理解、接受，反而招致了近乎杀身之祸的灾难。《再用前韵赋鹦鹉》写自己此时的境况与心态："低垂犹忆陇西飞，金锁长羁念力微"是写窘境；其下"只为能言离土远，可怜折翼叹群稀"说的是贬谪此土后知己友人的稀少；"春林羞比黄鹂巧，晴渚思忘白鸟机"写能言阶祸不比别人的巧言得势，忘情地注视着晴渚上白鸟的自由起落与飞翔；末一句"风尘谁与惜毛衣"叹息远离家人的生活起居无人关心。

（三）以涧边竹、深谷幽兰、百尺长松自况

王阳明贬谪心态的喻体还落实于具有美好品德的植物，如涧边竹、深谷幽兰、百尺长松等。众所周知，中国传统文化中竹、兰、松等因其内在的品质，多用来喻君子之德。具体到诗篇中，早在《诗经·小雅·斯干》中就写到竹、松的亲密相处："秩秩斯干，幽幽南山。如竹苞矣，如松茂矣。"① 李白《于五松山赠南陵常赞府》诗则以兰、松并提："为草当作兰，为木当作松。兰秋香风远，松寒不改容。"② 王阳明在黔诗作因袭前人而有新用，以竹、兰、松的吟咏寓托贬谪心态。

王阳明的《猗猗》篇，袭用《诗经·小雅·南山》"如竹苞矣，如松茂矣"的竹、松对执并写，以涧边竹和岩畔松类比自己和友人，犹如上文《南溟》的以南溟瑞鸟和对东海灵禽。该诗意为，青绿的涧边竹和岩畔松本是相约永相厮守的："猗猗涧边竹，青青岩畔松……自期永相托，云壑无违踪。"但没承想却因"人事多翻覆"而两相分离："如何两分植，憔悴叹西东。人事多翻覆，有如道上蓬。"于是只有超越现实的长相厮守，而追求精神相通的友情："惟应岁寒意，随处还当同。"此处已通于人所熟悉知的王勃《送杜少府之任蜀川》诗"海内存知己，天涯若比邻"之意。

李白说"为草当作兰"，只因"兰秋香风远"。王阳明的《艾草次胡少参

---

① 程俊英、蒋见元：《诗经注析》，北京：中华书局，1991年，第542页。

② 李白著，王琦注：《李太白全集》，北京：中华书局，1977年，第619页。

韵》则以深谷幽兰自况,并以此为中心形成一个比喻体系:以有着芬芳姿、无害性的兰草自比,以艾草者比时君朱厚照,以害人、欺人的荆棘比奸宦刘瑾。该诗提醒艾草者不要艾去美好的兰草:"艾草莫艾兰,兰有芬芳姿。况生幽谷底,不碍君稻畦。"说艾兰草对艾草者有什么好处呢?只不过使香气(正义)衰减罢了:"艾之亦何益?徒令香气衰。"指出艾草者应该挥刃于伤人的遍地荆棘,以使其不再伤人:"荆棘生满道,出刺伤人肌……艾草须艾棘,勿为棘所欺。"

李白说"为木当作松",是因"松寒不改容"。王阳明的《采薪二首》其二则以百尺长松的体格修巨可为栋梁自况。诗写当他不忍对百尺长松下斧而遭到同行嘲笑曰:"持斧起环顾,长松百余尺。徘徊不忍挥,俯略涧边棘。同行笑吾馁,尔斧安用历?"阳明对嘲笑报以这样的回答:"快意岂不能?物材各有适。可以相天子,众稚讵足识!"不难理解,该诗所谓的对百尺长松随意砍伐是喻当时对人才的随意戕害,"可以相天子,众稚讵足识"则是借助对幼稚、愚昧的同僚的批评,毫不掩饰地说自己是"可以相天子"的国家栋梁。

在黔期间,王阳明的贬谪心态随时随处存在。当他行走路过一座天然形成的桥梁(天生桥)时,也以该桥的大材小用比自己的遭遇贬谪。在《过天生桥》①一诗中,说这座桥本该在长江上发挥更大作用:"移放长江还济险。"但命运对其竟然如此不公:"可怜虚却万山中。"正德四年(1509年)秋天的某月初三日,王阳明为亲葬过龙场赴滇死亡的吏目及子、仆三人事写下《瘗旅文》,此时的他已行将离黔,赴庐陵令任。该文为一篇哀悼文,其情感来源是感同身受、同病相怜于自己和三位死者共同的远离故土遭际,此当然亦是以吏目自况。文末歌"游子怀乡兮,莫知西东……达观随寓兮,奚必予宫"中的"游子怀乡,莫知西东",显为阳明贬谪心态的书写;但其中的"达观随寓兮,奚必予宫",则表明他同时又有达观的心态。

二、达观心态

达观一般指面对不平遭际、挫折甚至灾难时,介乎悲观和乐观之间,表

---

① 王阳明:《过天生桥》,吴光、钱明、董平等编:《王阳明全集》卷十九,上海:上海古籍出版社,1992年,第704页。

现为事理通达、心气和平的心理样态。这种心理样态，是相应世界观、人生观指导下形成的。在传统中国，一般认为导致达观心态的是道家尤其《庄子》的天道自然观和佛家"神不灭"论的轮回观。但是，当面对不平遭际时，仅由世界观的指导未必能完全达成达观心态，有时还要借助一定的方法。于是寄情于山水幽胜、自得于农事田园以涵养达观，成为人们普遍的选择，这也为谪居龙场的王阳明所运用。

（一）寄情于山水幽胜

中国诗写自然山水与达观心态的遇合，可以追溯到《诗经》。其《陈风·衡门》的"衡门之下，可以栖迟。泌之洋洋，可以乐饥"①即为此内容的书写。当然，最能体现寄情于山水幽胜以涵养达观的是中国山水诗的鼻祖谢灵运。谢灵运《石壁精舍还湖中作》诗曰："昏旦变气候，山水含清晖。清晖能娱人，游子憺忘归。"②有学者评曰："谢灵运并不是一个真正意义上的隐士，他的功名心极强，寄情山水既是两晋以来文士们的时尚，更是他仕途失意后的无奈选择。"③这里道破的谢灵运山水诗的真谛，也契合于王阳明在黔期间所创作的同类之作。

一次，王阳明送别访友后在山谷的清流濯缨时，顺便探访了溪水边的一座幽洞，并写下其达观心态写照的《水滨洞》④诗。该诗写了王阳明探访水滨洞的缘起："送远憩岨谷，濯缨俯清流。"过程："沿溪涉危石，曲洞藏深幽。"遇目之景："花静馥常闻，溜暗光亦浮……好鸟忽双下，鲦鱼亦群游。"及其"平生泉石好""澹然与道谋"的达观心态。但是，全诗的义脉可见，其达观心态的形成则是"所遇成淹留"的无奈和幽静的深谷、自然清新的景色对其尘虑清洗的结果。

如果说这次水滨洞之游是送别之后偶成的话，那么他两次探访贵阳东山（又名栖霞山）来仙洞，则是有意的专程。第一次是正德三年（1508年）秋，

---

① 程俊英、蒋见元：《诗经注析》，北京：中华书局，1991年，第368页。
② 谢灵运著，顾绍伯校注：《谢灵运集校注》，郑州：中州古籍出版社，1987年，第112页。
③ 霍建波：《宋前隐逸诗研究》，北京：人民出版社，2006年，第114页。
④ 王阳明：《水滨洞》，吴光、钱明、董平等编：《王阳明全集》卷十九，上海：上海古籍出版社，1992年，第698页。

他一大早就出发了，此载于《游来仙洞早发道中》①一诗中。该诗先交代游来仙洞出发的时间是秋季的一个早晨："霜风清木叶，秋意生萧疏。冲星策晓骑，幽事将有徂。"随后所写为赴游来仙洞途中遇目的景色，后四句"意欣物情适，战胜癯色腴。行乐信宇宙，富贵非吾图"则是达观心态的直白展现。第二次游览来仙洞是正德四年（1509年）春，载于《来仙洞》②一诗中。该诗也有达观心态的展现，从后四句"壶榼远从童冠集，杖藜随处宦情微。石门遥锁阳明鹤，应笑山人久不归"可以看出。或者是由于东山之名的东山再起寓意，或者是栖霞所蕴蓄的意境原因，贵阳栖霞山颇为王阳明所钟情，早在他正德三年（1508年）春抵贵阳不久，就游览了该山并写了《栖霞山》③诗。该诗最后两句"少留心已寂，不信在鸟蛮"是达观心态的表达，但"寂"的即时心态却是"少留"感受到的自然山水所致。

王阳明在黔期间的山水诗，结构上多为先写游览之事、山水美景，然后道出达观心态。这种结构固然是其达观心态的表现，但也给出了借寄情山水幽胜以成达观心态的逻辑路径。如《白云堂》④，先写"春还庭竹发新丛""晴窗暗映群峰雪"等清新自然景色，最后两句"迁客从来甘寂寞，青鞋时过月明中"则是达观心态的表达。再如《春行》⑤，首联、颔联写初春之景："冬尽西归满山雪，春初复来花满山。白鸥乱浴清溪上，黄鸟双飞绿树间。"颈联写由物色的迁转感发的人生有限意识："物色变迁随转眼，人生岂得长朱颜。"尾联"好将吾道从吾党，归把渔竿东海湾"的达观便成为顺理成章的结论。

（二）自得于农事田园

传统中国是一个农业社会，又是一个诗的国度，故而诗歌与农事田园的

---

① 王阳明：《游来仙洞早发道中》，吴光、钱明、董平等编：《王阳明全集》卷十九，上海：上海古籍出版社，1992年，第700～701页。

② 王阳明：《来仙洞》，吴光、钱明、董平等编：《王阳明全集》卷十九，上海：上海古籍出版社，1992年，第706页。

③ 束景南：《王阳明佚文辑考编年》（增订版），上海：上海古籍出版社，2015年，第294页。

④ 王阳明：《白云堂》，吴光、钱明、董平等编：《王阳明全集》卷十九，上海：上海古籍出版社，1992年，第706页。

⑤ 王阳明：《春行》，吴光、钱明、董平等编：《王阳明全集》卷十九，上海：上海古籍出版社，1992年，第708页。

遇合是必然发生的现象。农事田园为诗歌提供描写的对象、素材，诗歌则将农事田园和诗人统一了起来。诗写农事田园，《诗经》中已有，如《豳风》中的《七月》，《小雅》中的《楚茨》《信南山》《甫田》《大田》，《周颂》中的《思文》《臣工》《噫嘻》《丰年》《载芟》《良耜》，等等，它们是当时农业、政治、社会和信仰的反映。真正文学史意义的农事田园诗和达观心态的结合，是在陶渊明那里形成的。陶渊明的诗写农事田园，是反动"误落尘网中"后的适情与惬意，其平淡朴素的风格、自然隽永的意境，向为诗歌评论家所称道，其超越功利的悠然自得的达观历来为人所艳羡。王阳明谪龙场的达观心态涵养，除了寄情山水幽胜之外，还有自得于农事田园。

其《西园》[①]一诗，在风格、意境上已不输渊明田园诗。下以《西园》与陶渊明《归园田居》其一比较来体会二诗同途同归的妙处。二诗在语言上均不事雕琢、娓娓道来，以描写自然平和的田园表现自己平淡、平和的心态。但二者在农事田园生活造成的原因上又有不同：陶渊明说自己是"久在樊笼里，复得返自然"的自由自愿的归园田居；而王阳明则是因言获罪被贬谪后的面对。两相比较，王阳明自得于农事田园的达观，自我心理障碍的克服要比陶渊明来得困难。这也表现在陶渊明用诗篇二十句中的八句写归田的理由，且最后淡然中含着喜悦地写了"久在樊笼里，复得返自然"的志得意满；而王阳明《西园》则全然是田园生活状况及景色的描写，无一字交代自己农事田园的原因，末二句"尽醉即草铺，忘与邻翁别"，是自然与达观，但或许也有其他的东西。

王阳明的自得于农事田园的达观心态，并未仅止于像陶渊明那样自我、自由与解脱，这是他作为理学家，而不仅是一位诗人的人格特质决定的。他的这首《观稼》[②]诗，既不是在描述自己所观察到的农事情景，也不是彼时情感的抒发，而是在写自己通过观察农事所体认到的，农业种植上可称之为农学的规矩和原则。其曰：低处的田地适合种植"稌"这种作物，高处的田地

---

① 王阳明：《西园》，吴光、钱明、董平等编：《王阳明全集》卷十九，上海：上海古籍出版社，1992年，第698页。

② 王阳明：《观稼》，吴光、钱明、董平等编：《王阳明全集》卷十九，上海：上海古籍出版社，1992年，第695～696页。

适合种植"稷"这种作物,种植蔬菜需要疏松的土质,种植"菽"的土质要湿润些,天气偏寒影响庄稼的开花、结实,天气偏热则多螟螣危害庄稼,去草、耘禾越频密越好。王阳明由此得出的结论是:农业之中也蕴含深刻的道理,所以他主张"毋为轻稼穑"。深刻研究农事所蕴含的物理,是对传统如陶渊明农事写自得之情的新开拓,是自得于农事田园的新境界。正由于此,王阳明的自得于农事田园的达观心态有了新内涵。

王阳明自得于农事田园达观心态对传统的超越,除《观稼》所体现的作为理学家所展示的农事之理外,还有作为一个儒者的不以物累的兼济情怀,这表现在也是写农事田园的《谪居绝粮请学于农将田南山永言寄怀》[①]一诗中。该诗开篇即以孔子的"在陈绝粮"自况:"谪居屡在陈,从者有愠见。"接着写自己请学于农将田南山以解决面临的生活危机:"山荒聊可田,钱镈还易办。夷俗多火耕,仿习亦颇便。及兹春未深,数亩犹足佃。"其后的"岂徒实口腹?且以理荒宴",是说收成不独用来解决温饱,还要用来宴饮;再后的"遗穗及鸟雀,贫寡发余羡"则是说自给之余,还要遗之鸟雀。"理荒宴"与"遗鸟雀"所体现的达观,已超越自我郁闷的排遣,是儒家圣学所涵养的不以物累、仁及万物超脱情怀所展现的达观心态,是为圣学之道的"真达观"。

(三)圣学之道的"真达观"

一般认为,中国儒道佛三家思想中,儒家强调入世有为,正所谓家国天下事功的建立;道、佛两家强调出世自修,追求身心的健康与精神的解脱和自由。故而儒家思想指导下的人生实践是牵绊的、劳累的甚至苦痛的;道、佛两家思想指导下的人生是超越的、自由的甚至达观的。这大致是符合事实的。但是,就社会的发展进步来说,儒家的入世与事功无疑更具正价值意义。就达观心态的一点上,鉴于要建立贯通天地人的强大思想体系,孔孟原始儒家后的思想家们,并没有屈从于道、佛,而是强势地在自己的经典中寻索含有达观信息的材料,通过重新阐释,建立了自己的达观思想:这在魏晋玄学的争辩中被表述为"名教中自有乐地";宋儒更是形成了"曾点气象"和"孔颜乐处"的凝练表达。王阳明谪龙场的达观,寄情于山水幽胜、自得于农事

---

① 王阳明:《谪居绝粮请学于农将田南山永言寄怀》,吴光、钱明、董平等编:《王阳明全集》卷十九,上海:上海古籍出版社,1992年,第695页。

田园，和道、佛两家的出世尽管有着相同的表现形式，但本质上却是儒家圣学"孔颜乐处""曾点气象"的达观，是为圣学之道的"真达观"。之所以这样说，是因为他对"居夷何陋""孔颜乐处""曾点气象"等的反复咏叹。

正德三年（1508年）春，王阳明初至龙场而无所止，故结草庵以居。面对结题鸟言粗俗的土著，他并未因简陋、困窘的条件而意志消沉、怨天尤人，而是以及于兽类仁慈的黄帝、尧帝自励："群僚环聚讯，语庞意颇质。鹿豕且同游，兹类犹人属。……缅怀黄唐化，略称茅茨迹。"后发现了居住条件好于草庵的被其改名为"阳明小洞天"的东洞时，他明确地在《始得东洞遂改为阳明小洞天》诗中写出了"点咏怀沂朋"①句，是为"曾点气象"理路下达观心态的昭显。发现东洞并从草庵搬进东洞，王阳明以诗歌的方式生活情趣化地表达了这一乔迁的"愉快"，写下了《始得东洞遂改为阳明小洞天三首》。他说这个不知存在了多少年的天然荒僻石洞，似乎是专门为自己的居住而设："古洞阒荒僻，虚设疑相待。"那么"愉快"地移居则是顺理成章："披莱历风磴，移居快幽垲。"既然住进去了，就要像个家的样子："营炊就岩窦，放榻依石垒。穿窒旋薰塞，夷坎仍洒扫。卷帙漫堆列，樽壶动光彩。"这种达观的心态，有着圣学之道的渊源："夷居信何陋，恬淡意方在。"故而面对僮仆"但恐霜雪凝，云深衣絮薄"的担忧，王阳明晓之以理："邈矣箪瓢子，此心期与论。"

王阳明《龙冈新构》诗显示，阴暗潮湿的洞穴居被质朴善良的土著发现后，他们自发地为他修建了一座适合人住的房子。该诗之序曰："诸夷以予穴居颇阴湿，请构小庐。欣然趋事，不月而成。"居住条件改善后，王阳明的生活更加情趣化，达观的心态表现于他对新居的精心布置："谪居聊假息，荒秽亦须治。凿巘薙林条，小构自成趣。开窗入远峰，架扉出深树。墟寨俯透迤，竹木互蒙翳。"又："营茅乘田隙，洽旬始苟完。初心待风雨，落成还美观。锄荒既开径，拓樊亦理园。低檐避松偃，疏土行竹根。勿剪墙下棘，束列因可藩。莫撷林间萝，蒙笼覆云轩。素缺农圃学，因兹得深论。毋为轻鄙事，吾道固斯存。"王阳明说这种生活方式，恰好为自己从未有机会实践的"农圃"补上了一课，得出了农圃不可轻视，其中亦有道存的体验。

---

① 束景南：《王阳明佚文辑考编年》（增订版），上海：上海古籍出版社，2015年，第281页。

王阳明在黔圣学之道的"真达观"的表现,是孔子"居夷何陋""曾点气象""孔颜乐处"等在其诗作中的反复出现。其《诸生夜坐》①的"缅怀风沂兴"是在咏吟"曾点气象"。其《龙冈漫兴五首》②其一的"心在夷居何有陋"是在咏吟孔子"居夷何陋";其五的"颜氏何曾击柝忙",《龙冈谩书》③中的"颜闵高风安可望"是在咏吟颜子。其《夏日游阳明小洞天喜诸生偕集偶用唐韵》④的"古洞闲来日日游,山中宰相胜封侯。绝粮每自嗟尼父,愠见还时有仲由"则是以孔圣在陈绝粮仍弦歌不绝的精神鼓励自己,于是才有了"古洞闲来日日游,山中宰相胜封侯"的达观心态。

三、事功心态

"事功"指为国家建立功绩、功业、功劳。在中国传统思想体系中,儒道佛三家比较,事功建树主要是入世的儒家的追求。甚至可以说,儒家将之视为自己人生价值实现的必须,是儒者的使命与担当。审读王阳明在黔期间创作的诗文,发现他在忧愁幽思、寄情于山水田园的同时,并没有气馁、颓废,没有忘怀自己作为一个儒者的担当,也即他在具有贬谪、达观心态的同时,尚且有着事功心态。

(一)与各级官员的交往

事功的建树必须借助一定的平台,也即要有适合的职位,或者说起码要进入政治圈子之中,和相应的官员交往起来。王阳明在黔的事功心态和其贬谪、达观心态一样,是初入黔地就有的,且是贯穿始终的。这表现在他一开始就没有懊丧地将自己封闭起来,而是和在黔的各个层级官员进行着积极交往。

乍入黔地,在时平溪卫(今贵州玉屏县平溪镇),王阳明就和王文济少参

---

① 王阳明:《诸生夜坐》,吴光、钱明、董平等编:《王阳明全集》卷十九,上海:上海古籍出版社,1992年,第699页。

② 王阳明:《龙冈漫兴五首》,吴光、钱明、董平等编:《王阳明全集》卷十九,上海:上海古籍出版社,1992年,第702~703页。

③ 束景南:《王阳明佚文辑考编年》(增订版),上海:上海古籍出版社,2015年,第370页。

④ 王阳明:《夏日游阳明小洞天喜诸生偕集偶用唐韵》,吴光、钱明、董平等编:《王阳明全集》卷二十九,上海:上海古籍出版社,1992年,第1071页。

交往上了。少参，参议的别称，明代于布政使下设左、右参议，从四品，分守各道，并分管粮储、屯田、清军、驿传、水利等事。这一交往有《平溪馆次王文济韵》①为证，该诗末句"小臣何以答君恩"是王阳明事功心态的真实反映。也许是王文济参议分管驿传的缘故，王阳明诗作记载，二人之后还有交往，《即席次王文济少参韵二首》②中的"荆西寇盗纡筹策，湘北流移入画图"表明，此时的王阳明依然对国家的艰难时事非常关心。王阳明交往甚深者还有胡少参，这记载于《艾草次胡少参韵》《凤雏次韵答胡少参》《鹦鹉和胡韵》《次韵胡少参见过》③等诗篇中。这些诗作，尽管在显的层面表达的是超脱的达观与归隐；但在隐的层面，和从四品的少参的交往，本身就意味着他的事功心态。

如果说王阳明和王文济少参、胡少参的交往是因二人分管了驿传，属于工作关系的话，那么其诗作中所记载的和以下官员的交往，则可见其交往之广。王阳明有两首和陆文顺佥宪的次韵诗，记载着二人之间的交往。该二诗一为《次韵陆佥宪元日喜晴》④，二为《次韵陆文顺佥宪》⑤。佥宪，佥都御史的美称，正四品。前一首的"布衾莫谩愁僵卧"借陆游典事表达自己的事功心态；后一首的"伤兹岁事难为功""老臣正忧元气泄"，则是这一心态的直写。另外，《徐都宪同游南庵次韵》⑥显示，其还与徐姓都宪有交往且同游南庵（今贵阳市甲秀楼景区），并有诗唱和。都宪是都御史的别称，都御史是时都察院的长官，正二品。王阳明和监察口官员的交往，除陆文顺佥宪和徐姓都宪外，

---

① 王阳明：《平溪馆次王文济韵》，吴光、钱明、董平等编：《王阳明全集》卷十九，上海：上海古籍出版社，1992年，第693页。

② 王阳明：《即席次王文济少参韵二首》，吴光、钱明、董平等编：《王阳明全集》卷十九，上海：上海古籍出版社，1992年，第613页。

③ 王阳明：《次韵胡少参见过》，吴光、钱明、董平等编：《王阳明全集》卷十九，上海：上海古籍出版社，1992年，第613页。

④ 王阳明：《次韵陆佥宪元日喜晴》，吴光、钱明、董平等编：《王阳明全集》卷十九，上海：上海古籍出版社，1992年，第707页。

⑤ 王阳明：《次韵陆文顺佥宪》，吴光、钱明、董平等编：《王阳明全集》卷十九，上海：上海古籍出版社，1992年，第713页。

⑥ 王阳明：《徐都宪同游南庵次韵》，吴光、钱明、董平等编：《王阳明全集》卷十九，上海：上海古籍出版社，1992年，第711页。

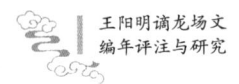

尚有刘姓侍御，此为其《赠刘侍御二首》①所载。侍御，为时监察御史的别称，又称巡按御史，由皇帝钦点巡察地方。

王阳明和时贵州提学副使席书的交往，缘起是席书请其主讲贵阳书院。席书作《为诸生请王阳明先生讲学书》曰："执事早以文学进于道理，晚以道理发为文章，倘无厌弃尘学，因进讲之间悟以性中之道义，于举业之内进以古人之德业，是执事一举，而诸生两有所益矣！"②请求王阳明为贵州学子讲明"举业"和"德业"之间辩证统一的道理，王阳明接受了邀请。另外，王阳明还与时贵州宣慰使安贵荣有深度交往，并因而有政治事功的直接建树。

（二）两场政治危机的成功化解

王阳明在黔事功心态的最突出表现，是以自己的智慧，成功化解了两次危及一方安定团结的政治危机。这两次危机化解的直接关系人，是时贵州宣慰使安贵荣，明顺德夫人摄贵州宣慰使奢香夫人第八代孙。王阳明与安宣慰的交往《王阳明年谱》有载："水西安宣慰闻先生名，使人馈米肉，给使令，既又重以金帛鞍马，俱辞不受。"③安贵荣的馈赠在阳明抵达龙场十个月时，即正德三年（1508年）底，这可由王阳明《与安宣慰》第一书的"夙闻使君之高谊，经旬月而不敢见"④知。

第一次政治危机的化解，源于安贵荣的立功请赏，要挟朝廷。正德三年（1508年），凯里宣抚司辖境香炉山一带发生动乱。安贵荣在平定这次动乱中立下战功，朝廷因而以之为贵州布政司左参政。安贵荣不满封赏，向朝廷提出更高的封赏要求，否则便要裁减龙场驿。王阳明闻讯，急修《与安宣慰》第二书，晓以大义，陈述利害。首先，在减龙场驿之事上，王阳明说："凡朝廷制度，定自祖宗；后世守之，不可以擅改。在朝廷且谓之变乱，况诸侯乎！……夫驿，可减也，亦可增也；驿可改也，宣慰司亦可革也。由此言之，

---

① 王阳明：《赠刘侍御二首》，吴光、钱明、董平等编：《王阳明全集》卷十九，上海：上海古籍出版社，1992年，第711页。

② 《贵州通志》卷三十七《艺文》，文渊阁《四库全书》本。

③ 钱德洪：《年谱一》，吴光、钱明、董平等编：《王阳明全集》卷三十三，上海：上海古籍出版社，1992年，第1228页。

④ 王阳明：《与安宣慰》其一，吴光、钱明、董平等编：《王阳明全集》卷二十一，上海：上海古籍出版社，1992年，第802页。

殆甚有害，使君其未之思耶？"意思是说，龙场驿的建立是祖上留下的善政，如果擅自改动，即使朝廷也会认为是变乱，何况是地方（诸侯）呢？如果你坚持要裁减龙场驿，朝廷迫于压力可能暂时顺从，但是有一天革除你的宣慰使之职，也是朝廷的权利，何去何从，请自定夺。关于安贵荣的奏请升职事，也是同一逻辑："所云奏功升职事，意亦如此。……夫宣慰守土之官，故得以世有其土地人民；若参政，则流官矣，东西南北，惟天子所使。朝廷下方尺之檄，委使君以一职，或闽或蜀，其敢弗行乎？则方命之诛不旋踵而至，捧檄从事，千百年之土地人民非复使君有矣。"①其意为宣慰是安身立命世有土地人民之职，而参政则是朝廷任命可以各地任职的"流官"，一旦离开安身立命的本土，身家性命则不在自己掌握之中。由此看来："虽今日之参政，使君将恐辞去之不速，其又可再乎！"现在加封的参政尚且要请辞，怎么还敢向朝廷要更高的官位呢？王阳明的说辞让安贵荣幡然醒悟，遂撤回原奏请。

第二次政治危机的化解，源于安贵荣的挟私报复。事情的缘起是：贵州宣慰同知宋氏辖境阿贾、阿扎、阿麻三土酋聚众二万余叛宋氏，"为地方患"。安贵荣获令平叛，但因心怀芥蒂而挟私报复，军事行动中途而止，致平叛大事受阻，并扬言："宋氏之难当使宋氏自平，安氏何与而反为之役？我安氏连地千里，拥众四十八万，深坑绝坉，飞鸟不能越，猿猱不能攀。纵遂高坐，不为宋氏出一卒，人亦卒如我何"王阳明睹此战况，遂修《与安宣慰》第三书。书曰："阿贾、阿札等畔宋氏，为地方患，传者谓使君使之。此虽或出于妒妇之口，然阿贾等自言使君尝锡之以甋刀，遗之以弓弩。虽无其心，不幸乃有其迹矣。"谓传言说阿贾、阿札等的叛乱是安宣慰的幕后指使，朝廷让其平叛客观上也是在证明传言的真假，而其却"称疾归卧……扬言于人"，这不等于承认传言为实吗？王阳明说"使君诚久卧不出，安氏之祸必自斯言始矣"。并严厉地批评安贵荣："夫连地千里，孰与中土之一大郡？拥众四十八万，孰与中土之一都司？深坑绝坉，安氏有之，然如安氏者，环四面而居以百数也。"②

---

① 王阳明：《与安宣慰》其二，吴光、钱明、董平等编：《王阳明全集》卷二十一，上海：上海古籍出版社，1992年，第803页。

② 王阳明：《与安宣慰》其三，吴光、钱明、董平等编：《王阳明全集》卷二十一，上海：上海古籍出版社，1992年，第804页。

明确要求："使君宜速出军，平定反侧，破众逸之口，息多端之议，弭方兴之变，绝难测之祸，补既往之愆，要将来之福。"① 安贵荣阅书后："悚然，率所部平其难，民赖以宁。"②

（三）躬行教化的实践

禹定九州是事功，抵御外侮、平定内乱是事功，《诗经·大雅·思齐》中周文王"刑于寡妻，至于兄弟，以御于家邦"的由近及远的教化也是事功。孔子欲居九夷躬行教化，建开一方民智之事功，惜限于当时条件，这一宏伟理想没有实现。王阳明谪居的贵州龙场，在"古夷蔡之外"，"习类尚因其故"，其民尚"结题鸟言，山栖羝服，无轩裳宫室之观，文仪揖让之缛"，人以为陋，以王阳明看来，这正是继承孔圣遗志，躬行教化以建事功之地。

王阳明在黔诗文示现，其龙场躬行教化的事功，并不止于讲习考课，更在于提出了系统的教育、教学理念。其系统教学理念的提出，首为《教条示龙场诸生》③（以下简称"龙场教条"）。"龙场教条"是王阳明要求诸生"慎听，毋忽"的义脉贯通的立志、勤学、改过、责善"四事"。立志是成就事业的根本："志不立，天下无可成之事。"人生名定，初立之志是其源："立志而圣，则圣矣；立志而贤，则贤矣。"并形象地将志向未立定比为"无舵之舟""无衔之马"，终究无所依据："志不立，如无舵之舟，无衔之马，漂荡奔逸，终亦何所底乎？"志向一旦立定，下一步就是勤学："已立志为君子，自当从事于学。凡学之不勤，必其志之尚未笃也。"勤学与否是立志笃与不笃的试金石，故而阳明要求诸生要"笃志力行，勤学好问"。关于"改过"，"龙场教条"继承了《论语》的改过思想："夫过者，自大贤所不免，然不害其卒为大贤者，为其能改也。故不贵于无过，而贵于能改过。"关于"责善"，"龙场教条"以之为处友之道："责善，朋友之道，然须忠告而善道之。"他坦荡、大度地要求诸生："盖教学相长也。诸生责善，当自吾始。"王阳明的另一教育理念在

---

① 王阳明：《与安宣慰》其三，吴光、钱明、董平等编：《王阳明全集》卷二十一，上海：上海古籍出版社，1992年，第805页。

② 钱德洪：《年谱一》，吴光、钱明、董平等编：《王阳明全集》卷三十三，上海：上海古籍出版社，1992年，第1229页。

③ 王阳明：《教条示龙场诸生》，吴光、钱明、董平等编：《王阳明全集》卷二十六，上海：上海古籍出版社，1992年，第974～976页。

中国教育思想史上具有重要意义，是为其"天下无不可化之人"①观点。该理念以"性善"说为依据："益有以信人性之善。"已是对孔子"唯上知与下愚不移"（《论语·阳货》）说的反动。

王阳明谪龙场的教化事功还表现在他和诸生情趣化的讲习生活以及感情上的情深义重。其课堂形式不是单一、单调的，而是多样化的。其多样化表现为樽单时展、林行沿涧、洞游陟巘、月榭鸣琴、云窗披卷，等等。有一生弟子不远百里前来求教，但只待了三天就要离去，王阳明对此不无惋惜地说："如何百里来，三宿便辞去……远陟见深情，宁予有弗顾？"②考课诸生有时也在宴饮之际："醉后相看眼倍明，绝怜诗骨逼人清。"③再："草堂深酌坐寒更，蜡炬烟消落降英。"④又："樽酒可怜人独远，封书空有雁飞来。"⑤还有率诸生游阳明小洞天："古洞闲来日日游，山中宰相胜封侯。"⑥

王阳明将归，与诸生依依惜别："颇恨眼前离别近，惟余他日梦魂来。"⑦诸生送其至龙里："花烛夜堂还共语，桂枝秋殿听跻攀。相思不用勤书札，别后吾言在订顽。"又："莫辞秉烛通宵坐，明日相思隔陇烟。"⑧

狄更斯说："一个健全的心态，比一百种智慧都更有力量。"王阳明贬谪龙场驿丞在黔期间，其心态是健全的。忠贞被贬，有贬谪心态是难免的，但他并没有像屈原、韩愈那样呼天抢地悲愤欲绝，而是或委婉地以诗纾解，或

---

① 王阳明：《象祠记》，吴光、钱明、董平等编：《王阳明全集》卷二十三，上海：上海古籍出版社，1992年，第894页。

② 王阳明：《诸生》，吴光、钱明、董平等编：《王阳明全集》卷十九，上海：上海古籍出版社，1992年，第700页。

③ 王阳明：《试诸生有作》，吴光、钱明、董平等编：《王阳明全集》卷二十九，上海：上海古籍出版社，1992年，第1068页。

④ 王阳明：《再试诸生》，吴光、钱明、董平等编：《王阳明全集》卷二十九，上海：上海古籍出版社，1992年，第1068页。

⑤ 王阳明：《再试诸生用唐韵》，吴光、钱明、董平等编：《王阳明全集》卷二十九，上海：上海古籍出版社，1992年，第1069页。

⑥ 王阳明：《夏日游阳明小洞天喜诸生偕集偶用唐韵》，吴光、钱明、董平等编：《王阳明全集》卷二十九，上海：上海古籍出版社，1992年，第1071页。

⑦ 王阳明：《将归与诸生别于城南蔡氏楼》，吴光、钱明、董平等编：《王阳明全集》卷二十九，上海：上海古籍出版社，1992年，第1072页。

⑧ 王阳明：《诸门人送至龙里道中二首》其二，吴光、钱明、董平等编：《王阳明全集》卷二十九，上海：上海古籍出版社，1992年，第1072页。

寄情山水幽胜、自得于农事田园，进而吟咏儒家圣学的孔子"居夷何陋""孔颜乐处""曾点气象"以涵养达观心态。更没有走和国家民族对立的道路，而是通过结交各级官员、成功化解两次政治危机和躬行教化，积极寻求事功的建树，这是其事功心态的表现。王阳明在黔的贬谪、达观、事功三位一体健全心态，是对传统文人"忧愁幽思"情绪化贬谪心绪的超越，亦是对道、佛价值观指导下忘怀世事"达观"心态的超越，是其作为一时代大儒所具有的更有正价值意义的心理样态。这种心理样态是王阳明一生的本质，成为他的个性心理特征。

说明：该文原发表于《中华文化论坛》2017年第3期。

龙场教育四篇：王阳明圣贤人格精神贯穿

本文所谓王阳明"龙场教育四篇"者，指他正德三年（1508年）贬谪贵州龙场驿丞期间撰写的《何陋轩记》《教条示龙场诸生》《象祠记》《重刊〈文章轨范〉序》四篇文章。因四者均蕴蓄深刻教育理念，故将之整合研究。研究发现四者教育理念分别为：《何陋轩记》是"君子居夷，何陋之有"（以下简称"居夷何陋"）教育理想；《教条示龙场诸生》（以下简称"龙场教条"）是立志、勤学、改过、责善"四事"教纲；《象祠记》是"天下无不可化之人"（以下简称"无不可化之人"）观念；《重刊〈文章轨范〉序》是"圣贤与科举教育可统一"（以下简称"圣、举可统一"）主张。这些理念不是彼此孤立，而是有儒家圣贤人格贯穿的义脉相连关系。

一、《何陋轩记》的"居夷何陋"教育理想

《何陋轩记》是王阳明为被他命名"何陋轩"的新居所撰的记文。该新居是龙场善良之民看到他住草庵、山洞后，自发为他修建的居所："诸夷以予穴居颇阴湿，请构小庐。欣然趋事，不月而成。诸生闻之，亦皆来集，请名龙冈书院，其轩曰'何陋'。"[①]王阳明门人闻讯赶来，名之"龙冈书院"。于是该新居兼具居所和讲堂两项功能。就内容讲，该文蕴蓄王阳明"居夷何陋"的教育理想。

（一）"居夷何陋"的提出

《何陋轩记》开篇即引孔子"居夷何陋"圣贤情怀点题："昔孔子欲居九夷，人以为陋。孔子曰：'君子居之，何陋之有？'"[②]

"居夷何陋"典出《论语》："子欲居九夷。或曰：'陋，如之何？'子曰：

[①] 王阳明：《龙冈新构二首》序，吴光、钱明、董平等编：《王阳明全集》卷十九，上海：上海古籍出版社，1992年，第697页。

[②] 王阳明：《何陋轩记》，吴光、钱明、董平等编：《王阳明全集》卷二十三，上海：上海古籍出版社，1992年，第890页。

'君子居之，何陋之有？'"(《子罕》)今天看来，"九夷"泛指未开化少数民族。陋可有二义：一指物质条件简陋，二指文化、文明落后。孔圣要到九夷地区推行文教开启民智，有人以"陋"劝阻，他说"君子"居住之处，有什么"陋"呢？即使在今天，这也不愧为伟大情怀。惜限于当时条件，孔圣亲居九夷躬行教化理想没有实现。《何陋轩记》随后说，龙场的原始程度依然可谓之"陋"："龙场，古夷蔡之外，于今为要绥，而习类尚因其故。人皆以予自上国往，将陋其地，弗能居也。"王阳明也因自京华谪来此土，和孔圣一样被诫以"弗能居"。但他却说，自抵达十个月来，不但未以为"陋"，反而还很安乐："而予处之旬月，安而乐之，求其所谓甚陋者而莫得。"① 王阳明作为儒家圣学于当时发扬光大者，此已暗示，他要继承孔圣遗志，在此龙场夷陋之地躬行教化。

其实，王阳明"居夷何陋"的躬行教化志向，初入贵州就已有了，此可由《七盘》②诗证。该诗是他抵时平越卫（今贵州福泉市）七盘坡所写，"投簪实有居夷志，垂白难承菽水欢"句说自己有放弃高官甚至孝亲，长住贵州的志向，"居夷志"语则为明用孔圣"居夷何陋"典故。

（二）龙场之民的质朴性

《何陋轩记》说，人们以龙场为"陋"，或因龙场之民生活原始，或因其性情粗直。但王阳明认为，这不是"陋"，而是"质朴"。

生活原始表现为龙场之民依然结发于额、话似鸟语、居住山中、兽皮为衣，无豪华车马宫室以显地位尊贵，无烦琐仪式礼节以示文明发达："独其结题鸟言，山栖羝服，无轩裳宫室之观，文仪揖让之缛，然此犹淳庞质素之遗焉。盖古之时，法制未备，则有然矣，不得以为陋也。"③ 但王阳明却认为这种生活原始不是负面价值的"陋"，而是正面价值的"质朴"，有古时法制未备的"淳

---

① 王阳明：《何陋轩记》，吴光、钱明、董平等编：《王阳明全集》卷二十三，上海：上海古籍出版社，1992年，第890页。

② 王阳明：《七盘》，吴光、钱明、董平等编：《王阳明全集》卷十九，上海：上海古籍出版社，1992年，第694页。诗曰："鸟道萦纡下七盘，古藤苍木峡声寒。境多奇绝非吾土，时可淹留是谪官。犹记边峰传羽檄，近闻苗俗化衣冠。投簪实有居夷志，垂白难承菽水欢。"

③ 王阳明：《何陋轩记》，吴光、钱明、董平等编：《王阳明全集》卷二十三，上海：上海古籍出版社，1992年，第890～891页。

质"遗风。以龙场之民"好言恶詈,直情率遂"的性格粗直为"陋",他也不以为然:"世徒以其言辞物采之眇而陋之,吾不谓然也。"认为此亦为"质朴",价值远大于中原华夏文明人的虚伪奸诈、表里不一:"夫爱憎面背,乱白黝丹,浚奸穷黠,外良而中螫,诸夏盖不免焉。"王阳明说,正是龙场之民的质朴善良,坚定了自己"居夷何陋"信念:"始予至,无室以止,居于丛棘之间,则郁也。迁于东峰,就石穴而居之,又阴以湿。龙场之民,老稚日来视,予喜不予陋,益予比。"王阳明谓,不是他以龙场之民为"陋",而是龙场之民没有因他住草庵、洞穴为"陋"。他为其质朴感动,与之展开亲切互动。他说龙场之民改善了他的居住条件:"相与伐木阁之材,就其地为轩以居予。"①

王阳明的意思是,不是他这个文明人教化了龙场之民,而是龙场之民的质朴感动了他,因而他才忘己"居夷",新居"名之曰'何陋'"而"信孔子之言":"而予亦忘己之居夷也。因名之曰'何陋',以信孔子之言。"②"孔子之言"者,"居夷何陋"之谓。

(三)龙场之民的可教性

王阳明同时辩证认识到,龙场之民还是有"陋"之处的。表现为:圣贤精神承载的"典章礼乐"的缺失;性情的"愚昧""粗鲁""顽劣"。

关于"典章礼乐"的缺失,《何陋轩记》说:"诸夏之盛,其典章礼乐,历圣修而传之,夷不能有也,则谓之陋固宜。"关于性情的"愚昧""粗鲁""顽劣",《何陋轩记》说:"今夷之俗,崇巫而事鬼,渎礼而任情,不中不节,卒未免于陋之名……然此无损于其质也。"但王阳明又回护道,"典章礼乐"的缺失和"愚昧""粗鲁""顽劣"的性情,不但对龙场之民的"质朴"没有损害,反而恰是施教的良好底质:"诚有君子而居焉,其化之也盖易。而予非其人也,记之以俟来者。"也就是说,"质朴"的龙场之民正是进行教化的绝好对象,不能以之为"陋"而远之,此正孔圣之所以有"居夷何陋"情怀的根本:"夷之民方若未琢之璞,未绳之木,虽粗砺顽梗,而椎斧尚有施也,安可以陋之?

---

① 王阳明:《何陋轩记》,吴光、钱明、董平等编:《王阳明全集》卷二十三,上海:上海古籍出版社,1992年,第891页。

② 王阳明:《何陋轩记》,吴光、钱明、董平等编:《王阳明全集》卷二十三,上海:上海古籍出版社,1992年,第891页。

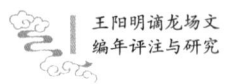

斯孔子所为欲居也欤？"① 不难发现，此处王阳明显然以孔圣化夷继承者的"君子"自居了。自居的明证，他假门人语气在《何陋轩记》的姊妹篇（或者说是续编）《君子亭记》中道出："夫子之名其轩曰'何陋'，则固以自居矣。"②

"君子亭"是王阳明在"何陋轩"前修建的亭子，亭周环植以竹。既名其轩为"何陋轩"，又名轩前之亭为"君子亭"，寓托"居夷何陋"情怀与志向明矣！

二、"龙场教条"的"四事"教纲

龙冈书院的落成为王阳明继承孔子"居夷何陋"遗志提供了场所。依托此场所，他的躬行教化正规地开展起来，最突出表现是"龙场教条"学规的颁行，具体内容是被他称为"四事"的立志、勤学、改过、责善，即"四事"教纲。

（一）立志

立志在人生价值实现上的重要意义向为思想家们重视，王阳明也不例外。他首先强调立志的重要性，说"志不立，天下无可成之事"③。

他说即使百工技艺若要有所成就，也须先立定志向："未有不本于志者。"因而，那些"旷废隳惰，玩岁愒时，而百无所成"者，则均是因"志之未立"。他断言："故立志而圣，则圣矣；立志而贤，则贤矣。"如果立定志向做圣人就会成为圣人，立定志向做贤人就会成为贤人。并形象地将没有立定志向比作没有舵的船、没有嚼子的马，只会到处飘荡，无所依归："志不立，如无舵之舟，无衔之马，漂荡奔逸，终亦何所底乎？"王阳明告诫门人要深切理解立志的重要性："诸生念此，亦可以知所立志矣。"④

---

① 王阳明：《何陋轩记》，吴光、钱明、董平等编：《王阳明全集》卷二十三，上海：上海古籍出版社，1992年，第891页。

② 王阳明：《君子亭记》，吴光、钱明、董平等编：《王阳明全集》卷二十三，上海：上海古籍出版社，1992年，第892页。

③ 王阳明：《教条示龙场诸生》，吴光、钱明、董平等编：《王阳明全集》卷二十三，上海：上海古籍出版社，1992年，第974页。

④ 王阳明：《教条示龙场诸生》，吴光、钱明、董平等编：《王阳明全集》卷二十三，上海：上海古籍出版社，1992年，第974页。

可见，王阳明的立志靶向不是其他，而是圣贤君子人格。其前，宋明理学家中以君子人格为立志目标展开论述者有陆九渊，具体在他受朱熹之邀所作白鹿洞书院讲义中。①陆王心学的渊源，或曰王阳明心学上承陆九渊，于此可见一斑。二者相较，王阳明论证更深刻、形象。

（二）勤学

王阳明说勤学是立定志向后走向成功的必须："已立志为君子，自当从事于学。凡学之不勤，必其志之尚未笃也。"②一旦立定做君子的志向，则必须付诸实践。如果实践不够勤恳，说明其所立志向不够坚定。

王阳明不以智商高低，而以是否勤勉谦虚作为评判门人的标准："从吾游者，不以聪慧警捷为高，而以勤确谦抑为上。"③他就两种情况展开论辩，一是："诸生试观侪辈之中，苟有虚而为盈，无而为有，讳己之不能，忌人之有善，自矜自是，大言欺人者，使其人资禀虽甚超迈，侪辈之中，有弗疾恶之者乎？有弗鄙贱之者乎？彼固将以欺人，人果遂为所欺，有弗窃笑之者乎？"④门人中如果有盲目自大、盲目自夸、讳言自己短处、嫉妒别人长处、自以为是、夸夸其谈以欺人之人，虽然其天赋极高，也会被鄙视。想欺骗他人，果然能够得逞吗？只会引人暗自嘲笑。相反，如果："有谦默自持，无能自处，笃志力行，勤学好问，称人之善，而咎己之失，从人之长，而明己之短，忠信乐易，表里一致者，使其人资禀虽甚鲁钝，侪辈之中，有弗称慕之者乎？彼固以无能自处，而不求上人，人果遂以彼为无能，有弗敬尚之者乎？"⑤门人中有谦

---

① 陆九渊该讲义为"君子喻于义，小人喻于利"（《论语·里仁》）章义的阐发，其以立志为成君子、小人人格的根本："此章以义利判君子小人……窃谓学者于此，当辨其志。人之所喻由其所习，所习由其所志。志乎义，则所习者必在于义，所习在义，斯喻于义矣。志乎利，则所习者必在于利，所习在利，斯喻于利矣。故学者之志不可不辨也。"（钟哲点校：《陆九渊集》卷二十三《讲义·白鹿洞书院论语讲义》，北京：中华书局，1980年，第275页。）

② 王阳明：《教条示龙场诸生》，吴光、钱明、董平等编：《王阳明全集》卷二十三，上海：上海古籍出版社，1992年，第974页。

③ 王阳明：《教条示龙场诸生》，吴光、钱明、董平等编：《王阳明全集》卷二十三，上海：上海古籍出版社，1992年，第974页。

④ 王阳明：《教条示龙场诸生》，吴光、钱明、董平等编：《王阳明全集》卷二十三，上海：上海古籍出版社，1992年，第974～975页。

⑤ 王阳明：《教条示龙场诸生》，吴光、钱明、董平等编：《王阳明全集》卷二十三，上海：上海古籍出版社，1992年，第975页。

虚沉默、虚怀若谷、志向坚定、全力而为、勤学好问，善于发现并学习别人长处，善于发现自己短处并及时纠正，坦诚守信平和简易，表里如一，不求在人之上，别人果真认为他无能而不尊敬他吗？

综合二者而言之，王阳明是要求门人做谦虚自持、表里如一的君子，而不要做骄傲自大、盛气凌人的狂生。所以他说："诸生观此，亦可以知所从事于学矣。"① 明白了这个，也就知道应该学做怎样的人了。

（三）改过

关于改过，王阳明在大前提下继承了前人"人谁无过，过而能改，善莫大焉"（《左传·宣公二年》）、"君子之过也，如日月之食焉：过也，人皆见之；更也，人皆仰之"（《论语·子张》）思想。

他说即使大贤也会犯错误："夫过者，自大贤所不免，然不害其卒为大贤者，为其能改也。"但其之所以仍然是大贤，关键在于知过能改。因而说："故不贵于无过，而贵于能改过。"他要求门人反思自己是否有错误甚至大错误："诸生自思平日亦有缺于廉耻忠信之行者乎？亦有薄于孝友之道，陷于狡诈偷刻之习者乎？"如有误犯，"不幸或有之，皆其不知而误蹈"；认识并改正，"一旦脱然洗涤旧染"；"虽昔为寇盗，今日不害为君子"，即使过去曾为盗贼，也不影响成为君子。如果担心改后不被接受，且对犯过的错误没有补救，有羞涩、迟疑心理而甘心将罪过带一辈子："若曰吾昔已如此，今虽改过而从善，将人不信我，且无赎于前过，反怀羞涩凝沮，而甘心于污浊终焉。"王阳明说，他会对这种知错而没有勇气改正的人非常失望，甚至绝望："则吾亦绝望尔矣。"②

《左传》《论语》的改过思想还只是改过原理，王阳明此处则进行了精微的细化，涉及过错或为误犯，不能勇于改过的心理分析，使传统改过思想具有现实可操作性。

---

① 王阳明：《教条示龙场诸生》，吴光、钱明、董平等编：《王阳明全集》卷二十三，上海：上海古籍出版社，1992年，第975页。

② 王阳明：《教条示龙场诸生》，吴光、钱明、董平等编：《王阳明全集》卷二十三，上海：上海古籍出版社，1992年，第975页。

（四）责善

在王阳明这里，责善是一种讲技巧的方法论，是处朋友的原则："责善，朋友之道，然须忠告而善道之。"①

他要求提出忠告且以好的方法引导对方，让其感受到真诚："悉其忠爱，致其婉曲，使彼闻之而可从，绎之而可改，有所感而无所怒，乃为善耳。"②详细分析对方错在哪儿，使知道从哪儿下手改正，不要让其有揭短的感觉而生气发怒，这才是成功的责善。如果不是这样，而是："先暴白其过恶，痛毁极诋，使无所容，彼将发其愧耻愤恨之心，虽欲降以相从，而势有所不能，是激之而使为恶矣。"直接曝光、痛斥朋友的过错，使他羞愧而无地自容，诱导出羞愧、耻辱甚至愤恨情绪，即使本有改过初衷，但情势已不允许这样做，反而会激怒他继续犯更大错误。所以王阳明说："故凡讦人之短，攻发人之阴私，以沽直者，皆不可以言责善。"以揭人之短、揭人隐私求正直名声，不是真正的责善。但是他说，如果是他人揭己之短："人以是而加诸我，凡攻我之失者，皆我师也，安可以不乐受而心感之乎？"则要以之为师，谦虚、愉快、感激地接受。或因责善是"四事"教纲中较难把握的一事，所以王阳明以身作则，要门人拿自己开刀："盖教学相长也。诸生责善，当自吾始。"③并说这就是"教学相长"。

综上，王阳明"四事"教纲，不是科考教育的功利主张，而是人格教育的道义思想，其人格是儒家传统的圣贤、君子人格。立志是立志做圣贤；勤学是学做谦虚谨慎、表里如一的君子，而不是目空一切、盛气凌人的狂生；改过之后，仍不失为君子；责善是要成就对方君子之德。

三、《象祠记》的"无不可化之人"观念

《象祠记》提出"无不可化之人"观念，下文就其撰写缘起、论证和实

---

① 王阳明：《教条示龙场诸生》，吴光、钱明、董平等编：《王阳明全集》卷二十三，上海：上海古籍出版社，1992年，第975页。

② 王阳明：《教条示龙场诸生》，吴光、钱明、董平等编：《王阳明全集》卷二十三，上海：上海古籍出版社，1992年，第975～976页。

③ 王阳明：《教条示龙场诸生》，吴光、钱明、董平等编：《王阳明全集》卷二十三，上海：上海古籍出版社，1992年，第976页。

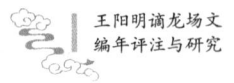

践展开探讨。

(一)缘起

《象祠记》开篇交代:"灵博之山有象祠焉,其下诸苗夷之居者,咸神而事之。宣慰安君因诸苗夷之请,新其祠屋,而请记于予。"① 灵博山古象祠址今黔西县东部,始建年代不详,当地苗民将象当作神灵崇拜。安宣慰应民之请修缮业已破旧的象祠,并请王阳明作记。

王阳明向安宣慰了解情况:

> 予曰:"毁之乎?其新之也?"曰:"新之。""新之也,何居乎?曰:"斯祠之肇也,盖莫知其原。然吾诸蛮夷之居是者,自吾父吾祖溯曾高而上,皆尊奉而礼祀焉,举之而不敢废也。"②

可知,此象祠由来已久,数度被毁又数度修缮。象祠反复毁新的根源在于正祀、淫祀之争。正祀祭祀的对象要求正道德价值承载,淫祀则是"非其所祭而祭之"(《礼记·曲礼》)。象为舜同父异母弟,曾数度谋害舜,是反面人物,不应当被祭祀,故而此地之民祭祀他有淫祀嫌疑。

但该《象祠记》却从"无不可化之人"高度,论证了修缮象祠、祭祀象的合理性。

(二)论证

《象祠记》说,象祠在其原封地有庳就有,后于唐代被毁:"有庳之祠,唐之人盖尝毁之。"③ 有庳是古地名,庳一作"鼻",又名鼻墟、鼻亭,在今湖南道县北。有庳象祠为唐元和中道州刺史薛伯高所毁。

《象祠记》继续论述,说象是一个不孝、不悌之人:"象之道,以为子则不孝,以为弟则傲。斥于唐而犹存于今,毁于有庳而犹盛于兹土也,胡然乎?"唐代被斥但于今犹存,其原封地的祠堂被毁却在这里兴起,这是为什么呢?他自设问后,又自作答:"我知之矣,君子之爱若人也,推及于其屋之乌,而

---

① 王阳明:《象祠记》,吴光、钱明、董平等编:《王阳明全集》卷二十三,上海:上海古籍出版社,1992 年,第 893 页。

② 王阳明:《象祠记》,吴光、钱明、董平等编:《王阳明全集》卷二十三,上海:上海古籍出版社,1992 年,第 893 页。

③ 王阳明:《象祠记》,吴光、钱明、董平等编:《王阳明全集》卷二十三,上海:上海古籍出版社,1992 年,第 893 页。

况于圣人之弟乎哉？然则祀者为舜，非为象也。"①说这是由爱屋及乌心理造成：因为爱戴舜，以及于其弟象。故而这里的象祠祭祀的实质是舜，而不是象。

他继续论证："意象之死，其在干羽既格之后乎？"推测说苗人归化时，象应已过世。这里的"干羽既格"为用典："帝乃诞敷文德，舞干羽于两阶，七旬，有苗格。"（《尚书·大禹谟》）干羽为舞具：干是盾，羽是雉尾。格，至、来，引申为归顺。相传舜曾命禹征伐南方部落有苗，有苗不服，舜于是"舞干羽于两阶"，表示停止战争，推行礼乐教化，于是有苗归顺。因而苗人所知道的象，则不再是恶人，而是为舜教化后改恶从善之人了。不然的话，古代那么多坏人，为何不得享此地民祭："不然，古之骜桀者岂少哉？而象之祠独延于世。"他说龙场之民从古至今祭象不辍，足见舜帝化人之深："吾于是益有以见舜德之至，入人之深，而流泽之远且久也。"②他说象被舜教化后，安心于自己封地勤政爱民、任贤使能，深得百姓爱戴，死后为人怀念："象之既化于舜，故能任贤使能而安于其位，泽加于其民，既死而人怀之也。"《象祠记》由此得出结论："于是益有以信人性之善，天下无不可化之人。"③

基于"无不可化之人"观念，《象祠记》辨析唐人毁象祠和龙场之民修象祠的不同是："唐人之毁之也，据象之始也；今之诸夷之奉之也，承象之终也。"唐人毁象祠，是因象原来是坏人；龙场之民崇拜象而修缮象祠，是因象最终改过自新成好人。王阳明说他要通过《象祠记》一文，将"无不可化之人"观念公布于世："斯义也，吾将以表于世，使知人之不善，虽若象焉，犹可以改；而君子之修德，及其至也，虽若象之不仁，而犹可以化之也。"说象这样的不仁、不孝、不悌之人都能改恶从善，所以，人们要有信心成就自己的圣贤、君子人格。

王阳明"无不可化之人"观念的提出，在儒家思想史上具有革命性。因为在他之前，上溯到孔子那里的"唯上智与下愚不移"（《论语·阳货》），就

---

① 王阳明：《象祠记》，吴光、钱明、董平等编：《王阳明全集》卷二十三，上海：上海古籍出版社，1992年，第893页。

② 王阳明：《象祠记》，吴光、钱明、董平等编：《王阳明全集》卷二十三，上海：上海古籍出版社，1992年，第893页。

③ 王阳明：《象祠记》，吴光、钱明、董平等编：《王阳明全集》卷二十三，上海：上海古籍出版社，1992年，第894页。

是将人按天性不同分等级的。后来，董仲舒和韩愈的"性三品"①，以及张载、朱熹的"天地之性，气质之性"理论②等发展了孔子这一思想。

（三）实践："谕泰和杨茂"

"谕泰和杨茂"者，为王阳明教化了江西泰和县一名杨茂的聋哑人之意。即使今天，聋哑人也要在专门学校接受教育，在王阳明的时代则是化外之人。故而他对这位聋哑人的教化，是"无不可化之人"观念的成功实践。该内容在《谕泰和杨茂》一文中。

《谕泰和杨茂》说，杨茂在门口求见王阳明："其人聋哑，自候门求见。先生以字问，茂以字答。"因为是聋哑人，王阳明就和他通过写字沟通、交流。王阳明问："你口不能言是非，你耳不能听是非，你心还能知是非否？"杨茂回说心能"知是非"。③王阳明因而说："如此，你口虽不如人，你耳虽不如人，你心还与人一般。"④杨茂为王阳明没有歧视自己，将自己和常人一视同仁表示感激："茂时首肯拱谢。"⑤

王阳明进而就人心之同发表议论，说人之所以为人的根本在这个"心"上："大凡人只是此心。"此"心"若存天理，就是圣贤心："此心若能存天理，是个圣贤的心。"虽然言语、听觉能力丧失，但仍不失为圣贤："口虽不能言，耳虽不能听，也是个不能言不能听的圣贤。"此"心"若不存天理，则是个禽

---

① 董仲舒《春秋繁露·实性》："圣人之性不可以名性；斗筲之性又不可以名性。名性者，中名之性。"（凌曙注：《春秋繁露》卷十，北京：中华书局，1975年，第374页）韩愈《原性》："性之品有上中下三。上焉者，善焉而已矣；中焉者，可导而上下也；下焉者，恶焉而已矣。"（马其昶校注，马茂元整理：《韩昌黎文集校注》卷一，上海：上海古籍出版社，1986年，第20页）

② 《正蒙·诚明篇第六》："性者万物之一源……天能〔为〕〔谓〕性……性于人无不善……形而后有气质之性，善反之则天地之性存焉。故气质之性，君子有弗性者焉。……上智下愚，习与性相远既甚而不可变者也。"（章锡琛点校：《张载集》，北京：中华书局，1978年，第21～23页）朱熹说："论天地之性，则专指理而言；论气质之性，则以理与气杂而言之。未有此气，已有此性。"（黎靖德编：《朱子语类》卷四，《性理一·人物之性气质之性》，朱杰人等主编：《朱子全书》第14册，上海、合肥：上海古籍出版社、安徽教育出版社，2002年，第196页）

③ 王阳明：《谕泰和杨茂》，吴光、钱明、董平等编：《王阳明全集》卷二十四，上海：上海古籍出版社，1992年，第919页。

④ 王阳明：《谕泰和杨茂》，吴光、钱明、董平等编：《王阳明全集》卷二十四，上海：上海古籍出版社，1992年，第919～920页。

⑤ 王阳明：《谕泰和杨茂》，吴光、钱明、董平等编：《王阳明全集》卷二十四，上海：上海古籍出版社，1992年，第920页。

兽心:"心若不存天理,是个禽兽的心。"虽然言语、听觉功能完好,也依然是禽兽:"口虽能言,耳虽能听,也只是个能言能听的禽兽。"① 杨茂听后,以手扣胸口(心)而后指天,意思是自己心中存有天理。

王阳明具体说,对父母尽孝心,"你如今于父母,但尽你心的孝";对兄长敬爱,"于兄长,但尽你心的敬";对邻里、乡党、宗族、亲戚只管尽谦和恭顺之心,"于乡党邻里、宗族亲戚,但尽你心的谦和恭顺"。有人怠慢不要怪罪,"见人怠慢,不要嗔怪";不要贪图他人财利,"见人财利,不要贪图";只做心中认为正确的事而不是相反,"但在里面行你那是的心,莫行你那非的心";不理会别人怎么说,"纵使外面人说你是,也不须听;说你不是,也不须听"。② 杨茂听后,表示同意。

王阳明进而说,口不能说对错,那么省去了无价值的是非,"你口不能言是非,省了多少闲是非";耳不能听是非,又省却了许多无意义的是非,"你耳不能听是非,省了多少闲是非"。只要说是非便会生是非,生出许多烦恼,"凡说是非,便生是非,生烦恼";只要听是非便会添是非,增添许多烦恼,"听是非,便添是非,添烦恼"。相反,口不能说、耳不能听,便省却许多烦恼:"你口不能说,你耳不能听,省了多少闲是非,省了多少闲烦恼,你比别人到快活自在了许多。"因省却了许多烦恼,所以比别人幸福。杨茂听后:"扣胸指天蹩地。"谢天谢地!王阳明最后说,只要尽心做事就行了,不要在意能不能说、能不能听:"我如今教你但终日行你的心,不消口里说;但终日听你的心,不消耳里听。"如果要听要说,则只在自己心上用功。杨茂"顿首再拜而已"!③

综上,王阳明不但没有歧视聋哑人杨茂,反而将之和常人一视同仁,甚至和圣人一视同仁。一视同仁根基是人心之天理,"圣贤之心"和"禽兽之心"的区别在其心是否存得"天理"上。此处的天理,是他哲学的最高本体"良

---

① 王阳明:《谕泰和杨茂》,吴光、钱明、董平等编:《王阳明全集》卷二十四,上海:上海古籍出版社,1992年,第920页。

② 王阳明:《谕泰和杨茂》,吴光、钱明、董平等编:《王阳明全集》卷二十四,上海:上海古籍出版社,1992年,第920页。

③ 王阳明:《谕泰和杨茂》,吴光、钱明、董平等编:《王阳明全集》卷二十四,上海:上海古籍出版社,1992年,第920页。

知"。因为在他那里,"良知"是心之本体,是天理。王阳明对聋哑人杨茂的教化是成功的,堪为其"无不可化之人"教育观念的成功实践。

四、《重刊〈文章轨范〉序》的"圣、举可统一"主张

王阳明教育思想以圣贤人格教育为本,但在科举考试为选拔人才基本手段大氛围下,他又必须就二者关系发表看法,体现在《重刊〈文章轨范〉序》中。《文章轨范》是宋代人谢枋得针对科举考试编选的一部散文集:"宋谢枋得氏取古文之有资于场屋者,自汉迄宋,凡六十有九篇,标揭其篇章句字之法,名之曰《文章轨范》。"① 该书流传广泛,影响深远。

（一）圣贤人格教育的根本性

序之开篇即点出《文章轨范》为科举考试编选本质:"盖古文之奥不止于是,是独为举业者设耳。"②

该序撰写缘起,王阳明交代:

> 世之学者传习已久,而贵阳之士独未之多见。侍御王君汝楫于按历之暇,手录其所记忆,求善本而校是之;谋诸方伯郭公辈,相与捐俸廪之资,锓之梓,将以嘉惠贵阳之士。曰:"枋得为宋忠臣,固以举业进者,是吾微有训焉。"属守仁叙一言于简首。③

尽管《文章轨范》已传世广远,但因地处偏僻,贵阳文士多未得见。时地方官王汝楫于公务闲暇,凭记忆手书其篇章并寻求好底本进行校对,联系郭姓地方官将书刊印出来,以为贵阳文士备科考之用。委托王阳明作序。

王阳明序谓:"夫自百家之言兴,而后有六经;自举业之习起,而后有所谓古文。"《文章轨范》是散文选集,科考兴起后的产物;儒家蕴含圣贤之学的六经,则是伴随春秋战国百家争鸣而形成。王阳明站在圣贤人格教育立场,认为儒家六经是范本、是根本,而散文尤其以应付科考的《文章轨范》

---

① 王阳明:《重刊〈文章轨范〉序》,吴光、钱明、董平等编:《王阳明全集》卷二十二,上海:上海古籍出版社,1992年,第874～875页。

② 王阳明:《重刊〈文章轨范〉序》,吴光、钱明、董平等编:《王阳明全集》卷二十二,上海:上海古籍出版社,1992年,第875页。

③ 王阳明:《重刊〈文章轨范〉序》,吴光、钱明、董平等编:《王阳明全集》卷二十二,上海:上海古籍出版社,1992年,第875页。

已经远离了圣贤人格教育本旨："古文之去六经远矣；由古文而举业，又加远焉。"①

鉴于《文章轨范》距离六经遥远，王阳明不无严肃地批评说："士君子有志圣贤之学，而专求之于举业，何啻千里！"②有志于圣贤人格而不读六经，却读《文章轨范》以追求功名利禄，是南辕北辙的谬以千里！

（二）论证

传统中国，人们对科举考试历来有或追逐或批评两种主要态度，追逐的是功名利禄，鄙弃的则是对功名利禄的追求。王阳明在批评科举考试的汲汲于功名利禄同时，也清醒认识到圣贤君子人格和功利科考的辩证关系。就二者辩证关系而言，陆九渊也有论述。③但是，王阳明《重刊〈文章轨范〉序》以专论展开，体现出深刻、形象特点。

王阳明序说，功利科考教育是圣贤君子人格教育的前提："然中世以是取士，士虽有圣贤之学，尧舜其君之志，不以是进，终不大行于天下。盖士之始相见也必以贽，故举业者，士君子求见于君之羔雉耳。"④"贽"是拜见尊长的见面礼，这里是说，就像人们初见尊长要呈上见面礼一样，科举考试是文士求见君主的见面礼。"羔雉"为一典故，出自《谷梁传·庄公二十四年》："男子之贽，羔雁雉腒。妇人之贽，枣栗腶脩。"⑤男子拜见尊长的见面礼是羔、雁、

---

① 王阳明：《重刊〈文章轨范〉序》，吴光、钱明、董平等编：《王阳明全集》卷二十二，上海：上海古籍出版社，1992年，第875页。

② 王阳明：《重刊〈文章轨范〉序》，吴光、钱明、董平等编：《王阳明全集》卷二十二，上海：上海古籍出版社，1992年，第875页。

③ 陆九渊论曰："科举取士久矣，名儒钜公皆由此出。今为士者固不能免此……而今世以此相尚，使汩没于此而不能自拔，则终日从事者，虽曰圣贤之书，而要其志之所向，则有与圣贤背而驰者矣。推而上之，则又惟官资崇卑禄廪厚薄为计，岂能悉心力于国事民隐，以无负于任使之者哉？从事其间，更历之多，讲习之熟，安得不有所喻？顾恐不在于义耳。诚能深思是身，不可使之为小人之归，其于利欲之习，但焉为之痛心疾首，专志乎义而日勉焉……由是而进于场屋。其文必皆道其平日之学，胸中之蕴，而不诡于圣人。由是而仕，必皆共其职，勤其事，心乎国，心乎民，而不为身计。其得不谓之君子乎。"（钟哲点校：《陆九渊集》卷二十三《讲义·白鹿洞书院论语讲义》，北京：中华书局，1980年，第276页）

④ 王阳明：《重刊〈文章轨范〉序》，吴光、钱明、董平等编：《王阳明全集》卷二十二，上海：上海古籍出版社，1992年，第875页。

⑤ 杨士勋：《春秋谷梁传注疏》卷六，李学勤主编《十三经注疏》，北京：北京大学出版社，1999年，第90页。

雉的腊肉，女子则是枣、栗、桂的干肉。

王阳明在认可了科举考试的基础价值之后又指出，见面礼只是形式，关键还是看进献者的心诚与不诚："虽然，羔雉饰矣，而无恭敬之实焉，其如羔雉何哉！是故饰羔雉者，非以求媚于主，致吾诚焉耳；工举业者，非以要利于君，致吾诚焉耳。"他进而批评现实说："世徒见夫由科第而进者，类多徇私媒利，无事君之实，而遂归咎于举业。"人们将通过科举考试徇私谋利归罪于科举考试，这是只知其表、不知其里："不知方其业举之时，惟欲钓声利，弋身家之腴，以苟一旦之得，而初未尝有其诚也。"① 科举考试只是达到目的的手段而已。

王阳明引用孟子和程颐的话："邹孟氏曰：'恭敬者，币之未将者也。'（按：《孟子·尽心上》）伊川曰：'自洒扫应对，可以至圣人。'"② 说不在于见面礼有多丰厚，而在于心有多诚；心若诚时，日常生活中亦可成圣成贤。以此类推，就科考和圣贤人格教育而言，科考只是提供一个平台，能否成圣，还在于是否心诚，是否有成圣贤的志向："夫知恭敬之实在于饰羔雉之前，则知尧舜其君之心，不在于习举业之后矣；知洒扫应对之可以进于圣人，则知举业之可以达于伊、傅、周、召矣。"③

该序最后说，他担心贵阳文士误会了王、郭二位的良苦用心，将《文章轨范》理解为博取功名利禄的手段，而忽略了其通过科举考试以培养圣贤人格的本旨："吾惧贵阳之士谓二公之为是举，徒以资其希宠禄之筌蹄也，则二公之志荒矣，于是乎言。"④ 所以他才同意撰写该序，阐明其"圣、举可统一"主张。

---

① 王阳明：《重刊〈文章轨范〉序》，吴光、钱明、董平等编：《王阳明全集》卷二十二，上海：上海古籍出版社，1992年，第875页。

② 王阳明：《重刊〈文章轨范〉序》，吴光、钱明、董平等编：《王阳明全集》卷二十二，上海：上海古籍出版社，1992年，第875页。按：程颐说："圣人之道，更无粗精，从洒扫应对至精义入神，通贯只一理。虽洒扫应对，只看所以然者如何。"（王孝鱼点校：《二程集》第三册，《河南程氏遗书》卷十五，北京：中华书局，1981年，第152页）

③ 王阳明：《重刊〈文章轨范〉序》，吴光、钱明、董平等编：《王阳明全集》卷二十二，上海：上海古籍出版社，1992年，第875页。

④ 王阳明：《重刊〈文章轨范〉序》，吴光、钱明、董平等编：《王阳明全集》卷二十二，上海：上海古籍出版社，1992年，第875页。

（三）验证

王阳明"圣、举可统一"主张的验证，是《王阳明年谱》中标题为《论圣学无妨举业》①的记载。

该记载说，王阳明门人钱德洪、钱德周读书于越城南的稽山书院，其父心渔翁前往察看儿子们的情况，却发现二人和同学一起赴禹穴等名胜游玩，且流连十日不返："德洪携二弟德周仲实读书城南。洪父心渔翁往视之。魏良政、魏良器辈与游禹穴诸胜，十日忘返。"钱父不无担心地道："承诸君相携日久，得无妨课业乎？"回答是"吾举子业无时不习"，即他们无时无刻不在为科考做准备。钱父说："固知心学可以触类而通，然朱说亦须理会否？"常听说心学可以触类旁通，但朱子学仍需研习吧？回答说良知之说是朱子学的关键，"以吾良知求晦翁之说，譬之打蛇得七寸矣"。钱父将信将疑，于是亲往请教王阳明。王阳明说："岂特无妨？乃大益耳。"②并以形象比喻论证：

> 学圣贤者，譬之治家，其产业、第宅、服食、器物皆所自置，欲请客，出其所有以享之；客去，其物具在，还以自享，终身用之无穷也。今之为举业者，譬之治家不务居积，专以假贷为功，欲请客，自厅事以至供具百物，莫不遍借。客幸而来，则诸贷之物一时丰裕可观；客去，则尽以还人，一物非所有也；若请客不至，则时过气衰，借贷亦不备；终身奔劳，作一窭人而已。是求无益于得，求在外也。③

王阳明以"治家"来比喻圣贤人格和科考教育：圣贤是自家产业，科考则是外借产业；自家产业永远属于自己，外借产业用完即要归还。也就是说，圣贤德性是内求所得，是自己的；科举则是向外求索，属于他人。果不其然，"明年乙酉大比，稽山书院钱楩与魏良政并发解江、浙"，钱父服"打蛇得七寸矣"之说："笑曰：'打蛇得七寸矣。'"上文的"心学""良知"，代表王阳明圣贤人格为本体的教育学；"课业""举子业""朱说""晦翁（按：朱熹号）

---

① 钱德洪：《年谱三》，吴光、钱明、董平等编：《王阳明全集》卷三十五，上海：上海古籍出版社，1992年，第1291页。

② 钱德洪：《年谱三》，吴光、钱明、董平等编：《王阳明全集》卷三十五，上海：上海古籍出版社，1992年，第1292页。

③ 钱德洪：《年谱三》，吴光、钱明、董平等编：《王阳明全集》卷三十五，上海：上海古籍出版社，1992年，第1292页。

之说"等均指科举,因当时"朱子学"是官学,是科举考试的依据;"打蛇得七寸"是把握了问题关键的意思,是以王阳明的圣贤人格教育,即他的"心学""良知之学"为"朱子学"的关键。结论,此《论圣学无妨举业》是王阳明"圣、举可统一"主张的验证明矣!

综上,本文讨论了王阳明儒家圣贤精神贯穿的"龙场教育四篇"所蕴蓄的"居夷何陋"理想、"四事"教纲、"无不可化之人"观念和"圣、举可统一"主张等教育思想。可见在王阳明这里,圣贤不再是"高山仰止"而"心向往之"的不可企及①,而是实现了和边鄙之野人、乡间之俗人、改过之恶人以至于科考功利追求者的统一,此正所谓"满街人都是圣人"②。当下意义,对纠正精英主义、完美主义、功利主义等不良教育观念会有裨益;其辩证的思维和劝人向善的讲技巧方法论等,亦仍闪耀着可资借鉴的智慧之光。

说明:该文原发表于《孔子研究》2017年第4期。

---

① 司马迁说:"太史公曰:诗有之:'高山仰止,景行行止。'虽不能至,然心向往之。余读孔氏书,想见其为人。适鲁,观仲尼庙堂车服礼器,诸生以时习礼其家,余祗回留之不能去云。天下君王至于贤人众矣,当时则荣,没则已焉。孔子布衣,传十余世,学者宗之。自天子王侯,中国言六艺者折中于夫子,可谓至圣矣!"(《史记》卷四十七《孔子世家第十七》,北京:中华书局,1959年,第1947页)

② 《语录三》:"一日,王汝止出游归,先生问曰:'游何见?'对曰:'见满街人都是圣人。'先生曰:'你看满街人是圣人,满街人到看你是圣人在。'又一日,董萝石出游而归,见先生曰:'今日见一异事。'先生曰:'何异?'对曰:'见满街人都是圣人。'先生曰:'此亦常事耳,何足为异?'盖汝止圭角未融,萝石恍见有悟,故问同答异,皆反其言而进之。"(吴光、钱明、董平等编:《王阳明全集》卷三,上海:上海古籍出版社,1992年,第116页)

始自龙冈书院：王阳明的贵州、广西民族教育

如上所论，贵州民族群众为王阳明所建的居所，被他命名为"何陋轩"。该"何陋轩"又被他用来作为教育场地，命名为龙冈书院。龙冈书院是王阳明作为大教育家所建的第一所书院，在他的教育史上和贵州民族教育史上具有重要意义。他亲为龙冈书院作记文，是为《何陋轩记》，于此记文中，他寄寓了自己的"君子居夷何陋"伟大民族教育情怀。贵州龙场兴办书院施行民族教育是王阳明民族教育的开始，但并不是结束，因为嘉靖六至七年（1527—1528年），他总督两广平定思恩、田州之乱任职广西期间，从思想和行动上深化了民族教育，继续办书院、行学校并亲为作记以表达民族教育思想。

一、对"夷陋"之说的辩证认识

"夷陋"之说典出《论语·子罕》篇。其曰："子欲居九夷。或曰：'陋，如之何？'子曰：'君子居之，何陋之有？'"孔子要到民族地区去，有人以民族地区条件太差——"陋"劝阻他。孔子说，君子要去，有什么"陋"的？这表明，作为一个大教育家，孔子为了实现自己教化天下的远大志向，一方面可以超越物质生活条件的"陋"；另一方面，民族地区群众文化素质低的"陋"，恰恰是自己教育实践的对象。

（一）贵州龙场的"夷"与"陋"

但是，"君子居夷，何陋之有"在孔子那里只是一个没有付诸实施的理想。他的这一理想，却由近二千年后他思想的继承者王阳明在谪官贵州龙场驿丞时所切实实践了。王阳明对孔子"君子居夷，何陋之有"伟大教育精神的继承，首先体现为他对夷"陋"之说的辩证认识，这集中体现在他的《何陋轩记》一文中。该文是王阳明为被他命名为"何陋轩"的新居所作的记文，这所新居是正德三年（1508年）秋，龙场当地善良的民族群众看到他住草庵、住山洞后，自发为他修建的一所房子。《何陋轩记》开篇即引《论语》的"君子居

夷，何陋之有"为全篇的立论基石："昔孔子欲居九夷，人以为陋。孔子曰：'君子居之，何陋之有？'"随后说自己要去赴任的龙场的原始程度，依然可谓之"陋"；而自己也因自"上国往"，和孔子一样被告诫以"弗能居"。但是，王阳明却说，他来到贵州十个月，却没有发现"陋"在哪里，而且自己在这里的生活还很安乐。

（二）不以民族群众生活原始、性格直爽为陋

王阳明说，人们认为贵州民族地区"陋"，或许是因群众生活还保持着原始状态。因为这里的少数民族群众依然结发于额，说话似鸟语，居于山中，以兽皮为衣，没有豪华以示等级的车马官室，没有烦琐的仪式礼节。但是，王阳明却认为这种生活的原始状态不是"陋"而是"质朴"，有古时法制未备造成的"淳庞质素"的遗风。

王阳明说，人们认为贵州民族群众"陋"，或是因为他们性格直爽，而不像中原华夏文明人那样虚伪奸诈、表里不一。王阳明对这种以民族群众性格直爽、不善装饰为"陋"的世俗认识不以为然。

（三）质朴的善与陋的两面性

王阳明说，正是龙场民族群众的质朴善良，坚定了自己"君子居夷，何陋之有"的信念。他说："始予至，无室以止，居于丛棘之间，则郁也；迁于东峰，就石穴而居之，又阴以湿。龙场之民，老稚日来视，予喜不予陋，益予比。"不是王阳明以龙场民族群众为"陋"，而是龙场民族群众没有以他的住草庵、洞穴为"陋"，王阳明为其质朴所感动，与之展开了亲切的互动。善良的龙场群众为了改善王阳明的居住条件："相与伐木阁之材，就其地为轩以居予。"王阳明说他因而"忘予之居夷也"，新居"因名之曰'何陋'，以信孔子之言。"

王阳明同时辩证地认识到，贵州民族地区还是有"陋"之处的。其一是"典章礼乐"的缺乏，其二是"愚昧""粗鲁""顽劣"。王阳明说，贵州民族群众的质朴正是进行教化的绝好对象，不能以之为"陋"而远之，这正是孔子"欲居"的根本原因。

二、对时贵州土司安贵荣的家国伦理教育

贵州宣慰使是贵州宣慰司的长官，贵州宣慰司俗称水西土司，是当时民族地方自治机构。王阳明谪贵州时的贵州宣慰使安贵荣，是明代赐封顺德夫人摄贵州宣慰使奢香夫人第八代孙。安宣慰作为少数民族上层，尽管接受了较好的文化教育，但仍然是一位性格质朴、直爽的人。因为钦佩王阳明的人品和学问，在王阳明抵达龙场不久，他就送来了许多物品。王阳明"敬受米二石，柴炭鸡鹅悉受如来数"（《与安宣慰》），二人因而成了好朋友。此外，王阳明还是安宣慰的老师。因为在安宣慰涉及两次政治危机时，王阳明对其进行了国家伦理教育。

（一）地方建制，权在中央

王阳明对安贵荣的第一次国家伦理教育，缘起是这样的。当时，贵州凯里宣抚司辖境香炉山一带苗民动乱，安贵荣参与平叛并立战功，朝廷加封他为贵州布政司左参政。安贵荣嫌封赏太轻，并要挟以裁减龙场驿。王阳明于是致函安宣慰，说龙场驿之设是朝廷的制度、祖宗的规矩，后世坚守，是不可以随便革掉的。如果擅自革掉，即使在朝廷也会被认为是变乱，何况是地方诸侯呢？王阳明说，龙场驿，朝廷可以裁撤，也可以增加；但是，同样的逻辑，宣慰司也可以革除。

（二）自治之责，守土安民

王阳明进而说，安宣慰所说的奏请升任更高官职这件事，其逻辑和裁撤龙场驿是一样的。现在的宣慰使是守土之官，拥有地方的土地和人民。而参政则是流官，朝廷随便下一纸命令委任一个职务，或去福建或去四川，敢不服从命令吗？王阳明说，照他分析，现在的左参政之职，辞去还恐怕来不及，怎么还敢要求更高的职位呢？在晓以利害，明之以义后，心中必然不安，那么，违背自己的良心和公义的行为，舆论更不会允许。

（三）背叛国家，自取灭亡

第一次政治危机不久，又发生了关涉安宣慰的第二次政治危机。当时和安宣慰共同负责地方宣慰职责的宋氏的部下，阿贾、阿扎、阿麻三个下级地方首领反叛宋氏，安贵荣又被命令率兵平叛。他很不情愿地出兵，但中途停止，致平叛大事蒙受巨大损失。不唯如此，他还扬言自己兵员充足、地盘广

阔，即使不出一兵一卒，谁也不能把他怎么样。王阳明得知情况后，义正词严地写信告知："夫连地千里，孰与中土之一大郡？拥众四十八万，孰与中土之一都司？深坑绝坻，安氏有之，然如安氏者，环四面而居以百数也。"(《与安宣慰书》其三) 一针见血地指出，宣慰使的地位之所以能传之数世，其根本是朝廷支持："且安氏之职，四十八支更迭而为，今使君独传者三世，而群支莫敢争，以朝廷之命也。"(《与安宣慰》三) 现在认识不到这一点而扬言对抗朝廷，是自找祸殃。王阳明最后严厉地督促说："使君宜速出军，平定反侧。"(《与安宣慰书》其三) 即现在最明智的做法是马上出兵平叛。

王阳明致书安宣慰所教导的内容是家国伦理的基本原则：民族领袖要和中央保持一致，维护国家统一和民族团结。

三、办书院、兴学校的实践

王阳明的黔、贵民族教育，更具体的是办书院、兴学校的实践。其办书院，如上所述，在龙场民族群众为他修好何陋轩后，他就把何陋轩作为教育教学的场所，命名为龙冈书院。后来他又在贵阳书院讲学。总督两广军务，平叛广西思恩府、田州时，他于嘉靖七年（1528年）至南宁，在城北门口县学旧址建敷文书院。而其兴学校之举，主要是在广西。有关于此，《王阳明年谱》有载："先生以田州新服，用夏变夷，宜有学校。"① 这也是王阳明"用夏变夷"的明确提出，但其详细论证的展开则在《南宁新建敷文书院记》中。

（一）南宁新建敷文书院

敷文书院为嘉靖七年（1528年）王阳明于南宁城北门口县学旧址所建。名"敷文书院"者，因"宣扬至仁，诞敷文德"以取义。"敷文"者，典出《尚书·大禹谟》："班师振旅。帝乃诞敷文德，舞干羽于两阶，七旬，有苗格。"② 是说舜帝以礼乐文教代替对苗民的武力征伐，不久便走向了民族的融合。王阳明《南宁新建敷文书院记》一文，为记书院之建立，亦表达了其书院之建立，为《尚书》"敷文"思想的再实践。

---

① 钱德洪：《年谱三》，吴光、钱明、董平等编：《王阳明全集》卷三十三，上海：上海古籍出版社，1992年，第1315页。

② 孔颖达：《尚书正义》，李学勤主编：《十三经注疏》，北京：北京大学出版社，1999年，第99页。

王阳明说，他平定思、田叛乱虽然率领朝廷大军，但仅是作为声威的后盾，其《南宁新建敷文书院记》："曷往视师，勿以兵歼，其以德绥。乃班师撤旅，散其党翼，宣扬至仁，诞敷文德。"一旦叛乱者迫于军事压力解散队伍后，令其心服的文德必须马上跟进。叛乱的根源在于叛乱者的文化水平低，良知被蒙蔽，野蛮肆意而不懂节制："凡乱之起，由学不明。不失其心，肆恶纵情。遂相侵暴，荐成叛逆。"因此而成的叛乱即使中原也同样发生，何况少数民族地区："中土且然，而况夷狄？"朝廷对待叛乱，在全国范围内推行的政策是教化先于刑杀："不教而杀，帝所不忍。熟近弗绳，而远能准。"王阳明认为，文德教化思想是他建立敷文书院的指导思想。他自己亲自讲学曰："爰进诸生，爰辟讲室。决蔽启迷。"其教育活动所达成的效果，使诸生有"云开日出。各悟本心"的收获。其事文德而不事刑杀的政策很快在叛乱区传播开来，人们为王阳明的政策所感化而纷纷悔过："诸夷感慕，如草斯偃……释干自缚，泣诉有泫。旬日来归，七万一千。溅溅道路，踊跃欢阗。"王阳明也以诚相待，不做秋后算账之举而"放之还农"，于是迅速达成了"两省以安"的效果。王阳明不无自豪地引用舜用文德教化三苗来自我评价文德教化的成果曰："昔有苗徂征，七旬来格。今未期月，而蛮夷率服。绥之斯来，速于邮传。舞干之化，何以加焉！"① 舜化三苗尚用了七个月，而自己用"文德"还不到一个月就取得了"蛮夷率服"的成果，其速度比邮传还快，超越了舜的舞干之化。

由上可知，王阳明以两广总督征思、田，平定叛乱本为以力取胜的武事，但他清醒地认识到，叛乱平复的根本在于民族群众心服的文德的推行，即礼乐教化推行，其实质是"用夏变夷"思想的实践。

（二）兴思、田学校

思、田即当时的思恩府、田州府。由于新经战乱，满目疮痍，人民离散，即使想兴建学校，没人没场所也是枉然："疮痍逃窜，尚无受廛之民，即欲建学，亦为徒劳。然风化之原，又不可缓也。"但是王阳明认为，进行教化刻不容缓。于是他起用原田州府学，把那些老生员召集起来暂且开课："乃案行提学道，著属儒学，但有生员，无拘廪增，愿改田州府学，及各处儒生愿附籍

① 束景南：《王阳明佚文辑考编年》（增订本），上海：上海古籍出版社，2015年，第995页。

入学者，本道选委教官，暂领学事，相与讲肄游息，兴起孝弟，或倡行乡约，随事开引，渐为之兆。"等到学校建立起来，再走向正规化："俟建有学校，然后将各生徒通发该学肄业，照例充补廪增起贡。"①

王阳明于嘉靖七年（1528年）正月，有《批立社学师耆老名呈》公文，亲自批准师资员额。他说："据思明府申称：'要令土人谭劼、苏彪加以社学师名号；乡老黄永坚加以耆老名号。'"王阳明指出，教育是形成公序良俗的首要方法："看得教民成俗，莫先于学。"但是社学教师、乡贤耆老要有责任心，真正做到诚爱、同情、爱民之心，才能够起到教化民众的作用："然须诚爱恻怛，实有视民如子之心，乃能涵育薰陶，委曲开导，使之感发兴起。"②否则"则是未信而劳其民，反以为厉己矣"③。

（三）设教灵山

灵山即灵山县。《牌行灵山县延师设教》是王阳明嘉靖七年（1528年）六月，就灵山县聘请教师开展教育教学所发布的命令。他说："看得理学不明，人心陷溺，是以士习日偷，风教不振。"说最近他一直住在南宁，南宁府及附近学校师生每日前来听讲，原监察御史陈逅，降为县丞，深明理学，有志于学问，现委任其主教灵山诸县："得原任监察御史，今降合浦县丞陈逅，理学素明，志存及物，见在军门，相应差委。"④

王阳明命灵山县立即延请陈逅为县学教师："仰灵山县当该官吏，即便具礼敦请本官于该县学安歇，率领师生，朝夕考德问业；务去旧染卑污之习，以求圣贤身心之功。"带领学生们，每天休习德行、学业，务必革去原来的不良习惯而追求成圣成贤的身心之功。要求灵山县生员有需要赶考的按时赶考，不需要赶考的安心在学校学习："该县诸生应该赴试者，临期起送；不该赴试

---

① 钱德洪：《年谱三》，吴光、钱明、董平编：《王阳明全集》卷三十五，上海：上海古籍出版社，1992年，第1315页。

② 王阳明：《批立社学师耆老名呈》，吴光、钱明、董平编：《王阳明全集》卷十八，上海：上海古籍出版社，1992年，第626页。

③ 王阳明：《批立社学师耆老名呈》，吴光、钱明、董平编：《王阳明全集》卷十八，上海：上海古籍出版社，1992年，第627页。

④ 王阳明：《牌行灵山县延师设教》，吴光、钱明、董平编：《王阳明全集》卷十八，上海：上海古籍出版社，1992年，第633页。

者，如常朝夕听讲。"①

要求学生们要扎实用功，不得玩忽懈怠："或时出与经书策论题目，量作课程；不得玩易怠忽，虚应故事，须加时敏之功，庶有日新之益。"要求县政府按时提供日常后勤保障："该县仍要日逐供给薪米之类。"他也会适时莅临检查工作："候该县掌印官应朝之日，本官不妨训迪诸生，就行兼署该县印信。"②

《牌行灵山县延师设教》是对灵山县下发的指令，《牌行委官陈逅设教灵山》是对陈逅主教灵山县的委任状。

（四）兴南宁学校

《王阳明年谱》载，嘉靖七年（1528年）六月，王阳明兴南宁学校。③兴学的缘起和灵山设教一样："理学不明，人心陷溺，是以士习日偷，风教不振。"他于是整日开讲，学生们逐渐有奋发有为志向的感觉："日与各学师生朝夕开讲，已觉渐有奋发之志。"④但是又担心自己不能亲莅开展教育活动，故而选派得力师资陈逅、季本等为南宁教师，代为完成教学任务。

《牌行南宁府延师设教》是指示南宁府延请季本为府儒学教师的牌谕。王阳明说他因为要对八寨采取军事行动，或忙于从贵州等地调兵事宜，担心生员们的积极性有所衰落，故而要求南宁府延请季本主教南宁："本院又以八寨进兵，前往贵州等处调度，则兴起诸生，未免又有一暴十寒之患。看得原任监察御史，今降揭阳县主簿季本，久抱温故知新之学，素有成己成物之心，即今见在军门，相应委以师资之任。"⑤季本是王阳明高弟子，原为监察御史，现任揭阳县主簿，在儒学上有很好的修养，当时在王阳明军帐听命，故而王

---

① 王阳明：《牌行灵山县延师设教》，吴光、钱明、董平编：《王阳明全集》卷十八，上海：上海古籍出版社，1992年，第633页。

② 王阳明：《牌行灵山县延师设教》，吴光、钱明、董平编：《王阳明全集》卷十八，上海：上海古籍出版社，1992年，第633页。

③ 钱德洪：《年谱三》，吴光、钱明、董平编：《王阳明全集》卷三十五，上海：上海古籍出版社，1992年，第1316页。

④ 钱德洪：《年谱三》，吴光、钱明、董平编：《王阳明全集》卷三十五，上海：上海古籍出版社，1992年，第1316～1317页。

⑤ 王阳明：《牌行南宁府延师设教》，吴光、钱明、董平编：《王阳明全集》卷十八，上海：上海古籍出版社，1992年，第634页。

阳明委任他为教师。

王阳明要求南宁府立即延请季本主教敷文书院："仰南宁府掌印官即便具礼率领府县学师生敦请本官前去新创敷文书院，阐明正学，讲析义理。"①

要求同学们一定要在季本的教导下专心学习、不得偷懒："各该师生务要专心致志，考德问业，毋得玩易怠忽，徒应虚文。"②要求南宁地方政府做好后勤保障工作："该府县仍要日逐量送柴米供给。"③《牌行委官季本设教南宁》为王阳明专门给季本下的设教南宁的委任状，其内容和《牌行南宁府延师设教》大致相同。

综上所述，王阳明任职贵州、广西时，虽然不是主管教育的官员，但却知道民族问题的解决要靠教育。他的基本民族教育思想是"用夏变夷"，这是他在兴南宁学校时明确提出来的。但是，王阳明的"用夏变夷"思想，又不能简单地理解为民族歧视前提下的文化优劣论，因为他能辩证地看待少数民族群众的生活原始和性情直爽，不以之为"陋"。他以国家统一和民族团结的家国伦理教育少数民族领袖；还有办书院、兴学校的教育实践，对于叛乱地区，采取以武力为后盾、文德教化为根本的政策措施。可以说，王阳明对贵州、广西民族教育做出了重要贡献，所形成的教育思想和所实施的教育实践，在贵州、广西或者说整个中华民族教育史上都具有重要意义，甚至在当下处理民族问题和中华文化走向世界上，仍具现实意义。

说明：该文原收录于《王学研究（第六辑）》，北京：社会科学文献出版社，2017年。

---

① 王阳明：《牌行南宁府延师设教》，吴光、钱明、董平编：《王阳明全集》卷十八，上海：上海古籍出版社，1992年，第634页。

② 王阳明：《牌行南宁府延师设教》，吴光、钱明、董平编：《王阳明全集》卷十八，上海：上海古籍出版社，1992年，第634～635页。

③ 王阳明：《牌行南宁府延师设教》，吴光、钱明、董平编：《王阳明全集》卷十八，上海：上海古籍出版社，1992年，第635页。

谪龙场判分的辞赋创作：王阳明辞赋编年集注与研究

引 言

由上王阳明谪龙场文集评注可见，王阳明身陷锦衣卫狱时曾撰《咎言》一文，赴谪途湖南沅湘曾撰《吊屈平赋》一文。就文体言，此二文非诗歌非散文，而是属于辞赋中的楚体辞一类。辞赋之体，大致分为楚辞和汉赋两种情况。楚辞和汉赋的分野，用扬雄的话说，是"诗人之赋"和"辞人之赋"的分别："诗人之赋丽以则，辞人之赋丽以淫。"（《法言·吾子》）汉大赋则走向淫之又淫的"淫丽"，且抛弃了楚辞尚且保留的诗体的某些特征而走向了需才、学兼具之鸿篇巨制的散体大赋。由上"丽以则""丽以淫""淫丽"不难发现，就其价值而言，自"诗人之赋"经"辞人之赋"到"汉散大赋"，是呈现递减趋势的。

中国文学，体主诗赋。曹丕曰："诗赋欲丽。"（《典论·论文》）陆机曰："诗缘情而绮靡，赋体物而浏亮。"（《文赋》）诗赋难为矣，二者相较，赋则尤难。诗者吟咏情性，为即时即地、即物即事的有感而发；就体量言，以短篇精致为主；亦有苦做如贾岛、陈与义者，又仅在于字句的锤炼。赋则不同，其又需毅力，故而有"相如含笔而腐毫，扬雄辍翰而惊梦，桓谭疾感于苦思，王充气竭于沉虑，张衡研京以十年，左思练都以一纪"（《文心雕龙·神思》）之殚精竭虑的创作状态。若阳明子王守仁者，哲人也，学人也，才士也，赋家也。其赋作历来"全集（全书）"并未俱收，今有束景南先生辑其佚者《游大伾山赋》《时雨赋》《告终辞》入《王阳明佚文辑考编年》，故已见13题12篇矣。

据考察，王阳明辞赋之作就体制言，有大赋、骚赋、骈赋、楚体辞，可谓诸体兼备。就创作而论，以正德元年（1506年）"因言获罪"贬谪龙场驿丞事为分水岭，判然为前后期。前期以登高而赋的大体制为主，后期则转为遇物而鸣的骚辞之作。结合上文所及辞赋之自"诗人之赋"经"辞人之赋"到"汉散大赋"的价值递减趋势，可以初步判断，谪龙场前，王阳明溺于辞章，

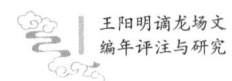

辞赋创作主于逞才学使意气的大体制赋作；谪龙场后，人生的体验和哲学体悟结合，他的辞赋创作转向了更有价值的楚辞之体。

为了更直观展现王阳明谪龙场前后辞赋创作体制风格的这一巨变，又鉴于王阳明辞赋创作量并不大（仅13题12篇），现将已面世之作以谪龙场为界，对其进行研究。

一、谪龙场及其后的遇物而鸣楚体之作（6篇）

此六篇分别为《咎言》《吊屈平赋》《告终辞》《祈雨辞》《思归轩赋》《守俭弟归，曰仁歌楚声为别，予亦和之》。其中前三篇在上部中均有，在此不再赘述。

祈雨辞

正德十二年（1517年）

【评】该辞为王阳明巡抚南赣逢干旱的祈雨之作，可见其殷殷的爱民之情。

呜呼！
十日不雨兮，田且无禾；
一月不雨兮，川且无波；
一月不雨兮，民已为疴；
再月不雨兮，民将奈何？
小民无罪兮，天无咎民！
抚巡失职兮，罪在予臣。
呜呼！
盗贼兮为民大屯，天或罪此兮赫威[1] 降嗔[2]；
民则何罪兮，玉石俱焚？
呜呼！

民则何罪兮,天何遽怒?
油然兴云兮,雨兹下土。
彼罪遏逋[3]兮,哀此穷苦!

【注】[1] 赫威:赫赫声威。[2] 嗔:怒,生气。[3] 遏逋:阻止逃亡。

思归轩赋
正德十五年(1520年)

【评】该赋名曰"思归",虽有归隐之意,但又不止于闲适恬淡、林泉高蹈。此外尚有:归而以奉父母,归而以传道救世。阳明似已认识到,太平淳朴之世的获得,光靠劳劳政治事是不够的,其关键在于人心的道心化,而这则要靠教化。

阳明子之官于虔[1]也,廨[2]之后乔木蔚然。退食而望,若处深麓而游于其乡[3]之园也。构轩[4]其下,而名之曰"思归"焉。

门人相谓曰:"归乎!夫子之役役于兵革[5],而没没于徽缠[6]也,而靡[7]寒暑焉,而靡昏朝焉,而发萧萧[8]焉,而色焦焦[9]焉。虽其心之固嚣嚣[10]也,而不免于呦呦焉,哓哓[11]焉,亦奚为乎!梏中竭外,而徒以劳劳[12]焉焉乎哉?且长谷之迢迢也,穷林之寥寥[13]也,而耕焉,而樵焉,亦焉往而弗宜矣。夫退身以全节,大知也;敛德以亨道,大时也;怡神养性以游于造物,大熙也,又夫子之凤期[14]也。而今日之归,又奚以思为乎哉?"则又相谓曰:"夫子之思归也,其亦在陈之怀欤?吾党之小子,其狂且简,伥伥然[15]若瞽之无与偕也,非吾夫子之归,孰从而裁之乎?"则又相谓曰:"嗟呼,夫子而得其归也,斯土之人为失其归矣乎!天下之大也,而皆若是焉,其谁与为理乎?虽然,夫子而得其归也,而后得于道。惟夫天下之不得于道也,故若是其贸贸[16]。夫道得而志全,志全而化理,化理而人安。则夫斯人之徒,亦未始为不得其归也。而今日之归又奚疑乎?而奚以思为乎?"

阳明子闻之,怃然[17]而叹曰:吾思乎!吾思乎!吾亲老矣,而暇以他为乎？虽然，之言也，其始也，吾私焉；其次也，吾资焉；又其次也，吾几[18]焉。乃援琴而歌之。歌曰：归兮归兮，又奚疑兮！吾行日非兮，吾亲日衰兮；胡不然兮，日思予旋[19]兮；后悔可迨兮？归兮归兮，二三子[20]之言兮！

【注】[1] 虔：今江西赣州，古称虔。[2] 廨：官署，旧时官吏办公处所的通称。[3] 其乡：此指王阳明故乡。[4] 轩：有窗的小屋。[5] 兵革：兵器和甲胄的总称，泛指武器军备，此指军事行动。[6] 徽缠：绳索，喻束缚、牵累。三国魏阮籍《猕猴赋》："婴徽缠以拘制兮，顾西山而长吟。"[7] 靡：无。[8] 发萧萧：花白稀疏的样子。[9] 色焦焦：面色憔悴。[10] 嚣嚣：自得无欲貌。《孟子·尽心上》："人知之，亦嚣嚣；人不知，亦嚣嚣。"赵岐注："嚣嚣，自得无欲之貌。"[11] 哓哓：唠叨。[12] 劳劳：辛劳、忙碌。[13] 寥寥：空寂貌。[14] 夙期：夙愿，一向怀有的愿望。[15] 伥伥然：无所适从貌。《礼记·仲尼燕居》："治国而无礼，譬犹瞽之无相与，伥伥乎其何之。"《荀子·修身》："人无法则伥伥然。"杨倞注："伥伥，无所适貌，言不知所措履。"[16] 贸贸：纷乱貌。唐韩愈《琴操·猗兰操》："雪霜贸贸，荠麦之茂。"[17] 怃然：怅然失意貌。《论语·微子》："夫子怃然曰：'鸟兽不可与同群，吾非斯人之徒与而谁与？'"邢昺疏："怃，失意貌。"[18] 几：此当意为差不多到。[19] 旋：还，归。[20] 二三子：诸位、你们。

守俭弟归，曰仁歌楚声为别，予亦和之

正德九年（1514年）

【评】守俭为王阳明胞弟；曰仁为徐爱字，王阳明妹婿。该辞为王阳明和徐爱送守俭之作，表达了深挚的手足之情与归隐之意。

庭[1]有竹兮青青，上乔木兮鸟嘤嘤[2]；
妹之来兮，弟与偕行。
竹青青兮雨风，鸟嘤嘤兮西东！
弟之归兮，兄谁与同？
江云暗兮暑雨，江波渺渺兮愁予；

弟别兄兮须臾，兄思弟兮何处？

景翳翳[3]兮桑榆，念重闱兮离居；

路修远兮崎险，沮风波兮江湖。

山有洞兮洞有云，深林宵宵兮涧道曛。

松落落兮葛累累，猿啾啾兮鹤怨群。

山之人兮不归，山鬼昼啸兮下上烟霏。

风娲娲兮桂花落，草萋萋兮春日迟。

葺予屋兮云间，荒予圃兮溪之阳；

驱虎豹兮无践我藿[4]，扰麋鹿兮无骇我场。

解予绶[5]兮钟阜[6]，委予佩兮江湄[7]。

往者不可追兮，叹凤德[8]之日衰；

将沮溺其耦耕兮，孰接舆之避予。

回予驾兮扶桑[9]，鼓予枻兮沧浪。

终携汝兮空谷，采三秀[10]兮徜徉。

【注】[1]庭：堂阶前的院子、庭院。[2]嘤嘤：此指鸟鸣声。[3]景翳翳：昏暗的样子、暗淡。陶渊明《归去来兮辞》"景翳翳以将入"有用。[4]藿：豆叶。嫩时可食。《广雅·释草》："豆角谓之荚，其叶谓之藿。"《诗经·小雅·白驹》："食我场藿。"[5]绶：丝质带子，古代常用来拴在印纽上，故曰印绶，此指代官印、官差。[6]钟阜：今南京钟山，即紫金山。[7]江湄：江边。[8]凤德：语出《论语·微子》："楚狂接舆歌而过孔子曰：'凤兮！凤兮！何德之衰！往者不可谏，来者犹可追！已而！已而！今之从政者殆而！'"后即以"凤德"指德行名望。[9]扶桑：传说日出于扶桑之下，拂其树杪而升，因谓为日出处。《楚辞·九歌·东君》："暾将出兮东方，照吾槛兮扶桑。"[10]三秀：灵芝草的别名。灵芝一年开花三次，故又称三秀。《楚辞·九歌·山鬼》："采三秀兮于山间，石磊磊兮葛蔓蔓。"王逸注："三秀，谓芝草也。"

二、谪龙场前之登高而赋的大体制之作（7题6篇）

来科状元赋

弘治六年（1493年）

弘治六年（1493年）春，王阳明二十二岁，会试下第，时"缙绅知者咸来慰谕"，宰李东阳（西崖）戏曰："汝今岁不第，来科必为状元，试作来科状元赋。"王阳明"悬笔立就"（《王阳明年谱》），招致一片惊诧："诸老惊曰：'天才！天才！'"并有人因此妒忌、忌惮："退有忌者曰：'此子取上第，目中无我辈矣。'"该赋应为提笔立就的应景之作，已佚。

太白楼赋

弘治九年（1496年）

岁丙辰[1]之孟冬[2]兮，泛扁舟[3]余南征[4]。
凌济川[5]之惊涛兮，览层构乎任城[6]。
曰太白之故居[7]兮，俨高风[8]之犹在。
蔡侯[9]导余以从陟[10]兮，将放观乎四海。
木萧萧[11]而乱下兮，江浩浩[12]而无穷。
鲸敖敖[13]而涌海兮，鹏翼翼[14]而承风。
月生辉于采石[15]兮，日留景于岳峰[16]。
蔽长烟乎天姥[17]兮，渺匡庐[18]之云松。
慨昔人[19]之安在兮，吾将上下求索而不可。
蹇[20]余虽非白之俦[21]兮，遇季真[22]之知我。
羌[23]后人之视今兮，又乌[24]知其不果？
吁嗟太白公奚[25]为其居此兮？余奚为其复来？
倚穹霄[26]以流盼[27]兮，固千载之一哀[28]！
昔夏桀[29]之颠覆兮，尹[30]退乎莘之野。
成汤[31]之立贤兮，乃登庸[32]而伐夏。

谓鼎俎[33]其要说兮，维党人之挤诟[34]。
曾圣哲之匡时[35]兮，夫焉前枉而直后！
当天宝之末代兮，淫好色以信谗。[36]
恶来妹喜[37]其猖獗兮，众皆狐媚以贪婪。
判独毅而不顾兮，爰命夫以仆妾之役。[38]
宁直死以颔含[39]兮，夫焉患得而局促。
开元之绍基[40]兮，亦遑遑[41]其求理。
生逢时以就列兮，固云台麟阁[42]而容与[43]。
夫何漂泊于天之涯兮？登斯楼乎延伫[44]。
信流俗之嫉妒兮，自前世而固然。[45]
怀夫子[46]之故都兮，沛余涕之湲湲[47]。
庙堂之偃蹇兮，或非情之所好[48]。
唯不合于斯世兮，恣沈酣[49]而远眺。
进吾不遇于武丁[50]兮，退吾将颜氏之箪瓢。
奚曲蘖[51]其昏迷兮，亦夫子之所逃。
管仲之辅纠兮，孔圣与其改行：
佐璘而失节兮，始以见道之未明；
睹夜郎之有作兮，横逸气以徘徊；
亦初心之无他兮，故虽悔而弗摧；
吁嗟其谁无过兮，抗直气之为难。[52]
轻万乘于褐夫兮，固孟轲之所叹。[53]
旷绝代而相感兮，望天宇[54]之漫漫。
去夫子其千祀[55]兮，世益隘以周容。
媒妇妾以驰骛兮，又从而为之吮痈。[56]
贤者化而改度[57]兮，竞规曲[58]以为同。
卒曰：
峄山[59]青兮河流泻，风飕飕兮澹平野。
凭高楼兮不见，舟楫纷兮楼之下。
舟之人兮俨服，亦庶几[60]夫之踪者！

【注】[1] 岁丙辰：弘治丙辰年，即弘治九年（1496年）。[2] 孟冬：冬季第一个月，农历十月。[3] 扁舟：小船。[4] 征：远行，李白"孤蓬万里征"（《送友人》）有用。[5] 济川：济水，古水名，发源于今河南王屋山，流经山东入渤海，今河南济源，山东济南、济阳、济宁，都因其得名。[6] 任城：时济宁县，古名任城，为时运河主要商埠。[7] 太白之故居：此指太白楼。[8] 高风：高尚的风操，此赞李白。[9] 蔡侯：时导引王阳明登太白楼者，其人不详。[10] 陟：登高，此指登太白楼。[11] 木萧萧：树叶被风吹而下落的声音与状态，杜甫"无边落木萧萧下"（《登高》）有用。[12] 江浩浩：长江的浩浩荡荡。[13] 鲸敖敖：鲸鱼的嗷嗷叫声。[14] 鹏翼翼：大鹏鸟的展翅飞翔。[15] 月生辉于采石：此为用李白采石矶酒醉捉月之典。典曰："白晚节好黄老，度牛渚矶，乘酒捉月，沉水中。"（辛文房《唐才子传·李白传》）采石矶，长江三大名矶之一（另两个是南京的燕子矶和岳阳的城陵矶），位于马鞍山市区西南约5公里处。[16] 日留景于岳峰：此为述李白游泰山事。李白游泰山有《游泰山六首》。[17] 天姥：天姥山，址今浙江省天台县与新昌县之间。天宝四年（745年），李白将由东鲁南游吴越，写了一首描绘梦中游历天姥山之诗以留东鲁友人，是为其《梦游天姥吟留别》，亦名《梦游天姥山别东鲁诸公》。[18] 匡庐：庐山。[19] 昔人：此指李白。[20] 骞：语助词，无实义。[21] 俦：侣、匹、同类。[22] 季真：战国时稷下人。《庄子·则阳》有"季真之莫为"句，可见其主道本自然、人莫干预学说，属道家。[23] 羌：句首语助词，无实义。[24] 乌：疑问词，哪、何。[25] 奚：疑问代词，相当于胡、何。[26] 穹霄：指天空。[27] 流盼：流转目光观看。[28] 千载之一哀：哀李白的怀才不遇，亦为同病相怜的自哀。[29] 夏桀：夏朝最后一位国君，暴虐淫乱，宠信妹喜而亡国。[30] 尹：伊尹，助商汤灭夏朝，为建商功臣。[31] 成汤：商汤，商朝的第一个国君，在伊尹的辅佐下灭夏建商。[32] 登庸：此指商汤登帝位。[33] 鼎俎：此用伊尹以鼎俎为喻，以启汤治国之道之典。典曰："（伊尹）负鼎俎，以滋味说汤致于王道。"（《史记·殷本纪》）[34] 挤诟：排挤诟病。[35] 匡时：匡正时世，挽救时局。[36] 当天宝之末代兮，淫好色以信谗：该二句以唐玄宗宠信杨玉环类夏桀宠信妹喜事。[37] 妹喜：夏桀宠幸的姬妾。[38] 判独毅而不顾兮，爰命夫以仆妾之役：此为用李白使高力士脱靴之典。典曰："白尝侍帝，醉，使高力士脱靴，力士素贵，耻之，摘其诗以激杨贵妃，帝欲官白，妃辄沮止。"（《新唐书》本传）

[39] 颗含：音 kǎn hàn，又作"颗颔"，因饥饿而面黄肌瘦貌，语出《楚辞·离骚》："苟余情其信姱以练要兮，长颗颔亦何伤。"洪兴祖《补注》："颗颔，食不饱，面黄貌。"[40] 绍基：继承基业。[41] 遑遑：匆忙，也作"皇皇"，"胡为乎遑遑欲何之（陶渊明《归去来兮辞》）有用。[42] 云台麟阁：云台，云台二十八将的代称，东汉明帝永平三年（60年），汉明帝刘庄在南宫云台阁命人画了二十八将之像，称云台二十八将。这二十八人是光武帝建立东汉过程中最具战功的将领。麟阁，麒麟阁十一功臣的代称，甘露三年（前51年），汉宣帝因匈奴归降，令画十一功臣图像于麒麟阁以示表彰。[43] 容与：安闲自得貌，如屈原《九歌·湘夫人》"时不可兮骤得，聊逍遥兮容与"有用。[44] 延伫：久立、久留，《离骚》"悔相道之不察兮，延伫乎吾将反"有用。[45] 信流俗之嫉妒兮，自前世而固然：该二句以李白遭遇的嫉妒联想到自己，指出官场的嫉妒是自古而然的现象，亦可理解为王阳明对自己的遭嫉下第寻求安慰。[46] 夫子：此指李白。[47] 湲湲：水流的声音，此指流泪。[48] 或非情之所好：该句表现了王阳明对于仕进的犹疑心态。或，或许，表不确定副词。[49] 沈酣：饮酒尽兴、酣畅，唐皮日休《酒中十咏·酒城》有用。[50] 武丁：商朝第二十三任君主，在位时期勤于政事，任用刑徒出身的傅说等贤能之人辅政，使商朝政治、经济、军事、文化得到空前发展，史称"武丁盛世"。[51] 曲蘖：酒母，指代酒。[52] "管仲之辅纠兮……抗直气之为难"句：此为用孔子就子贡问管仲事、公子纠事所作的价值判断之典。典曰："子贡曰：'管仲非仁者与？桓公杀公子纠，不能死，又相之。'子曰：'管仲相桓公，霸诸侯，一匡天下，民到于今受其赐。微管仲，吾其被发左衽矣。岂若匹夫匹妇之为谅也，自经于沟渎而莫之知也？'"[53] 轻万乘于褐夫兮，固孟轲之所叹：该二句为用《孟子》之典，典曰"视刺万乘之君，若刺褐夫"（《孟子·公孙丑上》）。[54] 天宇：天空，晋左思"傦响起，疑震霆。天宇骇，地庐惊"（《魏都赋》）有用。[55] 千祀：千年，南朝宋谢瞻"惠心奋千祀，清埃播无疆"（《张子房诗》）、唐柳宗元"后先生盖千祀兮，余再逐而浮湘"（《吊屈原文》）有用。[56] 媒妇妾以驰骛兮，又从而为之吮痈：该二句言中国政治史上以通过女性媒介获取高位、卑屈媚上以获宠信的龌龊无耻行为。吮痈，《史记·佞幸列传》载"文帝尝病痈，邓通常为帝啗吮之"，又《庄子·列御寇》："秦王有病召医，破痈溃痤者得车一乘；舐痔者得车五乘。所治愈下，得车愈多。"[57] 改度：违背常度，曹植

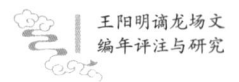

《神龟赋》"安玄云而好静，不淫翔而改度"有用。[58] 规曲：犹言规矩。规，画圆的仪器。曲，曲尺，木工及钳工常用的一边长一边短的直角尺。[59] 峄山：邹峄山，址今邹城市东南10公里处。[60] 庶几：表希望或推测语气词，或许可以、希望、差不多，"寡人以为善，庶几息兵革"（《史记·秦始皇本纪》）有用。

游大伾山赋

弘治十二年（1499年）

王子[1]游于大伾山[2]之麓，二三子从焉。秋雨霁[3]野，寒声在松，经龙居[4]之窈窕，升佛岭[5]之穹窿[6]。天高而景[7]下，木落[8]而山空，感鲁卫之故迹[9]，吊长河[10]之遗踪[11]，倚清秋而远望，寄遐想于飞鸿[12]。于是开觞[13]云石，洒酒危峰[14]，高歌振于岩壑，余响递于悲风[15]。

二三子慨然太息[16]曰："夫子[17]之至于斯也，而仆右之乏，二三子走，偶获供[18]焉，兹山之长存，固夫子之名无穷也；而若走者袭荣枯于朝菌[19]，与蟪蛄[20]而始终，吁嗟乎！亦何异于牛山[21]、岘首[22]之沾胸？"

王子曰："嘻！二三子尚未喻[23]于向之与尔感叹而吊悲者乎！当鲁卫之会于兹也，车马玉帛之繁，衣冠文物之盛，其独百倍于吾侪[24]之聚于斯而已耶？而其围于麋鹿，宅于狐狸也，既已不待今日而知矣，是故盛衰之必然。尔尚未睹夫长河之决龙门[25]，下砥柱[26]，以放于兹土乎！吞山吐壑，奔涛万里，固千古之经渎[27]也。而且平为禾黍之野[28]，筑为邑井之墟[29]，吁嗟乎！流者而有湮[30]，峙者岂能无夷[31]？则斯山之不荡为沙尘而化为烟雾者几稀矣[32]！况吾与子集露草而随风叶，曾木石之不可期，奈何忘其飘忽之质而欲较久暂于锱铢者哉！[33]吾姑与子达观于宇宙[34]，可乎？"

二三子曰："何如？"

王子曰："山河之在天地也，不犹毛发之在吾躯乎？[35]千载之于一元也，不犹一日之在于须臾[36]乎？然则久暂奚容于定执[37]，而小大为可以一隅[38]也。而吾与子固将齐千载于喘息[39]，等山河于一芥[40]，遨游八极之表[41]，而往来造物[42]之外，彼人事之倏然，又乌足为吾人之芥蒂[43]乎？"

二三子喜，乃复饮。已而夕阳入于西壁[44]，童仆候于岩阿[45]。忽有歌声自谷而出，曰："高山夷兮，深谷嵯峨[46]。将胼胝[47]是师兮，胡为乎蹉跎[48]。悔可追兮，遑恤[49]其他。"

王子曰："夫歌为吾也。"盖急起而从之，其人已入于烟萝[50]矣。

大明弘治己未重阳，余姚王守仁伯安赋并书。

【注】[1] 王子：王阳明自称。[2] 大伾山：址时大名府浚县，今河南浚县。[3] 霁：雨雪停止，天放晴。[4] 龙居：当为时龙穴，后名阳明洞。[5] 佛岭：大伾山石佛所在地。该石佛始建于北魏，为镇黄河洪水之用，又称佛岩。[6] 穹窿：指天。[7] 景：同影。[8] 木落：树叶落。[9] 鲁卫之故迹：浚县西周曾为鲁、卫之地。[10] 长河：黄河。[11] 遗踪：古黄河曾流经大伾山脚下，故称。[12] 飞鸿：空中飞行着的鸿雁。[13] 开觞：开宴，与下"酒酒"均指宴席。[14] 危峰：高峻的山峰，谢灵运《山居赋》"傍危峰，立禅室，临浚流，列僧房"有用。[15] 悲风：使人倍觉凄凉的风声，"高树多悲风"（曹植《野田黄雀行》）有用。[16] 太息：太通"叹"，太息就是叹息的意思，《离骚》"长太息以掩涕兮，哀民生之多艰"有用。[17] 夫子：二三子称呼王阳明。[18] 供：供给。[19] 朝菌：朝生暮死的菌类，以喻生命的短暂，典出《庄子·逍遥游》："朝菌不知晦朔，蟪蛄不知春秋。"[20] 蟪蛄：知了、蝉，见注 [19]。[21] 牛山：此为用"牛山叹"之典，喻对人生短暂而悲叹。典曰："景公游于牛山，北临其国城而流涕曰：'若何滂滂去此而死乎！'"（《晏子春秋》卷一，《内篇谏上·景公登牛山悲去国而死晏子谏》）[22] 岘首：山名，即湖北襄阳市南的岘山，此处为用晋羊祜游岘首之典。典出《晋书·羊祜列传》："祜乐山水，每风景，必造岘山，置酒言咏，终日不倦。尝慨然叹息，顾谓从事中郎邹湛等曰：'自有宇宙，便有此山。由来贤达胜士，登此远望，如我与卿者多矣！皆湮灭无闻，使人悲伤。如百岁后有知，魂魄犹应登此也。'"[23] 喻：明白。[24] 吾侪：我辈、我们。[25] 龙门：黄河的咽喉，位于今陕西韩城市北 30 公里的黄河峡谷出口处。此处两面大山，黄河夹中，河宽不足 40 米，河水奔腾破"门"而出，黄涛滚滚，一泻千里。[26] 砥柱：山名，位于河南三门峡以东黄河急流中，其形似柱，故称。[27] 千古之经渎：此指黄河。黄河和长江、淮河、济水合称"四渎"。[28] 平为禾黍之野：适合种植农作物的平原。[29] 邑井之墟：城市村落。[30] 湮：音 yān，淤塞、堵塞。[31] 夷：平地。[32] 山之不荡为沙尘

而化为烟雾者几稀矣：该句意为沧桑巨变。[33] "况吾与子集露草而随叶……锱铢者哉！"该数句意为人生如朝露、草木，何必斤斤计较于小的得失呢？[34] 达观于宇宙：豁达地生活着。[35] 山河之在天地也，不犹毛发之在吾躯乎：该二句是将山河比作天地的毛发。[36] 须臾：衡量时间的词语，片刻之间。[37] 定执：一定的主张、固定的见解。[38] 一隅：指事物的一个方面。[39] 齐千载于喘息：此为用《庄子·齐物论》之意。[40] 等山河于一芥：意同前句。[41] 八极之表：八极，出自《淮南子·原道训》："夫道者，覆天载地，廓四方，柝八极，高不可际，深不可测。"高诱注："八极，八方之极也，言其远。"表，外面。[42] 造物：特指创造万物，典出《庄子》："伟哉，夫造物者将以予为此拘拘也。"（《大宗师》）[43] 芥蒂：亦作芥蔕、蔕芥，细小的梗塞物，比喻积在心中的怨恨、不满或不快，苏轼《与王定国书》"今得来教，既不见弃绝，而能以道自遣，无丝发芥蒂"有用。[44] 西壁：犹言西山。[45] 岩阿：山的曲折处。[46] 嵯峨：山势高峻。[47] 胼胝：俗称"老茧"，是皮肤长期受压迫和摩擦而引起的手、足皮肤局部扁平，角质增生。[48] 蹉跎：虚度光阴，"欲自修而年已蹉跎"（《晋书·周处传》）有用。[49] 遑恤：遑，来不及；恤，顾及。"我躬不阅，遑恤我后"（《诗经·邶风·谷风》）有用。[50] 烟萝：草树茂密，烟聚萝缠，谓之"烟萝"，借指幽居或修真之处。唐裴铏《传奇·文箫》："一斑与两斑，引入越王山。世数今逃尽，烟萝得再还。"周楞伽辑注："烟萝，道家称隐居修真的地方。"

时雨赋

弘治十三年（1500年）

二泉先生[1]以地官正郎[2]擢[3]按察副使[4]、提学[5]西江[6]。于是京师方旱，民忧禾黍。先生将行，祖帐[7]而雨，土气苏息，送者皆喜。

乐山子[8]举觞[9]而言曰："先生亦知时雨之功乎？群机默动[10]，百花潜融[11]，摧枯僵槁，萧蔚蒙茸[12]，惟草木之日茂[13]，夫焉识其所从[14]？"

先生曰："何如？"

乐山子曰："升降[15]闭塞[16]，品汇[17]是出。尪羸寒涩[18]，痿痹扞格[19]。地脉焦焉，罔滋土膏，竭而靡泽。勾者矛者[20]，芙者甲者[21]，茎者萌者[22]，颇者鬒者[23]，陈者期新，屈者期伸。而乃火云峥屼[24]，汤泉沸腾。山灵铄石[25]，沟浍[26]扬尘。田形赭色[27]，涂坼龟文[28]。苗而不秀[29]，槁焉欲焚[30]。于是乎丰隆[31]起而效驾，屏翳[32]辅而推轮。雷伯涣汗而颁号[33]，飞廉行辟而戒申[34]。川英英[35]而吐气，山油油[36]而出云，天昏昏而改色，日霏霏而就曛，风翛翛于苹末[37]，雷殷殷[38]于江渍。初沾濡[39]之脉脉，渐飘洒之纷纷。始霡霂[40]之无迹，终滂沱而有闻。方奋迅[41]而直下，倏横斜以旁巡。徐一一而点注，随浑浑而更新。乍零零而断续，忽冥冥而骤并。将悠悠而远去，复深深而杂陈。当是时也，如渴而饮，如饮而醺，德泽渐于兰蕙[42]，宠渥被于藻芹[43]，光辉发于桃李，滋润洽于松筠[44]，深恩萃于禾黍，余波及于蒿蘅[45]。若醉醒而梦觉，起精矫于邅迍[46]；犹阙里之多士[47]，沾圣化而皆仁。济济翼翼[48]，侃侃闇闇，乐箪瓢于陋巷，咏浴沂于暮春者矣。今夫先生之于西江之士也，不亦其然哉！[49]原体则涵泳诸子，灌注百氏，渟滀[50]仁义，郁蒸[51]经史；言用则应物而动，与时操纵，神变化于晦明[52]，状江河之汹涌。发为文词，雾瀚霞搞[53]；赫其声光，雷电翕张[54]。仰之岳立，风云是出；即之川腾，旱暵[55]攸凭。偃[56]风声于万里，望云霓[57]于九天。叹尔来之奚后，怨何地之独先。则夫西江之士，岂必渐渍沐沃[58]，澡涤沉潜[59]，历以寒暑，积之岁年，固将得微涓[60]而已颖发，霑[61]余滴而遂勃然。咏菁莪[62]之化育，乐丰芑[63]之生全，扬惊澜于洙泗，起暴涨于伊濂。信斯雨之及时，将与先生比德而丽贤也夫！"

先生曰："是何言之易也？昔孔子太和[64]元气，过化存神[65]，不言而喻[66]，固有所谓时雨化之者矣，而予岂其人哉？且子知时雨之功，而曾未睹其患也。乃若大火西流[67]，东作于休[68]，农人相告，谓将有秋，须坚须实，以获以收。尔乃庭商[69]鼓舞，江鹤飞翔[70]；重阴密雾，连月弥茫；凄风苦雨，朝夕淋浪[71]。禾头生耳[72]，黍目就盲[73]。江河溢而泛滥，草木洩[74]而衰黄。功垂成[75]而复败，变丰稔[76]为凶荒[77]。汩[78]泥涂以何救，疽[79]体足其曷[80]防？空呼号于漏室，徒咨怨于颓墙。吁嗟乎，今之以为凶，非昔之以为功者耶？乌乎物理之迥绝，而人情[81]之顿异者耶？是知长以风雨，敛以霜雪，有阳必阴，无寒不热；化不自兴，及时而盛，教无定美，过时必病。[82]故先王之爱民，必仁育而义正[83]，吾诚不敢忘子时雨之规，且虑其过而为霆以生患也。"[84]

于是乐山子俯谢不及,避席[85]而起,再拜尽觞[86],以歌时雨歌曰:激湍[87]兮深潭,和煦兮冱寒[88]。雨以润兮,过淫则残。惟先生兮,实如傅霖[89]。为云为霓兮,民望于今。吞吐奎璧[90]兮,分天之章。驾凤骑气兮,挟龙以翔。沛江帝之泽兮,载自四方。或雨或旸[91],一寒一暑,随物顺成兮,吾心何与。风雨霜雪兮,孰非时雨。[92]

刑部主事姚江王守仁书。

【注】[1] 二泉先生:指邵宝(1460—1527),邵宝号二泉,江苏无锡人,成化二十年(1484年)进士,其学以洛、闽为的;诗文典重和雅,以东阳为宗,是茶陵派的重要诗人之一。[2] 地官正郎:户部郎中。[3] 擢:提升、提拔。[4] 按察副使:按察司的副长官,正四品。[5] 提学:学官名,管理地方学政。[6] 西江:江西。[7] 祖帐:古代传说道路的神明为祖神,出门的人为求一路平安,临行前都要祭拜祖神,后称送人远行,为饯别而设的帷。[8] 乐山子:王阳明自称,以其名"守仁"之"仁"的"仁者乐山"义取。[9] 觞:盛酒器,代指酒。[10] 群机默动:本意指弓弩上的发射机关,指运动的关键,此意为因为时雨的触动,各种有运动机制之物渐次开始运动起来。[11] 融:明亮。[12] 芾蔚蒙茸:芾蔚,草木茂盛;蒙茸,蓬松。[13] 日茂:一天天茂盛。[14] 夫焉识其所从:该句反问是什么导致了草木的日渐茂盛,当然是"时雨"。[15] 升降:升者、降者。[16] 闭塞:闭者、塞者。[17] 品汇:事物的品种类别,指代万事万物。[18] 尪羸蹇涩:尪羸,音 wāng léi,瘦弱、虚弱;蹇涩,艰难不顺畅。[19] 痿痹扞格:痿痹,肢体不能动作或丧失感觉,《汉书·哀帝纪赞》"即位痿痹,末年寖剧,飨国不永"有用。扞格,抵触或格格不入,苏轼《策略五》"器久不用而置诸箧笥,则器与人不相习,是以扞格而难操"有用。[20] 勾者矛者:勾者,弯曲者;矛者,本指直而长且尖锐的兵器,此指植物中之矛形者。[21] 荚者甲者:荚者,豆科植物长角果者;甲者,种子萌芽后的种壳。[22] 茎者萌者:茎者,茎为植物的主干,茎者指植物之长成者;萌者,指刚发芽的植物。[23] 頯者鬣者:喻植物之光滑者或长毛须者。頯,面颊;鬣,马、狮子等颈上的长毛。[24] 火云岪峍:火云,此指干旱;岪峍,音 lù wù,高耸貌。[25] 山灵铄石:山上的石头要被烧化的样子,形容干旱得厉

害。[26] 沟浍：泛指田间水道。浍，田间水渠。[27] 田形赭色：田土因干旱呈红褐色。赭，音 zhě，红褐色。[28] 涂坼龟文：道路干裂得像龟纹。[29] 苗而不秀：庄稼出了苗而没有抽穗。[30] 槁焉欲焚：庄稼苗像要被烧焦一样。[31] 丰隆：神话中的雷神，屈原《离骚》"吾令丰隆乘云兮，求宓妃之所在"有用。[32] 屏翳：神话传说中的雨神。[33] 雷伯涣汗而颁号：雷神发下（降雨）号令。雷伯，雷神；涣汗，号令；颁号，发下（降雨）号令。[34] 飞廉行辟而戒申：飞廉，风神；行辟，行使职责，辟指君主；戒申，告诫申说（降雨）的号令。[35] 英英：轻盈明亮的样子，《诗经·小雅·白华》"英英白云，露彼菅茅"有用。[36] 油油：悠然自得貌。[37] 风翛翛于苹末：翛，音 xiāo，自由自在、无拘无束貌；苹末，苹的叶尖，苹顶端的小叶，指风所起处，语出宋玉《风赋》"夫风生于地，起于青苹之末"。[38] 殷殷：象声词，雷声，司马相如《长门赋》"雷殷殷而响起兮，声象君之车音"有用。[39] 沾濡：浸湿。[40] 霢霂：小雨，《诗经·小雅·信南山》"雨雪雰雰，益之以霢霂"有用。[41] 奋迅：迅疾。[42] 兰蕙：兰和蕙，皆香草。[43] 芹藻：芹，芹菜；藻，泛指生长在水中的植物。[44] 筠：竹子的青皮，指代竹子。[45] 蒿蕡：蒿，蒿属植物，引申为野草；蕡，音 fén，大麻子，引申为粮食作物。[46] 邅迍：音 zhān zhūn，行走困难。[47] 犹阙里之多士：阙里，孔子出生地，孔子故里；多士，众多的贤士，语出《书·多方》"献告尔有方多士，暨殷多士"。[48] 济济翼翼：盛貌，王闿运《与曾侍郎言兵事书》"搢绅之士，济济翼翼"有用。[49] 今夫先生之于西江之士也，不亦其然哉：该二句和上文共同构成递譬结构，以时雨润泽万物比孔子教化贤士，而邵宝之于江西士人又类时雨、孔子。[50] 渟滀：音 tíng chù，汇聚貌。[51] 郁蒸：闷热，出自《素问·五运行大论》"其令郁蒸"，王冰注："郁，盛也；蒸，热也。言盛热气如蒸。"此用其比喻的反复熏陶义。[52] 晦明：暗明，此泛用为随变自如。[53] 雾滃霞摛：雾滃，云雾四起，宋代赵福元《沁园春·寿朱漕》"正乾坤交泰，圣贤相遇，风生虎啸，雾滃龙兴"有用；霞摛，如霞铺展。[54] 翕张：敛缩舒张。[55] 旱暵：亦作"旱熯"，不雨干热。[56] 偃：停止。[57] 云霓：亦作"云蜺"，虹，《孟子·梁惠王下》"民望之，若大旱之望云霓也"有用。[58] 沐沃：润泽灌溉。[59] 沉潜：集中精力，潜心，出自《尚书·洪范》"沉潜刚克，高明柔克"。[60] 微涓：极小的细流。[61] 霑：同"沾"。[62] 菁莪：《诗经·小雅·菁菁者莪》篇名的简称，其序曰:"菁菁者莪,乐育材也,君子能长育人材,则天下喜乐之矣。"后因以"菁莪"指育材。[63] 丰芑:《诗经·大雅·文王有声》有"丰水有芑,武王岂不仕"句,孔颖达疏曰"丰水是无情之物,犹以润泽而生菜为己事,况武王岂不以功业为事乎。言实以功业为事,思得泽及后人",后以"丰芑"指该诗篇。[64] 太和:《周易·乾卦》:"保合太和,乃利贞。"太,一本作"大",朱熹《周易本义》解为阴阳会合冲和之气。[65] 过化存神:所到之处,人民无不被感化,而永远受其精神影响,出自《孟子·尽心上》:"夫君子所过者化,所存者神,上下与天地同流。"[66] 不言而喻:不用说话就能明白,出自《孟子·尽心上》:"仁义礼智根于心,其生色也,然见于面。盎于背,施于四体,四体不言而喻。"[67] 大火西流:炎暑消失,初秋来临。大火,火星,为夏季星空南天之标识;西流,西落。[68] 东作:田间耕作。[69] 商:二十八宿中的"心宿"。[70] 翔:不扇动翅膀盘旋地飞。[71] 淋浪:流滴不止,此指雨下不止,陶潜《感士不遇赋》"感哲人之无偶,泪淋浪以洒袂"有用。[72] 禾头生耳:庄稼顶部出芽,为灾年的征兆,出自杜甫《秋雨叹》:"禾头生耳黍穗黑,农夫田妇无消息。"黍穗黑,黍不耐雨,穗子被淋得发黑而烂。禾头,农作物的顶端;耳,耳状物,指谷物经雨而长出的芽。[73] 黍目就盲:见注[72]。[74] 草木洩而衰黄:草木水淹而呈衰黄状。[75] 功垂成:将近成功。[76] 丰稔:丰熟,《后汉书·法雄传》"在郡数岁,岁常丰稔"有用。[77] 凶荒:荒灾,出自《周礼·地官》"县都之委积,以待凶荒",贾公彦疏曰:"凶荒,谓年谷不熟。"[78] 汨:音 gǔ,水流貌。[79] 疽:毒疮。[80] 曷:疑问词,何、什么。[81] 人情:此指和人的利害关系。[82] "是知长以风雨……过时必病"句:该数句讲物事中的哲理。[83] 故先王之爱民,必仁育而义正:该二句讲正的哲学。[84] 吾诚不敢忘子时雨之规,且虑其过而为霪以生患也:鉴于中、正的哲理认识,该二句为邵宝以谨慎态度,回绝了对其的时雨之比。[85] 避席:古人席地而坐,离席起立,以示敬意。[86] 尽觞:饮尽一杯酒。[87] 激湍:急流。[88] 冱寒:闭寒,谓不得见日,极为寒冷,《左传·昭公四年》:"其藏冰也,深山穷谷,固阴冱寒,于是乎取之。"杜预注:"冱,闭也。"[89] 傅霖:《宋史·张咏传》载一高士傅霖,谦虚豁达,疑或为此人。其曰:"初,咏与青州傅霖少同学。霖隐不仕,咏既显,求霖者三十年不可得,至是来谒。阍吏白傅霖请见,咏责之曰:'傅先生天下贤士,吾尚不得为友,汝何人,敢名之!'霖笑曰:'别子一世尚尔耶?

是岂知世间有傅霖者乎？'"[90] 奎壁：二十八宿中奎宿与壁宿的并称，旧谓二宿主文运，故常用以比喻文苑。[91] 旸：晴天。[92] 风雨霜雪兮，孰非时雨：该二句言人事是时雨的标准，只要符合，则风雨霜雪皆可为时雨。

九华山赋

弘治十五年（1502 年）

循长江而南下，指青阳[1]以幽讨[2]。启鸿濛[3]之神秀[4]，发九华[5]之天巧[6]。非效灵[7]于坤轴[8]，孰构奇于玄造[9]！涉五溪而径入，宿无相[10]之窈窕[11]。访王生[12]于邃谷，掏金沙[13]之清潦。凌风雨乎半霄[14]，登望江而远眺。步千仞之苍壁，俯龙池于深窅。吊谪仙[15]之遗迹，跻化城[16]之缥缈。钦钵盂之朝露，见莲花之孤标。[17] 扣云门[18]而望天柱[19]，列仙舞于晴昊[20]。俨双椒之辟门[21]，真人驾阳云而独蹻[22]。翠盖[23]平临乎石照，绮霞掩映乎天姥[24]。二神[25]升于翠微，九子[26]邻于积稻。炎燠[27]起于玉甑，烂石碑之文藻。回澄秋于枕月，建少微[28]之星旗[29]。覆瓯[30]承滴翠之余沥，展旗立云外之旌蠹[31]。下安禅而步逍遥[32]，览双泉于松杪[33]。逾西洪而憩黄石，悬百丈之灏灏[34]。

濑流觞而萦纡[35]，遗石船于涧道；呼白鹤于云峰，钓嘉鱼于龙沼；倚透碧之峣岘[36]，谢尘寰之纷扰。攀齐云之巉削[37]，鉴琉璃之浩漾[38]。沿东阳而西历，殖九节之蒲草。樵人导余以冥探，排碧云之瑶岛[39]。群峦翳其缪葛[40]，失阴阳之昏晓。垂七布之沈沈[41]，灵龟隐而复佻[42]。履高僧而屦[43]招贤，开白日之杲杲[44]。试明茗[45]于春阳，汲垂云之渊湫[46]；凌绣壁而据石屋，何文殊螺髻之蟠纠[47]？梯拱辰而北盼，騡[48]遗光于拾宝。缁裳迓于黄鲍[49]，休圆寂之幽俏[50]。鸟呼春于丛篁，和云韶之嘤嘤[51]，唤起促余之晨兴，落星河于檐榱[52]；护山嘎其惊飞，怪游人之太早。揽卉木之如濯，被晨辉而争姣。静镜[53]声之剥啄，幽人劚参蕨于冥杳[54]。碧鸡哰[55]于青林，鹍[56]翻云而失皓。隐搗药以檬萝[57]，挟提壶饼焦而翔绕[58]。凤凰承盂冠[59]以相遗，饮沆瀣之仙醪[60]；羞竹实[61]以嬉翱，集梧枝[62]之蒻蒻。岚欲雨而霏霏，鸣湿湿于薑葆[63]；躐[64]三游而转青，峭拂天香于茫渺。席泓潭[65]以濯缨，

浮桃泻[66]而扬缟。淙渐渐[67]而落荫，饮猿猱[68]之捷狡。睨斧柯而升大还，望会仙于云表[69]。悯子京[70]之故宅，款知微之碧桃[71]。倏金光之闪映，睼累景于穹坳[72]。弄玄珠[73]于赤水[74]，舞千尺之潜蛟[75]。并花塘而峻极[76]，散香林之回飙[77]。抚浮屠之突兀，泛五钗[78]之翠涛。袭珍芳于绝巘[79]，裒金步之摇摇。莎罗踯躅[80]芬敷而灿耀[81]，幢玉女之妖娇[82]。搴龙须于灵宝[83]，堕钵囊之飘摇[84]。开仙掌于欹嵌[85]，散青馨之迢迢。披白云而躇[86]崇寿，见参错之僧寮[87]。日既夕而山冥，挂星辰于窿嵺[88]。宿南台[89]之明月，虎夜啸而黑[90]嘷。鹿麋群游于左右，若将侣幽人之岑寥[91]。迥高寒其无寐，闻冰壑之洞箫[92]。

溪女[93]厉晴泷而曝术，杂精苓[94]之春苗。邀予觞以玉液[95]，饭玉粒[96]之琼瑶；溘[97]辞予而远去，飒霞裾[98]之飘飘。复中峰而怅望[99]，或仙踪之可招。乃下见阳陵[100]之蜿蜒，忽有感于子明[101]之宿要。逝予将遗世而独立，采石芝于层霄[102]。虽长处于穷僻，乃永离乎尫嚚[103]。彼苍黎之缉缉，固吾生之同胞；苟颠连之能济，吾岂靳[104]于一毛！刭[105]狂胡之越獯，王师局而奔劳。[106]吾宁不欲请长缨于阙下[107]，快平生之郁陶[108]？顾力微而任重，惧覆败于或遭；又出位以图远，将无诮于鹪鹩[109]。嗟有生之迫隘[110]，等灭没于风泡[111]；亦富贵其奚为？犹荣蕣之一朝[112]。旷百世而兴感，蔽雄杰于蓬蒿[113]。吾诚不能同草木而腐朽，又何避乎群喙[114]之呶呶[115]！

已矣乎！吾其鞭风霆而骑日月，被九霞之翠袍[116]。抟鹏翼于北溟[117]，钓三山之巨鳌[118]。道昆仑而息驾[119]，听王母之云璈[120]。呼浮丘于子晋[121]，招句曲之三茅[122]。长遂游于碧落[123]，共太虚[124]而逍遥。

乱曰：蓬壶[125]之藐藐兮，列仙之所逃兮；九华之矫矫兮，吾将于此巢兮。匪尘心之足搅兮，念鞠育[126]之劬劳[127]兮。苟初心之可绍[128]兮，永矢弗挠[129]兮！

【注】[1]青阳：时池州府青阳县，九华山所在地。[2]幽讨：寻讨幽隐，杜甫"脱身事幽讨"（《赠李白》）有用。[3]鸿濛：宇宙形成前的混沌状态，出自《庄子·在宥》："云将东游，过扶摇之枝，而适遭鸿蒙。"成玄英疏："鸿蒙，元气也。"[4]神秀：山河造化的神奇秀丽，杜甫《望岳》"造化钟神秀"有用。[5]九

华：九华山。[6] 天巧：天然工巧。[7] 效灵：显灵，南朝宋颜延之《三月三日曲水诗序》"晷纬昭应，山渎效灵"有用。[8] 坤轴：古人想象中的地轴，出自晋张华《博物志·地》："昆仑山北地转下三千六百里，有八玄幽都，方二十万里。地下有四柱，四柱广十万里，地有三千六百轴，犬牙相举。"[9] 玄造：造化。[10] 无相：九华山无相寺。[11] 窈窕：此指山水深邃幽美。[12] 王生：指仙人王子乔，《古诗十九首》之十五有："仙人王子乔，难可与等期。"汉刘向《列仙传·王子乔》："王子乔者，周灵王太子晋也。好吹笙，作凤凰鸣。游伊洛之间，道士浮丘公接以上嵩高山。三十余年后，求之于山上，见桓良曰：'告我家：七月七日待我于缑氏山巅。'至时果乘白鹤驻山头，望之不得到，举手谢时人，数日而去。"[13] 掏金沙：淘金沙。[14] 半霄：半空，空中。[15] 谪仙：李白。[16] 化城：九华山化城寺。[17] 钦钵盂之朝露，见莲花之孤标：钵、盂、莲花，为佛教象征物，为王阳明此时向往佛教之证。[18] 云门：道门，仙家，天宫云殿。[19] 天柱：古族神话中的支天之柱，《淮南子·墬形训》："昔者共工与颛顼争为帝，怒而触不周之山，天柱折，地维绝。"《神异经·中荒经》："昆仑之山有铜柱焉，其高入天，所谓天柱也，围三千里周圆如削。"[20] 晴昊：晴空。[21] 辟门：开门。[22] 蹻：举足高行。[23] 翠盖：饰以翠羽的车盖，《淮南子·原道训》："驰要褭，建翠盖。"高诱注："翠盖，以翠鸟羽饰盖也。"唐李白《东武吟》："乘舆拥翠盖，扈从金城东。"[24] 天姥：天姥山，道教名山，在浙江新昌。[25] 二神：谓阴阳二神，《淮南子·精神》："古未有天地之时，惟像无形，窈窈冥冥，有二神混生，经天营地。孔乎莫知其所终极，滔乎莫知其所止息。于是乃别为阴阳，离为八极。刚柔相成，万物乃形。烦气为虫，精气为人。"[26] 九子：当指尾宿九星，《史记·天官书》："尾为九子。"司马贞索隐引宋均云："属后宫场，故兼九子，子必九者，取尾有九星也。"[27] 炎燸：暑热，宋欧阳修《憎蚊》"荒城繁草树，旱气飞炎燸"有用。[28] 少微：星座名。共四星，在太微垣西南。[29] 旐：古代的一种旗，上画龟蛇，"龟蛇为旐"（《周礼·春官·司常》）。[30] 瓯：小盆。[31] 旌麾：大旗，亦泛指旗帜。[32] 下安禅而步逍遥：安禅，佛教语，指静坐入定，俗称打坐；逍遥，道家哲学术语，指不因他物的在场或不在场而自为绝对自由的存在，苏轼《寄净慈本长老》诗："何时杖策相随去，任性逍遥不学禅。"王阳明该句为用苏轼之义，禅与道相较倾向于后者。[33] 松杪：松树的末梢。[34] 灏灏：广大无际貌，汉扬雄《法言·寡见》："灏灏之海，济，楼航之力也。"[35] 萦纡：盘旋弯曲、回旋曲折、萦回。[36] 崅岏：犹嶙岏，高锐的山。[37] 巉削：此指高峻如刻之山。[38] 漾：音yǎo，浩荡。[39] 瑶岛：传说中的仙岛。[40] 缪蔼：犹缭霭，云气缭绕。[41] 沈沈：音tán tán，深邃貌。[42] 佻：本义为轻薄，此疑为轻松再现。[43] 屧：音xiè，古指鞋的木底。[44] 杲杲：明亮的样子，出自《诗经·卫风·伯兮》："其雨其雨，杲杲日出。"[45] 茗：早采的为"茶"，晚采的为"茗"，后泛指茶。[46] 渊湫：深水潭。[47] 蟠纠：蟠屈缭纠，弯曲缠绕。[48] 隳：毁坏。[49] 黄匏：黄葫芦。[50] 幽俏：幽静而美丽。[51] 云韶之噰噰：云韶，黄帝《云门》乐和虞舜《大韶》乐，后泛指美妙的音乐；噰噰，音yǎo yǎo，雉鸣声。[52] 橑：音liáo，屋椽。[53] 镵：音chán，凿子。[54] 冥杳：犹冥杳，深远貌，此指高远之处。[55] 碧鸡哰：碧鸡为一种会叫更的林鸟；哰，有节奏的鸣叫声。[56] 鹇：音xián，鸟的一种，白鹇。[57] 隐捣药以樛萝：隐捣药鸟于纠结盘绕的蔓萝。捣药，捣药鸟，宋代陆游有《捣药鸟诗》："白发无情日日生，散愁聊复作山行。幽禽似欲嘲衰病，故学禅房杵药声。"樛萝，纠结盘绕的蔓萝。樛，音jiū，向下弯曲的树木。[58] 挟提壶饼焦而翔绕：携带的壶鸟、饼焦鸟飞翔环绕。提壶，提壶鸟，唐代吴融有《闻提壶鸟》诗："早于批鹅巧于莺，故国春林足此声。今在天涯别馆里，为群沽酒复何情。"饼焦，婆饼焦鸟，宋代陆游有《闻婆饼焦》诗："黄泥岭，林森森，幽鸟穿枝时一吟。汝声一何悲，汝语恻我心。连村麦熟饼饵香，我母九泉那得尝。"[59] 孟冠：高高的帽子，此处形容山势之高。[60] 醥：音piǎo，清酒。[61] 竹实：又称竹米，不同种类竹子开花结果周期不同，传说中竹实是凤凰之食，有凤凰"非梧桐不栖，非竹实不食"之说。[62] 梧枝：见注[61]。[63] 葆：草木茂盛貌。[64] 躐：音liè，踩。[65] 泓潭：深潭。[66] 桃泻：犹言桃花涧。[67] 淙溅溅：流水声。[68] 猿狨：泛指猿猴。[69] 云表：云外。[70] 子京：宋人滕子京，和范仲淹同举进士，游青阳九华而爱之，族迁于此，且卒归葬。[71] 款知微之碧桃：赵知微，唐朝高道，曾建延华观于九华山凤凰岭，并炼丹于大还岭和沙弥峰，传说他曾带领众人登九华山会仙峰，与弟子们在凤栖峰岩下植桃千树，花皆碧色。桃子成熟时落在涧中随水流出，居民们视之为仙果，他仙去后，人们命名其岩为"碧桃岩"，其涧为"浮桃涧"。[72] 坳：山间的平地。[73] 玄珠：黑色明珠，见注[74]。[74] 赤水：古代神话传说中的水名，出自《庄子·天地》："黄帝游乎赤水之北，登乎昆仑之丘而南望，还归遗其玄珠。"[75] 蛟：传说中的生物，住江河湖池，道行介于蛇、龙之间。[76] 峻极：极为陡峭。[77] 回飙：旋转的狂风。[78] 五钗：九华山五钗松。[79] 巘：大山上的小山。[80] 踯躅：游移不定，踌躇。[81] 灿耀：光彩夺目。[82] 妖娇：娇美。[83] 搴龙须于灵宝：搴，拔；灵宝，指宝精养神的道教修真之法。[84] 堕钵囊之飘摇：钵囊，僧人盛放钵盂的袋子；飘摇，飞翔貌，同逍遥。此一句和前一句表明在道和佛上阳明倾向于前者。[85] 嵚嵌：音 qīn qiàn，险峻不平。[86] 蹮：一脚跳行、跛脚走路。[87] 僧寮：僧舍。[88] 嶅：音 áo，山高貌。[89] 南台：僧金地晚年藏常读经之处。[90] 羆：音 pí，熊的一种，即棕熊。[91] 岑寥：寂寞、无聊。[92] 洞箫：吹管气鸣乐器，简称箫，是最常见的民族乐器，多用九节紫竹制作。[93] 溪女：十二溪女，道教女神仙。[94] 芩：音 qín，古书上指芦苇一类的植物，多年生草本植物，叶子对生，披针形，开淡紫色花，根黄色，中医入药，有清热祛湿等作用。《说文》："芩草也。"《诗经·小雅·鹿鸣》："食野之芩。"[95] 玉液：美玉制成的浆液，古代神话传说饮了它可以成仙。[96] 玉粒：犹玉散，指仙药，南朝陈徐陵《天台山馆徐则法师碑》："玉粒虽软，金膏未镕，方流道业，济彼昏蒙。"[97] 溘：音 kè，忽然。[98] 裾：衣之前襟。[99] 怅望：失意，伤感地望。[100] 阳陵：当为陵阳，陵阳山为九华山古名，山南麓有陵阳镇，为九华山门户。[101] 子明：陵阳子明，传说为道教神话中的仙人，《列仙传》："陵阳子明者，铚乡人也，好钓鱼。"于陵阳山（九华山）垂钓得白龙，后成仙。[102] 采石芝于层霄：该句当为"层霄映紫芝"（晋庾阐《游仙诗》之三）之化用。紫芝，道教仙草，实应为紫色菌类；石芝，像灵芝的石头，道教以捣末食用可以长生不老；层霄，高空。[103] 瓯嚣：撞击的喧嚣，此为言尘世的喧嚣。[104] 靳：吝惜。[105] 矧：况且。[106] 狂胡之越獗，王师局而奔劳：此二句为言北方民族的侵扰给国家军队造成的疲于应对局面。[107] 阙下：宫阙之下，指代朝廷。[108] 郁陶：前人解释"郁陶"一词颇多分歧，王念孙《广雅疏证》参会众说，指出"郁陶"兼忧、喜二义："大抵喜忧不能舒，结而为思。"[109] 鹪鹩：鸟名，形小，体长约三寸，羽毛赤褐色，略有黑褐色斑点，尾羽短，略向上翘，以昆虫为主要食物，常取茅苇毛毳为巢，大如鸡卵，系以麻发，于一侧开孔出入，甚精巧，故俗称巧妇鸟，《庄子·逍遥游》："鹪鹩巢于深林，不过一枝。"晋张华《鹪鹩赋》序："鹪鹨，小鸟也，生于蒿莱之间，长于藩篱之下，翔集寻常之内，而生生之理足矣。"此鸟形微处卑，古代文学中因用以比喻弱小者或易于自足者。[110] 迫隘：狭窄、狭小、局促。[111] 风泡：像风和气泡一样乍现即消失。[112] 犹荣蕣之一朝：此为袭用郭璞"蕣荣不终期"（《游仙诗》）。蕣，木槿，其花朝开夕落。[113] 旷百世而兴感，蔽雄杰于蓬蒿：此二句为对英雄埋没的史叹，实则以史言时。[114] 群喙：众口，众人的议论，元刘诜"大音既寥阔，群喙何间关"（《赠张汉臣游金陵诗》）有用。[115] 呶呶：音 náo náo，指没完没了地讲话，惹人讨厌。[116] 翠袍：指代霞衣、仙衣。[117] 北溟：地名，最早出现于庄子的《逍遥游》："北溟有鱼，其名为鲲。化而为鸟，其名为鹏。是鸟也，海运则将徙于南溟。南溟者，天池也。"[118] 钓三山之巨鳌：此为用龙伯钓鳌之典，以表达做出非凡事业之意。典出《列子·汤问》："渤海之东不知几亿万里……有五山焉：一曰岱舆，二曰员峤，三曰方壶，四曰瀛洲，五曰蓬莱。……五山之根无所连著，常随潮波上下往还，不得暂峙焉。仙圣毒之，诉之于帝。帝恐流于西极，失群仙圣之居，乃命禺疆使巨鳌十五举首而戴之。迭为三番，六万岁一交焉。五山始峙而不动。而龙伯之国有大人，举足不盈数步而暨五山之所，一钓而连六鳌，合负而趣归其国，灼其骨以数焉。于是岱舆、员峤二山流于北极，沉于大海，仙圣之播迁者巨亿计。帝凭怒，侵减龙伯之国使，侵小龙伯之民使短。至伏羲、神农时，其国人犹数十丈。"[119] 息驾：停车休息。[120] 云璈：打击乐器，又名"云锣"。[121] 呼浮丘于子晋：此为用浮丘公、王子晋之典，《列仙传》："王子晋好吹笙，道人浮丘公接以上嵩山。"[122] 招句曲之三茅：《梁书·陶弘景传》载："句容之句曲山，恒曰此山下是第八洞，名曰金坛华阳之天，周围一百五十里。昔汉有咸阳三茅君得道，来此掌山，固谓之茅山。"[123] 碧落：道教语，天空、青天，唐杨炯《和辅先入昊天观星瞻》："碧落三乾外，黄图四海中。"[124] 太虚：谓茫茫宇宙。[125] 蓬壶：蓬莱，传说中的海中仙山。[126] 鞠育：抚养、养育，出自《诗经·小雅·蓼莪》："父兮生我，母兮鞠我，拊我畜我，长我育我。"《毛传》："鞠，养也。"《郑笺》："育，覆育也。"[127] 劬劳：劳累、劳苦，《诗经·小雅·蓼莪》："哀哀父母，生我劬劳。"[128] 绍：连续、继承。[129] 永矢弗挠：矢，通"誓"；挠，干扰。

游齐山赋·并序

弘治十五年（1502年）

　　齐山在池郡之南五里许。唐齐映尝刺池，亟游其间，后人因以映姓名也。继又以杜牧之诗，遂显名于海内。弘治壬戌正旦，守仁以公事到池，登兹山，以吊二贤之遗迹，则既荒于草莽矣。感慨之余，因拂崖石而纪岁月云。

　　适公事之甫暇，乘案牍之余晖，岁亦徂而更始[1]，巾余车其东归。循池阳而延望，见齐山之崔嵬。寒阳[2]惨而尚湿，结浮霭于山扉。振长飚[3]而舒啸，麾彩[4]见于虹霓。千岩谺其开朗，扫群林之霏霏。羲和[5]阆危巅而出，候倒回于苍矶。蹑晴霞而直上，陵华盖之葳蕤[6]。俯长江之无极，天风飒其飘衣。穷岩洞之幽邃，坐孤亭于翠微。寻遗躅于烟莽，哀壑悄而泉悲。感昔人之安在，菊屡秋而春霏。鸟相呼而出谷，雁留声而北飞。叹人事之倏忽，晞草露于须斯。际遥瞩于云表，见九华之参差。忽黄鹤之孤举，动陵阳之遐思。顾泥途之涸浊，困盐车于枥马。苟长生之可期，吾视弃富贵如砾瓦。吾将旷八极以遨游，登九天而视下。餐朝露而饮沆瀣[7]，攀子明之逸驾。岂尘网之误羁，叹仙质之未化。

　　乱曰：旷观宇宙，漠以广兮。仰瞻却顾，终焉仿兮。吾不能局促以自污兮，复虑其谬以妄兮。已矣乎，君亲不可忘兮，吾安能长驾而独往兮。

[注释][1]更始：重新开始，此处指新的一年开始。[2]寒阳：满含寒意的太阳。[3]长飚：暴风。[4]麾彩：彩旗。[5]羲和：日神。[6]葳蕤：原意为草木茂盛、枝叶下垂的样子，此处指华盖下垂的缨穗。[7]沆瀣：夜间的水气、露水。

黄楼夜涛赋

弘治十七年（1504年）

　　朱君朝章[1]将复黄楼[2]，为予言其故。夜泊彭城[3]之下，子瞻[4]呼予曰："吾将与子听黄楼之夜涛乎？"觉则梦也。感子瞻之事，作《黄楼夜涛赋》。

　　子瞻与客宴于黄楼之上。已而客散日夕，暝色[5]横楼，明月未出。乃隐几[6]而坐，嗒[7]焉以息。忽有大声起于穹窿[8]，徐而察之，乃在西山之麓。倏焉改听，又似夹河[9]之曲，或隐或隆，若断若逢，若揖让而乐进，歘掀舞[10]以相雄。触孤愤[11]于厓石，驾逸气[12]于长风。尔乃乍阖复辟，既横且纵，拟拟[13]飒飒[14]，汹汹瀜瀜[15]，若风雨骤至，林壑崩奔，振长平[16]之屋瓦，舞泰山之乔松。咽悲吟于下浦[17]，激高响于遥空。恍不知其所止，而忽已过于吕梁[18]之东矣。

子瞻曰："噫嘻异哉！是何声之壮且悲也？其乌江之兵[19]，散而东下，感帐中之悲歌，慷慨激烈，吞声饮泣，怒战未已，愤气决膻，倒戈曳戟，纷纷籍籍，狂奔疾走，呼号相及，而复会于彭城之侧者乎？其赤帝之子[20]，威加海内，思归故乡，千乘万骑，雾奔云从，车辙轰霆，旌旗蔽空，击万夫之鼓，撞千石之钟，唱《大风》之歌，按节翱翔而将返于沛宫[21]者乎？"于是慨然长嚎[22]，欠伸起立，使童子启户冯[23]栏而望之。则烟光已散，河影垂虹，帆樯泊于洲渚，夜气起于郊垌[24]，而明月固已出于芒砀[25]之峰矣。

子瞻曰："噫嘻！予固疑其为涛声也。夫风水之遭于涢洞[26]之滨而为是也，兹非南郭子綦之所谓天籁[27]者乎？而其谁倡之乎？其谁和之乎？其谁听之乎？当其滔天浴日，湮谷崩山，横奔四溃，茫然东翻，以与吾城之争于尺寸间也。吾方计穷力屈，气索神恧，懔孤城之岌岌[28]，觊[29]须臾之未坏，山颓于目懵[30]，霆击于耳聩[31]，而岂复知所谓天籁者乎？及其水退城完，河流就道，脱鱼腹而出涂泥，乃与二三子徘徊[32]兹楼之上而听之也。然后见其汪洋涵浴，潏潏[33]汩汩，彭湃掀簸，震荡泽潡[34]，吁者为竽[35]，喷者为篪[36]，作止疾徐，钟磬祝敔[37]，奏文以始，乱武以居，呖[38]者嚆[39]者，嚣者嘷[40]者，翕[41]而同者，绎而从者，而啁啁[42]者，而嘐嘐[43]者，盖吾俯而听之，则若奏箫咸[44]于洞庭，仰而闻焉，又若张钧天[45]于广野，是盖有无之相激，其殆造物者将以写千古之不平，而用以荡吾胸中之壹郁者乎？而吾亦胡为而不乐也？"

客曰："子瞻之言过矣。方其奔腾漂荡而以厄子之孤城也，固有莫之为而为者，而岂水之能为之乎？及其安流顺道，风水相激，而为是天籁也，亦有莫之为而为者，而岂水之能为之乎？夫水亦何心之有哉？而子乃欲据其所有者以为欢，而追其既往者以为戚，是岂达人之大观，将不得为上士之妙识矣。"

子瞻展然而笑曰："客之言是也。"

乃作歌曰："涛之兴兮，吾闻其声兮。涛之息兮，吾泯其迹兮。吾将乘一气[46]以游于鸿蒙[47]兮，夫孰知其所极兮？"

弘治甲子七月，书于百步洪[48]之养浩轩。

【注】[1]朱君朝章：时名朱朝章者。[2]黄楼：址今江苏省徐州市，宋苏轼建，苏辙、秦观分别有《黄楼赋》，后世有损毁，王阳明主持山东乡试时重修。[3]彭城：今江苏徐州旧称。[4]子瞻：苏轼字。[5]暝色：暮色、夜色。[6]隐几：靠着几案，伏在几案上，《孟子·公孙丑下》："有欲为王留行者，坐而言，不应，隐几而卧。"《庄子·齐物论》："南郭子綦隐机而坐，仰天而嘘。"成玄英疏："隐，凭也。子綦凭几坐忘，凝神遐想。"[7]嗒：懊丧貌。[8]穹窿：指天空。[9]夹河：徐州的一条河流。[10]歙掀舞：歙，音 xī，收敛；掀舞，飞舞、翻腾。[11]孤愤：因孤高嫉俗而产生的愤慨之情。[12]逸气：超脱世俗的气概、气度。[13]扤扤：象声词，唐王建《霓裳词》之六："弦索扤扤隔彩云，五更初发一山闻。"[14]沨沨：形容乐声宛转悠扬，语出《左传·襄公二十九年》："为之歌《魏》，曰：'沨沨乎，大而婉，险而易行。'"杜预注："沨沨，中庸之声。"[15]汹汹瀜瀜：汹汹，水腾涌；瀜瀜，和畅貌。[16]长平：古地名，址今山西高平市。[17]浦：水滨。[18]吕梁：吕梁山，山西省西部山脉。[19]乌江之兵：指项羽乌江战败之兵，此为因涛声引起的想象。[20]赤帝之子：指汉高祖刘邦。[21]沛宫：汉高祖在故乡沛的宫殿，据《史记·高祖本纪》："高祖还归，过沛，留。置酒沛宫，悉召故人父老子弟纵酒。"《汉书·礼乐志》："至孝惠时，以沛宫为原庙。"[22]噫：感叹词，表叹息。[23]冯：古同"凭"，凭借、依靠。[24]垌：音 dòng，田地。[25]芒砀：山名，在今天河南省永城市北部，徐州西，距徐州百余里处，《史记·高祖本纪》："秦始皇常曰'东南有天子气'，于是因东游以厌之。高祖即自疑，亡匿，隐于芒砀山泽岩石之间。"[26]顽洞：水势汹涌，宋苏轼"空濛烟霭间，顽洞金石奏"（《栖贤三峡桥》）有用。[27]天籁：自然界的声响，此为用《庄子·齐物论》之典："'女闻人籁，而未闻地籁，女闻地籁而未闻天籁夫！'子游曰：'敢问其方。'子綦曰：'夫大块噫气，其名为风，是唯无作，作则万窍怒呺，

而独不闻之翏翏乎？山林之畏佳，大木百围之窍穴，似鼻，似口，似耳，似枅，似圈，似臼，似洼者，似污者。激者，謞者，叱者，吸者，叫者，譹者，宎者，咬者，前者唱于而随者唱喁。泠风则小和，飘风则大和，厉风济则众窍为虚。而独不见之调调之刁刁乎？'子游曰：'地籁则众窍是已，人籁则比竹是已，敢问天籁。'子綦曰：'夫吹万不同，而使其自己也，咸其自取，怒者其谁邪？'"[28] 岌岌：危急貌。[29] 觊：希望得到。[30] 懵：音 měng，迷糊。[31] 聩：聋。[32] 徘徊：来回地走貌。[33] 潏潏：音 jué jué，水涌出貌。[34] 渤：水涌起貌。[35] 竽：簧管乐器，形似笙而较大，管数亦较多。[36] 篪：音 chí，管乐，古代一种用竹管制成像笛子一样的乐器。[37] 敔：音 yǔ，古乐器，又称楬，形如伏虎，奏乐将终，击敔使演奏停止。[38] 呶：音 náo，喧哗。[39] 嚣：音 xiāo，大声嚎叫。[40] 嗥：音 háo，野兽嚎叫。[41] 翕：音 xī，合。[42] 啁啁：音 zhōu zhōu，禽鸟鸣叫声。[43] 嘐嘐：音 jiāo jiāo，指动物叫声。[44] 箫咸：古乐名。箫指《箫韶》，咸指《咸池》。据《风俗通义校注》卷六："夫乐者，圣人所以动天地，感鬼神，按万民，成性类者也。故黄帝作《咸池》，颛顼作《六茎》，喾作《五英》，尧作《大章》，舜作《韶》，禹作《夏》，汤作《护》，武王作《武》，周公作《勺》。《勺》，言能斟勺先祖之道也；《武》，言以功定天下也；《护》，言救民也；《夏》，大承二帝也；《韶》，继尧也。""箫韶"之名，出《尚书·虞书》："《箫韶》九成，凤皇来仪。"[45] 钧天："钧天广乐"的略语，钧天在古代汉族神话传说中指天之中央，广乐指优美而雄壮的音乐，"钧天广乐"指天上的音乐、仙乐，出自《列子·周穆王》："王实以为清都紫微，钧天广乐，帝之所居。"[46] 一气：指混沌之气，古代哲学认其为天地万物本原，《庄子·大宗师》："彼方且与造物者为人，而游乎天地之一气。"[47] 鸿蒙：亦作"鸿濛"，宇宙形成前的混沌状态，《庄子·在宥》："云将东游，过扶摇之枝，而适遭鸿蒙。"成玄英疏："鸿蒙，元气也。"[48] 百步洪：徐州三洪之一的徐州洪，是泗水的一处急流，址今徐州市区故黄河和平桥至显红岛一带，长约百步，苏轼知徐州时与弟苏辙分别有咏歌百步洪的多首诗词传世，故后人多以百步洪名之。

三、辞赋创作及其中"致良知"学形成的诗意栖居

作为理学家、哲学家，王阳明以"致良知"为最高范畴，以"良知"为

心之本体，与陆九渊之学共称为"陆王心学"，交相辉映于"程朱理学"。理学家的文学成就，或因其义理元素抵消了风力与丹采，或因文名为学名所掩往往不显于世，朱熹、王阳明都是这样。王阳明挚友湛甘泉言其曾溺于辞章，于正德元年（1506年）年近四十才"归正于圣贤之学"①，此"圣贤之学"指儒学，对王阳明来说是他的"致良知"之学。

以王阳明之才，当有不菲的文学成就。但鉴于文名为学名所掩，其文学成就如辞赋创作，《王阳明全集》仅收《太白楼赋》、《九华山赋》、《黄楼夜涛赋》、《咎言》、《吊屈平赋》、《守俭弟归，曰仁歌楚声为别，予亦和之》（以下简称为《和曰仁别弟俭辞》）、《祈雨辞》、《思归轩赋》8篇。束景南先生辑其佚者《游大伾山赋》《时雨赋》《游齐山赋》《告终辞》4 篇入《王阳明佚文辑考编年》②，又《王阳明年谱》尚记其有《来科状元赋》1篇，惜文已佚。如此一来，阳明辞赋今面世者已13题12篇。

王阳明此13题12篇辞赋之作，前期计7题6篇，分别是《来科状元赋》《太白楼赋》《九华山赋》《游齐山赋》《游大伾山赋》《时雨赋》《黄楼夜涛赋》；后期则6题6篇，分别是《咎言》《告终辞》《吊屈平赋》《和曰仁别弟俭辞》《祈雨辞》《思归轩赋》。考察发现，这些辞赋以正德元年（1506年）"因言获罪"事为分水岭，判然为前、后期，前期以登高而赋的大体制为主，后期则多为遇物而鸣的楚辞体。

王阳明的这些辞赋之作虽主于体物述怀，但在这些情感和怀抱之中，却蕴蓄着他的思想倾向，如其情志世界中或庄仙或儒圣的纠结，体现他良知之学形成的艰难，而最终在《思归赋》中所明确流露的归而教传意向，则是他良知生成的诗意栖居。"致良知"是哲学概念，辞赋为诗性形式，诗性形式中的哲学谓之诗性哲学。从王阳明的辞赋中辨求他的"致良知"之学的诗意栖居是本文的方法论。具体是先逐篇考辨创作与主旨，然后讨论其"控引天地，苞括宇宙"的跨时空想象联想、"错综古今，总览人物"的溯古以鉴今、"綦组锦绣，经纬宫商"的修辞等创作手法，以及和庄仙相对的儒圣为语词表征

---

① 湛若水：《阳明先生墓志铭》，吴光、钱明、董平等编：《王阳明全集》卷三十八，上海：上海古籍出版社，1992 年，第 1401 页。

② 束景南：《王阳明佚文辑考编年》（增订版），上海：上海古籍出版社，2015 年。

着的"致良知"之学旨归线索。

（一）赋家迹心

《西京杂记》评司马相如作《子虚赋》《上林赋》，有"控引天地，错综古今"之论，并引相如自述曰："合綦组以成文，列锦绣而为质，一经一纬，一宫一商，此赋之迹也。赋家之心，苞括宇宙，总览人物。"① 此为言辞赋创作的大格局、大视野、大思维、大手笔，可有"控引天地，苞括宇宙""错综古今，总览人物""綦组锦绣，经纬宫商"三个层面。"控引天地，苞括宇宙"是就辞赋创作构思上超越时空的想象和联想言，"错综古今，总览人物"是就辞赋创作的的溯古以鉴今言，"綦组锦绣，经纬宫商"是就辞赋创作的修辞言。王阳明作为辞赋大家，其辞赋也具备这些赋家迹心要素。

1. 控引天地，苞括宇宙

"控引天地，苞括宇宙"的超时空想象和联想，是赋家创作构思的心理机制，是创作主体在头脑里对已储存的表象进行加工改造形成新形象的心理过程，是一种特殊的、人类特有的思维形式。它能突破时间和空间的束缚，是思接千载、视通万里的时空穿越。辞赋史上，《离骚》的身在流放之地而心系朝廷安危是想象和联想，枚乘《七发》广陵曲江的观涛是想象和联想，司马相如、班固、张衡等的苑猎、京都大赋中珍禽异兽、宫殿苑囿、异域殊方的描绘也是想象和联想。

王阳明辞赋中"控引天地，苞括宇宙"的超时空想象和联想，在《太白楼赋》中表现为开篇伊时的即"放观乎四海"："木萧萧而乱下兮，江浩浩而无穷。鲸敖敖而涌海兮，鹏翼翼而承风。月生辉于采石兮，日留景于岳峰。蔽长烟乎天姥兮，渺匡庐之云松。"② 身在山东的济宁，大脑中的构图已是浩瀚的长江、波涛汹涌的大海、长江的采石矶、泰山的日影、浙江天姥山的长烟、江西庐山的云松。另外，《游大伾山赋》的"秋雨霁野，寒声在松"，"天高而景下，木落而山空"是空间的跨越，"感鲁卫之故迹，吊长河之遗踪"是时间的跨越，其"倚清秋而远望，寄遐想于飞鸿"则是跨越时空想象、联想的

---

① 葛洪著，周天游校注：《西京杂记》卷二《相如答作赋》，西安：三秦出版社，2006年，第93页。

② 王阳明：《太白楼赋》，吴光、钱明、董平等编：《王阳明全集》卷十九，上海：上海古籍出版社，1992年，第656页。

明言自语。① 又，王阳明说他人没看到："尔尚未睹夫长河之决龙门，下砥柱，以放于兹土乎！吞山吐壑，奔涛万里，固千古之经渎也。而且平为禾黍之野，筑为邑井之墟。"② 其实他自己也没看到"吞山吐壑，奔涛万里"的"千古之经渎"的黄河，"平为禾黍之野，筑为邑井之墟"的沧桑变化，是完全靠"控引天地，苞括宇宙"想象和联想得来的。还有《时雨赋》③描写干旱的情状："乃火云岬岘，汤泉沸腾。山灵铄石，沟浍扬尘。田形赭色，涂坼龟文。苗而不秀，槁焉欲焚。"其中的夸饰成分是调动想象的结果。《时雨赋》想象、联想的调动还表现在时雨降前众神的准备与推动："于是乎丰隆起而效驾，屏翳辅而推轮。雷伯涣汗而颁号，飞廉行辟而戒申。"④

最能体现"控引天地，苞括宇宙"的是《黄楼夜涛赋》。首先表现为视通万里的空间穿越，赋说夜涛起于万里长空："忽有大声起于穹窿。"其影响之所及："振长平之屋瓦，舞泰山之乔松。咽悲吟于下浦，激高响于遥空。恍不知其所止，而忽已过于吕梁之东矣。"⑤长平在山西高平，泰山在五百里之外，由下浦至于遥空，忽然之间，涛声已过山西西部的吕梁山矣！其次则为思接千载的时间穿越，与黄楼夜涛之声的对接是发生在徐淮大地悲壮的项羽乌江之败，以及刘邦的威加海内归于故乡。赋于乌江之败曰："噫嘻异哉！是何声之壮且悲也？其乌江之兵，散而东下，感帐中之悲歌，慷慨激烈，吞声饮泣，怒战未已，愤气决臆，倒戈曳戟，纷纷籍籍，狂奔疾走，呼号相及，而复会于彭城之侧者乎？"⑥于威加海内归于故乡曰："其赤帝之子，威加海内，思归故乡，千乘万骑，雾奔云从，车辙轰霆，旌旗蔽空，击万夫之鼓，撞千石之钟，唱大风之歌，按节翱翔而将返于沛宫者乎？"⑦汉赋的劳心竭虑凭虚夸饰，目

---

① 束景南：《王阳明佚文辑考编年》（增订版），上海：上海古籍出版社，2015年，第69页。

② 束景南：《王阳明佚文辑考编年》（增订版），上海：上海古籍出版社，2015年，第70页。

③ 束景南：《王阳明佚文辑考编年》（增订版），上海：上海古籍出版社，2015年，第101～103页。

④ 束景南：《王阳明佚文辑考编年》（增订版），上海：上海古籍出版社，2015年，第101页。

⑤ 王阳明：《黄楼夜涛赋》，吴光、钱明、董平等编：《王阳明全集》卷二十九，上海：上海古籍出版社，1992年，第1061页。

⑥ 王阳明：《黄楼夜涛赋》，吴光、钱明、董平等编：《王阳明全集》卷二十九，上海：上海古籍出版社，1992年，第1061～1062页。

⑦ 王阳明：《黄楼夜涛赋》，吴光、钱明、董平等编：《王阳明全集》卷二十九，上海：上海古籍出版社，1992年，第1061页。

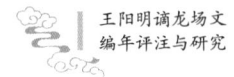

的在于悚动人主；王阳明该赋的思接千载、视通万里的运思，则是在写自己或悲壮或高亢的情感郁结："有无之相激，其殆造物者将以写千古之不平，而用以荡吾胸中之壹郁者乎？"①

中国文学的主题中，游仙之作比较能体现想象和联想的心理机制。王阳明辞赋中游仙色彩最浓的是《九华山赋》。关于《九华山赋》之游仙，现举典型句子以示，如"访王生于邃谷"、"扣云门而望天柱，列仙舞于晴昊"②、"弄玄珠于赤水，舞千尺之潜蛟"③。典型句子之外，《九华山赋》的游仙还表现为有完整的情节描写：仙人十二溪女先是主动"邀予觞以玉液，饭玉粒之琼瑶"，不料她们却又"溘辞予而远去，飒霞裾之飘飘"吊人胃口，而被吊胃口者王阳明却是若有所失而又内心不甘，"复中峰而怅望，或仙踪之可招"。④

2. 错综古今，总览人物

就"错综古今，总览人物"的溯古以鉴今而言，先秦、秦汉辞赋昌盛期关于"总览人物"的书写，《子虚》《上林》没有《离骚》来得明显。《子虚》《上林》中多物的铺陈，如高山河流、花草树木、珍禽异兽、奇珍异宝等；而《离骚》则"上称帝喾，下道齐桓，中述汤武，以刺世事"⑤，多人的称引。在王阳明的赋作中，最能体现"错综古今，总览人物"的溯古以鉴今者，也是其骚体赋作的《太白楼赋》《吊屈平赋》。

如上所述，《太白楼赋》是王阳明会试下第，由京师返乡余姚，过济宁登太白楼，怀念李白的溯古以鉴今之作。其写李白之才："生逢时以就列兮，固云台麟阁而容与。"⑥意为李白若逢其时，必为国家栋梁、股肱之臣。写李白鄙

---

① 王阳明：《黄楼夜涛赋》，吴光、钱明、董平等编：《王阳明全集》卷二十九，上海：上海古籍出版社，1992年，第1062页。

② 王阳明：《九华山赋》，吴光、钱明、董平等编：《王阳明全集》卷十九，上海：上海古籍出版社，第657页。

③ 王阳明：《九华山赋》，吴光、钱明、董平等编：《王阳明全集》卷十九，上海：上海古籍出版社，第658页。

④ 王阳明：《九华山赋》，吴光、钱明、董平等编：《王阳明全集》卷十九，上海：上海古籍出版社，第659页。

⑤ 司马迁：《史记》卷八十四《屈原贾生列传》，北京：中华书局，1959年，第2482页。

⑥ 王阳明：《太白楼赋》，吴光、钱明、董平等编：《王阳明全集》卷十九，上海：上海古籍出版社，1992年，第657页。

视奸邪、不媚于上的高风,"判独毅而不顾兮,爰命夫以仆妾之役"①;"轻万乘于褐夫兮,固孟轲之所叹"②。浓墨泼于不逢其时的原因追问,得出在于君主不圣明的结论。于此,赋以古伊尹和夏桀商汤事比证:"昔夏桀之颠覆兮,尹退乎莘之野。成汤之立贤兮,乃登庸而伐夏。"李白不遇商汤却遇"夏桀":"当天宝之末代兮,淫好色以信谗。"因唐玄宗已与夏桀一样为谗色所迷惑:"恶来妹喜其猖獗兮,众皆狐媚以贪婪。"③赋作痛斥奸邪惑主曰:"媒妇妾以驰骛兮,又从而为之吮痈。"怀才不遇致白生活漂泊:"夫何漂泊于天之涯兮?登斯楼乎延伫。"④该赋旨归是以李白自况:"吁嗟太白公奚为其居此兮?余奚为其复来?倚穹霄以流盼兮,固千载之一哀。"⑤抒发怀才不遇的悲愤之情。

《吊屈平赋》亦为王阳明溯古以鉴今的自况之作。赋说当时令尹子兰、上官大夫靳尚等群小,嫉妒屈原的正直而诋毁他:"嫉累正直兮反诋为殃,昵比上官兮子兰为臧。"遭流放的屈原欲向舜帝申诉冤屈:"就重华兮陈辞。"说此时的屈原虽然只有彭咸、申屠、娥皇、冯夷等的忠魂为伴:"要彭咸兮江潭,召申屠兮使骖。娥鼓瑟兮冯夷舞,聊遨游兮湘之浦。"但仍然眷念自己的祖国并以死相报:"宗国沦兮摧腑肝,忠愤激兮中道难。勉低回兮不忍,滋自沈兮心所安。"⑥《吊屈平赋》为模拟屈原《离骚》的骚体赋,而最早的拟骚赋为汉贾谊的《吊屈原赋》。关于贾谊之《吊屈原赋》,苏轼评曰:"观其过湘,为赋以吊屈原,纡郁愤闷,趯然有远举之志。其后卒以自伤哭泣,至于死绝,是亦不善处穷者也。夫谋之一不见用,安知终不复用也?不知默默以待其变,

---

① 王阳明:《太白楼赋》,吴光、钱明、董平等编:《王阳明全集》卷十九,上海:上海古籍出版社,1992年,第656页。

② 王阳明:《太白楼赋》,吴光、钱明、董平等编:《王阳明全集》卷十九,上海:上海古籍出版社,1992年,第657页。

③ 王阳明:《太白楼赋》,吴光、钱明、董平等编:《王阳明全集》卷十九,上海:上海古籍出版社,1992年,第656页。

④ 王阳明:《太白楼赋》,吴光、钱明、董平等编:《王阳明全集》卷十九,上海:上海古籍出版社,1992年,第657页。

⑤ 王阳明:《太白楼赋》,吴光、钱明、董平等编:《王阳明全集》卷十九,上海:上海古籍出版社,1992年,第656页。

⑥ 王阳明:《吊屈平赋》,吴光、钱明、董平等编:《王阳明全集》卷十九,上海:上海古籍出版社,1992年,第660页。

而自残至此。呜呼！贾生志大而量小，才有余而识不足也。"①苏轼这里是评贾谊，又何尝不是在评屈原？就王阳明的人生历程来看，他显然受到了苏评贾、屈的启发。龙场的"吏隐"，以及其后复出，成就立德、立功、立言三不朽证明，他既以屈原自况，又克服、超越了"不善处穷"、不懂官场辩证的升降之理，"志大而量小，才有余而识不足"。

另外，在《告终辞》中，王阳明说他梦见伍子胥和屈原的使者来度脱自己："予梦坐于两楹兮，忽二伻来予觌。曰予伍君三闾之仆兮，跽陈辞而加璧。"②表达了"从灵均与伍胥兮，彭咸御而相将。经申徒之故宅兮，历重华之陟方"愿望。王阳明追随的对象还有傅说："将予骑箕尾而从傅说兮，凌日月之巍峨。"③当然，他的其他辞赋之作如《咎言》中的"怀前哲之耿光兮，耻周容以为比"④句，亦为溯古以鉴今义。

3. 綦组锦绣，经纬宫商

"綦组锦绣，经纬宫商"作为辞赋修辞的形象说法，具体指用字的音韵铿锵、连绵词语、骈偶排句等，而三者往往又是一体关系。在王阳明的辞赋中，作为其才华的体现，"綦组锦绣，经纬宫商"是普遍存在的现象。甚至以说理建构全篇的《思归轩赋》，亦有骈偶排比之句。⑤其他登临状物写志、遇物而鸣抒情之作则更无须遑论。但是，于"綦组锦绣，经纬宫商"上最具代表性的，当为《时雨》之赋。

《时雨赋》以铿锵的音韵、词用的连绵成骈偶排比之句，骈偶、排比之句或交相见出，或连环组合格出，样式变化多端，极富艺术感染力。其排比之句，如写时雨之功的"群机默动，百花潜融，摧枯僵槁，茀蔚蒙茸"；写植类的"勾者矛者，荚者甲者，茎者萌者，颇者鬣者"四句排；写时雨将至情

---

① 孔凡礼点校：《苏轼文集》，北京：中华书局，1986年，第106页。
② 束景南：《王阳明佚文辑考编年》（增订版），上海：上海古籍出版社，2015年，第250页。
③ 束景南：《王阳明佚文辑考编年》（增订版），上海：上海古籍出版社，2015年，第251页。
④ 王阳明：《咎言》，吴光、钱明、董平等编：《王阳明全集》卷十九，上海：上海古籍出版社，1992年，第662页。
⑤ 而没没于徽缠也，而靡寒暑焉，而靡昏朝焉，而发萧萧焉，而色焦焦焉。虽其心之固嚣嚣也，而不免于呶呶焉，哓哓焉，亦奚为乎！槁中竭外，而徒以芬芬焉焉乎哉？且长谷之迢迢也，穷林之寥寥也，而耕焉，而樵焉，亦焉往而弗宜矣。夫退身以全节，大知也；敛德以亨道，大时也；怡神养性以游于造物，大熙也。

状的"川英英而吐气,山油油而出云,天昏昏而改色,日霏霏而就曛,风飚飚于苹末,雷殷殷于江渍"①六句排;写时雨滋润植类的"德泽渐于兰蕙,宠渥被于藻芹,光辉发于桃李,滋润洽于松筠,深恩萃于禾黍,余波及于蒿蕡"②六句排;写邵二泉其学之体的"涵泳诸子,灌注百氏,渟滀仁义,郁蒸经史"四句排;写江西士人将受邵二泉教化的"咏菁莪之化育,乐丰芑之生全,扬惊澜于洙泗,起暴涨于伊濂"四句排,等等。甚者,骈偶之句又呈与排比之句交相间出格局,如"勾者矛者……颊者鬣者"排句后即为"陈者期新,屈者期伸。而乃火云峍屼,汤泉沸腾。山灵铄石,沟浍扬尘。田形赭色,涂坼龟文。苗而不秀,槁焉欲焚。于是乎丰隆起而效驾,屏翳辅而推轮。雷伯涣汗而颁号,飞廉行辟而戒申"七对十四偶句,其下又是"川英英而吐气……雷殷殷于江渍"六句排。以此类推,构成文体。更甚者,高潮到显才学辞章工夫处,竟有骈对、排句的连环组合格出:"庭商鼓舞,江鹤飞翔;重阴密雾,连月弥茫;凄风苦雨,朝夕淋浪;禾头生耳,黍目就盲。"③阳明之才不可估量,相如重生不过如此。史言他三十上下居京师时曾沉溺辞章,但因"全集"编者之故,其文不睹,其迹难寻。幸有《时雨赋》被辑考出来,则王阳明"攻诗赋辞章","在京师与茶陵派诗人及前七子唱酬交游、攻治古文唐诗之况",皆"可从此赋中得见"。④

赋体以史的发展分,有骚体赋、汉大赋、抒情小赋、骈赋、律赋、文赋等。其中律赋最具骈偶之句特征,其次则为骈赋。骈赋兴于六朝,具通篇对仗、两句成联特征。王阳明有骈赋之作《九华山赋》和《游齐山赋》,二者为姊妹篇,但前者成就巨大。如上所述,《九华山赋》计85对170句,置于六朝俳赋之中,亦不失为巨制长篇、优秀之作。现例其起始八句:"循长江而南下,指青阳以幽讨。启鸿濛之神秀,发九华之天巧。非效灵于坤轴,孰构奇于玄造!涉五溪而径入,宿无相之窈窕。"⑤堪称行文流畅、词气通顺,音韵自然和谐,

---

① 束景南:《王阳明佚文辑考编年》(增订版),上海:上海古籍出版社,2015年,第101页。
② 束景南:《王阳明佚文辑考编年》(增订版),上海:上海古籍出版社,2015年,第101~102页。
③ 束景南:《王阳明佚文辑考编年》(增订版),上海:上海古籍出版社,2015年,第102页。
④ 束景南:《王阳明佚文辑考编年》(增订版),上海:上海古籍出版社,2015年,第71页。
⑤ 王阳明:《九华山赋》,吴光、钱明、董平等编:《王阳明全集》卷十九,上海:上海古籍出版社,第657页。

犹如对联串缀成文。

(二)纠结于《庄》、儒,终归儒圣(良知)

中国的儒道佛三家思想,其区别在于价值取向。儒家区别于道、佛之处在于以社会功业的建树,即常所谓的修齐治平为终极关怀,其在人格修养上追求成圣贤,故本书将此简称为儒圣;而道、佛则是遁世的主张。同为遁世,二者又有所区别:佛是经由禅定之法以使心归于寂;道则是庄子思想指导下的遗世高蹈,达于神仙般的身心自由,本书将此简称为庄仙。一般的说法是,中国传统文人多是儒道佛兼具心态,三者尤其庄仙和儒圣,在人们的精神世界中是纠结的存在。王阳明也不例外,因为在他的辞赋中客观存在着庄仙与儒圣的纠结,纠结的最终归宿是儒圣。这和他的"致良知"学是一致的。

1. 径归庄仙

王阳明辞赋中庄仙与儒圣的纠结,第一种表现是《游大伾山赋》《黄楼夜涛赋》等篇的径归庄仙。

《游大伾山赋》设主客问答之散体,不事夸饰与铺排,侧重用典以言庄理。赋由登高临远怀古遐想而启文:"王子游于大伾山之麓……倚清秋而远望,寄遐想于飞鸿。"① 后由二三子引《庄子》"朝菌""蟪蛄""牛山叹""岘首悲"②之典,取人生短暂之悲义以发问:"走者袭荣枯于朝菌,与蟪蛄而始终,吁嗟乎! 亦何异于牛山、岘首之沾胸?"引出义理的阐述。其所阐之理为《庄子·齐物论》小大之辨、沧桑之变的相对论,导出了不为物累的达观人生观。先言人事盛衰的沧桑巨变,说周代大伾山区域曾为百倍于今的鲁、卫之交的繁华之地:"当鲁卫之会于兹也,车马玉帛之繁,衣冠文物之盛,其独百倍于吾侪之聚于斯而已耶?"至于后来会否成为麋鹿、狐狸出入的荒原,亦未可知:"而其囿于麋鹿,宅于狐狸也,既已不待今日而知矣,是故盛衰之必然。"又言沧桑巨变,说黄河决龙门、下砥柱奔腾万里,或"平为禾黍之野",或"筑

---

① 束景南:《王阳明佚文辑考编年》(增订版),上海:上海古籍出版社,2015年,第69页。

② 岘首悲:生命短暂的悲叹。典出《晋书·羊祜传》:"祜乐山水,每风景,必造岘山,置酒言咏,终日不倦。尝慨然叹息,顾谓从事中郎邹湛等曰:'自有宇宙,便有此山。由来贤达胜士,登此远望,如我与卿者多矣! 皆湮灭无闻,使人悲伤。如百岁后有知,魂魄犹应登此也。'湛曰:'公德冠四海,道嗣前哲,令闻令望,必与此山俱传。至若湛辈,乃当如公言耳。'"(房玄龄等撰:《晋书》卷三十四,北京:中华书局,1974年,第1020页)

为邑井之墟","流者有湮""峙者能夷",高山化为沙尘、烟雾,"斯山之不荡为沙尘而化为烟雾者几稀矣"。自然、社会人事尚有沧桑巨变,而个体更是"露草而随风叶,曾木石之不可期",有什么理由"忘其飘忽之质而欲较久暂于锱铢"呢?① 由此引出了达观人生观:"吾姑与子达观于宇宙,可乎?"② 达观人生观尚需齐物之论的小大之辩作论据:

> 山河之在天地也,不犹毛发之在吾躯乎?千载之于一元也,不犹一日之在于须臾乎?然则久暂奚容于定执,而小大为可以一隅也。而吾与子固将齐千载于喘息,等山河于一芥,遂游八极之表,而往来造物之外,彼人事之倏然,又乌足为吾人之芥蒂乎?③

达观人生观的实践层面,即不挂怀于人生荣辱得失遭际,正其所谓"彼人事之倏然""乌足为吾人之芥蒂"。

《黄楼夜涛赋》开篇的"隐几而坐""嗒焉而息"④为直接化用《庄子·齐物论》"南郭子綦隐几而坐,仰天而嘘,苔焉似丧其耦"⑤语。结论"涛之兴兮,吾闻其声兮。涛之息兮,吾泯其迹兮。吾将乘一气以游于鸿蒙兮,夫孰知其所极兮",可见其价值取向已是不为物累地走向达观之途了。此外,《和曰仁别弟俭辞》的"解予绶兮钟阜,委予佩兮江湄。……将沮溺其耦耕兮,孰接舆之避予。回予驾兮扶桑,鼓予枻兮沧浪。终携汝兮空谷,采三秀兮徜徉",则是以古隐士为比径写归隐之意。

2.纠结于儒、庄而归庄仙

如果说《游大伾山赋》《黄楼夜涛赋》和《和曰仁别弟俭辞》为不关涉儒、佛而径归庄仙之篇,那么在《咎言》《告终辞》中,则是经过了庄、儒的纠结后,最后选择了归于庄仙。此外还有《时雨赋》,虽无《咎言》《告终辞》的纠结那样缠绕而难以决断,但却是隐然地符合纠结于庄、儒而归庄仙。

---

① 束景南:《王阳明佚文辑考编年》(增订版),上海:上海古籍出版社,2015年,第69页。
② 束景南:《王阳明佚文辑考编年》(增订版),上海:上海古籍出版社,2015年,第69~70页。
③ 束景南:《王阳明佚文辑考编年》(增订版),上海:上海古籍出版社,2015年,第70页。
④ 王阳明:《黄楼夜涛赋》,吴光、钱明、董平等编:《王阳明全集》卷二十九,上海:上海古籍出版社,1992年,第1061页。
⑤ 郭庆藩:《庄子集释》,北京:中华书局,1981年,第43页。

如上所述，《咎言》是王阳明正德元年（1506年）下锦衣卫狱的"悔过"之作。作为兵部主事他官职卑微，并无资格上书言事。因而，在《咎言》中他反思、检讨了自己的"越位"与"愚忠"："蒙出位之为愆兮，信愚忠者蹈亟。"他的"愚忠"还表现为对时君圣明的期待："苟圣明之有神兮，虽九死其焉恤！"但他似乎又意识到了其中的奥妙，故而该辞的旨归还是遵从天命的遗世高蹈："予年将中，岁月遒兮！深谷崆峒，逝息游兮。飘然凌风，八极周兮。孰乐之同，不均忧兮。匪修名崇仁之求兮，出处时从天命何忧兮！"①"予年将中，岁月遒兮"是对人生有限的感慨，"深谷崆峒……不均忧兮"是遗世高蹈态度的表达，"匪修名崇仁之求兮，出处时从天命何忧兮"则又是说自己并非不想追求儒圣的"仁"与"名"，但现实不允许，只好选择"乐天知命""飘然凌风"。

如上所述，《告终辞》为拟骚之作。"告终"云者，慷慨赴死也。在赴死的致因上，王阳明和屈原并无二致，均是得罪奸党："臣得罪于君兮，无所逃于天地。固党人之为此兮，予将致命而遂志。"②不愿与奸党同流合污："固正气之所存兮，岂邪秽而同科。"③说他慷慨赴死是受到伍君（伍子胥）和屈子的感召："畴昔之夕予梦坐于两楹兮，忽二俘来予觌。曰予伍君三闾之仆兮，跽陈辞而加璧。启缄书若有睹兮，恍神交于千载。"④但在对权奸、馋贼的斥责上，该辞则有甚于屈《骚》："臣诚有憾于君兮，痛谗贼之谀谝。构其辞以相说兮，变黑白而燠寒……死而有知兮，逝将诉于帝庭。"爱之深恨之切，此为其儒圣的深沉再现。而其卒章所显之志，先言"矢此心之无谖兮，毙予将求于孔之门"，求孔门无望，才有"呜呼！已矣乎，复奚言！予耳兮予目，予手兮予足。澄予心兮，肃雍以穆"，最后只好"反乎大化兮，游清虚之廖廓"。⑤此正所谓纠结于庄、儒而归于庄仙。

《时雨赋》尽管创作时间早于《咎言》《告终辞》，但因其隐然符合纠结

---

① 王阳明：《咎言》，吴光、钱明、董平等编：《王阳明全集》卷十九，上海：上海古籍出版社，1992年，第662页。
② 束景南：《王阳明佚文辑考编年》（增订版），上海：上海古籍出版社，2015年，第250页。
③ 束景南：《王阳明佚文辑考编年》（增订版），上海：上海古籍出版社，2015年，第251页。
④ 束景南：《王阳明佚文辑考编年》（增订版），上海：上海古籍出版社，2015年，第250页。
⑤ 束景南：《王阳明佚文辑考编年》（增订版），上海：上海古籍出版社，2015年，第251页。

于儒、庄而归于庄仙逻辑,故置于此节结处讨论。该赋的儒圣处是先祝颂邵宝(二泉)提学江西的必建功绩:"扬惊澜于洙泗,起暴涨于伊濂。信斯雨之及时,将与先生比德而丽贤也夫。"[1]说其类孔孟、程周圣贤之教化如时雨之及时。经过时雨、淫雨判定的符合人情标准论证后,邵宝谦逊地说:"故先王之爱民,必仁育而义正,吾诚不敢忘子时雨之规,且虑其过而为淫以生患也。"[2]王阳明的结篇走向了庄学的辩证之论:"或雨或旸,一寒一暑,随物顺成兮,吾心何与。风雨霜雪兮,孰非时雨。"[3]

3. 纠结于庄、儒而归儒圣(良知)

儒家思想之所以能成为中国文化的最底色,根本在于其以社会伦常为终极关怀的科学性。但是,人的一生不会是一帆风顺的,当遭遇不公与挫折时,会选择庄仙的回避和退让,高蹈远举以换取身心的自由。当此之时,蓦然间念及社会伦常、修齐治平志向,便又在庄仙与儒圣之间纠结。这也体现在王阳明的辞赋中,如《太白楼赋》先言"庙堂之偃蹇兮,或非情之所好"的庄仙,结篇处则又以"贤者化而改度兮,竞规曲以为同"归于儒圣。[4]

《九华山赋》是王阳明纠结于庄、儒而归于儒圣最具代表的篇章。更值得说明的是,他是先在佛禅和庄仙上选择了庄仙之后,又在儒圣和庄仙上选择了儒圣。也即他先是纠结于儒道佛三者,随后倾向于道,最后做出了归于儒圣的选择。在佛禅和庄仙上选择了庄仙,在于赋作明确倾向于庄仙的表达,有"下安禅而步逍遥"[5],再有"逝予将遗世而独立,采石芝于层霄。虽长处于穷僻,乃永离乎瓯窭"[6]等。纠结表现为他由庄仙选择儒圣,因有难以忘却的家国情怀:"顾力微而任重,惧覆败于或遭;又出位以图远,将无诮于鹪鹩。

---

[1] 束景南:《王阳明佚文辑考编年》(增订版),上海:上海古籍出版社,2015年,第102页。

[2] 束景南:《王阳明佚文辑考编年》(增订版),上海:上海古籍出版社,2015年,第102—103页。

[3] 束景南:《王阳明佚文辑考编年》(增订版),上海:上海古籍出版社,2015年,第103页。

[4] 王阳明:《太白楼赋》,吴光、钱明、董平等编:《王阳明全集》卷十九《外集一·骚赋》,上海:上海古籍出版社,1992年,第657页。

[5] 王阳明:《九华山赋》,吴光、钱明、董平等编:《王阳明全集》卷十九,上海:上海古籍出版社,第658页。

[6] 王阳明:《九华山赋》,吴光、钱明、董平等编:《王阳明全集》卷十九,上海:上海古籍出版社,第659页。

嗟有生之迫隘，等灭没于风泡；亦富贵其奚为？犹荣萘之一朝。旷百世而兴感，蔽雄杰于蓬蒿。吾诚不能同草木而腐朽，又何避乎群喙之呶呶！"或许是突然清醒于报国的艰难，他又从壮怀激烈的儒圣走向了遗世高蹈的庄仙，其转折由不无悲叹的"已矣乎"引起："已矣乎！吾其鞭风霆而骑日月，被九霞之翠袍。抟鹏翼于北溟，钓三山之巨鳌。道昆仑而息驾，听王母之云璈。呼浮丘于子晋，招句曲之三茅。长遨游于碧落，共太虚而逍遥。"至此已可见王阳明于佛禅、庄仙以及儒圣的纠结。其纠结后最终归于儒圣，则可由结篇的"蓬壶之藐藐兮，列仙之所逃兮；九华之矫矫兮，吾将于此巢兮。匪尘心之足搅兮，念鞠育之劬劳兮。苟初心之可绍兮，永矢弗挠兮"①知。可以说，王阳明尽管向往庄仙的自由与逍遥，却终究难以忘怀尘世，但他难以忘怀的并非尘世的功名利禄、荣华富贵，而是辛勤养育自己的父母双亲。

《游齐山赋》作为《九华山赋》的姊妹篇，在纠结于庄、儒而归于儒圣上的旨归上和《九华山赋》是同一逻辑。表现为虽先言"敬长生之可期，吾视弃富贵如砾瓦。吾将旷八极以遨游，登九天而视下。餐朝露而饮沆瀣，攀子明之逸驾"②的志向庄仙，但结篇却为："已矣乎！君亲不可忘兮，吾安能长驾而独往兮？"因难以割舍"君亲"而对庄仙选择了放弃。此外，《吊屈平赋》中的"逝远去兮无穷，怀故都兮蜷局"也是纠结于庄、儒而归于儒圣之义。还有《思归轩赋》，该赋的"思归"，在庄仙的闲适恬淡、林泉高蹈和奉养父母的孝思上，后者是最终选择："吾思乎！吾思乎！吾亲老矣，而暇以他为乎？"③

综上所述，作为理学家的王阳明的辞赋，并未有《传习录》心性义理诘辩的枯燥，而是具有大赋家所成之文的巨大感染力。刘勰说："赋者，铺也。铺采摛文，体物写志。"④"铺采摛文"义近司马相如"赋迹赋心"说，这在王阳明的辞赋中表现为"控引天地，苞括宇宙"的超时空想象和联想，"错综古

---

① 王阳明：《九华山赋》，吴光、钱明、董平等编：《王阳明全集》卷十九，上海：上海古籍出版社，第659页。
② 束景南：《王阳明佚文辑考编年》（增订版），上海：上海古籍出版社，2015年，第126页。
③ 王阳明：《思归轩赋》，吴光、钱明、董平等编：《王阳明全集》卷十九，上海：上海古籍出版社，1992年，第661页。
④ 刘勰著，范文澜注：《文心雕龙注》卷二《诠赋》，北京：人民文学出版社，1962年，第134页。

今，总览人物"的溯古以鉴今，"綦组锦绣，经纬宫商"的修辞。"体物写志"者，借描写事物以抒写情志。如果说《传习录》凝聚的是王阳明的理性思维，那么辞赋则是其情志世界的表达。其中纠结于庄、儒，或归于庄仙，或归于儒圣的价值取向，实质是情感与志向的纠结。这种纠结的审美体验，庄仙在于遗世高蹈、归隐田园、飘然凌风、游历仙班中洋溢着理想主义光辉；儒圣则在同病相怜的"吊屈"、痛斥权奸的"告终"、依依惜别的"送弟"、殷殷孝思的"思归"中展现着或骨感或丰腴的伦常美。总体看来，说王阳明为辞赋大家不为过誉；论其单篇，《时雨赋》《九华山赋》二赋，则堪为辞赋史上超拔之作。

扬雄晚年悔辞赋创作，言"雕虫篆刻，壮夫不为"。"为天地立心，为生民立命，为往圣继绝学，为万世开太平"是中国传统文人的豪迈理想，王阳明早年的大赋之作，是才士少年意气中难以避免的；"因言获罪"而贬谪龙场遭遇不公正对待后，他以骚体、小辞之作抒写自己情感历程；平定宁藩朱宸濠叛乱他开始思考人生和世界的永恒价值，揭"致良知"之教以图从人心这一根本层面救世济民，这体现在他彼时所撰《思归轩赋》归而养亲、归而传道的志向之中。

归而养亲是他自己良知的表达，归而传道就是开展"致良知"之教。因而可以说，王阳明的辞赋创作历程，以情志表达的方式体现着他"致良知"学教形成过程，是为其"致良知"学教形成过程的诗意栖居。

说明：该文原发表于《贵州文史丛刊》2018年第4期。

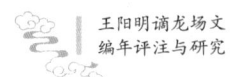

去谪龙场时《赠陈宗鲁》的文学思想与王阳明文风论

一、《赠陈宗鲁》的文学思想

谪官龙场驿丞,王阳明不仅实现了终归儒道的哲学之悟,还在此思想指引下,实现了文学思想与创作的转化,这不仅表现在辞赋创作的由逞才使学登高能赋的大赋之作向遇物而鸣情感真挚的辞赋之体转变,也体现在他临别《赠陈宗鲁》一诗中所表达的对文学整体的看法。再回顾一下他的《赠陈宗鲁》一诗:

> 学文须学古,脱俗去陈言。
> 譬若千丈木,勿为藤蔓缠。
> 又如昆仑派,一泻成大川。
> 人言古今异,此语皆虚传。
> 吾苟得其意,今古何异焉?
> 子才良可进,望汝师圣贤。
> 学文乃余事,聊云子所偏。

如上所评,该诗为王阳明临别答门人陈宗鲁(陈文学)的论文之作,实则为他"龙场悟道"后的文学创作纲领性主张。首先,他主张德本文末,此由末四句可知,这还是宋以来理学家甚至是孔子以来儒家的文学主张,孔子说"行有余力,则以学文"(《论语·学而》)。其次,他主张文无古今,此由"人言古今异,此语皆虚传"知,这是基于为文在继承表达一以贯之的儒家圣贤精神上一致性的理论。再次,主张言之有物承载儒家圣贤精神的古文,反对空洞无物的应制时文。最后,在文风上,反对无病呻吟的羸弱文风,主张浩然正气的"刚健"文风。

王阳明所主张的"刚健"文风,别清初徐元文以"刚健中正"之德外发而成"醇而肆"论之,认为可侔唐宋八大家、和宋濂相颉颃、超越李梦阳、并峙李东阳，给予有明以来最高的评价。①四库馆臣是将他的勋业气节之"卓然"、为文之"博大昌达"、诗作之"秀逸有致"并称，以其文为"博大昌达"，以其诗为"秀逸有致"："守仁勋业气节，卓然见诸施行，而为文博大昌达，诗亦秀逸有致，不独事功可称，其文章自足传世也。"②馆臣的"博大昌达"和徐元文"醇而肆"可同义理解："博大"即"醇"，指义理言；"昌达"即"肆"，指文辞言；"醇而肆"即"博大昌达"，指文章义理和文辞浑融达成的具有强烈感染力的文章风格。"秀逸有致"者，清新飘逸、含蓄蕴藉之谓。苦考察，到了后期，王阳明关于文章风格的主张则从"龙场悟道"后的"刚健"升级为"中和"。③

以此"龙场悟道"后的《赠陈宗鲁》为关键节点，本文对王阳明的文作做全面考察后认为，他文风不只前人所评的或"醇而肆"或"秀逸有致"，以及他自己主张的"中和"一种，而是三者兼该。因为，尽管"秀逸有致"是用来评其诗风，但清新飘逸、含蓄蕴藉的不唯是诗，其文亦有；同理，和"秀逸有致"风格存于诗、文一样，"醇而肆""中和"亦是他诗篇的风格。故而以文统诗合三者而言之，以"醇而肆""秀逸有致""中和"为王阳明文风是全面的。实际上，这也是他辞赋、诗歌、散文风格的客观存在。

二、辞赋创作风格

（一）辞赋之"醇而肆"

在今见13题12篇王阳明辞赋之中，《时雨赋》为最能体现"醇而肆"风格之篇。该赋作于弘治十三年（1500年），为大赋之体，骈偶排句交相迭出，想象夸饰大胆奇特，寓"刚健中正"之"醇"于铺陈之"肆"之中。

其"肆"表现为，文辞上既有司马相如《子虚赋》排比之体又间以骈句，辞采华美、音韵铿锵，极富艺术感染力。其排比之句有骈对、排句的连环组

---

① 徐元文：《王阳明先生全集序》，吴光、钱明、董平等编：《王阳明全集》卷四十一，上海：上海古籍出版社，1992年，第1619～1620页。

② 永瑢等：《四库全书总目》卷一百七十一《集部·别集类二十四》，北京：中华书局，1965年，第1498页。

③ 钱德洪：《文录叙说》，吴光、钱明、董平等编：《王阳明全集》卷四十一，上海：上海古籍出版社，1992年，第1576页。

合格出。

就该《时雨赋》"肆"的风格所显示的才学而言,足可匹敌司马相如《子虚》《上林》。但内容上,相如《子虚》《上林》之义在于劝谏,王阳明该赋则在于言辩证哲理,并通过辩证哲理导出"醇"的伦理。其所阐辩证之理是,时雨与否不在其雨,而在是否符合人事要求。恰到好处之雨为时雨,过而为患则是淫雨:"江河溢而泛滥,草木洩而衰黄。功垂成而复败,变丰稔为凶荒。汩泥涂以何救,疮疠足其曷防?空呼号于漏室,徒咨怨于颓墙。"雨没有变,致时雨与淫雨判然而分者是人情:"今之以为凶,非昔之以为功者也?乌乎物理之迥绝,而人情之顿异者也?"显然,这是一由物理而人情的思路,又推出教化一方宜及时进行:"是知长以风雨,敛以霜雪,有阳必阴,无寒不热;化不自兴,及时而盛,教无定美,过时必病。"①最后得出"先王之爱民,必仁育而义正"②的结论。"先王之爱民,必仁育而义正"者,为"刚健中正"义理,定调该《时雨赋》文风之"醇"。

《时雨赋》只是王阳明辞赋之作"醇而肆"的代表,这一风格也存在于其他篇章之中。如《太白楼赋》的"木萧萧而乱下兮,江浩浩而无穷。鲸敖敖而涌海兮,鹏翼翼而承风"③写视通万里的胸中之景是"肆","轻万乘于褐夫兮,固孟轲之所叹""贤者化而改度兮,竟规曲以为同"④是"醇";《告终辞》的"臣诚有憾于君兮,痛谗贼之谀便。构其辞以相说兮,变黑白而燠寒……死而有知兮,逝将诉于帝庭"痛斥权奸、馋贼则是"醇而肆"⑤;等等。

(二)辞赋之"秀逸有致"

王阳明清新飘逸、含蓄蕴藉的"秀逸有致",则主要体现于骚体尤其楚体小辞。如《太白楼赋》在回环曲折甚至"涕之浽浽"激烈悲慨情感过后的结

---

① 束景南:《王阳明佚文辑考编年》(增订版),上海:上海古籍出版社,2015年,第102页。
② 束景南:《王阳明佚文辑考编年》(增订版),上海:上海古籍出版社,2015年,第102〜103页。
③ 王阳明:《太白楼赋》,吴光、钱明、董平等编:《王阳明全集》卷十九,上海:上海古籍出版社,1992年,第656页。
④ 王阳明:《太白楼赋》,吴光、钱明、董平等编:《王阳明全集》卷十九,上海:上海古籍出版社,1992年,第657页。
⑤ 束景南:《王阳明佚文辑考编年》(增订版),上海:上海古籍出版社,2015年,第251页。

篇归于平淡:"峄山青兮河流泻,风飕飕兮澹平野。凭高楼兮不见,舟楫纷兮楼之下。舟之人兮俨服,亦庶几夫之踪者。"①山依然清、水依然流、风依然冷、人们依然忙碌。当然,最能体现"秀逸有致"风格者,还是《守俭弟归,曰仁歌楚声为别,予亦和之》《祈雨辞》这两篇楚体小辞。

《守俭弟归,曰仁歌楚声为别,予亦和之》小辞为王阳明送弟守俭而和曰仁之作,表达了手足之情与归隐之意。其写手足之情以外物起兴,情真意切、感人至深:"庭有竹兮青青,上乔木兮鸟嘤嘤;妹之来兮,弟与偕行。竹青青兮雨风,鸟嘤嘤兮西东!弟之归兮,兄谁与同?江云暗兮暑雨,江波渺渺兮愁予;弟别兄兮须臾,兄思弟兮何处?"②写归隐之意以古隐士为比,意志坚定、不容置疑:"将沮溺其耦耕兮,孰接舆之避予。回予驾兮扶桑,鼓予枻兮沧浪。终携汝兮空谷,采三秀兮徜徉。"③

《祈雨辞》为王阳明正德十二年(1517年)四月巡抚南赣逢干旱的祈雨之作。当时的干旱背景为:"时三月不雨。至于四月,先生方驻军上杭,祷于行台。"④该辞殷殷忧民爱民之意溢于言表。辞曰:

> 呜呼!十日不雨兮,田且无禾;一月不雨兮,川且无波;一月不雨兮,民已为疴;再月不雨兮,民将奈何?小民无罪兮,天无咎民!抚巡失职兮,罪在予臣。呜呼!盗贼兮为民大屯,天或罪此兮赫威降嗔;民则何罪兮,玉石俱焚?呜呼!民则何罪兮,天何遽怒?油然兴云兮,雨兹下土。彼罪遏逋兮,哀此穷苦!⑤

---

① 王阳明:《太白楼赋》,吴光、钱明、董平等编:《王阳明全集》卷十九,上海:上海古籍出版社,1992年,第657页。

② 王阳明:《守俭弟归,曰仁歌楚声为别,予亦和之》,吴光、钱明、董平等编:《王阳明全集》卷十九,上海:上海古籍出版社,1992年,第662页。

③ 王阳明:《守俭弟归,曰仁歌楚声为别,予亦和之》,吴光、钱明、董平等编:《王阳明全集》卷十九,上海:上海古籍出版社,1992年,第662～663页。

④ 钱德洪:《年谱一》,吴光、钱明、董平等编:《王阳明全集》卷三十三,上海:上海古籍出版社,1992年,第1241页。

⑤ 王阳明:《祈雨辞》,吴光、钱明、董平等编:《王阳明全集》卷十九,上海:上海古籍出版社,1992年,第663页。

该辞尚有《祈雨二首》①诗作注解。

说王阳明辞赋"秀逸别致"以骚体和楚体小辞为主,并非完全否定大赋之篇局部有此风格。《游大伾山赋》为他弘治十二年(1499年)重阳登时大名府浚县(今河南省浚县)大伾山所作之散体大赋,该赋经过几番主客问答后,自认辨明人生真谛而举杯庆贺:"二三子喜,乃复饮。已而夕阳入于西壁,童仆候于岩阿。"②恰在此时:"忽有歌声自谷而出,曰:'高山夷兮,深谷嵯峨。将胼胝是师兮,胡为乎蹉跎。悔可追兮,遑恤其他。'王子曰:'夫歌为吾也。'盖急起而从之,其人已入于烟萝矣。"③戏剧性的变化如当头棒喝,喝醒王阳明前识之非,此情节可谓"秀逸有致"。

(三)辞赋之"中和"

"中和"是中国传统美学核心主张,其哲学根基是"喜怒哀乐未发谓之中,发而皆中节谓之和"(《中庸》),落实在文学上是"发乎情,止乎礼"(《毛诗大序》)。如果将"礼"宽泛理解为"理",再由儒家伦理推广到道佛之理甚至自然之理,则王阳明12篇辞赋中的诸多篇章,都符合"中和"风格要求。但是,若以儒家"中和"要求范定,则最符合的是《思归轩赋》。

《思归轩赋》为正德十五年(1520年)王阳明巡抚南赣时赋其所构"思归轩"之作。该赋结构上虽亦设主客之问答,且仍有骈偶之句、连绵语词之用,如"而没没于徽缠也,而靡寒暑焉,而靡昏朝焉,而发萧萧焉,而色焦焦焉。虽其心之固嚣嚣也,而不免于呶呶焉,哓哓焉,亦奚为乎"④云尔,但总体上不同于前期铺排的大赋之体,而是"一片之文,押几个韵尔"⑤的宋风文赋。作为宋风文赋,该赋虽以说理为旨归,但其辞气则比欧阳修《秋声赋》、苏轼《赤壁赋》更"中和"。

王阳明《思归轩赋》的"归"旨,不是闲适恬淡、林泉高蹈的归隐,而

---

① 王阳明:《祈雨二首》,吴光、钱明、董平等编:《王阳明全集》卷二十,上海:上海古籍出版社,1992年,第746页。

② 束景南:《王阳明佚文辑考编年》(增订版),上海:上海古籍出版社,2015年,第70页。

③ 束景南:《王阳明佚文辑考编年》(增订版),上海:上海古籍出版社,2015年,第70页。

④ 王阳明:《思归轩赋》,吴光、钱明、董平等编:《王阳明全集》,上海:上海古籍出版社,1992年,第661页。

⑤ 祝尧:《古赋辨体》,上海:上海古籍出版社,1993年,第124页。

是归以奉养父母、归以传道救世之义。归以奉养父母义，其赋文有"吾思乎！吾思乎！吾亲老矣，而暇以他为乎"；又有"吾行日非兮，吾亲日衰兮；胡不然兮，日思予旋兮；后悔可迁兮？归兮归兮，二三子之言兮"，二三子之言为阳明假托，他似已认识到，太平淳朴之世光靠"槁中竭外，而徒以劳劳"的辛勤于政事是不够的，更重要的是人心的道心化，而人心的道心化则要靠教化："夫道得而志全，志全而化理，化理而人安。"①

宽泛的止乎"理"以为"中和"，则甚至《咎言》《告终辞》的止乎"庄理"亦是。《咎言》为正德元年（1506年）底王阳明出锦衣卫狱的"反思"之作："正德丙寅冬十一月，守仁以罪下锦衣狱。省愆内讼，时有所述。既出，而录之。"②结篇的"深谷崆峒，逝息游兮。飘然凌风，八极周兮。孰乐之同，不均忧兮"③是遗世高蹈的道家之理，《告终辞》亦然："呜呼！已矣乎，复奚言！予耳兮予目，予手兮予足。澄予心兮，肃雍以穆。反乎大化兮，游清虚之廖廓。"④

三、诗歌创作风格

王阳明以文辞起家，早年居京师与时茶陵李东阳、前七子唱和，其名不在诸人之下。后虽立志圣学以道倡天下，但好文辞终生不渝。就诗歌创作而言，他一有所感则随兴题咏且多不留底稿，加之后人编纂文集的删削，致使亡佚难计其数。幸今学人筚路蓝缕广为辑佚，可见者已有七百八十余首。其风格，上以言及，四库馆臣虽断之以"秀逸有致"，但本文认为当兼"醇而肆""中和"二者。

（一）诗歌之"秀逸有致"

"秀逸有致"之诗风，王阳明登临、寓托、情谊诸类诗可当之。

王阳明是诗人哲学家，登临之时为物景所感发，必将油然而生的胸中怀

---

① 王阳明：《思归轩赋》，吴光、钱明、董平等编：《王阳明全集》卷十九，上海：上海古籍出版社，1992年，第661页。

② 王阳明：《咎言》，吴光、钱明、董平等编：《王阳明全集》卷十九，上海：上海古籍出版社，1992年，第661页。

③ 王阳明：《咎言》，吴光、钱明、董平等编：《王阳明全集》卷十九，上海：上海古籍出版社，1992年，第662页。

④ 束景南：《王阳明佚文辑考编年》（增订版），上海：上海古籍出版社，2015年，第251页。

抱写出,成其登临之作。其登临诗,结构上多是先写景后写怀,且能做到物景与怀抱一体,《登泰山五首》其一①堪为代表。该诗为五古,十六句,弘治十七年(1504年)秋王阳明主试山东登泰山而作。前八句写晓登泰山遇目的自然景象,在平和语气中构造了一幅"泰山秋晓图"。图构元素有:蜿蜒于烟霏中的山道,洒满岩壑的早晖,依稀仿佛的蛛丝,极目的海天之际。遇目的实景构图铺垫。其后六句想象的飞升仙境:"峰顶动笙乐,青童两相依"运用通感手法由听到的笙乐想象到悠游自在吹奏的仙童;为其陶醉幻觉自己飞升融入仙童氛围,"振衣将往从,凌云忽高飞。挥手若相待,丹霞闪余晖"。末二句幻仙结束回到现实,陷入无能为力的惆怅:"凡躯无健羽,怅望未能归。"该诗由直觉写起,经过一番视觉、听觉、幻觉贯通的历程,最后回到如梦方醒觉的知觉,是直觉—幻觉—知觉或是真—幻—真的线索。结以惆怅地遗憾于不能飞升仙境,实则是对自由的向往,则又是理想、怀抱的寓托。故而该诗堪称"秀逸有致"之篇。

寓托诗者,托于物而言志抒怀之诗。诗之作或先言他物,或以物为比,其审美价值为含蓄蕴藉,合于"秀逸有致"规定。王阳明的寓托诗,多写于"因言获罪"贬谪龙场驿丞期间,代表者为《鹦鹉和胡韵》《再用前韵赋鹦鹉》咏鹦鹉二诗。②

该二诗表面上所写的是对因向主人进忠言而反遭祸患的鹦鹉,更本质的却是在以鹦鹉含蓄委婉地况己之"因言获罪"。类此者尚有《南溟》《凤雏次韵答胡少参》,等等。

情谊诗者,诗写亲情、友情之作。王阳明是道学家,也是有丰富情感的性情中人。他的情谊诗,寓道德教导于深情款款,不再有道德说教的枯燥乏味之感而体现"秀逸有致"之美,《守文弟归省携其手歌以别之》即是。诗写兄弟情深,说"尔来我心喜,尔去我心悲。不为倚门念,吾宁舍尔归";叮咛

---

① 诗为:"晓登泰山道,行行入烟霏。阳光散岩壑,秋容淡相辉。云梯挂青壁,仰见蛛丝微。长风吹海色,飘遥送天衣。峰顶动笙乐,青童两相依。振衣将往从,凌云忽高飞。挥手若相待,丹霞闪余晖。凡躯无健羽,怅望未能归。"(吴光、钱明、董平等编:《王阳明全集》卷十九,上海:上海古籍出版社,1992年,第669页)

② 王阳明:《鹦鹉和胡韵》《再用前韵赋鹦鹉》,吴光、钱明、董平等编:《王阳明全集》卷十九,上海:上海古籍出版社,1992年,第700、1070页。

别后长途的饮食起居,"长途正炎暑,尔行慎兴居!凉茗勿频啜,节食但无饥。勿出船旁立,勿登岸上嬉。收心每澄坐,适意时观书";委婉地教以待人接物、日常生活,"接人莫轻率,忠信持谦卑。从来为己学,慎独乃其基。纷纷多嗜欲,尔病还尔知";结以"圣贤以为期……诵此共勉之"的期许。

《诸生》[①]一诗则表达了他对一个百里而来却很快离去的门人的惋惜之情,诗开篇曰:"人生多离别,佳会难再遇。如何百里来,三宿便辞去。"接着深情地问,离去是因自己照顾不周吗:"有琴不肯弹,有酒不肯御。远陟见深情,宁予有弗顾。"并失落地道,门人走之后,自己只好孤栖、溪月独步了:"洞云还自栖,溪月谁同步。"最后略显遗憾地教导:"富贵犹尘沙,浮名亦飞絮。嗟我二三子,吾道有真趣。"

(二)诗歌之"中和"

"中和"是王阳明的创作主张,其原理是"中"之性发而为中节之"情"。他的诗作中,最能符合这一要求的是那些"咏道诗"。此处所谓的"道"为儒家之道,而非道、佛之道。他的"咏道诗"可分三类:一为拜谒先贤圣地书写心得之诗;二是逆境咏道以自励之篇;三是以诗阐道之作。

《萍乡道中谒濂溪祠》一诗,为正德三年(1508年)王阳明赴谪龙场过萍乡,拜谒理学先驱周敦颐祠所作。该诗在虔诚拜谒过程中,深刻体验濂溪先生的情怀与功业,已不见"忧愁幽思"的贬谪心态。末二句"千年私淑心丧后,下拜春祠荐渚苹",为明言借周敦颐胸襟消弭自己心中不平,而走向心态平和之意,全诗整体显示"中和"风格。衡山岳麓书院是宋代理学大家朱熹、张栻会讲、研讨儒学之圣地,王阳明《陟湘于迈岳麓是尊仰止先哲因怀友生丽泽兴感〈《伐木》寄言〉二首》,即为经由此地凭吊朱、张二先贤的记载与涵泳,并于涵泳中涵养中和心态、显示中和风格。其一明言来此不为游玩只为凭吊:"我来实仰止,匪伊事盘游。"其二亦有"缅思两夫子,此地得徘徊""吾道有至乐,富贵真浮埃!若时乘大化,勿愧点与回""勿采松柏枝,

---

① 王阳明:《诸生》,吴光、钱明、董平等编:《王阳明全集》卷十九,上海:上海古籍出版社,1992年,第700页。

两贤昔所依……勿践台上石，两贤昔所跻"①之句明此义。

王阳明初至龙场居无其所，先自结草庵后又居住洞穴，这对自京华谪来此土的他真可谓之霄壤。但他没有消沉，而是以圣贤自励，此在其《初至龙场无所止结草庵居之》《始得东洞遂改为阳明小洞天三首》中表现为"中和"风格。《初至龙场无所止结草庵居之》诗十六句，前八句写物景，后八句写人情。所写之物为草庵的简陋："草庵不及肩……开棘自成篱，土阶漫无级。迎风亦萧疏，漏雨易补缉。"低矮的茅屋、自做的篱笆、无级的土阶，在风中越发萧然，在春季多雨的贵州地区，茅屋漏雨是最令人恼火的。但王阳明则以乐观的心态对待草庵居的艰辛生活，这从"旅倦体方适""漏雨易补缉"两句，以及"灵濑响朝湍，深林凝暮色"美景描写可以看出。并涵泳黄帝、唐尧圣迹以自励，"鹿豕且同游，兹类犹人属"②，故而视质朴夷人为同类，"缅怀黄唐化，略称茅茨迹"③。《始得东洞遂改为阳明小洞天三首》中的"夷居信何陋，恬淡意方在""上古处巢窟，抔饮皆污樽""邈矣箪瓢子，此心期与论"④亦此。

以诗阐道之作最能体现王阳明"中和"之风，其又可分为两类：一者为理趣诗，二者为以诗的形式阐明良知之道类诗。理趣诗指寓哲理于形象、意境的诗作。此类诗在形象、意境中体悟哲理，不再有枯燥乏味之感，如朱熹《观书有感》其一⑤即是。王阳明也善作理趣诗，如《春日花间偶集示门生》：

闲来聊与二三子，单夹初成行暮春。改课讲题非我事，研几悟道是何人？阶前细草雨还碧，檐下小桃晴更新。坐起咏歌俱实学，毫厘须遣认教真。⑥

---

① 王阳明：《陟湘于迈岳麓是尊仰止先哲因怀友生丽泽兴感伐木寄言二首》，吴光、钱明、董平等编：《王阳明全集》卷十九，上海：上海古籍出版社，1992年，第689页。

② 王阳明：《初至龙场无所止结草庵居之》，吴光、钱明、董平等编：《王阳明全集》卷十九，上海：上海古籍出版社，1992年，第694页。

③ 王阳明：《初至龙场无所止结草庵居之》，吴光、钱明、董平等编：《王阳明全集》卷十九，上海：上海古籍出版社，1992年，第695页。

④ 王阳明：《始得东洞遂改为阳明小洞天三首》，吴光、钱明、董平等编：《王阳明全集》卷十九，上海：上海古籍出版社，1992年，第695页。

⑤ 半亩方塘一鉴开，天光云影共徘徊。问渠那得清如许？为有源头活水来。

⑥ 王阳明：《春日花间偶集示门生》，吴光、钱明、董平等编：《王阳明全集》卷十九，上海：上海古籍出版社，1992年，第712～713页。

该诗为七律，首联活化"曾点气象"之典于无形，随后说，道不仅在书本上，更在清新的自然和鲜活的生活中。道在自然者，颈联"阶前细草雨还碧，檐下小桃晴更新"所示；道在生活者，"坐起咏歌俱实学"之谓。再有《天泉楼夜坐和萝石韵》：

> 莫厌西楼坐夜深，几人今夕此登临？白头未是形容老，赤子依然浑沌心。隔水鸣榔闻过棹，映窗残月见疏林。看君已得忘言意，不是当年只苦吟。①

前三联营构夜坐西楼的意境，在此意境之中，尾联为摆脱具体言语羁绊悟得良知本体之意的自然导出。

直接以诗的形式，或者说整饬的如七言句式阐发哲理者，代表是《咏良知四首示诸生》，限于篇幅，此仅列其一："个个人心有仲尼，自将闻见苦遮迷。而今指与真头面，只是良知更莫疑。"此外尚有《示诸生三首》《答人问良知二首》《答人问道》《别诸生》，等等。

（三）诗歌之"醇而肆"

王阳明的"醇而肆"文风表现在诗歌上，是随意挥写、情感勃发彰显的感人力量。这类诗篇有随己任性的狂禅形式，但出发点是儒的情志与怀抱。

这一力量的源泉是儒家先圣贤，王阳明说是曾子，此由《月夜二首与诸生歌于天泉桥》其二可见："处处中秋此月明，不知何处亦群英。须怜绝学经千载，莫负男儿过一生。影响尚疑朱仲晦，支离羞作郑康成。铿然舍瑟春风里，点也虽狂得我情。"②该诗直取曾子以为典范，对汉唐以下诸儒直接否定。该诗的创作缘起，为嘉靖三年（1524年）中秋，王阳明于天泉桥大宴百众门人，睹此盛况的有感而发。诗中的"自负"与"狂妄"心态，是他"狂者胸次"的表达："我今信得这良知真是真非，信手行去，更不着些覆藏。我今才做得个狂者的胸次，使天下之人都说我行不掩言也罢。"③《月夜二首与诸生歌于天

---

① 王阳明：《天泉楼夜坐和萝石韵》，吴光、钱明、董平等编：《王阳明全集》卷二十，上海：上海古籍出版社，1992年，第790页。

② 王阳明：《月夜二首与诸生歌于天泉桥》，吴光、钱明、董平等编：《王阳明全集》卷二十，上海：上海古籍出版社，1992年，第787页。

③ 王阳明：《传习录下》，吴光、钱明、董平等编：《王阳明全集》卷三，上海：上海古籍出版社，1992年，第116页。

泉桥》其一，则是睹此中秋月明之夜云霭浊雾的乍起乍散，由大自然变化无常到于本体良知的确信，豪迈的狂情充溢万古长空：

> 万里中秋月正晴，四山云霭忽然生。须臾浊雾随风散，依旧青天此月明。肯信良知原不昧，从他外物岂能撄！老夫今夜狂歌发，化作钧天满太清。①

所以，本文以为，来源于"点狂"的王阳明之"狂"根本上不同于"狂禅"之"狂"，是可称"圣狂"或者"儒狂"的儒者之"狂"，这在其诗作中表现为"醇而肆"风格。王阳明这种风格之诗，早在赴谪龙场经过情绪低谷的决断之后就有，如《泛海》："险夷原不滞胸中，何异浮云过太空！夜静海涛三万里，月明飞锡下天风。"②还有《武夷次壁间韵》："肩舆飞度万峰云，回首沧波月下闻。海上真为沧水使，山中又遇武夷君。溪流九曲初谙路，精舍千年始及门。归去高堂慰垂白，细探更拟在春分。"③在"浮云过太空""海涛三万里""飞度万峰云""沧水使""武夷君"等象境的堪称李白转世之际，突然又由"精舍千年始及门。归去高堂慰垂白"明白，这是"儒狂"。也就是说，大胆的想象与夸张后衔勒以代表朱熹的"千年精舍"、代表父母的"高堂"意象的"儒狂"，和李白"我本楚狂人，凤歌笑孔丘……五岳寻仙不辞远"（《庐山谣寄卢侍御虚舟》）的"道仙之狂"根本上就已不同。

《天心湖阻泊既济书事》④为王阳明正德三年（1508年）早春赴谪龙场由长沙天心湖乘舟赴沅江，起初顺利其后险象环生最后化险为夷事件的记载。该诗寓儒家情怀、义理于行文之中，以极富夸张之笔调写实。其写实，可见于"挂席下长沙""日暮入沅江""抵石舟果圮""收舵幸无事""夜入武阳江，渔村稳堪舣"等。其极富夸张之笔调，可见于"瞬息百余里""月黑波涛惊，

---

① 王阳明：《月夜二首与诸生歌于天泉桥》，吴光、钱明、董平等编：《王阳明全集》卷二十，上海：上海古籍出版社，1992年，第787页。

② 王阳明：《泛海》，吴光、钱明、董平等编：《王阳明全集》卷十九，上海：上海古籍出版社，1992年，第684页。

③ 王阳明：《武夷次壁间韵》，吴光、钱明、董平等编：《王阳明全集》卷十九，上海：上海古籍出版社，1992年，第684页。

④ 王阳明：《天心湖阻泊既济书事》，吴光、钱明、董平等编：《王阳明全集》卷十九，上海：上海古籍出版社，1992年，第691页。

蛟鼍互睥睨""翼午风益厉,狼狈收断汜""天心数里间,三日但遥指""甚雨迅雷电""溟溟云雾中,四望渺涯泪""迤逦就风势……倏忽逝如矢",等等。儒家情怀、义理,则可见于"淋漓念同胞,吾宁忍暴使?饘粥且倾囊,苦甘吾与尔。众意在必济,粮绝亦均死""济险在需时,微幸岂常理?尔辈勿轻生,偶然非可恃"。以儒家义理驾驭放荡的情思,这就是"醇而肆"。还有《题施总兵所翁龙》①一诗,其放荡的笔触见于"曾闻弟子误落笔,即时雷雨飞腾空""高堂四壁生风云,黑雷紫电日昼昏。山崩谷陷屋瓦震,雨声如泻长平军""头角峥嵘岁千丈,倏忽神灵露乾象",大胆奇特的夸饰之后,结以"只今旱剧枯原野,万国苍生望霶洒。凭谁拈笔点双睛,一作甘霖遍天下"的道济天下情怀。

王阳明的"醇而肆""中和""秀逸有致"诗风,学李白?学杜甫?学陶渊明?或谓兼有,并以儒归有所超越更确切。

四、散文创作风格

徐元文以"醇而肆"评王阳明文风,以有明之冠评王阳明之文,未必能为学界所认可,但亦当有合理之处。就"醇而肆"来说,本文依然认为这只是王阳明文风之一种,此外尚有"秀逸有致"和"中和"等两种。其"醇而肆"之代表者为征伐期间所发军令、晓谕文;"秀逸有致"者,《何陋轩记》《君子亭记》可为代表;"中和"者,《博约说》可为代表。

(一)散文之"醇而肆"

王阳明以文人之身统率军旅,他的军令文以正大的义理统率严厉的文辞,最能体现"醇而肆"之风。如平定宁藩朱宸濠叛乱时于正德十四年(1519年)六月初八日所下《牌行赣州府集兵策应》军令的"听候本院公文一至,即刻就便发行。敢有违误,定以军法处治,决不轻贷"②,使虽明知宁乱非正义而尚犹疑者感受到必须严格执行命令的凛然威势。

---

① 王阳明:《题施总兵所翁龙》,吴光、钱明、董平等编:《王阳明全集》卷十九,上海:上海古籍出版社,1992年,第1073页。

② 王阳明:《牌行赣州府集兵策应》,吴光、钱明、董平等编:《王阳明全集》卷十七,上海:上海古籍出版社,1992年,第571页。

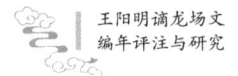

正德十五年（1520年）十二月十五日所发《告谕顽民》告示，针对安仁、于干、东乡之"顽梗凶悍"之贼，声威与感化结合，不战而屈人之兵。其声威之文谓：

> 夫宁王宸濠挟奸雄之资，籍宗室之势，谋为不轨，积十余年诱聚海内巨寇猾贼，动以万计，奋其财力甲兵之强，自以为无敌于天下矣，一旦称乱举事，本院奉朝廷威令，兴一旅之师，不旬日而破灭之，如虏足雏。尔辈纵顽梗凶悍，自以为孰与宸濠？吾若声汝之罪，不过令一偏裨，领众数百，立斋粉尔辈如几上肉耳。①

王阳明说，即便宁王朱宸濠百万甲兵，尚为自己"不旬日而破灭之，如虏足雏"，何况尔等！一旦决定灭汝，只需"令一偏裨，领众数百，立斋粉尔辈如几上肉耳"！但是，他话锋一转，动之以情、申明大义以行教化：

> 顾念尔等皆吾赤子，其始本无背叛之谋，止因规利争忿，肆恶长奸，日迷日陷，遂至于此。夫父母之于子，岂有必欲杀之心；惟其悖逆乱常之甚，将至于覆宗灭户，不得已而后置之法；苟有改化之机，父母之心，又未尝不欲生全之也。②

他说，国与民是父母与子女关系，哪有父母愿意杀子女的道理？其被法办者，皆因罪孽深重诚不得已。但是，若有挽回可能，还是会给机会的。话至于此而顺势诱导，若能改过自新，"尔能听吾言，改恶从善，惟免尔一死，限尔一月之内，释怨解仇，逃税者输其赋，负债者偿其直，有罪者伏其辜"，"吾则待尔如故"。若不思悔改顽冥不化："尔不听吾言，任汝辈自为之。"那么仁至义尽将断然灭之："吾心既无不尽，吾可以无憾矣！"一旦到了那个地步，"尔后无悔"③！

嘉靖七年（1528年）七月初五日，王阳明剿灭八寨后发《追捕逋贼》文。该文文势凌厉，历数贼恶、铺陈胜利以及阐明追捕逃贼之必要。其历数贼

---

① 王阳明：《告谕顽民》，吴光、钱明、董平等编：《王阳明全集》卷十七，上海：上海古籍出版社，1992年，第614页。

② 王阳明：《告谕顽民》，吴光、钱明、董平等编：《王阳明全集》卷十七，上海：上海古籍出版社，1992年，第614页。

③ 王阳明：《告谕顽民》，吴光、钱明、董平等编：《王阳明全集》卷十七，上海：上海古籍出版社，1992年，第614页。

恶谓：

> 看得八寨瑶贼，稔恶多年，攻劫乡村，杀害人民，掳掠财畜，百姓怨恨，痛入骨髓。今恶贯满盈，民怨神怒。①

铺写胜利谓：

> 巢穴破荡，分崩离析，如失林之枭，投罝之兔，迷魄丧魂。②

阐明追捕逃贼之必要谓：

> 正可搜猎而尽，是乃上天欲亡此贼之秋。若不乘此机会，奉行天讨，以雪百姓之冤，以舒神人之怒，以除地方之祸，存其遗孽，复为他日根芽，此岂为民父母之心乎？③

勉励官兵勤力报国、建立功勋："各官务要尽忠竭力，上报国恩，下除民患，副军门之委托，立自己之功名。"给予通贼者立功自赎机会："平日与贼交通之人，令其向道追捕，痛加惩改，及此机会，立功自赎；果能奋不顾身，多获真正恶贼，非但免其既往之罪，抑且同受维新之赏。"但是，如果犹疑观望、心存侥幸，"若犹疑贰观望，意图苟免"，王阳明严厉地说："定行斩首示众，断不虚言。"④

（二）散文之"秀逸有致"

《何陋轩记》《君子亭记》二者是姊妹篇，为王阳明谪官龙场期间撰写。何陋轩者，王阳明居所之名，君子亭则是何陋轩前修建的亭子。王阳明名其轩曰"何陋"，名其亭曰"君子"，为继承孔子遗志，欲在此龙场夷地躬行教化明矣。但他就是不承认，在两篇之中欲说还休、反复"遮掩"，以散文形式极尽含蓄蕴藉之能事，创造"秀逸有致"之风格。《何陋轩记》开篇即引孔子"君子居夷，何陋之有"之典点题："昔孔子欲居九夷，人以为陋。孔子曰：'君

---

① 王阳明：《追捕逋贼》，吴光、钱明、董平等编：《王阳明全集》卷十八，上海：上海古籍出版社，1992年，第646页。

② 王阳明：《追捕逋贼》，吴光、钱明、董平等编：《王阳明全集》卷十八，上海：上海古籍出版社，1992年，第646页。

③ 王阳明：《追捕逋贼》，吴光、钱明、董平等编：《王阳明全集》卷十八，上海：上海古籍出版社，1992年，第646页。

④ 王阳明：《追捕逋贼》，吴光、钱明、董平等编：《王阳明全集》卷十八，上海：上海古籍出版社，1992年，第646页。

子居之，何陋之有？'"随后以自己贬谪龙场类之："守仁以罪谪龙场。龙场，古夷蔡之外，于今为要绥，而习类尚因其故。人皆以予自上国往，将陋其地，弗能居也。"① 他说自己抵龙场一段时间后，却未见其"陋"："求其所谓甚陋者而莫得。"

说人们以龙场为"陋"，其依据或是龙场之民生活原始，"结题鸟言，山栖羝服，无轩裳宫室之观，文仪揖让之缛"②，王阳明说此"不得以为陋"；或者因为性格直爽，"好言恶詈，直情率遂"，他说"吾不谓然"；此二者不是"陋"是什么呢？他说是"质朴"。不是他这个文明人教化了龙场之民，而是龙场之民的"质朴"感化了他："始予至，无室以止，居于丛棘之间，则郁也。迁于东峰，就石穴而居之，又阴以湿。龙场之民……相与伐木阁之材，就其地为轩以居予。"③

但话锋一转，说龙场还是有"陋"之处的，表现为：一者无历圣修传之典章；二者，愚昧、迷信而不懂礼法。王阳明说，这不仅对其"质朴"没有损害，还正是推行教化的良好底质。这正是孔子"欲居"的原因所在："斯孔子所谓欲居也欤？"话说到这个份儿上了，他以君子"自居"该水到渠成了，但是他却说："诚有君子而居焉，其化之也盖易。而予非其人也，记之以俟来者。"④ 既然他不是这个君子，而又名其亭曰"君子亭"，这不是欲盖弥彰吗？《君子亭记》于此曰："阳明子既为何陋轩，复因轩之前营，驾楹为亭，环植以竹，而名之曰'君子'。"⑤ 并"辩解"说"君子亭"之所以命名，是取竹子在传统中国文化中比君子之德义："吾亭有竹焉，而因以竹名名，不愧于吾亭。"但最终又以门人声口道破："门人曰：'夫子盖自道也……夫子之名其轩曰"何

---

① 王阳明：《何陋轩记》，吴光、钱明、董平等编：《王阳明全集》卷二十三，上海：上海古籍出版社，1992 年，第 890 页。

② 王阳明：《何陋轩记》，吴光、钱明、董平等编：《王阳明全集》卷二十三，上海：上海古籍出版社，1992 年，第 890 页。

③ 王阳明：《何陋轩记》，吴光、钱明、董平等编：《王阳明全集》卷二十三，上海：上海古籍出版社，1992 年，第 891 页。

④ 王阳明：《何陋轩记》，吴光、钱明、董平等编：《王阳明全集》卷二十三，上海：上海古籍出版社，1992 年，第 891 页。

⑤ 王阳明：《君子亭记》，吴光、钱明、董平等编：《王阳明全集》卷二十三，上海：上海古籍出版社，1992 年，第 891 页。

陋"，则固以自居矣.'"①

（三）散文之"中和"

曹丕谓"文以气为主"（《典论·论文》），归有光谓"文章以理为主"。曹丕的"气"是先天禀受的气质性格，归有光的"理"是儒家义理。归有光说："文章以理为主，理得而辞顺，文章自然出类拔萃。"可见其以"理得辞顺"为"出类拔萃"之文，其所列典范为程颐《周易传序》和王阳明《博约说》："如程伊川《周易传序》、王阳明《博约说》，此皆义理之文卓见乎圣道之微者。"②"顺"字之义，非"肆"字义之凌厉昌达，亦非"致"字义之含蓄蕴藉，而是优游不迫的"中和"。下以《博约说》一睹王阳明文章"理得辞顺"优游不迫的"中和"风格。

王阳明《博约说》撰写于嘉靖四年（1525年），此时他已揭"致良知"之教，"致良知"学说已然成熟。"博约"者，"博之以文，约之以礼"（《论语·子罕》）。该文借"博约"以阐发其"良知"之学，为"致良知"哲学的专论。

文以南元真（即南逢吉，南大吉弟）就博、约先后之疑请教开篇：

> 南元真之学于阳明子也，闻致知之说而恍若有见矣。既而疑于博约先后之训，复来请曰："致良知以格物，格物以致其良知也，则既闻教矣。敢问先博我以文，而后约我以礼也，则先儒之说，得无亦有所不同欤？"③

问道：致良知于事事物物就是格物，格物就是致良知于事事物物，也即致良知就是格物的道理已懂得，那么"博文"和"约礼"的先后顺序怎么解？王阳明回答，理只有一个，心只有一个，心与理是一个，圣人之教和学者之学也只有一个：

> 理，一而已矣；心，一而已矣。故圣人无二教，而学者无二学。博

---

① 王阳明：《君子亭记》，吴光、钱明、董平等编：《王阳明全集》卷二十三，上海：上海古籍出版社，1992年，第892页。

② 归有光：《归震川先生论文章体则·通用则》，王水照编《历代文话》第二册，上海：复旦大学出版社，2007年，第1717页。

③ 王阳明：《博约说》，吴光、钱明、董平等编：《王阳明全集》卷七，上海：上海古籍出版社，1992年，第266页。

文以约礼,格物以致其良知,一也。故先后之说,后儒支缪之见也。①

故而,"博文""约礼",和"格物""致良知"一样,也是一个。其"先后之说,后儒支缪之见",是在批评朱子学析心与理为二,向心外求理。

这里王阳明显然已将"礼"解释为形而上的本体,形而下万事万物是"礼"的表现:

> 是礼也,其发见于外,则有五常百行,酬酢变化,语默动静,升降周旋,隆杀厚薄之属;宣之于言而成章,措之于为而成行,书之于册而成训;炳然蔚然,其条理节目之繁,至于不可穷诘,是皆所谓文也。②

这些"礼"的万事万物表现,王阳明说是"文":"是皆所谓文也。"也就是说,"礼"和"文"的关系是"体"与"用"的一如、不二关系,正所谓"体用一源,显微无间":"是文也者,礼之见于外者也;礼也者,文之存于中者也。文,显而可见之礼也;礼,微而难见之文也。是所谓体用一源,而显微无间者也。"③

基于"礼"与"文"的体用一如,王阳明释"约"为简,而不是俗谓之"约束"义,说"博学于文"和"约之以理"根本上是一个:

> 是故君子之学也,于酬酢变化、语默动静之间而求尽其条理节目焉,非他也,求尽吾心之天理焉耳矣;于升降周旋、隆杀厚薄之间而求尽其条理节目焉,非他也,求尽吾心之天理焉耳矣。求尽其条理节目焉者,博文也;求尽吾心之天理焉者,约礼也。文散于事而万殊者也,故曰博;礼根于心而一本者也,故曰约。④

如果以之为二,则或为功利辞章之学,或为空寂佛老之学,而不再是真正的"博约":

---

① 王阳明:《博约说》,吴光、钱明、董平等编:《王阳明全集》卷七,上海:上海古籍出版社,1992年,第266页。

② 王阳明:《博约说》,吴光、钱明、董平等编:《王阳明全集》卷七,上海:上海古籍出版社,1992年,第266页。

③ 王阳明:《博约说》,吴光、钱明、董平等编:《王阳明全集》卷七,上海:上海古籍出版社,1992年,第266页。

④ 王阳明:《博约说》,吴光、钱明、董平等编:《王阳明全集》卷七,上海:上海古籍出版社,1992年,第266～267页。

博文而非约之以礼，则其文为虚文，而后世功利辞章之学矣；约礼而非博学于文，则其礼为虚礼，而佛、老空寂之学矣。是故约礼必在于博文，而博文乃所以约礼。二之而分先后焉者，是圣学之不明，而功利异端之说乱之也。①

说朱子学将博约一分为二，是辞章、佛老淆乱的结果。王阳明上推至于孔颜以证，说当时颜子受学于孔子，并未分辨体用："昔者颜子之始学于夫子也，盖亦未知道之无方体形像也，而以为有方体形像也；未知道之无穷尽止极也，而以为有穷尽止极也。"顺势将体用分辨归咎于朱子学："是犹后儒之见事事物物皆有定理者也，是以求之仰赞瞻忽之间，而莫得其所谓。"说朱子学耗费精力却不得要领。

最后，王阳明说自己经过艰辛求索，终于悟得博约之旨：

及闻夫子博约之训，既竭吾才以求之，然后知天下之事虽千变万化，而皆不出于此心之一理；然后知殊途而同归，百虑而一致，然后知斯道之本无方体形像，而不可以方体形像求之也；本无穷尽止极，而不可以穷尽止极求之也。故曰："虽欲从之，末由也已。"盖颜子至是而始有真实之见矣。博文以约礼，格物以致其良知也，亦宁有二学乎哉？②

结论是，"博约"就是"殊途而同归，百虑而一致""无方体形像""无穷尽止极"以及颜子已见的"致良知"。

王阳明是儒家理学家，又是性情文学家，他寓儒家义理于文学本文，又通过文学创作书写情感与怀抱。四库馆臣说他文章"自足传世"，归有光以其为"文章以理为主"的典范，徐元文更是给予有明第一的最高评价。就文体来说，曹丕说"文非一体，鲜能备善"（《典论·论文》），王阳明则做到了辞赋、诗歌、散文并擅；就风格来说，他又能"醇而肆""秀逸有致""中和"三者兼该。关于王阳明的文学研究，就文体文风言，当下学界成果集中于诗歌上，

---

① 王阳明：《博约说》，吴光、钱明、董平等编：《王阳明全集》卷七，上海：上海古籍出版社，1992年，第267页。

② 王阳明：《博约说》，吴光、钱明、董平等编：《王阳明全集》卷七，上海：上海古籍出版社，1992年，第267页。

如《吾心自有光明月——王阳明诗探究》①《王阳明诗歌研究》②《良知说与王阳明的诗学观念》③《龙场悟道与王阳明诗歌体貌的转变》④等;辞赋和散文尚未被给予应有关注。

　　本文以文风研究为切入点,以文风为经、文体为纬,对王阳明文体、文风做了全面考察,认为其价值未必有徐元文明代第一所评论的那样高,但其作为理学家却未废文学,以及所创造的理、事、情、文几达浑融之境的体貌等这些特有价值,应为当下学界所关注,何况即使在诗歌层面,王阳明"不仅对明代后期的诗歌创作产生了深刻的影响,改变了诗坛的整体格局与审美貌,而且就其所显示的诗学特征看,对有别于古典诗学的新诗体形态也有一定的影响"⑤。

---

① 林丽娟:《吾心自有光明月——王阳明诗探究》,高雄:复文图书出版社,1998年。
② 华建新:《王阳明诗歌研究》,合肥:安徽人民出版社,2008年。
③ 左东岭:《良知说与王阳明的诗学观念》,《文学遗产》2010年第4期。
④ 左东岭:《龙场悟道与王阳明诗歌体貌的转变》,《文学评论》2013年第2期。
⑤ 左东岭:《良知说与王阳明的诗学观念》,《文学遗产》2010年第4期。

对儒家义理的体验：王阳明"龙场悟道"新论

引　言

　　常所谓"龙场悟道"，指的是思想家王阳明于明武宗正德三至五年（1508—1510年）间，谪官贵州龙场驿丞时对"格物致知之旨"的悟得。需要指出，"龙场悟道"作为一成语，检遍《四库全书》《王阳明全集》皆所不见，看来它只是通俗之说。但是，正规文献中没有"龙场悟道"这一成语，并不代表王阳明龙场谪居三年没有"悟道"。

　　关于"龙场悟道"，王阳明高弟钱德洪形象地描述为"日夜端居澄默……忽中夜大悟格物致知之旨，寤寐中若有人语之者……始知圣人之道，吾性自足，向之求理于事物者误也"①。可见，这里钱德洪将王阳明悟道的方法说成类似于佛家禅定一样的"日夜端居澄默"，悟得的内容则是儒家的圣人之道只在人的本己之心，向外在的事物寻求是错误的。钱德洪之说为其后的黄宗羲、《明史》本传承继：黄宗羲的表述为"忽悟格物致知之旨，圣人之道，吾性自足，不假外求"②；《明史》本传的表述为"忽悟格物致知，当自求诸心，不当求诸事物"③。综上，钱德洪等的"龙场悟道"表述，可以概括为方式上的"顿悟"和内容上的"求心排物"。

　　据王阳明自己《朱子晚年定论序》交代可知，"龙场悟道"是他思想学说历程的真实：

　　　　谪官龙场，居夷处困，动心忍性之余，恍若有悟。体验探求，再更寒暑，证诸《五经》《四子》，沛然若决江河而放诸海也。④

---

① 钱德洪：《年谱一》，吴光、钱明、董平等编：《王阳明全集》卷三十三，上海：上海古籍出版社，1992年，第1228页。

② 黄宗羲：《明儒学案卷》，中华书局，1985年，第181页。

③ 张廷玉：《明史王守仁传》，吴光、钱明、董平等编：《王阳明全集》卷四十，上海：上海古籍出版社，1992年，第1541页。

④ 王阳明：《朱子晚年定论序》，吴光、钱明、董平等编：《王阳明全集》卷三，上海：上海古籍出版社，1992年，第127页。

上引"沛然若决江河而放诸海"显然是豁然开朗、恍然大悟的情状,可视为"龙场悟道"的诗意表述,而其前的"谪官龙场,居夷处困,动心忍性之余,恍若有悟。体验探求,再更寒暑,证诸《五经》《四子》"是悟道方法的交代,具体是"艰辛的生活体验和儒家典籍中的义理的互证"。类似的说法《传习录》中亦有:"及在夷中三年,颇见得……格物之功,只在身心上做。"[①]简洁的"身心上做"四字中的"心"字固然有心性之义,但"身"字当有实践即"行"义,两者的结合即实践体验。由此可见,艰辛生活体验证诸儒家经典的义理,是"龙场悟道"的方式和内容的贯穿。因为"体验"兼具实践和证悟,故"龙场悟道"亦可说成是对儒家义理的体验。

既然阳明的"龙场悟道"是对儒家义理的体验,则钱德洪等的方式上的"顿悟"说以及内容上的格物致知之旨仅为求之于心的说法,虽然并非完全不符合历史的真实,但起码也是缺少了"身"的实践的一维,显然是不全面的。鉴于此认识,本文通过考察王阳明谪居龙场期间创作的诗文作品,得出其对儒家义理的体验,也即"龙场悟道"内容的三点:一、对"君子居夷,何陋之有"的体验;二、悔鄙稼穑及农圃学体验;三、对"恻隐之心,仁之端"的体验。

一、对"君子居夷,何陋之有"的体验

"君子居夷,何陋之有"是孔子的话语,出自《论语·子罕》,其具体语境是这样的:"子欲居九夷。或曰:'陋,如之何?'子曰:'君子居之,何陋之有?'""九夷"泛指当时中国以外的地方,是物质生活环境的困窘、精神文化上的没有文明开化的代名词。孔子有去"九夷"之地的理想,有人以那些地方条件太差劝阻他,他却豪迈地回以"君子居之,何陋之有"。由此可以说,"君子居夷,何陋之有"是孔子有教无类的教育思想的体现,也是他不畏艰难而行教化的高尚情怀的体现。但可惜的是,孔子没能实践他的这一理想。而孔子思想的卓越继承者与发扬光大者王阳明,"得益于"龙场谪居的三年生活,体验了先师"君子居夷,何陋之有"的理想。

[①] 王阳明:《传习录下》,吴光、钱明、董平等编:《王阳明全集》卷三,上海:上海古籍出版社,1992年,第120页。

王阳明谪居的龙场,确然地符合"夷"的标准,这可由钱德洪《王阳明年谱》对龙场当时情状的描述证明:"龙场在贵州西北万山丛棘中,蛇虺魍魉,蛊毒瘴疠,与居夷人鴃舌难语。"① "万山丛棘中,蛇虺魍魉,蛊毒瘴疠"文所述无疑是物质生活环境的困窘,"与居夷人鴃舌难语"则为精神文化上尚未文明开化的表述。王阳明对"君子居夷,何陋之有"的体验,明确载于他谪抵龙场十个月后所撰写的《何陋轩记》一文中。该文以他居处的变迁为线索,连缀着他对夷人的认识以及他情感态度的变迁过程。居处的变迁:由初来乍到的"无室以止,居于丛棘之间"的草庵居,到发现阳明小洞天的东洞的石穴居,最后到夷人"相与伐木阁之材,就其地为轩"的庐舍居。他对夷人的认识,则经历了从恐惧的对象到"未琢之璞,未绳之木"易化对象过程。阳明之所以认为夷人是"未琢之璞,未绳之木"的易化对象,是因为他不把"结题鸟言,山栖羝服"的夷人看作野蛮,而是看作质朴:"此犹淳庞质素之遗焉。"他们耿介率真:"好言恶詈,直情率遂。"没有"文明人"的"爱憎面背,乱白黝丹,浚奸穷黠,外良而中蠚"的狡诈。在明确判断夷人是"未琢之璞,未绳之木"后,王阳明欣喜地说:"斯孔子所谓'欲居'也欤?"这一叹问,标志他历史性地体验了先圣"君子居夷,何陋之有"的真谛。

王阳明"君子居夷,何陋之有"体验的乐居情怀,还表现在他的龙场诗作中。下面通过对王阳明诗作的解读,讨论他从草庵居经洞穴居到庐舍居的居处变迁,以及变迁所连缀的情感变迁。在草庵居时,王阳明尚有初抵的些许"郁"情,这为他的《初至龙场无所止结草庵居之》一诗所证。诗曰:

　　草庵不及肩,旅倦体方适。开棘自成篱,土阶漫无级;迎风亦萧疏,漏雨易补缉。灵濑响朝湍,深林凝暮色。群僚环聚讯,语庞意颇质。鹿豕且同游,兹类犹人属。污樽映瓦豆,尽醉不知夕。缅怀黄唐化,略称茅茨迹。

该诗先写了草庵的简陋:"草庵不及肩……迎风亦萧疏。"低矮的草庵,被风一吹显得更加单薄,这种居住条件难免使人忧郁。随后还写了夷人的粗朴:"群僚环聚讯,语庞意颇质。"一群土著出于好奇,围拢来庞杂发问,这

---

① 钱德洪:《年谱一》,吴光、钱明、董平等编:《王阳明全集》卷三十三,上海:上海古籍出版社,1992年,第1228页。

种情状开始难免使人感到有些恐惧。但是伴随交流的深入，王阳明便视质朴的夷人为同类，与之亲密无间地饮酒互动了："鹿豕且同游，兹类犹人属。污樽映瓦豆，尽醉不知夕。""缅怀黄唐化"句表明王阳明已初步有了在当地躬行教化的想法。在洞穴居时，王阳明的情感取向则主于"乐"，这在其《始得东洞遂改为阳明小洞天三首》中有充分体现。其一由"古洞阒荒僻，虚设疑相待"开篇，随后的"披莱历风磴……樽壶动光彩"则是以赋（铺叙）的手法交代讲"洞穴"作家居布置的详细过程，颇具生活情趣。其后的"夷居信何陋，恬淡意方在"是卒章显志，表明此时他已有了"君子居夷，何陋之有"的初步体验。其二借僮仆之口表达了自己洞穴居的"愉乐"心情："我辈日嬉偃，主人自愉乐。"其三王阳明用了前贤颜回"箪食瓢饮，不改其乐"的故实以明己志："邈矣箪瓢子，此心期与论。"

如上交代，《何陋轩记》是王阳明谪抵龙场十个月所写，是他"君子居夷，何陋之有"体验的标志，这又有他因庐舍居所写的《龙冈新构二首》所证。《龙冈新构二首》其一的"宴适岂专予，来者得同憩"句，表达了自己与夷人同乐的思想。其二的最后四句为"素缺农圃学，因兹得深论。毋为悔鄙事，吾道固斯存"，是说自己被夷人的质朴感动后，认识到了在"农圃学"上的匮乏，后悔曾经轻鄙稼穑。而王阳明对"农圃学"的匮乏的认识及后悔曾经轻鄙稼穑，则又是他"龙场悟道"的体验之一。

二、对"轻鄙农圃"的体验

传统儒家对农圃的轻鄙，在孔子那里已开了先例。有关于此，《论语·卫灵公》有曰："君子谋道不谋食。耕也，馁在其中矣；学也，禄在其中矣。"斥责请求向他学稼穑学农圃学的学生樊迟为"小人"，《论语·子路》）曰："樊迟请学稼，子曰：'吾不如老农。'请学为圃，曰：'吾不如老圃。'樊迟出。子曰：'小人哉，樊须也！'"于是，轻鄙稼穑及农圃几乎成了千年来儒家的价值观。如上所述，王阳明却从谪居龙场的艰难生活，以及和夷人的交往中得到教育，有了证误孔子"轻鄙农圃"体验，这也可证诸其所创作的诗篇。

王阳明证误孔子"轻鄙农圃"体验，除了上文所说的被夷人的质朴所感动外，还和他自己面临绝粮的亲历有关，见其《谪居绝粮请学于农将田南山永言寄怀》的诗作。该诗详下：

> 谪居屡在陈，从者有愠见。山荒聊可田，钱镈还易办。夷俗多火耕，仿习亦颇便。及兹春未深，数亩犹足佃。岂徒实口腹？且以理荒宴。遗穗及鸟雀，贫寡发余羡。出耒在明晨，山寒易霜霰。①

由该诗可见，谪居伊始，王阳明就陷入绝粮的困境。无奈之下，他只好向农人学习请教而亲历稼穑。但是，该诗诗题为"学农"，内容却不是在写如何"学农"，而是在写其背后的"农学"，也即他自己所说的"农圃学"。王阳明将自己绝粮比作孔子的在陈绝粮，随从对此有不满的表现；好在此处荒山很多可供开垦，农具也好置办；当地种田采用火耕方式，这种方式也易学会；趁现在尚未春深时候，抓紧时间种好手头这几亩地；种田岂能仅仅为了吃饱，还应考虑提高产量增加收成，有所盈余后宴请宾客；收割遗留的禾穗就馈赠鸟雀吧，余粮还要周济贫寡之家；就写这么多吧，趁着天暖明天还要赶早下田，因为山间寒冷易结冰霜，如果碰上将会耽误时光。可以说，该诗不但没有鄙视稼穑，反而还流露了乐于稼穑，且已上升到研究稼穑的"学"的高度了。此篇之外，王阳明龙场所悟的"农圃学"之篇，尚有《观稼》一诗：

> 下田既宜稌，高田亦宜稷。种蔬须土疏，种蕷须土湿。寒多不实秀，暑多有螟螣。去草不厌频，耘禾不厌密。物理既可玩，化机还默识。即是参赞功，毋为轻稼穑！②

《观稼》是纯粹的理学诗，全篇谈论稼穑之理，是稼穑经验的理论总结，并于篇末将之上升到参赞天地化育的形上高度，明确表达了"毋为轻稼穑"的态度和主张。诗的内容包括：高田、下田分别适应种植什么作物，土疏、土湿分别适合种植何种作物，天寒、天暖对农事分别会有什么影响，去草、耘禾要遵循怎样的规则，最后概括说，由于稼穑也内蕴着物理化机，所以研究它也是参赞天地化育之功，是不能轻视的。由于该诗没有涉及形象和情感，笔者认为题目若为《稼穑论》当更合适。

---

① 王阳明：《谪居绝粮请学于农将田南山永言寄怀》，吴光、钱明、董平等编：《王阳明全集》卷十九，上海：上海古籍出版社，1992年，第695页。

② 王阳明：《观稼》，吴光、钱明、董平等编：《王阳明全集》卷十九，上海：上海古籍出版社，1992年，第695～696页。

王阳明证误孔子"轻鄙农圃"体验，不仅表现在以上二诗中观点的表达上，更在于他实践层面的亲历稼穑上。如《采蕨》《西园》《采薪二首》等诗篇，既是王阳明亲历稼穑的记录，同时又反映王阳明情感生活与人生体验的不同侧面。《采蕨》[①]开篇的"采蕨西山下，扳援陟崔鬼"，记述了他攀登高大的西山以采蕨的情形，随后的六句："游子望乡国，泪下心如摧。浮云塞长空，颓阳不可回。南归断舟楫，北望多风埃。"以情景交融的意境，表现了他深沉的思乡之情。最后二句："已矣供子职，勿更贻亲哀！"则回归理性，意为不要感情用事增加父母亲的哀伤了，还是好好履行自己龙场驿丞的职责吧！

　　"西园"是王阳明谪居龙场亲历稼穑时所开辟的一片不足亩的农圃，主要种植了蔬菜和花卉。《西园》[②]诗既记载了他于西园的亲历农圃，并再现了他浓郁的生活情趣。不足亩的一片农圃，王阳明料理得还算不错，体现了他农圃学的成就，这是前八句即前半部分的内容："方园不盈亩，蔬卉颇成列。分溪免瓮灌，补篱防豕蹢。芜草稍焚薙，清雨夜来歇。濯濯新叶敷，荧荧夜花发。"不足亩的方形西园，倒也蔬菜花卉成行成列。引导溪流实施灌溉，省却了挑水灌溉的辛劳，为防猪的骚扰还给西园做上了篱笆。用焚烧的方式除去园中芜杂的野草，有趣的是焚烧被夜间的清雨所终止。"濯濯新叶敷，荧荧夜花发"两句显示，经过悉心科学的打理，整个西园呈现欣欣向荣、生机勃勃的景象。这也是王阳明心境的写照，映衬着后半部分即后八句所再现的闲适"农圃西园"的生活情状："放锄息重阴，旧书漫披阅。倦枕竹下石，醒望松间月。起来步闲谣，晚酌檐下设。尽醉即草铺，忘与邻翁别。"放下锄头在树荫下歇息，顺便批阅手头的旧书卷。疲倦了就枕着翠竹下的石头小睡，可醒过来却已是月上松间。于是起来信步行走并悠闲地唱着歌谣，回到家后还要设宴小酌。欢饮达醉随便躺倒在身边的草铺上，已经不在意是否与邻家的酒翁道别。其实，王阳明的农圃西园和陶渊明的种豆南山可有一比：陶的"草盛豆苗稀"（《归园田居·其三》）可见他并未用真心于农圃，这和王阳明在农圃学指导下将西园

---

① 王阳明：《采蕨》，吴光、钱明、董平等编：《王阳明全集》卷十九，上海：上海古籍出版社，1992年，第696页。

② 王阳明：《西园》，吴光、钱明、董平等编：《王阳明全集》卷十九，上海：上海古籍出版社，1992年，第698页。

打理得生机勃勃、井井有条形成鲜明相反对照；但在恬淡的情趣上，二人却是殊途同归的。

《采薪》①其一前八句阳明写了他的亲自上山采薪、亲自抱瓮汲水："朝采山上荆，暮采谷中栗……晚归阴壑底，抱瓮还自汲。"最后两句卒章显志："薪水良独劳，不愧吾食力！"表达了自食其力的生活态度。可以说，王阳明自食其力的亲自采薪汲水，某种意义上也是"悔鄙稼穑"及"农圃学"体验的表现。其二的"持斧起环顾，长松百余尺。徘徊不忍挥，俯略涧边棘"，在主导面上尽管还是印证着王阳明的证误孔子"轻鄙农圃"体验，但对王阳明不忍砍伐百尺长松的情景的形象再现，则又体现了他真挚的同情之心。

三、对"恻隐之心，仁之端"的体验

同情之心在《孟子》中被表述为恻隐之心，其有"恻隐之心，仁之端"语。《公孙丑上》曰："今人乍见孺子将入于井，皆有怵惕恻隐之心……无恻隐之心，非人也……恻隐之心，仁之端也。""恻隐之心"即怜悯同情之心，由《孟子》所举的"乍见孺子将入于井"看来，其所指当时及于人类的怜悯同情之心，和仁的关系，也仅是开端、萌芽的关系。

王阳明《大学问》则将"恻隐之心"扩充为及于遭遇不幸的动物、植物甚至无生命的瓦砾等的悲悯同情之心："见孺子之入井，而必有怵惕恻隐之心焉，是其仁之与孺子而为一体也；孺子犹同类者也，见鸟兽之哀鸣觳觫，而必有不忍之心焉，是其仁之与鸟兽而为一体也；鸟兽犹有知觉者也，见草木之摧折而必有悯恤之心焉，是其仁之与草木而为一体也；草木犹有生意者也，见瓦石之毁坏而必有顾惜之心焉，是其仁之与瓦石而为一体也。"②但是，《大学问》理论体系的形成表达在后，而体验则发生在王阳明龙场谪居时期。如上文所及《采薪二首》其二的他不忍心对百尺长松下手，即是他对作为植物的松树施以同情的表现。此外，阳明龙场的"恻隐之心，仁之端"之悟，最有

---

① 王阳明：《采薪》，吴光、钱明、董平等编：《王阳明全集》卷十九，上海：上海古籍出版社，1992年，第702页。

② 王阳明：《大学问》，吴光、钱明、董平等编：《王阳明全集》卷二十六，上海：上海古籍出版社，1992年，第968页。

说服力的集中体现是《瘗旅文》，该文表现了他的仁及遭遇不幸的同类的同情之心。

《瘗旅文》写于正德四年（1509年）秋天的某月初三日，该时间是王阳明谪抵龙场第二年，粗略算来，他谪居此地已一年半。该文为一篇哀悼文，写得哀痛悲伤、情真意切、感人至深、催人泪下，是历来被人称赏赞叹的名篇。就文中内容来说，王阳明悲痛的心情，首先从数度出现的"呜呼伤哉"可见，又可见于"以只鸡饭三盂，嗟吁涕洟而告之"，还可见于最后的长歌当哭的为死者而悲歌。但是，我们不禁要问，该文中阳明哀悼的对象，既非其亲亦非其友，而是和他无亲无故，甚至萍水相逢都不是的三个旅途中死亡的路人，他何以有如此沉痛哀伤的情感？笔者认为，该文之所以如此成功，其情感来源，直接的是感同身受、同病相怜于自己和三位死者共同的远离故土的人生遭际，但深层次的却是"以天地万物为一体"的仁者情怀。除《瘗旅文》外，体现王阳明对遭遇不幸的同类同情之心的，尚有诗作《去妇叹五首》。《去妇叹五首》序交代："楚人有间于新娶而去其妇者。其妇无所归，去之山间独居，怀缱不忘，终无他适。予闻其事而悲之，为作《去妇叹》。"他听说有一位妇女由于丈夫有了新欢而被抛弃驱逐，但却对狠心丈夫不能释怀而没有再嫁，无处安身只好到山间独居。他深为该妇女的不幸遭遇悲伤，于是为她写了五首《去妇叹》诗。

对同类遭遇不幸的同情外，王阳明的《艾草次胡少参韵》则体现了他的仁及植物中的草类。该诗中他劝阻艾（刈）草者留意，不要连同兰草也一起艾（刈）了："艾草莫艾兰，兰有芬芳姿。况生幽谷底，不碍君稻畦。艾之亦何益？徒令香气衰。"当然，阳明提醒艾（刈）草莫艾（刈）兰，是因为兰草不但没有给"稻畦"造成妨碍，还在于其有"芳姿"和"香气"美好品德。王阳明的《南溟》《凤雏次韵答胡少参》《鹦鹉和胡韵》《再用前韵赋鹦鹉》等，则体现了他的仁及于遭遇不幸的动物的情怀。《南溟》对因为风云中变而相互失散的南溟瑞鸟和东海灵禽表达了哀痛的同情："南溟有瑞鸟，东海有灵禽……风云忽中变，一失难相寻。瑞鸟既遭縻，灵禽投荒岑。……哀哀鸣索侣，病翼飞未任。群鸟亦千百，谁当会其心？"《凤雏次韵答胡少参》则哀叹地同情了美好的雏凤多重的不幸遭际：一是"风雨摧其翼"的恶劣自然环境的摧折。二是虞人不以其为美而视之为妖的网罗与戕害："虞人视为妖，举网争弹弋。"三是同类之中鸱枭恶鸟的残酷加害："鸱枭据丛林，驱鸟恣搏食。"《鹦鹉和胡韵》《再用前韵赋鹦鹉》二诗表面上所写的是对因向主人进忠言而反遭祸患的鹦鹉的同情："低垂犹忆陇西飞……只为能言离土远。"更本质的却是在以鹦鹉自况。但毋庸置疑，如果没有对鹦鹉的同情，两首鹦鹉诗同样写不出来，这也说明本文以该二诗体现了王阳明及于鹦鹉的仁者情怀的观点是成立的。

结　语

综上所述，关于王阳明的"龙场悟道"，在方式上，既不是钱德洪所说的"日夜端居澄坐"而"中夜大悟"，更不是清代人邵廷采所说的"凿石椁待尽"[①]，而是体验探求、证诸五经、四书的结果；在悟道的内容即格物致知之旨上，也不止于仅求于心，还包括得之于"身"，"身"即实践。合而言之，王阳明的"龙场悟道"可说成是对儒家义理的体验。基于此认识，本文通过考察王阳明谪居龙场所撰诗文，得出了他对出于《论语》的"君子居夷，何陋之有"和"轻鄙农圃"，出于《孟子》的"恻隐之心，仁之端"三者的体验。

务须指出，王阳明对三者的体验不是停留在原点，而是实践后分别有进一步认识："君子居夷，何陋之有"体验是对孔子这一理念的正悟；"轻鄙农圃"体验是对孔子这一观点的反悟；"恻隐之心，仁之端"体验是对孟子同情之心及于遭遇不幸的同类，扩而充之到动植草木的扩充至悟。本文关于王阳明"龙场悟道"的新论，排除了史上的神秘色彩，来源于他自己的相关表达及其诗文的夫子自道，符合他的"知行合一"思想。

说明：该文原发表于《贵州师范大学学报·社科版》2015年第2期，《新华文摘》转载。

[①] 邵廷采：《明儒王子阳明先生传》，吴光、钱明、董平等编：《王阳明全集》卷四十，上海：上海古籍出版社，1992年，第1549页。

自《五经臆说》始：王阳明心学经学之建构

引 言

　　王阳明的"致良知"学，因静坐的方法论似道家，良知为心之本体的本体论似佛家，以至于早在他的时代，即有攻击其为禅者，直到当下，学界还在就其进行儒道佛归属的阐发，如朱晓鹏著《王阳明与道家道教》[①]、刘宗贤、蔡德贵著《阳明学与当代新儒学》[②]、陈永革著《阳明学派与晚明佛教》[③]，等等。本文认为，王阳明早年确曾沉溺于道、佛，并在故里筑阳明洞室以行导引之术，但谪官龙场即悟道、佛之非，归于以社会实践为终极关怀的儒家，所以他根本是一个儒家思想家，他的"致良知"学根本上是儒学，道、佛只不过是为其所用的方法而已。如此说法的最重要依据，是他"致良知"学的通过儒家经典重释建构而成。

　　所谓儒家经学，指承载儒家思想的经典体系。儒学是以经立学，其经典体系的第一次建构在孔子那里。孔子有感于东周礼崩乐坏，整理古代典籍《诗》《书》《春秋》；重定礼乐，雅颂各得其所；五十读《易》，韦编三绝。汉儒继统，以《易》《书》《诗》《礼》《春秋》为经，是为五经，章句、训诂、诠释以为学，成"五经"学的儒家经典体系，后有唐儒孔颖达等为之正义疏解，增益新内容，是为汉唐"五经"学。宋周敦颐、张载、二程、邵雍尤其朱熹诸子出，以《易》为"卜筮之书"、《诗》为"里巷歌谣"、《书》为历史文献、《春秋》为未必"微言大义"的史书，汉唐"五经"学经国济民宝典价值受到质疑，祭出《大学》《中庸》《论语》《孟子》四书加以理学化新释，建构了"四书"学的新经典体系；但是，质疑归质疑，"五经"的经典地位并未被因此抹去，而是和"四书"体系并立，成"五经四书"的儒家经典系统。

　　王阳明以儒家圣学统系承传者自居，标榜"致良知"学，其学统建构也

---

① 朱晓鹏：《王阳明与道家道教》，北京：中国人民大学出版社，2009 年。
② 刘宗贤、蔡德贵：《阳明学与当代新儒学》，北京：中国人民大学出版社，2009 年。
③ 陈永革：《阳明学派与晚明佛教》，北京：中国人民大学出版社，2009 年。

必然借助儒家经典文本的解释。他的儒家经学解释历程是：始于谪龙场的《五经臆说》经典解释文本；其后，落脚《大学》学形成经典解释文本，答门人经典章句之问的随机阐发；最后，《稽山书院尊经阁记》形成"致良知"心学经学的专论。

一、《五经臆说》：王阳明心学经学初建构

《五经臆说》撰写于王阳明谪官龙场期间的正德三年（1508年），为关于"五经"的解释性著述，《〈五经臆说〉序》则为他撰写该著述情况的说明。

《〈五经臆说〉序》说，当时条件艰苦，无资料可查，王阳明凭借记忆撰写了该书："龙场居南夷万山中，书卷不可携，日坐石穴，默记旧所读书而录之。意有所得，辄为之训释。期有七月而五经之旨略遍，名之曰臆说。"① 成书的具体时间，以抵达龙场时间为二月中下旬算，则七个月之后是是年九、十月间，则该书的成书时间最迟当在正德三年（1508年）十月。

该书计四十六卷，分别是《易经臆说》《尚书臆说》《诗经臆说》《春秋臆说》各十卷，《仪礼臆说》六卷："夫说凡四十六卷，《经》各十，而《礼》之说尚多缺，仅六卷云。"② 之所以以"臆说"名之，大致是"五经心得"的意思，因说："盖不必尽合于先贤，聊写其胸臆之见，而因以娱情养性焉耳。"③ 但又不像一般心得的读后感那么简单，而是可以提到良知之悟的心学哲学高度，因为他已讲明，此时已悟得了五经的精神实质，五经文字已可视为捕鱼的渔具——筌，以及酒酿后的糟粕了：

> 得鱼而忘筌，醪尽而糟粕弃之。鱼醪之未得，而曰是筌与糟粕也，鱼与醪终不可得矣。五经，圣人之学具焉。然自其已闻者而言之，其于道也，亦筌与糟粕耳。窃尝怪夫世之儒者求鱼于筌，而谓糟粕之为醪也。夫谓糟粕之为醪，犹近也，糟粕之中而醪存。求鱼于筌，则筌与鱼远

---

① 王阳明：《〈五经臆说〉序》，吴光、钱明、董平等编：《王阳明全集》卷二十二，上海：上海古籍出版社，1992年，第876页。

② 王阳明：《〈五经臆说〉序》，吴光、钱明、董平等编：《王阳明全集》卷二十二，上海：上海古籍出版社，1992年，第876页。

③ 王阳明：《〈五经臆说〉序》，吴光、钱明、董平等编：《王阳明全集》卷二十二，上海：上海古籍出版社，1992年，第876页。

矣。①

五经的精神是什么，王阳明此处没有明说，据其后来交代，当为良知或者说是"致良知"。他思考得很深刻：既然认为五经文字是糟粕，那么他所撰写的《五经臆说》又是什么呢？看来也更加是糟粕。因其曰："吾之为是，固又忘鱼而钓，寄兴于曲糵，而非诚旨于味者矣。呜呼！观吾之说而不得其心，以为是亦筌与糟粕也，从而求鱼与醪焉，则失之矣。"②

王阳明以自己的《五经臆说》是糟粕，担心后学拘泥于该书的文字，局限、牵绊了对其"致良知"精神实质的理解与把握，故而该书的命运，据钱德洪《〈五经臆说〉十三条·序》引王阳明自己的话是"付秦火久矣"！这是钱德洪整理"《五经臆说》十三条"序言中所引王阳明的告知："师居龙场，学得所悟，证诸五经，觉先儒训释未尽，乃随所记忆，为之疏解。阅十有九月，五经略遍，命曰臆说。既后自觉学益精，工夫益简易，故不复出以示人。洪尝乘间以请。师笑曰：'付秦火久矣。'洪请问。"钱德洪请教原因，王阳明回答："只致良知，虽千经万典，异端曲学，如执权衡，天下轻重莫逃焉，更不必支分句析，以知解接人也。"③只要掌握"致良知"的精神，就是掌握了天平的砝码，是圣学经典还是异端曲学则轻重莫逃，不需要用章解句释的文字教人了！

王阳明认为掌握了"致良知"精神便不需要《五经臆说》的文本，但是本文作为关于其"致良知"学经学建构的专题研究，却需要这一文本来考察他该学的渊源以及形成发展轨迹。幸而有钱德洪在整理王阳明遗物时发现了《五经臆说》的残稿十三条，使后人得以略见一二："后执师丧，偶于废稿中得此数条。洪窃录而读之，乃叹曰：'吾师之学，于一处融彻，终日言之不离是矣。即此以例全经，可知也。'"④

---

① 王阳明：《〈五经臆说〉序》，吴光、钱明、董平等编：《王阳明全集》卷二十二，上海：上海古籍出版社，1992年，第876页。

② 王阳明：《〈五经臆说〉序》，吴光、钱明、董平等编：《王阳明全集》卷二十二，上海：上海古籍出版社，1992年，第876页。

③ 钱德洪：《〈五经臆说〉十三条·序》，吴光、钱明、董平等编：《王阳明全集》卷二十六，上海：上海古籍出版社，1992年，第976页。

④ 钱德洪：《〈五经臆说〉十三条·序》，吴光、钱明、董平等编：《王阳明全集》卷二十六，上海：上海古籍出版社，1992年，第976页。

该《〈五经臆说〉十三条》虽为王阳明焚《五经臆说》的残稿，但就内容看，又像是有意留存之文，因为从中不仅可以读出王阳明心学之悟的表达，还可见此时他的生活与心态，以及心志寄托。关于心学之悟的表达，他在《春秋》"隐公元年春正月"条的解释中有："天下之元在于王；一国之元在于君；君之元在于心。元也者，在天为生物之仁，而在人则为心。"① 同条的解释中对新君"维新"的阐发，可理解为他对时新君正德皇帝朱厚照"维新"的期待与提醒，是他的心志寄托：

> 心生而有者也，曷为为君而始乎？曰："心生而有者也。未为君，而其用止于一身；既为君，而其用关于一国。故元年者，人君为国之始也。当是时也，群臣百姓，悉意明目以观维新之始。则人君者，尤当洗心涤虑以为维新之始。故元年者，人君正心之始也。"曰："前此可无正乎？"曰："正也，有未尽焉，此又其一始也。改元年者，人君改过迁善，修身立德之始也，端本澄源，三纲五常之始也；立政治民，休戚安危之始也。呜呼！其可以不慎乎？"②

而"郑伯克段于鄢"条则可理解为他期许正德皇帝朱厚照铲除权奸心志的寄托，此可从"辩似是之非，以正人心，而险谲无所容其奸"③ 知。王阳明谪官龙场的心态，最著者当然是贬谪心态。贬谪心态的写照，在此《〈五经臆说〉十三条》的《易》之《恒》《遁》《晋》三卦的解释中。其中《恒》卦的解释，由"君子体夫雷风为《恒》之象，则虽酬酢万变，妙用无方，而其所立，必有卓然而不可易之体，是乃体常尽变"，可见他以该卦变与不变之理勉励自己，逆境中要保持定力以待时变；《遁》卦的解释，由"夫当遁之时，道在于遁，则遁其身以亨其道。道犹可亨，则亨其遁以行于时"可见，基本义和《恒》卦的解释相同，自我勉励安于逆境不要为逆境压垮了精神；④ 《晋》卦的"虽

---

① 钱德洪：《〈五经臆说〉十三条·序》，吴光、钱明、董平等编：《王阳明全集》卷二十六，上海：上海古籍出版社，1992年，第976页。

② 钱德洪：《〈五经臆说〉十三条·序》，吴光、钱明、董平等编：《王阳明全集》卷二十六，上海：上海古籍出版社，1992年，第976～977页。

③ 钱德洪：《〈五经臆说〉十三条·序》，吴光、钱明、董平等编：《王阳明全集》卷二十六，上海：上海古籍出版社，1992年，第978页。

④ 钱德洪：《〈五经臆说〉十三条·序》，吴光、钱明、董平等编：《王阳明全集》卷二十六，上海：上海古籍出版社，1992年，第979页。

不见信于上，然以宽裕自处，则可以无咎者，以其始进在下，而未尝受命当职任也。使其已当职任，不信于上，而优裕废弛，将不免于旷官之责，其能以无咎乎"①解释文，可理解为王阳明的自我安慰之辞。《〈五经臆说〉十三条》中关于《诗经》解释的《时迈》《执竞》《思文》《臣工》《有瞽》五篇全出自《周颂》，内容为对周代后稷、周文王、周武王等文治武功的称赞，可理解为对朱厚照以他们为榜样治理天下的心志寄托。

综上，作为王阳明"致良知"学经学建构的《五经臆说》，现虽仅存十三条，但仍然可以从中读出关于王阳明自身及其学术的诸多信息。其自身信息，是身处逆境仍自我勉励、望时君为圣王心态，其根源是作为士阶层的家国情怀，而家国情怀是中国传统儒家古来承传的良知基因。就是这个情志层面的良知基因，支撑了王阳明立德、立功、立言的"致良知"成就。其学术信息，则可理解为他借由儒家经典建构"致良知"学的开始。

二、《大学》学：王阳明心学经学的文本归宿

王阳明作《五经臆说》却付之秦火，可见其"致良知"学已不倚重"五经"。客观地说，在王阳明"致良知"学建构中，"四书"学的价值远大于"五经"学，而"四书"之中，又以"大学"为突出。

《大学》原为《礼记》四十九篇中的第四十二篇，程、朱将之拈出改定，章解句释，作了理学化解释后，以之和《中庸》《论语》《孟子》构成四书体系，承载了理学建构新经学体系"四书"学一环的责任。在王阳明这里，《大学》是他教学的核心教材、入门之书："接初见之士，必借《学》《庸》首章以指示圣学之全功，使知从入之路。"②《大学》学则是其"致良知"学建构的核心。王阳明的《大学》学以古本为底本，所谓《大学》古本，指未经朱熹改定之本。

朱熹对《大学》的修改有以下几点：一、延续程颐改"亲民"为"新民"，说："程子曰：'亲，当作新。'"认为"亲民云者，以文义推之则无理，新民

---

① 钱德洪：《〈五经臆说〉十三条·序》，吴光、钱明、董平等编：《王阳明全集》卷二十六，上海：上海古籍出版社，1992年，第980页。

② 钱德洪：《〈大学问〉序》，吴光、钱明、董平等编：《王阳明全集》卷二十六，上海：上海古籍出版社，1992年，第967页。

云者，以传文考之则有据，程子于此，其所以处之者亦已审矣。"二、将《大学》文本"分经别传"，将本不分段落的《大学》区分为十一章，以第一章为"经"，余下十章为"传"，并且认为"传"之某章是对"经"之某说的解释。三、补"格物致知传"，在将《大学》"分经别传"后发现缺少对"诚意在致知"和"致知在格物"的解释，认为这是由"阙文"造成而补。

王阳明《大学》学不取朱熹改定《大学》本而用古本，其说在《大学古本序》中。他的《大学》解释，《大学问》是体现其"致良知"学的核心文本。

王阳明于正德十三年（1518年）七月刊刻《大学古本》："七月，刻古本《大学》。"① 但其《大学》古本之学，在谪官龙场时就已悟得。悟得的具体内容有，"朱子《大学章句》非圣门本旨""圣人之学本简易明白""其书止为一篇，原无经传之分""格致本于诚意，原无缺传可补""以诚意为主，而为致知格物之功，故不必增一敬字""以良知指示至善之本体，故不必假于见闻"②，等等。虽则谪官龙场即悟得《大学》古本之学，但直到此时才"录刻成书，傍为之释，而引以叙"③。"引以叙"指王阳明撰《大学古本序》。

《大学古本序》明确指出了朱熹《大学》改本的不足：

> 旧本析而圣人之意亡矣。是故不务于诚意而徒以格物者，谓之支；不事于格物而徒以诚意者，谓之虚；不本于致知而徒以格物诚意者，谓之妄。支与虚与妄，其于至善也远矣。合之以敬而益缀，补之以传而益离。吾惧学之日远于至善也，去分章而复旧本，傍为之什，以引其义。庶几复见圣人之心，而求之者有其要。④

"旧本"指朱熹改定《大学》本，"旧本析而圣人之意亡"是说朱熹的改定本导致先圣本义的丧失，具体表现为：不以"诚意"而以"格物"为"务"

---

① 钱德洪：《年谱一》，吴光、钱明、董平等编：《王阳明全集》卷三十三，上海：上海古籍出版社，1992年，第1253～1254页。

② 钱德洪：《年谱一》，吴光、钱明、董平等编：《王阳明全集》卷三十三，上海：上海古籍出版社，1992年，第1254页。

③ 钱德洪：《年谱一》，吴光、钱明、董平等编：《王阳明全集》卷三十三，上海：上海古籍出版社，1992年，第1254页。

④ 王阳明：《大学古本序》，吴光、钱明、董平等编：《王阳明全集》卷七，上海：上海古籍出版社，1992年，第243页。

是"支";不"事"于"格物"而"事"于"诚意"是"虚",不"本"于"致知"而"本"于"格物诚意"是"妄","支""虚""妄"三者已远离"至善"了!再者,他说朱熹改定本的合敬补传,更加远离先圣本旨;并说自己忧虑惧怕贻害后人,故而复《大学》古本,重新解释阐发先圣本义。

毋庸讳言,王阳明此处颠覆朱熹改定《大学》本,根本在于颠覆朱熹的《大学》学,而其所要发明的先圣本义,只是他的"致良知"心学而已,此为该序所明言:

> 《大学》之要,诚意而已矣。诚意之功,格物而已矣。诚意之极,止至善而已矣。止至善之则,致知而已矣。正心,复其体也;修身,著其用也。以言乎己,谓之明德;以言乎人,谓之亲民;以言乎天地之间,则备矣。是故至善也者,心之本体也。动而后有不善,而本体之知,未尝不知也。意者,其动也。物者,其事也。至其本体之知,而动无不善。然非即其事而格之,则亦无以致其知。故致知者,诚意之本也。格物者,致知之实也。物格则知致意诚,而有以复其本体,是之谓止至善。圣人惧人之求之于外也,而反覆其辞。①

此处王阳明以"诚意"为《大学》之要,以"致知"为"诚意"之本,以"至善"为心之本体,以"物"为"事",纠朱熹所改"新民"为"亲民",以及"圣人惧人之求之于外",等等,是在表达其道在本心、不假外求、致良知于事事物物的"致良知"之学明矣!已根本不同于朱熹的格致正诚修齐治平、今日格一件明日格一件,朝朝格物而一朝物格的"格物致知"学理。

《大学问》作于嘉靖六年(1527年)八月,是王阳明拟朱熹《大学或问》的自为问答以建构学术之书,是其《大学》学的成熟之作、核心文本。有关于此,钱德洪说:"《大学问》者,师门之教典也。学者初及门,必先以此意授,使人闻言之下,即得此心之知,无出于民彝物则之中,致知之功,不外乎修齐治平之内。学者果能实地用功,一番听受,一番亲切。"据钱德洪,《大学问》当为王阳明"致良知"②。《大学问》所阐发"致良知"学的基本内容,现析如下。

---

① 王阳明:《大学古本序》,吴光、钱明、董平等编:《王阳明全集》卷七,上海:上海古籍出版社,1992年,第242~243页。

② 钱德洪:《〈大学问〉跋》,吴光、钱明、董平等编:《王阳明全集》卷二十六,上海:上海古籍出版社,1992年,第973页。

关于"《大学》者,昔儒以为大人之学矣。敢问大人之学何以在于'明明德'乎"之问,王阳明以"大人"和"小人"相对执:"大人者,以天地万物为一体者也,其视天下犹一家,中国犹一人焉。若夫间形骸而分尔我者,小人矣。"可见,他此处以"大人"为道德至高无上的圣人,其对应的"小人"为自私自利之人;不同于朱熹的以"大人"为成年人,对应的是儿童。王阳明说"大人"之所以能"以天地万物为一体",并非是有意为之,而是因为其心之本体本来如此:"大人之能以天地万物为一体也,非意之也,其心之仁本若是,其与天地万物而为一也。"何止"大人","小人"的心之本体也是如此:"岂惟大人,虽小人之心亦莫不然,彼顾自小之耳。"① 何以言之?因:"见孺子之入井,而必有怵惕恻隐之心焉,是其仁之与孺子而为一体也;孺子犹同类者也,见鸟兽之哀鸣觳觫,而必有不忍之心焉,是其仁之与鸟兽而为一体也;鸟兽犹有知觉者也,见草木之摧折而必有悯恤之心焉,是其仁之与草木而为一体也;草木犹有生意者也,见瓦石之毁坏而必有顾惜之心焉,是其仁之与瓦石而为一体也;是其一体之仁也,虽小人之心亦必有之。"王阳明说这种"大人""小人"共有的"一体之仁"之心,是"根于天命之性,而自然灵昭不昧者"的"明德"。"小人"的"一体之仁"之所以能表现出来,是因其"未动于欲,而未蔽于私之时也",而一旦"动于欲,蔽于私,而利害相攻,忿怒相激,则将戕物圮类,无所不为",且"甚至有骨肉相残"时,则其"一体之仁亡矣"!"大人""小人"只是相对而言,因为"苟无私欲之蔽,则虽小人之心,而其一体之仁犹大人也;一有私欲之蔽,则虽大人之心,而其分隔隘陋犹小人矣",所以"为大人之学者,亦惟去其私欲之蔽,以自明其明德,复其天地万物一体之本然而已耳;非能于本体之外而有所增益之也"。此处的为"大人"之学即为"致良知"之学,"致良知"之学要"去其私欲之蔽,以自明其明德,复其天地万物一体之本然"②。

---

① 王阳明:《大学问》,吴光、钱明、董平等编:《王阳明全集》卷二十六,上海:上海古籍出版社,1992年,第968页。

② 王阳明:《大学问》,吴光、钱明、董平等编:《王阳明全集》卷二十六,上海:上海古籍出版社,1992年,第968页。

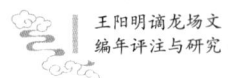

下文《大学问》还就自设诸问的"然则何以在'亲民'乎"①"然则又乌在其为'止至善'乎"②"'知止而后有定,定而后能静,静而后能安,安而后能虑,虑而后能得',其说何也""物有本末:先儒以明德为本,新民为末,两物而内外相对也。事有终始:先儒以知止为始,能得为终,一事而首尾相因也。如子之说,以新民为亲民,则本末之说亦有所未然欤"③"古之欲明明德于天下者,以至于先修其身,以吾子明德亲民之说通之,亦既可得而知矣。敢问欲修其身,以至于致知在格物,其工夫次第又何如其用力欤"④等进行了作答,阐述了自己的"致良知"学。

在回答"古之欲明明德于天下者……其工夫次第又何如其用力欤"时,《大学问》说"致良知"必须落在生活实践上,才是真正的"致良知":"然欲致其良知,亦岂影响恍惚而悬空无实之谓乎?是必实有其事矣。"生活实践的落实就是"格物":"故致知必在于格物。物者,事也,凡意之所发必有其事,意所在之事谓之物。""格物"王阳明解释为"正事":"格者,正也,正其不正以归于正之谓也。正其不正者,去恶之谓也。归于正者,为善之谓也。夫是之谓格。《书》言'格于上下''格于文祖''格其非心',格物之格实兼其义也。"王阳明以良知为判断是否意诚的标尺:"良知所知之善,虽诚欲好之矣,苟不即其意之所在之物而实有以为之,则是物有未格,而好之之意犹为未诚也。良知所知之恶,虽诚欲恶之矣,苟不即其意之所在之物而实有以去之,则是物有未格,而恶之之意犹为未诚也。今焉于其良知所知之善者,即其意之所在之物而实为之,无有乎不尽。于其良知所知之恶者,即其意之所在之物而实去之,无有乎不尽。然后物无不格,而吾良知之所知者无有亏缺障蔽,而得以极其至矣。夫然后吾心快然无复余憾而自谦矣,夫然后意之所

---

① 王阳明:《大学问》,吴光、钱明、董平等编:《王阳明全集》卷二十六,上海:上海古籍出版社,1992年,第968页。

② 王阳明:《大学问》,吴光、钱明、董平等编:《王阳明全集》卷二十六,上海:上海古籍出版社,1992年,第969页。

③ 王阳明:《大学问》,吴光、钱明、董平等编:《王阳明全集》卷二十六,上海:上海古籍出版社,1992年,第970页。

④ 王阳明:《大学问》,吴光、钱明、董平等编:《王阳明全集》卷二十六,上海:上海古籍出版社,1992年,第971页。

发者，始无自欺而可以谓之诚矣。"①

《大学问》最后总结说，《大学》的八条目虽然有先后顺序，但是其以良知为本体，作为"致良知"的功夫却没有先后的次序："故曰：'物格而后知至，知至而后意诚，意诚而后心正，心正而后身修。'盖其功夫条理虽有先后次序之可言，而其体之惟一，实无先后次序之可分。其条理功夫虽无先后次序之可分，而其用之惟精，固有纤毫不可得而缺焉者。此格致诚正之说，所以阐尧舜之正传而为孔氏之心印也。"②作为"致良知"的功夫虽然没有先后次序，而作为良知的作用，却是丝毫不能或缺的。最后王阳明强调，这正是尧舜至于孔子相传的心法。

据钱德洪，《大学问》当为王阳明"致良知"之教只许口耳相传、不许笔以录之的圣经：

> 师常曰："吾此意思有能直下承当，只此修为，直造圣域。参之经典，无不吻合，不必求之多闻多识之中也。"门人有请录成书者。曰："此须诸君口口相传，若笔之于书，使人作一文字看过，无益矣。"③

之所以不允许笔录，还是担心门人为文字所局限、牵绊而影响了对"致良知"精神的把握。直到他去世前两年，才允许笔录："嘉靖丁亥八月，师起征思、田，将发，门人复请。师许之。录既就，以书贻洪曰：'《大学或问》数条，非不顾共学之士尽闻斯义，顾恐藉寇兵而赍盗粮，是以未欲轻出。'盖当时尚有持异说以混正学者，师故云然。"④

关于王阳明于《大学》学所阐发的"致良知"学，钱德洪给予很高评价：《大学》之教，自孟氏而后，不得其传者几千年矣。赖良知之明，千载一日，

---

① 王阳明：《大学问》，吴光、钱明、董平等编：《王阳明全集》卷二十六，上海：上海古籍出版社，1992年，第972页。

② 王阳明：《大学问》，吴光、钱明、董平等编：《王阳明全集》卷二十六，上海：上海古籍出版社，1992年，第972页。

③ 钱德洪：《〈大学问〉跋》，吴光、钱明、董平等编：《王阳明全集》卷二十六，上海：上海古籍出版社，1992年，第973页。

④ 钱德洪：《〈大学问〉跋》，吴光、钱明、董平等编：《王阳明全集》卷二十六，上海：上海古籍出版社，1992年，第973页。

复大明于今日。"又说:"思吾师之教平易切实,而圣智神化之机固已跃然。"①

三、经典章句随机解:王阳明心学经学建构方式

王阳明的经典解释以建构"致良知"学的答门人问的随机阐发,其基本单位是经典中章句的解释。如以《孟子》"恻隐之心"为"良知":"见孺子入井自然知恻隐,此便是良知不假外求。"②"集义"为"致良知":"集义亦只是致良知。"③以《易经》的"君子多识前言往行,以畜其德"为"致良知":"《易》曰'君子多识前言往行,以畜其德。'夫以畜其德为心,则凡多识前言往行者,孰非畜德之事?此正知行合一之功矣。"④以《书经》的"道心惟微"的"道心"为"良知":"道心者,良知之谓也。"⑤以《中庸》的"未发之中"为"良知":"良知即是未发之中。"⑥以《论语》的孔子论《诗经》的"思无邪"为"良知":

> 问:"'思无邪'一言,如何便盖得三百篇之义?"先生曰:"岂特三百篇,《六经》只此一言便可该贯,以至穷古今天下圣贤的话,'思无邪'一言也可该贯。此外更有何说?此是一了百当的功夫。"⑦

务要指出,尽管王阳明答门人问以良知精神解释儒家经典,撰写《稽山书院尊经阁记》阐述自己"致良知"学为得"五经"之精髓,但他却是以"五经"的精神为个体的本心、为良知;尽管他始撰《五经臆说》归宿《大学》学以通过经典重释建构"致良知"学,但他却担心后学为文字拘牵影响对"致

---

① 钱德洪:《〈大学问〉跋》,吴光、钱明、董平等编:《王阳明全集》卷二十六,上海:上海古籍出版社,1992年,第973页。

② 王阳明:《传习录上》,吴光、钱明、董平等编:《王阳明全集》卷一,上海:上海古籍出版社,1992年,第6页。

③ 王阳明:《传习录中》,吴光、钱明、董平等编:《王阳明全集》卷二,上海:上海古籍出版社,1992年,第73页。

④ 王阳明:《传习录中》,吴光、钱明、董平等编:《王阳明全集》卷二,上海:上海古籍出版社,1992年,第51页。

⑤ 王阳明:《传习录中》,吴光、钱明、董平等编:《王阳明全集》卷二,上海:上海古籍出版社,1992年,第52页。

⑥ 王阳明:《传习录中》,吴光、钱明、董平等编:《王阳明全集》卷二,上海:上海古籍出版社,1992年,第62页。

⑦ 王阳明:《传习录下》,吴光、钱明、董平等编:《王阳明全集》卷三《语录三》,上海:上海古籍出版社,1992年,第102页。

良知"精神的理解,而将《五经臆说》"付之秦火",《大学问》也不轻易示人。因而有理由认为,他的"致良知"学是"不立文字""直指本心"的"得意忘言"之学。无须讳论,"不立文字""直指本心"的"得意忘言"为得于道佛之方法,无怪乎学界关于其为道、佛的主张持续至今。幸有"致良知"的"致"之一字的社会实践义项,本质地规定了"致良知"学的儒学和他儒家思想家的属性。

四、《稽山书院尊经阁记》:王阳明心学经学专论

稽山书院始建于宋代范仲淹,址今绍兴卧龙山西岗。南宋乾道六年(1170年),朱熹提举浙东常平茶盐事,讲学敷政于此以倡多士。明嘉靖三年(1524年),越州知府南大吉及山阴县令吴瀛拓书院,增建"明德堂""尊经阁",请王阳明讲学并撰写记文。王阳明接受邀请,于嘉靖四年(1525年)撰写《稽山书院尊经阁记》。该文反驳对其"致良知"心学是禅的攻击,借助经学阐述了他的心学思想,阐明"五经"的精髓是"致良知"精神。

王阳明把"经"解释为"常道":"经,常道也。"[1] 这个常道,他又解释为命、性、心:"其在于天谓之命,其赋于人谓之性,其主于身谓之心。"在天是"命",在人为性,在身为心,命、性为其淡化,他把重点放在了心上,并以之为核心阐发出了一个心学哲学体系。他说,心就是性、就是命,三者是一个东西:"心也,性也,命也,一也。"随后,他以心为万事万物的根本,谓其为"通人物,达四海,塞天地,亘古今,无有乎弗具,无有乎弗同,无有乎或变者也"。[2] 这样一来,他也就把心等同于经了。

心是万事万物的根本,其表现在人的应物情感上是恻隐、羞恶、辞让、是非:"是常道也,其应乎感也,则为恻隐,为羞恶,为辞让,为是非。"表现在社会伦常上是父子、君臣、夫妇、长幼、朋友之间的亲、义、别、序、信:"其见于事也,则为父子之亲,为君臣之义,为夫妇之别,为长幼之序,为朋

---

[1] 王阳明:《稽山书院尊经阁记》,吴光、钱明、董平等编:《王阳明全集》卷七,上海:上海古籍出版社,1992年,第254页。

[2] 王阳明:《稽山书院尊经阁记》,吴光、钱明、董平等编:《王阳明全集》卷七,上海:上海古籍出版社,1992年,第254页。

友之信。"综合而逆推上去，王阳明说："是恻隐也，羞恶也，辞让也，是非也；是亲也，义也，序也，别也，信也；一也。皆所谓心也，性也，命也。通人物，达四海，塞天地，亘古今，无有乎弗具，无有乎弗同，无有乎或变者也，是常道也。"① 恻隐、羞恶、辞让、是非是心；亲、义、序、别、信是心；性、命是心；心是万事万物的根本，是常道，常道是经，故经是心。

王阳明说，经分而为六经，因为经是心，故六经也分别是心："是常道也，以言其阴阳消息之行焉，则谓之《易》；以言其纪纲政事之施焉，则谓之《书》；以言其歌咏性情之发焉，则谓之《诗》；以言其条理节文之著焉，则谓之《礼》；以言其欣喜和平之生焉，则谓之《乐》；以言其诚伪邪正之辩焉，则谓之《春秋》。是阴阳消息之行也，以至于诚伪邪正之辩也，一也。皆所谓心也，性也，命也。"六经各自在具体的层面体现着心的万事万物根本的精神："通人物，达四海，塞天地，亘古今，无有乎弗具，无有乎弗同，无有乎或变者也，夫是之谓六经。六经者非他，吾心之常道也。"② 所以他说，六经不是心外的任何其他东西，而是自己内心的常道，也就是说，六经，归根结底还是自己的本心。

因为六经是自己的本心，所以六经的功能实质上是自己本心的功能："故《易》也者，志吾心之阴阳消息者也；《书》也者，志吾心之纪纲政事者也；《诗》也者，志吾心之歌咏性情者也；《礼》也者，志吾心之条理节文者也；《乐》也者，志吾心之欣喜和平者也；《春秋》也者，志吾心之诚伪邪正者也。"③《易经》是自己本心阴阳消息的记录，《尚书》是自己本心纪纲政事的记录，《诗经》是自己本心歌咏性情的记录，《礼经》是自己条理节文的记录，《乐经》是自己欣喜和平的记录，《春秋》是自己诚伪邪正的记录。

鉴于王阳明以六经为自己的本心之志（记录），故而研读六经就是研究自己的本心，尊崇六经也就是尊崇自己的本心："君子之于六经也，求之吾心之阴阳消息而时行焉，所以尊《易》也；求之吾心之纪纲政事而时施焉，所以

---

① 王阳明：《稽山书院尊经阁记》，吴光、钱明、董平等编：《王阳明全集》卷七，上海：上海古籍出版社，1992年，第254页。

② 王阳明：《稽山书院尊经阁记》，吴光、钱明、董平等编：《王阳明全集》卷七，上海：上海古籍出版社，1992年，第254页。

③ 王阳明：《稽山书院尊经阁记》，吴光、钱明、董平等编：《王阳明全集》卷七，上海：上海古籍出版社，1992年，第254～255页。

尊《书》也；求之吾心之歌咏性情而时发焉，所以尊《诗》也；求之吾心之条理节文而时著焉，所以尊《礼》也；求之吾心之欣喜和平而时生焉，所以尊《乐》也；求之吾心之诚伪邪正而时辩焉，所以尊《春秋》也。"①

六经的根本既然是个体的本心，那么六经和圣人又是什么关系呢？王阳明说："盖昔者圣人之扶人极，忧后世，而述六经也，犹之富家者之父祖虑其产业库藏之积，其子孙者或至于遗忘散失，卒困穷而无以自全也，而记籍其家之所有以贻之，使之世守其产业库藏之积而享用焉，以免于困穷之患。故六经者，吾心之记籍也，而六经之实则具于吾心；犹之产业库藏之实积，种种色色，具存于其家。其记籍者，特名状数目而已。"②六经是圣人给子孙后代留下的家业的登记簿，而家业还是自己的本心。

所以王阳明批评说，后人不懂得六经只是圣人留给子孙后代家业的登记簿，而家业是自己的本心，不去向自己的本心寻找家业，而是向六经的文字中找家业："而世之学者，不知求六经之实于吾心，而徒考索于影响之间，牵制于文义之末，硁硁然以为是六经矣。是犹富家之子孙不务守视享用其产业库藏之实积，日遗忘散失，至于窭人丐夫，而犹嚣嚣然指其记籍曰'斯吾产业库藏之积也'，何以异于是！"③他说这和富家子弟不知道守卫、享用祖先留下的实际家业，而是以家业登记簿为家业一样。他感叹说，这种以六经为家业的本体，而不知道六经仅是家业的登记簿，家业就是自己的本心的情况，并非是暂时现象，而是由来已久了。

不能正确认识六经是自己的本心，王阳明又分为"乱经""侮经""贼经"等类别："六经之学，其不明于世，非一朝一夕之故矣。尚功利，崇邪说，是谓乱经；习训诂，传记诵，没溺于浅闻小见以涂天下之耳目，是谓侮经；侈淫辞，竞诡辩，饰奸心，盗行逐世，垄断而自以为通经，是谓贼经。若是者，

---

① 王阳明：《稽山书院尊经阁记》，吴光、钱明、董平等编：《王阳明全集》卷七，上海：上海古籍出版社，1992年，第255页。

② 王阳明：《稽山书院尊经阁记》，吴光、钱明、董平等编：《王阳明全集》卷七，上海：上海古籍出版社，1992年，第255页。

③ 王阳明：《稽山书院尊经阁记》，吴光、钱明、董平等编：《王阳明全集》卷七，上海：上海古籍出版社，1992年，第255页。

是并其所谓记籍者而割裂弃毁之矣，宁复知所以为尊经也乎！"[1]重视功利，崇奉谬论，这叫作"乱经"；学一点文字训诂，教授章句背诵，沉陷于浅薄的知识和琐屑的见解，以掩蔽天下的耳目，这叫作"侮经"；肆意发表放荡的论调，逞诡辩以取胜，文饰其邪恶的心术和卑劣的行为，驰骋世间以自高身价，而还自命为通晓六经，这叫作"贼经"。像这样一些人，简直连所谓账本都割裂弃废掉了，哪里还知道什么叫作"尊经"呢！

故而，在王阳明看来，所有以上的"乱经""侮经""贼经"等，尽管都说自己是"尊经"，但实质上都不是真正的"尊经"！

王阳明通过《稽山书院尊经阁记》，论述了自己的"致良知"之学为得五经精神之精髓，反驳了时人的目其为禅。相比于此反驳，其始于《五经臆说》归宿于《大学》学的经学解释以建构"致良知"学，在证明他为儒上更具根本价值。

综上可结，王阳明通过经典解释建构了自己的"致良知"学。这一建构的史学意义有四：一是其自身的建构史；二是经学史意义；三是儒学史意义；四是中国哲学史意义。其自身的建构史，可由撰《五经臆说》而焚毁、经刊刻《大学古本》到《大学问》线索知。其经学史意义，使自孔子始的经汉至唐的"五经"体系，宋儒建构"四书"体系后成的"五经四书"体系，到他这里简易精致为《大学》之一书之学。其儒学史意义在于，"致良知"之学作为心学理学，和程朱天理之学的理学共同构成中国儒学自先秦元典儒学、汉代经学儒学到宋明理学儒学新阶段。其哲学史意义，在借鉴道、佛基础上，以"良知"为本体，以"致良知"为功夫，强调"致"的社会实践性即"行"的价值，形成了本体功夫一如的新哲学形态，将中国知行哲学推上新高度。

---

[1] 王阳明：《稽山书院尊经阁记》，吴光、钱明、董平等编：《王阳明全集》卷七，上海：上海古籍出版社，1992年，第255页。